BASTEI
LÜBBE
TASCHENBUCH

Weitere Titel des Autors:

Die Augen der Heather Grace
Die Zeichen der Furcht

Titel in der Regel auch als Hörbuch und E-Book erhältlich

Über den Autor:

David Pirie arbeitete als Journalist und Kritiker, bevor er Drehbuchautor wurde.
Für seine Arbeiten wurde er vielfach ausgezeichnet, unter anderem für seine Adaption von Wilkie Collins' *Die Frau in Weiß* für die BBC und seine Zusammenarbeit mit Lars von Trier an dem Skript für *Breaking The Waves.* Für die BBC verfasste er auch die Drehbücher zu der Kultreihe *MURDER ROOMS – The Dark Beginnings of Sherlock Holmes.* Auf dieser Serie basieren seine Romane um Dr. Joseph Bell und Arthur Conan Doyle. David Pirie lebt in Somerset.

David Pirie

DIE HEXE VON DUNWICH

Aus den dunklen Anfängen
von Sherlock Holmes

Aus dem Englischen von
Michael Ross

BASTEI
LÜBBE
TASCHENBUCH

BASTEI LÜBBE TASCHENBUCH
Band 17 243

Dieser Titel ist auch als E-Book erschienen

MIX
Papier aus verantwortungsvollen Quellen
FSC® C014496
FSC
www.fsc.org

Vollständige Taschenbuchausgabe

Deutsche Erstausgabe

Titel der Originalausgabe: »The Dark Water«
Originalverlag: Arrow Books

Textredaktion: Uwe Raum-Deinzer, Hersbruck
Lektorat: Stefan Bauer
Titelillustration: © Arcangel Images/Stephen Mulcahey;
© Sandra Taufer, München unter Verwendung eines Fotos von shutterstock/smikeymikey1
Umschlaggestaltung: Sandra Taufer, München
Satz: Urban Satzkonzept, Düsseldorf
Gesetzt aus der Baskerville
Druck und Verarbeitung: GGP Media, Pößneck
Printed in Germany
ISBN 978-3-404-17243-6

2 4 5 3 1

Für Burton Pirie

Erster Teil:
Das Fegefeuer

Das Erwachen

Das Zimmer lag im Dunkeln. Das merkte ich sogar, ohne die Augen zu öffnen. Gelegentlich gab es Geräusche, aber sie bedeuteten nichts. Ich hatte keinerlei Raumgefühl. Als sich richtige Erinnerungen in mein Bewusstsein einzuschleichen versuchten, leistete ich sofort Widerstand, weil ich wusste, wie unwillkommen sie mir wären. Im Augenblick wollte ich nur Dunkelheit.

Also schlief ich wieder, ich weiß nicht, wie lange. Bis ich schließlich widerstrebend meine Augen öffnete. Das Zimmer war wie erwartet schwarz, und jetzt war ich gezwungen, mich zu fragen, wo ich war. Da das Bewusstsein meiner Identität langsam zurückkehrte, vermutete ich, dass ich an einem Fieber erkrankt war, denn das Bettzeug roch übel. Aber ich konnte mich keinesfalls im vertrauten Schlafzimmer meines Hauses in Southsea befinden: Dafür war es hier zu dunkel. Und dann fiel mir meine Unterkunft in London ein und meine kurzzeitige Anstellung als Vertretungsarzt in einer Praxis am Themseufer.

Doch ich war mir ebenfalls sicher, nicht in dem winzigen Zimmer zu liegen, das ich von der Familie Morland gemietet hatte. Es war zu ruhig hier, und das Bett war mir fremd. Nach einiger Zeit zwang ich mich aus seinem klumpigen Kissen, doch das, was folgte, traf mich völlig unvorbereitet. Mein Kopf pochte vor heftigem Schmerz. Das war schon schlimm genug, doch noch schlimmer war, dass ich mich plötzlich wieder an meine letzten Minuten bei vollem Bewusstsein erinnern konnte.

Sie kulminierten in einem Gesicht, dem Gesicht des einzigen Mannes, den ich je gekannt habe, für den die Bezeichnung »böse« viel zu harmlos war. Ich hatte Thomas Neill Cream in Edinburgh kennengelernt, wir waren sogar befreundet gewesen, bis ich herausfand, dass er ein Mörder war. Und dann hatte er die Frau ermordet, die ich liebte.

Ich schwor mir, sie zu rächen, während mein Lehrer in Edinburgh, Dr. Joseph Bell – der mich als Assistent eingestellt und mir erlaubt hatte, ihn bei seinen kriminalistischen Ermittlungen zu begleiten –, einer Zukunft mit solch sinnlosen Verbrechen den Krieg erklärt hatte. Aber 1878 war Cream auf dem amerikanischen Kontinent verschwunden, von wo er nur peinigende Nachrichten schickte und einmal sogar ein tödliches Instrument, mit dem er mich hatte umbringen wollen.

Trotzdem hatten weder Bell noch ich unsere Aufgabe vergessen, und der Zufall hatte uns kürzlich bei einem Fall in London zusammengeführt, während dessen Aufklärung ich zur Überzeugung gelangt war, dass Cream nach England zurückgekehrt war. Der Doctor war anderer Meinung. Er war sich sicher, dass die Fäden aus großer Entfernung gezogen worden waren, und konnte mich schließlich davon überzeugen, ehe er sich von mir verabschiedete.

Ich ging zurück zu meiner Unterkunft im Haus der Morlands, einem sicheren Hafen, wo mich Sally Morland, die ich in aller Freundschaft liebte und sehr bewunderte, mit der Neuigkeit begrüßte, dass ein Onkel aus Amerika, den sie manchmal erwähnte, zu einem Überraschungsbesuch eingetroffen war.

Zu dem Zeitpunkt hatte ich mir nichts dabei gedacht, doch jetzt, als ich mich daran erinnerte, merkte ich, wie mir die Nackenhaare zu Berge standen. Wieder sah ich die vor Aufregung errötende Sally vor mir, wie ihre Augen lachten im Licht der Kerzen, die im Flur den Besuch des Onkels feierten. Sie hatte mir, wie mir einfiel, ein Stärkungsmittel gegeben, ein grünes Getränk, das er vorbereitet hatte und das nach ihren Worten Teil der Überraschung war und erfrischend und bitter schmeckte.

Dann hatte ich das Wohnzimmer betreten, wo ihre Kinder sich lachend über ihre Apfelsinen und Nüsse freuten, und eine Gestalt im Schaukelstuhl hatte sich umgewandt und mich lächelnd angesehen. Es war Cream.

Kurz bevor ich das Bewusstsein verlor, wurde mir einiges klar. Wie er schon vor Monaten die Kette von Ereignissen in Bewegung gesetzt haben musste, die zu diesem Augenblick geführt hatte; wie er sich mit den Morlands angefreundet hatte (denn der »Onkel« war nur ein Freund der Familie) und mich diskret bei einer nahe gelegenen Praxis empfohlen hatte.

All das erkannte ich mit einer Art passiver Bewunderung, ehe mich meine Sinne verließen. Jetzt, wo ich hier im Dunkeln lag, empfand ich Schrecken. Cream war ein ausgezeichneter Giftmörder, es war sogar seine bevorzugte Mordmethode. Wenn er gewollt hätte, dass ich sterbe, hätte er es mit seinem grünen Stärkungsmittel sicherlich erreichen können. Was nur bedeuten konnte, dass seine Pläne weitergingen. War er irgendwo hier bei mir in diesem schwarzen Raum?

Die Vorstellung war so schrecklich, dass ich versuchte, meine Kräfte zu sammeln; ich zwang mich, den Kopf zu heben und meine Augen so weit wie möglich zu öffnen. Noch immer konnte ich nichts erkennen, nur vage, schemenhafte Formen. Von irgendwo draußen kam ein leises Geräusch, vielleicht der Wind.

»Bist du hier?« Die Wörter kamen wie ein Flüstern. Meine Kehle war ausgetrocknet, und ich fing an, am ganzen Körper

Schmerzen zu spüren, die zweifellos vom Gift überdeckt wurden. Mir kam der Gedanke, dass er alles Mögliche hätte tun können, sogar Gliedmaßen abnehmen. Ich versuchte, die Beine zu bewegen. Sie schienen noch zu gehorchen, aber andererseits spürt man seine Beine noch, lange nachdem sie amputiert worden sind, also berührte ich sie rasch. Gott sei Dank waren sie heil, aber meine Beine und Arme fühlten sich schwach an. Außerdem fiel mir auf, dass ich in Schweiß gebadet war. »Bist du hier?«, versuchte ich zu rufen. Aber nichts. Völlige Stille.

Ich wusste, dass ich versuchen musste, mich zu bewegen, obwohl ich so kraftlos war, dass jede Bewegung furchtbar sein würde. Ich zwang mich, meinen Körper weiter aufzurichten. Und zum ersten Mal wurde mir bewusst, dass ich noch angezogen war, mit Hemd und Unterwäsche, und die Decke lastete schwer auf mir.

Ich verdrängte den Gestank des Bettes und zwang mich in eine sitzende Position. Es war noch immer dunkel, doch in den Schatten vor mir gab es eine leichte Bewegung, und ich erwartete, dass er hervortrat. Wieder bewegte sich etwas, diesmal begleitet von einem leisen Geräusch. Ich vermutete, dass es sich um eine Art Widerschein handeln musste, und als es zurückkehrte, war ich mir sicher. Das Geräusch war der Wind, die Schatten waren Zweige. Das bedeutete, dass irgendwo hinter mir ein Fenster war. Vielleicht konnte ich es erreichen.

Ich bot alle meine Kraft auf und hievte mein linkes Bein aus dem Bett. Es fand auf dem Boden Halt, doch ich wusste, dass es nachgeben würde, sobald ich es belastete. Ich hielt inne, unsicher, wie ich weiter vorgehen sollte, und musste plötzlich einen Schüttelanfall über mich ergehen lassen. Das ließ mich auch das andere Bein herausziehen. Doch selbst mit beiden Füßen auf dem Boden war offenkundig, dass ich unmöglich aufstehen konnte, und so sank ich rasch in eine kniende Position, das Bettzeug fest umklammernd.

Mein Kopf war dem Bett zugewandt, sodass ich nach rechts kriechen musste, um das Fenster zu erreichen, das den Widerschein geworfen hatte. Ich drehte meinen Körper, wobei ich bemerkte, dass der Boden aus Stein war und sich kalt anfühlte. Wenn Cream hier wäre, wie würde er meine Demütigung genießen. In London hatte ich seine Gegenwart so übermächtig gespürt, doch jetzt merkte ich davon nichts.

Ich fing an zu kriechen, doch es ging nur schmerzhaft langsam. Zur Ablenkung brachte ich mich dazu, mehr über jenen letzten Abend nachzudenken. Meine größte Befürchtung war, dass Sally Morland und ihre Kinder auch vergiftet worden waren. Ich war mir sicher, dass mein Glas mit dem Trank schon vor meiner Ankunft eingeschenkt worden war. Offensichtlich wollte er, dass alles ganz normal wirkte, also konnte den Morlands bis zu diesem Zeitpunkt noch nichts angetan worden sein. Das ließ mich hoffen, aber ich musste mich auch der schlichten Wahrheit stellen, dass es Cream nicht das Geringste ausmachen würde, sie alle abzuschlachten.

Das war für mich noch weitaus schlimmer als die Tatsache, dass er mich womöglich jetzt beobachtete. Meine Freundschaft mit Sally Morland hatte nichts Ungebührliches an sich gehabt; ihre Welt kreiste um ihre beiden kleinen Kinder und ihren Mann. Aber sie war so voller Lebensfreude und Verschmitztheit und erinnerte mich so sehr an meine erste Liebe, dass ich mir bei meinem ersten Verdacht, dass Cream in die Hauptstadt zurückgekehrt sein könnte, etwas geschworen hatte: nämlich dass es für mich das Beste wäre, Einsamkeit und Anonymität zu suchen oder sogar den Tod, wenn meinetwegen Sally Morland oder ihrer Familie etwas zustoßen sollte. Was konnte ich auch sonst tun, wenn ich all denen, die ich liebte, nur Leid brachte?

Noch immer kam ich nur quälend langsam voran. Bislang war ich auf kein einziges Möbelstück gestoßen, aber jetzt spürte ich vor mir etwas. Derweil zog ich einen kleinen Trost daraus, dass nicht einmal Cream meine innersten Gedanken über Sally Morland kennen konnte. Warum also sollte er sich um sie scheren? Ohne jeden Zweifel hatte er schon oft grundlos gemordet, aber das völlige Ausmerzen einer angesehenen Londoner Familie ist keine Kleinigkeit. Es würde einen Großalarm auslösen, und wir beide wären die Hauptverdächtigen. Selbst Cream würde doch wohl kaum eine Fahndung dieser Größenordnung riskieren, wenn er den Morlands lediglich sagen musste, dass ich behandelt werden müsse, um mich hinbringen zu können, wohin auch immer er wollte, oder?

Natürlich kannte ich die Antwort. Doch, er würde mit Vergnügen ein solches Risiko eingehen, wenn er davon ausgehen konnte, mir damit wehzutun. Nur darauf lief es hinaus. Ich war gerade in meinen Überlegungen an diesem Punkt angekommen, als meine Hände auf Stein stießen, der mir den Weg versperrte. Ich hatte eine Wand erreicht.

Ich konnte den Wind über meinem Kopf hören. Es gelang mir, meine Hände die Wand hinaufzuschieben, bis ich kniete, und schließlich zog ich mich dadurch auf die Füße. Zunächst schwankte ich und wäre beinahe gestürzt, aber die Wand stützte mich, und ich lehnte mich gegen sie und atmete schwer. Der kalte Luftzug hier brachte Klarheit in meinen Kopf. Ich streckte die Hand aus und berührte einen Vorhang und dann den Sims eines Fensters. Der Stoff war grob und ziemlich dick, aber ich zog ihn beiseite. Draußen gab es gerade genug Mondlicht, um erkennen zu können, dass ich mich im Erdgeschoss befand und jenseits des Fensters eine feuchtkalte, überwucherte Wildnis lag. Ein leichter Wind zerrte an den Zweigen eines kleinen Ahornbaums, dem Ursprung des bewegten Schattens.

Meine letzte bewusste Erinnerung war die an einen Abend, aber ich war mir sicher, dass dies unmöglich noch dieselbe Nacht sein konnte. Nicht nur wegen meiner Schmerzen und meines Hungers. Die Luft hier war nur leidlich kalt, wohingegen der Abend bei den Morlands frostig gewesen war, es hatte sogar Schnee in den Straßen gelegen. Wie lange war ich bewusstlos gewesen, und wo war ich?

Wie ich so hinausblickte, schien mir nicht einmal mehr sicher, dass ich in London war. Es gab keine Gaslaternen, nicht einmal das Flackern eines künstlichen Lichts irgendwo. Natürlich konnte ich einen großen Garten oder Park vor mir haben, aber er schien mir nicht gepflegt zu sein, und es gab keinerlei Licht von anderen Gebäuden.

Ich versuchte, das Fenster zu öffnen, doch es war vernagelt, also wandte ich mich dem Zimmer zu. Die Wand gegenüber schien glatt zu sein, ohne Öffnungen jedweder Art. Tatsächlich fand ich später heraus, dass auf dieser Seite ein kleines Oberlicht war, aber sonst nichts. Neben dem Bett konnte ich einen Sessel ausmachen und dahinter einen Tisch. Ich stolperte vor und lehnte mich gegen die Rückenlehne des Sessels, der uralt war und dringend neu bezogen werden musste. Es war keine elegante Unterkunft, sondern eine Absteige, aber wie viele Absteigen mitten in London hatten einen großen Garten, ohne einen Blick auf andere Häuser zu bieten?

Zu meiner Rechten sah ich eine Art alten Paravent. Dahinter glaubte ich die Umrisse einer Tür zu erkennen. Weil ich sie unbedingt erreichen musste, tat ich einen Schritt und wäre beinahe gestürzt, doch ich konnte mich aufrecht halten. Ich torkelte drei weitere Schritte vor, bis ich die Tür erreicht hatte und mich an der Klinke festhalten konnte. Doch das Ding bestand aus massiver Eiche mit zwei schweren Schlössern und natürlich ohne Schlüssel. Ich zog kraftlos daran, aber ebenso gut hätte ich an einer Mauer ziehen können. In meinem gegenwärtigen Zustand war jeder Versuch hier aussichtslos.

Von irgendwo jenseits der Tür drang ein übler Gestank zu mir, und ich taumelte zurück zum Sessel, wo er weniger durchdringend war. Während ich so dasaß und mir bewusst wurde, dass meine Kräfte beinahe aufgebraucht waren, stürmte eine neue Wahrnehmung auf mich ein. Denn plötzlich roch ich und sah dann auch Essen auf dem Tisch neben dem Sessel. Es war eine Schale Milch, ein halber Laib Brot und sogar eine Scheibe Speck. Das alles war nicht sonderlich frisch, aber ich war ausgehungert und scherte mich nicht darum. Ich hob die Milch mit zitternden Händen hoch und leerte sie. Dann griff ich nach dem Brot, das trocken, aber nicht verdorben war, ehe ich den Speck abnagte. Ich schluckte, so viel ich konnte, und fragte mich, ob ich jetzt, nachdem mein Hunger etwas gestillt war, wohl das Fenster einschlagen könnte.

Doch im Innersten wusste ich, dass ich dafür viel zu schwach war. Schon das Anheben der Milchschale war anstrengend gewesen. Und trotz des Essens merkte ich bereits, wie mein Bewusstsein wieder schwand, und ich stolperte zurück ins Bett. Nur noch etwas Ruhe, sagte ich mir, ein bisschen Zeit, damit die Nahrung ihre Wirkung entfalten kann, dann hätte ich bestimmt genug Kraft, um das Fenster aufzubrechen und zu entkommen, ehe er zurückkehrte.

Aber jetzt stürzte ich wieder in die Dunkelheit. Es dauerte viele Stunden, bevor ich wieder bei Bewusstsein war und etwas hörte, was ich für Regen hielt. Draußen schien es Nacht zu sein, aber ich war mir nicht sicher, ob es noch immer dieselbe Nacht war. Mein Kopf war schwer, und ich fühlte eine merkwürdige Mattigkeit. Was machte es letztlich schon, wenn er zurückkehrte, um mich zu foltern und zu töten? Egal, was passierte, letztlich würde ich stecken bleiben und sterben. Welchen Grund gab es also noch hier auf Erden, um gegen das Taubheitsgefühl in meinen Gliedern anzukämpfen?

Erst beim Gedanken an meinen Feind begann ich diesem Gefühl zu misstrauen. Allmählich wurde mir bewusst, dass im Raum hinter mir ein Flackern war. Mit einigen Schwierigkeiten drehte ich meinen pochenden Kopf um und stellte fest, dass jemand eine Kerze angezündet hatte, die jetzt beinahe heruntergebrannt war.

Mich durchfuhr ein Schrecken, der meine widerwärtige Lethargie wenigstens etwas verjagte. Doch ich konnte niemanden sehen. Unter Aufbietung all meiner Kräfte setzte ich mich auf. Da waren der Sessel, den ich bereits untersucht hatte, und der Tisch mit Brot und Milch, die wieder aufgefüllt worden waren. Und der Paravent. Aber sonst nichts. Versteckte er sich? Dafür gab es eigentlich keinen Grund, und die Kerze hatte ja schon lange gebrannt.

Natürlich wollte ich wieder in der Dunkelheit versinken, aber der Schock, zu wissen, dass er hier gewesen war, hatte meine Sinne geschärft. Ich musste essen und trinken. Also hievte ich meine Füße erneut auf den Boden und schleppte mich, diesmal mithilfe des Kerzenlichts, zum Tisch und ließ mich in den Sessel plumpsen. Plötzlich kam von irgendwoher ein Geräusch, ein leises Rumpeln und Klappern. Ich spannte mich an und erwartete Schritte und Schlüssel in einem Schloss, doch das Geräusch entfernte sich wieder. Ich entschied, dass es ein Wagen auf der Straße vor dem Haus gewesen sein musste.

Ich wandte mich wieder dem Tisch zu, hob die Schale an den Mund und trank etwas daraus. Die Milch war stark gesüßt, wofür ich dankbar war. Dann streckte ich eine Hand aus und steckte mir das Brot in den Mund.

Plötzlich hielt ich inne. Das Brot war grobkörnig und bekömmlich, aber ich hatte angefangen, etwas herauszuschmecken. Es war ein kalkiger, bitterer Nachgeschmack, den ich nur zu gut kannte. Rasend vor Wut spuckte ich aus, was ich noch im Mund hatte, und holte mit der Hand aus, um die Milchschale zu Boden zu werfen. Jedoch verlor ich – zum Glück, wie sich herausstellen sollte – bei dem Versuch das Gleichgewicht, sodass ich die Schale verfehlte und selbst hart auf dem Boden aufschlug.

Wie konnte ich bloß so dumm sein? Nur mein Heißhunger und meine fehlende Geistesgegenwart hatten mich blind für das machen können, was so offensichtlich war. Hier war ich und nahm widerspruchslos Tag für Tag Nahrung von einem vollendeten Giftmörder entgegen. Das Brot war bestimmt in Laudanum getränkt, und die gezuckerte Milch dürfte noch mehr davon enthalten haben. Kein Wunder, dass ich mit jedem Aufstehen tiefer in die Dunkelheit hinabzusinken schien. Solange ich mich mit dieser Kost ernährte, blieb ich sein Gefangener, und er konnte mich besuchen, wann immer er wollte, und mit mir anstellen, was er sich nur wünschte. Denn diese Nahrung würde mich immer weiter schwächen, bis ich nur noch ein passives, süchtiges Etwas war und damit ganz und gar in seiner Hand. Bestimmt freute er sich bereits darauf und würde schon bald zurückkehren, um sich daran zu ergötzen.

In einem fiebrigen Anfall von Betätigungsdrang beschloss ich, um jeden Preis entkommen zu müssen, selbst wenn ich im Regen zusammenbrechen sollte. Ich zwang mich auf die Beine.

Was ich brauchte, war eine Art Werkzeug, aber ich konnte nirgendwo eines entdecken. Die Tür war unüberwindbar. Das Fenster musste die beste Möglichkeit sein, sodass ich mich erneut ihm zuwandte. Doch da dämmerte mir schrecklich, dass ich die Wirkung meiner Mahlzeit schon langsam zu spüren begann. Schwarzes Wasser stieg in mein Gehirn, und meine Beine fühlten sich wie Holzblöcke an. Es war aussichtslos, dagegen anzukämpfen. Während sich die Betäubung in mich hineinschlich, begann ich mich zu fragen, ob ich meinen eigenen Erinnerungen überhaupt noch trauen konnte. Vielleicht war die albtraumhafte Vorstellung von Creams Rückkehr nur ein Phantom, das vom Laudanum hervorgerufen worden war. War ich lediglich, wie Bell einst befürchtet hatte, der Sucht erlegen?

Aber dann fiel mein Blick auf die Milch und das Brot. Welcher Süchtige hätte sich je die Mühe gemacht, sein Essen mit dem Zeug zu versetzen oder seine wertvollen Flaschen zu verstecken? Nein, dies war sein Werk, und ich musste um jeden Preis meinen Verstand behalten.

Der einzige Umstand zu meinen Gunsten war die Erkenntnis, was er mir antat. Mit letzter Kraft schaffte ich das Brot unter das Bett und schüttete auch einen Teil der Milch dorthin. Sollte er nur denken, ich hätte meine Mahlzeit fast vollständig eingenommen, obwohl es in Wirklichkeit viel weniger gewesen war. Das war mein letzter, verzweifelter Gedanke, als ich zusammenbrach.

Als ich aufwachte, saß er neben meinem Bett. Und sang ein Lied.

Der Besuch

Eine konnt' pfeifen, eine konnt' singen,
Eine ließ die Geige erklingen.
So fröhlich war meine Vermählung
Am Heiligen Weihnachtsmorgen.

Es war das Grausamste, das er hatte singen können. Er wusste natürlich, dass Elsbeth und ich dieses Lied in Edinburgh gesungen hatten. Er hatte sie brutal ermordet, völlig grundlos. Und jetzt beugte er sich über mich, während ich dalag, und trällerte es mit sanfter Stimme. Die Züge, die ich sah, als ich die Augen öffnete, waren so gut aussehend wie eh und je, sein Gesicht von dichtem schwarzen Haar umrahmt. Ich hatte mir immer vorgestellt, dass sich in diesem Gesicht inzwischen die Grausamkeit und der Wahnsinn seiner Taten widerspiegelten, aber dem war nicht so. Stattdessen wirkte es auf mich, als strahlten seine Züge ein beinahe unschuldiges Vergnügen aus.

»Doyle.« Er brach den Gesang ab. »Du erinnerst dich doch bestimmt an die Melodie.« Weil ich es nicht ertragen konnte, ausgestreckt vor ihm zu liegen, richtete ich mich mühsam auf.

Er griff nach etwas hinter sich, und ich wappnete mich. Zu diesem Zeitpunkt war ich noch so schwach, dass er mir jede gewünschte Verletzung hätte beibringen können. Aber als er sich wieder umwandte, hielt er nur eine Tasse in der Hand.

»Hoffentlich bist du nicht zu müde«, sagte er. »Du hast einige Strapazen hinter dir.«

»Vielleicht«, sagte ich schließlich und mit klarerer Stimme, als ich erwartet hatte, »könntest du mir sagen, warum.« Es war Tag, wie ich jetzt bemerkte, und die Sonne schien ins Zimmer und ließ sein Haar glänzen.

Er lachte. »Warum?«, wiederholte er. Er erhob sich kraftvoll vom Stuhl, die Tasse noch in der Hand, und ging ein paar Schritte auf und ab. »Zunächst einmal, weil es notwendig war, dich hierherzubringen. Das alleine hat schon ziemliche Mühen bereitet, allerdings nicht dir. Ich hatte einen guten Kutscher, aber ich musste dich alleine hereintragen, denn – wie dir erinnerlich sein dürfte – ging es dir nicht gut. Du bist ja noch immer nicht ganz gesund. Du musst etwas trinken. Und ich auch, denn der Morgenzug hierher fährt ermüdend früh.«

Mein Kopf war jetzt klarer, doch ich wusste, dass es wichtig war, ihn das nicht merken zu lassen; er musste weiter glauben, dass ich berauscht war. Es war nur eine winzige Kleinigkeit, aber sie gab mir Hoffnung, ihn täuschen zu können. Während er sich wieder auf einen Stuhl setzte, den er ans Bett gestellt haben musste, griff ich mit zittrigen Fingern nach der Tasse. Das Zittern war durchaus echt. Dann neigte ich sie und gab vor, einen tiefen Schluck Milch zu mir zu nehmen, wobei ich darauf achtete, dass mir ein bisschen aus den Mundwinkeln lief. Tatsächlich trank ich nur wenig, aber als ich sie zurückgab, waren seine Augen auf mich und nicht auf die Tasse gerichtet. Meine Hand zitterte noch, und ich sorgte dafür, dass einiges auf den Boden schwappte, was mir nicht schwerfiel, denn ich war so schwach, dass ich kaum schauspielern musste. Noch immer starrte er mich konzentriert an, als wäre ich ein schwieriger Fall in seiner Arztpraxis.

»Ich frage noch mal: Warum?«, sagte ich absichtlich lallend. Es war mir recht, wenn er mich für schwächer hielt, als ich war.

»Du wirst wohl zugeben müssen«, erwiderte er, »dass es der größte Witz aller Zeiten war. Ich wollte, dass wir uns wiedersehen. Aber ich wollte nicht gefasst werden. Also freundete ich mich mit den Morlands an. Und dann war es eine Kleinigkeit, deinen Namen in der Praxis bekannt zu machen.«

Die Erwähnung der Morlands ließ mich schaudern, aber ich wollte auf keinen Fall, dass er das bemerkte. Ich ließ meinen Kopf baumeln, als kämpfte ich gegen die Müdigkeit an. »Was willst du?«, fragte ich.

Er sprang wieder auf, und jetzt lachte er. »Du hast deine Kleidung beschmutzt, ist dir das klar? Du bist wirklich eine jämmerliche Gestalt. Niemand sorgt sich um dich, du hast keine Lieben, die zu Hause auf dich warten, niemand vermisst dich. Du könntest hier jahrelang verrotten, ohne dass es jemanden schert.« Er drehte sich um und hielt den Kopf dicht an meinen. »Nein, nicht einmal deine Mutter.«

Mein Herz tat einen Satz; das waren neue Töne. Ich verwünschte mich, denn er hatte meine Reaktion sofort bemerkt.

»Ach, sie ist auf Masongill, wo Dr. Waller sie sehr glücklich macht. Sie werden dich kaum vermissen.«

Das tat weh. Ich wusste natürlich, dass Cream von unserem »Untermieter« Dr. Waller gehört hatte, aber ich hätte mir niemals träumen lassen, dass er wusste, dass Waller eine zärtliche Beziehung zu meiner Mutter eingegangen war, eine Beziehung, die ich weder verstand noch mir länger vorstellen wollte. Ich wandte meinen Kopf ab, denn ich konnte es nicht ertragen, wie Creams Augen vor Lachen brannten.

»Aber ja«, fuhr er fort, »ich weiß davon. Und wie gesagt: Damit bleibt dir niemand mehr, Doyle. Niemand außer mir.«

»Ich will nichts mit dir zu tun haben.« Die Gemütsregung in

meiner Stimme war echt, denn ich merkte, dass ich recht mit dem Rauschgift hatte. Nur meinen Körper zu brechen war diesem Mann zu leicht, er wollte erst meinen Geist brechen und mich so vollkommen zerstören. Ich versuchte verzweifelt, meine Gedanken von seinen Worten abzulenken und auf seine Motivation zu richten. Etwas an mir musste ihn so immens angestachelt haben. Warum sonst sollte er sich solchen Mühen unterziehen, um mir zu schaden? Hier musste der Schlüssel liegen, wenn ich ihn nur fand.

Seine Miene war ernst geworden. »Das ist eine Lüge. Du und dein geschätzter Dr. Bell, ihr versucht schon seit Jahren, mich zu finden, das kannst du kaum bestreiten, auch wenn ich zugeben muss, dass es mir nur wenig Ungemach bereitet hat. Sogar in Edinburgh war ich euch beiden voraus.«

»Wir haben die Stadt von dir befreit.« Es war eine dürftige Erwiderung, doch zu meiner Überraschung verhärtete sich sein Mund ein wenig.

»Ich weiß immer noch nicht, wie ihr das geschafft habt. Natürlich hält er sich für so schlau, mit seiner Chemie und seiner Spurensuche und seinem endlosen Kombinieren, aber wie sollte er mich damit verstehen können? Oder gar du?« Es war nur ein Aufblitzen, aber es brachte mir etwas ein. Er hatte offensichtlich das Gefühl, von Bell und mir in Edinburgh geschlagen worden zu sein, denn wir hätten ihn beinahe gefasst und er hatte fliehen müssen. Das mochte zum Teil seinen Wunsch, mich zu verletzen, erklären. Ein weiterer Grund lag in der Tatsache, dass wir einst enge Freunde gewesen waren, die ihre Begeisterung für die Geschichten von Poe geteilt hatten. Allerdings lasen wir sie, was mir freilich erst später klar wurde, aus entgegengesetzten Perspektiven. Er bewunderte im Ernst ihre Grausamkeiten und hatte gehofft, sie mit mir zusammen nachahmen zu können.

Während ich noch darüber nachdachte, wies er darauf hin, dass er mit mir machen könne, was er wolle. »Ich könnte deinem Leben jetzt ein Ende setzen. Vielleicht wäre es das Beste.«

Die Sonne schien auf das Bett, und mir fiel auf, dass sie jetzt aus einem höheren Winkel herabstrahlte, also weiter anstieg, was bedeutete, dass das Fenster, durch das ich geschaut hatte, nach Osten hinausging. Ich versuchte mich um jeden Preis abzulenken. Auf gar keinen Fall wollte ich diesem Mann die Genugtuung verschaffen, meine Angst zu bemerken.

Aus seiner Tasche hatte er ein Skalpell gezogen, fast sieben Zoll lang, mit kurzem Griff. Er hielt es an meinen Hals, und ich spürte einen stechenden Schmerz, als es die Haut durchbohrte. Ich hatte keine Zeit gehabt, mich zu verteidigen, selbst wenn ich die Kraft gehabt hätte. Doch die Klinge stoppte kurz vor der Luftröhre.

»Ich glaube, ich möchte lieber an einem anderen Ort zustechen als dem naheliegenden«, sagte er und zog die Decke weg. Und mit einer ausholenden Bewegung stach er mich in die Brust, in den Bauch und zuletzt in mein linkes Bein. Ich schrie auf, denn beim Oberschenkel neigte er die Klinge etwas und drang tiefer ein, wodurch eine richtige Wunde entstand, sodass ich mich zusammenkrümmte wegen des brennenden Schmerzes. Dann schien er plötzlich genug zu haben und zog das Messer heraus. Eine Weile sah er mir zu, wie ich mich vor Qualen wand, ehe er das Messer mit einem weißen Taschentuch abrieb und wieder einsteckte.

»Nein«, sagte er, »es macht viel mehr Spaß, dich noch eine Weile zu behalten. Schließlich haben wir noch so viel zu besprechen. Hältst du mich für verrückt?«

Ich rang um Atem, hätte mich aber auch sonst nicht dazu herabgelassen, ihm eine Antwort zu geben. Ich hatte nicht vor, seine Eitelkeit zu befriedigen oder seiner Lust auf eine Diskussion zu willfahren. »Ich kann alles rechtfertigen, was ich tue«, fuhr er fort, »und zwar auf eine Weise, die weder du noch Bell anfechten können. Euer Land hier ist morsch, es erodiert vor euren Augen, wird fortgetragen vom Meer. Es gibt hier ja sogar Orte, die im wörtlichen Sinne im Meer versinken. Ein ausgezeichnetes Bild für die Verderbtheit der englischen Seele. Aber es geht noch viel weiter. Ich bin die Zukunft, ihr seid die Vergangenheit. Ich bin ein Kind des nächsten Jahrhunderts. Ich feiere seine Freiheiten, während ihr in den aberwitzigen Regeln und Einschränkungen und dem Aberglauben des vergangenen gefangen seid. Wenn ihr tot seid, wird es viel mehr von meiner Sorte geben; und fünfzig Jahre nach eurem Tod noch zehnmal mehr. Und deren Regel ist meine. Ich sage dir, wie sie lautet: Träume nicht davon, tu es einfach.«

»Wir werden Widerstand leisten«, sagte ich.

»Ah«, antwortete er. »Ja, das habe ich einmal irgendwo in einem Brief von Bell gelesen. ›Der Kampf gegen die Zukunft.‹ Das klingt eindrucksvoll. Aber ebenso gut könntet ihr euch an den Strand stellen und gegen die Gezeiten kämpfen. Oder den Mond anheulen.«

Ich verlor langsam das Bewusstsein, und er lächelte mich beinahe zärtlich an. »Mir hat unser kleines Gespräch gefallen, auch wenn dein Leben so erbärmlich ist, dass es mit dir keinen Spaß mehr macht wie damals an der Universität. Jetzt musst du schlafen. Ich komme schon bald wieder. Noch ein Gespräch, vielleicht zwei, dann bringe ich dich um. Nicht mit meinem Messer. Eigentlich wollte ich dir heute ein Körperteil abnehmen, aber ich glaube, stattdessen werde ich dich bei lebendigem Leibe braten für deine Ketzereien. Vielleicht bringe ich das kalte Fleisch dann deinem verrückten Vater und lasse ihn dich aufessen. Die Führung solcher Einrichtungen ist eine

Schande; ich bin mir sicher, dass er alles essen würde, warum nicht seinen eigenen Sohn.«

Zum Glück bekam ich danach nichts mehr von ihm mit; das Rauschgift und der Schmerz hatten ihre Arbeit getan, und ich fiel zurück in die Dunkelheit. Als ich wieder aufwachte, pochte mein Bein noch immer, aber nachdem ich heruntergegriffen hatte, stellte ich fest, dass es sorgfältig bandagiert worden war; und auch meine anderen oberflächlichen Wunden waren versorgt worden. Offenkundig wollte er nicht, dass ich an Blutverlust starb, während er weg war. Nach einer Weile schloss ich aus den Spuren im Bett und meinen wachen Sinnen, dass ich nicht allzu viel Blut verloren hatte. Der Verband am tieferen Schnitt am Bein hatte den Fluss gestoppt, während die anderen Wunden zwar Narben verursachen würden, aber eher oberflächlich waren.

Mein Kopf fühlte sich klarer an, und ich zwang meine Beine aus dem Bett auf den Boden. Ich hatte Sorge, dass das verletzte Bein nachgeben würde. Das tat es beinahe auch, und ich musste mich mit den Händen am Stuhl abstützen. Aber nach kurzer Zeit konnte ich vorwärtsschlurfen. Es schmerzte noch immer, aber ich glaubte, laufen zu können, und zum ersten Mal in meinem Leben war ich dankbar für die ausschweifende Fantasie meines Widersachers. Ich hätte kaum noch etwas zu hoffen gehabt, wenn er seinen ursprünglichen Plan umgesetzt und mir ein Körperteil amputiert hätte.

Draußen war es dunkel, doch die Nacht war klar, und das Zimmer, von dem ich nun überzeugt war, dass es eine Hütte war, wurde vom Mondlicht erhellt. Meine erste Aufgabe war eine gründliche Suche; zuallererst musste ich seine Bewegungen analysieren, um festzustellen, ob es ein Muster gab. Soweit ich verstanden hatte, kam er immer am Morgen, er hatte vom ermüdenden Morgenzug gesprochen. Das konnte nur bedeuten, dass es nur wenige weitere Züge gab, denn er würde nie etwas Ermüdendes tun, wenn es sich vermeiden ließe.

Ich hatte also die Hoffnung, bis zum Morgen Zeit zu haben, und ich bewegte mich rasch. Das Essen war mir wieder hingestellt worden. Vorsichtshalber kippte ich die Milch in den Kohleneimer, der randvoll war, denn niemand hatte ein Feuer gemacht. Das Brot versteckte ich unter den Kohlen.

Ich hatte mich bereits davon überzeugt, dass nichts von Bedeutung in der Nähe meiner Schlafstatt war, und die stinkenden Laken waren mir inzwischen verhasst. Aber mir war unklar, was jenseits des Paravents lag. Als ich zu ihm kam, roch ich wieder den üblen Gestank, der mir beinahe Brechreiz verursachte, aber ich konnte nichts ausfindig machen, was ihn erklären würde, denn diese Seite des Zimmers war nahezu leer. Ich tastete mit meinen Händen stellenweise den Boden ab, fand aber nur einen Teppichnagel, was mich folgern ließ, dass hier jemand kürzlich einen Teppich abgehoben und entfernt hatte.

Wie ich schon festgestellt hatte, war die Tür unüberwindbar, womit nur noch das Fenster hinter meinem Bett blieb. Es musste hier doch etwas geben, womit man die Scheiben zerschlagen könnte. Ich kehrte zum Kohleneimer zurück, froh, dass mein Bein wieder beweglicher wurde, obgleich ich noch immer sehr schwach war. Die Kohlenstücke darin waren klein, aber bestimmt konnten sie ein Fenster zu Bruch gehen lassen. Ich nahm eines in die Hand und vermochte es mühelos hochzuheben. Endlich, so dachte ich, konnte ich etwas unternehmen.

Aber als ich gerade aufstand, kam plötzlich ein Geräusch, und es war das letzte Geräusch, das ich jetzt hören wollte. Der Schlüssel hatte sich im Schloss gedreht, und nun öffnete sich die Tür.

Die Nachtwache

Mein erster Impuls war, ihm mit dem bisschen Kraft, über das ich noch verfügte, entgegenzutreten. Zumindest könnte ich ihm die Kohle an den Kopf werfen. Das war mein erster Gedanke, während seine Sicht für einen Augenblick von der sich nach innen öffnenden Tür versperrt war. Aber im gleichen Moment wusste ich, dass ich überhaupt keine Chance hätte. Ich könnte ihn noch nicht einmal überraschen, denn er würde mich sehen, lange bevor ich die Tür oder auch nur den Paravent erreicht hätte. Und da er in guter Form, kerngesund und bewaffnet war, hätte das Ganze lediglich zur Folge, dass er mich umgehend umbrachte. Sosehr es mir zuwider war, lag meine einzige Hoffnung darin, ihn zu täuschen. Ich legte die Kohle hin und kroch rasch ins Bett.

Ich hatte nur wenige Sekunden gehabt, doch ich war schnell und leise, und wegen des Winkels der Tür und den tief stehenden Schatten war ich mir sicher, dass er mich nicht gesehen hatte. Nun lag ich unter dem Bettzeug, die Augen geschlossen, während er die Tür vorsichtig hinter sich schloss und herüberkam, um mich zu mustern. Dann steckte er eine Kerze an, stellte sie auf den Tisch und untersuchte die Essensreste. Er schien damit zufrieden; zumindest mussten sie meine reglose Gestalt im Bett erklären. Ich fühlte, wie das Kerzenlicht auf mich gerichtet wurde, und spürte, dass er nur wenige Zoll von mir entfernt in mein Gesicht blickte. Wenn ich zu reglos blieb, konnte er mich vielleicht durchschauen, also gab ich vor, mich leicht zu rühren. Doch das war ein Fehler.

»Hoffentlich hattest du genug Milch und Brot«, sagte er. »Es freut mich, dass alles weg ist. Trotzdem schläfst du nicht so tief, wie ich möchte.«

Ich hörte, wie er etwas öffnete. Und dann spürte ich, wie eine Flasche gegen meine Lippen gepresst wurde. »Ich bin mir sicher, dass du mich hören kannst, Doyle. Schluck das runter, jetzt gleich.«

Es hätte natürlich Strychnin sein können, doch ich erkannte schon bald den klebrig-bitteren Nebengeschmack des Laudanums, das in den Alkohol gemischt war. Die Konzentration des Zeugs war hier höher als in der Milch, und ich wusste, dass ich es nicht trinken durfte, doch mit jedwedem Widerstand wäre meine einzige Chance vertan.

In der Verzweiflung des Augenblicks drückte ich meine Faust zusammen und fühlte einen scharfen, stechenden Schmerz – es war der Teppichnagel, den ich in der Hand hielt. Der Schmerz machte meinen Kopf frei. Ich tat so, als nähme ich mehrere Schlucke von der Flüssigkeit, ließ auch etwas davon durchkommen, behielt das meiste davon aber im Mund, dann tat ich so, als sackte ich völlig bewusstlos zusammen, und ließ meinen ihm abgewandten Kopf halb vom Kissen rutschen. Ich hörte, wie er die Flasche abstellte, sodass ich nicht mehr in seinem Kerzenlicht war, während ich das giftige Gebräu langsam ins Kissen und auf die Decke rinnen ließ. Ich wusste, dass ihn der Geruch nicht warnen würde, denn es war nur einer von vielen schlechten Gerüchen in diesem Bett, und das Kissen lag im Schatten.

Nach einer Weile hörte ich ihn umherlaufen und bemerkte einigermaßen überrascht, dass er gegen die Wände klopfte und an der Stelle hinter dem Paravent hin und her lief. Er schien ebenfalls in Sorge zu sein. Mehr als einmal hörte ich ihn unterdrückt fluchen.

Endlich kehrte er zu mir zurück. »Du bist ein armseliger Gegner, Doyle. Ich rieche, dass die Decken schon wieder verschmutzt sind, ich hatte mir mehr von dir versprochen. Morgen, wenn ich Zeit habe, ein Feuer zu machen, komme ich wieder und bringe dich um, denn ich habe wirklich genug von diesem Ort, dessen einziger Vorzug es war, dich quälen zu können. Ich glaube, es wird vorzüglich, und das mit deinem Vater habe ich durchaus so gemeint. Er wird seinen Sohn verspeisen. Er wird es bestimmt genießen. Und natürlich wird er nach dem Essen erfahren, was für Fleisch er da so reichlich verzehrt hat.«

Anschließend herrschte Stille, denn er wandte sich ab, und dann hörte ich ihn nicht mehr. Das Laudanum, das ich geschluckt hatte, ließ mich einschlafen, aber ich glaube, dank meiner Ausweichmanöver nicht allzu lange. Als ich aufwachte, war es noch dunkel, aber meine Gedanken waren klar. Ich wartete, hörte aber kein Geräusch. Schon bald war ich überzeugt, dass er fort war.

Langsam richtete ich mich auf und stellte fest, dass ich auf die Beine kam und mich kräftiger fühlte. Das hatte zum Teil sicher damit zu tun, dass die Wirkung der Droge nachließ, aber außerdem spornte mich das Wissen an, dass dies meine letzte Chance war. Ich war hungrig wie ein Wolf, und meine Kehle brannte, aber ich hatte in zwei Tagen nur wenige Schlucke Laudanum eingenommen und fühlte mich wieder wie ich selbst.

Was den Hunger betraf, sagte ich mir jetzt zum ersten Mal, dass ich schon früher solche Not erlebt und überstanden hatte. Es gab eine Zeit in meiner Praxis, als es schlicht kein Geld für Essen gegeben hatte und ich tagelang ohne Nahrung ausgekommen war. Es war schwer gewesen, aber ich hatte es geschafft. Zugegeben, jetzt hatte ich auch noch mit Verletzungen fertigzuwerden, aber dank seiner Spielchen lähmten sie mich nicht. Mein verwundetes Bein schmerzte zwar, war aber belastbar. Ich musste für diese Schlacht nur all meinen Mut zusammennehmen, um zu überleben. Dieses Bild erinnerte mich an all die Geschichten, die man mir als Kind von einem Großonkel erzählt hatte, der die schottische Brigade in Waterloo angeführt hatte; ich war froh, dass ich trotz der Schmerzen, des Hungers und des Durstes immerhin stark genug gewesen war, die schreckliche Kraftlosigkeit und Untätigkeit abzuwerfen.

Ich wollte nicht länger bei jenem widerlichen Bett verweilen, fand die Kerze und entzündete sie mit den Streichhölzern, die neben ihr lagen. Brot und Milch standen wie immer bereit, aber ich machte mir noch nicht einmal die Mühe, so zu tun, als hätte ich sie angerührt. Mit der Kerze in der Hand unternahm ich einen kurzen Rundgang, aber alles war genau wie zuvor, obwohl der Gestank bei der Tür so unbeschreiblich faulig geworden war, dass ich mich zu fragen begann, ob Cream ein Tier geschlachtet und als zusätzlichen Hohn dort versteckt hatte.

Hier war nichts, was ich nicht schon kannte, und ich wollte nicht länger warten. Zurück beim Bett, musterte ich den Haufen Wäsche und Decken, der darauf lag, und bemerkte zu meiner Freude, dass zuunterst einige Kleidungsstücke abgelegt worden waren. Bestimmt hatte er meine Schuhe auf der Fahrt weggeworfen, aber hier waren Hosen und ein uralter Mantel.

Als ich sie angezogen hatte, fühlte ich mich erheblich besser, auch wenn ich fürs Erste barfuß weitermachen musste, obschon meine Füße langsam kalt wurden.

Ich ging zurück zum Kohleneimer, packte mir den größten Brocken, den ich finden konnte, und rückte zum Fenster vor.

Plötzlich kam von draußen ein klapperndes Geräusch. Mich durchfuhr vor Furcht ein schrecklicher Stich. Sollte mein Plan wieder durchkreuzt werden? Ich stand da, die Kohle in der Hand, nur sicher, dass ich mich, egal was geschehen würde, nicht wieder in dieses Bett legen würde. Aber das Geräusch ebbte ab. Es war ein Wagen draußen auf der Straße gewesen.

Das bedeutete, dass es vielleicht schon später war, als ich dachte, womöglich kurz vor Tagesanbruch, und ich wandte mich wieder dem Fenster zu. Ohne länger zu zögern, hob ich die Hand mit dem Kohlebrocken, holte aus und traf die Scheibe so wuchtig, wie ich nur konnte. Mein Arm brannte beim Aufprall, aber das Ergebnis war niederschmetternd. Das Glas war kein bisschen zersplittert. Ich holte aus und schlug erneut zu. Zu meiner großen Erleichterung gab die Scheibe diesmal nach, und ich hörte, wie Glas auf die andere Seite fiel, und spürte einen kalten Lufthauch im Gesicht. Ich wartete, aber nach dem Geklirr blieb es draußen still. Wie erwartet war da niemand, der den Krach hören konnte.

Das machte mir Mut, und ich schlug noch mehrmals auf die Scheibe ein. Als sie völlig zerborsten war, nahm ich mir die daneben vor. Ich musste einen neuen Kohlebrocken holen, denn der erste war zerbröckelt, aber schon bald war auch die zweite Scheibe verschwunden, und ich wandte mich der darüber zu.

Schließlich waren vier erledigt, und ich stand keuchend da und horchte wieder, ob meine Anstrengungen irgendjemanden alarmiert hatten. Doch das einzige Geräusch kam vom Wind.

Mein Tun forderte allmählich seinen Tribut, doch ich wusste, dass mir die größten Aufgaben noch bevorstanden. Irgendwie musste ich meine provisorische Waffe einsetzen, um die Mitte des Holzrahmens zu zerbrechen, aber das würde viel größere Kraft erfordern als das Glas. Ich legte meine Hand auf den Rahmen und stellte zu meiner großen Freude fest, dass er alt und nicht gut gepflegt war.

Ich bot all meine Kraft auf, umfasste die Kohle fest, schwang den Arm nach hinten und traf schwer auf das Holzkreuz. Ich spürte ein schreckliches Rütteln in meinem Arm, als die Kohle in winzige Stücke zerbarst, doch der Rahmen war nahezu unversehrt geblieben.

Ich ging wieder zum Kohleneimer, um nach einem besseren Brocken zu sehen, doch die anderen Stücke waren so klein, dass sie unbrauchbar waren. Da dachte ich zum ersten Mal an den Eimer selbst. Er bestand aus einem minderwertigen Metall, aber immerhin aus Metall. Ich hob ihn hoch und leerte die Kohlen ohne große Mühe aus. Schon bald schwang ich ihn an seinem Henkel und staunte, um eine wie viel bessere Waffe er abgab als meine dürftigen Kohlebrocken. Ich stellte mir vor, was für einen Knacks er verursachen würde, wenn ich ihn auf den Schädel meines Feindes niedergehen ließe. Das heiterte mich auf, und kurz danach stand ich wieder am Fenster. Ich holte Luft, biss die Zähne zusammen und schwang den Eimer mit aller Kraft gegen den Rahmen, wobei ich kurz vor dem Aufprall meinen Griff löste.

Ich weiß, dass in meiner Vorstellung Creams Kopf genau im Weg war, und das Ergebnis hätte kaum erfreulicher ausfallen können. Das Holz zersplitterte und gab nach, während der Kohleneimer durch das Fenster sauste und auf dem Gras draußen liegen blieb. Als ich den Schaden genau begutachtete, war ich mir sicher, dass ich mit etwas Anstrengung durch die entstandene Öffnung klettern konnte, auch wenn ich noch mit dem restlichen Glas zu kämpfen hatte.

Zu meinem Unbehagen nahm ich wahr, dass es draußen heller wurde. Ich schob alle großen Glasstücke aus dem Fenster, aber es war aussichtslos, auch noch alle kleineren Splitter zu entfernen. Deshalb ging ich zurück zum Bett, holte eine der schweren Decken und warf sie so durch das Fenster, dass die dicke Wolle den unteren Rahmen bedeckte.

Wie sich herausstellen sollte, war das Folgende die schwierigste Aufgabe dieser Nacht, denn ich musste mich hochhieven und dann in einer einzigen gewagten Bewegung kopfüber durch das Fenster zwängen. Die Decke und meine Kleider boten etwas Schutz, aber dennoch war das Fenster so eng, dass ich, als ich mich nach vorne warf, spürte, wie winzige Glassplitter in meine Schultern und Arme drangen. Ein langes Stück, das ich übersehen haben musste, durchstach meinen Mantel, aber ich war gezwungen, mich dessen ungeachtet weiter vorzuarbeiten, ohne meinen Fall richtig einkalkulieren zu können. Dann war ich über den Gleichgewichtspunkt hinaus und stürzte ab.

Während ich fiel, rutschte die Decke zur Seite, sodass meine nackten Füße unerträglich an den Splittern entlangrissen. Dann taumelte ich nach vorn auf den feuchten Boden, und mein rechtes Bein stieß mit qualvoller Wirkung auf etwas Hartes. Es war die Kante des Kohleneimers; ich musste mich von ihm wegwälzen und verfluchte meine Dummheit, dass ich das Ding hier landen gelassen hatte.

So lag ich da, spürte Blut an meinen Füßen und Schultern, gelangte aber letztlich zu dem Schluss, dass mein Bein zwar schwer geprellt war, ich mir aber nichts gebrochen hatte. Endlich war ich aus dem widerlichen Haus entkommen. Als ich mich aufsetzte, um meine Wunden zu betrachten, wurde mir bewusst, wie viel Glück ich gehabt hatte. Wenn statt meines Beins mein Kopf gegen die Kante des Kohleneimers geprallt wäre, hätte mein Gegner bei seiner Rückkehr womöglich meine Leiche auf dem Rasen vorgefunden.

Dieser Gedanke brachte mich auf die Beine, und als sich meine Augen an das Licht gewöhnt hatten, musterte ich meine Umgebung. Im frühen Morgengrauen stand ich, wie ich schon länger vermutet hatte, neben einer kleinen Hütte auf freiem Gelände. Der Garten um mich herum war verwahrlost und überwuchert; einige größere Bäume standen unten neben einer verfallenen Steinmauer. Jenseits des Gartens schien, soweit ich ausmachen konnte, ein Feld zu liegen, und daneben zweigte ein Pfad in einen Wald ab. Als ich mich zur Seite wandte, konnte ich sehen, dass der Pfad vor dem Haus weiterlief. Nur der Himmel wusste, in welcher Grafschaft ich mich befand; das Land sah nicht sehr fruchtbar aus, und ich konnte keine weiteren Häuser sehen, obgleich natürlich viel von Bäumen verdeckt war und es noch nicht hell war.

Etwas war mir jenseits der nächstgelegenen Ecke des Feldes schon aus den Augenwinkeln aufgefallen, und ich kletterte durch das Dickicht aus dem Garten hinaus. Nachdem ich eine Böschung hinabgestiegen war, stand ich bald, wie ich angenommen hatte, am Ufer eines Bachs. Er war schlammig, aber anderweitig recht sauber, und ohne auf die Kälte zu achten, legte ich mich an den Fuß der Böschung und trank das Wasser. Dann schüttete ich es mir über Kopf und Hals, im dringenden Bedürfnis, den Gestank der Hütte loszuwerden.

Als mein Durst gestillt war und sich mein Kopf sauber anfühlte, wandte ich mich meinen Wunden zu. Mir war kalt, und ich zitterte jetzt, aber es fror mich nicht besonders, sodass ich Mantel und Hosen auszog und mir das Blut abwusch – wobei ich gut achtgab, dass die Kleider nicht nass wurden. Schließlich wusch ich mich und untersuchte den Verband an meinem linken Bein. Er saß noch immer fest, und obwohl die Wunde äußerst schmerzhaft war, war sie zu hoch gewesen, um meine Bewegungen zu beeinträchtigen. Es entbehrte nicht einer gewissen Ironie, dachte ich, dass ich mein Leben dem Ehrgeiz von Creams Grausamkeit zu verdanken hatte. Ein Mann, der nicht so abgrundtief böse gewesen wäre, hätte mich lediglich auf herkömmliche Weise gequält und getötet, aber Cream hatte mehr gewollt.

Inzwischen waren meine Füße eiskalt, und ich zog meinen Mantel an, für den ich Gott dankte, als ich wieder vom Feld in den Garten ging. Es gab noch immer kein Zeichen von irgendjemandem oder irgendetwas, als ich wieder zu dem Fenster kam, aber mir war eine Verwendungsmöglichkeit für die Decke eingefallen, und außerdem hatte ich eine Entscheidung gefällt. Ich zog die Decke vom Fensterrahmen und sorgte dafür, dass kein Glas mehr in ihr steckte. Dann ging ich in die Knie, um den Boden abzusuchen und wählte den tödlichsten Glasdolch aus, den ich finden konnte. Schließlich ging ich zu den Bäumen am unteren Ende des Gartens, bis ich vom Haus aus nicht mehr zu sehen war. Hier wickelte ich den Stoff um meine Füße, um sie besser vor der Kälte zu schützen.

Ich würde ihn abnehmen müssen, um laufen zu können. Aber ich hatte nicht vor zu laufen. Bis zu diesem Zeitpunkt hatte ich meine Energie darauf verwendet, der Hütte und seinem Einfluss zu entkommen. Nun, da das teilweise erreicht war, erkannte ich erstmals meine tatsächlichen Beweggründe: Ich wollte ihn umbringen. Ich muss zugeben, dass ich keinen Gedanken an Gerichte, Gerechtigkeit oder Rechtmäßigkeit verschwendete. Ich wollte nur zum Schlag gegen den verkommenen Verbrecher ausholen, der mich erniedrigt hatte und der bereits aus reinem Vergnügen die eine Person auf dieser Welt ausgelöscht hatte, die mich hätte glücklich machen können. Ich hatte und habe bis heute nicht die geringsten Gewissensbisse hinsichtlich der Gefühle, die ich in diesem Garten hegte, als ich dem Morgengrauen zusah. Zweifellos ist es böse, wenn Menschen das Gesetz in die eigenen Hände nehmen. Aber nach allem, was geschehen war, kam es mir wie reine Selbstverteidigung vor. Und selbst wenn Dr. Bell dort gewesen wäre, um mich zu belehren, hätte ich ihn gefragt, wie es denn überhaupt moralisch sein könne, einen solchen Mann leben zu lassen, wenn wir doch völlige Gewissheit über seine Taten hatten und sich uns die Gelegenheit bot, weitere Morde zu verhindern, indem wir die Welt für immer von ihm befreiten.

Es schien mir sicher, dass mein Feind in wenigen Stunden hier sein würde und dass er über die Straße käme, die ich gesehen hatte. Er hatte keinen Anlass, durch Wiesen und Wälder zu laufen; abgesehen davon hatte mir die Sauberkeit seiner Kleidung verraten, dass er stets die Straße benutzt hatte. Es schien zudem wahrscheinlich, dass er im Laufe des Vormittags auftauchen würde. Zweifellos schlief er im Augenblick friedlich in einem örtlichen Gasthof und wollte später zurückkommen, um mich auf die versprochene Weise zu töten.

Die einzige Frage war, wie ich ihn überraschen konnte. Das Innere der Hütte bot bei einem solchen Kampf wenig Hoffnung, also betrachtete ich jetzt ihr Äußeres. Vor mir lag eine einfache eingeschossige Behausung mit einem Vorbau vor dem Eingang. Ich wusste, dass die innere Tür des Vorbaus verschlossen war, und bestimmt war auch die äußere gesichert. Ich zog in Erwägung, auf das Dach des Vorbaus zu klettern und ihn zu überfallen, während er die Tür aufschloss, aber es wäre schwer, still zu bleiben, und es bestand die Möglichkeit, dass er aufsah und mich entdeckte.

Unterm Strich schien es vorteilhafter, ihn zu überraschen, bevor er die Tür erreichte und das zerbrochene Fenster dahinter sah. Ich nahm also meine Decke und ging zurück zur Hütte und an der Tür vorbei. Der Weg nach vorne, ein kleiner grasbedeckter Pfad, begann bei dem Vorbau und führte um die Seite herum. Als ich die Straße auf der anderen Seite des Gebäudes erreichte, entpuppte sie sich als staubiger, aber breiter Weg, der vermutlich zu weiteren Höfen und Dörfern in der Gegend führte, obgleich keine weiteren Behausungen zu sehen waren. Dahinter schlängelten sich Wälder bis hinauf zum Horizont. Die Hütte hatte wie erwartet keine Tür zur Straße hin und auch nur ein Oberlicht auf dieser Seite, das mit einem dunklen Stoff verhängt war. Der gesamte Ort machte einen sehr trostlosen Eindruck, und zum ersten Mal fragte ich mich, was für ein Mann oder was für eine Frau hier lebte, ohne sich auch nur die geringste Mühe zu geben, es etwas freundlicher zu gestalten.

Aber das war eine Ablenkung, und ich wandte meine Gedanken wieder meinem Plan zu. Die entgegengesetzte Seite des Gebäudes war von Weißdorn umwuchert, sodass es, sofern man keinen regelrechten Spaziergang vorhatte, von der Straße aus anscheinend keinen anderen Zugang zur Hütte gab als diesen Weg, wodurch die Abgeschiedenheit des Ortes vollkommen war. Ich konnte also ziemlich sicher sein, dass er aus dieser Richtung käme, was bedeutete, dass er das zerbrochene Fenster erst sehen würde, wenn er die Hinterseite des Hauses und den Garten erreicht hatte.

Meine gesamte Aufmerksamkeit war nun auf eine Gruppe Büsche neben dem Weg gerichtet. Sie waren ziemlich dicht und aufgrund des Winkels des Hausdaches bestimmt kaum der Sonne ausgesetzt, sodass sie mir ein gutes Versteck bieten würden. Und so kehrte ich, nachdem ich erneut bei inzwischen vollem Tageslicht die Straße inspiziert hatte, in den Garten zurück und kroch von hinten in die Büsche hinein. Ich bewegte mich langsam vorwärts und kauerte schon bald nur wenige Fuß von der Hütte und nur ein paar Zoll vom Weg entfernt. Ich war mir sicher, auf keinen Fall gesehen werden zu können.

Es beschwingte mich, auf ihn vorbereitet zu sein. Wenn er nicht auf allen vieren den Graspfad hinunterkam, konnte er mich nicht entdecken und auch durch nichts Argwohn schöpfen. Das dolchartige Stück Glas in meiner Hand war nicht achtlos ausgewählt worden. Es war so scharf, dass es einen Teil der dicken Decke in Fetzen gerissen hatte. Unter Berücksichtigung der Größe meines Opfers konnte ich damit mit einem Satz seine Oberschenkelschlagader unterhalb der Leiste durchtrennen. Natürlich hoffte ich auf mehr, und mein zweiter Hieb würde der Aorta gelten, aber ich musste mir mit dem ersten ganz sicher sein, denn im Prinzip würde dieser eine Hieb, sauber ausgeführt, ausreichen, egal, was danach passierte. Mit Sicherheit würde er sofort stürzen, und er wäre mir womöglich ausgeliefert, aber darauf wollte ich mich keinesfalls verlassen. Entscheidend war, dass Cream an diesem abgeschiedenen Ort in relativ kurzer Zeit an Blutverlust sterben würde. Und wenn das Glas so tief eindrang, wie ich beabsichtigte, würde ihm nichts und niemand helfen können, egal ob er hier in diesem gottverlassenen Garten lag oder von Chirurgen umringt in einem Londoner Lehrkrankenhaus.

Ich hatte Vertrauen in diesen Plan; meine einzige Sorge galt seiner Strecke. Angenommen, er war auf der Hut und marschierte querfeldein, um herzukommen? Aber warum sollte er? Ich war mir sicher, dass er glaubte, ich hätte das Rauschgift eingenommen, und er hatte angekündigt, heute Morgen zu kommen. Ich legte das Glas vorsichtig hin; ich wollte mich nicht unnötig erschöpfen. Und dann wartete ich.

Einige Stunden vergingen, während die Sonne höher stieg, sodass ich vergleichsweise warm lag. Ich glaube nicht, dass ich geschlafen oder gedöst habe, dafür war ich viel zu versessen auf meine Beute, aber meine Gedanken schweiften häufig weit ab. Natürlich dachte ich an meine verlorene Liebe

Elsbeth und wie sehr ich das idiotische Verbrechen an ihr rächen wollte. Ich dachte an die Tortur, die ich gerade erduldet hatte, und dass ich niemals wieder in eine solche Lage geraten durfte. Aus irgendeinem Grund wanderten meine Gedanken zu meinem Vater, der noch immer in einem düsteren Irrenhaus in Schottland eingekerkert war. Und dann ertappte ich mich bei dem Gedanken an die Morlands und hoffte unter Aufbietung meiner letzten Willenskraft, dass Cream ihnen nichts angetan hatte. Aber während all dieser Tagträume kehrte ich stets zu der Vorstellung zurück, wie es sein würde, meine Waffe in dem bösartigen Ding zu versenken, das mich hierhergebracht hatte. Denn inzwischen hielt ich Cream kaum noch für einen Menschen. Die Zeiten, in denen wir uns unterhalten und fröhlich miteinander getrunken hatten, schienen einem anderen Leben anzugehören. Es war meine Vergangenheit, an die ich mich erinnerte, und doch schien es eher einem anderen passiert zu sein, den ich einst gekannt hatte.

Und dann hörte ich das Fuhrwerk. Natürlich konnte ich es nicht sehen, aber es kam aus der erwarteten Richtung, also von jenseits der Hütte bergab durch den Wald, was mir als der wahrscheinlichste Weg in Richtung Zivilisation erschienen war. Die knarrenden Räder näherten sich, und ich konnte die Hufe der Pferde auf dem Boden hören. Ihr Klappern wurde immer lauter. Schließlich wurde mir klar, dass das Fuhrwerk bereits nahe bei der Hütte war und sich damit ganz sicher nur noch wenige Fuß von mir entfernt auf der Straße befand. Würde es weiterfahren? Nein, es hielt an, und jemand stieg aus. Ich wappnete mich, alle Nerven angespannt, und erwartete ihn.

Hinter der Tür

Eine Weile passierte gar nichts. Meine Nerven waren so angespannt, dass ich kaum atmen konnte.

Dann lief jemand den Weg entlang, ich sah erst einen Schatten, dann Stiefel. Sie blieben stehen. Gerade außer Reichweite. Ein Hieb würde ihn so lediglich verwunden können. Hatte er es irgendwie erraten? Ich wappnete mich.

Dann kam cinc Stimme. »Also, ich sehe hier niemanden. Klar, der alte Lucas bleibt lieber für sich, aber merkwürdig ist es doch. Keine Spur von ihm.« Es war nicht seine Stimme.

Eine andere Stimme erklang von weiter weg. »Na, du hast aber keinen Anlass, deine Nase da reinzustecken, sonst schneidet er sie dir noch ab. Er soll da ein oder zwei Goldsäcke haben.«

Jetzt kehrten die Füße um und liefen zurück zur Straße. »Ja, für Geld würde der alles tun«, antwortete ihr Besitzer. »Aber seltsam ist es schon, denn er mag zwar keine Gesellschaft, aber sonst starrt er einen immer hier von seinem Weg aus an. Und jetzt schon seit Wochen nicht mehr. Na, auf geht's.«

Daraufhin hörte ich, wie jemand zurück in das Fuhrwerk stieg. Dann knallte eine Peitsche, und das Gefährt setzte sich in Gang. Konnte er noch immer irgendwo lauern? Hatte Cream vielleicht, um mich zu täuschen, die beiden angewiesen, ihn nicht zu erwähnen? Aber dann kam mir in den Sinn, dass er sich niemals der Dienste solcher Klatschweiber bedient hätte, und die Unterhaltung hatte völlig echt geklungen. Das konnte bloß bedeuten, dass es falscher Alarm gewesen war:

nur zwei neugierige Männer aus der Gegend, die vorbeigekommen waren.

Meine Handflächen schwitzten so sehr, dass ich meine Waffe ablegen und sie an den Büschen abwischen musste. Dieser Lucas, von dem sie gesprochen hatten, musste der Bewohner der Hütte sein, und Cream war sein Besucher. Wenn der Mann für Geld alles tun würde, hatte Cream ihm bestimmt einiges bezahlt, damit er sich fernhielte, weshalb seine Nachbarn nun über seine Abwesenheit sinnierten.

Ich war schwer enttäuscht, doch ich bereitete mich darauf vor, weiter zu warten. Und ich wartete. Die Stunden vergingen, das Licht wurde schwächer. Ich lauschte den Vögeln, und einmal war ich mir sicher, eine Maus in ein Loch an der Seite des Hauses huschen zu sehen, aber sonst passierte gar nichts. Nicht ein einziges weiteres Gefährt kam auch nur vorbei. Und schließlich sah ich, wie die Schatten länger wurden, und wusste im Grunde meines Herzens, dass er mir wieder entkommen war. Im Augenblick zumindest würde er nicht hierher zurückkehren.

Ich fühlte mich steif und war mir mehr denn je meiner Schmerzen und meines Hungers bewusst. War es denkbar, fragte ich mich, während ich vom Weg wegzukriechen begann, dass er es gewusst hatte? Dass er mich durchschaut hatte und wieder eines seiner Spielchen spielte? Vielleicht beobachtete er mich sogar gerade und würde irgendwann meiner Possen müde und dann zuschlagen?

Ich blickte mich um, aber schon bald war ich wieder so weit bei Verstand, dass mir klar wurde, dass nichts davon stimmen konnte. Es war undenkbar, dass er meine Flucht riskiert oder mir eine Waffe zugestanden hätte, schließlich umklammerte ich noch immer meinen Glasdolch. Und selbst wenn er hier gewesen wäre, hätte er nicht den ganzen Tag gewartet, um mich aus dem Hinterhalt anzugreifen.

Nein, seine Abwesenheit musste mit etwas anderem zusammenhängen. Vielleicht hatte er wegen der Art Klatsch, wie ich ihn vorhin gehört hatte, Zweifel gekriegt, ob er wieder hierherkommen sollte? Oder er war von einer anderen Sache abgehalten worden? Welcher Grund es auch sein mochte, ich war völlig niedergeschlagen. Es schien, als hätte das Schicksal selbst entschieden, dass ich die Auseinandersetzung mit ihm niemals zu einem Abschluss bringen konnte. Zum ersten Mal in fünf langen Jahren war ich ihm gegenüber im Vorteil gewesen und hätte die Gelegenheit gehabt zurückzuschlagen, nur um sie jetzt dahinschwinden zu sehen.

Es ergab keinen Sinn, länger hier zu verweilen, und als ich aus meinem Unterschlupf kroch, bemerkte ich, dass es kälter wurde. Die Sonne würde noch eine Stunde Tageslicht spenden, aber trotz der Decke waren meine Füße bereits klamm, und mir schien eine verzweifelte Reise bevorzustehen, und das größtenteils nachts. Aufgrund meines Blutdursts hatte ich die Chance verspielt, sie unter weniger herausfordernden Bedingungen anzutreten.

Ich kam wieder zur Rückseite der Hütte und fragte mich, was Cream wohl mit Lucas' Sachen gemacht hatte, denn er würde doch sicher nicht sämtliche Kleidung mitgenommen haben. Als ich den Vorbau erreichte, kam mir der Gedanke, ob sie nicht vielleicht im Raum zwischen den beiden Türen sein könnten. Ich stemmte mich gegen die äußere. Zu meiner Verblüffung öffnete sie sich.

Jetzt verfluchte ich mich für meine Dummheit, es nicht früher getan zu haben. Ich war so sehr mit meinem Plan beschäftigt gewesen, dass ich einfach angenommen hatte, sie wäre verschlossen. Aber als ich jetzt in die Schatten trat, erwartete mich ein unbeschreiblicher Gestank und ließ mich angewidert zurückschrecken. Es war der Geruch fauligen Fleisches, und sein Ursprung wurde offensichtlich, als ich nach unten blickte.

Der Leichnam des Mannes verweste bereits, mit dunklen Flecken abgelöster Haut. In seinem Schädel war ein großes Loch, mit annähernder Sicherheit von dem Schlag, der ihn getötet hatte, und er lag in einer kleinen Pfütze eingetrockneten Bluts. Nach grober Berechnung war der Mann seit mindestens einer Woche tot, und ich war mir sicher, dass sein Mord meiner Ankunft vorausgegangen war.

Ich schämte mich jetzt für meine kläglichen Schlussfolgerungen über den vermissten Lucas. Cream hatte diesen Ort offenkundig wegen seiner Abgeschiedenheit ausgewählt, aber natürlich hätte er es niemals in Erwägung gezogen, mit dem Bewohner eine Abmachung zu treffen, selbst wenn eine solche möglich gewesen wäre. Er hatte ihn einfach aus dem Weg geräumt.

Doch das war noch nicht alles, denn während ich den erbärmlichen, unterernährten Leichnam unter mir betrachtete, fiel mir der Klatsch ein, den ich an der Straße gehört hatte. Lucas »blieb lieber für sich«, hatten sie gesagt. Also war der Mann als Einsiedler bekannt, was Cream vortrefflich gepasst haben dürfte. Das gab ihm die Gelegenheit, den Bewohner zu beseitigen und die Hütte für seine eigenen Zwecke zu nutzen. Und hatte nicht eine der beiden Stimmen »ein oder zwei Goldsäcke« erwähnt? Kein Wunder, dass es zwei robuste Eichentüren gab. Cream hatte bestimmt von diesem Geizkragen und seinem Schatz gehört. Vielleicht hatte er die Möglichkeit gesehen, noch etwas Vermögen zu erwerben, während er mich folterte.

Das musste der Grund für das Abklopfen der Wände gewesen sein, das ich gehört hatte, als er umherlief. Aber seinen Äußerungen nach hatte er nichts gefunden. Und ich kannte auch den Grund. Cream mochte eine Menge wissen, aber er konnte nicht viel Ahnung von den verschrobenen Seiten des englischen Dorflebens haben. Das Gold, über das in dieser Gemeinschaft getuschelt wurde, konnte eventuell tatsächlich vorhanden sein, doch weitaus wahrscheinlicher war, dass es überhaupt nicht existierte. Ein seltsamer, zurückgezogener Mann, der seine Nachbarn nicht mag und sogar fürchtet, der sehr auf seine Privatsphäre bedacht ist und in großem Elend lebt, gilt häufig als Hüter eines Schatzes. Dabei ist es viel wahrscheinlicher, dass er an einer geistigen Abnormität leidet. Kein Wunder, dass Creams Ausbeute dürftig gewesen war.

Ich zog daraus einen makabren Trost und kniete mich hin, wobei ich mir die Nase mit dem Ärmel zuhielt, um den Leichnam genauer zu untersuchen. Da hörte ich abermals das Klappern eines Fuhrwerks auf der Straße.

Mein Herz raste, konnte er das doch noch sein? Hatte ich meinen Vorteil verspielt? Mein erster Impuls war es davonzurennen, doch jetzt sah ich, dass die Füße des Leichnams in braunen Stiefeln steckten, deren Größe in etwa meiner zu entsprechen schien. Ich wusste nicht, ob Cream in diesem Wagen saß, ich hatte mich schon häufig genug geirrt, aber wenn ich entkommen musste, war das die beste Gelegenheit.

Ich beugte mich herab und zog an den Stiefeln, doch die Füße waren steif wie Bretter, also musste ich mich an den Riemen zu schaffen machen. Das Geräusch des Gefährts war inzwischen lauter geworden. Schließlich bekam ich erst den einen Stiefel ab, dann den anderen. Ich nahm auch die Socken mit, und in diesem Augenblick fiel mir etwas auf, das neben Lucas' Füßen lag, und ich griff danach. Es war meine Börse, und tatsächlich enthielt sie mehrere meiner Visitenkarten, allerdings kein Geld mehr.

War das der wahre Grund, warum Cream nicht zurückgekehrt war? Vielleicht hatte er von Anfang an beschlossen, dass es vergnüglich wäre, wenn ich wegen Mordes gehängt würde? Das Laudanum hätte der Anklage gegen mich geholfen, und selbst die verschlossene innere Tür wäre kein Gegenbeweis gewesen, wenn er innen einen Schlüssel versteckt hatte. Aber es blieb keine Zeit weiterzusuchen, denn zu meinem Entsetzen hatte das Geräusch des Wagens aufgehört. Er hatte auf der anderen Seite des Hauses angehalten.

Die Stiefel und den Geldbeutel in der Hand, lief ich rasch hinaus und floh durch das verwilderte Gras, in großer Sorge, meinen Vorteil zu verlieren. Es war noch heller, als mir lieb war, und ich konnte Stimmen hören. Doch ich erreichte die dichtere Vegetation am Fuße des Gartens, drehte mich um und blickte zurück.

Drei Männer gingen langsam an der Seite des Hauses entlang. Cream war nicht darunter. Der Mann an der Spitze trug keine Uniform, aber seine obrigkeitliche Haltung brachte mich zu der Überzeugung, dass dies eine Abordnung der örtlichen Gendarmerie war. »Lucas!«, rief er, als sie zur Rückseite kamen. »Sind Sie da? Wir möchten Sie nicht stören, aber wir haben gehört, dass vielleicht nicht alles in Ordnung ist.«

Mein einziger Gedanke galt der Flucht. Zum Glück war es nicht nötig, über das Feld neben der Hütte zu laufen, wo man mich sofort gesehen hätte. Eine Reihe von Straucheichen erstreckte sich vor mir, und ich konnte diese Richtung einschlagen, also lief ich rasch los, immer geduckt, die Stiefel noch in der Hand.

Kaum hatte ich den überwucherten Garten verlassen, musste ich den Bach durchwaten, doch an einer tiefer gelegenen Stelle als der, an der ich vorhin gebadet hatte. Danach lief ich barfuß weiter; mein einziger Wunsch war es, den Abstand zwischen ihnen und mir zu vergrößern. Auf einmal hörte ich einen Schrei. Jemand musste die Leiche gefunden haben. Natürlich konnten sie nicht wissen, ob der Verbrecher im Haus war, und dann vernahm ich lautes Pochen. Sie versuchten, die innere Tür aufzubrechen.

Zweifellos wollten sie wegen des zerbrochenen Fensters erst recht hineingelangen. Zwar lagen die Glassplitter nicht drinnen, sondern draußen, was jedem tüchtigen Detektiv augenfällig machen musste, dass es sich um einen Ausbruch und nicht um einen Einbruch gehandelt hatte. Aber wie Dr. Bell mir gegenüber mehr als einmal betont hatte, sehen die Leute in der ersten Phase einer Ermittlung in der Regel nur, was sie sehen wollen. Diese Männer vermuteten bestimmt, dass Lucas beim Beschützen seines Schatzes gestorben war, und suchten jetzt nach einem Zugang zur Hütte. Sobald sie das Fenster gefunden hatten, wären sie sich sicher, ihn gefunden zu haben.

Die Dämmerung brach nun herein, und ich setzte mich im Schutz einer Eiche hin und probierte die Stiefel an, die zwar etwas groß waren, zu meiner Freude aber ungefähr passten, wobei die Socken helfen würden, die Abschürfungen in Grenzen zu halten. Ich zog sie schnell an und stellte fest, dass ich gut darin laufen konnte.

Es war offenkundig, dass meine gesamte Energie darauf verwendet werden musste, den Abstand zwischen mir und der Hütte zu vergrößern. Ich bewegte mich an den Bäumen entlang und achtete darauf, geduckt zu bleiben. Mein verletztes Bein schmerzte, aber ich musste mich zwingen weiterzugehen.

Von irgendwo hinter mir hörte ich Rufe, und als ich mich umsah, entdeckte ich das Schimmern einer Laterne. Ich vermutete, dass einer in das Haus geklettert war und es durchsuchte, während die beiden anderen den Garten erkundeten. Ich war froh, meinen Geldbeutel zu haben, schalt mich aber immer noch für meinen detektivischen Leichtsinn. Wenn ich die Tür gleich nach meiner Flucht ordentlich untersucht hätte, hätte ich ausreichend Zeit gehabt, den Leichnam und den Garten zu durchforsten, denn Cream konnte durchaus weiteres belastendes Material versteckt haben. Dieser unerfreuliche Gedanke spornte mich an, obwohl mein Bein immer stärker wehtat.

Plötzlich hörte ich vor mir ein Geräusch. Ich ging in die Hocke, als ein Pferdefuhrwerk mit einer Lampe in hohem Tempo vorbeifuhr. Es saß nur ein Fahrer darin; es war einer der Männer, die ich eben gesehen hatte, und er war offenkundig losgeschickt worden, um Hilfe zu holen.

Ich überquerte die Straße und versuchte weiterzukommen, aber nun, da die unmittelbare Gefahr gebannt war, musste ich feststellen, dass die Anstrengungen all meine Kräfte verzehrt hatten. Wenn ich meine damalige Situation heute aus medizinischer Sicht betrachte, so war ich bestimmt während meines Aufenthalts in der Hütte völlig dehydriert, da ich nichts anderes als mit Laudanum versetzte Milch zu mir genommen hatte. Das viele Trinken aus dem Bach hatte dazu beigetragen, dass ich mich erholen konnte, genau wie die verrückte Krabbelei auf meiner Flucht, aber jetzt schlug die Erschöpfung durch Hunger voll durch. Wenn es Sommer gewesen wäre, hätte ich vielleicht ein paar Beeren gefunden, die mir geholfen hätten, aber in diesem Wald gab es nichts Essbares.

Deshalb und wegen der Dunkelheit und meiner Unkenntnis der Gegend gelang es mir nicht mehr, die Richtung zu halten. Nachdem ich eine Weile weitergelaufen war, fiel mir auf, dass der Mond aufgegangen war, und dann fand ich mich vor einer Senke wieder. Plötzlich hörte ich einen Schrei, und wie ein verdammter Narr bemerkte ich, dass ich mitten im Mondlicht stand und sich unter mir Männer mit Laternen befanden. Da wurde mir zu meinem Entsetzen bewusst, dass ich im Kreis gelaufen war und dass dies meine Verfolger waren.

Ich drehte mich um und machte mich in die entgegengesetzte Richtung auf, querfeldein und bergan. Die Angst gab mir neue Energie, und ich versuchte verzweifelt, die Richtung zu halten, rannte dafür spritzend durch Bäche, aber es war schwieriges Terrain und ging fast nur aufwärts. Ich habe keine Ahnung, wie lange ich so lief oder ob es sicher war, aber irgendwann war klar, dass ich nicht mehr weiterkonnte, wenn ich mich nicht ausruhen würde. Zum Glück war die Nacht nicht kalt. Ich fand ein geschütztes Gestrüpp im Wald, zog den Mantel fest um mich und legte mich hin. Ich muss umgehend eingeschlafen sein.

Als ich aufwachte, dämmerte es bereits, und ich fühlte mich steif, kalt, schwach und krank. Ich blickte mich um, hatte aber keine Ahnung, wo ich mich befand, obwohl ich stark vermutete, dass ich nicht einmal ansatzweise weit genug von meinem Ausgangspunkt entfernt war. Und doch wusste ich, dass ich nicht genug Ausdauer hatte, um ohne Essen viel weiter zu gehen, aber auch kein Geld besaß, um Essen zu kaufen, selbst wenn es welches geben sollte.

Zum ersten Mal kam mir der Gedanke, es könnte besser für mich sein, wenn ich mich stellte. Aber dann fiel mir ein, welches riesige Vergnügen ich damit meinem Gegner bereiten würde. Ich würde bestimmt verhaftet werden, man würde meinen Laudanumgenuss besonders hervorheben, und, nach dem Geldbeutel zu schließen, konnte es durchaus weiteres belastendes Material gegen mich geben. Selbst wenn ich irgendwie einen Freispruch erreichen konnte, wäre die geistige Verfassung meines Vaters bestimmt zuvor bei Gericht als Beweis meiner Degeneration zur Schau gestellt worden. Der Skandal würde meine Mutter vermutlich umbringen. Es war undenkbar. Ich musste entkommen.

Soweit ich erkennen konnte, war ich etwa auf dreiviertel Höhe eines bewaldeten Hangs, und der Wind blies mir von oben entgegen; ich hoffte, der Gipfel des Hügels würde aus diesem Wald hinausführen. Ich schleppte mich langsam hinauf, denn mein Bein war schlimmer als gestern und mir fiel das Gehen erheblich schwerer. Jedes Hindernis war eine Qual.

Schlimmer noch, war ich mir sicher, dass von irgendwo hinter mir Rufe zu hören waren. Sie waren noch entfernt, aber es schien mir sehr wahrscheinlich, dass es sich um meine Verfolger handelte. Meine einzige Hoffnung bestand darin, ungehindert und ungesehen aus diesem Wald zu kommen. Ich stolperte weiter, so schnell ich konnte. Dann blieb ich stehen.

Vor mir wartete jemand.

Der Schwarm und der Wildvogeljäger

Er hockte in einem Schlupfwinkel etwa zwanzig Meter vor mir. Es schien kaum sinnvoll umzukehren, also ging ich ein paar Schritte weiter. Dann sah ich das Gewehr in seiner Hand und seine alte grüne Jacke und begriff, dass er keiner meiner Verfolger sein konnte. Aus seiner Unbeweglichkeit und seinem Blickwinkel schloss ich, dass dieser Mann seine gesamte Energie auf den Himmel richtete.

Er hatte nicht bemerkt, wie ich mich näherte, weil ich hinter ihm war, aber es bestand nicht die geringste Chance, dass ich ungesehen an ihm vorbeikam, also ging ich hinter einem Baum in Deckung und erwog meine Optionen. Die Geräusche meiner Verfolger, denn ich war mir inzwischen sicher, dass sie es waren, waren nicht lauter geworden. Sie kamen nur langsam voran, was bedeutete, dass sie gründlich vorgingen, und es schien wenig aussichtsreich, in ihre Richtung zurückzugehen. Aber der Mann vor mir würde doch bestimmt Alarm schlagen? Während ich hinsah, entwirrte er sich aus seinem Unterschlupf und wandte ein wettergegerbtes Gesicht in meine Richtung. Zu meiner Verblüffung lächelte er.

Zunächst dachte ich, er hätte mich gesehen. Aber offenbar nicht, und schon bald sann ich darüber nach, wie merkwürdig vertraut mir dieses Lächeln erschienen war. Ich war zwar in der Stadt aufgewachsen, aber als Kind manchmal zu den großen Jagdrevieren am Rande von Edinburgh gebracht worden, um mir ein paar Pence als Treiber zu verdienen. Beim anschließenden Abendessen beobachtete ich die »guns« (wie die Mitglieder einer Jagdgesellschaft genannt wurden) mit großem Interesse. Wie zu erwarten, waren viele von ihnen ungehobelte und gefühllose Rüpel, die sich nur für ihren gesellschaftlichen Stand interessierten und ständig mit ihren Erfolgen auf dem Feld und der Größe ihrer Ausbeute prahlten.

Aber es gab noch eine andere Sorte »guns«, die unterschiedlicher kaum sein konnte. Diese Männer hatten eine ausgeprägte Wertschätzung für die Natur und beinahe mystischen Respekt vor allen ihren Besonderheiten, einschließlich schlechten Wetters. Sie nahmen die Jagd ernst, aber das Töten war in vieler Hinsicht das, was sie eigentlich am wenigsten daran mochten. Sie verfügten über so viel Wertschätzung für ihre Opfer, dass sie sich häufig weigerten, überhaupt zu schießen, wobei sie anführten, dieser oder jener Umstand sei »unsportlich« gewesen.

Das Lächeln dieses Mannes, der hinter den Bäumen hervorgeklettert war, überzeugte mich davon, dass er zur zweiten Kategorie gehörte. Nur wenige Männer würden sich bei Tagesanbruch für lange Zeit feucht und unbequem hinkauern, um dann lächelnd zurückzukehren. Aber mir war auch bekannt, dass zu den größten Freuden solcher Wildvogeljäger der Anblick des ersten Entenschwarms zu früher Stunde zählte. Dazu musste man bereits im Dunkeln seine Position einnehmen, was mir die Überzeugung verlieh, dass der Mann vor mir noch nichts von meiner Verfolgung gehört haben konnte; womöglich war er meine einzige Hoffnung.

Und so trat ich, einer plötzlichen Eingebung folgend, aus der Deckung auf ihn zu.

Er sah mich an ohne die geringste Spur von Angst, nur mit leicht geneigtem Kopf meine Erscheinung prüfend. Sie muss alles andere als einnehmend gewesen sein. In meinem Gesicht spross ein ungepflegter Bart, mein Mantel war zerrissen und schmutzig, meine Stiefel von Matsch verschmiert. Aber ich hatte von vornherein beschlossen, mich dafür nicht zu entschuldigen.

»Ich hoffe, ich habe Ihnen den Schwarm nicht verjagt«, sagte ich so fröhlich und fest, wie es meine Stimme zuließ.

»Ach, sie waren zu hoch«, sagte er mit kultivierter, aber freundlicher Stimme. »Es ist recht häufig so. In neun von zehn Fällen behalten sie die Oberhand, aber um nichts in der Welt hätte ich sie verpassen wollen. Eine Schar von sechs und dann eine große mit mehr als dreißig. Haben Sie sie gesehen?«, fragte er, vor lauter Begeisterung meine Erscheinung außer Acht lassend.

»Ich bedauere, nein«, antwortete ich. »Ich habe eine ziemliche Strecke letzte Nacht hinter mich gebracht. Ich bin Arzt. Und ich habe mich verlaufen.«

»Ein Arzt«, erwiderte er verwundert, aber nicht argwöhnisch. Jetzt war ich mir sicher, dass er noch nichts von dem jüngsten Alarm gehört hatte.

»Der so eitel war, die Herausforderung eines Freundes anzunehmen, der erfahren wollte, ob ich ohne Vorräte eine Woche in diesem Tal unter freiem Himmel überleben könnte. Es war keine angenehme Erfahrung.«

»Das will ich wohl glauben«, antwortete er mit noch immer freundlich glänzenden Augen, obwohl das Lächeln verschwunden war. »Aber welches Tal meinen Sie?«

Natürlich verfluchte ich mich sogleich dafür, diesen beeindruckenden Landbewohner unterschätzt zu haben. »Um ehrlich zu sein«, sagte ich leise und lieferte mich seiner Gnade aus, »ich bin das Opfer eines Verbrechens geworden, eines Angriffs. Ich bin Arzt und kann das beweisen, aber wenn ich hier der Polizei begegne, wird sie mich selbst verdächtigen. Ich bin durchaus bereit, mich jedem Vorwurf zu stellen, aber ich habe einen bedeutenden Freund, Professor Joseph Bell von der Universität Edinburgh, der die Wahrheit über meine Tortur kennt, und ich versuche, zu ihm zu gelangen.«

»Joseph Bell«, antwortete er langsam. Er betrachtete mich weiter. »Ich kann nicht behaupten, von ihm gehört zu haben. Können Sie mir sagen, wie der lateinische Name für den flachen dreieckigen Knochen lautet, der den hinteren Teil des Schultergelenks bildet?«

»Scapula, das Schulterblatt«, sagte ich, denn die Schulter war zufälligerweise ein wesentlicher Teil meiner letzten Anatomieprüfung gewesen. Das war mein Glück, denn ich bin mir sicher, dass ich in vielen anderen Bereichen überfragt gewesen wäre.

Er entspannte sich jetzt und entlud sein Gewehr. »Ich kenne das nur, weil ich mir letztes Jahr die Schulter ausgerenkt habe. Sie haben vermutlich in Edinburgh studiert?« Ich bestätigte es ihm.

»Nun, ich habe Juristerei am Pembridge College studiert«, sagte er. »Aber jetzt haben wir hier lange genug herumgestanden. Die Vögel sind auf dem Weg zu ihrer Futterstelle, und wir sollten es ihnen nachtun, denn Sie sehen abgekämpft aus. Ich wohne nur rund zwanzig Gehminuten von hier entfernt.«

Diese Worte zu hören bedeutete für mich die größte Erleichterung, seit mein Martyrium begonnen hatte. Ich erinnere mich kaum noch an den nun folgenden Spaziergang, doch ich weiß, dass er kurz war und dass mein Begleiter bedächtig, aber doch vergnügt von seinen Aktivitäten auf dem Lande erzählte. Ja, wenn ich an diese gesamte bizarre Angelegenheit zurückdenke, bilden zwei leuchtende Innenräume den Rahmen dafür: einer des blanken Schreckens, als ich im Haus der Morlands auf Cream traf; und dann einer der tiefen Erleichterung, als ich die Eingangshalle des kleinen eingeschossigen Heims des Wildvogeljägers betrat und einen Blick auf ein helles Wohnzimmer mit brennendem Kamin erhaschen konnte.

Beim ersten Anlass war ich in Ohnmacht gefallen, beim zweiten beinahe auch. Doch mein Begleiter nahm meinen Arm, um mich zu stützen, und führte mich in ein kleines Gästezimmer. Hier brannte zwar kein Kaminfeuer, doch es war hinreichend warm, und er zeigte auf ein Wasserbecken, Toilettenartikel und ein Bett. »Sie sind erschöpft«, sagte er. »Wir werden etwas zu essen bereitstellen, aber ruhen Sie sich erst einmal aus.«

Ich schlief ein wenig, aber an Schlaf hatte es mir nicht am meisten gemangelt, und bald öffnete ich meine Augen wieder, um festzustellen, dass jemand etwas zu essen auf den Tisch gestellt hatte. Ich stand auf, obwohl sich meine Beine wie Pudding anfühlten, und dann sah ich warme Milch, Haferplätzchen und Marmelade. Ich aß alles gierig auf, in so ungesitteter Manier, wie sich nur denken lässt, mehr unter Einsatz meiner Hände als dem des Bestecks.

Es gab auch Wasser, und nach meinem Gelage schlief ich fest ein, allerdings nur für etwa eine Stunde, als ich von einem lauten Klopfen an der Haustür geweckt wurde. Der Lärm erfüllte mich mit Grauen, denn ich konnte in kurzer Entfernung Bellen hören. Ich wartete voller Angst, dass die Tür aufgerissen und Polizisten dahinter stehen würden. Wenn mein freundlicher Anwalt erst die Tatsachen gehört hatte, würde er seine Wohltätigkeit da nicht furchtbar bereuen?

Nach einer Weile hörte ich Schritte auf mein Zimmer zukommen, und die Tür öffnete sich, doch es war nur mein Gastgeber. »Es tut mir leid, wenn Sie geweckt wurden«, sagte er. »Die Polizei war da; sie suchen dringend nach einem Fremden, aber ich habe nichts von Ihnen erzählt, denn sie jagen einen mörderischen Dieb, der Gold gestohlen hat, und nicht einen mittellosen Arzt aus Edinburgh. Aber es könnte dennoch sein, dass man Sie behelligt, wenn Sie heute aufbrechen. Morgen wäre besser.«

Ich dankte ihm ernsthaft. Dann bot er mir sein Rasiermesser und die Nutzung seines Spiegels sowie einige alte Sportsachen an, sodass ich, als ich eine Stunde später meinem Gastgeber gegenüber am Kamin in seinem Wohnzimmer saß, vielleicht noch ein wenig schäbig aussah, aber immerhin nicht mehr wie ein Wilder aus dem Wald. Und als Mrs. Herne, seine gütige Haushälterin, hereinkam, begrüßte sie mich mit einer lächelnden Höflichkeit, die ein paar Stunden zuvor undenkbar gewesen wäre.

Ihr Schinken-Kedgeree war vorzüglich, und das umso mehr, als der Anwalt, dessen Name Stephen Middleton lautete, darauf bestand, dass wir es uns nicht durch Gespräche über drängende Angelegenheiten verdarben. Stattdessen redete er über Gott und die Welt, nicht zuletzt über seine Sammlung von regionalen Naturkundebüchern, woraus ich folgern konnte, dass ich mich irgendwo in Wiltshire aufhielt.

Der Nachmittag verging ereignislos, da Middleton einige Klienten besuchen musste. Doch im Laufe des Tages stellte ich zu meinem Kummer fest, dass ich mir vorzustellen begann, was Cream von diesem kleinen Haushalt halten würde. Ich wusste, dass er sogleich Lust bekäme, ihn zu zerstören, und zwar nur aufgrund dieser vertrauensvollen Liebenswürdigkeit. Ich stellte mir vor, wie seine lange weiße Hand an die Tür klopfte und er mit seinem Messer meinen Gastgeber massakrierte, sobald er sie öffnete, und wie er dann jeden einzelnen Gegenstand, dessen er habhaft werden konnte, zerstören und schänden würde, um seinen Hass auf diesen Ort auszudrücken. Solche Gedanken bestärkten mich nur in dem Wunsch, ihn vom Leben dieser Menschen fernzuhalten.

Deshalb sparte ich an jenem Abend während des Essens die reißerischsten Aspekte meiner Geschichte aus. Ich erzählte meinem Gastgeber lediglich, dass ich in Edinburgh Professor Joseph Bell bei der Verfolgung eines Verbrechers assistiert hatte, welcher später geschworen hatte, sich an mir zu rächen. Dass der Groll im Laufe der Jahre gewachsen war und er mich in den letzten paar Wochen in der Nähe gefangen gehalten hatte, bis ich entkommen konnte. Jedwede Verbrechen, auf die die Polizei gestoßen war, mussten von diesem Mann begangen worden sein, der nun aller Wahrscheinlichkeit nach weit weg war.

Anschließend wandten wir uns anderen Themen zu. Ich erfuhr, dass Middletons Frau zu Besuch bei ihrer Schwester in Irland war. Aber er versicherte mir, dass es keinen Unterschied gemacht hätte, wenn sie hier gewesen wäre, da sie eine Streiterin für alle Heimat- und Obdachlosen war. Seine Bibliothek bestand erwartungsgemäß überwiegend aus Werken zur Wildvogeljagd sowie zu ländlichen und ornithologischen Themen, und zu fortgeschrittener Stunde zeigte er mir einige seiner Lieblingsbücher mit solchem Entzücken, dass dies dazu beitrug, meine Angst ein wenig einzudämmen. Dann, bevor wir zu Bett gingen, erläuterte er seinen Vorschlag für den nächsten Morgen.

»Der Sohn meiner Haushälterin hat einen Pferdewagen, den wir benutzen, um Vorräte zu besorgen, und ich habe mit ihm vereinbart, dass er Sie zum Bahnhof in Salisbury mitnimmt. Sie werden eine umständliche Reise auf den billigsten Plätzen haben, denn mehr kann ich nicht erübrigen, aber ich wage zu behaupten, dass Sie über viele kleine Stationen wohl letztlich bis Edinburgh kommen werden.«

Ich erkannte an der gesamten Haltung des Mannes, dass das Letzte, was er wollte, ein überschwänglicher Dank war. Ich erklärte ihm deshalb, dass ich ihm dankbar für sein Vertrauen und seine Gastfreundschaft sei, dass ich nie wieder einen morgendlichen Entenschwarm sehen würde, ohne an ihn zu denken (was bis heute wahr ist), und dass er gewiss sein dürfe, die Schuld binnen weniger Wochen zurückgezahlt zu bekommen. Er wischte dies mit der Hand beiseite, und ich kehrte in mein Schlafzimmer zurück.

Ich stand am nächsten Morgen bereit, als Mrs. Herne mit ihrem Sohn im Pferdewagen eintraf; ich stieg ein und dankte ihr umso reichlicher, da sie mit meinem Mantel zurückgekehrt war, der jetzt wie durch ein Wunder gereinigt war.

Die Reise begann ereignislos. Niemand hielt uns auf; die Suche war offenbar andernorts fortgesetzt worden. John Herne war ein stiller, zuverlässiger Junge von neunzehn Jahren, der pflichtgemäß höflich war und offenkundig weder wusste, wer ich war, noch es wissen wollte. Nach etwa zwanzig Minuten hielten wir, zu meiner leichten Beunruhigung, an einem großen Gasthof namens The Quarter Moon, wo er mit dem Wirt einen Pferdewechsel vereinbart hatte.

»Entschuldigen Sie, Dr. Doyle«, sagte er, denn seine Mutter musste ihm meinen Namen verraten haben. »Ich hatte vorher noch keine Gelegenheit dazu. Möchten Sie aussteigen und etwas trinken? Es dauert nur ein paar Minuten.«

Ich lehnte dankend ab; in Wahrheit machte es mich schon etwas nervös, überhaupt dort zu sein, und ich sah mich misstrauisch um, während Herne das Pferd abspannte und im Stall verschwand. Es war ein großes, einladend aussehendes Anwesen, doch glücklicherweise war im Hauptgebäude niemand auf, alle Fenster waren dunkel, sodass ich alleine dort saß und hörte, wie Herne mit dem Stallknecht scherzte, auch wenn ich nicht verstehen konnte, was gesagt wurde. Er hielt Wort, denn kaum hatte er sein Pferd weggebracht, erschien er schon mit einem neuen und schirrte es an. Ich war erleichtert, dass sich der Stallknecht nicht hinauswagte, um mich zu mustern, und dann waren wir auch schon wieder unterwegs.

Wir brauchten ungefähr eine Stunde bis Salisbury, wo er mich verließ und mir eine gute Reise wünschte. Und Middleton hatte nicht übertrieben. Ich reiste dritter Klasse, und es war eine lange, unbequeme Reise mit häufigem Umsteigen, aber schließlich saß ich in den frühen Morgenstunden in einem eiskalten Wartesaal in York, kurz vor dem letzten Abschnitt meiner Reise.

Dort träumte ich, dass ich mich wieder in der höllischen Hütte befand und dass Cream über mir stand, seine Hände wie einen Schraubstock um mich klammernd, während sein grauenhaft attraktives Gesicht zornig in meines blickte.

Ich erwachte, weil ich an einem Arm fest geschüttelt wurde. Aber es war nur ein Gepäckträger, der mir mitteilte, dass der Zug eingetroffen war und gleich wieder abfahren würde.

Ich brauchte keine weitere Ermunterung, sondern erhob mich und rannte hinaus, nur um mit ansehen zu müssen, wie die Türen des Expresszugs aus London endgültig geschlossen wurden. Zum Glück lag der Bahnsteig direkt am Wartesaal, und ich konnte eine Tür aufreißen und hineinklettern. Eine Mutter und ihr Kind waren die einzigen Mitreisenden in dem Abteil; sie schliefen friedlich in der gegenüberliegenden Ecke.

Mein Benehmen kam mir ungehörig vor, aber dennoch war ich zufrieden mit mir und versuchte, mich winkend bei dem Gepäckträger zu bedanken, doch dieser ging schon in die entgegengesetzte Richtung. Endlich, dachte ich, konnte ich bis zur Waverley Station sitzen bleiben. Ich würde schon bald bei Verbündeten sein, denen ich vertraute. Ich war ihm entkommen. Wie gut, dass ich damals keine Ahnung, nicht den blassesten Schimmer davon hatte, um welchen Preis.

Ein alter Feind

Wir trafen am späten Vormittag in Edinburgh ein. Ich hatte nicht viel geschlafen, aber als ich mich in der frostigen Waverley Station mit ihren geschäftigen Menschenmassen und Gepäckträgern umsah, konnte ich kaum glauben, wie normal alles war. Meine Stimmung hob sich merklich, und nach einem belebenden Tee beschloss ich, durch die frostige Luft zur Universität zu laufen, die immerhin nicht allzu weit entfernt oben auf dem Hügel in der Altstadt lag.

Ich machte große, schnelle Schritte und stellte den Kragen meines Mantels gegen die Kälte hoch, während ich zum wiederholten Male leise Dankgebete an Stephen Middleton richtete. Mein Gang hatte etwas Federndes, denn ich sehnte mich danach, Bell für einen Gegenangriff auf meinen Feind anzuheuern. An der Universität traf ich auf einen Pedell, der schon zu meiner Zeit dort gewesen war, und grüßte ihn winkend. Er erkannte mich zunächst nicht, aber dann kam er mit einem breiten Lächeln zu mir herüber.

»Nanu, Dr. Doyle«, sagte er, »sind Sie wieder zurück in der Stadt, Sir?«

»Nur zu Besuch«, antwortete ich. »Ich wollte Dr. Bell abpassen. Ich kenne den Weg.«

»Das will ich glauben«, sagte er. Er musterte mich jetzt; bestimmt dachte er, dass ich schwere Zeiten durchgemacht hatte, denn auch wenn ich mein Erscheinungsbild nach Kräften verbessert hatte, war es doch nicht das eines begüterten Reisenden. »Aber Sie werden ihn nicht antreffen, Sir. Er ist zu einer Beerdigung nach Berwick gefahren. Professor Fleming ist Anfang der Woche gestorben.«

Fleming war ein betagter Anatomieprofessor von einigem Ansehen gewesen. Ich hatte ihn nie kennengelernt und dachte in diesem Augenblick nur daran, wie ungelegen mir sein Tod kam. »Wann wird er zurückerwartet?«, fragte ich und versuchte, meine Enttäuschung zu verbergen.

»Tja, er ist gerade erst gefahren, Dr. Doyle. Er bleibt drei Tage fort.«

Ich bedankte mich und wandte mich ab; meine Gedanken überschlugen sich. Es gab sonst niemanden an der Universität, an den ich mich wenden konnte. Meine Freunde waren alle längst nicht mehr hier, und ich hatte neben Bell zu keinem der anderen Dozenten eine engere Beziehung. Früher wäre ich natürlich einfach nach Hause gegangen, aber auch das war jetzt unmöglich geworden, da es für mich hier kein Zuhause mehr gab – seit meine Mutter ihr Lager in Masongill in Yorkshire aufgeschlagen hatte, wo Waller sein Anwesen hatte.

Während ich durch die frostigen Straßen lief und meine Stimmung hochzuhalten versuchte, analysierte ich meine Lage. Selbstverständlich musste ich auf die Rückkehr des Doctors warten. Aber was konnte ich in der Zwischenzeit tun? Ich hatte meine Schulzeit im Internat verbracht, sodass ich keine Schulfreunde hier hatte. Ich hätte mich wohl an alte Bekannte der Familie wenden können; meine Mutter hatte noch Freunde hier. Aber ich hatte seit Jahren nicht von ihnen gehört, und was genau sollte ich ihnen sagen? Die Vorstellung, in diesem Zustand bei ihnen aufzutauchen und letzten Endes um Bett und Tisch zu betteln, war mir einfach unerträglich. Sie würden bei erster Gelegenheit Verbindung mit meiner Mutter aufnehmen. Lieber wollte ich auf dem Burgwall erfrieren.

Schließlich lief ich den Hügel wieder hinab in Richtung Princes Street. Bei ihrem Anblick und dem der Neustadt dahinter fiel mir plötzlich ein, dass es doch noch einen Menschen auf der Welt gab, der etwas von dem wusste, was mir Cream angetan hatte. Sarah Carlisle war die Schwester von Elsbeth, der Frau, die Cream aus reiner Boshaftigkeit ermordet hatte.

Ich hatte Sarah, deren Mann zum Ritter geschlagen worden und Mitglied des Parlaments war, zwar nicht alles erzählt, was passiert war. Aber sie wusste von mir, dass ihre Schwester durch die Hände eines Mannes gestorben war, der sich noch immer auf freiem Fuß befand, selbst wenn die Behörden anderer Ansicht waren. Abgesehen von Bell war sie der einzige Mensch auf der Welt, der vielleicht glauben und verstehen konnte, was mir widerfahren war. Ihr Haus lag in der Neustadt, und ich beschloss hinzugehen.

Als ich mich den Hügel hinabschleppte, kamen mir allmählich die Kälte und auch mein Hunger zu Bewusstsein. Ich hatte einen Teil meiner Kraft wiedererlangt, aber sie würde nicht mehr lange reichen, wenn ich nicht bald Essen und Obdach fand. Das Geld von Middleton war bereits aufgebraucht.

Nach etwa einer halben Stunde erreichte ich das Haus der Carlisles, das in einer imposanten Straße lag, und stand vor seinem prächtigen Eingang. Natürlich wusste ich nicht, ob Lady Sarah zu Hause war, und ich gab mir Mühe, nicht an ihren Ehemann zu denken, einen verwegenen Wichtigtuer, der in den Kolonien zu Geld gekommen war. Seit ich ihn zum ersten Mal an der Universität zu Gesicht bekommen hatte, wo er sich vor einer ihn bewundernd anblickenden Gruppe Studenten aufspielte, hatte ich ihn nicht leiden können, und das umso weniger, nachdem ich ihn lüstern in eines der Altstadtbordelle hatte stolzieren sehen. Tatsächlich war ich eine Zeit lang der festen Überzeugung gewesen, dass er der Mörder war, den wir suchten.

Letztlich erwies er sich als unschuldig, und Bell erklärte mir kurz darauf, dass Sir Henry aufrichtig geläutert schien. Aber das war Jahre her, und ich wusste nicht, ob er zu seinen alten Gewohnheiten zurückgekehrt war. Und im Grunde genommen, dachte ich, als ich auf der Stufe vor der Tür stehend mit der Hand zum Klopfer langte, hatte ich auch kein größeres Interesse daran, es herauszufinden.

Immerhin war es ein Vormittag an einem Werktag, was mich hoffen ließ, dass ich Lady Sarah zu Hause antraf. Das Klopfen ertönte, und ich wartete eine Weile auf einen Diener. Beim letzten Mal war es ein freundliches Hausmädchen gewesen, doch in seinen herrischsten Tagen hatte ein abscheulicher Hausdiener Sir Henrys Anweisungen ausgeführt.

Ich wartete noch immer. Es schien schwer vorstellbar, dass das Haus leer war. Es sah so wohlhabend wie eh und je aus, und ich klopfte erneut. Schließlich hörte ich Schritte, und die Tür öffnete sich, aber nur langsam. Zunächst konnte ich niemanden erkennen, denn eine Gestalt war etwas nach hinten in den Schatten getreten. Aber dann sah ich ihr Gesicht.

Sir Henry hatte sich gut gehalten. Er war immer gut aussehend gewesen, wenn auch mit etwas rötlichem Teint. Jetzt hatte er mehr Falten im Gesicht, ohne dass es an Sinnlichkeit verloren hatte. Ich war verdutzt, nicht zuletzt, weil er mich nicht überrascht, sondern eher fasziniert betrachtete. Warum war kein Diener gekommen? Ich hatte nie mitbekommen, dass Sir Henry selbst die Tür geöffnet hatte; und wo war Sarah?

Er musste meinen Ausdruck gesehen haben. »Entschuldigen Sie vielmals, Doyle«, sagte er, »denn Sie sind es, und Sie haben sich kaum verändert. Sie werden sich fragen, warum ich die Tür selbst geöffnet habe und nicht überraschter bin. Ich habe Sie von meinem Arbeitszimmer aus kommen sehen und war neugierig. Also habe ich gesagt, dass ich Sie persönlich begrüßen würde. Kommen Sie doch herein.«

Er winkte mich hinein, und ich leistete ihm Folge, zumindest dankbar für die Wärme. Im Inneren war es durchaus angenehm. Eine Lampe schien hell gegen die winterliche Düsternis, es gab Blumen und roch nach Möbelpolitur. All das waren Hinweise auf Lady Sarahs Hand, aber etwas an Sir Henrys Tonfall gefiel mir ebenso wenig wie die Tatsache, dass er mich beobachtet hatte. Tatsächlich hätte ich dieser Neugier beinahe seinen früheren Hochmut vorgezogen; jetzt fühlte ich mich wie ein merkwürdiges und nicht gerade hochgeschätztes Exemplar auf einem Seziertisch.

Ein Hausmädchen kam nun in die Eingangshalle und knickste. »Ach, Rose, Sie erinnern sich vielleicht an Mr. Doyle – verzeihen Sie bitte, *Dr.* Doyle. Bitte bringen Sie etwas zur Stärkung auf mein Zimmer, er ist bestimmt müde.«

Wir betraten seinen Salon, der noch so aussah, wie ich ihn in Erinnerung hatte, mit üppigem Wandbehang und einem lodernden Feuer. »Ach«, sagte Sir Henry und rieb sich die Hände, »ich vergaß zu erwähnen, dass Lady Sarah leider nicht hier ist. Sie besucht eine Tante in Harrogate und wird noch eine Woche fort sein. Weihnachten ist sie natürlich zurück.«

Damit waren alle meine Hoffnungen erneut enttäuscht worden, und plötzlich machte sich Verzweiflung in mir breit. Es gab sonst niemanden in dieser Stadt, an den ich mich wenden konnte, und ich konnte schwerlich für längere Zeit die Gastfreundschaft eines Mannes annehmen, der einst mein Todfeind gewesen war. Zumindest, dachte ich, konnte ich mich an der angebotenen Stärkung schadlos halten. Ich hatte sie dringend nötig. Also sank ich kläglich in den bequemen Sessel, den er mir zugewiesen hatte.

Der Sessel stand beim Feuer und war einer der bequemsten, in denen ich je gesessen hatte. Während ich für einen Augenblick die Wärme der Flammen an meinen Beinen genoss und die Weichheit der Kissen unter mir, die in scharfem Kontrast zu den harten Bänken des Zuges standen, hätte ich beinahe nicht mitbekommen, dass Sir Henry mit mir sprach.

»... Sie tun?«, sagte er gerade. Es war offenkundig eine Frage, aber ich hatte keine Ahnung, wie sie angefangen hatte. Vermutlich hatte er sich nur auf höfliche Weise erkundigt, was zum Teufel ich hier zu suchen hatte.

»Ich wollte lediglich Lady Carlisle meine Aufwartung machen«, sagte ich. »Ich wollte auf keinen Fall stören.«

»Nein, nein«, sagte er, »Sie haben mich missverstanden. Ich habe gesagt, dass ich Ihnen helfen möchte. Ich biete es Ihnen an.«

Diese Worte verwirrten mich. Zugegeben, ich hatte den Anfang verpasst, aber wovon genau sprach er da? Ich war zum ersten Mal nach vielen Jahren unangemeldet in sein Haus gekommen, und er redete, als hätte er nur darauf gewartet, mir zu Diensten sein zu können.

»Ich bin Ihnen für Ihre Freundlichkeit natürlich dankbar, aber es ist nicht meine Absicht, Sie von Ihrer Arbeit abzuhalten, Sir Henry.«

Darauf lächelte er, als hätte ich ihn noch immer missverstanden, aber bevor er noch etwas sagen konnte, klopfte es, und das Mädchen kam mit einem Tablett herein. Ich hatte etwas Tee und vielleicht ein bisschen Gebäck erwartet. Stattdessen war zu meiner Freude, aber auch zu meiner Verwirrung auf dem Tablett ein Festmahl angerichtet: Bacon, Haferplätzchen, ein paar Würstchen, Toast, Porridge, Scones, Butter und verlorene Eier, nicht zu vergessen Kaffee und Milch. Mir fielen fast die Augen aus dem Kopf.

»Ich war mir ziemlich sicher, dass Sie etwas Nahrhaftes brauchen können«, sagte Sir Henry. »Es ist reichlich vom Frühstück übrig geblieben. Ich schlage vor, dass ich Sie einen Moment allein lasse, während Sie sich alldem widmen, und dann komme ich wieder, und wir können reden.« Und sobald das Essen aufgetragen war, lächelte er und ging hinaus, die Tür hinter sich schließend.

Ich wusste ehrlich nicht, was ich davon halten sollte, war aber nicht in der Stimmung, mich zu zieren. Ich aß, so viel ich konnte. Dann trank ich zwei Tassen Kaffee. Danach, erheblich gestärkt, kehrte ich zu meinem Problem zurück.

Es gab nur eine rationale Erklärung. Sir Henry war durch die Ereignisse vor ein paar Jahren tatsächlich geläutert worden. Vielleicht verbrachte er jetzt mehr Zeit zu Hause und war dadurch einsamer und insgesamt großzügiger geworden. Zweifellos betrachtete er mich als willkommene Gelegenheit, Nächstenliebe zu praktizieren, möglicherweise, weil er sich wegen seines früheren Umgangs mit mir schuldig fühlte. Das war die einzig mögliche Schlussfolgerung, doch sie wollte sich so gar nicht mit dem mir von früher bekannten Mann in Einklang bringen lassen, sodass es mir nicht leichtfiel, sie zu ziehen.

Das Mädchen kam wieder, um die Sachen abzuräumen, und ich blieb sitzen, fühlte mich angenehm schläfrig und fragte mich, wo Sir Henry abgeblieben war. Bestimmt lag es an der Wärme des Feuers und der Reichhaltigkeit des Essens, denn schon bald schlummerte ich ein.

Ich hörte, wie sich die Tür öffnete und Sir Henry zurückkehrte. Ich konnte meine Augen nur mit Mühe öffnen.

»Nun«, sagte er. »Ich hoffe, Sie haben gut gespeist?«

»Ich bin Ihnen sehr dankbar«, entgegnete ich und zwang mich, wachsamer zu sein. »Aber jetzt sollte ich Ihre Freundlichkeit wirklich nicht länger strapazieren.«

»Mein lieber Freund«, sagte Sir Henry, »ich würde mich freuen, wenn Sie ein paar Tage blieben. Ich würde es als Möglichkeit betrachten, früheres Unrecht wiedergutzumachen, das ich Ihnen vielleicht zugefügt habe. Es ist schon lange her, aber nicht vergessen.«

Das war gewiss richtig. Denn in ebendiesem Zimmer hatte ich einst Sir Henry vor seiner Frau beschuldigt und war daraufhin aus dem Haus geworfen worden. Angesichts meiner Zwangslage war mir sein Angebot natürlich ausgesprochen willkommen, aber es machte mich zugleich beklommen. Selbst wenn er von dem Bedürfnis erfüllt war, Wiedergutmachung zu leisten, war es doch merkwürdig; und warum hatte er sich nicht weiter nach mir erkundigt? Woher sollte er wissen, dass ich nicht längst anderswo in der Stadt untergekommen war?

»Sie sind sehr gut zu mir«, sagte ich. »Ich würde gerne ein wenig erklären, was mich nach Edinburgh führt ...« Ich setzte sofort zu einer von vorn bis hinten erfundenen Geschichte an, über ein Missverständnis mit Dr. Bell hinsichtlich des Termins, doch zu meinem Erstaunen unterbrach Sir Henry mich.

»Viel besser«, sagte er, »darauf jetzt nicht einzugehen. Wir werden noch viel Zeit dafür haben, und ich muss ohnehin zu einem Besuch aufbrechen. Darf ich einfach sagen, dass Ihnen das Haus zur Verfügung steht? Das Mädchen ist recht tüchtig, wie Sie gesehen haben; Sie können es mit der Glocke an der Wand rufen. Im zweiten Stock ist ein leidlich bequemes Zimmer für Sie, und Sie können kommen und gehen, wie es Ihnen beliebt.«

Ich war so erstaunt über all das, dass ich mich schon zu fragen begann, ob er etwas gegen mich im Schilde führte. Aber wie konnte das sein? Es stimmte, Sir Henrys Absturz war hart gewesen, aber Bell hielt ihn für geläutert. Und wenn er sich an mir hätte rächen wollen, so hätte er das schon vor Jahren tun können, als ich noch an der Universität war. Es schien daher nur vernünftig, dieses Geschenk der Götter anzunehmen, obgleich ich hinter seinem Verhalten etwas witterte. Ich wusste nicht, wohin ich mich sonst wenden sollte, und fand die Aussicht, auf der Straße zu erfrieren, nicht allzu verlockend. Also bedankte ich mich und erklärte ihm, dass es mir tatsächlich zupasskäme, ein paar Tage zu bleiben, da ich auf den Doctor warten musste.

Damit wollte ich ihn auf die Probe stellen, denn ich erwartete, dass sein Lächeln verschwand, wenn er hörte, wie lange ich unter seinem Dach verweilen wollte. Doch er wurde im Gegenteil regelrecht überschwänglich.

»Selbstverständlich, selbstverständlich«, sagte er. »Ich hole jetzt Rose, damit sie Ihnen Ihr Zimmer zeigt. Und anschließend machen Sie, was Sie möchten. Ich freue mich darauf, mich beim Abendessen mit Ihnen zu unterhalten.« Damit läutete er die Glocke.

Das Zimmer, in das ich geführt wurde, war ein großes und bequemes Schlafgemach hoch oben im zweiten Stock, mit eigenem Ankleidezimmer und Klosett, in dem sich alle nötigen Toilettenartikel befanden.

Außerdem stand am Fenster ein Schreibtisch, und Rose teilte mir mit, dass ich von dort nach allem, was ich brauchte, läuten konnte oder dass ich ins Wohnzimmer gehen und dort die Klingel benutzen konnte, wenn ich wollte. Der Hausherr werde nicht vor dem Dinner um acht Uhr zurückkehren.

Als sie gegangen war, beobachtete ich durchs Fenster, wie Carlisle in seine Kutsche stieg. Als sie abgefahren war, musterte ich überrascht meine hübsche Unterkunft, aber auch mit einer gewissen Vorahnung. Einst war ich wie ein Feind des Hauses behandelt worden, und jetzt, aus Gründen, die ich nicht ganz verstand, hatte man mir seine Führung überlassen.

Die unverschlossene Tür

Trotz meiner Bedenken war ich entschlossen, die Gelegenheit nicht ungenutzt verstreichen zu lassen. Ich nahm mir vor, meiner persönlichen Erscheinung etwas von ihrer Würde zurückzugeben. Ich badete, wusch und rasierte mich. Dann setzte ich mich an den Schreibtisch und begann damit, mir Notizen über meine Erlebnisse zu machen, wobei ich natürlich sicherstellte, dass sie niemand anderem, der sie lesen könnte, verständlich waren, sondern vorrangig Daten und Orte festhielten.

Stunden später, als ich mich zum Dinner und einem prasselnden Feuer hinunterbegab, teilte mir Sir Henry befriedigt mit, dass es draußen bitterkalt geworden sei. Ich hatte bereits die überfrorenen Fenster gesehen und bekundete ihm gerne meine Dankbarkeit. Aber er wischte sie beiseite. Es folgte ein ausgezeichnetes Mahl, obwohl ich im Grunde zu schwach war, um es richtig zu würdigen, denn unter den Augen von Sir Henry kam mir schmerzlich zu Bewusstsein, wie meine Hände zitterten. Wenn ich alleine war, wurde mir meine tatsächliche Verfassung weniger klar, aber in Gesellschaft erkannte ich, dass ich noch weit davon entfernt war, genesen zu sein. Sir Henry wollte es mir offenkundig leicht machen und gab sein Bestes, über unverfängliche Themen zu reden, die uns vielleicht verbinden könnten. Nachdem er einige der jüngsten Entwicklungen an der medizinischen Fakultät beschrieben hatte, wandten wir uns der Politik zu, insbesondere dem vereitelten Dynamitanschlag irisch-amerikanischer Revolutionäre auf das Büro der *Times* in London, worüber ich weit weniger wusste als er. Danach kamen wir auf das neue Eisenbahnunternehmen zu sprechen, das sieben Wochen zuvor seine Jungfernfahrt zwischen Paris und Istanbul absolviert hatte. Es war ein seltsames Gefühl, mich daran zu erinnern, mit welchem Interesse ich erst kürzlich vom Orient-Express gelesen hatte, denn das schien mir nun einer anderen Epoche anzugehören.

Zuletzt zogen wir uns in den Salon zurück, und er bot mir einen Digestif an, den ich ablehnte. Darauf bediente er sich beim Weinbrand und lehnte sich eine Weile in seinem Sessel zurück, während er mich nachdenklich betrachtete. »Das ist vermutlich klug von Ihnen«, meinte er schließlich. »Es ist etwas, wovon man abhängig werden kann, etwas, das unter gewissen Umständen die eigenen Kräfte untergraben kann. Aber in der Art kennen wir beide bestimmt noch anderes.«

Ich konnte mir wohl denken, was er meinte, aber das Letzte, worüber ich reden wollte, waren seine lüsternen Umtriebe in der Vergangenheit, sodass ich überhaupt nicht darauf einging und dann das Thema wechselte, indem ich ankündigte, früh zu Bett gehen zu wollen.

Seine Augen glänzten etwas. »Ja«, sagte er, »ich empfinde geistige und körperliche Ruhe auch immer als sehr trostreich. Ich will ehrlich sein und Ihnen gestehen, dass ich manchmal schwach geworden bin, aber meine Frau hatte nur selten Anlass zur Klage. Deshalb biete ich auch gerne jedem Leidensgenossen meine Hilfe an.«

Das war zu viel. Es steckte doch eine Absicht hinter seiner Wohltätigkeit, selbst wenn sie mir unerklärlich war. Und weshalb bezog er mich in seinen jämmerlichen Selbstvorwurf mit ein?

»Ich fürchte, ich verstehe nicht recht, was Sie meinen, Sir«, erwiderte ich ruhig.

»Natürlich«, sagte er. »Es ist schmerzhaft, es sich selbst einzugestehen, ganz zu schweigen vor anderen. Ich möchte gar keine Einzelheiten wissen, wenn Sie sie nicht preisgeben wollen. Aber vielleicht interessieren Sie die Erfahrungen eines alten Kämpen auf diesem Gebiet. Eines Kameraden, der im gleichen Boot gesessen hat.«

Seine Augen funkelten wieder, und so genüsslich, wie er den Ausdruck vom »alten Kämpen« dehnte, konnte kein Zweifel an dem »Kampf« bestehen, den er meinte. Er sprach von Frauen, oder genauer, von der Jagd nach ihnen. Selbst wenn er jetzt geläutert war – eine Frage, der ich auf keinen Fall nachgehen wollte –, hatte sich dieser Mann in den Kopf gesetzt, dass ich ähnliche Erfahrungen und Neigungen hatte wie er. Vielleicht hatte es unter den Studenten Gerede gegeben. Immerhin hatten Bell und ich bei jener Ermittlung einige der berüchtigteren Straßen und Bordelle der Altstadt aufgesucht. Es war durchaus möglich, dass Sir Henry eine reine Boshaftigkeit, die er damals aufgeschnappt hatte, im Gedächtnis oder falsch in Erinnerung geblieben war. War er deshalb so gastfreundlich gewesen? Hatte er sich einen Austausch lüsterner Erinnerungen an frühere Verlockungen und Eroberungen erhofft?

Ich musste mich zwingen, meinen tiefen Abscheu zu überwinden. Es war weniger seine Begierde, die mir widerwärtig war, als die Heuchelei, die damit einherging. Ich hatte diesen Mann einst zutiefst verachtet, und er war auch alles andere als ein Freund von Elsbeth gewesen, der Schwester seiner Gattin, der Frau, die ich liebte. Sie hatte ihn sogar gehasst. Wenn er mich damals so provoziert hätte, wäre ich mit Sicherheit aufgestanden, um sein Haus auf der Stelle zu verlassen. Aber jetzt war ich weniger starrköpfig und zudem gerade erst dem Tod durch meinen wahren Feind entkommen, sodass deutlich mehr auf dem Spiel stand. Ich sagte mir, dass sogar Elsbeth mir geraten hätte, meinen Zorn zu zügeln, statt das Risiko einzugehen zu erfrieren, ehe ich dem Doctor auch nur hatte beschreiben können, was geschehen war.

Allerdings war ich nicht bereit, mich demütigen zu lassen. »Ich glaube, Sie irren sich«, sagte ich sanfter, als ich mich fühlte. »Ich wüsste nicht, dass wir jemals im selben Boot gesessen haben, wie Sie es ausdrücken, abgesehen von den schrecklichen Verbrechen, die in dieser Stadt einst begangen wurden.«

Er zeigte sich nicht im Mindesten verärgert. »Fürwahr«, fuhr er fort und wurde etwas feierlicher, »das haben wir gemeinsam erlebt, aber ich habe mich nicht auf diese Zeit bezogen. Ich wollte nur anspielen auf – wie soll ich es ausdrücken? – ähnliche Vorlieben. Aber bitte, es überrascht mich überhaupt nicht, dass Sie sich mir nicht anvertrauen möchten. Das hatte ich auch kaum erwartet. Es würde mich freuen, wenn Sie sich hier ausruhen und erholen, solange Sie wollen. Ich wollte Sie nur wissen lassen, dass ich diesen Kampf kenne, den wir Männer manchmal in unseren Herzen auszufechten haben, mehr nicht. Aber lassen Sie uns von anderen Dingen sprechen.«

Damit kehrte er zu Watkins Vorschlag zurück, einen Tunnel unter dem Ärmelkanal zu errichten. Sir Henry glaubte, mit diesem Projekt wäre die Sicherheit unserer Inseln in Gefahr, aber ich hörte kaum zu, denn jetzt war ich erst recht perplex. Er konnte sich auf kein Gerücht aus alten Zeiten beziehen. Er hatte »diese Zeit« ja ausdrücklich ausgeschlossen, abgesehen davon, dass er sich sonst weit weniger sicher gewesen wäre. Worauf bezog er sich also? Je länger ich darüber nachdachte, desto weniger gefiel mir sein Ton. Aber im Augenblick hatte ich kein ernsthaftes Interesse daran, das Thema erneut zur Sprache zu bringen.

Zu meiner Erleichterung war Sir Henry am nächsten Tag die meiste Zeit außer Haus und aß auch nicht mit mir zu Abend. Er musste an einem Dinner teilnehmen, zu dem er als Redner geladen war, und schlief sich am nächsten Morgen aus. Ich nutzte die Gelegenheit, zur Universität zurückzukehren, wo ich zu meiner Freude erfuhr, dass Bell schon bald zurückerwartet wurde, möglicherweise bereits am nächsten Morgen.

Dann machte ich eine einsame Wallfahrt den Leith Walk entlang zum Rosebank-Friedhof, den ich zuletzt gesehen hatte, als die Bäume Blätter getragen hatten. Das Grab liegt bei einer niedrigen Mauer ganz hinten, nicht weit von einer großen Esche entfernt. Die Inschrift ist sehr einfach:

Elsbeth Scott
Geliebte Tochter von Clive und Judith
1859 – 1878

Wir hatten die ungewöhnliche Schreibweise von Elsbeth beibehalten, von der sie immer dachte, sie sei auf einen Schreibfehler ihrer Mutter zurückzuführen. Ich betrachtete das Grab eine Weile. Hier war alles, was von meiner Liebe übrig geblieben war, einer Liebe, die ich immer noch mit der ganzen Kraft meines Körpers fühlte, und zwar so stark, dass ich alles in der Welt dafür gegeben hätte, um sie noch einmal leibhaftig sehen zu können.

Glaubte ich, dass sie irgendwo hier verweilte, ein Geist, der zugegen war? Nein. Tief in meinem Herzen fühlte ich, dass dieser Ort nur eine schwache Verbindung zu ihr hatte. Aber immerhin eine Verbindung. Und auch wenn ich den katholischen Glauben meiner Vorfahren verloren hatte, glaubte ich doch, dass sie sich irgendwo befand. Ja, ich weigerte mich, diese Vorstellung aufzugeben.

Und jetzt, da ich mir diesen Luxus erlaubte, sah ich sie wieder vor mir. Ich erblickte ihre glänzenden, lachenden Augen und die Locken, die ihr ins Gesicht fielen, und wie sie wie ein Kind ihren Kopf nach hinten warf, wenn sie etwas erheiterte. Ich sah ihre Ernsthaftigkeit, die süß und eher zaghaft war. Und ja, ich erlaubte mir, ihre Liebe zu mir zu spüren, was mir manchmal Kraft gab und dann wieder ein solches Gefühl von Verlust und Traurigkeit in mir auslöste, dass es fast nicht auszuhalten war. Und wie immer brachte mich das zurück zu jenem furchtbaren Augenblick, als wir sie leblos ausgebreitet an einem Strand gefunden hatten und ich mir geschworen hatte, den Mann zur Strecke zu bringen, der dies völlig grundlos getan und als seine »Nachricht aus der Zukunft« bezeichnet hatte.

Im letzten Monat war ich ihm näher gewesen als jemals seit Elsbeths Tod. Während ich am Grab stand, ertappte ich mich abermals bei dem innigen Wunsch, er wäre zur Hütte zurückgekehrt, als ich auf ihn wartete. Wenn ich ihn mit Erfolg niedergestochen hätte, hätte ich die Polizei mit offenen Armen begrüßt, ihnen mein totes Opfer voller Stolz gezeigt und ein umfassendes Geständnis abgelegt. Mag sein, dass Elsbeth die Vorstellung von Rache nicht gutgeheißen hätte, doch bestimmt hätte sie mich unterstützt, um das Leben zukünftiger Opfer zu retten. Denn dieser Mann war, wie Bell einmal bemerkt hatte, nicht nur ein einfacher Mörder, sondern vielmehr eine Tötungsmaschine. In einer geschäftigen Woche auf dem von ihm bevorzugten Terrain – also in den ärmeren Straßen, wo er beinahe immer Prostituierten auflauerte – konnte die Zahl seiner Todesopfer durchaus zweistellig werden.

Ich muss eine Stunde oder länger am Grab gestanden

haben. Am Ende versuchte ich, alle Gedanken an ihn loszuwerden und nur noch an sie zu denken. Dann wandte ich mich ab.

An diesem Abend traf ich Carlisle in seinem Salon in überschwänglicher Stimmung an. Er goss sich bereits sein zweites Glas Weinbrand ein, weil er, wie er sagte, am Abend zuvor notwendigerweise enthaltsam hatte bleiben müssen. Und es dauerte nicht lange, bis in seinen Augen wieder das bekannte Glänzen erschien.

Die Lichter im Salon waren gedämpft, vielleicht, weil er es so bevorzugte. Die Flammen des Feuers warfen flackernde Schatten über sein Gesicht, während er sich in seinem Sessel zurücklehnte. Zweifellos wegen des Weinbrands waren seine Worte etwas hochtrabend. »Ich frage mich«, fing er an, »ob Sie bereits Gelegenheit hatten, noch einmal zu überdenken, was ich neulich abends angesprochen habe. Ich darf Ihnen versichern, dass jedwede Vertraulichkeit, die Sie einem Kameraden erweisen, strikt unter uns bleibt. Ich würde niemals das Vertrauen eines Gentlemans enttäuschen, und Sie brauchen sich auch nicht zu sorgen, dass meine Frau davon erfährt.«

Das hätte mich abstoßen können, doch ich war durch unser vorheriges Gespräch vorgewarnt und wusste genau, was ich sagen wollte. »Sir Henry, ich würde Sie gerne ins Vertrauen ziehen, muss aber erst genau wissen, worauf Sie sich beziehen. Ich bin mir nicht ganz sicher, ob wir über das Gleiche reden.«

Das schien ihm zu gefallen, denn sein Lächeln wurde breiter. »Natürlich, natürlich.« Er zwinkerte mir zu. »Ich habe von ›ähnlichen Vorlieben‹ gesprochen. Lassen Sie es mich so sagen: Ich verstehe etwas von Ihren Schwierigkeiten.« Das Vergnügen, das ihm diese Andeutungen bereiteten, war mit Händen greifbar. Sein Gesicht war leicht errötet, und ich war mir sicher, dass seine Handflächen feucht waren. »Dass Sie nämlich«, fuhr er fort, »eine gewisse Leidenschaft erfasst hat für ein Mädchen der Straße, eine Unglückliche, die die Nerven eines Mannes zu strapazieren versteht.«

Für einen Augenblick war ich sprachlos. Mir war klar, dass hier etwas furchtbar im Argen lag. Das erklärte auch sein seit meiner Ankunft hier so eigentümliches Verhalten. Aber ich wusste auch, dass ich mich jetzt beherrschen musste. »So«, erwiderte ich, »aber mir ist noch nicht ganz klar, was Sie zu dieser Schlussfolgerung veranlasst hat.«

»Was meinen Informanten betrifft«, sagte er beinahe flüsternd, »bin ich nicht weniger ahnungslos als Sie. In dem Brief stand nur, dass ein gemeinsamer Freund mich über diese traurige Entwicklung von Arthur Doyle in Kenntnis zu setzen wünsche. Ich habe natürlich niemandem davon erzählt.«

Ein gemeinsamer Freund! Meine Hand verkrampfte sich auf der Lehne meines Sessels, und es gelang mir nur mit Mühe, nicht aufzuspringen, denn ich erwartete schon fast, dass Cream gleich durch die Tür treten würde.

»Wann haben Sie diesen Brief erhalten?«

»Vor etwa einem Jahr«, antwortete er und starrte mich unverwandt an. Das beruhigte mich, denn es bewies, dass Cream nicht allwissend war. Der Brief war offenbar nur ein früher, wenn auch vergifteter Pfeil seines derzeitigen Feldzugs gegen mich. Natürlich würde er alles tun, um meinen Namen zu beschmutzen. Er hatte bereits in London zweimal versucht, mich zu kompromittieren. Ob er auch anderen geschrieben hatte? Wenn, dann wusste ich nichts davon. Andererseits würden die meisten Menschen, im Gegensatz zu Sir Henry, einen solchen Brief kaum ernst nehmen. Bestimmt hoffte Cream, dass Lady Sarah es erfuhr und sich das Gerücht ausbreitete, aber er konnte nicht wissen, dass Sir Henry nicht mehr der war, der er einst gewesen war. Der Brief hatte eine Schwäche ausgenutzt, aber davon abgesehen hatte er lediglich bewirkt, dass ich nicht der Kälte von Edinburgh ausgesetzt worden war.

»Haben Sie den Brief noch?«, fragte ich leichthin.

»Natürlich nicht«, antwortete Carlisle mit dem Anflug eines Lächelns. »Ich habe ihn vernichtet. Ich würde so etwas niemals neugierigen Blicken aussetzen. Aber nun sagen Sie mir doch, ist sie eine von der niederen Sorte, die einen Mann um den Verstand bringen kann? Sie sehen, ich bin mit dem Typus durchaus vertraut. Ich habe zu meiner Zeit einige außerordentliche Schönheiten auf der Straße zu sehen bekommen.«

Sein Umgangston machte mich nervös. Im Grunde genommen ging ich davon aus, dass er die Wahrheit sagte, was den Brief betraf, und seine Gastfreundschaft ließ ich ebenfalls nicht unberücksichtigt, aber es war auch schwer zu vergessen, wie er sich in der Zeit bis zu Elsbeths Tod verhalten hatte. Wieder wäre ich beinahe aufgestanden, doch ich hielt mich im Zaum. Empörung wäre ohnehin sofort als Schuldeingeständnis aufgefasst worden. Deshalb zögerte ich.

»Sir Henry«, erwiderte ich schließlich, »Sie mögen mir vielleicht nicht glauben, und in gewisser Hinsicht mag das sogar unerheblich sein, aber Ihr Brief entbehrt jeglicher Grundlage.«

Er sah mich an, während er meine Worte verarbeitete. Der Weinbrand machte ihn langsam. »Aber wer hat ihn geschrieben?«

Natürlich hätte ich es ihm sagen können. Bell hatte Carlisle bestimmt von unserem Verdacht erzählt, und er hatte Cream sogar in manchen seiner Jagdgründe getroffen. Aber nichts lag mir ferner, als diesen Mann noch weiter in den Fall hineinzuziehen, als er ohnehin schon darin verwickelt war. Seine Verflechtung hatte uns schon einmal geschadet und viel Zeit gekostet. Die Vorstellung, ihm weitere Geheimnisse anzuvertrauen, widerstrebte mir. Es wäre mir fast lieber gewesen, wenn er mir nicht glaubte.

»Ich fürchte, dass es mehrere Leute gibt, die niederträchtige Gerüchte über mich ausstreuen würden. Vielleicht erinnern Sie sich an James Cullingworth, der hier Medizin studiert hat und eine Quacksalber-Praxis geführt hat, der ich eine Weile angehört habe. Er ist einer von ihnen. Was Ihnen da mitgeteilt wurde, ist völlig aus der Luft gegriffen, aber ich überlasse es Ihnen, ob Sie mir glauben.«

Er dachte einige Zeit darüber nach. Ich glaube, er war wirklich unschlüssig, ob ich die Wahrheit sagte oder nur zugeknöpft war. Womöglich war es mein Glück, dass er schon so viel getrunken hatte, denn andernfalls hätte er vielleicht trotziger darauf reagiert, dass ich mich weigerte, ihm nachzugeben.

»Tja«, sagte er, »damit hat sich der Fall erledigt. Ein Mann muss die Dinge wohl mit sich selbst ausmachen, wenn er es so wünscht.«

Er sah zu mir hinüber, und vielleicht war es nur das flackernde Licht des Feuers, aber in diesem Moment schien sich in seinem Gesicht etwas Monströses zu zeigen, ein frustriertes Zucken, als die Muskeln um den Mund bebten. Ein Scheit im Kamin gab mit einem leichten Knirschen nach, und plötzlich hatte ich die starke Empfindung, als wäre der Geist von jemand Drittem anwesend, als wäre eine der verführten Frauen (deren Leben oft nur kurz war) zurückgekehrt, um diesem Mann ihren Hass ins Gesicht zu spucken. Zu meiner riesigen Erleichterung kam kurz darauf das Mädchen herein, um zu fragen, ob wir noch etwas vor dem Zubettgehen benötigten.

In dieser Nacht schlief ich nicht sonderlich gut und war froh, dieses behagliche Haus am nächsten Tag endgültig verlassen zu können. Der Boden war nicht mehr gefroren, sodass ich für den Fall, dass Bell nicht zurückkehren sollte, mein Heil lieber anderswo suchen wollte, als mich weiter den lüsternen Verdächtigungen von Henry Carlisle auszusetzen. Wenn seine Frau zugegen gewesen wäre, hätte ich es mir vielleicht anders überlegt, aber sie wurde erst in einigen Tagen zurückerwartet.

Mit diesen Gedanken lief ich den dunklen Steinkorridor entlang zu Bells altem gewölbeartigen Zimmer in der Universität. Wie früher, wenn ich durch die Tür trat, lag vor mir eine Art Tunnel zwischen riesigen Regalen mit lauter Präparaten und Chemikalien, der zu dem gewaltigen Glasbecken führte, das halb so hoch wie der Raum war. Es war ein Wunder, dass sich nicht mehr Leute hierher verirrten, denn die Tür zu seinem Zimmer stand immer offen, doch ich vermute, dass sie vom grimmigen Ruf des Doctors abgeschreckt wurden.

Ich blieb kurz vor dem Becken stehen, das mit hässlich dunkelrotem Wasser gefüllt war. Auf dem Grund lag ein gräuliches, pergamentartiges Material. Es war, wie ich später erfuhr, menschliche Haut.

Dahinter erhob sich ein enormes Bücherregal; ich ging daran vorbei und gelangte an Bells leeren Schreibtisch. Nirgendwo war ein Mantel oder der Spazierstock mit dem Silberknauf zu sehen, es gab keinerlei Anzeichen dafür, dass er zurückgekehrt war. Ich war zutiefst enttäuscht. Doch dann fiel mein Auge auf die Tür, die zu einer verborgenen Treppe und darüber in das Allerheiligste führte, in dem Bell zahlreiche makabre Andenken und Erinnerungen mit Verbrechensbezug aufbewahrte. Diese Tür stand weit offen.

Das war bemerkenswert. Bell pflegte immer peinlich genau

darauf zu achten, dass sie verschlossen blieb. Ich hatte es tatsächlich noch niemals anders erlebt, egal unter welchen Umständen. Ausgesprochen beunruhigt trat ich sofort hindurch und erklomm rasch die Treppe; mir graute vor dem, was oben auf mich warten mochte.

Offensichtlich war Bell noch nicht zurück, doch Cream musste von der Existenz dieses Ortes wissen. Und ich konnte mir gut vorstellen, welches Vergnügen es ihm bereiten würde, ihn zu zerstören. Vor meinem geistigen Auge tauchten Bilder von zerschmetterten Gegenständen und zerrissenen und verbrannten Büchern und Papieren auf – darunter die grundlegenden Aufzeichnungen über unsere Versuche, ihn zur Strecke zu bringen. Er würde nur ein paar Minuten brauchen, um das zu erreichen. Jetzt, da er wieder im Lande war, was sollte ihn aufhalten? Ich kam um die Ecke und blieb stehen.

Das Zimmer sah genauso aus wie immer. Kein Buch, kein Gegenstand war verstellt. Ich verspürte eine enorme Erleichterung. Aber dann hörte ich das Geräusch. Jemand saß geduckt in einem Sessel jenseits der Regale und hielt etwas mit den Händen hoch in die Luft.

Ich trat vor und blieb wie angewurzelt stehen. Denn über dem Sessel vor mir erhob sich ein menschlicher Kopf. Kein Totenschädel, sondern der abgetrennte Kopf eines Mannes, mit offenen, starrenden Augen und medizinischen Verbänden um den Stumpf seines blutigen Halses.

Rückkehr des Doctors

Eine aufgeregte Stimme ertönte. »Die toten Augen reflektieren Sie noch, Doyle. Obwohl sich die Pupillen im Licht nicht erweitern. Ich kann Ihr Abbild in ihnen ganz klar erkennen.« Die Gestalt sprang auf, und Dr. Bell deponierte seine grausige Reliquie auf einem Tisch in der Nähe. »So«, sagte er eher höflich als zutreffend, »Sie haben mich überrascht.«

Doch dann hielt er inne, denn ihm fiel sofort meine seit unserem letzten Zusammentreffen vor einigen Wochen veränderte Erscheinung auf. »Ja«, sagte er langsamer und musterte mich. »Aber das Bild in den toten Augen ist ausgesprochen dürftig; Einzelheiten waren nicht zu erkennen.« Es war allzu offensichtlich, dass das, was er sah, ihm Sorgen bereitete. Seine Augen wanderten über die Narbe an meinem Hals, die nicht zusammenpassende Kleidung (denn ich trug noch immer, was Middleton mir gegeben hatte) und nicht zuletzt meine beinahe skelettartige Erscheinung.

Der Doctor bestand darauf, dass wir sofort nach unten gingen. »Sie müssen zugeben, dass es ungewöhnlich für mich ist, die Tür offen stehen zu lassen. Um ehrlich zu sein, habe ich nach unseren Abenteuern in London beschlossen, dass ich mich besser schützen muss, und ich erwarte jeden Augenblick einen Schlosser. Er hat Anweisung, nur bis zur Tür zu gehen, denn ich wollte unbedingt meine Neuerwerbung besichtigen. Sobald er seine Pläne gemacht hat, reden wir.«

Der fragliche Schlosser, ein Mann mit dunkelblondem Haar und sehr ernstem Auftreten, erschien, kurz nachdem wir unten angekommen waren, und angesichts meiner Ängstlichkeit war ich erleichtert zu hören, dass Bell eine ganze Reihe von Vorrichtungen für seine Tür bestellte, darunter eine Metallplatte für die eine Seite und ein Schloss Marke Rutherford, das wirksam jeglichen unbefugten Zugang verhindern würde, wenn er fort war. Ich wusste aus früherer Erfahrung, dass es irgendwo einen weiteren Zugang geben musste, doch Bell war mit dessen Sicherheit offenbar zufrieden, da er ihn nicht erwähnte. Da noch nicht einmal ich wusste, wo er lag, hielt ich es für unwahrscheinlich, dass Cream besser darüber informiert war.

Sobald der Mann gegangen war, schlug Bell vor, dass wir auswärts zu Mittag essen. »Wir müssen ungestört reden«, sagte er, »aber wenn wir jetzt gehen, wird das Lokal leer sein, und mir scheint, Sie brauchen jede Stärkung, die Sie bekommen können.«

Und so fanden wir uns im privaten Speisezimmer eines Edinburgher Geschäftshotels wieder. Der Raum war freundlich eingerichtet und hatte einen großen Kamin, und da Bell mit dem Besitzer bekannt war, wurden wir äußerst großzügig bedient. Dennoch weckte der Raum bei mir sehr traurige Erinnerungen. Vor langer Zeit hatte Bell ein Treffen zwischen uns und meiner geliebten Elsbeth hier arrangiert, um ungestört etwas besprechen zu können, das mit der Untersuchung zu tun hatte, die in ihrem Tod gipfelte. Der Doctor war keiner, der solche Dinge vergaß, und ich bin mir ziemlich sicher, dass er wusste, welche Assoziationen er wecken würde, doch zugleich war er in solchen Angelegenheiten immer schon durch und durch praktisch veranlagt gewesen. Er war der festen Überzeugung, und das schon seit dem Tod seiner Frau, dass man die Toten nur dadurch ehrte, indem man an den gleichen Orten und mit den gleichen Dingen weitermachte.

»Es ergibt keinen Sinn«, sagte er mir einmal, »vor Erinnerungen davonzulaufen, denn das hieße, vor der Liebe unserer Heimgegangenen zurückzuweichen. Und das würden sie nicht wollen.«

Also versuchte ich, diese Gedanken beiseitezuschieben. Dennoch wurde ich dem Essen kaum gerecht, und mir fiel auf, dass meine Hand mehr zitterte denn je, wenn ich mein Glas hob. Als sich die Kellner jedoch zurückgezogen hatten und wir unter uns waren, erzählte ich ihm alles. Zunächst war er vollkommen verwundert. Es fiel ihm schwer zu glauben, dass ich Ereignisse beschrieb, die, nur wenige Minuten nachdem wir voneinander auf den Straßen Londons Abschied genommen hatten, eingesetzt hatten. Es bekümmerte ihn, dass er seinen Zug nach Norden genommen hatte, ohne die geringste Ahnung zu haben, was gerade mit mir geschah.

»Aber warum haben mir die Morlands nicht ins Hotel geschrieben?«, fragte er. »Selbst wenn sie davon ausgingen, dass Sie krank sind, hätten sie das tun sollen.«

»Ich wage zu bezweifeln, dass sie überhaupt wussten, wo Sie abgestiegen waren«, sagte ich. »Das hatte ich ihnen gegenüber nie erwähnt.«

Er nickte und forderte mich mit einer Handbewegung auf fortzufahren. Danach ließ seine Verwunderung etwas nach, und er folgte meinen Ausführungen peinlich genau und unterbrach mich nur, um das eine oder andere Detail klarzustellen. Manchmal runzelte er die Stirn, doch ob aus Sorge oder aus Zweifel am Wahrheitsgehalt meiner Geschichte, war unmöglich zu erkennen.

Endlich kam ich zum Schluss. Ich hatte vermutlich eine Reaktion über die Ungeheuerlichkeit des Ganzen erwartet. Aber er blieb stumm und saß, was typisch für ihn war, mit auf den Tisch trommelnden Fingern da und blickte mich durchdringend an.

Dann wurde er sich seiner selbst bewusst. »Verzeihen Sie mir«, sagte er langsam und völlig uncharakteristisch, denn bei Kriminaluntersuchungen handelte er immer, wie es ihm gefiel, ohne Rücksicht auf irgendjemanden zu nehmen. »Was auch immer die Wahrheit ist, Sie haben offenkundig sehr gelitten. Ich schlage vor, wir kehren jetzt zur Universität zurück.«

Ich wusste nicht, was ich damit anfangen sollte. Aber ich sagte nichts, und wir schwiegen beide auf dem Weg zurück in seine Räumlichkeiten. Sie waren noch so, wie wir sie verlassen hatten, denn der Schlosser würde erst in der kommenden Woche mit seiner Arbeit beginnen. Der Doctor sperrte die Tür zu seinem Geheimzimmer auf und schloss sie sorgfältig wieder hinter uns, bevor wir die kurze Treppe hinaufstiegen.

Wir gingen an den Regalen vorbei, die eine so seltsame Sammlung von Gegenständen mit irgendeiner Beziehung zu Mord enthielten – und außerdem Fotografien, Hefte und Bücher –, bis wir die Sessel und den Kamin beim Fenster erreicht hatten. Jetzt brannte hier ein fröhliches Feuer; unter normalen Umständen hätte ich den Doctor bedrängt, mir die Identität der geheimnisvollen Person zu verraten, die sich um dieses Zimmer kümmerte, denn dies war ein Rätsel, das ich nie hatte lösen können. Aber ich war jetzt nicht in der Stimmung dafür.

Bell selbst sah grimmig drein, als wir uns in die am Kamin einander gegenüberstehenden Sessel setzten, wie wir es so oft in glücklicheren Zeiten getan hatten. Er blickte eine Weile ins Feuer und dann wieder zu mir.

»Sie müssen verstehen, Doyle, wenn Sie hören, was ich Ihnen jetzt sagen werde, dass ich mir schon bei unserem letzten Fall große Sorgen wegen Ihrer Neigung zur Selbstmedikation gemacht habe.« Ich öffnete den Mund, um zu protestieren, doch er hob eine Hand, um mich zum Schweigen zu bringen. »Ich war, wie Sie wissen, äußerst besorgt wegen der Wirkung, die Laudanum auf Ihre körperliche Verfassung haben könnte. Jetzt tauchen Sie hier bei mir mit dem Aussehen eines Süchtigen auf und erzählen mir eine Geschichte, von der Sie selbst zugeben, dass sie teilweise wie ein Traum klingt. Nicht eine Einzelheit davon lässt sich überprüfen. Ich habe von keinem Ihrer Freunde oder Verwandten erfahren, dass Sie verschwunden sind, in der Zeitung steht nichts über einen Mord in Wiltshire, geschweige denn von einer Verbrecherjagd. Außerdem ...«

Doch er konnte seinen Satz nicht beenden, denn das war zu viel. Vor Erregung sprang ich auf. »Sie erweisen mir einen schlechten Dienst, Doctor.« Ich ging einen Schritt zurück und wieder vor. »Er wollte mich abhängig machen, und wenn er sich im Hintergrund gehalten hätte, wäre es ihm bestimmt auch gelungen. Aber meine Verachtung für ihn war sogar stark genug, um den Bann der Droge zu brechen. Natürlich haben Sie keine Briefe erhalten, denn ich befand mich zuvor in London, wo niemand in der Praxis von unserer Verbindung wusste. Und selbst wenn sie es gewusst hätten, warum sollten sie Ihnen schreiben, wenn man ihnen nur mitgeteilt hätte, dass ich mich von einer Krankheit erhole? Was die Zeitungen betrifft, so weiß ich nicht, was die Polizei in Wiltshire öffentlich machen wollte. Aber inzwischen ist ein Wochenende vergangen, und ich gehe davon aus, dass Sie morgen etwas darüber finden werden. Ich muss gestehen, dass ich mit einer verständnisvolleren Reaktion gerechnet hatte – von dem einzigen Mann auf der Welt, der weiß, was er für ein Teufel ist.«

Mit diesen Worten riss ich mein Hemd auf, um ihm die Narben auf der Brust und dem Bauch zu zeigen, und löste den Kragen, um das gesamte Ausmaß des Schnitts an meinem Hals zu offenbaren. »Glauben Sie wirklich«, fragte ich, »dass ich auf mich selbst eingestochen habe?«

Der Doctor sprang auf und untersuchte die Wunden aufgeregt; die physischen Beweise hatten auf ihn die Wirkung, die meinen Worten nicht vergönnt gewesen war. »Ich gebe es zu«, sagte er mit aufgewühltem Blick. »Ich gebe zu, dass es unwahrscheinlich ist, aber Sie müssen Geduld mit mir haben, Doyle. Ich überprüfe stets die Wahrhaftigkeit, selbst die eines Freundes, um mir meiner Tatsachen sicher sein zu können. Und diese Tatsachen sind, wie Sie mir sicher beipflichten werden, höchst überraschend.«

»Was schlagen Sie also vor?«, fragte ich.

»Dass ich Ihnen Geld leihe.« Er ging zu einer Schublade hinüber und schloss sie auf. »Sie müssen sich Kleidung kaufen und was immer Sie sonst benötigen. Das Hotel, in dem wir gegessen haben, kann Sie für die Nacht beherbergen, ich habe bereits mit dem Besitzer gesprochen, und ich bezweifle, dass ein längerer Zeitraum nötig sein wird. Ich treffe Sie dort später und teile Ihnen meine Schlüsse mit.«

Seine Ungläubigkeit hatte mich so verärgert, dass ich nicht in der Stimmung war, sein Angebot abzulehnen; ich hielt es sogar für das Mindeste, was er tun konnte. Wir trennten uns kurz darauf, und ich trottete durch einige Geschäfte, in denen ich mir einen Mantel und ein Jackett aus Edinburgher Tweedstoff kaufte, dazu Hemden, Hosen und Unterwäsche sowie Rasierzeug. Das Hotel war, wie er gesagt hatte, darauf vorbereitet, mich höflich zu empfangen. Jetzt fiel mir wieder ein, dass Bell einmal erfolgreich die Mutter des Besitzers operiert hatte; man führte mich in eine Suite, die ich unter normalen Umständen für palastähnlich gehalten hätte.

Hier grämte ich mich und lief auf und ab, mit der Frage beschäftigt, was als Nächstes geschehen würde. Um sechs Uhr war er noch nicht gekommen, und auch nicht bis sieben, und ich suchte verzweifelt etwas Ablenkung in der Morgenzeitung, namentlich in einem Artikel über die Lage in Ägypten und das Schicksal des bedauernswerten Captain Moncrieff in den Händen feindlicher Beduinen in Sawakin, als es laut an der Tür klopfte.

Ich sprang auf und öffnete sie. Bell stand auf der Schwelle, und sein Gebaren hatte sich vollkommen verändert. Er hielt einen Stapel Telegramme und eine Abendzeitung in der Hand, als er in das Zimmer trat, vor Aufregung errötet.

Er verstreute die Telegramme auf dem Tisch neben der Zeitung und wandte sich mir zu. »Ich werde mich nicht noch einmal entschuldigen, Doyle; ich habe getan, was ich tun musste, und jetzt müssen wir weitersehen. Es ist ein Glück, dass die Vorlesungszeit so gut wie vorbei ist; ich werde erklären, dass ich in den Süden muss, um mich um einige versprengte Besitztümer zu kümmern, die Professor Fleming der Fakultät vermacht hat. Das trifft auch zu, dürfte aber nicht sehr lange dauern.«

Ich griff nach dem ersten Telegramm, das von Sally Morland stammte. »Ja«, sagte Bell, »Mrs. Sally Morland bestätigt Ihren Bericht in allen Einzelheiten. Sie wurden für eine dringende Behandlung fortgebracht. Man hat den Morlands versichert, dass Sie sich gut erholen, doch machen sie sich inzwischen Sorgen, weil sie nichts von Ihnen gehört haben und auch nichts, wie Sie bitte zur Kenntnis nehmen, von ihrem befreundeten Onkel, abgesehen von einem Kabel, demzufolge alles in Ordnung sei und Sie in Genesung begriffen seien.«

Also war ihnen nichts geschehen. Das war eine immense Erleichterung. Im Stillen pries ich Sally für ihre prompte Antwort. Bell musste meine Gedanken gelesen haben. »Machen Sie sich keine Sorgen«, sagte er. »Ich habe bereits geantwortet und ihnen mitgeteilt, dass Sie in Sicherheit sind und wir vorhaben, sie zu besuchen.«

»Ist das so?«, fragte ich, denn wie schon so oft, war der Doctor von der Passivität so schnell zum Handeln gewechselt, dass es schon schwindelerregend war.

»Mein lieber Doyle«, sagte Bell, »wir haben fünf Jahre gewartet. Ich wollte zunächst den Boden prüfen, aber nun, da ich weiß, dass er fest ist, habe ich nicht vor zu trödeln. Er hat beschlossen, aufs Feld zurückzukehren. Es ist die Gelegenheit, der wir entgegengefiebert haben, und wir müssen sie umgehend beim Schopf packen.«

Zweiter Teil:
DIE SUCHE

Das Tal des Todes

Ich habe geschrieben, dass meine Fälle mit dem Doctor unter dem Siegel strengster Verschwiegenheit aufgeklärt wurden, einer Verschwiegenheit, die ich aufgrund bestimmter Ereignisse erst jetzt breche. Aber natürlich war es unvermeidlich, dass sie Nachhall fanden in den Geschichten, die ich viele Jahre später schreiben sollte. Manchmal nur entfernt, immer jedoch zensiert (wie ich ja bereits mit »Das gesprenkelte Band« und der Angelegenheit um Heather Grace gezeigt habe). Und die grauenvolle Affäre in Südengland, die mit unserer Abfahrt aus Edinburgh im Dezember 1883 ihren Anfang nahm, sollte ihren auffälligsten, wenn auch nicht einzigen Nachhall in jener Geschichte finden, die meine berüchtigtste werden sollte: »Das letzte Problem«.

Diese Erzählung, komprimiert und abgemildert, wie sie ist, erscheint beinahe mehr als eine Parabel der im Folgenden beschriebenen Ereignisse als deren wahrheitsgemäße Wiedergabe. Doch zumindest in einer Hinsicht sehe ich eine direkte Parallele, nämlich die Eile und Aufregung betreffend, mit der Bell und ich am nächsten Morgen zu unserer Reise aus Edinburgh aufbrachen, genauso wie meine Helden ab Victoria mit dem Zug nach dem Kontinent, um dem Zugriff von Moriarty zu entkommen. Der Hauptunterschied war, dass uns keine geruhsame Bergwanderung durch die Schweiz erwartete, sondern die Dringlichkeit mit jeder neuen Entwicklung nur noch wuchs.

Als wir auf dem ersten Abschnitt unserer Reise in einem,

abgesehen von uns, leeren Abteil durch die Vororte von Edinburgh jagten, war der Doctor so energiegeladen, wie ich ihn selten erlebt hatte, und er begann sofort damit, die Zeitungen durchzusehen. Es stellte sich heraus, dass es am Vorabend eine kleine Notiz in den *Edinburgh Evening News* gegeben hatte, einer Zeitung, die kurz vor Beginn meines Studiums ins Leben gerufen worden war und dazu neigte, unkonventionellere Themen aufzugreifen als ihr Stallgefährte vom Morgen, der *Scotsman*. Dennoch war es nur ein kleiner, eher kryptischer Absatz:

Rätsel um Leiche in Landhaus

> Die Polizei in Salisbury berichtet vom Fund einer männlichen Leiche in einem abgeschiedenen kleinen Landhaus in der Nähe des Meldreth-Tals. Im Haus des Verstorbenen war alles völlig durcheinandergebracht, und er selbst wurde offenkundig erschlagen. Auch wenn die Behörden erst einige Tage danach benachrichtigt worden sind und den Leichnam entdeckt haben, ist bereits eine umfassende Ermittlung im Gange, und weitere Einzelheiten werden erwartet.

Dr. Bell hatte die Morgenzeitungen gespannt durchsucht, aber nur einen Artikel gefunden, der kaum Neues zu bieten hatte. »Das kann nur bedeuten«, sagte er, »dass die Polizei nicht darauf erpicht ist, Aufsehen mit dieser Sache zu erregen. Man glaubt vermutlich, der Flüchtling sei in der Gegend abgetaucht, und das Letzte, was man sich wünscht, sind Schlagzeilen, die ihn warnen.« Er schob die Zeitungen von sich. »Es war gut, Doyle, dass Sie dem Netz der Polizei entschlüpft sind. Aber wozu brauchen wir Zeitungen, wenn wir den Hauptzeugen haben? Ich möchte Sie bitten, die Sache mit mir noch einmal in jeder Einzelheit durchzugehen.«

Der Doctor befand sich wieder auf der geliebten Jagd, und so wurden seine Fragen bis zu einem Grad erschöpfend, der, wie ich zugeben muss, alles andere als angenehm war. Insbesondere, als er mich bat, die Augen zu schließen und ihm die Hütte in all ihren grausigen Einzelheiten zu beschreiben. Er erkundigte sich nach jedem Detail des Innenraums und der Umgebung draußen. Schließlich, nachdem er alle meine Abenteuer in größter Ausführlichkeit gehört hatte, war er zufrieden, lehnte sich zurück und schloss die Augen.

Ich für meinen Teil war froh, auf andere Gedanken zu kommen, und las die Zeitungen von vorne bis hinten durch. Hinter Darlington brach der Doctor schließlich sein Schweigen, aber nur, um profane Dinge zu besprechen, wie unsere Herangehensweise auf den vor uns liegenden Bahnhöfen und unsere beste Aussicht auf Stärkung, wenn wir anhielten.

Die Nacht verbrachten wir in Northampton in einem kleinen Hotel direkt neben dem Bahnhof. Der Doctor hatte für unsere Zimmer bezahlt, und ich sprach dies an, als wir am nächsten Morgen bei einem besonders üppigen Frühstück saßen, denn er hatte darauf hingewiesen, dass wir nicht mit Bestimmtheit sagen konnten, wann wir wieder etwas zu essen bekämen. Es erschien mir jedoch nicht richtig, erklärte ich ihm, dass er unsere Unternehmung aus eigener Tasche finanzierte, und ich nahm mir vor, es ihm bei meiner Rückkehr zurückzuzahlen.

»Mein lieber Doyle«, sagte er, während er mit einiger Hingabe Schinken und Eier in Angriff nahm, »das ist ein lächerlicher Vorschlag. Sie stehen erst am Anfang und haben herzlich wenig, während ich mehr als genug besitze. Aber hinzu kommt, was Sie nicht wissen können, dass ich mich schon lange auf diesen Augenblick vorbereitet habe. Mir war bewusst, dass wir wieder auf ihn treffen würden, und dass es sich, von allem anderen mal abgesehen, als kostspielig für uns erweisen könnte. Zum Glück hatte ich in den Jahren, seit Sie Edinburgh verlassen haben, mehrfach Gelegenheit, Privatpersonen bei der Lösung ihrer Probleme zu helfen. Nur wenige Fälle fielen in die Kategorie ernst zu nehmender Aufgaben, aber relativ viele hatten mit wohlhabenden Leuten zu tun, die darauf bestanden, mich großzügig zu entlohnen. Ich hatte von Anfang an beschlossen, jegliches auf diese Weise verdiente Geld der Gesellschaft zurückzuzahlen, und ich war mir sicher, den besten Weg zu kennen, um dieses Ziel zu erreichen. Ich habe es deshalb in einer Kriegskasse gesammelt, um diese gegen ihn einsetzen zu können, wann und wie sie benötigt würde, und ich darf Ihnen versichern, dass das nicht das Geringste mit Wohltätigkeit zu tun hat. Sie sind mir keine Hilfe, solange Sie nicht gefüttert, getränkt und geschont werden. Das Geld wird eingesetzt, solange es notwendig ist. Jetzt ist es eindeutig nötig, also möchte ich nichts mehr über Unkosten hören. Wir haben erheblich Wichtigeres zu tun.«

Ich hatte Bell oft gescholten, nicht genug gegen Cream unternommen zu haben, wenn er zu Geduld riet, sodass ich ihn jetzt schwerlich kritisieren konnte. Es war, wie ich damals dachte, der Doctor von seiner besten Seite, und nachdem ich ihm dankbar zugestimmt hatte, sprach ich das Thema nie wieder an.

Am späten Vormittag hatte unser Zug die öden Lehmtäler von Oxford hinter sich gelassen und die grünen Hügel und Auen von Wiltshire erreicht. Der Doctor brütete über seiner Karte und fing an, sich viele Notizen zu machen, denn er nutzte bereits meine Beschreibungen und das, was ich von Middleton über die Örtlichkeit in Erfahrung gebracht hatte, um die wahrscheinliche Lage der Hütte zu bestimmen. Wir trafen am frühen Nachmittag in Salisbury ein, wo er sofort eine Kutsche requirierte. Natürlich hatte ich erwartet, dass er einen Gasthof am Ort ansteuern wollte, wo wir uns erholen und dann unsere Nachforschungen beginnen konnten, doch zu meinem Erstaunen reichte er dem Kutscher, einem kleinen und eher untersetzten Mann, eine offenbar detaillierte Wegbeschreibung zur Hütte.

Unser Kutscher zeigte sich nicht sonderlich überrascht, sondern wies nur darauf hin, dass der Fahrpreis beträchtlich ausfalle, weil die Fahrt mehr als zwei Stunden dauern würde, aber Bell schien sich nicht daran zu stören und machte es sich auf seinem Sitz bequem.

Ich hingegen war weitaus weniger zuversichtlich. »Halten Sie das für klug?«, fragte ich. »Wird die Polizei nicht dort sein?«

Er schien auf meine Worte kaum zu achten. »Bitte?«, fragte er. »Na ja, irgendwann werden wir ohnehin auf sie stoßen.« Und wandte sich wieder seiner Karte zu. Ich fand das nicht sonderlich beruhigend. Mir war wohl bekannt, dass der Doctor, wenn er erst die Fährte eines Gegners aufgenommen hatte, sich häufig so darin vertiefte, dass er persönliche Risiken auf die leichte Schulter nahm. Die Tatsache, dass ich ernsthaft unter Mordverdacht stand, interessierte ihn schlichtweg nicht; er hätte es sogar als belanglos abgetan.

Mein Mut sank deshalb zunehmend, je mehr ich die Veränderung unserer Umgebung wahrnahm. Die schön anzusehenden Hügel machten einer dramatischeren Landschaft Platz, und binnen einer Stunde näherten wir uns den Wäldern, von denen ich wusste, dass sie uns ins Herz des Tales führen würden, das ich nicht wiederzusehen wünschte.

Der Tag war feucht und trübselig, wenn auch nicht sonderlich kalt, und während wir unter den Bäumen herfuhren, beschlich mich ein düsteres Gefühl des Wiedererkennens. Doch mein Begleiter wurde im Gegensatz zu mir zunehmend lebhafter, hielt mir Vorträge über diverse Menhire, an denen wir vorbeifuhren, sowie über die Form einer römischen Straße, die wir überquerten, als wären wir auf einem topografischen Ausflug.

Die Kutsche kam schwerer voran, als wir bergaufwärts den Wald verließen und die Straße eine Reihe von Kurven machte. Über uns lagen jetzt durchnässte grüne Wiesen, und ich wusste genau, wo ich war. Binnen weniger Minuten kam die Hütte selbst in Sichtweite, ein hässlicher Wachposten aus grauem Stein, der in das Tal hinabschaute.

Bell warf mir einen flüchtigen Blick zu, um sicherzustellen, dass wir unser Ziel gefunden hatten, und dann hieß er die Kutsche anhalten und sprang heraus. Ich stand auf, um ihm zu folgen, trotz meines Widerwillens, diesen Ort erneut zu besuchen, und nach nur wenigen Schritten stand ich nahe bei der Stelle, an der ich Cream vergeblich aufgelauert hatte. Es war jetzt etwas heller, doch die Wände der Hütte sahen noch immer blank und bedrohlich aus, und ich empfand eine furchtbare Machtlosigkeit. Merkwürdigerweise war das Gefühl der Demütigung jetzt beinahe noch stärker als zu der Zeit, da ich hier gefangen gewesen war und dem Tod ins Gesicht hatte sehen müssen. Damals stand ich unter dem Einfluss von Rauschmitteln und wilden animalischen Instinkten, ausgelöst durch Schmerz, Furcht und Rachsucht. Jetzt, wieder mehr ich selbst, kreisten meine Gedanken nur um die Ungeheuerlichkeit dessen, was mein Feind mir angetan hatte und noch tun konnte. Hinter mir klapperte die Kutsche den Hügel hinunter und ließ uns völlig allein zurück. Bell hatte mit dem Mann vereinbart, dass er in zwei Stunden zurückkehren solle.

Er hatte Geld für sein Mittagessen und den bisher angefallenen Fahrpreis erhalten. Und doch fragte ich mich im Stillen, ob er sich überhaupt die Mühe machen würde wiederzukommen. Wäre es für ihn nicht einfacher, nach Salisbury zurückzufahren und sich dort neue Fahrgäste zu suchen?

Der Doctor verschwendete keine Zeit, und ich folgte ihm hinter das Haus, nur um festzustellen, dass die Tür mit einem neuen, stabilen Vorhängeschloss versehen worden war. Wir gingen zum Fenster, das man mit Brettern zugenagelt hatte. Mit einem großen Stein, den wir heranschafften, als Erhöhung, spähten wir abwechselnd durch eine Lücke im Holz in das Zimmer, aber es war wenig zu sehen, da es weitgehend geleert worden war.

Anschließend führte der Doctor eine, wie ich befürchtete, fruchtlose Untersuchung des Grundstücks durch. Ich habe keine Ahnung, was er zu finden hoffte, denn immerhin waren schon mehrere Tage vergangen, seit das Verbrechen entdeckt worden war. Natürlich war er es gewöhnt, unbegrenzten und umgehenden Zugang zu einem von ihm zu untersuchenden Tatort zu erhalten, und zweifellos fühlte er sich hier seiner wichtigsten Werkzeuge beraubt. Einmal kehrte er zur Tür zurück, und mir fiel unweigerlich auf, wie er den schweren Stein, auf dem wir gestanden hatten, ins Auge fasste und dessen Nähe zum Vorhängeschloss erwog.

»Ich glaube, es wäre unklug, gewaltsam einzudringen«, sagte ich. »Wir haben hier keine Befugnis, und ich bin sogar der Hauptverdächtige. Die Polizei wäre bestimmt äußerst argwöhnisch.«

Er hob eine Augenbraue und sah mich an. »Sie haben wohl recht«, sagte er, »obwohl es verlockend ist.«

In diesem Augenblick hörten wir beide das Geräusch. Gelegentlich waren im Laufe des Nachmittags Fuhrwerke vorbeigekommen, aber dieser Laut war näher, und außerdem war ich mir sicher, gerade in der Vegetation am Ende des Gartens eine Bewegung wahrgenommen zu haben. Wir hatten keine Zeit mehr, von der Tür abzurücken, als eilige Schritte ums Haus herumkamen und zwei Gestalten auftauchten: ein uniformierter Polizist und ein groß gewachsener Mann, offenkundig ein Detective, den ich mit einiger Sicherheit von meinem letzten Aufenthalt in diesem Garten wiedererkannte.

»Dann war unsere Überwachung also erfolgreich«, sagte der Detective. »Ich glaube, Sie sind schon einmal hier gewesen. Sie sind verhaftet.«

Noch ehe uns die Polizisten erreicht hatten, kam Bell ihnen jedoch entgegen, seinen Stock mit Silberknauf in der Hand. »Ich möchte mich entschuldigen, Detective«, sagte er auf leutseligste Art, »wenn ich Ihre Leute erschreckt habe, und ich bin froh, dass Sie die Hütte überwachen ließen. Aber mein Ansinnen ist das gleiche wie Ihres. Ich bin Professor Bell von der Universität Edinburgh, und dies ist mein Kollege, ein medizinischer Absolvent derselben Fakultät, und wir haben ein Interesse an diesem schrecklichen Fall.«

Mir fiel auf, dass Bell meinen Namen nicht nannte. Bestimmt war er vorsichtig, denn er hatte sich besorgt gezeigt, als ich ihm erzählt hatte, dass die, die mir auf der Flucht geholfen hatten, meinen Namen kannten.

Unter den gegebenen Umständen beruhigte das den Detective nur wenig, und ich überlegte, welch glückliche Fügung es war, dass sie nicht gekommen waren, während wir die Tür aufbrachen. »Was für ein Interesse soll das denn sein, Sir?«, fragte er mit dem leichten Trällern eines Südwestengländers, während ein anderer uniformierter Polizist aus dem Garten hinzutrat. »Es ist ein weiter Weg von Edinburgh hierher, und was in aller Welt hat dieses Verbrechen mit Schottland zu tun?«

»Nicht das Geringste«, entgegnete Bell, »aber Inspector Miller von Scotland Yard kann Ihnen bestätigen, dass es möglicherweise mit einem Fall zusammenhängt, den mein Kollege hier und ich vor wenigen Wochen mit Millers Hilfe in London aufgeklärt haben. Das hat uns hierhergeführt, und Inspector Miller selbst oder sein Vorgesetzter wird für unsere Vertrauenswürdigkeit bürgen.«

In Bells selbstsicherer Art vorgetragen, riefen diese Worte eine völlig andere Wirkung hervor. Der Polizeibeamte lächelte zwar nicht und reichte uns auch nicht die Hand, doch er musterte den Doctor von oben bis unten und überlegte zweifellos, dass Bells Geschichte zwar überraschend war, aber doch wahrscheinlicher als die Vorstellung, dass zwei leichtsinnige Mörder ohne triftigen Grund an den Ort ihres wüsten Verbrechens zurückkehrten.

»Nun, ich bin Inspector Randall«, erklärte er. »Ich leite diese Ermittlung, und wenn etwas an dem dran ist, was Sie da sagen, hätten Sie mich davon in Kenntnis setzen sollen. Wie lange sind Sie schon in dieser Gegend?«

»Erst seit zwei Stunden«, erwiderte Dr. Bell. »Wir sind heute Nachmittag mit dem Zug eingetroffen, und Sie könnten mir einen großen Gefallen tun, wenn Sie mir gestatten würden, das Innere des Hauses zu untersuchen.«

Randall zögerte und überlegte. »Nun, ich kann die Wahrheit Ihrer Behauptung sehr leicht überprüfen. Ich wollte ohnehin hineingehen, um nachzusehen, ob alles so ist, wie es sein soll. Sie können mitkommen, aber wir lassen Sie hier nicht alleine.«

»Das passt uns hervorragend«, sagte der Doctor lächelnd. »Es tut mir leid, falschen Alarm ausgelöst zu haben, aber es ist ausgesprochen günstig, dass Sie gerade jetzt gekommen sind.«

Der Polizeibeamte wandte seine Aufmerksamkeit nun mir zu. »Und Sie sind auch Arzt, Sir?«, fragte er, aber ich konnte sehen, dass er die Narbe an meinem Hals betrachtete, die von Creams Messer stammte.

»Jawohl«, sagte ich. »Ich habe unter Bell studiert und praktiziere jetzt in Southsea.«

»Und Sie heißen?«

Das hatte ich natürlich vermeiden wollen. »Arthur Conan Doyle.« Ich betonte meinen zweiten Vornamen, den ich sonst nicht benutzte.

Er betrachtete mich mit größerer Anteilnahme, als mir lieb war, aber letztlich konnte ihm der Name nichts gesagt haben, denn er wandte sich dem Vorhängeschloss zu.

Sogleich trat der erste Uniformierte mit zwei Schlüsseln vor, und die Türen wurden geöffnet. Natürlich gab es keine Spur mehr von der Leiche, die einst in diesem Zwischenraum gelegen hatte, und sogar der Gestank war verflogen, nur eine leichte Muffigkeit war zurückgeblieben.

Der Polizist ging als Erster hinein, aber Inspector Randall und der andere Polizist ließen uns den Vortritt. Und so geschah es, dass Bell und ich das Zimmer betraten, in dem ich gefangen gehalten worden war.

Es war noch immer ein furchtbarer Ort, trostlos und kalt, aber jetzt drang genug Licht durch die offene Tür und die nicht vernagelten Teile des Fensters ein, um das Innere sehen zu können. Der Paravent war noch da; ich ging schnell daran vorbei und stellte fest, dass mein Bett abgezogen worden war und jetzt kaum mehr als ein kahler Holzrahmen war. Aber wie wir schon durch das Fenster gesehen hatten, war alles andere fort. Nicht nur das Mobiliar war weggeschafft worden. Ich konnte auch sonst überhaupt nichts mehr finden, nicht einmal die Brotkrümel, die ich auf den Boden gekehrt hatte, als ich mich gegen das Essen gewehrt hatte. Sogar der Kamin war sauber.

Der Doctor untersuchte eingehend den Fußboden und die Wände, aber ich konnte mir nicht vorstellen, was er zu finden hoffte. Unterdessen sah sich Inspector Randall zufrieden um, obwohl rätselhaft blieb, warum er glaubte, dass irgendjemand auch nur das geringste Interesse daran haben konnte, in diesen leeren Raum einzubrechen. Vielleicht war er bezüglich des Tatorts einfach etwas vereinnahmend. Er hatte den Ort in großer Unordnung vorgefunden, eine verwesende Leiche, ein schmutziges Bett, ein dreckiges Zimmer mit verfaultem Essen. Er hatte ihn in den sterilen Ort verwandelt, der jetzt vor uns lag, und wünschte sich – mit der Ordnungsliebe eines Polizeibeamten – zu vergewissern, dass das Chaos nicht zurückgekehrt war.

Diese Haltung war schwerlich dazu geeignet, Anklang bei Bell zu finden, der im Laufe seiner Untersuchung zunehmend gereizter aussah. »Wie Sie sehen können, meine Herren«, sagte Randall selbstgefällig, »haben wir alles wieder in Ordnung gebracht. Hier gibt es nicht mehr viel für Sie zu sehen.«

»Wie wahr«, sagte Bell und kam aus der hinteren Ecke zurück. »Sie haben so gründlich sauber gemacht, dass es nur bedeuten kann, dass Sie alle Aspekte dieses Falls aufgeklärt haben und keinen Bedarf an weiteren Indizien hatten. Meinen Glückwunsch. Was ist hier passiert, und wo ist der verhaftete Mann?«

Da er Bell nicht kannte und, soweit ich erkennen konnte, ein eher fantasieloser Mann war, war Randall nicht bewusst, dass er beleidigt worden war. Andererseits machten ihn die Worte ein wenig nervös. »Nun«, sagte er, »wie Sie wissen, haben wir den Besitzer dieser Hütte erschlagen zwischen den beiden Türen vorgefunden. Lucas Weltham war ein seltsamer Mann, der gerne für sich blieb. Es gab Gerüchte, dass er ein Geizkragen mit einem Schatz war, aber ich habe große Zweifel daran. Wie dem auch sei, er war seit etwa zwei Wochen tot, als wir die Leiche gefunden haben, und es gab gewisse Hinweise darauf, dass sein Mörder noch Tage nach seinem Tod hier gewohnt hat. Bestimmt wollte der Mann das Haus so gründlich wie nur möglich durchsuchen, in der Hoffnung, mehr zu entdecken, als er bislang gefunden hatte. Es gab Essen, und wir haben auch Laudanum sichergestellt. Der Verbrecher war offensichtlich ein verwahrlostes Individuum, denn hier war nicht nur alles voll von Dreck und Gestank, er hatte auch Dinge sinnlos zerstört.«

»Was für Dinge?«, fragte Bell. Ich staunte nicht zum ersten Mal über die Fähigkeit des Doctors, die Führung zu übernehmen, selbst unter den ungünstigsten Umständen. Noch vor wenigen Augenblicken war er für einen möglichen Verbrecher gehalten worden, jetzt schien es, als befragte er einen ihm untergebenen Beamten, und die anderen Polizisten hingen ihm respektvoll an den Lippen.

»Na ja, das Fenster war grundlos zerstört worden«, sagte Inspector Randall und wies auf die Bretter. »Wir wissen, dass er nicht eingebrochen ist, denn das Glas lag draußen, welchen Grund hätte er also haben können, es zu zerstören?«

»Sagen Sie«, fragte Bell spitzbübisch, denn natürlich kannte er die Antwort bereits, »waren beide Türen offen, als Sie hier ankamen?«

»Nein«, erwiderte Randall. »Die äußere war aufgebrochen worden, doch die innere war fest verschlossen. Und wir haben drinnen einen Schlüssel dafür versteckt gefunden, also muss unser Mann einen zweiten gehabt haben, mit dem er herausgegangen ist und hinter sich abgeschlossen hat.«

»Warum?«, fragte Bell.

»Ich kann nur vermuten, dass er so die Entdeckung seines Verbrechens hinauszögern wollte.« Es war keineswegs überraschend, dass Randalls Ton unsicher geworden war.

»Aber da lag eine Leiche«, sagte Bell, »beinahe für jedermann sichtbar hinter der unverschlossenen Außentür. Wie sollte es dem Verbrecher helfen, die innere Tür zu verschließen, aber nicht die äußere, was doch die einzige Möglichkeit gewesen wäre, sein Verbrechen zu verbergen?«

»Das habe ich mich auch gefragt, und es ist nicht leicht zu sagen«, gab Randall zu.

»Nicht«, entgegnete Bell, »solange Sie darauf beharren, das zerbrochene Fenster als sinnlose Zerstörung zu beschreiben. Wenn Sie hingegen die naheliegende Möglichkeit in Betracht ziehen, dass jemand aus dem Zimmer ausgebrochen ist, wird alles klar. Die innere Tür gewährte dem Gefangenen keinen Ausweg, der Schlüssel war versteckt. Der einzige Fluchtweg war das niedrige Fenster auf der Rückseite. Sofort fügen sich sowohl die verschlossene Tür als auch das Fenster in ein völlig plausibles Muster ein.«

»Aber es ist doch eine sonderbare Idee«, meinte Inspector Randall, der offensichtlich nie auf ebendiese gekommen war. »Wer sollte dieser Gefangene denn sein?« Alle Aufmerksamkeit war nun auf Bell gerichtet, der mich mit einem angedeuteten Lächeln ansah, das die anderen zum Glück nicht deuten konnten. »Ich glaube, Sie müssen uns alles sagen, was Sie wissen, Sir«, fügte Randall in strengerem Ton hinzu. Es war unübersehbar, dass er sich zunehmend unwohl fühlte, als er die bewundernden Blicke sah, die seine Leute Bell zuwarfen. Natürlich waren diese ausnahmsweise völlig unverdient, denn der Doctor kannte die Geschichte ja aus erster Hand, aber ich hatte ihn häufig genug auf vergleichbaren Missionen begleitet, um zu wissen, dass er auch ohne Hilfe zu den gleichen Schlüssen gekommen wäre. Ganz unbeabsichtigt hatte ich genau die Sorte Rätsel geschaffen, die er so häufig gelöst hatte.

Jetzt wurde er überschwänglich. »Dann werde ich das tun«, sagte er. »Wir haben in London einen Mörder gejagt, von dem wir mit Sicherheit wissen, dass er viele Male getötet hat. Er hieß Cream, und er hat sich eines Seemanns namens Hanbury bedient, um seine Ziele zu erreichen. Der Seemann erwähnte eine Hütte wie diese, in der Cream einen Mordanschlag auf einen Mann begehen wollte, der viel Geld haben sollte. Das war jedoch nur ein Teil seines Plans. Er wollte den abgeschiedenen Ort gleichzeitig nutzen, um einen anderen Mann einzusperren. Unglücklicherweise wussten wir nichts von der Identität dieses anderen, aber sobald wir von diesem Mord in der Zeitung lasen, schien es uns sehr wahrscheinlich, dass es eine starke Verbindung zwischen beiden Fällen gab, und wir machten uns hierher auf.«

»Das ist bemerkenswert«, sagte Inspector Randall eifrig, »und ich muss sofort mit diesem Hanbury reden.«

»Das ist leider unmöglich«, sagte Bell. »Er ist vor einigen Wochen ertrunken. Und bislang konnten wir niemanden finden, der mehr über Creams Vorhaben wusste.« Die wesentlichen Elemente der Geschichte waren richtig, die Einzelheiten hingegen leider nicht. Hanbury war tatsächlich Creams Handlanger gewesen, und er war ertrunken. Randall konnte das überprüfen und würde es bestimmt auch tun. Aber das Übrige war erfunden. Soweit es um Cream ging, war der Doctor immer schon bereit gewesen, etwas zu vertuschen, und seine Worte zeigten eine sehr große Wirkung.

Inspector Randall sah äußerst beeindruckt aus, denn er musste wissen, dass es ihm relativ leichtfallen würde festzustellen, ob Hanbury Gegenstand einer Scotland-Yard-Ermittlung gewesen war. Außerdem hatte sein eigener Fall damit an Bedeutung gewonnen, und sein Argwohn schien sich auf der Stelle zu verflüchtigen. »Also, Sir«, sagte er, »das ist alles äußerst interessant. Sie dürfen im Haus und draußen untersuchen, was Sie wollen, und dann wäre ich Ihnen sehr dankbar, wenn Sie mir alles über diesen Cream erzählen würden, während wir Ihnen alles berichten, was hier passiert ist. Ich glaube, dass wir ihm einmal ganz knapp auf den Fersen waren, aber dieser Teufel hat uns abgehängt.«

Bell verbrachte noch etwa eine Stunde damit, das Grundstück zu untersuchen. Unterdessen kam, entgegen meinen Befürchtungen, der Kutscher pflichtschuldig zurück und wurde mit angemessener Entschädigung entlassen, denn die Polizei hatte bereits zu verstehen gegeben, dass sie uns zum nächstgelegenen Gasthaus bringen würde. Ich habe den Verdacht, dass Bell beinahe nichts von Interesse vor Ort entdeckte, abgesehen davon, das Terrain mit eigenen Augen gesehen zu haben. Man hatte den Ort zu gründlich gereinigt, und so saßen wir, als die Dämmerung einsetzte, in einer Polizeikutsche und rollten die Straße wieder zurück, während Randall seine Seite der Geschichte erzählte.

»Wie schon gesagt, Sir, wir hätten ihn beinahe gehabt. Er muss kehrtgemacht haben, denn nachdem wir ihn eine Weile gejagt hatten, wurde er etwa eine halbe Meile von der Hütte entfernt auf einem Hügel gesehen. Er hat eine eindeutige Spur hinterlassen. Der sind wir am nächsten Morgen gefolgt. Wir waren dicht an ihm dran.«

Bell lächelte für meinen Geschmack etwas zu breit, doch sie hielten es für eine Art Beglückwünschung. Ich jedenfalls war bestürzt, dass sie mir so nahe gekommen waren. »Was passierte dann?«, fragte er.

»Was dann passierte?«, erwiderte Randall missmutig. »Na, er scheint vom Erdboden verschluckt worden zu sein. Bis heute können wir es nicht begreifen. Vielleicht war er zu schnell für uns, aber das ist unwahrscheinlich, weil andere

Polizisten weiter weg gesucht haben. Der Mann ist der Leibhaftige. Ich war mir sicher, dass wir ihn kriegen.«

Der Doctor murmelte Bedauern, und dann baten sie ihn, ihnen seine gesamte Geschichte zu erzählen. Er tat das gut, wobei man sagen muss, dass er mehr fortließ, als er hinzufügte, aber er lieferte der Polizei doch alles, was sie brauchen konnte. Nicht ein einziges Mal erwähnte er unsere persönliche Verstrickung; er deutete lediglich an, dass wir auf den Mann im Rahmen einer Ermittlung in Edinburgh gestoßen waren. Ausführlich äußerte er sich zu Creams Rücksichtslosigkeit und Gerissenheit, seiner Fähigkeit, etwas völlig Unerwartetes zu tun, und doch deutete er auch vorsichtig die Möglichkeit an, dass Randalls Leute nicht Cream selbst gejagt haben könnten, sondern den Mann, den er entführt hatte. Natürlich wies der Polizeibeamte diese Theorie standhaft zurück, und der Doctor bestand auch nicht darauf, aber ich glaube, er versuchte, dem Inspector gegenüber redlich zu sein; er wollte ihm nichts vorenthalten, was ihm helfen konnte.

Als wir in ein Dorf kamen und an einer Kreuzung bei einem Anger abbogen, begann mir die Umgebung bekannt vorzukommen, und schon bald hielten wir vor dem Quarter Moon, ebenjenem Gasthof, an dem wir nur wenige Tage zuvor das Pferd gewechselt hatten, während ich auf der Rückbank von Mrs. Hernes Einspänner gekauert hatte. Jetzt fühlte ich mich überaus glücklich, dass ich bei dieser Gelegenheit von niemandem gesehen worden war, noch nicht einmal vom Stalljungen.

Inspector Randall erklärte sich damit einverstanden, am nächsten Tag Scotland Yard bezüglich des Hanbury-Falls zu kontaktieren, aber dann fiel ihm noch etwas ein, als wir schon vor dem Gasthof ausstiegen.

»Ach, bevor Sie sich drinnen erholen, noch ein Letztes«,

sagte er. »Wir haben bei uns einen Inspector, er heißt Ian Yates, der Ihren Burschen ziemlich genau betrachten konnte. Er hat ihn zufällig auf dem Hügel im Mondschein gesehen, nachdem er umgekehrt war. Ian hat dann auch Alarm geschlagen. Er hatte einen unverstellten Blick auf sein Gesicht und behauptet, er würde ihn wiedererkennen, selbst wenn er nicht mehr unrasiert sei. Und ich glaube ihm das, denn Ian hat das Gedächtnis eines Gerichtszeichners. Wir schicken ihn später zum Gasthof, damit Sie mit ihm reden können.«

Das war entsetzliches Pech. Kaum schien es, als hätten wir alle ernsthaften Hürden mühelos überwunden, tauchte eine neue, beträchtlich hohe vor uns auf. »Danke«, sagte der Doctor rasch. »Wenn Sie ihn bitten würden, mich unten um acht zu treffen, denn ich habe viel zu tun.« Und nachdem wir uns verabschiedet hatten, betraten wir das Gasthaus.

Das Innere des Hauses war gemütlich und einladend. Die Polizei hatte unser Kommen bereits angekündigt, und wir wurden von einem fröhlichen, wenn auch etwas redseligen Wirt begrüßt, der sich als Mr. Hodder vorstellte und uns zu bequemen Schlafzimmern im dritten Stock führte und veranlasste, dass man uns im Salon im Erdgeschoss in Kürze etwas zu essen servierte. Bells Zimmer war nahe der Treppe, während meines ganz am Ende eines langen Korridors lag und, wie ich bald sah, auf den ummauerten Friedhof der angrenzenden Kirche hinausblickte. Es hatte hier in den letzten Tagen nur wenig Frost gegeben, doch das feuchte Wetter hatte die Anlage zu einem Meer verrottender Vegetation und nassen Grases gemacht, während die Gräber selbst uralt und von Flechten überwuchert waren. Ich starrte eine Weile hinaus, bevor ich mich abwandte und mich im bereitgestellten Becken wusch.

Später saßen der Doctor und ich in Sesseln vor einem prasselnden Feuer im großen Salon des Gasthofs und genossen Tee mit Sardinen- und Gurkensandwiches, während wir unsere Lage neu überdachten.

»Das Erste, was ich mich frage«, sagte der Doctor, während er seine Augen schloss und einen letzten Bissen Sandwich hinunterschluckte, »ist, wie Cream überhaupt an diesen Ort gekommen ist.« Das Zimmer hinter uns war völlig leer, sodass wir ganz offen reden konnten. »Natürlich verstehe ich, dass die Hütte eine günstige Gelegenheit bot. Der Eigentümer ließ sich leicht aus dem Weg räumen, sie war abgeschieden, und er wusste, dass er sie mit größter Wahrscheinlichkeit wochenlang unentdeckt würde benutzen können. Er dachte, dass es dort Geld gibt, und das könnte Ihnen das Leben gerettet haben, Doyle, denn er wollte Sie am Leben halten und foltern, solange er danach suchte. Aber Tatsache bleibt, dass es in ganz England abgeschiedene Hütten gibt, warum also hier? Es erscheint äußerst zweifelhaft, dass er in London davon erfahren hat. Die Wahrscheinlichkeit spricht dagegen. Ich vermute daher, dass er auf opportunistische Weise umhergezogen ist und sich mit den Einheimischen unterhalten hat. Er brauchte auch eine Unterkunft, was bedeuten könnte ...«

»Dass er in diesem Gasthof war«, sagte ich aufgeregt.

»Es ist mehr als möglich.«

»Aber wie lässt sich das herausfinden?« Ich sah mich um und überlegte.

Der Doctor war sehr ruhig und nachdenklich. »Darauf komme ich noch«, sagte er. »Aber zunächst müssen wir versuchen festzustellen, bis zu welchem Punkt unser Feind genau gekommen ist. Wir scheinen eine entscheidende Information aus alldem gewonnen zu haben, abgesehen von der Tatsache, dass er tatsächlich hier in England ist. Nämlich, dass er Geld braucht.«

»Mir schien er immer über reichlich Mittel zu verfügen«, wandte ich ein.

»Dann läuft er offenbar Gefahr, sie auszuschöpfen. Was kaum Wunder nimmt« – der Doctor beugte sich vor, sein eifriges Gesicht vom Feuer beschienen – »wenn man sich seine bevorzugten Umtriebe und ständigen Reisen vor Augen führt.«

»Hinzu kommt«, sagte ich, »dass ich mir nicht vorstellen kann, dass er auf Bequemlichkeit verzichten würde. Es war offenkundig, dass es ihn verärgert hat, überhaupt Zeit in dieser Hütte verbringen zu müssen.«

»Also muss er beträchtliche Summen ausgeben«, sagte Bell und erhob sich. »Warten Sie hier, während ich mal sehe, was wir über die Gäste der letzten Zeit herausfinden können.«

Ich blieb sitzen, während er den Raum verließ. Die Wirkung des Essens und der Wärme machten mich bereits träge. Auch hatte mich die Reise ziemlich ermüdet. Ich war deshalb fast eingenickt, als ich die Stimme hörte.

»Entschuldigen Sie, Sir, ich suche Dr. Bell und seinen Kollegen, bin jedoch ein oder zwei Stunden zu früh dran. Ich bin Inspector Yates.«

Der Mann stand an der Tür zum Zimmer, und ich hatte mich gerade zu ihm umdrehen wollen, als ich seine letzten Worte vernahm und mich sogleich wieder dem Feuer zuwandte. Ich starrte hinein, sodass er nur meinen Rücken sehen konnte.

»Sie werden Dr. Bell beim Wirt finden, soweit ich weiß«, erwiderte ich.

Weiß der Himmel, was er von dieser Unhöflichkeit hielt. Es gab eine Pause. »Ach, beim Wirt, sagen Sie?« Zu meinem Entsetzen kam diese Antwort aus größerer Nähe.

Es war unglaublich heiß, aber ich ging auf die Knie und fing an, mit dem Schüreisen im Feuer zu stochern, sodass er weiterhin nur meinen Rücken sehen konnte; Hauptsache, ich musste ihn nicht direkt ansehen. Vielleicht würde er mich überhaupt nicht erkennen, aber ich wollte auf gar keinen Fall ein Risiko eingehen. Wenn dieser Mann die Fähigkeiten besaß, von denen Randall gesprochen hatte, und dann zu schwören bereit war, dass ich derjenige war, den er im Wald gesehen hatte, könnte unsere Lage ganz rasch aussichtslos werden. Ich vermochte meine Handlungsweise nicht zu erklären, und der Doctor müsste seine Geschichte ändern, wenn er keinen Meineid leisten wollte, was er niemals tun würde. Schlussendlich hätten wir die Polizei womöglich von der Wahrheit überzeugen können, aber es wäre eine mühselige Auseinandersetzung und höchstwahrscheinlich mit einem Gefängnisaufenthalt verbunden gewesen. Damit wäre unsere Chance, Cream aufzuspüren, dahin.

Deshalb stocherte ich weiter im Feuer, als würde es sonst gleich ausgehen, obwohl die Flammen mir schon das Gesicht zu versengen drohten. Ich sagte mir, dass es völlig unerheblich war, wie seltsam mein Verhalten wirkte: Der Mann würde niemals den Grund dafür erraten, solange ich ihn nicht ansah.

»Na, dann werde ich sie wohl finden«, sagte er leicht irritiert. Dann vernahm ich eine Bewegung und das Geräusch der schließenden Tür.

Mein Gesicht war rot und wund, als ich mich vom Feuer abwandte. Das Zimmer war leer, aber jetzt musste ich scharf nachdenken. Der Gasthof war ein regelrechtes Labyrinth aus Korridoren und Zimmern, und ich war mir sicher, dem Mann entkommen zu können, wenn ich erst einmal nach oben gelangt war. Aber genau da lag das Problem: Es gab keine andere Tür aus diesem Salon als die, die er genommen hatte. Sie führte in einen Gang. Wenn man nach links ging, wie Yates es vermutlich getan hatte, kam man zum Büro des Wirts und dann zu einer offenen Halle, von der aus man zum vorderen Ausschank, dem Speisesaal und auch zur Treppe gelangte.

Ich konnte jedoch nicht riskieren, Yates mit Bell im Büro des Wirts zu begegnen, also war ich gezwungen, den Gang nach rechts zu nehmen. Dieser endete an einer Außentür mit einer Glasscheibe. Ich wollte sie gerade öffnen, weil ich beschlossen hatte, draußen zu warten, bis Yates fort war, als ich plötzlich durch die Scheibe sah, dass nur wenige Fuß entfernt zwei uniformierte Männer neben einer Polizeikutsche standen. Ich erkannte beide sofort, sie waren den ganzen Nachmittag bei uns gewesen und hatten nun offenkundig Yates zum Gasthof begleitet. Es war unmöglich, nicht von ihnen gesehen zu werden, wenn ich hinausging, und dann würden sie mich mit großer Wahrscheinlichkeit darüber in Kenntnis setzen, dass Inspector Yates eingetroffen war, und erwarten, dass ich wieder hineinging, um mich zu ihm zu gesellen. Es konnte indessen auch gut sein, dass der Doctor Yates rasch abfertigte, in der Annahme, mir damit zu helfen, in welchem Fall ich draußen auf den Inspector stieße.

Unterm Strich schien mir diese Option noch ungünstiger als der Gasthof selbst, und ich kehrte um. Noch immer befand sich niemand im Gang. Ich ging ihn verstohlen zurück und dachte, dass ich nur am Büro des Wirts vorbeikommen musste, um mich in Sicherheit zu bringen. Als ich mich diesem näherte, hörte ich Stimmen und registrierte zu meinem Ärger, dass die Tür ins Zimmer weit offen stand. »Ich glaube«, erklang Bell, »Sie haben mir eine deutliche Vorstellung gegeben, Sir.«

»Und ist dies der Mann, den Sie suchen?« Das war Yates.

Ich war nahe genug, um zu erkennen, wie gefährlich es wäre vorbeizuhuschen. Der Doctor würde versuchen, mich zu ignorieren, aber der Wirt hatte bei unserer Ankunft viel Wirbel um meine Person gemacht und nach Edinburgh und anderen Dingen gefragt. Was, wenn er nach mir riefe? Yates würde auch das merkwürdigste Verhalten nur bis zu einem gewissen Punkt einfach so hinnehmen.

Ein hübsches Dienstmädchen kam in den Gang und lächelte mich an, aber als sie an der Tür vorbeikam, erscholl der Ruf des Wirts, der sie hineinbat, womit sogleich bewiesen war, dass es klug von mir gewesen war, nicht vorbeizugehen. »Ah, Peggy!«, sagte der Wirt. »Ich finde, wir sollten unserem Freund von der Polizei etwas Tee im Salon anbieten. Inspector, ich darf Sie und Dr. Bell doch einladen, nicht wahr? Und wo ist Dr. Doyle? Er will doch sicher auch die Geschichte des Polizisten hören!«

Wie in einem Albtraum lief ich zurück zur Tür des Salons. Unterdessen kamen sie alle aus dem Büro in den Gang, und ich konnte wieder Yates' Stimme heraushören: »Ja, wie gesagt, ich bin stolz darauf und fest davon überzeugt, dieses Gesicht überall wiederzuerkennen, aber zwei meiner Männer warten draußen, und ich habe nicht mehr viel Zeit, Mr. Hodder.«

Das war unerträglich doppeldeutig. Nahm er jetzt Abschied oder doch noch schnell die Einladung zum Tee an? Er hatte vermutlich Hodders Angebot zusätzlich mit einem Nicken oder Kopfschütteln quittiert, doch ich hatte nicht die geringste Ahnung, was es gewesen war und wohin er nun ging. Selbst wenn er Abschied nahm, konnte er durchaus in den Salon kommen und nach mir sehen. Aber draußen wäre meine Lage noch verzweifelter, falls er den Gasthof verlassen sollte.

In der Hoffnung, dass er fortging, sauste ich zurück in den Salon, aber die Stimmen wurden lauter. Ich ging zum Fenster, doch es war fest verschlossen, und nirgendwo war ein Schlüssel. Es gab wirklich keine Stelle im Raum, an der man sich verstecken konnte, und jeder entsprechende Versuch konnte nur Aufmerksamkeit auf mich lenken. Und so kehrte ich mangels anderer Optionen an meinen Platz am Kamin zurück und beugte mich vor, den Rücken zu ihnen gewandt. Einen Augenblick lang passierte nichts, und ich wähnte mich schon in Sicherheit. Aber dann hörte ich mit bangem Herzen, wie sie gemeinsam das Zimmer betraten.

Ich hörte eine Stimme. »Dr. Doyle.« Es war Hodders Stimme. Um jeden Preis versuchte ich, ihn zu ignorieren. Aber jetzt wurde er lauter und kam näher heran. »Dr. Doyle!«

Mir blieb nichts anderes übrig. Also wandte ich mich um. Hodder starrte mich an. Der Doctor stand in der Tür, den Rücken zu mir, offensichtlich im Gespräch mit Yates, dem er glücklicherweise die Sicht versperrte.

Als ich hinübersah, erklärte Bell gerade sinngemäß, dass er gerne mit den Polizisten sprechen wolle, und drängte Yates hinaus. Es war ziemlich unhöflich, erfüllte aber seinen Zweck.

»Dr. Doyle«, sagte Hodder gerade, »Sie haben soeben Inspector Yates verpasst. Soll ich ihn zurückrufen?« Er machte schon entsprechende Anstalten.

»Nein«, erwiderte ich hastig. »Das ist wirklich nicht notwendig.« Hodder blieb stehen und sah mich skeptisch an. »Ehrlich gesagt will der Doctor das alles ganz alleine regeln.«

»Ach so.« Er nickte, auch wenn er es nicht ganz verstand, aber wohl vermutete, dass es mit der obskuren Arbeitsweise von Polizisten und Ärzten zu tun hatte. »Na, Ihnen scheint ja recht kalt zu sein«, fügte er sichtlich belustigt hinzu, denn die Feuerstelle glühte förmlich. »Soll ich Peggy bitten, sich ums Feuer zu kümmern?«

»Nicht nötig«, sagte ich, »jetzt ist es ideal.«

»Inspector Yates wird von seinen Leuten erwartet«, fügte er entschuldigend hinzu. »Trotzdem hätte er Sie sicher gerne getroffen.«

»Sehr bedauerlich«, entgegnete ich hoffentlich halbwegs überzeugend. Hodder zog sich zurück, nicht ohne mir weiteren Tee angeboten zu haben, was ich jedoch ablehnte, da wir noch welchen in der Kanne hatten, die auf der Feuerstelle warm gehalten wurde.

Nach ein paar Minuten erschien Bell im Türrahmen und schloss die Tür mit einem breiten Lächeln. Er hielt ein großes Buch in beiden Händen.

»Das war selbst für meinen Geschmack etwas zu knapp, Doyle!«, sagte er. »Seiner Beschreibung nach bin ich mir ziemlich sicher, dass der Mann Sie erkannt hätte. Seine Beobachtungsgabe ist bemerkenswert, und ich musste eingreifen, sonst wäre er bestimmt noch für ein paar Minuten hier hereingekommen. Bestimmt hält er mich für einen aufgeblasenen Snob, der so wenig Zeit wie möglich mit einem einfachen Polizeibeamten verbringen möchte. Das ist schade, denn er gäbe einen erstklassigen Schüler für meine Methode ab. Aber es ist ein geringer Preis angesichts der Umstände. Ich nehme an, Sie waren der unhöfliche Gast, der ihm den Weg gewiesen hat?«

»Ich bin noch immer halb versengt«, bestätigte ich mit einem Nicken.

»Das dachte ich mir«, erwiderte Bell und warf sich in seinen Sessel, noch immer lächelnd. »Er sagte, der Gast sei ausgesprochen abweisend gewesen. Der Wirt war sich sicher, dass es ein ehemaliger Militär war, der hier wohnt und fast stumm ist. Ich wusste es besser.« Er öffnete das große Buch auf seinen Knien. »Der Tee dürfte am Feuer doch einigermaßen warm geblieben sein, nicht wahr? Gut, dann schenken Sie mir doch bitte eine Tasse ein, während ich das hier studiere. Hodder war so freundlich, uns sein Hauptbuch für das letzte Jahr zu überlassen. Wollen wir doch mal sehen, ob es uns für unsere gegenwärtige Aufgabe von Nutzen ist.«

Bell vertiefte sich in das Buch, in einer Hand hielt er die Teetasse, mit der anderen blätterte er um.

»Im Allgemeinen eine langweilige Ansammlung«, bemerkte er. »Meistenteils Reisende unterwegs nach Salisbury und Bath. Einige dürften zum Angeln gekommen sein, und andere ...« Er verstummte. Seine Hand, mit der er während der Suche auf das Buch getippt hatte, erstarrte. Sein Kopf schoss ein paar Zoll nach vorne, in einer Weise, die mir wohlbekannt war.

Er schwieg eine Weile, und seine rechte Hand machte einen langsamen Schlag auf die Seite, während er dasaß. Endlich sah er zu mir auf, setzte seine Tasse ab und reichte mir das Buch.

Ich wusste, dass er oben auf die Seite gesehen hatte, und ich brauchte nicht lange, bis ich erkannte, was er meinte. Zunächst kamen zwei Namen, die nichts bedeuteten, und dann ein weiterer, der hervorzustechen schien. Die beiden obersten waren in unterschiedlicher, aber gestochener Handschrift, der dritte jedoch sah ganz anders aus.

John Hargreaves mit Tochter, 45 Montague Road,
Reigate, Surrey

Daniel Semple, per Adresse Westhouse & Marjoribanks,
Fenchurch Street, London

Dr. Mere, postlagernd Albermarle Street, London

Es war nicht so, dass ich die Handschrift wiedererkannt hätte, denn ich wusste sehr wohl, dass er sie verstellen konnte, aber es war etwas an diesem Namen und an der Schreibweise der kleinen Buchstaben – schräg gestellt voller Selbstvertrauen –, das mein Herz schneller schlagen ließ.

Der Doctor fixierte mich mit den Augen. »Ja«, sagte er, »wie ich sehe, denken wir das Gleiche. Und beachten Sie, dass der Name aus der Region stammt. Er könnte durchaus auf der Fahrt hierher durch Mere gekommen sein. Hat er ihn deshalb gewählt? Natürlich könnte es völlig harmlos sein, ein Mediziner aus der Gegend, der fortgezogen ist und auf Verwandtenbesuch hier war. Aber genau wie Sie bin ich anderer Ansicht. Ich habe recht weit hinten im Buch angefangen, also ist dieser Eintrag schon einige Monate alt. Lassen Sie uns sehen, ob der Mann einen weiteren Besuch gemacht hat, während Sie auch hier waren.«

Er blätterte die Seiten rasch um, um die letzten beiden Wochen zu überfliegen, und stieß einen aufgeregten Ruf aus. Ich sah ihm über die Schulter und entdeckte sofort, dass der gleiche Name wieder dort stand, vor rund elf Tagen.

Bell sah nach dem Abreisedatum, das neben dem Namen notiert war. »Ja, anscheinend hat Dr. Mere den Ort verlassen, einen Tag bevor Sie aus der Hütte ausgebrochen sind. Ich glaube, das lässt sich fast als beweiskräftig bezeichnen, aber hören wir mal, was Hodder dazu zu sagen hat.«

Der Wirt war in seinem Büro, und wie so oft, wenn der Einsatz stieg, war das Auftreten des Doctors höchst irreführend. In Antwort auf Hodders erwartungsvolle Nachfrage, ob unsere Suche etwas ergeben habe, schüttelte er den Kopf.

»Leider nein«, sagte Bell und stellte dann ein paar halbherzige Fragen nach ein paar Namen, an denen ihm, wie ich sicher wusste, nicht das Geringste lag. Alle wurden vom leisesten Verdacht befreit. Nachdem er sie abgehandelt hatte, war er schon im Aufbruch, als ihm scheinbar noch etwas einfiel. »Ach, ich habe mich gefragt, ob Sie vor einer Woche oder so einen Kollegen von mir hier hatten. Es hat überhaupt nichts mit dem Fall zu tun, aber ich würde ihn gerne einmal wiedersehen.« Und damit deutete er auf den akkuraten Eintrag von Dr. Mere.

Ich konnte die einstudierte Beiläufigkeit dieser Vorgehensweise nur bewundern, doch es folgte eine schwere Enttäuschung. Hodder runzelte bei dem Namen die Stirn. »Ja, ich glaube, dass da ein Doktor hier war«, sagte er, »aber ich selbst leider nicht. In der gesamten Woche war ich fort, weil meine Schwester in Bristol krank war. Es geht ihr jetzt Gott sei Dank wieder viel besser, aber dadurch habe ich Ihren Freund verpasst.« Natürlich wies Bell auch auf den früheren Eintrag. Das schien den Wirt etwas zu überraschen, und er schüttelte den Kopf. »Ach, dann war das der gleiche Herr, aber ich erinnere mich kaum an ihn«, sagte er. »Lassen Sie mich mal sehen, ist er donnerstags angekommen? Aber ja, am Tag des monatlichen Markts in Wilton. Es ist durchaus möglich, dass ich ihn gar nicht gesehen habe. Mein Vetter hilft an geschäftigen Tagen wie diesen oft hier aus, es ist mehr als wahrscheinlich, dass er den Herrn eingetragen hat. Ich werde kaum Zeit zum Reden gehabt haben, so voll, wie der Gasthof am letzten Donnerstag des Monats immer ist. Ich bin froh, dass Sie das nicht mitbekommen, meine Herren, denn es ist schwer, dennoch Gemütlichkeit und Dienstleistung aufrechtzuerhalten. Aber soll ich Sie erwähnen, falls Ihr Freund wiederkommt?«

Der Doctor sagte, es würde ihn freuen, und fragte sich, ob er wohl mit Hodders Vetter sprechen könne, aber auch das wurde vereitelt, denn er war fort, um mit Pferden zu handeln, und wäre erst zum Wochenende wieder zurückgekommen. Damit verließen wir den Wirt und gingen zur Außentür des Gasthofs. »Könnte er lügen?«, fragte ich, sobald wir außer Hörweite waren.

»Durchaus möglich«, sagte Bell und blickte durch die Tür, um sicherzustellen, dass die Polizei weg war, bevor er sie öffnete. »Aber man muss gerechterweise einräumen, dass der Gasthof groß ist und viele Gäste hat. Und er wirkt aufrichtig.«

Wir waren jetzt draußen, denn Bell wollte die Lage sondieren, und als hätte es noch eines Beweises für seine Worte bedurft, gab der Innenhof ein ausgesprochen geschäftiges Bild ab. Zwei Postkutschen waren kurz vor der Abfahrt, und aus einer weiteren lud man gerade Gepäck ab. Es wurde schon dunkel, und die Laternen an den Wagen leuchteten bereits und warfen flackernde Schatten auf die grauen Steine, während die Pferde scharrten, ungeduldig auf die Weiterfahrt wartend. An diesem Ort bündelte sich die Betriebsamkeit, weswegen mein Feind ihn vermutlich ausgewählt hatte.

Wir waren ein paar Schritte durch den Hof gegangen, als Bell stehen blieb und das Treiben vor uns betrachtete, während er gegen den Silberknauf seines Stocks tippte. »Er kann durchaus auch weitere Gasthöfe benutzt haben. Nein, es ist wahrscheinlicher, dass wir einfach Pech hatten. Aber andererseits ...« Er wandte sich mir zu. »... er auch, Doyle, er auch.«

»Pech?«, fragte ich. »In welcher Hinsicht?«

»Sie müssen bedenken, dass Ihre Erniedrigung und Ihr Tod nicht sein einziges Ziel hier waren. Es ist ganz offensichtlich, dass er von der Vorstellung eines Geldschatzes angezogen wurde. Zu seinem Pech stellte sich der sogenannte ›Geizhals‹ lediglich als trauriger Eigenbrötler heraus. Es besteht Anlass zur Hoffnung, dass Cream mit leeren Händen nach London zurückgekehrt ist.«

Die Augen des Doctors schimmerten im Licht der Laternen. Ohne Mantel begann ich die Kälte zu spüren. »Aber auch wenn der Wirt nicht in Kontakt geriet mit unserem Mann«, fuhr er fort, als er sich wieder dem Haus zuwandte, »sollten wir nicht verzweifeln. Er muss mit jemandem geredet haben. Ich schlage vor, dass wir beide diskrete Erkundigungen einholen. Und vergessen Sie nicht die Triebe unseres Feindes, Doyle.«

Natürlich wusste ich, was der Doctor meinte. Sobald ich wieder auf meinem Zimmer war, läutete ich nach Hilfe, und zu meinem Glück erschien das hübsche Dienstmädchen, das ich zuvor gesehen hatte, an meiner Tür. Sie hatte ein elfenhaftes Gesicht und langes dunkles Haar, das akribisch nach hinten gebunden war.

Ich bestellte für unten ein frühes Abendessen, und nachdem das abgesprochen war und sie die Lampen angezündet hatte, fragte ich sie, wie lange sie hier schon im Dienst sei. Es stellte sich heraus, dass sie bereits ein ganzes Jahr im Gasthof arbeitete und ihr die Arbeit recht gut gefiel, obwohl sie sich vor den Pferden ängstigte und am liebsten drinnen blieb, wenn sie über den Innenhof klapperten. Darüber lachten wir, und dann entließ ich sie, bevor ich sie – inspiriert von Bell kurz zuvor – zurückrief, als wäre mir gerade etwas eingefallen. »Ach, Peggy«, sagte ich, »anscheinend war vor etwa einer Woche ein Freund von mir hier. Ich frage mich, ob Sie sich an ihn erinnern. Ein Dr. Mere.«

Sofort hellte sich ihr Gesicht auf. »Aber ja, Sir. Ein echter Gentleman, Sir. Aus den Kolonien, richtig? Den ganzen Weg aus Kanada?«

Ich wandte mich rasch um, um eine der Lampen niedriger zu stellen, damit sie meine Reaktion nicht sah.

»Der ist es«, sagte ich. »Haben Sie mit ihm gesprochen?«

»Aber ja, Sir, er war sehr freundlich. Ich hatte ihn schon früher mal gesehen, aber damals habe ich kaum mit ihm geredet, weil so viel zu tun war. Aber als er vor einer Woche hier war, war es ruhig bei uns, und er war sehr nett zu mir. Hat mir von seiner Medizin erzählt und all den Patienten, die er drüben in Kanada hat, und von seinem Anwesen dort.«

»Hat er erwähnt, wohin er weiterreist?«, fragte ich, denn obwohl Bell zweifellos alles zu hören wünschte, hielt sich mein Interesse an Creams Lügen in Grenzen.

»Na, zurück nach London, Sir, ganz bestimmt«, antwortete sie. »Er hatte ja keinen Grund hierzubleiben.«

»Warum war er überhaupt hergekommen?«, wagte ich mich vor.

»Ach, wegen eines sehr reichen Patienten, hat er gesagt. Aber mehr hat er nicht erzählt.« Also musste man nur »Patient« durch »Opfer« ersetzen. Wie froh war ich, dass seine Gier durchkreuzt worden war.

»Allerdings, Sir«, fügte sie klagend hinzu, »hätte ich schon gerne eins von seinen Stärkungsmitteln gehabt. Dann wäre es mir bestimmt gleich sehr viel besser gegangen.«

Beinahe hätte ich einen lauten Schrei ausgestoßen. »Dann hat er Ihnen eins angeboten?«

»Aber ja, Sir. Am letzten Abend habe ich ihm das Bett aufgeschlagen. Es war schon recht spät, Sir, und er hat gerade seine Tasche für den Morgen gepackt. Er meinte, dass ich etwas erschöpft aussehe, und hat eins von seinen Medikamenten herausgeholt. Er hat mir sogar etwas eingegossen. Ich hatte es schon in der Hand, Sir. Aber dann schien er es sich anders überlegt zu haben. Er hat gesagt, es sei das falsche Mittel, und hat es zurück in die Flasche gekippt. Er hat behauptet, es hätte mir nicht gutgetan. Aber wissen Sie, was ich glaube, Sir? Ich glaube, er wollte es nicht an ein armes Dienstmädchen verschwenden. Dabei sind wir wahrscheinlich die Klasse, die so etwas wirklich brauchen könnte, Sir, denn wir arbeiten hart und lange. Ich hatte gehofft, dass er es sich vielleicht anders überlegt, wenn ich ihm das Frühstück bringe. Aber ich habe ihn nicht mehr gesehen.«

Es lag in diesem Augenblick etwas so Klagendes und Anrührendes im Ausdruck des Mädchens, umso mehr, wenn man bedachte, wie nah sie dem Tode gekommen sein musste, ohne sich dessen bewusst zu sein. Cream liebte es, Frauen zu vergiften, nur zum reinen Vergnügen. Er hatte mir sogar einmal einen grauenhaften Bericht geschickt, wie er in Nordamerika ein Straßenmädchen langsam vergiftet hatte; er hatte sich an jeder Kleinigkeit ergötzt, nicht zuletzt daran, wie sie ihn ansah, als ihr bewusst wurde, dass es mit ihr zu Ende ging. Es schien mir sicher zu sein, dass er diesem Mädchen unerkannt das Leben genommen hätte, aber dann letztlich vielleicht doch befürchtet hatte, entdeckt zu werden.

Peggy sagte, dass sie mir alles erzählt hatte, was sie wusste, und dann fragte sie etwas unerwartet, ob ich noch eine weitere Nacht bleiben werde, da sie versuchen wolle, sich an noch mehr zu erinnern. Aber ich erklärte ihr, dass ich das nicht mit Bestimmtheit sagen könne, denn ich hatte keine Ahnung von Bells Plänen.

Eine halbe Stunde später stand ich in seinem kleinen Zimmer, das voller Schatten war, weil die Lampen sehr niedrig gestellt waren, wie er es manchmal bevorzugte, wenn er nachdachte. Mein Bericht interessierte ihn sehr. Er bestand sogar darauf, dass ich jedes einzelne Wort von ihr wiederholte, selbst Passagen, die banal erschienen.

»Ich gebe Ihnen recht, Doyle«, sagte er am Ende leise. »Es ist ernüchternd, sich vorzustellen, wie nah, wie unglaublich nah das Mädchen dem Tode war. Aber darin liegt auch unsere Chance. Denn wie Sie sehen, ist er noch immer ein von seinen Trieben gesteuertes Wesen. Sogar an diesem Ort, wo er seine gesamte Strategie bedrohen und seine eigene Person in

Gefahr bringen würde, konnte er nicht dem Drang widerstehen, mit seinem Zeitvertreib zu spielen.«

»Aber er hat sich selbst Einhalt geboten.«

»Ja«, stimmte Bell zu. »Sie war nicht von seiner üblichen Sorte. Ein solcher Tod wäre untersucht worden. Bestimmt hätte er entkommen können, aber er hätte sofort abreisen müssen, und es hätte ihm kaum bei seinen Plänen geholfen. Das hat er eingesehen und es sich anders überlegt. Andererseits ...«

Ich wartete. Ich konnte sehen, dass er die Stirn runzelte; im Übrigen saß er völlig reglos da. Anscheinend beunruhigte ihn etwas.

Schließlich brach er die Stille. »Sie sagt, dass sie ihn nicht wiedergesehen hat, aber das fand spät an seinem letzten Abend statt. Er packte bereits. Hatte er da schon beschlossen, nicht zu Ihnen zurückzukehren? Wenn, dann hätte er die Tat durchaus begehen und abreisen können.«

»Vielleicht hat er erst am nächsten Morgen entschieden, nach London zu fahren? Da hat er erfahren, dass die Polizei Lucas Welthams Hütte untersuchen wollte, und hat beschlossen, sofort nach London zu reisen, in der Hoffnung, dass man mich wegen Mordes verhaften würde«, erwiderte ich.

»Aber solchen Klatsch hätte er doch wohl am ehesten beim Frühstück in der Stube des Gasthofs gehört, aber, wie sie selbst Ihnen gesagt hat, war er ja gar nicht dort. Scheinbar ist er schon früher abgereist.« Damit erhob sich Bell von seinem Platz und ging in Gedanken versunken zwei Schritte. Dann wandte er sich um. »Nun, einerlei, wir sollten früh zu Bett gehen, denn wir haben viel erreicht. Ich werde mir mein Essen heraufbringen lassen und sehe Sie dann morgen früh.«

Ich war davon ein bisschen überrascht, nahm aber lediglich an, dass der Doctor etwas Zeit zum Nachdenken haben wollte.

Ich aß unten eine einfache, aber willkommene Mahlzeit aus kaltem Schweinebraten und Brot mit Käse und zog mich dann auf mein Zimmer zurück.

Bevor ich zu Bett ging, sah ich aus meinem Fenster. Der helle Wintermond streute sein wässriges Licht über den gesamten Friedhof, dessen Wirkung vom Bodennebel noch verstärkt wurde. Der unheimliche Anblick verursachte mir einen plötzlichen Schmerz. Bestimmt erinnerten einige dieser Steine an tote Frauen und Männer, die von ihren Liebsten schmerzlich vermisst wurden, und ich dachte an die Besuche, die sie hier gemacht haben mussten, so wie ich Elsbeths Grab in Edinburgh vor drei Tagen aufgesucht hatte. Auf dem gesamten Ort lag eine so melancholische Stimmung, dass ich mich rasch abwandte und die Vorhänge in Ordnung brachte.

Die Folgen von Mondschein

Leider waren die Vorhänge dünn, und etwas Mondlicht drang trotzdem ins Zimmer, während ich dort lag. Ich war müde, aber es wollte sich kein Schlaf einstellen. Ich versuchte, mich von der Traurigkeit zu befreien, die der Anblick des kleinen Friedhofs bei mir ausgelöst hatte, und von dem schrecklichen Gefühl, dass mein gesamtes Leben seit Elsbeths Tod – meine Arbeit als Arzt, meine Ermittlungen mit Bell – vollkommen sinnlos gewesen war. Wie sehr wünschte ich mir jetzt, ein Zimmer in der Mitte oder an der Vorderseite des Gasthofs bekommen zu haben, so wie das von Bell, das zur Straße hinausging.

Zu allem Unglück gab es einen Wetterumschwung, und ein Wind kam auf, der am Fenster rüttelte. Bald gesellte sich noch Regen hinzu. Nach einer Weile schlief ich unruhig, wachte dann jedoch wieder auf, weil ich mir sicher war, im Zimmer etwas gehört zu haben. Aber ich vernahm nur den Regen am Fenster und schlief schließlich wieder ein.

Jetzt begann ich zu träumen. Es war ein lebhafter Traum, in dem der Gasthof vollständig von Wasser umgeben war. Langsam ging der kleine Friedhof unter, die Gräber verschwanden in dem ansteigenden Teich. Und schließlich drangen die steigenden Fluten ins Erdgeschoss ein. Aber was noch schlimmer war: Etwas entstieg dem Wasser, ein seltsames, formloses Etwas. Es war aus seinen Tiefen gekommen und kroch den Korridor entlang, glitt immer weiter voran zu meiner Tür.

Es kam immer näher, bis es genau vor der Schwelle war und

ich hören konnte, wie es seine ekelhafte Gestalt gegen das Holz drückte.

Ich fuhr aus dem Schlaf auf, doch ich vernahm das Geräusch noch immer. Vor meinem Zimmer war ein lautes Rascheln zu hören, und etwas drückte gegen meine Tür.

Die Tür öffnete sich. Es war gerade hell genug, um eine gebückte Gestalt zu erkennen. Dann richtete sie sich auf.

Und ich erkannte sie: Es war Peggy, das Dienstmädchen. Sie trug nur ein Nachthemd und blickte sich verängstigt um. »Bitte, Sir«, sagte sie. »Oh bitte, ich hatte einen Traum.« Ich war noch immer ziemlich verblüfft, aber ich wollte ihr gerade ein paar beruhigende Worte sagen, da ich annahm, dass ihr Zimmer in der Nähe lag und sie die nächstgelegene Tür geöffnet hatte.

»Jemand ist heute Nacht zu mir gekommen, Sir, im Traum. Sie hat gesagt, sie heiße Elsbeth«, fuhr sie fort und kam näher auf mich zu. »Sie war ganz liebreizend, und sie hat gesagt, Sie hätten sie einst geliebt, Sir.« Sie zitterte aufgewühlt.

Ich war wie benommen, noch immer schlaftrunken. Sie war jetzt nahe bei mir, ihre Haare fielen ihr frei über die Schultern, wodurch sie noch schöner aussah.

»Ich hatte noch nie so einen Traum, Sir. Und ich habe das Gefühl, ich muss tun, worum sie gebeten hat. Wie gesagt hat sie davon gesprochen, wie Sie sie einst geliebt haben, und sie liebt Sie. Und dass Sie jetzt müde sind. Und sie hat mich um etwas gebeten, Sir. Weil sie nicht bei Ihnen sein kann, hat sie darum gebeten, dass ich ihren Platz einnehme, sie möchte, dass ich Ihnen ihre Liebe zeige.«

Und dann beugte sie sich hinab und küsste mich süß auf die Lippen. Ihre Haut war warm, ihre Lippen weich, und ich erwiderte den Kuss. Konnte das wahr sein? Mein Verstand war noch immer vom Schlaf benebelt, sonst hätte ich vielleicht mehr Widerstand geleistet, aber als sie ihre Arme um mich legte, hielt ich sie fest, trotz all meiner Fragen.

Warum sollte ich eigentlich nicht glauben, was ich da hörte? Dieses Mädchen wusste nichts von Elsbeth. Konnte sie nicht ein Gefäß für all die Liebe sein, die ich verloren hatte?

Aber noch während ich sie küsste und spürte, wie sich ihre Hände fest um mich schlossen, merkte ich, dass etwas nicht stimmte, und mir wurde bewusst, dass sich an anderer Stelle im Zimmer etwas bewegte. Beim Fenster richtete sich eine Gestalt zu ihrer vollen Größe auf.

Das Mädchen erblickte sie auch und schrie. Aber als die Gestalt hervortrat, erhellten einige Strahlen des Mondlichts mir sehr bekannte Gesichtszüge. Der Doctor stand da und sprach mit sanfter Stimme: »Es ist nur ein Trick, Doyle, ein übler, verabscheuungswürdiger Trick.«

Sofort ließ das Mädchen von mir ab, wandte sich um und wäre bestimmt fortgelaufen, wenn Bell sie nicht am Arm gepackt hätte.

Das Mädchen leistete etwas kraftlos Widerstand, aber dann zerknitterte ihr Gesicht, und sie fing an zu weinen. Sofort lockerte der Doctor seinen Griff, reichte ihr ein Taschentuch und ließ sie sich hinsetzen, während er eine Kerze anzündete. Ich versuchte noch immer, das alles zu verstehen, obwohl mir langsam, während der Schlaf mich verließ, etwas zu dämmern begann.

»Wenn Sie mir jetzt einfach alles erzählen«, sagte Bell zu ihr, »vergessen wir diese Störung. Aber Sie dürfen nichts auslassen. Es geht mir um Dr. Mere.«

»Ja, Sir«, sagte sie und bekam ihr Schluchzen in den Griff.

»Wirklich alles«, betonte der Doctor.

Sie nickte. »Nun, was ich dem Herrn von ihm schon erzählt habe, Sir, war die Wahrheit, aber es war nicht alles. Dr. Mere hat mir das Stärkungsmittel angeboten und es mir wieder genommen. Er war ein wunderbarer Mann, Sir, ein echter Gentleman. Er hat mir etwas Geld gegeben, um mich zu entschädigen.«

»Weiter«, sagte der Doctor verbissen; er stand direkt über ihr.

»Er sagte zu mir: ›Peggy, Sie sind eine gute Freundin‹, und das war ich auch, Sir, ich war gern in seiner Gesellschaft, und er hat gesagt, dass er seine Aufgabe hier nicht erledigen konnte, Sir. Dass er unterbrochen worden sei und jetzt gehen müsse. Denn er hatte gehört, wie zwei Herren im Hof darüber geredet haben, dass etwas unternommen werden muss, und er hat gesagt, es ist nicht mehr sicher für ihn. Aber er hat versprochen, dass er mir schreibt und vielleicht um einen Gefallen bittet, für das Geld, das er mir gegeben hat.«

»Haben Sie seinen Brief noch?«, fragte Bell.

Sie zögerte, aber ein Blick auf die Eindringlichkeit seines Ausdrucks überzeugte sie. »Ja, Sir. Er hat mir gesagt, ich solle ihn vernichten, aber ich wollte ein Andenken an ihn behalten.«

Bell seufzte. »Ich muss ihn haben, Peggy.«

Sie nickte. »Hat er etwas Böses getan, Sir? Ich kann das nicht glauben.«

»Das erzähle ich Ihnen, wenn Sie ihn geholt haben. Aber ich warne Sie, wenn Sie nicht nach sehr kurzer Zeit zurück sind, wecke ich Mr. Hodder und erzähle ihm alles. Sie möchten doch nicht Ihre Stelle verlieren?«

Sie schauderte und schüttelte den Kopf.

»Dann holen Sie ihn«, befahl Bell, »und ich verspreche Ihnen, dass er nichts von alldem hier erfährt, sondern dass wir ihm sagen, wie gut Sie uns gedient haben.«

Das schien sie zu ermuntern, und sie ging los. Bell sah zu

mir herüber. »Es tut mir leid, vorhin Ihren Schlaf gestört zu haben, Doyle. Sie sind aufgewacht und hätten mich beinahe gesehen, als ich meine Stellung in der Ecke dort bezogen habe. Aber zum Glück war es dunkel genug. Die Wahrheit ist, je länger ich über die Geschichte des Mädchens nachdachte, desto skeptischer wurde ich. Zum einen schien mir Cream zu sehr wie ein Gentleman aufzutreten. Zum anderen ergab es keinen Sinn, dass er seiner üblichen Versuchung widerstand, es sei denn, er hatte anderweitig Verwendung für sie. Und dann die merkwürdige Kleinigkeit, die Ihnen selbst schon aufgefallen war, als sie – inmitten Ihrer Fragen – plötzlich wissen wollte, ob Sie noch eine zweite Nacht blieben. Bei genauerer Überlegung ergab das nur Sinn, wenn sie herauszufinden versuchte, ob sie eine Unternehmung, die mit Ihnen zu tun hatte, aufschieben konnte. Ihre Antwort zeigte ihr, dass sie in dieser Nacht handeln musste, und deshalb schien es mir der Mühe wert, aufzupassen und zu beobachten, ob sich mein Verdacht bewahrheitete.«

Ich schämte mich bereits dafür, beinahe einer Geschichte Glauben geschenkt zu haben, die mein Feind so primitiv und doch so effektiv vorbereitet hatte. Bestimmt dachte er, sie ziele perfekt auf meine romantische Leichtgläubigkeit, aber wie wäre es weitergegangen? Hätte sie mich danach lächerlich gemacht? Ich wollte es nicht wissen und war froh, als Peggy zurückkehrte, einen Brief in der Hand.

Wind und Regen schlugen noch immer an mein Fenster, doch Bell hatte die Lampen hochgedreht und nun, da das Mädchen mit ängstlichem Blick vor uns stand, nahm er ihm den Brief ab und überflog neugierig die Anschrift des Absenders. »Ein anderes Postfach, Doyle, bei Charing Cross«, flüsterte er, »und vermutlich ein echtes.«

Nach einer Weile reichte er mir den Brief. Er liegt jetzt tatsächlich vor mir, ein wenig verblasst, die Schrift so eng und schräg gestellt wie die im Gästebuch.

Liebe Peggy!

Ich hoffe, du warst ein braves Mädchen. Ich kann vielleicht lange Zeit nicht zurückkehren, aber in meinem Herzen bin ich bei dir. Wie ich dir gesagt habe, habe ich einen Auftrag, den du bitte für mich ausführst und mit dem du mir den Betrag vergiltst, den ich dir überlassen habe. Ich möchte, dass du mir Bescheid gibst, falls ein Mann namens Doyle in deinem Gasthof absteigt. Es ist nicht sicher, und wenn, dann wahrscheinlich in ein paar Wochen, aber es wäre für mich eine Gelegenheit, ihm mehrere Unfreundlichkeiten heimzuzahlen.

Ich möchte, dass du ihm den Streich spielst, über den wir beide einmal gesprochen haben. Mach dich hübsch zurecht und geh mitten in der Nacht, wenn er schläft, in sein Zimmer und behaupte, aus einem Traum aufgeschreckt zu sein. Sag, dass dir eine Frau namens Elsbeth erschienen ist, eine reizende Frau mit lockigem rötlichen Haar, die dir erzählt hat, dass Doyle sie einst geliebt hat und sie ihn immer noch liebt. Sag, dass sie dich gebeten hat, ihren Platz einzunehmen und ihm ihre Liebe zu zeigen. Er wird dir wahrscheinlich glauben, denn er ist sehr leichtgläubig in solchen Dingen, und du kannst ihn verführen – eine Aufgabe, von der ich weiß, dass sie dir nicht schwerfällt.

Am Morgen darfst du ihm dann verraten, dass er von seinem alten Freund Neill hereingelegt wurde. Und vergiss nicht, das Andenken der Frau zu verhöhnen. Er wird zu beschämt und kompromittiert sein, um etwas gegen dich zu unternehmen, aber ich will, dass du mir alles berichtest, was er sagt und macht, auch, ob er mit jemandem zusammen reist.

Sobald du mir darüber geschrieben hast, schreibe ich dir wieder, und vielleicht schicke ich noch mehr Geld, wenn du deine Aufgabe erfüllt hast, falls sich eine Gelegenheit ergibt.

Dein liebevoller Freund,

Neill

Die Freimütigkeit seiner Unterschrift hatte etwas Schreckliches; kein angeblicher Dr. Mere hier. Und ich empfand es als besonders hassenswert, Elsbeths Andenken so entweiht zu sehen. Ich hätte mir vermutlich laut Luft verschafft, wenn der Doctor nicht unmissverständlich zu verstehen gegeben hätte, dass er als Erster reden wollte.

»Was Sie vorhatten, Peggy, war in höchstem Maße böse«, sagte der Doctor, wobei seine Worte strenger waren als sein Tonfall, in dem eine Spur Güte lag. Trotzdem schossen ihr wieder die Tränen in die Augen. »Aber weil Sie von diesem Mann dazu verleitet wurden, werden wir niemandem davon erzählen, vorausgesetzt, Sie tun genau, was ich sage. Sie werden ihm schreiben, dass kein Mr. Doyle gekommen ist; ich möchte, dass Sie das jetzt an diesem Schreibtisch tun. Ihr Brief kann vollkommen höflich und herzlich sein, und ich werde ihn morgen persönlich aufgeben. Ich halte es für höchst unwahrscheinlich, dass Dr. Mere oder Neill, wie er sich nennt, zurückkehren wird, und Sie müssen versuchen, ihn zu vergessen, und dürfen niemandem von alledem irgendetwas erzählen. Sie haben mich gefragt, ob dieser Mann etwas Böses getan hat. Es tut mir leid, Ihnen sagen zu müssen, dass dieser Mann Böseres getan hat als jeder andere, den ich jemals gekannt habe, und ich habe viele Mörder gekannt.«

Das Mädchen zuckte zusammen. »Oh ja, er hat gemordet«, fügte Bell hinzu, »und er hätte sicher auch Sie umgebracht. In der Hinsicht hatten Sie großes Glück. So, glauben Sie, dass Sie tun können, was ich gesagt habe, und dann wieder die werden, die Sie früher waren?«

Sie nickte. »Ich habe so etwas noch nie getan, Sir, ich schwöre es.« Und wie ich das Aufblitzen von Hoffnung in ihren ängstlichen Augen sah, erkannte ich, dass dieses Mädchen überhaupt keine Hure war. Sie war einfach korrumpiert worden. Sobald sein Einfluss getilgt war, konnte sie vermutlich wieder so sein, wie sie früher gewesen war.

Bell ließ sie den Brief und die Adresse auf dem Briefpapier des Gasthofs schreiben. Dann, bevor er sie entließ, bat er sie, noch einmal alle Begegnungen mit Neill durchzugehen, die sie gehabt hatte. Das tat sie, und es war alles ziemlich genauso, wie wir es jetzt vermuteten. Er hatte sie bei seinem ersten Besuch verführt, indem er sie mit seinen Lügen umgarnte. Bei seinem zweiten hatten sie noch mehr Zeit gemeinsam verbringen können. Das meiste, was er ihr von sich erzählte, war uninteressant, denn es waren weitere Lügen und Prahlereien der Art, wie sie sie mir schon vorher mitgeteilt hatte. Aber es schien mir offenkundig, dass er sie bei seinem zweiten Besuch hatte umbringen wollen und ihr Leben nur dadurch gerettet wurde, dass er weitere Verwendung für sie hatte.

Nachdem sie wieder auf ihr Zimmer gegangen war, nahm Bell rasch den Brief an sich. »Es tut mir leid, dass ich Ihre Gefühle nicht geschont habe, Doyle. Was er ausgeheckt hat, war sehr grausam, aber seine Grausamkeit ist eine Schwäche, die uns die beste Chance in all den Jahren geboten hat, seit unsere Mission begonnen hat. Ausnahmsweise sind wir ihm voraus. Sie müssen jetzt schlafen, denn wir brechen früh auf. Er ist eindeutig in London und wird nicht hierher zurückkehren.«

Der Wirt war früh auf und uneingeschränkt bereit, uns zu unterstützen. Eine Kutsche wurde bestellt, die uns nach Salisbury zum Bahnhof bringen sollte, von wo wir leicht einen Zug nach London bekommen konnten. Wir nahmen in der Stube hastig unser Frühstück ein, während die frühen Sonnenstrahlen die Wiesen hinter dem Gasthof hübsch beschienen. Aber mir fiel unweigerlich auf, dass Bell ungewöhnlich bedrückt wirkte dafür, dass er – um ihn selbst zu zitieren – »die beste Chance in all den Jahren« unserer Mission hatte. Ich konnte nur vermuten, dass er sich Gedanken über die Schwierigkeit machte, unsere Jagdbeute in London aufzuspüren. Während wir unser Gepäck in die Kutsche einladen ließen, sagte er nichts bis auf ein paar geflüsterte Worte zum Kutscher.

Nachdem wir losgefahren waren, schwieg er noch eine Weile, dann wandte er sich mir zu. »Ich habe Neuigkeiten, die ich nicht weitergeben möchte, aber ich muss«, sagte er. »Das Dienstmädchen, das, wie ich mir jetzt sicher bin, ehrliche Reue zeigt, ist heute Morgen zu mir gekommen, weil sie letzte Nacht vor lauter Aufregung etwas vergessen hatte. Und es sind keine guten Neuigkeiten. Vor unserer Ankunft hatte sie Cream offenbar schon eine kurze Nachricht als Antwort auf seinen Brief geschrieben. Wie wir gesehen haben, ist sie ein aufgewecktes Mädchen, das weiß, wie man einen Brief schreibt, was vermutlich auch der Grund dafür war, dass er sie für nützlich hielt. Einerseits hatte sie wenig zu erzählen, denn Gott sei Dank hatte sie Sie nie zu Gesicht bekommen. Aber es sieht so aus, Doyle, als hätte sie Ihren Namen gehört.«

Ich spürte einen plötzlichen Stich der Angst. »Wie ist das möglich?«

»Weil sie ihre Kollegen gefragt hat. Der Stallknecht hat ihr erzählt, dass er ihn gehört hat.«

Das war das Letzte, was wir brauchen konnten. »Hat die Polizei eine Verbindung hergestellt?«

»Ich mache mir keine Sorgen um die Polizei«, antwortete Bell. »Sie werden nichts damit anfangen können, solange wir sie nicht darauf hinweisen, aber der Stallknecht hat ihr erzählt, dass er es von einem Mr. John Herne erfahren hat, der auch preisgab, dass Sie bei einem Naturforscher namens Middleton gewesen waren. Sobald Cream diese Information hatte, wusste er, wie Sie der Polizei entkommen waren und damit der Verhaftung, auf die er gehofft hatte. Middleton hatte

Ihnen Unterschlupf gewährt, und deshalb werden wir jetzt zu der Adresse fahren, die Sie mir von ihm gegeben haben, bevor wir unseren Zug nehmen.«

Sofort teilte ich die Befürchtungen des Doctors. Unter anderen Umständen wäre ich hocherfreut gewesen, Middleton zusammen mit Bell zu besuchen, aber mir war das Herz schwer, als wir über die gleichen Straßen fuhren, die ich vor einigen Tagen mit Herne genommen hatte. Binnen einer Stunde waren wir bei dem kleinen Haus an dem Sträßchen, das meine Rettung gewesen war. Wir stiegen aus und gingen zum Eingang. Wie sehnte ich mich danach, dass die kleine Gestalt zu uns hinausschaute, aber auf unser Klopfen kam keine Antwort. Nach einiger Zeit gingen wir zurück zu unserer Kutsche, aber noch bevor wir einsteigen konnten, kam der Wagen eines Bauern aus der Gegend vorbei und hielt an.

Der Fahrer war klein und engelhaft, wenn auch etwas argwöhnisch. Ich fragte ihn, ob er wisse, wo wir Mr. Middleton finden können, und er schien überrascht. »Haben Sie denn nicht von dem Unfall gehört, Sir? Eine wirklich schlimme Sache für einen so vorsichtigen und geschickten Mann wie ihn, aber der Fluss ist gefährlich, habe ich immer schon gesagt.«

Wie sich herausstellte, war Middleton nur drei Tage zuvor wie immer früh zum Jagen ausgegangen, wovon die gesamte Nachbarschaft wusste, und sein Leichnam war am nächsten Tag gefunden worden, als er an der tiefsten Stelle des Flusses trieb. Man ging davon aus, dass er gestürzt war, denn er hatte eine klaffende Wunde am Kopf und trug noch immer seine schweren Stiefel, die ihn niedergedrückt haben mussten. Die Gemeinde, einschließlich der Polizei, kam zu dem Schluss, dass es keine Fremdeinwirkung gegeben hatte. »Wer hätte ihm was antun wollen?«, meinte der Bauer. »Er hatte keinen Penny bei sich und war so lieb wie ein Lamm.«

Die rätselhafte Genesung

Ich blieb lange Zeit still, während die Kutsche weiterhin nach Salisbury fuhr, und Bell erwies sich als taktvoll. Es ließ sich nicht abstreiten, dass ich eine Vorahnung gehabt hatte, und natürlich fühlte ich mich unmittelbar verantwortlich. Ich schien, als ich auf der Suche nach einem Unterschlupf in Middletons Heim gekommen war, kaum mehr als ein Todesengel gewesen zu sein. Wie verfluchte ich das Missgeschick, dass mein Name erwähnt worden war. Hätte John Herne nichts weiter gesagt, als dass er einen Herrn in seiner Kutsche habe, wäre der Naturforscher verschont und das Leben seiner Frau nicht zunichtegemacht worden.

»Es war nicht Ihre Schuld, Doyle, egal, was Sie meinen.« Die Stimme des Doctors unterbrach meine Gedanken. »Er muss hergekommen sein, ohne den Quarter Moon zu besuchen, um Middletons Identität und Gewohnheiten auszukundschaften, die wohlbekannt waren. Sie sind nicht verantwortlich für seine Taten.«

Doch seine tröstlichen Worte vermochten den tiefen Eindruck, den Middletons Tod auf mich gemacht hatte, nicht zu verringern. Ich hatte noch nicht einmal versucht, ihm das Geld zurückzuzahlen, das er mir geliehen hatte. Natürlich musste ich sicherstellen, dass seine Frau den geschuldeten Betrag erhielt, aber auch dieser Gedanke besserte meine Stimmung kaum. Denn wenn sie die Wahrheit erführe, würde sie mir das Geld ins Gesicht werfen, hatte dieser Handel doch in gewisser Weise ihr Glück zerstört.

Nach eingehender Erörterung war der Doctor damit einverstanden, dass wir ihr aus den Mitteln, die er für unsere Mission beiseitegelegt hatte, eine etwas größere Summe zukommen ließen und ihr erklärten, damit solle ihrem verstorbenen Gatten eine große Freundlichkeit vergolten werden. Später, wenn Cream nicht mehr existierte, wollten wir sie dann besuchen, um Middletons Andenken zu ehren. Der Doctor war allerdings unerbittlich, dass wir uns in diesem kritischen Augenblick nicht durch die furchtbare Neuigkeit von unserer Aufgabe ablenken lassen durften.

Trotzdem war ich abgelenkt. Wir erreichten London ohne Zwischenfälle und hatten uns schon bald im üblichen Eisenbahnhotel des Doctors einquartiert, aber mit wachsender Sorge dachte ich an das bevorstehende Wiedersehen mit den Morlands. Ich war noch immer überaus erleichtert, dass die Familie, die mir solche Geborgenheit geschenkt hatte, unversehrt war, und ich sehnte mich danach, Sally wiederzusehen. Aber diese Gefühle wurden völlig überwältigt vom Wissen um die Risiken, die sie in ihrer Unwissenheit einging, wenn sie weiter Umgang mit mir pflegte. Angesichts dessen, was in Wiltshire geschehen war, war es bereits ein kleines Wunder, dass Cream, der sich schon mehr als ein Jahr zuvor mit der Familie angefreundet hatte und dort als Tim bekannt war, ihnen nichts angetan hatte.

Zu meiner Überraschung war Bell, als ich das Thema ansprach, ganz meiner Meinung. »Ich habe über diese neuesten Entwicklungen nachgedacht«, sagte er grübelnd, als wir an jenem Abend in seinem alten Zimmer standen, bevor wir zum Dinner hinuntergingen. »Ich bin zu dem Schluss gekommen, dass wir die Morlands nicht mehr guten Gewissens für alle sichtbar hineinziehen dürfen. Er weiß schon jetzt mit Sicherheit, dass sie gastfreundlich waren und Ihre Gesellschaft genossen haben. Für sich genommen war das angesichts des zusätzlichen Risikos nicht interessant genug für ihn, solange er Sie in seiner Gewalt hatte, und sie sind ihm ja auch nie in die Quere gekommen wie Middleton. Aber ich bin mir jetzt sicher, dass ihr Schicksal besiegelt gewesen wäre, wenn ihm Ihre Zuneigung zu ihnen aufgefallen wäre. Ich schließe daraus, dass er es nicht gemerkt hat. Ein Glück, dass es eine so lange Pause in seiner Verbindung mit ihnen gegeben hat. Und an diesem letzten Abend war er, Ihnen zufolge, im Wohnzimmer, während Sally Sie so herzlich in der Eingangshalle begrüßt hat. Dafür müssen wir dankbar sein und dürfen nichts unternehmen, um irgendetwas daran zu ändern.«

»Aber müssen wir sie nicht warnen?«, fragte ich. »Das ist das Mindeste, was ich ihnen schuldig bin.«

»Und doch könnten Sie damit ihr Schicksal besiegeln«, erwiderte Bell. »Hören Sie mir bitte zu«, fuhr er fort, denn ich wollte gerade Widerspruch erheben. »Sie werden sie mit Ihrer Geschichte vielleicht in Schrecken versetzen, aber Sie können keinen Polizeischutz für sie beantragen. Wir haben ja noch nicht einmal genug in der Hand, um die Festnahme von Cream sicherzustellen. Unterdessen würde eben diese Angst, die Sie bei ihnen auslösen, Cream sofort alarmieren, wenn er zu ihnen zurückkäme, und dann müssten sie mit Sicherheit sterben. Ohne Angst stehen ihre Chancen besser, denn solange er nicht vermutet, dass Sie mit ihnen auf vertrautem Fuße stehen, warum sollte er sich mit ihnen abgeben?«

Seine Logik war schonungslos, und ich konnte die Argumentation natürlich nachvollziehen, so wenig sie mir auch gefiel.

»Aber, großer Gott«, sagte ich, »es ist zynisch, sie in Unwissenheit zu lassen!«

»Das mag sein, aber das ist mir herzlich egal, wenn es ihre

Überlebenschancen erhöht.« Mit diesen Worten ging er zur Tür, und wir traten aus dem Zimmer in einen Korridor, der lang und, wie der Doctor sicherstellte, leer war. »Dennoch«, fuhr er fort, »ist ein sehr kurzes Treffen im Haus bestimmt absolut sicher. Ich schlage vor, Sie telegrafieren Sally Morland auf einfachste und normalste Weise, dass Sie morgen dort sein werden, um Ihre Sachen abzuholen. Sie dürfen aber nicht länger als ein paar Minuten bleiben.«

Unter gewöhnlichen Umständen hätte mir ein Treffen mit Sally Morland das Herz erleichtert, aber jetzt war diese Aussicht überhaupt nicht angenehm. War es nicht denkbar, dass Cream auf genau diese Möglichkeit gewartet hatte? Es wäre nicht schwierig für ihn, das Haus beobachten zu lassen. Nach dem, was Middleton zugestoßen war, war überhaupt nichts mehr sicher.

Der Doctor hielt es für unwahrscheinlich. »Auch seine Mittel sind begrenzt. Er kann unsere Entscheidungen nicht kennen, bevor wir sie selbst getroffen haben, und er kann auch nicht unbegrenzt lange dort warten.« Damit beendete er das Thema. Aber seine Worte waren mir nur ein schwacher Trost, und am nächsten Nachmittag ertappte ich mich dabei, mich ziemlich argwöhnisch umzusehen, als ich an die Tür jenes kleinen Hauses in der Esher Street klopfte.

Es war einer dieser grauen, bewölkten Londoner Tage, die dauerhaft mit Regen drohen, und ich konnte sonst niemanden in der Straße sehen. Das hätte vermutlich beruhigend wirken sollen, aber es trug nur zu meinen bangen Vorahnungen bei.

Das Hausmädchen öffnete die Tür und lächelte, als es mich sah, und dann kam Sally Morland selbst aus dem kleinen Salon, in dem wir uns so oft unterhalten hatten, wenn sie dort bei ihren Kindern saß. Sie trug ein schlichtes blaues Kleid, und ihre Haare waren etwas länger geworden, aber ihr Lächeln war so breit und kindlich wie je, und sie wollte schon auf mich zulaufen, um mich zu umarmen. Das hatte sie noch nie getan, und es war das Letzte, das ich vor einer offenen Haustür zulassen wollte, sodass ich zu ihrer Überraschung nur lächelnd nickte und mich geschäftig umdrehte, um die Tür zu schließen, bevor ich in das Wohnzimmer geführt wurde.

Jetzt wandelte sich Sallys Verhalten. Sie merkte sogleich, dass ich mich verändert hatte, doch ihr leidenschaftliches Wesen ließ sich nicht leicht abschrecken.

»Geht es dir gut, Arthur?«, fragte sie. »Wir haben uns solche Sorgen gemacht.«

Es war seltsam, wieder in diesem Zimmer zu sein. Ich beäugte den Sessel, in dem ich jene letzten Augenblicke bei Bewusstsein ertragen musste, und auch den Schaukelstuhl, in dem Cream gesessen hatte und der jetzt unschuldig vorm Fenster stand. Jenes große Fenster zur Straße hin war mir sehr bewusst, wohl wissend, dass uns jeder beobachten konnte, und ich hielt Abstand zu Sally, was ihr nicht verborgen blieb.

»Ich bin genesen, zum Glück.« Ich schlug einen möglichst fröhlichen Ton an, wenn auch immer noch zurückhaltend.

Sie beobachtete mich etwas irritiert, aber doch herzlich. »Wir waren so erleichtert, als wir von Dr. Bell gehört haben, aber er hat auch gesagt, er würde alles erklären. Was war es denn?«

»Ja, der Doctor konnte leider nicht mitkommen«, antwortete ich. »Offenbar hatte ich einen schweren Nerveninfekt, der zu einer vorübergehenden Entzündung der Blutgefäße geführt hat, aber das habe ich restlos überwunden.«

Mehr war mir nicht möglich, und ehrlich gesagt war ich nicht ganz bei der Sache. Bestimmt hätte der Doctor etwas weniger Lächerliches zuwege gebracht, doch Sally zweifelte keine Sekunde an mir, allerdings wurde nun eine neue Ängstlichkeit in ihren Augen sichtbar.

»Besteht irgendeine Sorge, dass es noch immer ansteckend sein könnte? Hältst du deshalb so großen Abstand?«

Die Frage war so naiv und natürlich, dass sie mir fast das Herz brach. Ich sehnte mich danach, ihr so nahe zu kommen, wie es einem Freund ziemt, und meinen Gefühlen freien Lauf zu lassen, aber mir war noch immer so sehr jenes Fenster bewusst. Von der Länge aus betrachtet, lag es genau zwischen uns, ja, wir standen uns gegenüber, als wäre es ein unsichtbares Hindernis.

»Nein, diesbezüglich besteht keine Gefahr, das kann ich dir versichern. Aber ich glaube, ich bin noch nicht wieder ganz der Alte. Ich will dich auch nicht lange aufhalten.«

Ich konnte etwas Erleichterung in ihren Augen erkennen, die sich aber rasch verflüchtigte, als sie begriff, dass ich nicht lange bleiben würde. »Soweit ich weiß, ist man in der Praxis gut zurechtgekommen?«, fügte ich hinzu.

»Oh ja«, sagte sie. »Dr. Baird war über die Lage informiert, und sie kamen recht gut zurecht. Zum Glück war es relativ ruhig, und jetzt ist Dr. Small aus Ägypten zurück. Alle erkundigen sich liebevoll nach dir und würden sich freuen, dich zu sehen. Aber ...« Ich erkannte, dass sie nun zur nächsten der vielen Fragen kam, die sie zweifellos heimsuchten. »... was ist mit Tim? Wir haben nur ein Telegramm von ihm bekommen, seit er an dem Abend abgereist ist.«

»Nun«, sagte ich, da ich darauf vorbereitet war, »ich habe ihn selbst nur kurz zu Beginn meiner Genesungszeit gesehen, also weiß ich nicht mehr als ihr. Aber jetzt muss ich meine Sachen zusammensuchen. Du bist sicher auch sehr beschäftigt.«

Selbst unter Berücksichtigung meiner großen Sorgen war

das unnötig schroff. Ich habe geschrieben, dass meine Freundschaft mit Sally niemals ungebührlich gewesen ist, was auch gänzlich der Wahrheit entspricht. Doch wir waren enge, gute Freunde, und zumindest ich hatte mich häufig gefragt, ob wir – in einem anderen Leben – sogar mehr als das gewesen wären. Aber jetzt verhielt ich mich nicht mehr wie ein Freund, und sie konnte nicht verstehen, warum.

»Also, ich bin nicht sehr beschäftigt«, sagte sie würdevoll, »denn wie du siehst, sind die Kinder bei meiner Schwester, aber komm, dann bringe ich dich zu deinen Sachen.«

Wir stiegen die Treppe hinauf, und ich betrat mein altes Schlafzimmer, das sauber und anonym war; mein gepackter Koffer stand neben der Tür. Hier waren aus irgendeinem Grund die Vorhänge etwas zugezogen; weit genug, um sicherzustellen, dass wir nicht gesehen werden konnten.

Ich ging zu meinem Koffer. Sally stand bei der Tür und sah mich etwas seltsam an, denn sie war bestimmt vollkommen verwirrt. In diesem Augenblick wusste ich, dass ich die Farce nicht länger aufrechterhalten konnte, die, vermutlich aufgrund meiner eigenen Unfähigkeit, sie richtig zu spielen, eine viel schlimmere Wirkung hatte, als ich beabsichtigt hatte. Was, wenn »Tim« zurückkäme und sie ihm erzählte, dass ich wie verwandelt gewesen sei und meine Gefühle für sie und ihre Familie unverständlicherweise abgekühlt seien? In diesem Fall würde er sofort die Wahrheit erraten.

Nachdem ich mich vergewissert hatte, dass man durch das Fenster nicht von der Straße hineinsehen konnte, ging ich auf sie zu und lächelte sie auf die alte Weise an. Sie erwiderte das Lächeln, aber ich erkannte, dass sie noch immer ratlos war.

»Sally«, sagte ich, »ich darf nicht lange bleiben, das stimmt, aber ich muss jemandem trauen, und von allen Menschen hast du dieses Vertrauen am meisten verdient. Was ich dir jetzt sage, ist nur schwer zu begreifen, aber ich schwöre, dass ich nicht verrückt geworden bin, und es ist ganz entscheidend, dass du alles peinlich genau befolgst.«

Weil wir uns einst so nahestanden, nahm sie es widerspruchslos hin. »Nicht für eine Sekunde glaube ich, dass du *jetzt* verrückt bist«, sagte sie, »aber unten war ich in Sorge, denn da warst du so anders als sonst. Arthur, sag mir bitte die Wahrheit.«

»Das geht nicht«, erwiderte ich. »Jetzt höre zu, was du tun sollst, und was immer ich dir jetzt sage, ist die reine Wahrheit, selbst wenn ich dir nicht alles verraten darf. Wenn irgendjemand fragt, sagst du, dass ich zurückgekommen bin und so war wie immer, aber du könntest durchaus erwähnen, wie irritiert du warst, dass ich zu beschäftigt war, um länger zu bleiben und auf deine Familie zu warten. Wenn jemand nach mir fragt, sag, dass ich ein angenehmer Mann und ein guter Untermieter war, aber erzähle das ohne große Zuneigung. Du solltest dich sogar darüber beschweren, dass meine Krankheit dir lästig war, weil du nicht wusstest, ob du das Zimmer neu vermieten konntest.«

Sie dachte darüber nach und war verwirrt. »Es macht mir nichts aus zu tun, worum du mich bittest, aber darf ich nicht nach dem Grund dafür fragen?«

»Es gibt vielerlei Dinge, die meine persönlichen Probleme sind. Ich möchte sicherstellen, dass du nicht in sie hineingezogen wirst.«

Das machte es für sie verständlicher. »Sag mir, hat das mit dem zu tun, wovon du mir mal erzählt hast, dass du einen Freund hattest, der Opfer eines Verbrechens geworden ist?«

Das war ihr unfehlbarer, einfach genialer Instinkt. Ich hatte es fast vergessen, aber Sally hatte mich einmal schwer bewegt erlebt, als ich eine Illustration bei Madame Tussaud's gesehen hatte, welche das Abbild eines unbekannten Giftmörders wiedergab, von dem ich mir sicher war, dass es Cream darstellte.

»Ja, es gibt da einen entfernten Zusammenhang«, bestätigte ich. »Aber das darfst du wirklich niemandem erzählen, noch nicht einmal deiner eigenen Familie.«

»Das würde ich auch niemals tun«, sagte sie einfach, und ich spürte eine Woge der Erleichterung, denn ich wusste, dass es stimmte, und somit konnte ich die schreckliche Vorstellung verbannen, dass sie »Tim« davon erzählen könnte. Denn wenn sie es täte, wüsste er sogleich, dass ich ihr nahestand, und ihr Schicksal wäre bestimmt besiegelt.

Ich ging einen Schritt auf sie zu. »Es tut mir nur leid, dich darum bitten zu müssen, an diesem kleinen Betrug mitzuwirken, und dass es einige Zeit dauern wird, bis ich wiederkommen kann und dich dann hoffentlich davon befreien werde.«

»Das macht nichts, ich werde tun, was du sagst«, sagte sie, sichtlich von einem anderen Gedanken abgelenkt. »Aber was ist mit Tim?«

Das fiel mir schwerer, aber ich versuchte, mir nichts anmerken zu lassen. »Ich fürchte, dass seine Vorkehrungen, mich aus London zu schaffen, wegen der Ansteckungsgefahr auch ihm selbst Unannehmlichkeiten bereitet haben.« Ich konnte sehen, dass sich in ihrem Kopf Zweifel breitmachten, und bemühte mich deshalb um eine überzeugendere Ergänzung. »Ich glaube, sein Besuch in England war nur kurz, und meine Krankheit hat ihn unterbrochen. Ihr habt also kürzlich nicht von ihm gehört?«

»Überhaupt nicht«, sagte sie.

»Aber so ist es doch immer bei ihm, oder nicht?«, erwiderte ich rasch. »Es gab doch bestimmt auch früher Phasen, in denen er kein Lebenszeichen von sich gab.«

»Ja, das stimmt«, sagte sie. »Lange Phasen.«

»Dann vermute ich, dass es seine Art ist«, antwortete ich. »Eigentlich wollte der Doctor auch mit ihm Kontakt aufnehmen, um über meine Krankheit zu reden, darum lässt er fragen, ob er gegebenenfalls die Briefe ausleihen könnte, die ihr bekommen habt. Mich würde auch das Kabel interessieren, das er geschrieben hat.«

»Aber ja, natürlich, ich kann sie dir gleich geben. Es sind nicht viele, denn er war, wie du gesagt hast, immer schon ein schlechter Brieffreund.« An dieser Stelle hielt sie inne, denn sie war natürlich nicht dumm. »Arthur, er ist doch, was er zu sein scheint?«

»Ach, er ist genauso nomadenhaft und einnehmend, wie er scheint«, sagte ich und schaffte es irgendwie zu lächeln, »aber er kann auch verantwortungslos sein. Ich hatte ihn schon längere Zeit nicht mehr gesehen und war überrascht, ihn hier anzutreffen. Mich würden seine Briefe ebenfalls interessieren. Aber ich möchte dich warnen, er ist alles andere als diskret, also musst du, wenn du ihn siehst – und das meine ich ernst –, ganz besonders darauf achten, von mir so zu reden, wie wir es vereinbart haben.«

Ich glaube, da hat sie es verstanden. Damit meine ich nicht, dass sie auch nur im Entferntesten ahnte, dass »Tim« so war, wie ich ihn kannte, aber ihr wurde bewusst, dass sie vorsichtig sein musste bei dem, was sie ihm anvertraute. Jetzt ging sie los, um die Briefe zu holen. Natürlich bin ich mir sicher, dass sie wusste, dass ich viel vor ihr verbarg, auch wenn sie den Grund nicht verstand. Aber in diesem Punkt musste ich dem Doctor beipflichten: So war es viel besser, als ihr die Wahrheit zu sagen und damit zu bewirken, dass sie zu Tode erschrak, falls »Tim« jemals zurückkehrte. Solche Angst konnte sie nicht gegen ihn schützen; im Gegenteil, er würde sie genießen. Und wenn er sie erst bemerkt hatte, sähe er sich vermutlich genötigt, sie umzubringen. Solange sie und ihre Familie jedoch einfache Zuschauer blieben und er keine Ahnung von meiner Zuneigung zu ihnen hatte, schien es unwahrscheinlich, dass er sich weiter mit ihnen abgeben würde. Und wenn durch irgendeinen Zufall doch, so wäre ihre Ahnungslosigkeit möglicherweise das Einzige, das sie noch retten konnte.

Sally kehrte bald mit den Briefen zurück. Ich bedankte mich und fügte hinzu: »Weil wir einige schmerzvolle Dinge besprechen mussten, habe ich das Wichtigste noch nicht gesagt. Trotz unserer kleinen Vereinbarung über das, was öffentlich ausgesprochen werden sollte, wirst du von allen Menschen sicher am besten wissen, dass die Zeit, die ich in diesem Haus mit dir und deiner Familie verbracht habe, zu der glücklichsten meines Lebens zählt. Ich werde immer gern daran zurückdenken.«

Sie wartete und sah mich an, ihre Augen voller Emotionen. »Ja, ich glaube, das weiß ich tatsächlich schon, Arthur. Und es hat mich sehr stolz gemacht. Ich hoffe nur, dass du zu uns zurückkommst, vor allem zu den Kindern.« Ein plötzliches lautes Klopfen an der Tür unten ließ mich zusammenzucken. Sofort ging ich nervös aus dem Zimmer zum Treppenabsatz, von wo aus ich die Haustür sehen konnte. Sally war mir gefolgt; meine Unruhe war ihr bewusst und steckte sie an. Wir sahen beide hinab, aber es waren doch nur die Kinder und Sallys Schwester, die ins Haus einfielen, während das Mädchen die Tür hinter ihnen schloss. Sally bemerkte meine Erleichterung sofort. »Geh zu ihnen«, sagte ich. »Ich bringe mich selbst hinaus. Gott schütze dich.«

»Gott schütze dich, Arthur, komm gut nach Hause.«

Ein kleines Lächeln, das Lächeln, das ich liebte, und dann war sie fort. Ich steckte die Briefe in meine Tasche und wartete, bis sie alle im Wohnzimmer waren, ehe ich die Treppe hinunterging; mit lautem Lachen begrüßten die Kinder ihre Mutter. Ich sah mich um, als ich das Haus verließ, froh darum, den Nachhall von Lachen zu hören statt der Stille der Furcht. Aber auch mit Bedauern, dass ich mich wieder einmal aus Notwendigkeit von einem fröhlichen Ort entfernen musste, weil ich seinen Bewohnern sonst nur Angst und Bedrohung bringen würde.

Ich setzte eine Maske der Gleichgültigkeit auf, bevor ich die Tür öffnete, in der Hoffnung, dass ein Betrachter mich für einen unbedeutenden Mieter hielt, von dem man sich noch nicht einmal verabschiedet hatte. Aber, überlegte ich kläglich, war diese Beschreibung nicht nah genug an der Wahrheit? Unbedeutend, abgesehen von der Tendenz, solchen Orten der Ruhe Dunkelheit und Gefahr zu bringen. Draußen verhöhnte mich die völlig leere Straße.

Das Gedächtnis des Beamten

Den restlichen Tag verbrachte ich mit dem Versuch, meine Angelegenheiten zu regeln. Ich schrieb der Praxis, erklärte meine Abwesenheit und entschuldigte mich dafür, auch wenn ich wusste, dass Sally schon dafür gesorgt hatte, dass es diesbezüglich keine Probleme gab. Ich hatte bereits von dem Arzt, der mich in Southsea vertrat, erfahren, dass er gerne bereit war, dies noch ein paar weitere Wochen zu tun. Einige Zeit später kehrte Bell in ausgezeichneter Stimmung ins Hotel zurück.

»Der Tag war nicht ganz vergeudet, Doyle. Die schlechteste Nachricht ist, dass das Postfach in Charing Cross, an das sie geschrieben hat, heute Morgen geschlossen wurde, mit anderen Worten, kurz nachdem der Brief des Mädchens eingetroffen war. Offenkundig war es der einzige Grund, warum er es noch hatte.«

Er musste mir meine Enttäuschung angesehen haben. »Nein, verzweifeln Sie noch nicht. Wir sind ihm so nahe wie nie seit Edinburgh. Abgesehen davon habe ich das Postamt genau beobachtet, und einer der Beamten ist äußerst redselig veranlagt. Es gibt eine Zeit kurz nach elf Uhr morgens, zu der er allein am Schalter ist, und ich schlage vor, dass wir morgen zu ihm gehen. Aber jetzt erzählen Sie mir von Ihrem Besuch bei Sally Morland.«

Als wir uns später mit dem Material beschäftigten, das ich mitgebracht hatte, spürte ich wieder die altbekannte Energie des Doctors. Die Briefe von »Tim« an die Familie waren recht kurz, aber freundlich und handelten in herzlicher Weise von bevorstehenden Besuchen bei den Morlands oder von solchen, die gerade hinter ihm lagen, mit einigen neckenden, auf mich schaurig wirkenden Verweisen auf die Kinder. Aber sie trugen dazu bei, eine korrekte Chronologie der Bewegungen unseres Widersachers zu erstellen. Cream hatte die Morlands vor mehr als einem Jahr kennengelernt, im September 1882, als er vermutlich mit seinen Vorbereitungen begann. Wir hielten es für wahrscheinlich, dass dies sein erster Besuch in unserem Land war, seit er Edinburgh verlassen hatte, und dass er, während er sich in London vergnügte, nach einer geeigneten Praxis Ausschau gehalten hatte, die einen Aushilfsarzt benötigte, in der Absicht, mich dann dorthin zu locken. Außerdem muss es etwa zu dieser Zeit gewesen sein, dass er Sir Henry Carlisle schrieb.

Als er erst einmal die große Praxis beim Fluss gefunden hatte, dürfte es ihm ein Leichtes gewesen sein, sich unter einem Vorwand vorzustellen und so zu erfahren, dass Dr. Small im nächsten Jahr nach Ägypten reisen würde. Bestimmt erwähnte er schon da, dass er vielleicht einen Aushilfsarzt für sie habe, und wurde später den Morlands vorgestellt. Das Übrige war einfach zu verwirklichen. Danach folgt eine Lücke von einigen Monaten, obwohl wir aufgrund der Illustration des Polizeizeichners, die ich bei Madame Tussaud's zu sehen bekam, den Verdacht hegten, dass er am elften November in London versucht hatte, ein Mädchen zu vergiften. Vermutlich war er, kurz nachdem dieser Anschlag gestört worden war, aus der Hauptstadt verschwunden, möglicherweise in Richtung Europa oder Edinburgh, aber er kehrte rechtzeitig zurück, um die Morlands um Weihnachten herum mit Geschenken zu besuchen. Eine Nachricht vom Januar zeigte dann, dass er sich wieder nach Amerika einschiffte. Dort muss er die meiste Zeit des Jahres geblieben sein (wie aus anderen uns vorliegenden Briefen hervorging, die er aus Chicago an Hanbury geschickt hatte, den Seemann, der jetzt tot war), und der nächste Brief an die Morlands war auf nur ein paar Wochen zuvor datiert. Darin erklärt »Tim« ihnen, dass er hoffe, ihnen irgendwann um Weihnachten herum einen Überraschungsbesuch abstatten zu können, und Bell war sich sicher, dass er zu diesem Zeitpunkt wieder ins Land gekommen war.

»Damit«, sagte Bell, »haben wir nun Gewissheit über seinen gesamten Plan.«

»Ja«, sagte ich leicht verdrossen, denn ich konnte nicht erkennen, wie uns all das jetzt weiterhelfen konnte. »Aber warum ist er nicht einfach nach Southsea gekommen und hat mich ermordet?«

»Das dürfte doch offensichtlich sein, Doyle«, sagte Bell und warf mir einen stechenden Blick zu, während er das letzte und jüngste Schriftstück herausnahm, ein Telegramm. »Er wollte Sie auf seinem Territorium haben, nicht auf Ihrem. Hier konnte er Sie ungestraft vergiften und Ihr Leiden beobachten, während Ihnen bewusst wurde, dass Sie düpiert wurden und ihm nun ausgeliefert waren. In Southsea wäre so etwas erheblich schwerer durchzuführen gewesen. Er hätte Sie möglicherweise in einem direkten Kampf überwältigen können, aber das ist wahrlich nicht die Sorte Risiko, die er schätzt oder sucht.«

Ich musste die Richtigkeit seiner Worte einräumen. Doch Bell hatte seinen Tadel schon wieder vergessen. Er betrachtete das Telegramm mit erheblich mehr Interesse, als er für die Briefe gezeigt hatte. Nach einer langen Zeit warf er es mir zu.

Das Telegramm stammte aus Salisbury, was zu erwarten

gewesen war, denn es war auf einen der Tage datiert, an denen Cream bei mir in der Hütte gewesen war.

GUTE NEUIGKEITEN. DOYLE AUSSER GEFAHR. ERHOLT SICH VON KRANKHEIT AM MEER. BRAUCHT ABER NOCH ZEIT. TIM

»Es ist seltsam, Doyle, nicht wahr?«, sagte der Doctor mit geschlossenen Augen.

»Es ist schon seltsam, dass er überhaupt geschrieben hat«, sagte ich. »Er hatte keinen Anlass, denn welchen Nutzen hatten sie jetzt noch für ihn?«

»Keinen, wie ich jedenfalls hoffe, aber seine Bemühung, sich mit ihnen in Verbindung zu setzen, ist für sich genommen nicht sehr bemerkenswert. Wenn sie nichts von ihm gehört hätten, hätten sie sicherlich über kurz oder lang Alarm geschlagen. Ich wage zwar zu bezweifeln, dass er viel zu befürchten gehabt hätte, aber wie wir gesehen haben, geht unser Mann keine völlig unnötigen Risiken ein.«

»Aber was sonst gibt es hier zu finden?«, fragte ich. »Es sind einfach nur viele offenkundige Lügen.«

»Aber manchmal«, sagte der Doctor, »kann eine Lüge vielsagend sein. Warum ›am Meer‹? Salisbury liegt nicht am Meer. Warum sollte er überhaupt den Ort erwähnen?«

»Damit es überzeugender klingt«, sagte ich leicht ungeduldig. »Viele Leute fahren zur Erholung ans Meer.«

»Das ist wohl wahr, aber es bleibt die Frage, warum er sich dafür entschieden hat«, beharrte er.

»Um von Salisbury abzulenken«, sagte ich, einigermaßen überrascht, dass es ihm nicht selbst eingefallen war.

»Aber dazu bestand kein Anlass. Die Stadt ist weit entfernt

von der Hütte und als solche wohl kaum ein Indiz. Sie wären tot gewesen und er weit entfernt, bevor irgendjemandem eine solche Verbindung aufgefallen wäre, wenn überhaupt.« Er fing an, sein Etui hervorzuholen, in dem er die Vergrößerungsgläser und andere Instrumente aufbewahrte, mit denen er Briefe untersuchte. »Nein, ich bin mir sicher, dass ›am Meer‹ das Erste war, das ihm eingefallen ist, und ich frage mich, ob uns das nicht weiterhilft, weil solche Dinge häufig besonders aufschlussreich sind. Und jetzt möchte ich mit meinen Werkzeugen alles genau unter die Lupe nehmen; wir sehen uns morgen früh.«

Gegen zehn Uhr am nächsten Morgen, der trüb, aber nicht kalt war, brachen wir nach Charing Cross auf und standen schon bald vor dem fraglichen Postamt. Mir schien es offenkundig, dass er es sorgfältig ausgewählt hatte. Es gab ein weiteres, viel größeres Postamt beim Bahnhof, aber dieses hier war eher klein und lag am Ende einer unscheinbaren Durchgangsstraße namens Adam Street. Es arbeiteten dort nur zwei oder bestenfalls drei Leute, und Bell musste mir gar nicht erst den Beamten zeigen, den er als redselig bezeichnet hatte, denn dessen Stimme war noch bis weit auf die Straße hinaus zu hören; gerade gab er seiner Empörung darüber Ausdruck, dass ein kleiner geschlossener Einspänner, den er bei einem Fuhrmann im Hof gesehen hatte, für ungeheuerliche fünfundsiebzig Guineas verkauft werden sollte.

Da es erst zwanzig Minuten vor der vollen Stunde war, hatte Bell es nicht eilig, also wechselten wir die Richtung. Wir bogen in die Stadt ab und schauten in die Geschäfte, die jetzt vor lauter weihnachtlicher Kost glänzten, nicht zuletzt der Laden »Schokolade in Spanien«, den ich schon gelegentlich besucht hatte. Dann kehrten wir um, und als eine nahe gelegene Uhr zur vollen Stunde schlug, betrat Bell das Amt, während ich bei der Tür blieb und einen langweiligen Aushang über die Verwendung gummierter Briefmarken las.

Der Beamte, der jetzt alleine war, erwies sich als rotgesichtiger Herr mit Backenbart, der bei unserem Anblick breit lächelte, denn es war ihm offenkundig eine Qual, seine eigene Stimme einige Zeit nicht hören zu können. Sogleich setzte er zu einer sintflutartigen Abhandlung über das Wetter an, bevor Bell ihn unterbrach, um sich nach Dr. Meres Postfach zu erkundigen, wobei er betonte, dass es ihm überaus wichtig sei, den früheren Besitzer zu kontaktieren.

»Aber, Sir«, sagte der Beamte großspurig, »das ist schlichtweg unmöglich; nicht nur gibt es in solchen Dingen Regeln zur Verschwiegenheit zu beachten, ich habe hier auch gar keine Unterlagen über ein geschlossenes Postfach, selbst wenn es erst gestern geschlossen wurde.«

»Und ist er persönlich gekommen, um es zu schließen und seine Post abzuholen?«

»Ich habe Ihnen bereits gesagt«, intonierte der Mann umständlich, »dass ich mich nicht zu Angelegenheiten äußern kann, die als privat betrachtet ...«

Der Doctor überhörte das. »Natürlich.« Er sprach in seiner sanftesten, onkelhaftesten Art. »Es wäre völlig ungehörig, sich in jedwede vertrauliche Angelegenheiten einzumischen, aber ich bin Professor Joseph Bell von der Universität Edinburgh, und der Herr ist zufälligerweise ein guter alter Freund von mir, den ich unbedingt kontaktieren möchte, solange ich aus Edinburgh hier bin. Ich bin überzeugt davon, dass er nichts dagegen hätte, wenn Sie mir ein paar höfliche Fragen beantworten.« Und es gab ein klimperndes Geräusch, während er seine Geldbörse öffnete und ihr einen kleinen Betrag entnahm.

Bell hatte seinen kombinierten Appell an Habgier und

Dünkel gut eingeschätzt. Die Augen des Beamten glänzten förmlich beim Anblick des Geldes, und er lächelte breit. »Nun«, sagte er, »ich bin mir sicher, dass es nichts schadet, wenn ich die ehrlichen Fragen eines Gentlemans beantworte.« Dann muss ihm meine Gegenwart eingefallen sein, denn ich hörte Bell bemerken: »Dieser Gentleman begleitet mich, er ist ebenfalls ein Freund, ja, wir sind ehemalige Kollegen.«

»Ach so«, antwortete er erleichtert. »Also, wie ich gesagt habe, es kann nichts schaden. Nein, er ist nicht persönlich gekommen, wir haben vor einiger Zeit Anweisungen mit einer Weiterleitungsadresse erhalten, in denen es hieß, wenn noch ein Brief eintrifft, solle dieser weitergeschickt und das Postfach dann geschlossen werden.«

»Ich verstehe«, sagte Bell ziemlich enttäuscht. »Wer hat ihn gestern weitergeleitet? Waren Sie das?« Der Mann nickte, und Bells Verhalten wurde wieder hoffnungsvoller. »Und können Sie sich an die Adresse erinnern?«

»Was das angeht«, sagte der Mann traurig, »bringen Sie mich in eine schwierige Lage. Nicht, dass ich es Ihnen nicht sagen wollte, Sir. Aber im Laufe eines Tages haben wir so viele Briefe weiterzuleiten und zurückzusenden. Ich habe allein heute Morgen schon sechs Adressen geschrieben. Ich merke mir nie einzelne davon.«

»Und Sie haben den Mann nie gesehen?«

»Nicht, dass ich wüsste, Sir, nein.«

Ich spürte die Ungeduld des Doctors. »Aber es war doch erst gestern, und es gibt doch sicher nicht allzu viele Leute, die hier eine solche Dienstleistung in Anspruch nehmen. Ich vermute, er hat einen Geldbetrag hinterlegt, um für Briefmarken zu bezahlen, sodass Sie die Kosten berechnen mussten. Können Sie sich an nichts mehr erinnern? War die Adresse beispielsweise in London oder im Ausland?«

»Nicht im Ausland, Sir«, grübelte der Beamte, dem es sichtlich gefiel, im Zentrum der Aufmerksamkeit zu stehen. »Nein, es war außerhalb Londons, da bin ich mir sicher, weil ich mich noch gefragt habe, wann der Brief wohl bei ihm eintrifft, und noch Porto dazugeben musste. Ja, Sie haben recht, Sir, jetzt kommt es wieder. Ich glaube, es war ein Küstenort.«

Ich spürte Bells Erregung. »Also war es ein Ort, den Sie kannten?«, drängte Bell.

»Nun ja, Sir, ehrlich gesagt, ich kannte kaum den Namen von dem Ort. Aber ich glaube, es fing an mit ... doch, ganz bestimmt mit ›South‹. Das war der erste Teil.«

»Southampton?«, fragte Bell, und mein Herz begann zu rasen. Reiste er zurück nach Amerika, oder wollte er mich aufspüren?

»Nicht doch, Sir. Daran hätte ich mich erinnert. Da wohnt eine Schwester von mir.« Der Mann lachte über den kleinen Zufall. Ich wusste, dass seine Langsamkeit den Doctor zur Weißglut bringen musste, doch man sah es diesem nicht an, denn er lachte mit. Southsea wurde ebenfalls rasch verworfen, womit die Möglichkeit ausgeschlossen war, dass Cream dort nach mir suchte. »Nein«, fuhr der Beamte fort, »die Sache ist die, ich kannte den Namen kaum, obwohl ich schon mal von ihm gehört hatte, deshalb bezweifle ich, dass ich mich spontan an mehr erinnern werde als an ›South‹. Aber ich meine mich zu entsinnen, dass es an der Ostküste war. Ich weiß nicht, warum, denn ich war noch nie da, aber ich erinnere mich, dass ich gedacht habe, wie merkwürdig es ist, einen Ort namens ›South‹-sowieso an der Ostküste und nicht an der Südküste zu haben. Über Namen und ihr Warum und Weshalb kommt man hier schon mal ins Grübeln. Erst neulich musste ich ein Päckchen adressieren, und da ist mir aufgefallen, wie viele Straßen in London das Wort ›gate‹ in ihrem Namen tragen.«

»Da haben Sie recht.« Die Stimme des Doctors war noch immer fröhlich, aber auch eine Spur bestimmender. Er wollte sichtlich nicht zulassen, dass sein Gegenüber immer weiter vom Thema abkam, wozu dieses wohl die kleinste Chance genutzt hätte. »Sie sind sich also sicher hinsichtlich ›South‹ und der Ostküste?«

»Ja«, sagte der Mann, und ich blickte auf, um zu sehen, wie er vor Stolz über die Meisterleistung seines Gedächtnisses strahlte. »Ich bin mir ziemlich sicher, ganz bestimmt war es etwas mit ›South‹, und ich glaube, Sir, ja, ich bin mir beinahe genauso sicher, dass es im Osten war, nicht im Süden oder Westen. Und es war an der englischen Küste. Ich hoffe, das bringt Sie etwas weiter, Sir. Wir helfen immer, wo wir können. Erst neulich war ein Mann hier, der seine Briefe alle falsch adressiert hatte, und wir mussten versuchen, sie zurückzubekommen, da herrschte hier ein ganz schönes Durcheinander, aber wir haben sie gefunden, Sir, wir haben sie gefunden. An die kann ich mich noch erinnern, zumindest an einige.«

Bell unterbrach ihn rasch mit weiteren Fragen nach der Adresse, ob es ein Gasthaus oder ein Privathaus gewesen sei, doch der Mann erinnerte sich an nichts mehr, und mit einiger Schwierigkeit, weil schon wieder neue Geschichten dargeboten wurden, bedankte sich Bell und schaffte es, den Rückzug anzutreten.

Er war jedoch nicht im Entferntesten entmutigt, als wir auf die Straße hinaustraten. »Wir haben mehr erreicht, als ich erwartet hatte«, sagte er, sobald wir außer Hörweite waren. »Ich bin froh, dass es nicht Southampton und Amerika sind.«

Ich war weniger zuversichtlich. »Aber es gibt bestimmt viele Städte mit einem ›South‹ im Namen, und er ist nicht gerade der zuverlässigste Zeuge.«

»Jedenfalls nicht der zurückhaltendste, aber im Großen

und Ganzen glaube ich, dass er hinreichend penibel mit seiner Aussage war, um glaubhaft zu sein. Heute Nachmittag werde ich ein geografisches Lexikon zurate ziehen, und mit etwas Glück können wir die Zahl der Möglichkeiten drastisch reduzieren.«

Zu meiner Überraschung kam der Doctor an jenem Abend nicht pünktlich zur verabredeten Zeit zum Dinner im Speisesaal des Hotels, aber da ich nicht davon ausging, dass er mich warten lassen wollte, setzte ich mich an mein Kotelett und fragte mich, wo er steckte. Während ich aß, dachte ich darüber nach, dass die Entwicklungen des heutigen Tages doch erheblich kläglicher ausgefallen waren, als der Doctor zugab. Ein halber Ortsname ist kein vielversprechender Ausgangspunkt für eine Menschenjagd.

Ich hatte meinen Fleischgang beinahe beendet, als ich einen Aufruhr an der Tür zum Speisesaal bemerkte. Stimmen wurden laut, und ein paar Kellner eilten hinzu, und dann schritt eine große Gestalt aus dem Gedränge in meine Richtung. Als sich die Leute, die ihr im Weg standen, verstreuten, sah ich, dass es der Doctor war, aber er trug ein Jackett, das um einige Nummern zu groß war, und eine Krawatte hing um seinen Kragen wie ein Stück Schnur. Jeden anderen hätte ein solcher Aufzug wie einen Varietéclown aussehen lassen, doch die adlerartigen Züge und wachen Augen des Doctors erzielten eine Gesamtwirkung, die eher finster als lustig war.

Trotzdem lächelte er herzlich, als er sich hinsetzte, und rief nach dem verwirrten Kellner. »Ich fürchte, Doyle, dass ich so in verschiedene Dinge vertieft war, dass ich völlig vergessen habe, ein Jackett anzuziehen, aber wie Sie sehen, habe ich mir eins von einem freundlichen Pförtner ausgeliehen, sodass sie gezwungen waren, mich einzulassen.« Er unterbrach sich, um zu bestellen, was er auf meinem Teller sah, und ein Viertel

Bier. »Ja«, fuhr er fort, »ich habe es versäumt, zu essen und zu trinken, aber jetzt muss ich es, denn wir reisen morgen ab, und zwar an die Ostküste.«

»Dann haben Sie den Ort gefunden, der mit ›South‹ beginnt?«

»Aber ja«, sagte er. »Unser geschwätziger Freund hatte diesbezüglich vollkommen recht. Was er mir erzählt hat, war ausgesprochen nützlich; ich bin sogar heute am späten Nachmittag noch einmal hingegangen, und da hat mir der Beamte den Ort bestätigt. Ich werde das alles zu gegebener Zeit erklären. Es war ohnehin unbedeutend, und ich nehme an, dass unser Mann jetzt die Küste ein paar Meilen Richtung Süden weitergezogen ist, aber er ist garantiert an keinem Ort, von dem aus er nach Amerika kommt.« Das Bier des Doctors wurde in einem schäumenden Humpen serviert.

»Jetzt aber, Doyle«, sagte er feierlich, nachdem er einen tiefen Schluck getrunken hatte, »mögen Sie Schauergeschichten?«

»Ich verstehe nicht, was das zur Sache tut.«

»Das werden Sie schon noch. Ich habe heute Abend eine schaurige Lektüre für Sie, also schlage ich vor, dass Sie sich einen Kaffee bestellen. Sie haben von der schrecklichen Sage, um die es geht, sicher gehört, aber vielleicht nicht von allen Einzelheiten. Und sicher nicht, dass sie sich scheinbar bewahrheitet hat.« Das Essen war gebracht worden, und er schnitt sich eine große Scheibe vom Kotelett ab. »Auch wenn ich nicht verhehlen möchte, dass mir die Sage geholfen hat, betrachte ich die jüngsten Entwicklungen als äußerst bedeutsam für uns.«

Natürlich hatte ich den Doctor schon häufig so erlebt, wenn ein Fall plötzlich Fortschritte machte. Sein Geist stolperte von einem Aspekt zum nächsten, er neckte einen, hinterfragte

Dinge, ignorierte logische Abfolgen und Zusammenhänge. Aber da dies kein gewöhnlicher Fall war, schien es mir unpassend, dass er sich so geheimnisvoll gab. »Ich wünschte, Sie würden mir einfach sagen, wovon Sie da reden«, sagte ich etwas verärgert.

»Das werde ich auch«, sagte er, ohne auf meinen Ton zu achten. »Sie werden die einfacheren Fassungen der Geschichte kennen, es ist eine der ältesten in England. Und schon so manches Kind wurde wach gehalten von der ›grimmigen Dezemberjagd‹ um Mitternacht, von den Fackeln in den Wäldern, vom verzweifelten Kampf beim See, vom Fluch und dem heulenden Mann, der binnen Stunden in den Wahnsinn getrieben wurde, ganz zu schweigen von den späteren Todesfällen.«

In meinem Gedächtnis regte sich etwas.

»Ja«, sagte er, denn es war ihm natürlich aufgefallen. »Ich meine die Geschichte der Hexe von Dunwich Heath.«

Dritter Teil:

Die Sage und das Verschwinden

Die grimmige Jagd in Dunwich

Später, in meinem Zimmer, während ich das Buch las, das er mir gegeben hatte, dachte ich darüber nach, dass Bell die Bekanntheit der Dunwich-Sage etwas übertrieben hatte. In England gibt es viele Schauergeschichten, in Schottland und Wales womöglich noch weit mehr. Die meisten, so auch die Hexe von Dunwich, stammen aus weit entfernten Ecken des Landes und können es hinsichtlich ihrer Popularität nicht mit den Geistern des Towers von London oder des Berkeley Squares aufnehmen.

Allerdings wurde die gewalttätige Hexenjagd, die vor vielen Jahren quer durch Dunwich Heath führte, häufig nacherzählt, zum Teil wegen der Anschaulichkeit ihres Schauplatzes, aber auch wegen der Brutalität ihres Abschlusses. Dunwich selbst nährt diese Sagen, wie es so an der stürmischen östlichsten Spitze Englands liegt, wo die See schon spektakuläre Übergriffe aufs Land unternommen hat. Zum ersten Mal hatte ich von der »grimmigen Jagd« und ihrem Nachspiel als Schuljunge gelesen, aber man muss wissen, dass ich mich sehr für Gruselgeschichten interessierte; ich kenne viele Leute, die noch nie von dieser gehört haben.

Die schlichten Umstände sind schnell erzählt, auch wenn der Grund, warum der Doctor gerade jetzt auf sie kam, erst später genannt werden kann. In einer frostigen Dezembernacht des Jahres 1690 trug sich eine wilde Verfolgungsjagd in den Wäldern und Sümpfen von Dunwich zu, einer kleinen Hafenstadt in Suffolk, die schon damals von der alles verschlingenden See bedrängt wurde, welche schon so viel von ihr unter sich begraben hatte, dass dies zur Geschichte von der »Stadt unter dem Meer« geführt hatte. Die Verfolgung fand ihren Höhepunkt auf dem Heideland unmittelbar südlich des Ortes. Viele der Verfolger waren zu Pferde und hielten Fackeln, und sie jagten Mary Goddard, eine Frau, die schon lange unter dem Verdacht stand, eine Hexe zu sein. Diese Frau war nicht arm, sie war sogar recht wohlhabend, aber sie war eine Außenseiterin, mit dem Ruf, äußerst wild zu sein, und es wurde behauptet, dass sie einem benachbarten Bauern einen Finger abgebissen hatte, welcher daraufhin die Stadt verließ, um ihr kein zweites Mal begegnen zu müssen.

Es bleibt unklar, was ihr in der Hauptsache zur Last gelegt wurde, aber in manchen Fassungen der Geschichte ist von einer Rune die Rede und davon, dass Mary Goddard merkwürdige Zeichen auf ein Papier gemalt habe, das sie dann an andere weitergegeben hat, denen es Unheil brachte. Bis Dezember 1690 hatten sich diese Vorwürfe weit verbreitet, und einige Wochen vor Weihnachten begab sich eine Abordnung zu Mary Goddards Haus. Es existieren viele ausgezeichnete Quellen, in denen aufgezeichnet wurde, was dann passierte. Mary Goddard wurde als »tolle Unholde in gifftig Tobesucht« beschrieben, die sich dagegen wehrte, fortgeschafft zu werden. Als sie darauf beharrten, floh sie zu Fuß in das dichte Waldgebiet hinter der Stadt, das an die Heide grenzt. Sie muss in hohem Tempo und mit großer Geschicklichkeit gerannt sein, denn alle Zeugen sind sich darin einig, dass man stundenlang keine Spur von ihr fand.

Vermutlich wäre die Suche sogar abgebrochen worden, wenn nicht einer der Reiter, ein junger Mann namens George Crome, der sich von den anderen getrennt hatte, bewusstlos und mit einer klaffenden Wunde auf der Stirn aufgefunden worden wäre. Er starb kurz darauf. Natürlich war es gut möglich, dass die Wunde von einem Unfall herrührte, denn der Wald war so dicht, dass es schon riskant war, überhaupt hindurchzureiten. Doch die Angst brachte die Männer in Rage, die Suche wurde fortgesetzt, und bald erhaschte einer, der an der Flanke ritt, einen Blick auf einen Schatten, der sich durch den dichtesten Teil des Waldes bewegte, in den die Pferde kaum hineinkamen. Es war Mary Goddard, die aus einer Quelle getrunken hatte, die offenbar nur sie kannte, – auch das erregte den Groll der Männer. Jetzt wurde die Jagd rachsüchtiger. Matthew Snell, einer der großen Chronisten dieser Ereignisse, schreibt:

Die Reiter waren nun voll des Zornes, und ringsumher im Walde erschollen ihre Verwünschungen. Zweie spornten ihre Rösser so an, dass sie abgeworfen wurden und allerlei Brüche davontrugen. Da gab es ein großes Geschreie, und die andern Rösser drehten sich im Kreise, und Männer liefen in das Dickicht hinein. Und dann erscholl zuletzt ein Aufschrei, denn die Hexe ward gesehen, wie sie floh hinaus aufs Heideland.

Jetzt war sie ihnen wieder für eine Weile entkommen, aber schließlich entdeckten sie sie am See eines alten Steinbruchs, an einem stillen Gewässer, das als Farler's Pool bekannt war, nach einem alten und würdigen Ritter, der den See vierzig Jahre zuvor benutzt hatte, als er sich vor Cromwells Männern im Wald versteckt hielt. Sie stand am Rande des Wassers, mit vor Hass glühendem Gesicht, und stachelte die Männer auf, sich ihr zu nähern. Der Überlieferung nach hatten sie jedoch Angst, und keiner wollte die Herausforderung annehmen.

Und in ihrem Gebaren, schrieb Matthew Snell, *war so ein Grausen, dass sie sich fürchteten und nicht weiterwussten. Sie selbst hingegen erzitterte nicht, und ihr Antlitz erstrahlte in weißem Schein. Fürwahr, sie stand in ihrem Entschlusse so ehern wie je.*

Es sah sogar so aus, als könnte sie entkommen, denn später entdeckte man, dass sie genug Gold bei sich hatte, um andernorts willkommen geheißen zu werden. Doch infolge eines Appells des Friedensrichters – der, wie mir schon als Kind bei der Lektüre aufgefallen war, sich selbst nicht getraut hatte, ihr nahe zu kommen – trat William Bowker, ein Wollhändler, vor und ging zu ihr. Bowker sagte, er werde gegen sie nicht sein Schwert ziehen, doch sie müsse mit ihm gehen, zum Schwurgericht.

Es gibt eine gewisse Unklarheit darüber, was passierte, als er sich ihr näherte. Manche sagen, sie habe ihn mit einem Blick zum Stehen gebracht, andere, dass sie einen kleinen, scharfen Gegenstand hatte. Einig sind sich alle, dass sie eine Bewegung mit ihren Fingern machte, als salbte sie seine Stirn. Bowker zuckte zusammen und wich zurück, offenkundig verletzt. Als sie das sahen, traten sofort drei oder vier Männer hervor, und die Hexe wandte sich um und verfluchte sie alle. Sie jauchzte über den Tod von Crome im Wald und erklärte ihnen, Snell zufolge, *sie werde leibhaftig wiederkehren, damit ein jeder erführe, was es heiße unterzugehen. Alles andere aber werde der See anheimfallen.* Dann rannte sie ins dunkle Wasser, das stellenweise ziemlich tief war, und vielleicht war es das Gewicht ihres Goldes, das sie hinabzog, jedenfalls verschwand sie aus ihren Blicken.

Bowker war nicht bei den Männern, die in jener Nacht in die Hafenstadt zurückkehrten. Als ihnen auffiel, dass er sich nicht unter ihnen befand, riefen sie überall im Wald nach ihm, bekamen aber keine Antwort. Später vernahm man ein lautes Heulen, und ein vorbeifahrender Kutscher erblickte eine Gestalt. Bowker stand fast völlig nackt im Mondlicht und schrie auf eine Weise, die keinen Zweifel daran ließ, dass er seinen Verstand verloren hatte. Am nächsten Tag führten sie eine Suchaktion durch und fanden zwar die Leiche der Hexe, aber keine Spur mehr von Bowker. Man nahm an, dass er entweder über die Klippe geraten und vom Meer fortgespült worden sei oder dass er sich in den tiefsten Untiefen des Sees ertränkt habe.

Das war der Kern der Sage von Dunwich Heath, und das Bändchen über Suffolk, das Bell an einem Bücherstand in der Nähe unseres Hotels erworben hatte, enthielt kaum mehr als das, was ich aus der etwas reißerischen Fassung in Erinnerung behalten hatte, die ich als Schuljunge verschlungen hatte. Hier wie dort endete die Geschichte mit der Warnung, dass es im Laufe der Jahre weitere (meist nicht näher beschriebene) Sichtungen der armen, heulenden Gestalt von William Bowker gegeben habe und dass durch jede von ihnen ein Todesfall angekündigt worden sei. Das Buch wies auch darauf hin, dass Dunwich weiter ins Meer bröckelt. Und dass man die Glocken all seiner verlorenen Kirchen an stürmischen Nächten im Meer läuten hören kann. Inzwischen stand die letzte Kirche an der Klippe, und die meisten ihrer Gräber waren bereits verloren. Man konnte dies dem Fluch zur Last legen, aber die Entwicklung war natürlich bereits längst im Gange gewesen, als Mary Goddard ihn ausgestoßen hatte.

Es war, wie ich dachte, als ich das Buch beiseitelegte, ein leidlich guter Stoff für eine Schauergeschichte, aber wie er auch nur im Entferntesten für uns von Belang sein mochte, konnte ich mir nicht vorstellen. Tatsächlich hatte ich einst die spannenden Momente der Sage geschätzt, doch in reiferem

Alter fand ich sie weitaus beunruhigender. Denn in vieler Hinsicht schien die Erzählung wenig mehr als eine bildliche Darstellung von Männern, die ihrem Hang zur Gewalttätigkeit nachgeben. Auch wenn die Dunwich-Affäre einige besonders lebhafte Augenzeugen gehabt hatte, war sie doch gekennzeichnet von der Grausamkeit des Pöbels. Und nachdem ich jetzt wieder davon gelesen hatte, fragte ich mich unweigerlich, ob die einzige wirklich mutige Person in der ganzen Geschichte nicht Mary Goddard selbst war, insbesondere, wenn sie das Opfer bösartiger Nachrede geworden war. Obwohl auch William Bowker, der zuletzt versucht hatte, sich ehrenhaft zu verhalten, etwas Anerkennung verdient zu haben schien.

Zum Glück hatte Bell mir nicht nur allein diese Sache zum Nachdenken überlassen, sonst wäre ich wahrscheinlich losgegangen und hätte frustriert gegen seine Tür gepocht, obwohl er mich ausdrücklich darum gebeten hatte, ihn nicht zu stören. Er hatte mir zusätzlich einen Artikel aus der Zeitung des heutigen Tages gegeben, den ich lesen sollte, nachdem ich mich mit der Sage wieder vertraut gemacht hatte. Dem wandte ich mich nun zu.

Ich bedaure, sagen zu müssen, dass er meine Verärgerung nur noch steigerte. Der Leser mag sich darüber wundern. Hatte der Doctor nicht schon so oft meine Aufmerksamkeit auf die unterschiedlichsten und abstrusesten Fakten gelenkt und dann nachgewiesen, dass sie tatsächlich von Bedeutung waren? Natürlich erinnerte ich mich jetzt daran. Aber es ist das Eine, sich an so etwas in der Theorie zu entsinnen, und etwas ganz anderes, es sich inmitten aller enttäuschten Hoffnungen und Verzögerungen und Probleme einer Ermittlung vor Augen zu führen. Außerdem muss berücksichtigt werden, dass es durchaus vorgekommen war, dass Bell sich geirrt hatte, einschließlich jener Gelegenheit, auf die ich bereits angespielt habe. Da ich die Folgen dieses einen Fehlers tagtäglich spürte, mag es vielleicht verständlich sein, dass ich Bells groteskere Thesen regelmäßig in Zweifel zog.

Hinzu kam, dass der Zeitungsartikel, den er mir für diesen Abend gegeben hatte, nicht wie erwartet von einem schweren Verbrechen handelte. Es war im Gegenteil eine aufgebauschte Posse, in der es um ein Verschwinden ging, das gemeinhin als vorgetäuscht betrachtet wurde. Ich konnte mich sogar vage erinnern, es schon ein paar Tage zuvor in der Zeitung erwähnt gesehen und mich nicht weiter damit abgegeben zu haben.

Der Schabernack eines Gentlemans? war der Artikel überschrieben. Er war kurz, er war nicht sonderlich hervorgehoben, und er war durchweg in einem drolligen Stil abgefasst. Offenbar hatte ein Londoner namens Oliver Jefford, der einen gewissen Ruf als Lebemann und Schalk hatte und Sohn des verstorbenen bedeutenden Anwalts Sir Thomas Jefford war, kürzlich etwas Besitz in Dunwich geerbt, darunter ein Haus nahe beim Hexensee, das nach alter Tradition »The Glebe«, also Pfarrland, genannt wurde. Jefford hegte schon lange schriftstellerische Ambitionen, die unerfüllt geblieben waren, aber kürzlich hatte er seine Aufmerksamkeit der alten Sage zugewandt und verkündet, dass er zwar kaum an die Hexe glaube und ihrem Fluch trotze, aber doch hoffe, dass sie ihm helfen werde, als Dichter voranzukommen. Das wurde als Vorbote eines Streichs betrachtet, denn für so etwas war Jefford berüchtigt. Zuletzt hatte man ihn in trunkenem Zustand im Wirtshaus The Ship in Dunwich gesehen, doch er wurde wieder nüchtern und machte sich zu seiner Behausung auf. Am nächsten Tag, dem ersten Dezember, sah ein Bauer aus der Gegend, der nach einem entlaufenen Schwein suchte, ihn flüchtig, wie er den Waldpfad zu seinem Haus entlangging, mit zwei anderen, die er nicht richtig sehen konnte.

Am nächsten Morgen fand man in Jeffords Haus Blutspuren, von denen der Bauer und andere überzeugt waren, dass sie von einem geschlachteten Tier stammten. Von Jefford fehlte jede Spur, und auch sonst war niemand im Haus, denn zu den vielen Verschrobenheiten des Mannes gehörte es, ohne jedes Personal zu leben, um seiner Rolle als unkonventionelle Künstlernatur gerecht zu werden.

Ein paar Zeitungen waren, wie es im Artikel hieß, diesem dürftigen Versuch, eine Sensation zu erzeugen, aufgesessen, dessen Zweck es doch zweifelsfrei war, Jeffords Schriftstellerkarriere zu befördern, aber die meisten nahmen davon Abstand. Die allgemeine Schlussfolgerung, wie sie von vielen vorgebracht wurde, auch von Freunden, von denen man annahm, dass sie seine Beweggründe kannten, war, dass er zu den Lichtern Londons zurückgekehrt war. Und die Behörden waren nicht überzeugt, dass es Anlass für eine Untersuchung gab.

Ich warf den Artikel beiseite, denn es war offensichtlich, dass ich weitere Unterrichtung in dieser Sache benötigte, ehe ich mir darüber schlüssig werden konnte, und legte mich schlafen. Meine Gedanken verweilten nicht bei den neuen Ereignissen oder bei Jefford, sondern bei Dunwich selbst. Ich war nie dort gewesen, aber die Vorstellung von einer Stadt, die von ausgewaschenen Klippen ins Meer bröckelte, war mir häufig nachgegangen. Hatte nicht schon Poe persönlich ihr ein Denkmal gesetzt in seiner »Stadt im Meer«?

Nicht einen Strahl der heilige Himmel hat
Für die langen Nächte in dieser Stadt.
Nur Licht aus dem entsetzlichen Meer
Kriecht leise über die Mauern her.

Plötzlich verkrampfte ich auf meinem Lager, denn die Worte hatten mich an etwas erinnert. Was hatte Cream noch gesagt? Es war, als er mir Vorträge hielt und mich mit Fragen über sich selbst verhöhnte. Er wollte wissen, ob ich ihn für verrückt hielt, und setzte dann zu einer Tirade über Englands Verderbtheit an. Ich sah vor mir, wie er sein Gesicht über mich beugte, mit funkelnden Augen und zusammengekniffenem Mund. Mühsam brachte ich mir seine genauen Worte in Erinnerung. »Euer Land hier ist morsch, es erodiert vor euren Augen, wird fortgetragen vom Meer. *Es gibt hier ja sogar Orte, die im* wörtlichen Sinne *im Meer versinken. Ein ausgezeichnetes Bild für die Verderbtheit der englischen Seele.*«

Ich hatte keine Ahnung, ob der Doctor das mitberücksichtigt hatte. Aber ich zumindest war mir vollkommen sicher, dass es kein Zufall sein konnte. Cream musste an Dunwich gedacht haben. Es war der einzige Ort, auf den die Beschreibung genau passte. In diesem Augenblick verschwand all meine Skepsis. Ich schlief nicht gut, weil ich mir diese letzte Kirche auf der Klippe vorstellte, deren Friedhof langsam fortbröckelte, Grab für Grab, und all seine Knochen und alles verweste Fleisch in die Nordsee streute. Und ich glaubte, Creams sanfte Stimme zu hören, die ein merkwürdiges, misstönendes Lied sang, in dem die Zerstörung widerhallte.

Später, als wir uns in eine Ecke des Abteils der Great-Eastern-Eisenbahngesellschaft in Richtung Ipswich gesetzt hatten, entschuldigte sich der Doctor dafür, mir einen so kurzen und uninteressanten Zeitungsausschnitt über Jeffords Verschwinden gegeben zu haben. »Die reißerischen Geschichten beinhalten tatsächlich bessere Informationen, selbst wenn sie von Unfug durchzogen sind«, erklärte er, während er seinen Mantel bequem über seine Knie legte. »Das ist meistens der Fall, aber ich wollte sie selbst erst noch einmal durchgehen. Sie müssen sie gleich lesen, aber lassen Sie mich Ihnen zunächst erzählen, was mir gestern passiert ist.«

Er beugte sich vor, um seine Nachforschungen aufzuzählen. »Ich habe nicht lange gebraucht, um festzustellen, dass es fünfundfünfzig englische Ortsnamen gibt, die mit dem Wort ›South‹ beginnen. Aber wie erwartet liegen nur wenige davon an der Ostküste. Die einzigen, die infrage kommen, sind South Shields in Northumberland, Southleigh in Lincolnshire, South Walsham in Norfolk, Southwold in Suffolk und Southend in Essex; keine große Auswahl also, und einige darunter sind kaum mehr als Weiler, die nicht einmal einen Gasthof besitzen. Natürlich könnte sich der Beamte darin geirrt haben, dass der Ort an der Küste liegt, und wenn das der Fall war, wäre unsere Aufgabe nahezu unmöglich geworden. Aber ich erinnerte mich an das Telegramm unseres Gegners an die Morlands und die merkwürdigen Worte über Ihre erfundene Genesung ›am Meer‹. Wir waren beide der Meinung, dass es keinen Grund für diese Lüge gab, woraus ich schloss, dass es das Erste war, was ihm durch den Kopf ging. Deshalb ist es durchaus möglich, dass er an eine Stadt am Meer dachte.

Im Großen und Ganzen«, fuhr er fort, »neigte ich deshalb dazu, dem Beamten zu glauben, der seinen Gesprächen zufolge ein Mann von besonderer, wenn auch eingeschränkter Beobachtungsgabe zu sein scheint. Außerdem musste der Ort größer als ein Weiler sein, denn der Beamte hatte gesagt, er habe bereits von ihm gehört, wenn er ihn auch nicht gut kannte. Das, glaube ich, grenzt die Auswahl auf South Shields, Southwold und Southend ein. Schon da hätte ich zurückgehen und ihn fragen können, aber dann fielen mir Creams Bemerkungen Ihnen gegenüber zur Küstenerosion ein. Die eindrucksvollste Küstenerosion in England ist gleich an der Küste bei Dunwich, und meine Neigung zu Southwold in der Nähe von Dunwich wurde jetzt immer stärker. Dann fiel mir gestern Nachmittag plötzlich ein, dass ich von Jeffords Verschwinden in diesem Dorf gelesen hatte. Ich ging sogleich aus und besorgte mir sämtliche Zeitungen, und einige davon, wie Sie sehen werden, sind von größtem Interesse. Zwischen viel Unsinn, der zu erwarten war, entdeckte ich Fakten, die mich umgehend davon überzeugten, dass es eine Verbindung geben musste. Ich kehrte zu meinem Beamten zurück und erwähnte Southend. Er schüttelte den Kopf. Dann setzte ich auf Southwold, und sofort erinnerte er sich wieder. Es war der Ort. Und besser noch, jetzt konnte er mir auch einen Gasthof nennen. Er ist sich sicher, dass es der Harbour Inn war, denn wie sich herausgestellt hat, war der Hafen im Namen des Gasthofs der Grund, warum er sich sicher war, dass das Dorf an der Küste lag.«

Das waren hervorragende Neuigkeiten, und jetzt machte ich es mir mit den Zeitungsartikeln bequem, die er so aufregend fand. Der Fall war jedenfalls skurril, und der beste Artikel stammte, wie er gesagt hatte, aus der bescheidensten Quelle: einem Sensationsblatt namens *The Penny Illustrated Police News.* Zuoberst stand eine Fassung der alten Hexensage mit drastischen Illustrationen der Verfolgungsjagd und ihres Nachspiels. Anschließend folgte der Artikel.

DER VERSCHWUNDENE JEFFORD-ERBE

Die blutige Inschrift im Haus

Das Rätsel der Hexe von Dunwich Heath

Hat ein alter Fluch ein modernes Opfer gefordert? Viele sonderbare Umstände umgeben das Verschwinden von Oliver Jefford aus einem Haus in Dunwich, unweit des berühmten Hexensees, und weitere Nachrichten werden mit Sorge erwartet.

Die Sage von Dunwich Heath ist berühmt. Kein Weihnachtsabend mit Geistergeschichten am Kamin kommt ohne eine Nacherzählung der »grimmigen Jagd« durch Dunwich Heath an einem frostigen Winterabend des Jahres 1690 aus. Und der furchtbaren Worte der Hexe, dass »ein jeder erführe, was es heiße unterzugehen«.

Jetzt könnte ein moderner Zweifler mit dem alten Fluch in Konflikt geraten sein. Oliver Jefford ist in Sportkreisen nicht gänzlich unbekannt, seit er mit dem Pferd Wandering Minstrel vor einigen Jahren in Newmarket erfolgreich war. Als vermögender alleinstehender Gentleman mit vielen Bekanntschaften hat Mr. Jefford häufig Anlass zu Bemerkungen über seine schillernde Lebensführung gegeben, von den eleganten Clubs der Pall Mall bis zu den entlegeneren Ecken der Hauptstadt. Am bekanntesten

ist er wohl seiner extravaganten Wetten wegen; so wurde kürzlich berichtet, dass er mit einem Herrn aus den Kolonien darum gewettet habe, den Fluss bei Ebbe zu Fuß durchqueren zu können, und er wäre bei dem Versuch wohl ertrunken, wenn sein Freund ihn nicht herausziehen und wiederbeleben hätte können.
Kürzlich erbte er, zusätzlich zu seinem ohnehin schon beträchtlichen Vermögen, ein Anwesen in Dunwich, einschließlich eines einsamen Hauses namens The Glebe, unweit vom berühmten Hexensee aus der Sage.
Mr. Jefford erklärte umgehend, dass er es als Rückzugsort nutzen werde, um dort zu dichten, denn obwohl er bislang keine Veröffentlichungen vorweisen kann, spricht er schon lange davon, Lyrik zu verfassen. Vor sieben Tagen wurde er im Ship Inn in Dunwich gesehen, wo er sich über die Geschichte von der Hexe lustig machte. Mehrere Zeugen bestätigen, dass Mr. Jefford im Laufe des Abends zunehmend heftiger wurde und laut beteuerte, die Hexe kennenlernen zu wollen, dass er ihrem Fluch trotze und sie in sein Haus einlade, wo sie sich an ihm rächen solle, indem sie sein Gold nehme. Er wies ferner darauf hin, dass er eine Entdeckung gemacht habe, mit der die Sache ein für alle Mal widerlegt werde, denn durch seine Erbschaft sei er in den Besitz der berüchtigten Hexenrune gelangt, die angeblich jedem, der sie in Händen hält, den Tod bringt. Es muss gesagt werden, dass seine Ausdrucksweise von den Anwesenden teilweise als unbeherrscht und sogar als gotteslästerlich angesehen wurde. Viele der Bürger von Dunwich respektieren die Sage und schätzen es nicht, wenn man sie auf die leichte Schulter nimmt, insbesondere nicht am Vorabend des Jahrestags der Jagd, namentlich des ersten Dezember.
Es gab ohnehin bereits einiges Gerede in der Stadt, weil nur wenige Stunden zuvor, bei Anbruch der Dunkelheit, ein Förster auf dem Weg durch den Wald von Dunwich ein lautes Jammern gehört und eine nackte Gestalt erblickt hatte, die schreiend zwi-

schen den Bäumen hindurchgelaufen war. Mehrere Stadtbewohner halten das für eine Sichtung des heulenden Mannes aus der Sage, die stets einen Todesfall angekündigt hat.
Unabhängig vom Wahrheitsgehalt dieser Sichtung gilt als sicher, dass Jefford spät an jenem Abend zu Fuß nach Hause ging. Am nächsten Tag, dem ersten des Monats, wurde er von einem Bauern aus der Gegend mit zwei Gestalten auf dem Weg zu seinem Haus gesehen. Der Bauer erkannte Jefford, der neben einem großen, gut aussehenden Fremden von stattlicher Erscheinung ging, konnte jedoch den Dritten nicht genau erkennen.
Am nächsten Tag hatte derselbe Bauer, der sein nächster Nachbar war, auf der Suche nach einem entlaufenen Schwein Anlass, Jeffords Heim zu besuchen.
Nachdem er auf sein Klopfen keine Antwort erhalten hatte, betrat er das Haus, hielt es aber für leer. Er rief nach Jefford und gelangte schließlich zum großen Zimmer, wo er eine Menge Blut auf dem Boden fand, das teilweise zu Buchstaben geformt war. Es gibt keinen Zweifel an diesen Buchstaben, sie waren sogar zum Zeitpunkt dieses Berichts noch immer genauso zu sehen wie bei ihrem Auffinden:

Hexe
hier

Der arme Jefford wollte in seinen letzten Stunden scheinbar noch übermitteln, dass die Hexe zurückgekehrt ist. Doch nachdem eine ausgedehnte Suche keine weiteren Spuren auf dem Grundstück und auch keine Spur von Mr. Jefford hervorbrachte, verspotteten andere die Botschaft auf dem Boden als offensichtlichen Scherz zu Jeffords Vergnügen. Diese behaupten, er werde schon bald gefunden werden, wie er in den modischen Lokalen von Mayfair seinen neu erworbenen Ruhm genießt und den Fluch verhöhnt.

Der Bauer jedenfalls glaubt, dass das Blut von seinem entlaufenen Schwein stammt und will Maßnahmen gegen Jefford wegen dessen Schlachterei ergreifen. Aber bislang wurde weder eine Spur von dem vermissten Schwein noch von Jefford gefunden. Bis Oliver Jefford wieder auftaucht und die Dinge richtigstellt, ist es wohl klug, unvoreingenommen zu bleiben. Mit den Mächten der Finsternis ist nicht zu spaßen, und dabei bleibt es.

Ich legte die Zeitung ab, und der Doctor konnte sofort sehen, welche Wirkung die Lektüre auf mich gehabt hatte. Die anderen Berichte hatten einige interessante Details enthalten, aber nur die eher verleumderischen Spalten der *Penny Illustrated Police News* hatten Jeffords wahren Charakter enthüllt. Er war offensichtlich ein Lebemann, Stammgast in der Londoner Halbwelt und damit von genau der Sorte, der Cream begegnete, wenn er seinen eigenen Neigungen nachging. Hinzu kam, dass er offenbar reich war, und wir wussten ja, dass Creams Pläne durchkreuzt worden waren, Geld in jener Hütte zu finden, obwohl er es dringend brauchte. Hierzu passte der »große, gut aussehende Fremde von stattlicher Erscheinung« und die äußerst verräterische Nebenbemerkung über die Wette und einen »Herrn aus den Kolonien«.

»Das, Doyle«, gab mir der Doctor zur Antwort, als ich auf letztgenanntes Detail hinwies, »hätte für sich genommen natürlich unbedeutend sein können. Es gibt viele Herren aus den Kolonien, die gerne wetten. Aber in Verbindung mit allem anderen, insbesondere mit den verbürgten Schritten unseres Feindes, seinen eigenen Worten und der Beschreibung der Gestalt in Jeffords Begleitung, glaube ich nicht, dass ein Zufall möglich ist. Die Witterung ist überdeutlich.«

Wir reisten nach Ipswich, wo wir die Nacht verbrachten,

und dann quer durchs Land nach Droxford, wo wir – freilich erst spät am nächsten Nachmittag – in eine Postkutsche nach Southwold stiegen. Ich war noch nie in diesem Teil Englands gewesen, und während sich unser Gefährt in den letzten Stunden Tageslicht seinen Weg über die kleinen Sträßchen bahnte, war die Aussicht vorzüglich. Mir ist bewusst, dass manche Ästhetiker wie Ruskin verkündet haben, dass das flache Land kein Geheimnis in sich trage. Aber wie wenn ein Sturm heraufzieht und riesige Wolken über das majestätische Panorama von Feldern, Bächen und stehenden Gewässern jagt, hatte ich hier den Eindruck, selten etwas so Geheimnisvolles gesehen zu haben. Bei nur wenigen Spuren von Siedlungen oder Menschen regierten gänzlich der Himmel und die Landschaft, und die Linien der Deiche und Feldbegrenzungen schienen sich bis in die Unendlichkeit auszudehnen, während das Unbekannte hinter jedem Graben und Baum lockte. Natürlich fand man hier nichts von der Verderbtheit der Stadt, aber dennoch schien es mir eine ausgesprochen passende Landschaft für unseren Feind zu sein, war sie doch ebenso trostlos wie vielfältig.

Die Stimme des Doctors unterbrach meine Tagträumerei. »Wir müssen auf der Hut sein, sobald wir eintreffen, Doyle. Sie wissen ja noch, was im Quarter Moon passiert ist. Ich habe nicht vor, dem Wirt mehr zu sagen, als dass wir einen geruhsamen Ausflug unternehmen und nach einem Anwesen am Meer Ausschau halten.«

»Und wenn er da ist, wenn wir ankommen? Uns womöglich sogar erwartet?«

Inzwischen waren wir in Southwold und erreichten, nachdem wir einige niedrige Gebäude passiert hatten, den Hafen, wo die Fischerboote wild auf dem Wasser tanzten, denn ein Unwetter drohte. »Das muss ich in Erwägung ziehen wie alles andere auch«, sagte der Doctor und sah hinaus auf den Regen, der gerade eingesetzt hatte. »Vielleicht wissen Sie nicht, dass ich regelmäßig jedes Jahr nach Glendoick in Perthshire zur Jagd fahre. Das mache ich schon, seit ich neunzehn war, und ich bin ein leidlicher Schütze. Natürlich zöge ich es vor, ihn vor Gericht zu sehen, aber wenn es auf Messers Schneide stünde, bin ich bewaffnet.«

Obwohl Bell ganz ernst schien, musste ich darüber lächeln, denn die Vorstellung, wie der Doctor den Harbour Inn in Southwold betritt und kaltblütig einen der Gäste erschießt, wollte mir nicht recht gelingen. Aber in gewisser Weise fühlte ich mich beruhigt, es zu hören. Die Jagd auf Cream war in ein neues Stadium eingetreten. Wenn er uns doch nur diesmal ausgeliefert sein würde, dachte ich, als unsere Kutsche endlich zum Stillstand kam.

Das Gasthaus stellte sich wahrlich als äußerst bescheidener Betrieb heraus, denn es konnte nicht mehr als zwei oder höchstens drei Zimmer haben, und wir hatten – zu unserer Enttäuschung – schnell herausgefunden, dass die anderen unbewohnt waren. Ich schlug vor, den Wirt sofort auszuhorchen, aber zu meiner Überraschung entgegnete der Doctor nur, dass der Mann nicht sehr hilfsbereit aussehe und er dringende Geschäfte anderswo in der Stadt zu erledigen habe.

Der Wirt war tatsächlich ein kleiner und etwas hinterhältiger Mann namens Burn, der nur wenig Interesse an uns zeigte. Später erfuhren wir, dass er ein ehemaliger Fischer war, der sein Boot verloren hatte und diese Arbeit nur aufgenommen hatte, um mit den Fischern reden zu können, die sich mehrmals wöchentlich im Schankraum versammelten.

Nur wenige Boote waren an jenem Abend rausgefahren, sodass großes Gedränge im Schankraum herrschte, als Bell zurückgekehrt war und wir von unseren Zimmern herunterkamen. Sie sahen uns desinteressiert an und redeten weiter, während uns ein Dienstmädchen höflich ins Nebenzimmer führte, einer kleinen Stube mit einem Kamin und einer Durchreiche, die zur Theke hinausging.

Hierhin brachte man uns Platten mit Heilbutt und Eiern sowie zwei Krüge Bier, was uns beides sehr willkommen war. Bell aß nachdenklich und musterte den Schankraum und die Leute darin, die über den Fang des vorhergegangenen Tages diskutierten. Ich verstand seine Vorsicht, wurde aber zunehmend frustrierter, weil er noch mit niemandem eine Unterhaltung angefangen hatte, obwohl unser Feind hier gewesen war. Natürlich war es recht bequem am Kamin, und der Fisch schmeckte wunderbar frisch, aber das half unserer Sache nicht weiter. Ich wollte mich gerade dazu äußern, als plötzlich die Außentür aufgerissen wurde und ein Junge von etwa fünfzehn Jahren von der Straße eintrat, mit einem kleinen Päckchen in der Hand.

Er sah sich um und ging, sobald er Burn hinter der Theke entdeckt hatte, zu ihm.

»Mr. Burn, ich habe ein dringendes Päckchen für Dr. Mere, der hier wohnt. Bitte bringen Sie mich zu ihm.«

Die Gestalt an der Klippe

Erschrocken legte ich die Gabel hin. Was hatten wir doch für außergewöhnliches Glück! Burn ging sofort zu dem Jungen hin. »Schon wieder?«, sagte er. »Ich habe doch erst gestern einen Brief für ihn aus London bekommen. Von wem hast du das gekriegt?«

»Von Mr. Andrews, dem Schmied. Ein Fremder hat's ihm gegeben, mit ein paar Münzen.«

»Na, er ist jedenfalls nicht hier. Aber ich nehme es«, sagte Burn säuerlich, schickte den Jungen fort und wandte sich wieder seinen Gästen zu. »Ist das zu glauben?«, sagte er. »Dieser Dr. Mere«, er prüfte die Adresse genau, »ja, so heißt er. Kommt für eine Nacht hierher, ist nun mehr als eine Woche her, zieht weiter. Und jetzt hab ich nicht nur das, sondern auch noch einen Brief für ihn. Ich weiß, dass er nach Dunwich wollte, denn er hat nach der Postkutsche gefragt. Und warum, wenn ich fragen darf, hat er sich seine kostbare Post nicht zum Gasthof dahin weiterleiten lassen? Aber dann war letzten Samstag Hamish, der im Ship arbeitet, hier und hat behauptet, noch nie von ihm gehört zu haben. Na, ich werd's wohl dahin schicken müssen, wenn ich jemanden finde, der es mir hinbringt, aber ich will verflucht sein, wenn ich jemanden dafür bezahlen muss.«

Bei diesen Worten sprang der Doctor auf. »Verzeihen Sie, Mr. Burn«, sagte er und trat in den Schankraum ein. »Ich habe unweigerlich gehört, was Sie gerade gesagt haben. Und wie es sich trifft, reisen mein Begleiter und ich morgen weiter zum Gasthof in Dunwich.«

Der Wirt starrte ihn an. Mir wurde langsam bewusst, dass unser Gastgeber ein übellauniges Individuum war, und ich vermute stark, dass Burn bei jemandem ohne die gebieterische Präsenz des Doctors mit der Frage reagiert hätte, was zum Teufel ihm denn einfiele, Gespräche zu belauschen, die ihn nichts angingen. Aber andererseits konnte er schlecht wissen, ob der Gast vor ihm nicht ein Richter oder Admiral außer Dienst war. Und so wandelte sich, während ich zusah, Burns Miene von Aggression zu Nachdenklichkeit und schließlich zu Besonnenheit.

»Nun denn«, meinte er, »das ist doch ein vernünftiges Angebot, was? Es ist ja wirklich nicht von Bedeutung, Sir, aber wenn Sie ohnehin in die Richtung wollen ...«

»Es wäre mir ein Vergnügen«, sagte der Doctor und hielt seine Hand ausgestreckt. »Mir scheint, man hat Sie schlecht behandelt. Und das werde ich dem Mann auch sagen, wenn ich ihm begegne, auch wenn das nach dem, was Sie erzählt haben, nicht sehr wahrscheinlich ist. Gestatten Sie mir, Ihnen zu geben, was der Gentleman versäumt hat, und ich werde es mir von ihm zurückholen, wenn ich ihn sehe.«

Mit diesen Worten legte er ein paar Münzen in die Hand des Wirts, der listig grinste. Offenkundig war Geld ein Schlüssel zu seinem Herzen. »Nun, das ist mehr als gerecht, Sir. Mehr als gerecht.« Er war sichtlich mit sich zufrieden und übergab Bell das Paket. Dann ging er zu einer Schublade in einer Nische hinter der Theke, um den anderen Brief zu holen. »Ich hoffe jedenfalls, dass Sie ihn finden und er Sie entschädigt. Wenn er hierher zurückkommen sollte, werde ich ihn natürlich ans Ship verweisen.«

Jetzt hatte Bell einen Vorwand, sich nach Dr. Mere zu erkundigen, aber er erfuhr kaum etwas. Später, in meinem Zimmer, war ich deshalb ausgesprochen neugierig, zu sehen, was in dem Paket war, und es verärgerte mich, dass er sich strikt weigerte, es zu öffnen. »Wir nehmen beides auf Treu und Glauben mit zum Ship«, sagte er. »Es soll nichts drankommen.«

»Aber, Doctor«, entgegnete ich, »vielleicht sind da entscheidende Informationen drin. Ich sehe ja ein, dass der weitergeleitete Brief vom Dienstmädchen im Quarter Moon ist, aber das andere fühlt sich wie ein Buch an.«

»Sie sind nah dran«, sagte Bell. »Es ist genauer gesagt *Bradshaws Eisenbahn-Kursbuch*. Ich habe es aus Ihrem Koffer genommen.«

Ich starrte ihn an.

»Mein lieber Doyle«, fuhr der Doctor fort, »Sie sind nicht dumm, aber manchmal erstaunt mich Ihre mangelnde Konzentration. Mir schien es schon bei unserer Ankunft hier offensichtlich, mit welcher Methode wir am schnellsten zum Ziel kämen. Deshalb bin ich, während Sie sich für das Abendessen fertig gemacht haben, in meinen robustesten Mantel geschlüpft und habe mich in den Regen hinausgewagt. Zwei Straßen weiter habe ich einen Schmied gefunden und ihm etwas Geld sowie das Päckchen gegeben und ihn gebeten, es von einem Jungen hier abliefern zu lassen. Dann haben wir hier Stellung bezogen. Und wenigstens müssen wir nun keine weitere Zeit vergeuden, denn ich bin mir sicher, dass er niemals zurückkehren wird, um diese Kleinigkeiten abzuholen. Morgen werden wir, ganz wie ich es erwartet hatte, Bekanntschaft mit der Ortschaft Dunwich schließen.« Kurz darauf wünschte er mir eine gute Nacht und verließ das Zimmer.

Wir machten uns früh am nächsten Morgen auf den Weg, nachdem Bell dem Ship telegrafisch unsere Ankunft angekündigt hatte. Das Wetter war etwas aufgeklart, und in mancher Hinsicht wäre es besser gewesen, die Reise per Schiff zu machen, denn obwohl Dunwich nur fünf Meilen südlich an der Küste entlang lag, musste die Straße dorthin viele Hindernisse umgehen – nicht nur den Fluss Blythe, sondern auch unzählige Sumpfgebiete. Tatsächlich war die gesamte Küstenregion ein heimtückischer Landstrich voller Wasser und Morast, wodurch wir gezwungen waren, erst einmal landeinwärts zu fahren und dann wieder zurück nach Dunwich durch den riesigen Wald, der hinter dem Dorf lag.

Die Reise war beschwerlich, wenn auch auf ihre Art überwältigend, bot sie doch atemberaubende Ausblicke auf das Sumpfland, das vielerorts von einem herrlichen Bodennebel bedeckt war, ein geisterhaftes Blassgrau im frühen Morgenlicht. Schließlich tauchte die Straße in den Wald ein, der stellenweise dicht und unpassierbar aussah. An seinem Ende gelangten wir wieder in Sumpfland und schließlich nach Dunwich, das sich völlig von dem Ort unterschied, den wir gerade verlassen hatten. Southwold hatte den Eindruck einer ansehnlichen Küstenstadt mit Fischereiwesen und Rathaus gemacht. Dunwich, oder das, was nach den Verwüstungen durch das Meer davon noch übrig war, im Grunde nicht mehr als ein Dorf, war im Vergleich nicht nur winzig, sondern auch eine viel ausgefallenere und abweisendere Gemeinde. Es gab eine einzelne Hauptstraße, auf der die meisten Häuser zum Sumpfland hinausgingen, und dahinter führte ein Pfad zu einem breiten Kieselstrand. Spazierte man aus dem Ort hinaus, kamen die heimtückischen Felsen, weitere Wälder und schließlich die Heide.

Der Gasthof, der offiziell *The Barn Arms* hieß, aber von allen nur das Ship genannt wurde, war einfach, aber behaglich, und da wir früh losgefahren waren, kamen wir rechtzeitig zum Mittagessen. Aber ich merkte, dass Bell nicht vorhatte zu essen; vom Augenblick unserer Ankunft in Dunwich an sprühte er nur so vor Energie. Beinahe umgehend stellte er mithilfe des höflichen Dienstmädchens, das uns unsere Zimmer zeigte, fest, dass im Gasthof in letzter Zeit keine amerikanischen Reisenden abgestiegen waren und ganz bestimmt kein Dr. Mere. Es waren ein paar englische Herren von der Presse da gewesen, die sich für das Verschwinden von Jefford interessiert hatten, aber die waren wieder abgereist, und von keinem passte die Beschreibung in augenfälliger Weise auf unseren Mann.

Abgesehen davon, so erzählte sie uns, war es hier ruhig gewesen, wie üblich um diese Jahreszeit. Bell machte sich die Mühe, sich diese Information ein paar Minuten später vom Wirt bestätigen zu lassen, einem ernsten grauhaarigen Mann namens Brooks, der das Haus mit großer Höflichkeit führte. Aber er war sich ebenfalls sicher, dass niemand dieses Aussehens oder dieses Namens hier gewesen war.

Man hätte annehmen können, dass diese Neuigkeiten den Doctor entmutigten. Es war jedoch, als hätte er sie erwartet. Binnen weniger Minuten hatte er das Gästebuch überprüft, ohne Erfolg, und studierte jetzt eine Karte der Umgebung. In solchen Augenblicken erinnerte er mich vor allem an einen Bluthund, der Witterung aufgenommen hat, auch wenn nur er sie wahrnehmen konnte. Er war wie elektrisiert, nicht nur von der Atmosphäre dieses wunderlichen Ortes, sondern auch vom Wissen, Cream erfolgreich hierher verfolgt zu haben. Unter solchen Umständen erwartete er nicht mehr, dass ihm die Spuren überreicht wurden; er wusste, dass er hinausgehen und sie finden musste.

Mein Zimmer lag im obersten Stockwerk des Gasthauses, und der Doctor drängte mich, mich umzuziehen, damit wir einen Spaziergang unternehmen konnten. Ich folgte seinem Rat; als ich wieder aus meinem Zimmer trat, bemerkte ich eine große Gestalt, die den Korridor entlang auf mich zukam und in tiefem Bariton sang:

Ein grüner Hügel liegt weit von hier
Vor den Mauern einer Stadt,
Gekreuzigt ward dort unser Herr,
Der so uns gerettet hat.

Als der Mann aus dem Schatten trat, sah ich, dass er kräftig war, in den Vierzigern, mit einem großen Kopf und einem noch größeren schwarzen Vollbart. Er trug einen stabilen Stock, und an seiner Seite stand ein großer, folgsamer Apportierhund mit rötlich gelbem Fell, der mich nachdenklich anstarrte, während sein Herr das Lied abbrach.

»Guten Tag«, sagte er. »Sie haben hier nichts verloren. Sie sollten besser Ihre Taschen packen und dahin zurückfahren, wo Sie hergekommen sind. Das Wetter ist heute gut, sodass die Reise bequem werden dürfte. Vielleicht kann ich behilflich sein und Ihnen eine Kutsche besorgen?«

»Vielleicht könnten Sie mir eher behilflich sein, indem Sie mir sagen, wer Sie sind«, erwiderte ich und sah ihm direkt in die Augen.

»Dr. James Bulweather«, sagte er. »Und wir haben hier keinen Bedarf an neugierigen Reportern. Das ist eine Sache für die Bürger, vielleicht für die Polizei, aber bestimmt nicht für die Presse.«

»Das mag wohl sein«, antwortete ich, »aber da ich kein Vertreter der Presse bin, betrifft es mich wohl kaum.«

Er musterte mich. »Und was ist mit Ihrem Begleiter? Wie ich höre, sind Sie nicht allein.«

»Sein Begleiter steht direkt hinter Ihnen, Dr. Bulweather«, sagte eine Stimme. Bell war die Treppe heraufgekommen und stand da, auf seinen Stock mit dem Silberknauf gestützt, als Bulweather sich umdrehte. »Ich bin Dr. Bell von der Universität Edinburgh«, fuhr der Doctor fort. »Was kann ich für Sie tun?«

Bulweather stand eine Zeit lang völlig reglos da. »Eine Menge, ja, Sir, eine Menge«, sagte er in verändertem Tonfall. »Ich gestehe, dass ich erstaunt bin, Sie zu sehen.«

Jetzt wandte er sich wieder mir zu. »Und deshalb schulde ich Ihnen, Sir, eine Entschuldigung. Ich hatte gehört, dass zwei Herren eintreffen, und habe irrtümlich angenommen, Sie wären beide Schakale von der Presse. Das scheinen inzwischen unsere einzigen Besucher zu sein, nach dem, was passiert ist, obwohl das Interesse zum Glück etwas nachgelassen hat. Aber die Polizei ist natürlich kaum besser.« Er streckte seine Hand aus. »Also gebe ich zuerst Ihrem Kollegen die Hand, Dr. Bell, denn ich hätte ihn beinahe beleidigt.«

Wir schüttelten uns energisch die Hände, und ich spürte seine Kraft; seine Hände waren riesig. Ich nannte ihm meinen Namen, der ihm offenkundig nichts sagte. Dann wandte er sich an den Doctor. »Und ich sehe es als große Ehre an, Ihnen die Hand zu schütteln, Sir. Wissen Sie, ich bin Dr. Bulweather, der praktische Arzt hier, und auch wenn ich nie das Glück hatte, von Ihnen unterrichtet zu werden, da ich in Manchester Medizin studiert habe, habe ich mehr Anlass, alles von Ihnen zu wissen, als die meisten. Denn Sie haben einmal einer armen Cousine von mir bei der Aufklärung eines Verbrechens geholfen, Mrs. Anne Pettigrew.«

»Ah«, sagte der Doctor interessiert. »Jetzt verstehe ich, ja. Keine große Angelegenheit, aber es gab ein paar schwierige Gesichtspunkte. Es ging um einen Raub in Edinburgh, Doyle, der merkwürdig war, weil fast nichts Wesentliches erbeutet wurde, was natürlich nicht nur der rätselhafteste Gesichtspunkt war, sondern letztlich auch zur Lösung führte. Wir freuen uns, Sie kennenzulernen, Dr. Bulweather.«

»Für mich ist es ein Wunder«, entgegnete er eifrig. »Ich war bei dieser Sache schon mit meinem Latein am Ende, und jetzt kommen ausgerechnet Sie hierher. Das muss doch gefeiert werden. Sie müssen heute Abend zu mir zum Dinner kommen. Ich kann Sie durch den Ort führen und Sie jedem vorstellen, mit dem Sie reden wollen. Es wäre mir eine Ehre.«

»Das käme mir sehr gelegen«, sagte der Doctor. »Ich möchte den restlichen Tag vor Ort verbringen, und anschließend kommen wir dann zu Ihnen.«

Bulweather bot sich an, uns ein Stück des Weges zu begleiten, denn er musste zu einem Hausbesuch. Und so kam es, dass wir wenige Minuten später neben ihm einen Abhang entlangmarschierten, der zu den Klippen, Waldungen und der Heide führte. Der Mann hatte enormen Elan und nahm den Weg mit großen Schritten, den Hund immer bei Fuß. Mir fiel auch auf, dass er Risiken einging, denn ein- oder zweimal trat er sehr dicht an den Rand der Klippe, während er uns auf einige der örtlichen Wahrzeichen hinwies, darunter sein eigenes Haus.

»Es ist nicht allzu prächtig, aber meine Haushälterin kann gut kochen, und wir können dort über die Angelegenheit sprechen. Lassen Sie uns heute Abend treffen. Ich verspreche Ihnen nach Ihren Mühen die frischsten Austern und Meerforellen. Ich wünsche Ihnen Glück bei Ihren Ermittlungen.«

Dann verließ er uns, denn er musste zu Patienten in einer nahe gelegenen Hütte, während der Doctor und ich den Weg weitergingen, der in einen Tunnel aus Bäumen führte. Doch bevor er mit dem Hund an seiner Seite landeinwärts verschwand, rief Bulweather uns noch hinterher, vorsichtig zu sein. »Sie werden sehen, warum, aber der Anblick lohnt sich«, rief er, und dann war er fort.

Danach tauchten wir zwischen den Bäumen ein, Bell

voraus, der gelegentlich mit seinem Stock nach der Vegetation schlug, die uns im Wege war. Nach einer kurzen Zeit wurden die Bäume lichter, und wir bemerkten die Geräusche der Brandung seitlich tief unter uns und das weit ausgedehnte Meer dahinter.

Direkt vor uns lagen jetzt die zerbrochenen Bögen und der Turm einer zerstörten Kirche, zwei oder höchstens drei efeubewachsene Bögen wankten in einem irrwitzigen Winkel; alle anderen waren bereits abgestürzt. Als ich mich nach links vorwagte, um mir den Bergsturz anzusehen, wobei ich versuchte, nicht zu dicht an die Kante zu kommen, konnte ich weit unten den aufgewühlten Schaum sehen, daneben die wohl zuletzt abgestürzten Steine und Trümmer.

Um uns herum lagen mehrere Gräber. Doch es war offensichtlich, dass diese Gräber hier einst in viel größerer Zahl gewesen waren, und ein Grabstein nahe beim Abhang war schon schief und rissig und würde bestimmt mit dem nächsten Landrutsch ins Meer stürzen. Das gesamte Schauspiel umgab eine schreckliche Atmosphäre der Vergänglichkeit, es erzählte von der Hinfälligkeit des menschlichen Fleischs und der Verletzlichkeit der Welt, in der wir leben, und diese Botschaft wurde andauernd unterstrichen vom heftigen Aufprall der Gezeiten unter uns.

Der Doctor und ich blickten uns an, denn wir erkannten beide, dass Cream an dieser Stelle seine höchste Erleuchtung finden würde. Kein Wunder, dass er hierhergekommen war, der Ort musste ihn wie ein Leuchtturm anziehen. So sehr, dass ich jederzeit erwartete, er würde zwischen den zerbrochenen Grabsteinen hervortreten.

Dann wandte ich mich dem Meer zu, denn es war ein unheimlicher Gedanke, dass dort, wo ich hinsah, unter den Wellen dieses Ozeans die Überreste eines abenteuerreichen

Seehafens lagen, mit seinen Anlegeplätzen, Gasthöfen und Wohnungen. Ich musste wieder an Poes beängstigendes Gedicht denken und fragte mich, ob er sich auf diesen Ort bezogen hatte. Als ich mich wieder umdrehte, während der Doctor noch immer über die Klippe blickte, sah ich einen Schatten zwischen den schiefen Grabsteinen. Der Schatten bewegte sich und wurde zu einer Gestalt, und sie sprach meinen Namen.

Das Haus beim See

Für einen kurzen Augenblick dachte ich, er wäre es. Die Szenerie passte so gut zu ihm, und wer sonst kannte meinen Namen? Aber als die Gestalt näher kam, sah ich, dass ich mich geirrt hatte.

Der Mann vor mir war zwar groß, aber sein Haar war blond, und er hatte ein rundliches Gesicht mit durchdringenden blauen Augen. Er lächelte uns an, und er hinkte leicht, wodurch sein Kopf beim Laufen wippte. Bell hatte sich inzwischen auch umgedreht und wurde von ihm ebenfalls angesprochen. »Sie sind sicher Dr. Bell?«, sagte er, und obwohl es an dieser Stelle unwahrscheinlich schien, verriet ihn sein Akzent als Londoner. »Und ich habe von Dr. Bulweather, den ich gerade eben auf dem Weg getroffen habe, gehört, dass Sie sich für unsere Angelegenheit hier interessieren.«

»Das stimmt«, sagte Bell. »Und darf ich fragen, was Sie daran interessiert?«

Es war eine merkwürdige Umgebung für ein derartiges Gespräch, und wir gingen langsam vom Lärm der Brandung weg auf den landeinwärts führenden Pfad zu, über den dieser Mann gekommen war.

»Ich heiße Derry Langton, Sir«, sagte er, »Inspector Langton. Ich leite die Ermittlungen hier, worauf ich nicht stolz bin, da bislang so gut wie niemand zugibt, dass überhaupt welche angestellt werden.«

»Ich verstehe«, sagte Bell interessiert. Wir waren jetzt wieder zwischen den Bäumen, auf einem breiten Weg, der aufwärts Richtung Westen führte. »Dann wäre ich Ihnen dankbar, Ihre Ansichten zu erfahren, denn ich habe vor, mir heute Nachmittag das Jefford-Haus anzusehen. Sind Sie von Scotland Yard?«

Langtons Lächeln verschwand. »Ich war bis vor etwas mehr als zwei Jahren beim Yard. Dann bin ich hierhergezogen. Man könnte auch sagen, ich bin in den Ruhestand getreten, denn ich hatte nur wenig zu tun, bis diese Sache passiert ist. Es gibt natürlich einen Wachtmeister in der Stadt, aber man hat mich gebeten, mich der Sache anzunehmen. Da man es nicht für ein ernstes Verbrechen hält, hat man niemanden vom Yard geschickt. Aber Dr. Bulweather hat mir von Ihrem Interesse an diesem Fall berichtet, und ich zeige Ihnen gerne das Haus, wenn Sie daraus schlau werden.«

»Was meinen Sie denn, Inspector«, fragte der Doctor und musterte ihn mit Interesse, während wir weitergingen, »ist es ein Streich, wie es in den Zeitungen heißt?«

»Nicht doch, dazu habe ich noch keine Meinung«, sagte Langton, der beim Gehen etwas transpirierte. »Ich bin hier nur ein Zugereister und naturgemäß etwas kritisch, aber es ist zumindest eine Ablenkung. Und es gibt unterhaltsame Gesichtspunkte daran, das will ich zugeben. Der ›heulende Mann‹, den die Leute gesehen haben wollen – ich sage Ihnen, Sir, auf den würde ich auch gerne einmal einen Blick werfen.«

»Doch die, die es tun, zeigen sich wenig erheitert davon«, bemerkte Bell.

»Wenn sie die Wahrheit sagen«, sagte Langton. »Und wenn sie sich alles ausdenken, werden sie natürlich immer noch behaupten, zu Tode erschrocken zu sein. Das gehört zur Tradition.«

»Dann glauben Sie nicht an die Sage?«, fragte ich.

»Nein, das kann ich nicht behaupten«, sagte Langton. »Es gibt natürlich solche Geschichten, ich kenne sie aus dem East End, aber das klingt mir zu sehr nach einem Weihnachtsmärchen. Ich will sie gerne ernst nehmen, wenn es ernste Dinge zu berücksichtigen gilt, aber da bin ich mir noch nicht so sicher.«

Wir waren aus dem schützenden Wald herausgetreten, und jetzt lagen Felder vor uns, gefolgt von einem weiteren riesigen Baumbestand, der den Anfang des Waldes von Dunwich anzeigte. Zu unserer Linken stieg das Land zur Heide hin an, und diese Richtung schlugen wir ein.

»Sie betrachten es also nicht als Verbrechen?«, fragte der Doctor.

»Bitte?«, sagte Langton, dessen Kopf wild wippte, während wir weitergingen. »Natürlich tue ich das, ich nehme meine Arbeit äußerst ernst, mehr als alles andere. Denn wo wäre ich, wenn sich herausstellt, dass mehr dahintersteckt, als es scheint, und ich nichts unternommen habe? Nein, ich habe alle Ermittlungen angestellt, die möglich waren.«

Während unseres Gangs begann sich das Terrain zu verändern, und der Wind wurde kräftiger. Wir waren ihm hier stärker ausgesetzt, denn die Felder gingen ins Heideland über, mit vereinzelten Ginsterauswüchsen und totem Gras. Der Wald lag nur noch hundert Meter zu unserer Rechten, und schon bald sah ich, dass wir uns einem großen See näherten, neben dem zwei große Steine standen. Ich starrte in das schwarze, abgestandene Wasser hinein, das sehr tief zu sein schien, und dann wieder auf den Wald, dessen Bäume im Wind wogten. An dieser wilden Stelle war es leicht, sich vorzustellen, wie sich die flackernden Fackeln im Wasser gespiegelt hatten, während Mary Goddard zornig und trotzig am anderen Ende des Sees stand, und wie ihre Verfolger vor Angst erstarrten, bis der arme William Bowker hervortrat und so für immer zum heulenden Geist geworden war.

Es war jedenfalls ein denkwürdiger Ort, und Bell zeigte großes Interesse daran. Er schritt zweimal um den See und untersuchte gründlich die Uferkante und die Vegetation rundherum. »Da ist nichts drin, Gentlemen«, sagte Langton. »Er ist tief, aber wir haben ihn durchsucht, und Jefford war nicht zu finden.«

»Und was ist mit den Klippen?«, fragte Bell.

»Tja, sie sind es gewohnt, menschliche Überreste da unten zu sehen, aber ich bin mir ziemlich sicher, dass wir einen frischen Toten gefunden hätten. Die Gezeiten können heftig sein, aber letzte Woche waren sie es nicht, sodass es bestimmt eine Spur gegeben hätte.«

Die entgegengesetzte Seite des Sees war unregelmäßig, mit einer merkwürdigen Schleife an einem Ende, die eine Einbuchtung bildete, die in etwa die Form eines umgedrehten Vs hatte. Es war erkennbar, dass der Boden hier berührt worden war, als hätte jemand ein Loch gegraben und wieder aufgefüllt. Bell untersuchte die Stelle.

»Wie frisch sind diese Spuren?«, fragte er Langton und blickte auf.

»Ja, die sind uns bei der Suche auch aufgefallen«, antwortete Langton. »Das war das erste Mal. Keiner der Befragten hatte sie vorher gesehen, aber es gibt keinen Hinweis darauf, was es ist, denn es wurde nichts vergraben. Wir haben ein Loch ausgehoben, um sicherzugehen.«

Als Bell überzeugt war, alles gesehen zu haben, führte uns Langton vom See weg in Richtung Wald. Bald darauf, kurz bevor wir den dichteren Forst erreichten, wies er auf einen Pfad, an dessen Ende ein altes Haus mit rotem Giebel stand, das Anwesen, das Jefford geerbt hatte. Etwas Sonne drang jetzt durch die Wolken, und ihre Strahlen verfingen sich in den oberen Fenstern. Ich nehme an, dass das Gebäude aus dem frühen siebzehnten Jahrhundert stammte, und es stand inmitten der Überbleibsel eines Obstgartens. Aber die Obstbäume waren im Schatten des großen Waldes nicht gediehen, denn sie sahen knorrig und verkümmert aus, wodurch die gesamte Szene einen sehr düsteren Eindruck vermittelte. Das Gebäude selbst war in gutem Zustand und hatte einige der Annehmlichkeiten eines modernen Hauses, aber nichts konnte diesen tristen Anblick wettmachen.

»Das Anwesen ist sehr alt, aber es wurde renoviert, wie Sie sehen«, sagte Langton, als wir zur Haustür kamen und er den Schlüssel ins Schloss steckte. »Es heißt, The Glebe sei zu elisabethanischen Zeiten das Haus eines Geistlichen gewesen, aber die Kirche, zu der es gehörte, ist längst verschwunden. Zuletzt gehörte es Jeffords Onkel, einem Anwalt aus der Gegend, aber er hatte ein weiteres Wohnhaus in Saxmundham, sodass er dieses hier nur gelegentlich genutzt hat. Jefford hat es im Sommer geerbt und ließ einige Arbeiten durchführen, aber er hat die meiste Zeit in London verbracht. Selbst wenn er hierherkam, war er häufig betrunken und ist im Ship abgestiegen; wie Sie gleich sehen werden, hat dem Haus Gesellschaft gefehlt.«

Wir erkannten, was er meinte, sobald er die Tür aufgeschlossen hatte. Es war gar nicht mal, dass das Innere leer gewesen wäre, denn es war reich ausgestattet und verfügte über so manches Anzeichen von Luxus. Das wenige Mobiliar war von guter Qualität, die Fußböden aus poliertem Holz und Stein. Und es gab Wandbehänge mit einem merkwürdigen fernöstlichen Einschlag. Aber trotz alledem schien es abweisend und war von einem Gefühl der Verlassenheit durchdrungen.

Wir gingen durch die holzverkleidete Eingangshalle, von der an einer Seite ein Gang zu einer Küche führte. Auf der anderen befanden sich eine Treppe und der Zugang in ein größeres Zimmer. Bell warf einen flüchtigen Blick in die Küche, doch sie war kahl und unergiebig. Als er wieder zu uns gestoßen war, untersuchte er das unzusammenhängende Mobiliar und die Vertäfelung, wobei ihm sofort auffiel, dass eines der Paneele im äußeren Zimmer anders als die anderen war; es stellte sich als diskret getarnter Schrank heraus. Als er ihn öffnete, fand er ein reichhaltiges Angebot an Spirituosen vor, aber weiter nichts.

Wir ließen die Treppe unberücksichtigt und betraten das größere Zimmer. Hier standen nur wenige Möbel, und der Steinplattenboden war von einem dunklen Fleck bedeckt, der sich beinahe über die gesamte Mitte ausbreitete und an einer Stelle sogar die Wände hinaufging. Von den Fenstern drang nur trübes Licht herein, wodurch das Zimmer etwas öde wirkte, und als ich zu Boden blickte, konnte ich gut verstehen, warum die Presse skeptisch war. Zum einen war die schiere Größe des Blutflecks beunruhigend, zum anderen wirkte er jetzt, da er getrocknet war, weniger wie Blut als wie Farbe.

Unten bei der gegenüberliegenden Wand, ganz wie uns berichtet worden war, war das dunkle Rot irgendwie zu hässlichen, aber doch erkennbaren Buchstaben verschmiert worden. Bell trat sofort vor, um sie zu betrachten und eine Abschrift anzufertigen.

Sie waren mehr oder weniger genauso, wie es in der Zeitung gestanden hatte, nur dass die Form und Beschaffenheit unregelmäßig waren.

Ich konnte eindeutig das Wort *Hexe* erkennen. Und dann nicht ganz so leicht das Wort *hier.*

Aber es gab ein weiteres Zeichen hinter den beiden Wörtern, anscheinend einen halb fertigen Buchstaben …

Hexe O
hier

der ungleichmäßig gezeichnet war und einen merkwürdigen Abstand hielt. Es war vermutlich ein O, aber ein sehr hastig geschriebenes oder unvollständiges. Bell schenkte dem und allen anderen Spuren auf dem Boden seine ganze Aufmerksamkeit. Insbesondere über zwei kleinen und schwachen, undeutlichen Abdrücken am Rande des Flecks blieb er lange stehen.

Dann umkreiste er das Zimmer erneut, betrachtete die Buchstaben und notierte sie in seinem Heft, aber immer wieder kehrte er an den Rand zurück, der der Schrift am nächsten lag. Hier sah der Fleck anders aus als an den anderen Stellen, denn er war weniger glatt und seine Ränder bildeten ein zickzackartiges Muster.

Was das restliche Zimmer betraf, so war es womöglich einst prachtvoll gewesen, denn eine geschnitzte Schutzleiste ging auf Stuhllehnenhöhe einmal um die Wand herum, aber jetzt stand es beinahe leer. Die Wände waren verputzt, ein selten benutzter Kamin ragte aus der Ostwand hervor. Links davon ging ein Fenster auf jenen trostlosen Obstgarten hinaus – ein weiterer Grund dafür, warum die Beleuchtung so schlecht war.

»Und Sie haben nichts angerührt?«, fragte Bell.

»Abgesehen von der entnommenen Blutprobe, die sich als uneindeutig herausgestellt hat«, antwortete Langton.

»Ja, das ist häufig der Fall«, sagte der Doctor rasch. »Von wo haben Sie die Probe genommen?«

Der Polizist deutete in die Nähe seines Standorts. »Von hier. Es gibt keinen Beweis, dass es Menschenblut ist, und wie Sie wissen, ist ein Schwein verschwunden. Noch dazu ein großes, sodass es durchaus so viel Blut verloren haben könnte. Jefford besaß übrigens keine Haustiere.«

Der Doctor verbrachte eine lange Zeit damit, das Blut zu untersuchen, aber endlich kam er zum Ende und ging weiter in den Korridor jenseits des Zimmers. Hier gab es nur wenige Blutspuren, aber er war dunkel und bedrückend mit engen Wänden und einem modrigen Geruch. Ich habe in meinem Leben viele verhasste Korridore gesehen. Einer führte in das Zimmer meines Vaters am George Square in Edinburgh. Ein weiterer war in einem Anwesen namens Abbey Mill, wo ein Mann zu Tode getrampelt worden war. Im Vergleich dazu verband ich mit dem Korridor in The Glebe nichts außer dem seltsamen Blutfleck in dem Zimmer, auf den er zulief. Und doch war die Atmosphäre darin entsetzlich. Wenn man ihn betrat, durchfuhr einen ein Schauer, und – bestimmt nicht zuletzt, weil er so eng war – das Licht schien ihn kaum zu durchdringen. Der Putz strömte einen stockigen Geruch aus, und obwohl ich vorgab, ihn zu betrachten, ertappte ich mich dabei, schnellstmöglich durch die Dunkelheit zu huschen, als wäre er so etwas wie ein gefährlicher Eisenbahntunnel.

Nicht, dass es im nächsten Zimmer viel zu sehen gegeben hätte. Es schien kaum in Gebrauch zu sein und enthielt gerade mal einige überzählige Möbel, darunter ein kleines, unbequem aussehendes Sofa, das man an die Wand gelegt hatte.

Langton war uns nicht gefolgt und lehnte noch immer an der Wand des größeren Zimmers, als wir dorthin zurückkehrten.

Jetzt widmete sich Bell erneut dem Blutfleck, insbesondere dessen Rändern. Nach ein paar Minuten sah er auf. »Und Sie sind sich sicher, dass niemand versucht hat, hier zu putzen?«, fragte er.

»Niemand war hier«, erwiderte Langton. »Ich kam einmal mit dem Wachtmeister her und einmal mit einigen Herren von der Presse.«

»Und doch«, sagte der Doctor, »hat offensichtlich jemand versucht, etwas wegzuwischen, als es noch frisch war.«

Ich konnte genau sehen, was er meinte. Die Formen am Rand des Flecks in der Nähe des Kamins sahen so aus, als hätte jemand damit begonnen, den Boden mit einem Lappen abzuschrubben.

»Sie meinen, jemand hat versucht, es zu beseitigen?«, fragte Langton.

»Möglicherweise«, sagte Bell. »Die Arbeit wurde sehr akribisch durchgeführt, aber was sollte damit bezweckt werden, eine kleine Menge wegzuwischen? Man hätte niemals alles entfernen können und hat es auch gar nicht erst versucht.«

Er war zu einer anderen Stelle des Bodens gegangen, die frei von Blut zu sein schien. »Und sehen Sie, hier gibt es auch Spuren. In diesem Bereich waren die Säuberungsarbeiten erfolgreicher.«

Endlich ließ er davon ab und sah aus dem Fenster. »Sagen Sie mal, Inspector Langton, Sie haben erzählt, Sie hätten eigene Nachforschungen angestellt. Können Sie mir darüber berichten?«

»Natürlich, Dr. Bell. Zunächst habe ich überall rund ums Haus nach Spuren gesucht, aber keine gefunden. Als Nächstes haben wir das gesamte Haus durchsucht, die Wände abgeklopft, um zweifelsfrei festzustellen, dass es hier kein Versteck gab; wir haben nur den Schrank mit dem Weinbrand gefunden. Jefford war zuletzt am Ersten des Monats gesehen worden, in den letzten Stunden vor Einbruch der Dunkelheit. Die Blutspuren wurden am Zweiten entdeckt. Mir schien es deshalb naheliegend, dass ein Verbrechen, wenn denn wirklich eines begangen wurde, nur am Abend des ersten Dezembers stattgefunden haben konnte, an dem sich bekanntlich die Hexenjagd jährt. Ich habe im gesamten Dorf Erkundigungen eingeholt, um festzustellen, ob etwas Ungewöhnliches passiert ist oder beobachtet wurde. Es schien wahrscheinlich, dass ein Fremder für das Verbrechen verantwortlich zeichnete, aber ich wollte dennoch genau wissen, wo sich die Leute an jenem Abend aufgehalten hatten. Die Gemeinde ist klein, sodass diese Aufgabe nicht allzu schwierig war.«

»Vortrefflich«, sagte Bell. »Und was haben Sie herausgefunden?«

»Tja«, sagte Langton, »es war schlechtes Wetter, sodass die meisten drinnen blieben. Aber die, die draußen waren, konnten das nicht leicht verbergen, denn ihre Diener wüssten es.«

»Und waren welche draußen?«, fragte ich.

»Ein paar«, sagte Langton. »Aber ich konnte leicht feststellen, wo sich die meisten von ihnen befunden hatten, überwiegend im Ship. Es gibt hier eine Witwe namens Mrs. Marner, die in London Schauspielerin war und vor ein paar Jahren hierhergezogen ist. Sie war zu Hause, aber ihr Dienstmädchen nicht, aber es will nicht verraten, wo es war. Vermutlich bei einem jungen Mann, und ich vermag nicht zu glauben, dass mehr dran ist, denn das Mädchen ist eine ganz Schüchterne.«

Er zögerte, fuhr dann aber fort. »Allerdings gab es noch eine weitere Person, die mich, na ja, ich würde sagen, nicht ganz überzeugen konnte. Aber ich könnte mich irren, und wir wissen ja überhaupt nicht, ob überhaupt ein Verbrechen begangen wurde.«

»Und wer war diese Person?«, fragte der Doctor.

»Sie haben ihn kennengelernt«, sagte Langton und sah Bell mit einem etwas schiefen Lächeln direkt an. »Er hat uns sogar in gewisser Weise vorgestellt. Er läuft hier überall herum, und die Leute machen sich Sorgen, dass er eines Tages von der Klippe stürzt, denn der Wind kommt manchmal unerwartet.«

»Dr. Bulweather?« Bell war interessiert. »Hat er nicht einen Patienten besucht?«

»Sie können ihn bestimmt selbst fragen, Sir, aber das behauptet er tatsächlich«, bestätigte Langton. »Ich sage es noch mal, da kein Verbrechen vorliegt, kann ich schlecht mit dem Finger auf ihn zeigen. Aber es gibt Gerede darüber, dass er in der Vergangenheit schillernden Umgang gepflegt hat und dass er eine Geliebte hat, aber das kann auch nur dummes Gewäsch sein.« Es war klar, dass wir nicht mehr von ihm erfahren würden.

Natürlich untersuchten wir jeden Raum im restlichen Haus, aber es gab wenig von Interesse für uns. Ein bequemes Bett in einem der oberen Zimmer war offenkundig erst kürzlich benutzt worden, aber davon abgesehen schien das Haus, wie Langton gesagt hatte, frei von Leben.

Sobald wir uns davon überzeugt hatten, war Bells erster Wunsch, mit Colin Harding zu sprechen, dem Landarbeiter, der das Blut entdeckt hatte und auch am Tag davor Jefford und die anderen gesehen hatte. Offenbar war Harding Angestellter auf einem nahe gelegenen Anwesen, das einem örtlichen Grundbesitzer namens Sir Walter Monk gehörte, aber da heute Markttag war, gab es keine Hoffnung, ihn dort anzutreffen.

Wir verabschiedeten uns von Langton, der jetzt anderen Pflichten nachkommen musste, uns aber weitere Hilfe versprach, wenn wir sie brauchten, und nahmen den direkten Weg, einen Pfad durch die Waldung, der zur Straße führte. Von hier brachte uns ein angenehmer Ein-Meilen-Spaziergang wieder hinunter in die Stadt, die in einen dunkelrot-goldenen Sonnenuntergang getaucht war.

Während wir den Anblick vor uns genossen, fragte mich der Doctor, was ich von dem Zimmer und den Blutflecken hielte.

»Wenn es Jeffords Blut ist«, antwortete ich, »kann ich nur vermuten, dass jemand die Leiche hochgehoben und hinausgetragen hat, aber was dann mit ihr geschehen ist, bleibt pure Spekulation.«

»Andererseits«, grübelte Bell, »gibt es keine Spuren. Es wären zwei Männer nötig gewesen, um ihn zu tragen, und sie hätten bestimmt Spuren hinterlassen. Die Abdrücke wären tief, und Langton ist nicht dumm. Außerdem, auch wenn es fantastisch klingt, gibt es klare Anzeichen dafür, dass er sich selbst bewegt hat.«

»Wie bitte?«, entgegnete ich. »Wie sollte er sich denn bewegt haben?«

»Ach, das steht außer Frage«, sagte Bell. »Auch wenn sonst viel im Dunkeln liegt. Ich habe klare Abdrücke eines Knies und einer Zehenspitze ausgemacht. Er ist gekrochen.«

Die Besonderheiten der Marschland-Medizin

Etwa zwei Stunden später, nachdem wir uns umgezogen hatten, bogen wir unter einem hellen Wintermond in Dr. Bulweathers Einfahrt ein. Der Doctor hatte mir nicht mehr erzählt und überhaupt nur noch wenig gesagt, obwohl seine Antwort auf meine Frage ein Dutzend weitere drängende Fragen heraufbeschworen hatte.

Bulweather empfing uns persönlich an der Tür; sein Hund sprang fröhlich hinter ihm herum. »Ah, kommen Sie herein, Gentlemen! Wir speisen alleine, aber ich möchte Ihnen vorher noch jemanden vorstellen.« Er wies den Weg in seine hell erleuchtete Eingangshalle, als eine geschäftige Haushälterin mittleren Alters an der Tür erschien. »Schon in Ordnung, Mrs. Harvey, ich lasse Dr. Bell und Dr. Doyle selbst herein. Sie müssen nicht aufwarten.«

Sie begrüßte uns und zog sich wieder zurück, während wir ein großes Wohnzimmer mit einem riesigen Holzfeuer betraten. Ein adretter und gepflegter Mann mit einer fleischigen Oberlippe drehte sich vom Feuer zu uns und wurde uns als Angus Hare vorgestellt, der andere Partner der Praxis. Ich äußerte mich erstaunt darüber, dass ein so kleiner Ort zwei Ärzte ernähren konnte.

»Wir haben zwar bisweilen ruhige Zeiten«, sagte Bulweather, »aber andererseits decken wir auch einen ziemlich großen Bereich ab. Wir sind nicht allein auf das Dorf beschränkt.«

»Außerdem«, fügte Hare mit einem süffisanten Lächeln

hinzu, »hat unsere Kundschaft kaum eine Wahl. Abgesehen von der Anstalt drüben in Westleton Heath, deren Fachgebiet doch ganz anders gelagert ist und der die Leute hier überhaupt nicht trauen, gibt es meilenweit keinen anderen Arzt, sodass wir – auch wenn James es nicht so schätzt – unsere Gebühren entsprechend flexibel anpassen können.«

»Nein«, sagte Dr. Bulweather, »in dem Punkt sind wir uns nicht immer einig. Aber es gibt auch kein Gesetz, dass zwei Ärzte ihre Angelegenheiten auf genau gleiche Weise regeln müssen.«

»Erst recht nicht, wenn sie in unterschiedlichen Verhältnissen leben«, sagte Hare ohne erkennbare Verbitterung. »Vielleicht hätte ich auch größere Skrupel beim Ausstellen meiner Rechnungen, wenn ich vom Geld der Familie unterstützt würde. Aber mir wurde nur sehr wenig hinterlassen, und ich muss mich durchschlagen, so gut ich kann.«

»Aber jetzt, Dr. Bell«, sagte Bulweather, der das Thema sichtlich nicht weiter vertiefen wollte, »möchte ich alles über Ihre Arbeit in Edinburgh erfahren. Wir sind in unseren Gewohnheiten hier schon so festgefahren, und Sie haben uns sicher viel zu berichten.«

Das Gespräch wandte sich der schottischen Medizin zu, und die Ärzte bearbeiteten den Doctor mit Fragen. Hare war schlau, das konnte ich sehen, aber er schien insgesamt weniger an Bells Techniken interessiert zu sein als an seiner Gebührentabelle. Es war eine Erlösung, als sich die Tür öffnete und Mrs. Harvey einen weiteren Gast und Nachbarn hereinführte, eine Frau zu Beginn des mittleren Alters mit sehr lieblichen, feinen Zügen und dunklem, vorzüglich frisiertem Haar, die uns als Mrs. Leonora Marner vorgestellt wurde.

Wie sich herausstellte, war sie die von Langton erwähnte Witwe, die einst eine ziemlich erfolgreiche Künstlerin im Londoner Musiktheater gewesen war, insbesondere bei den frühesten Inszenierungen von Richard D'Oyly Carte am Royalty Theatre. Aber ihr Auftreten empfand ich als so gänzlich anders als alles, was ich erwartet hätte; wenn Bell und ich unser Deduktionsspiel gespielt hätten, hätte ich sie zur geliebten Frau des örtlichen Pfarrers erklärt. Sie sprach sehr leise und dachte selbst bei den gewöhnlichsten Fragen lange und gründlich über eine Antwort nach. Aber sie strahlte wahre Freude aus, ihre Augen blitzten schalkhaft, was sie sehr sympathisch wirken ließ und vielleicht einen Teil ihres früheren Erfolgs ausgemacht hatte. Die anderen waren höflich, aber es lag an mir, mich mit ihr zu unterhalten, und da ich zu dem Schluss gekommen war, dass sie nervös veranlagt war, brachte ich die Jefford-Sache nicht zur Sprache, sondern sagte nur, dass Bell und ich in London gewesen waren und Dunwich in Zusammenhang mit einer medizinischen Angelegenheit besuchten. Sie erzählte mir, dass sie seit zwei Jahren hier lebte und die Abgeschiedenheit schätzen gelernt hatte.

»Ich hatte anfangs Sorge«, sagte sie, »dass ich den Trubel von London vermissen würde, aber dem ist nicht so. Nachdem mein Mann gestorben war, wollte ich nur noch Natur, die Möglichkeit zu spielen – denn ich habe ein Klavier – und ein wenig Behaglichkeit. Es ist also ein Segen, obwohl ich ihn immer noch vermisse.« Das sprach sie mit schlichter Überzeugung, und ich erfuhr später, dass ihr Mann ein höherrangiger Offizier gewesen war, der an einem Fieber gestorben war, während er seinem Land in Übersee diente.

Später, als wir uns mit den anderen in großer Runde unterhielten, beschrieb sie ihre Zeit in Edinburgh, wo sie als Kind zu Besuch gewesen war, und Angus Hare frönte ausführlich seinen eigenen Erinnerungen an die Stadt, die für mich leider nur wenig von Interesse bereithielten, da es in erster Linie

Schwärmereien von den edlen Wagen waren, die seine Verwandten besaßen, und von der Pracht seines längst verlorenen Familiensitzes. Und dann verabschiedeten sich die Gäste, um in ihren eigenen Häusern ihre Mahlzeiten einzunehmen, und wir setzten uns, um mit Bulweather zu speisen.

»Sie müssen mir verzeihen, dass ich mit Ihnen renommiert habe«, sagte er, während uns seine Haushälterin in seinem langen Esszimmer Schüsseln servierte, deren Inhalt sich als ganz wunderbar frische Fischsuppe entpuppte. »Ich wusste, dass Angus sich freuen würde, Sie kennenzulernen, und ich hatte das Gefühl, es täte Mrs. Marner gut, ihre Einsamkeit zu unterbrechen. Ich finde, sie lebt zu zurückgezogen.«

»Ja«, sagte Bell und griff das Thema auf. »Sie verbringt die meiste Zeit damit, auf ihrem Klavier zu spielen, manchmal bis zu vier Stunden am Tag. Sie liest auch sehr viel und geht an den meisten Nachmittagen gegen zwei Uhr spazieren. Ihr junges Mädchen aus London hat ihr über die Jahre gute Dienste geleistet, und es ist zwar geschickt und aufmerksam, neigt aber auch zu sporadischer Zerstreutheit, die seiner Arbeitgeberin Sorgen bereitet.«

Dr. Bulweathers buschige Augenbrauen schossen regelrecht hoch vor Erstaunen. »Sie sind mir über, Sir! Haben Sie sie vorher schon getroffen?«

Das war eine berechtigte Frage. Ich wusste, dass Bell meine Unterhaltung mit Mrs. Marner nicht mitbekommen hatte, und später hatte er kaum einen Satz mit der Frau gewechselt, während Hare unaufhörlich von Edinburgh erzählt hatte.

»Aber nein«, sagte Bell und nahm einen letzten Löffel Suppe. »Wie Doyle bezeugen kann, habe ich sie nie zuvor gesehen.«

Bulweather lächelte nun auch. »Aha, Sie wenden also Ihre berühmte Methode an. Aber wie?«

»Wenn Sie nur nachdenken«, entgegnete Bell, »kommen Sie bestimmt selbst darauf. Ich hatte schon früher Gelegenheit, die Hände von Klavierspielern zu studieren, bei einem Fall in Edinburgh und bei einer anderen berühmten Affäre in Bournemouth, wo ein Pianist seine Frau erwürgt hat. Mrs. Marners Hände sagten mir gleich, dass sie die einer Klavierspielerin sind, die regelmäßig spielt. Wie man sich denken kann, verhärtet sich die Haut entsprechend der Häufigkeit, in der gespielt wird. Das Lesen? Nun, sie trägt eine Lesebrille und hat Ihre Bücher mit Interesse betrachtet, und sie muss per definitionem häufig Noten lesen, aber ich vermute, auch vieles andere. Zum Glück ist sie die kurze Strecke hierher zu Fuß gekommen, sodass ich ihre Straßenschuhe sehen konnte, die von großem Interesse waren. Ihr Zustand verrät mir, dass sie sehr regelmäßig spazieren geht und dass sie kürzlich im Regen nass geworden sind, also war sie um zwei Uhr draußen, denn das war heute der einzige Regen, was darauf hinweist, dass sie ihren Gesundheitsspaziergang nach dem Mittagessen macht. Was ihr Mädchen betrifft, ist Ihnen nicht der exquisite französische Zopf an Mrs. Marners Hinterkopf aufgefallen? So etwas können nur junge Hände geflochten haben und ganz bestimmt nicht sie selbst. Doch er ist aufwendig, und das spricht für London. Er weist auch auf eine länger dauernde Vertrautheit hin, obwohl man aus dem Zustand der Schuhe, die nur zum Teil geputzt waren, schließen kann, dass das Mädchen gelegentlich zerstreut ist, sonst hätte ich überhaupt keine Spuren von Nässe gesehen.«

Bulweather sah sehr beeindruckt aus. »Und doch«, mischte ich mich ein, »scheint mir eine Schwachstelle in einem Teil Ihrer Logik zu stecken. Sie haben geschlussfolgert, dass sie im Regen draußen war, aber vielleicht war es eine dringende Besorgung, die sie dazu gezwungen hat. Warum sagen Sie, dass es die Zeit ihres üblichen Spaziergangs war?«

»Ich habe auch das nicht unberücksichtigt gelassen«, erwiderte Bell. »Es war selbstverständlich denkbar. Aber für eine Besorgung alltäglicher Art hätte sie eher ihr Mädchen geschickt, statt selbst nass zu werden. Und eine gesellschaftliche Verabredung passt wohl kaum zu dem, was wir bereits von ihrem Hang zum Einzelgängertum gehört haben. Selbst wenn sie jemanden besucht hätte, hätte sie bestimmt ihren Schirm mitgenommen. Nein, sie wurde vom Regen überrascht, und unterm Strich gehe ich deshalb davon aus, dass sie ihren Gesundheitsspaziergang nach dem Mittagessen macht.«

»Und Sie haben recht«, sagte Bulweather, »und zwar in jedem Punkt. Das ist bemerkenswert. Ihr Mädchen heißt Ellie, und ich glaube, sie ist schon seit London bei ihr. Eine schüchterne Jungfer, die für meinen Geschmack manchmal ein wenig zu heimlich tut.«

Damit wandten wir uns einem vorzüglichen Hammelbraten zu. Während des Essens sprach Bulweather von Dunwich und seiner Zuneigung zu diesem Ort. »Er hat seine Eigenarten und eine Vergangenheit, die so einzigartig ist wie sonst keine auf dieser Insel. Und es gibt wirklich interessante Leute hier. Im Winter ist es ungastlich, aber ich glaube, wir alle teilen die große Liebe zu seiner Schönheit und seinen Sagen.«

»Was meinen Sie«, erkundigte sich Bell, als wir mit dem Essen fertig waren, »werden die Sagen ernst genommen?«

»Ja«, erwiderte Bulweather. »Als ich vor vielen Jahren hierherkam, war ich überrascht, wie ernst. Sie gehören zum Gefüge des Ortes, und man kommt nicht umhin, sie zu respektieren. Ich habe keine Ahnung, ob Mary Goddard so gejagt wurde, wie es die Geschichte erzählt, aber es besteht kein Zweifel daran, dass sie gelebt hat und einst eine mächtige Person in dieser Gegend war. Dann kam das Hexenfieber, wie an so vielen anderen Orten entlang der Küste, und die Leute hier reden noch immer sehr zurückhaltend darüber oder über Hexerei. Wir haben eben von Mrs. Marners Mädchen Ellie Barnes geredet. Dieses Mädchen zum Beispiel glaubt daran, denn sie hat mir gesagt, dass sie sich nie damit beschäftigen würde und sich vor anderen fürchtet, die es tun.«

Bulweather bot uns jetzt an, uns seine Praxisräume zu zeigen, und Bell nahm dankend an, obwohl ich mich inzwischen fragte, warum er eine Unterhaltung über den Jefford-Fall immer weiter hinauszögerte. »Sagen Sie«, fragte Bell, als wir aufstanden, »ist das Mrs. Bulweather?« Das Bild, auf das er sich bezog, zeigte eine hübsche blonde Frau, die in ebenjenem Zimmer saß, in dem wir vor dem Essen empfangen worden waren.

Bulweather nickte. »Ich habe sie vor sechs Jahren verloren, kurz vor Ostern. Sepsis. Das hing früher in dem Zimmer, in dem es gemalt wurde, aber ich habe es hierher verlegt, weil ich wusste, dass ich sie dann bei jedem Essen vor mir haben und an sie denken würde, so wie sie mir früher gegenübergesessen hat. Obwohl es kaum nötig gewesen wäre, da ich ohnehin fast ständig an sie denke.«

Der Doctor nickte. »Bei mir waren es neun im November. Peritonitis.«

Keiner von ihnen fuhr mit der Unterhaltung fort, aber man konnte sehen, dass dies für sie beide die Dinge etwas verändert hatte. Bell sah den Landarzt mit einer gewissen Verbundenheit an, während uns dieser in sein Sprechzimmer führte.

Es war ein imposanter Raum. Seine Instrumente waren auf dem neuesten Stand, und seine Sammlung medizinischer Fachliteratur war umfangreich und hatte, wie mir auffiel, einen Schwerpunkt bei Nervenkrankheiten. Bell zollte sofort seine Anerkennung, und Bulweather schien erfreut. »Als ich aus der Stadt hierherkam«, erzählte er uns, »hatte ich erwartet, dass es ruhig und friedlich werden würde, mit unspektakulären Krankheiten. Ich hätte nicht falscher liegen können. Ich glaube fast, Gentlemen, wir sollten einen neuen Zweig unserer Disziplin gründen und ihn Marschland-Medizin nennen. Denn anfangs, bevor ich hierherkam, war ich in den Fens. Und auch wenn die in einiger Entfernung von hier liegen, waren sie doch sehr ähnlich. Es gibt viele verschiedene Leiden, von denen mir einige in der Stadt nie untergekommen sind. Es mag Sie überraschen, aber die Mangelerscheinungen, die ich vorgefunden habe, sind mancherorts schlimmer als alles, was man im East End sieht.«

Bell hörte interessiert zu. »Also hat die Abgeschiedenheit ihre eigenen sonderbaren Auswirkungen.«

»Ganz genau«, sagte Bulweather. »Und stellenweise gibt es schreckliche sanitäre Einrichtungen und vergiftete Böden. Die Diphtherie zum Beispiel habe ich zu fürchten gelernt, insbesondere bei Kindern. Aber sehen Sie mal! Das ist einzigartig und von mir selbst entwickelt.« Damit zog er eine merkwürdige Glasvorrichtung hervor und wischte ein wenig Staub ab. »Wenn Sie am einen Ende dieser Pipette saugen, können Sie die dicke graue Membran entfernen, die sich hinten im Rachen bildet, denn andernfalls ...«

»Andernfalls ersticken die Patienten daran«, rief Bell und ergriff sie mit großer Begeisterung. »Ich habe etwas ganz Ähnliches gemacht, aber Sie müssen aufpassen – wenn Sie es selbst verschlucken, ist die Wahrscheinlichkeit hoch, dass Sie sich anstecken, wie ich Ihnen aus bitterer Erfahrung mitteilen kann.«

»Zum Glück konnte ich das bislang vermeiden«, sagte Bulweather, »aber es war bisweilen knapp.«

»Gut. Ich hatte weniger Glück, aber das liegt zwanzig Jahre zurück«, erwiderte Bell. »Und ich bin wieder genesen. Aber es erstaunt mich, von solchen Dingen hier zu hören.«

Die Unterhaltung setzte sich in dieser Manier fort, und ich merkte, dass Bell beeindruckt war, und ich vermute, dass das seine eigenen Zweifel auslöste. Denn als wir die Behandlungsräume verließen, kam er endlich auf die Jefford-Sache zu sprechen.

»Dann nehmen Sie diese Angelegenheit mit Jefford also ernst, nach allem, was Sie sagen?«, fragte er.

»Jawohl«, sagte Bulweather, während wir uns in die Sessel in seinem großen Zimmer fläzten und den Weinbrand ablehnten, den er uns anbot. Er nahm sich selbst eine großzügige Menge und starrte grübelnd hinein. »Ich hoffe, dass es nichts ist, ich hoffe, dass es Hardings Schwein ist, aber ich fürchte, es ist, was es scheint.«

»Kannten Sie Jefford?«, fragte der Doctor.

»Flüchtig«, sagte unser Gastgeber. »Vor einiger Zeit hatte ich Gelegenheit, mich mit ihm in dem Gasthof zu unterhalten, in dem Sie abgestiegen sind. Er erschien mir eitel und unbesonnen, aber nicht wie einer, der sich mit einer solchen Posse abgeben würde, und deshalb nehme ich das Ganze ernst.«

»Sie haben ihn danach nicht mehr gesehen?«

»Nein.«

»Waren Sie mal in The Glebe, seinem Haus?«

»Niemals.«

»Haben Sie am Abend des ersten Dezembers irgendetwas beobachtet?«, fragte Bell ruhig.

Bulweather zögerte. »Ich war draußen, habe aber nichts gesehen.«

»Und wo waren Sie?«, fragte Bell.

»Ach ja«, sagte unser Gastgeber. »Bei einem Patienten, einem Kind in Westleton. Es hatte eine Entzündung von der Sorte, die ich eben beschrieben habe. Ich hatte schon länger keine mehr gesehen.«

»Aha, die Pipette«, sagte Bell.

»Ja, ich habe sie nicht ohne Erfolg eingesetzt. Ich war mehr als eine Stunde dort. Dann bin ich zurückgefahren. Dem Jungen geht es wieder gut.«

»Und wer ist mit der Nachricht gekommen?«, fragte Bell.

»Der Vater des Kindes. Er tauchte gegen acht auf«, antwortete Bulweather und trank von seinem Weinbrand. »Meine Haushälterin war an dem Abend bei ihrer Schwester, sodass ich selbst an die Tür gegangen bin.«

»Ich verstehe, aber vielleicht hat der Vater etwas auf der Straße gesehen. Wenn Sie mir den Namen nennen, dürfte ich ihn dann befragen?«

Es war eine taktvolle Art, das Alibi zu überprüfen. »Nun, um ehrlich zu sein«, sagte Bulweather, ohne den Blick zu heben, »sind diese Leute etwas zurückhaltend. Sie haben mich gebeten, nicht zu sagen, was passiert ist. Das war die Bedingung, und ich als Arzt muss ihren Wunsch nach Verschwiegenheit respektieren, weshalb ich Ihnen nicht helfen kann.«

Es kehrte eine Stille ein, die nur vom Knistern der brennenden Scheite durchbrochen wurde. »Aber ich kann Ihnen versichern«, fuhr er fort, »dass der Vater nichts Ungewöhnliches gesehen hat. Er wäre Ihnen nicht von Nutzen.«

»Das ist aber schade«, sagte Bell, der jetzt auf andere Themen zu sprechen kam, unter anderem auf den Apportierhund unseres Gastgebers, der, wie wir erfuhren, in dieser Gegend einzigartig war, sodass er sehr stolz auf ihn war. Offenbar wollte Bulweather ihn am nächsten Tag einigen Freunden in Ipswich vorführen und wäre erst am darauffolgenden Morgen wieder zurück, aber er hoffte, uns bald wiederzusehen.

Später, als wir unter dem Mond und mit der salzigen Meeresluft in der Nase zurücktrotteten, fühlte ich mich etwas verloren. Wir hätten in dieser seltsamen Ortschaft einen Verbündeten gut brauchen können, und wie gerne hätte ich unseren Gastgeber gemocht und ihn bewundert. Aber für mich war jetzt offenkundig, egal, was hinter der Sache steckte, dass Bulweather nicht zu trauen war. Trotz seiner vielen anziehenden Eigenschaften war seine merkwürdige Aussageverweigerung höchst verdächtig. Vielleicht war sogar seine zur Schau gestellte Trauer nur eine kalkulierte Täuschung. Bedauerlicherweise war Dr. Bulweather, genau wie Langton uns schon gesagt hatte, nicht ganz der, für den er sich ausgab.

Der blasse Monk

Es gab keinen Anlass für den Doctor und mich, unsere Zweifel an Bulweather zu besprechen, da wir beide wussten, dass wir sie teilten, aber am nächsten Morgen fühlte ich mich niedergeschlagen, als ich aus meinem Fenster über das Marschland blickte. Es war ein schöner, kalter Tag, und eine einsame Mantelmöwe flatterte in Richtung Meer. Vielleicht war Cream hier gewesen – die Indizien legten das nahe –, aber welchen Beweis hatten wir, dass er sich noch immer in der Nähe befand? Er könnte ohne Weiteres in London oder auf hoher See oder sonst irgendwo sein, vermutlich um Jeffords Geld reicher, und beim Gedanken an uns herzhaft lachen.

Das sagte ich dem Doctor während unseres Frühstücks im kleinen Speiseraum des Gasthofs. Bell hatte darauf bestanden, dass wir ordentlich essen, weil er sich für den Rest des Tages nicht mit Nahrungsaufnahme abgeben wollte. Vor mir thronten dicke Speckscheiben, daneben lagen zwei Eier verloren da, und es folgten Kartoffelpfannkuchen und hiesige Muscheln. Aber ich hatte kaum Appetit.

»Schließlich«, sagte ich, »haben wir keinen Beweis. Er könnte überall sein.«

Einen Moment lang aß der Doctor weiter. »In London«, sagte er schließlich, »als wir Hanbury zur Strecke gebracht haben, hatten Sie das bestimmte Gefühl seiner Gegenwart; ein Gefühl, das ich zugegebenermaßen belächelt habe. Sagen Sie, spüren Sie ihn hier nicht auch? Denn ich spüre ihn.«

Das kam unerwartet. Es war ungewöhnlich für den Doctor

zuzugeben, dass er dem Instinkt Vorrang vor dem Verstand gab. »Ich weiß es nicht. Aber wir haben keinen Beweis dafür, dass er noch hier ist, egal, was Sie spüren.«

Er lächelte darüber und legte sein Besteck hin. »Dann sind unsere Rollen also vertauscht. Gut. Das könnte für uns beide lehrreich sein.« Ich wollte etwas einwenden, doch er fuhr fort. »Nein, ich bin nicht völlig unvernünftig. Verstehen Sie, als Ermittler werde ich hier mit einem Rätsel konfrontiert, von dem ich stark annehme, dass es ein Verbrechen ist. Sie werden sich entsinnen, dass ich mich in Edinburgh einmal bei Tierblut vertan habe und es für Menschenblut gehalten habe. Es ist unmöglich, es mit Bestimmtheit zu sagen, aber ich glaube nicht, dass ich mich diesmal irre. Angenommen, die Zeitungen hätten recht, und es war eine Posse, hätte sich Jefford dann nicht inzwischen gemeldet? Wer die öffentliche Aufmerksamkeit sucht, wird wohl kaum zulassen, dass die Sensation nachlässt, bevor er sich zu erkennen gibt. Also bleibe ich bei der Annahme, dass eine Gewalttat vorliegt, auch wenn ich bislang noch nicht einmal eine Feststellung zur Identität des Opfers machen kann. Hinzu kommt, dass wir klare Hinweise auf Creams Beteiligung haben, nicht zuletzt die Beschreibung des Mannes, den man mit Jefford gesehen hat, kurz bevor er verschwunden ist. Wir haben auch Indizien dafür, dass Cream hinter Geld her war und Jefford Geld besaß.«

»Aber er könnte es genommen haben und gegangen sein«, protestierte ich, »und uns jetzt aus großer Entfernung auslachen.«

»Und das umso herzhafter, Doyle, wenn wir das hier nicht erfolgreich abschließen. Was Sie sagen, ist natürlich möglich, aber es trifft auch zu, dass wir überhaupt nur vorankommen, indem wir das vorliegende Geheimnis aufklären und jedwede Missetat enthüllen. Das ist nicht nur unsere Pflicht, denn es freut mich, sagen zu können, dass ich etwas mehr als nur instinktiv annehme, dass die Angelegenheit nicht so simpel ist, wie Sie vermuten. Wir haben schließlich nicht Jefford mit weggepustetem Gehirn gefunden und neben ihm leere Goldsäcke. Es geht um viel mehr, nicht zuletzt um den rätselhaften dritten Begleiter, was mir sagt, dass wir die Sache so schnell wie möglich angehen müssen.«

Etwa eine Stunde später hatten wir den Hügel erklommen und konnten Greyfriars House sehen, den großen und anheimelnden Bauernhof von Sir Walter Monk, der auf einem Grundstück beträchtlicher Größe etwa anderthalb Meilen nordöstlich von Jeffords lag. Ich bezeichne ihn als Bauernhof, weil er von den Leuten meist so genannt wurde, doch es war eigentlich eher ein kleines Herrenhaus mit einem Säulenvorbau und einem grauen Zaun aus gespaltener Eiche auf einer grasbewachsenen Lichtung.

Langton hatte unseren Besuch bei Sir Walter angekündigt, und ein feierlicher Hausdiener ließ uns in eine große Eingangshalle ein, die bis unter das Dach reichte, mit einer langen Galerie oben. Die Wandbehänge waren schwer und die Atmosphäre gedämpft. Bell erklärte sofort den Anlass unseres Besuchs, und anscheinend wurden wir tatsächlich erwartet, denn der Diener führte uns durch eine Tür und einen Korridor und blieb dann vor einer weiteren Tür stehen, die geschlossen war.

»Sir Walter hat darum gebeten«, sagte der Hausdiener mit Grabesstimme, »dass Ihre Unterhaltung in möglichst ruhiger und höflicher Weise geführt wird. Er hat ein leichtes Hörleiden, das ihm laute Geräusche unerträglich macht.«

Der Doctor nickte, und die Tür öffnete sich in ein dunkles, aber äußerst warmes Zimmer, beinahe so warm wie ein Gewächshaus im Sommer. Nur wenig Licht drang durch die halb geöffneten Fensterläden herein, aber die Einrichtung war luxuriös; der Hausdiener zog sich zurück, und wir gingen über einen dicken Teppich weiter. Es gab ein Sofa und einen Sessel, aber das Zimmer war L-förmig, und wir konnten niemanden sehen, bis wir weitergingen.

Und dann erreichten wir den Hauptbereich des Raums, und vor uns stand ein enormer polierter Esstisch vor einem riesigen flackernden Feuer. Am Ende des Tisches war eine blasse Form zu erkennen, dann sah ich eine weiße Hand mit einer Schreibfeder und begriff, dass die Form ein Mann war, der uns anstarrte. Er war bleich und geschwächt, mit dichtem, schön frisiertem silbernen Haar; damit entsprach er eher meiner Vorstellung von einem neurotischen französischen Marquis als von einem englischen Gutsbesitzer. Bell war so überrascht wie ich.

»Sir Walter«, sagte der Doctor zur Einleitung, worauf der Mann eine zurückhaltende Handbewegung machte, obwohl wir die Verfügung des Hausdieners nicht vergessen hatten. »Bitte verzeihen Sie die Störung. Ich bin Dr. Bell, und das ist mein Kollege Dr. Doyle. Wir sind hier, weil wir mit Ihrem Landarbeiter reden wollen, Colin Harding.«

Sir Walter nickte und sprach jetzt selbst. Seine Stimme war zwar matt, aber nicht so schwach, wie ich erwartet hatte. »Ach ja, Langton hat mir Bescheid gegeben, dass Sie sich für die Jefford-Sache interessieren, eine leidige Angelegenheit. Aber natürlich dürfen Sie mit Harding reden. Haben Sie sich schon eine Meinung gebildet, Sir?«

»Bislang noch nicht«, sagte Bell.

»Das ist weise«, erwiderte Monk. Jetzt sah ich, dass er mit der Feder in seiner Hand Skizzen machte, und ich versuchte zu erkennen, was er zeichnete. Von hier sah es wie ein Gesicht aus, aber ich konnte die Einzelheiten nicht wahrnehmen. Bell hatte das auch bemerkt und starrte auf den Tisch neben ihm, während Monk in seiner trägen Art fortfuhr und uns mit wachsamen Augen sorgfältig musterte. »Ich selbst lebe, wie Sie als Ärzte schon bemerkt haben werden, nur noch unter Duldung des Allmächtigen. Ich leide an etwas, das man als krankhafte Sinnesschärfe bezeichnen könnte. Sie haben bestimmt andere magische Namen dafür in Ihren medizinischen Fachbüchern, aber für mich sind das auch alles Hexenrunen.«

»Halten Sie die Hexenrune aus der Sage für echt?«, fragte Bell. »Glauben Sie, Jefford hat sie gefunden, wie er behauptet hat?«

»Ach, Jefford war ein Dummkopf«, sagte Monk. Dann hielt er inne und verbesserte sich. »Oder sollte ich sagen, ›ist‹ ein Dummkopf? Denn ich weiß genauso wenig wie Sie, ob er noch lebt. Ich glaube jedoch, dass Harding Jefford geholfen hat, als er hier angekommen ist. Er hat ihm einen Gefallen getan – ich habe keine Ahnung, welchen. Ich glaube eher, dass Jefford die Hilfe womöglich ausgenutzt hat und den Mann mit seinen Geschichten verängstigt hat. Ich weiß nur, dass Harding behauptet hat, eine Rune gesehen zu haben. Wenn dem so war, so war es zweifellos ein Salontrick.«

»Aber was verstehen Sie unter einer Rune, Sir Walter?«, fragte Bell interessiert.

»Ach, darüber reden die Leute hier. Wenn man sie besitzt, so wird man innerhalb einer bestimmten Zeit, meist eines Monats, sterben.«

»Hat Jefford Ihnen erzählt, dass er die Rune gefunden hat?«, fragte der Doctor.

»Nein, ich kannte ihn kaum«, sagte Monk.

»Sagen Sie, leben Sie hier alleine, Sir Walter?«

»Abgesehen von meinen Dienern«, lautete die Antwort. »Natürlich bin ich die meiste Zeit in London, wo ich ein passables Haus und viele Freunde habe. Das Leben auf dem Lande könnte ich auf Dauer nicht ertragen.«

Ich bin mir sicher, dass Bell noch mehr fragen wollte, doch Monk zog an einem Band, das sorgfältig unter dem Teppich hergezogen worden war und genau an seinem Stuhl endete. Irgendwo draußen läutete sacht eine Glocke. »Jetzt müssen Sie sich um Ihre Angelegenheiten kümmern und ich mich um meine. Mein Hausdiener wird Sie hinausführen.« Und tatsächlich erschien der Hausdiener, fast noch bevor wir antworten konnten. Er hatte offenkundig Anweisung erhalten, in der Nähe zu bleiben.

»Sir Walters Gesundheitszustand ist das Uninteressanteste an ihm«, merkte Bell irritiert an, während wir das kurze Stück zu dem Nebengebäude gingen, in dem wir Harding antreffen würden. Er besteht zu fünfundneunzig Prozent aus Gehabe und zu fünf Prozent aus Altersschwäche. Doch in anderer Hinsicht verdient er unsere Beachtung. Er ist ein Mann mit Verbindungen in London und einem großen Haus unter sich, und entgegen seiner Behauptung war er in diesem Zimmer nicht allein, bevor wir hereinkamen. Es gab einen zweiten Ausgang, und jemand hatte bei ihm an diesem Tisch gesessen. Zum Glück war die Tischplatte hochglanzpoliert, sodass ich deutlich den Abdruck eines Glases gegenüber von ihm sehen konnte, an einer Stelle, die er unmöglich erreichen konnte.«

Nachdem uns Hardings Arbeitgeber fasziniert hatte, setzten wir große Hoffnungen auf die anstehende Unterredung, aber sie stellte sich als alles andere als befriedigend heraus.

Wir fanden Harding, einen wettergegerbten, glatt rasierten Mann mit breiten Schultern, in einem nahe gelegenen Nebengebäude, wo er eine Axt an einer Drehbank schärfte. Offensichtlich wusste er, dass wir kommen, denn er grummelte bestätigend, als Bell uns vorstellte, aber trotzdem sah er uns böse an und erklärte, dass er alles, was er wisse, schon der Polizei gesagt habe. Auf unser Drängen hin wiederholte er es. Er erklärte, dass Jefford ein Gentleman gewesen sei, der ihn gut behandelt habe. Harding hatte Jefford hin und wieder ausgeholfen, weil er keine Diener besaß und Sir Walter es erlaubte. Aber er konnte nie andere Leute in seinem Haus sehen. Er hatte jedoch Jefford und zwei weitere Gestalten in der Dämmerung am frühen Abend des ersten Dezembers erblickt. Sie hatten ihn nicht bemerkt, denn er war im Wald auf der Suche nach der Sau gewesen, die aus dem Pferch entkommen war. Er hatte nichts gehört, denn die Männer gingen schweigend, und einer war von den Bäumen verdeckt gewesen, und Jefford befand sich ihm am nächsten. Auf Nachfrage zu der dritten Gestalt, die er gesehen hatte, wollte Harding nur zugeben, dass es ein großer, gut aussehender Mann gewesen war, der über auffallend viel dichtes dunkles Haar verfügte, und dass er ihn nie zuvor oder danach gesehen hatte.

»Wie würden Sie ihn davon abgesehen beschreiben?«, bohrte Bell weiter.

»Ein Gentleman«, sagte Harding widerstrebend. »Gut gekleidet, na, schwer, aber ich glaube, er hätte sich bei einem Wettrennen gut geschlagen. Er hatte etwas Kräftiges an sich.«

Bell nickte, denn das klang nach unserem Mann, aber sonst bekam er nicht mehr viel heraus. Harding bestätigte noch, dass er an dem Häuschen am nächsten Tag zufällig vorbeigekommen war und angeklopft hatte, um Jefford zu fragen, ob er sein Schwein gesehen hatte. Er hatte keine Antwort erhalten, und nachdem er eingetreten war und den Blutfleck entdeckt hatte, hatte er Alarm geschlagen.

»Aber mehr habe ich dazu nicht zu sagen, Sir. Ich habe alles, was ich weiß, mehr als einmal erzählt, und wenn Sie so freundlich wären, ich habe zu tun.«

»Natürlich«, erwiderte Bell, »aber ich habe noch eine Frage. Sie ist einfach. Haben Sie die Rune gesehen?«

Der Mann blickte finster. »Wer behauptet das?« Bell antwortete nicht. »Denn wer das tut, ist ein Lügner. Ich habe keine Lust, über so was zu reden.«

»Aber Sie glauben daran?«, drängte der Doctor.

»Kann ich nicht sagen«, antwortete er heftig mit funkelnden Augen. »Damit habe ich nichts zu schaffen. Ich halte mich von so was fern und höre nicht auf das, was andere sagen. Aber jetzt bitte, ich muss weitermachen.«

Und so endete die Unterredung. Er war unser Hauptzeuge, und wir hatten kaum mehr aus ihm herausbekommen, als wir schon aus der Zeitung wussten. Es war offenkundig, dass Bell davon frustriert war, und, beinahe als wollte er ein Ventil für seine Enttäuschung finden, kehrte er zu der Gegend um Jeffords Haus zurück, wo wir lange und, wie mir schien, fruchtlose Stunden damit verbrachten, den Erdboden abzusuchen. »Widerspenstig, ja«, sagte Bell nachher und unterbrach damit sein Schweigen, um meine Frage nach Harding zu beantworten, während wir durch den Wald zum Dorf gingen, »doch auch verängstigt. Aber warum?«

Plötzlich gab es ein Geräusch aus den Bäumen neben uns. Eine hektische Bewegung und ein Flattern. Wir wirbelten herum und konnten eine Gestalt sehen. Sie hatte gerade etwas mit der Hand gepackt. Sie kam näher, und wir erkannten, dass es ein Junge war, und in seinen Händen hielt er einen lebenden Vogel, den er fest gepackt hatte. Er war etwa zwölf, und in seinen Augen leuchtete es, während er die eingehakten Hände kraftvoll aneinanderdrückte. Er schien uns nicht bemerkt zu haben.

»Tommy«, rief es hinter uns. »Tommy, wo bist du?« Ein Mann kam die Straße entlang, elegant für einen Landspaziergang gekleidet. »Wo ist mein kleiner Tommy?« Er sah uns und lächelte. »Guten Tag, die Herren. Haben Sie einen Jungen gesehen?« Und dann entdeckte er ihn und lächelte breit. Der Junge hielt seine Hände jetzt ganz umschlossen, und das Flattern hatte aufgehört. Er sah mit Vergnügen darauf herab.

»Ach, da ist ja mein Junge, mein Sohn Tommy. Was hast du denn da angestellt, Tommy?«, fragte er und strahlte vor Stolz. Er hatte ein sehr fleischiges rotes Gesicht. »Ich fürchte, ich habe versäumt, mich Ihnen vorzustellen«, sagte er und wandte sich uns zu. »Ich heiße Edward Norman, ich bin der Anwalt hier, und das ist mein ältester Junge, Tommy.«

Wir sagten ihm, wer wir waren, und er nickte energisch und rang die Hände. »Ja, ich habe von Inspector Langton gehört, dass Sie hier sind, um uns bei unserem Geheimnis zu helfen. Na, es ist nur ein kleines, wie es sich für eine kleine Gemeinde wie die unsere gehört. Aber wir wollen doch mal sehen, was der liebe, arme Tommy für uns hat. Zeig mal, Tommy.«

Der Junge lächelte kurz, aber, wie ich fand, nicht warmherzig, und öffnete seine Hände, um zu zeigen, was er darin hatte. Es war eine Drossel, aber sie lebte nicht mehr. Er hatte ihr den Hals umgedreht, und der Kopf hing in einem grauenvollen Winkel herab. Doch dem Strahlen seines Vaters tat das keinen Abbruch.

»Ach, Tommy, du bist ein sehr geschickter Junge. Er hat eine wunderbare Sammlung toter Vögel, nicht wahr, Tommy? Aber das ist doch trefflich. Sie müssen zu uns zum Dinner kommen, Gentlemen. Nella würde sich so sehr freuen, Sie zu sehen. Ach ja, ich habe Inspector Langton heute, nachdem ich von Ihrem Besuch gehört habe, erzählt, dass wir auch eine kleine Entdeckung gemacht haben. Unser Tommy hat eine kleine Geschichte zu erzählen. Er hat eine Gestalt gesehen an dem Abend, an dem alle so interessiert sind, beim See, nicht wahr, Tommy?«

Der Junge nickte, aber er wirkte beunruhigt. Der Vater rang seine Hände wieder und strahlte. »Ja, er kommt überallhin, und an dem Abend war er dort hinaufgegangen, um Vögel zu suchen. Das stimmt doch, Tommy? Du hast einen Mann gesehen.«

»Hast du sein Gesicht erkannt?«, fragte Bell ohne Umschweife.

Der Junge schüttelte den Kopf. »Nur, dass er auf den Boden geblickt hat, nicht wahr?« Sein Vater lächelte ängstlich. »Er starrte beim See auf den Boden, aber dann ist Tommy ungesehen davongelaufen. Natürlich kann es völlig belanglos sein. Er würde den Mann nicht wiedererkennen.«

Der Junge schüttelte den Kopf, um keinen Zweifel daran zu lassen.

»Bist du sicher, dass es nur ein einziger Mann war?«, fragte Bell interessiert.

»Er hat gesagt, dass da noch eine Gestalt im Schatten war, aber ich glaube, das waren wirklich nur Schatten, oder, Tommy? Wie dem auch sei, wir müssen zurück, aber Sie müssen zum Dinner kommen. Das wäre sehr schön für uns, auch für Nella und für Tommy.« Er rang schon wieder die Hände. Dann lüpfte er seinen Hut, nahm den kleinen Jungen mit seiner grausigen Reliquie an der Hand und war weg.

Ich habe keine Ahnung, was der Doctor von diesem sonderbaren Duo hielt. Er war danach in Gedanken verloren und sichtlich nicht in der Stimmung für Konversation. Sobald wir das Gasthaus erreicht hatten, ging er wortlos auf sein Zimmer.

Ich wusste nicht, was ich tun sollte. Ich überlegte, ob ich Langton aufsuchen sollte, bezweifelte aber, dass der Doctor das gutheißen würde, und außerdem wurde es bereits dunkel. Also beschloss ich, alles Greifbare über die Geschichte dieses sonderbaren Ortes zu lesen, und nahm mir einen Band, den ich in der den Gästen vorbehaltenen Stube des Gasthauses fand. Diese war zwar nicht so bequem wie ihr Pendant im Quarter Moon; im Grunde bestand sie nur aus einem Kamin und drei Sesseln, aber das kümmerte mich überhaupt nicht, als ich mich mit dieser wirklich außergewöhnlichen Geschichte niederließ.

Um 1200 war Dunwich eine der wohlhabendsten Hafenstädte im mittelalterlichen England gewesen, mit blühendem Fischereiwesen und Wollhandel. Den Chronisten zufolge gab es zweiundfünfzig Kirchen, Kapellen und Krankenhäuser, einen Königspalast, einen Bischofssitz und natürlich einen betriebsamen Hafen mit zahlreichen Werften und Kais. Nichts davon hat überlebt. Der Kampf mit der See begann in der Mitte des dreizehnten Jahrhunderts, als mehrere Unwetter den Hafen und seine Mauern durchbrachen. Kurz danach verschwand die Unterstadt, womit der moralische und materielle Verfall begann. Es schien beinahe zu einer Tradition zu werden, dass in Dunwich in der Weihnachtszeit finstere Dinge geschahen, denn es war an Weihnachten 1327, dass eines der schlimmsten Unwetter tobte und buchstäblich Hunderte von Häusern ins Meer riss. Der Kampf der Stadt gegen die gefräßige See war gleichermaßen mutig und quälend, wie auch die Vorstellung, was jetzt neben ihr im Meer lag. Es erstaunte mich, an all die Kirchen und Wohnhäuser und Türme auf dem Meeresgrund zu denken, ein regelrechtes Atlantis direkt an der Küste Englands. Und die berühmteste aller Sagen von Dunwich, noch berühmter sogar als die Hexe, war natürlich der Glaube, dass man in stürmischen Nächten hören kann, wie die Glocken der alten Stadt im Meer läuten.

Ein Geräusch ließ mich aufsehen, und ich war überrascht, festzustellen, dass ich nicht alleine war. Eine elegant gekleidete junge Frau war ins Zimmer gekommen; sie schien leicht aufgeregt zu sein. »Oh, verzeihen Sie mir«, sagte sie, »ich wollte Sie nicht stören.«

»Nicht doch«, sagte ich rasch. »Dieses Zimmer ist für alle Gäste. Ich bin ohnehin mit meiner Lektüre fertig. Ich muss jetzt zu meinem Freund.«

»Nein, bitte«, sagte sie und hielt dann inne, als wäre sie sich unsicher. Sie trug eine schmucke rote Jacke, die zu ihrem blonden Haar passte, aber ihr Gesicht war traurig. »Sie brauchen nicht zu gehen. Ich weiß, dass manche es nicht für richtig halten, wenn eine alleinstehende Frau reist oder unbegleitet ein Gasthaus besucht, aber manchmal ist es notwendig ...« Sie unterbrach sich. »Entschuldigung, ich schweife ab. Ich muss mich vorstellen. Ich bin Charlotte Jefford.« Sie konnte an meinem Gesichtsausdruck sofort ablesen, dass mir ihr Name etwas sagte. »Oh ja«, sagte sie. »Ich sehe, dass Sie den Grund meines Besuches erraten haben. Ich bin heute hierhergekommen, um wider besseres Wissen nach einer Spur meines armen Bruders zu suchen.«

In diesem Moment kam das Dienstmädchen mit Tee, den sie bestellt haben musste, und nachdem auch ich mich vorgestellt hatte, setzten wir uns. Ich war mir nicht sicher, wie viel ich vom Grund unseres eigenen Hierseins verraten sollte, und erklärte ihr deshalb nur, dass ich mich mit einem weiteren Arzt in privater Angelegenheit hier aufhielt, dass dieser Kollege jedoch ein Interesse an dem Jefford-Fall hatte und mit der Polizei gesprochen hatte, sodass es ihr vielleicht nützlich wäre, ihn kennenzulernen. Als sie das hörte, leuchteten ihre Augen förmlich auf, und sie schenkte mir ein Lächeln, das die meisten Herzen zum Schmelzen gebracht hätte.

»Das wäre überaus freundlich.« Sie trank etwas Tee und schien sich über etwas schlüssig zu werden. »Ich will nicht vorgeben, Dr. Doyle, dass mein Bruder ein sehr netter Mann war.« Sie unterbrach sich. »Jetzt sage ich schon ›war‹, obwohl ich doch hoffe, dass er noch lebt. Aber einige Leute meinen, dass ich vom Schlimmsten ausgehen sollte, und so muss ich wieder sagen, dass er in mancher Hinsicht zwar kein sehr guter Mann war, er doch keinesfalls ein Schicksal wie dieses verdient. Er konnte töricht sein, er konnte eitel sein, er konnte ungestüm sein und auch gedankenlos. Aber ich schwöre, er war nie böse.« Ihre Augen waren vor Rührung geweitet. »Und ich muss die Wahrheit erfahren. Denn ich denke tausendmal in der Stunde daran, und ich sage Ihnen, es gibt nichts auf der Welt, das schlimmer ist als diese Ungewissheit, diese Ahnungslosigkeit, was die Zukunft bringen wird. Nichts könnte schlimmer sein, das schwöre ich.«

Wir unterhielten uns in dieser Weise einige Zeit. Ich glaube, noch ein Jahr zuvor hätte ich ihre Bitte um Mitgefühl ohne den geringsten Zweifel aufgenommen. Aber zufälligerweise hatte es eine Sache in Southsea gegeben, bei der ich von einem vergleichbaren Appell an meine Hilfsbereitschaft in gewisser Hinsicht getäuscht worden war, und außerdem war mir bewusst, wie unsicher der Boden unter unseren Füßen in dieser gegenwärtigen Sache war. Deswegen gab ich mir Mühe festzustellen, ob ich etwas Verschlagenes an Charlotte Jefford erkennen konnte, aber dem war nicht so. Es gab nichts, das darauf hinwies, dass sie nicht einfach die besorgte und liebevolle Schwester war. Nach einer Weile betrat der Doctor das Zimmer auf der Suche nach mir, und ich stellte sie einander vor.

Es überraschte mich etwas, dass er nur geringes Interesse an ihr zeigte. Natürlich war er höflich, und er musterte ihre Erscheinung, während er sich erkundigte, wann sie Jefford zuletzt gesehen hatte (was ich, wie mir auffiel, nicht getan hatte). Offensichtlich hatte sie ihren Bruder seit der Beerdigung ihres Onkels vor ein paar Monaten nicht mehr getroffen und wusste wenig über seine Londoner Kreise, sodass es unwahrscheinlich schien, dass sie etwas von Wert über seine jüngsten Begleiter beizutragen hatte. Danach drückte der Doctor seine Hoffnung aus, dass ihr Bruder heil wiedergefunden werde, und bot ihr an, ihr Nachricht zu geben, sobald es etwas mitzuteilen gab. Ich fand das merkwürdig gegenüber jemandem, der gerade erst eingetroffen war, doch sie dankte ihm durchaus freundlich, und dann verließen wir sie.

Der heulende Mann

Wie sich herausstellte, hatte Langton für uns am frühen Abend einen Besuch bei Balneil vereinbart, dem Förster, der behauptet hatte, den Geist des heulenden Mannes im Wald gesehen zu haben. Er wohnte in der Nähe, und binnen Kurzem saßen wir bequem in seiner Wohnstube.

Ich denke mal, dass ich einen überheblichen Trunkenbold oder vielleicht auch einen geschwätzigen, nervösen Typen erwartet hatte, der sich beim kleinsten Schatten erschreckt, aber Balneil war nichts von beidem. Er war ein stämmiger, kräftiger Mann mit bodenständigem Auftreten und einem sanften Lächeln. »Ich weiß, wie töricht es klingt, meine Herren, das ist mir bewusst, aber ich habe gesehen, was ich gesehen habe, und ich weiß, was ich gesehen habe.«

»Würden Sie es uns so einfach, wie Sie können, erzählen?«

»Selbstverständlich, Sir. Ich war am letzten Novembertag mit Niederwaldarbeiten beschäftigt, ganz nahe beim See. Früher habe ich mich für Lord Coates um einen Flecken namens Broomgreen Covert gekümmert, in der Nähe von Halesworth, bevor ich hierhergekommen bin. Ich bin also keiner von denen, die viel auf Aberglauben geben, aber mir gefällt's hier trotzdem, und Sir Walter war so freundlich, meine Fähigkeiten in Anspruch zu nehmen. An dem Abend, von dem wir reden, schien der Mond, und das habe ich ausgenutzt, um etwas länger zu arbeiten. Dann habe ich meine Sachen zusammengesucht, um den Pfad hierherzunehmen.«

Bell nickte mit großem Interesse. »Ich verstehe, bitte erzählen Sie weiter.«

»Ich kenne ihn gut«, fuhr der Mann fort, »und an dem Abend war auch nichts anders als sonst, es herrschte schönes Wetter. Natürlich ist es ein gespenstischer Ort, wenn man für so etwas empfänglich ist, aber ich sehe keine Geister, ich sehe Bäume. Und ich habe die Bäume betrachtet und gedacht, dass es vielleicht besser wäre, den Pfad etwas zu verbreitern. Und da habe ich es gehört.«

»Was genau haben Sie gehört?«

»Na ja, Sir, wie gesagt, ich habe mich um so etwas nie geschert. Aber ich möchte dieses Geräusch nie wieder hören. Es ist einem gleich in den Kopf gefahren, ein großes Jammern, fast wie von einem Tier. Und es kam von abseits des Weges.«

»Was haben Sie getan?«, fragte Bell.

»Na ja, ich bin sofort stehen geblieben, und da hörte ich es wieder. Und ich gebe zu, ich hatte etwas Angst, aber ich dachte mir, vielleicht steckt jemand in Schwierigkeiten, also bin ich vom Pfad runter- und darauf zugegangen. Ich bin ein Stück weit gekommen, da sehe ich plötzlich, etwa dreißig Meter entfernt, durch die Bäume etwas Blasses. Ich ging etwas näher ran, dann war es weg, und dann habe ich es auf einmal ganz genau gesehen, es befand sich zwischen zwei Eichen. Erst war es nur eine blasse Form, aber dann konnte man erkennen, dass es ein Mensch war. Er hatte ganz blasse Haut, und er kroch. Es war schrecklich, Sir, wie er gekrochen ist. Und dann habe ich den Kopf gesehen, einen großen Kopf, und während ich ihn anblickte, hat er geheult. Heulte wie ein Verrückter. Aber dann verschwand er in den Schatten.«

»Und was haben Sie daraufhin getan?«, fragte Bell sanft.

»Ich blieb stehen, wo ich war. Aber dann habe ich gedacht, ich muss ihm nach. Also bin ich eine Weile weitergegangen, aber ich habe nichts mehr gesehen. Doch dann kam das Geräusch wieder, dieses entsetzliche Geräusch, war jetzt aber viel weiter weg. Ich konnte in meiner Nähe nichts mehr hören. Also bin ich umgekehrt und, so schnell ich konnte, nach Hause.«

Balneils Gesicht durchlebte das Erinnerte noch einmal, und es war mir unmöglich anzunehmen, dass er uns etwas vorspielte. Wie viele Männer, fragte ich mich, die sich rühmen, nicht an Geister zu glauben, wären so mutig gewesen wie er? Der Doctor war sichtlich beeindruckt. »Danke«, sagte er. »Das habe ich sehr gut verstanden. Sie haben gesagt, das Geräusch war viel weiter weg, kurz nachdem Sie ihn gesehen hatten. Wie weit denn?«

»Eine halbe Meile mindestens. Und kein Mensch hätte diese Entfernung in der kurzen Zeit zurücklegen können, das schwöre ich.«

»Bestimmt nicht«, stimmte Bell zu. »Nun, was auch immer Sie gesehen haben, Mr. Balneil, Sie sind sehr mutig. Ich gratuliere Ihnen.«

Draußen zog ein Wind auf, und das Wetter schlug um. Als wir durch die Dunkelheit zum Gasthaus zurückgingen, sehnte ich mich danach, den Doctor zu fragen, was er von der merkwürdigen Geschichte hielt. Hatte Balneil sich schuldig gemacht, wenn vielleicht auch nicht der Unaufrichtigkeit, dann doch des Selbstbetrugs oder der Ausschmückung? Das Mondlicht kann dem Verstand einen Streich spielen; ich kannte einmal eine Frau in Edinburgh, deren kettenrasselndes Gespenst sich als ein vom Wind aufgeblähter Vorhang in einem Zimmer mit einem lauten Wasserbehälter entpuppt hatte. Aber Bell war noch immer nicht in der Stimmung für Konversation. Seine Antworten auf meine Fragen waren bestenfalls einsilbig, also drängte ich nicht weiter, und nicht allzu lange nach einem schweigsamen Dinner mit kaltem Braten, das im Vergleich zum Festessen am Vorabend eher mager ausfiel, wünschte er mir gute Nacht und zog sich auf sein Zimmer zurück.

Es war noch nicht sehr spät, und ich kehrte in den Salon zu meinem Buch zurück. Wieder versank ich im heroischen Kampf der Männer von Dunwich gegen das Meer. Ich erfuhr von den apokalyptischen letzten Stürmen des Jahres 1740, als das Wasser alle Grenzen sprengte und ungehindert durch die Straßen der Stadt strömte. Draußen wurde als passende Untermalung das gegenwärtige Unwetter heftiger. Der Wind heulte im Kamin, und Regen schlug gegen das Fenster, während ich von Hunderten Ertrunkenen in einer Nacht las, bei der großen Schlacht um den letzten verbliebenen Damm. Dann öffnete sich plötzlich die Tür, und der Wirt, Brooks, stand mit einem besorgten Ausdruck im Gesicht da.

»Bitte entschuldigen Sie die Störung, Dr. Doyle, aber ich mache mir langsam Sorgen.«

Ich stand sofort auf. »Geht es dem Doctor gut?«

»Ach, Dr. Bell bestimmt. Ich nehme an, dass er schläft. Nein, es geht um Miss Jefford, Sir. Ich weiß, dass Sie vorhin mit ihr Tee getrunken haben. Und sie ist vor einigen Stunden losgegangen, um sich das Haus ihres Bruders anzusehen. Aber sie hat keinen Schlüssel, also kann sie dort nicht unterkommen. Sie hat gesagt, sie wolle nur einmal hingehen und dann wieder zurückkommen.«

»Gütiger Himmel!«, sagte ich. »Und sie ist noch immer da draußen?«

»Ja, sie ist nicht zurückgekehrt. Ich würde ja selbst nach ihr suchen, aber ich will hier nicht weg, wenn keine Hilfskraft da ist. Ich hätte gern dafür gesorgt, dass die örtliche Kutsche hochfährt, aber sie soll wohl gerade in Saxmundham sein.«

Ich unterbrach ihn umgehend. »Nein, natürlich, ich werde

versuchen, sie zu finden. Ich kenne den Weg.« Damit rannte ich nach oben, um meinen Mantel zu holen.

Binnen weniger Minuten war ich den Elementen ausgesetzt und eilte zügig die Straße entlang bis zu der Stelle, wo der Pfad durch die Bäume und am See vorbei zu Jeffords Haus abzweigte. Es war mittlerweile eine schlimme Nacht geworden, und ich stemmte mich gegen den Regen und dem Wind und wünschte mir, der Wirt hätte mich früher über diese Entwicklung informiert. Ich hatte mich entschlossen, Bell nicht zu stören, aber jetzt wäre ich doch dankbar für etwas Gesellschaft gewesen. Zum Glück war der Weg einfach zu finden, und der Wirt hatte mir eine Laterne mitgegeben, aber natürlich schien die Strecke unter solchen Umständen erheblich länger als bei Tageslicht. Ich sah keine Menschenseele und hatte trotz des schweren Mantels das Gefühl, völlig durchnässt zu sein, als ich die Gabelung an der Straße erreichte.

Ich verbannte aus meinem Kopf bewusst alle Gedanken an die Geschichten, die ich über diesen Ort gehört hatte, und an die Wesen, die hier lauern konnten. Auf der Straße war mir das gerade noch so gelungen, doch als ich zwischen die Bäume einbog, wurde es weit schwerer. Auf der Straße hatte die Lampe einen guten Strahl geworfen, hier jedoch flackerte ihr Licht nur noch, zerstreute sich zwischen unzähligen Stämmen und warf geisterhafte Schatten. Ich hatte gehofft, dass der Waldweg ein wenig Schutz vor den Elementen böte, aber der Wind heulte mit voller Kraft um mich herum, und der Regen war immer noch heftig.

Schließlich, es kam mir vor, als wären Stunden vergangen, konnte ich die Umrisse von Jeffords Haus vor mir ausmachen. Und da hörte ich das Geräusch. Zunächst hielt ich es für ein Tier, vielleicht ein Kaninchen, das in geringer Entfernung in eine Falle geraten war. Doch es schwoll zu einem grausam lauten Schrei an, einem großen Heulen, das in meinen Ohren dröhnte. Der Krach hatte etwas vollkommen Unheimliches an sich – er war weder menschlich noch tierisch, aber doch irgendwie wild. So plötzlich, wie es begonnen hatte, hörte es wieder auf.

Trotz der Lautstärke hatte ich den sicheren Eindruck, dass das, was diesen Schrei ausgestoßen hatte, sich in einer gewissen Entfernung von mir befand. Aber da schien ich mich geirrt zu haben, denn jetzt konnte ich es zu meiner Rechten durch die Bäume rascheln hören. Was es auch war, es bewegte sich im Kreis und schien dabei Äste zu zerbrechen.

Ich zwang mich dazu, den Wald in Richtung des Geräusches zu betreten. Ein Ast knackte, und ich näherte mich ihm vorsichtig, in der Hoffnung, so tapfer wie Balneil zu sein. Aber törichterweise übersah ich den Stumpf eines gefällten Baums, stieß mit dem Fuß dagegen und stolperte; ich konnte gerade noch die Lampe festhalten.

Ich hatte keine Zeit, mich wieder aufzurichten. Plötzlich änderte das Geräusch die Richtung und kam geradewegs auf mich zu. Und dann war das Ding über mir, mit krächzendem Atem, und stieß mich so fest, dass ich mich beinahe gedreht hätte. Aber schon im Augenblick, da ich es zu fassen bekam, wusste ich, dass ich mich geirrt hatte. Denn unter mir war ein Gesicht: das entsetzte Gesicht von Charlotte Jefford.

Die Gestalt an der Kreuzung

»Gott sei Dank, dass Sie hier sind«, brach es aus ihr hervor. »Gott sei Dank hatten Sie das Licht. Ich habe dieses heulende Ding gesehen. Es ist gekrochen. Es kriecht durch den Wald!«

Ich konnte sie ein wenig beruhigen, auch wenn ich nicht mehr weiß, mit welchen Worten. Sie war erschöpft und hatte von den Ästen einige Kratzer davongetragen, aber nach einer Weile konnte sie mit mir zur Straße laufen. Angesichts ihres Zustands und des Wetters fand ich es nicht gerechtfertigt, mehr von ihr zu verlangen, und wollte ihr Unterschlupf bei der nächsten Hütte verschaffen, um ihren Transport zu organisieren. Doch zu unserem großen Glück war die örtliche Kutsche zurückgekehrt, und Brooks hatte den Fahrer die Straße entlanggeschickt, um nach uns zu suchen. Ich war in meinem Leben niemals froher, eine Landdroschke zu sehen, und zusammen mit dem Fahrer gelang es mir, Miss Jefford hineinzusetzen.

Der Wirt stand in der Tür seines Gasthauses und war erleichtert, uns zu sehen, und binnen kurzer Zeit war Dr. Bulweather eingetroffen, um seine Hilfe anzubieten. Er bestätigte meine Diagnose, dass Miss Jefford lediglich an einem Schock und Erschöpfung litt, von ein paar geringfügigen Schnitten abgesehen, und meinte, dass kaum mehr als ein Stärkungsmittel und ein erholsamer Schlaf nötig wären. Natürlich war er neugierig hinsichtlich der Umstände, aber ich erklärte sowohl ihm als auch dem Wirt nur, dass sie sich im Wald verirrt und Angst bekommen hatte. Ich hatte Miss Jefford bereits auf der

Rückfahrt in der Droschke gesagt, dass es sowohl um ihrer selbst willen als auch, um übertriebene Besorgnis zu vermeiden, vermutlich besser wäre, wenn sie vor dem nächsten Morgen niemandem erzählte, was sie gesehen hatte; mit diesem Plan war sie sofort einverstanden. Doch es war während dieser Unterhaltung, dass mir erstmals leise Zweifel an ihrer Geschichte kamen.

Vielleicht war das unehrenhaft, da ich das Geräusch ja ebenfalls vernommen hatte, aber über dieses einzelne Heulen hinaus hatte ich nichts gehört und nichts gesehen außer ihr selbst. Natürlich begann ich mich deshalb zu fragen, ganz den allgemeinen Prinzipien des Doctors folgend, ob es möglich wäre – wenn es auch noch so unwahrscheinlich sein mochte –, dass sie selbst dieses Geräusch hervorgebracht hatte. Aber als wir zurück im Gasthaus waren, verschwanden einige dieser Zweifel wieder. Sie war mit Sicherheit viel zu blass und aufgewühlt, um zu schauspielern.

Schon bald schlief sie, und ich ging selbst zu Bett, nachdem der dankbare Brooks, der mir ansehen konnte, dass ich ebenfalls erschöpft war, einen Weinbrand spendiert hatte. Trotzdem wachte ich früh auf und bat ein Dienstmädchen nachzuschauen, ob es Miss Jefford auch gut gehe. Sie kam zurück und ließ mich wissen, dass die Lady friedlich schlafe, und ich ging hinunter, um mit dem Doctor zu frühstücken.

Bell hatte bereits vom Wirt eine Version der Ereignisse dieser Nacht zu hören bekommen, doch als ich sichergestellt hatte, dass wir nicht belauscht wurden, erzählte ich ihm, was wirklich passiert war. Er befragte mich natürlich nach allen Einzelheiten, insbesondere nach dem genauen Ort, an dem ich mit ihr zusammengetroffen war. »Schade, dass Sie nicht mehr gesehen haben; ich wünschte, Sie wären früher losgegangen«, bemerkte er, als ich geendet hatte.

Ich fühlte mich ein wenig getroffen und wollte gerade entgegnen, dass man das leicht sagen könne, wenn man an einem gut gefüllten Frühstückstisch in einem warmen Gasthaus sitze, doch da fügte er hinzu: »Aber ich bin sehr froh, dass Sie sie gebeten haben, es für sich zu behalten«, vielleicht, weil er merkte, dass er etwas schroff gewesen war. »Das ist unabdingbar, wenn wir der Sache nachgehen wollen.« Mehr Lob hatte ich von ihm nicht zu erwarten.

Miss Jefford ging es tatsächlich erheblich besser, als sie aufwachte; sie erklärte sich aber einverstanden, den Tag ruhig auf ihrem Zimmer zu verbringen, wo Bell sie auf, wie ich zugeben muss, äußerst feinfühlige und wohlwollende Art befragte. Anscheinend war sie, schon lange bevor der Sturm aufkam, als es noch hell war, zum Haus hochgegangen. Langton wollte sie ursprünglich begleiten, war aber zu einem Streit zwischen zwei Landarbeitern gerufen worden, sodass sie alleine ging.

Allerdings hatte sie nach dieser Verzögerung Zeit und Entfernung falsch eingeschätzt und das Haus viel später erreicht als erwartet. Bell fragte sie mit großer Höflichkeit, die, wie ich wusste, eine gewisse Ungeduld kaschierte, was sie dort zu tun gedacht hatte, wenn sie doch noch nicht einmal hineingehen konnte.

»Ich wollte einfach zu seinem Haus gehen, Dr. Bell. Es ist vermutlich töricht, aber ich muss versuchen, eine Spur von ihm zu finden.« Sie fuhr fort zu beschreiben, wie sie, als sie das Haus erreichte, das Gefühl hatte, dass sich im Inneren jemand befand. Sie war sich sicher, Geräusche zu hören, konnte aber, als sie hineinspähte, nichts sehen. Dann, als es schon dämmerte, dachte sie, im Wald hinter dem Haus eine Bewegung gehört zu haben. Tapfer ging sie ein kurzes Stück hinein und tröstete sich mit dem Gedanken, dass sie, wenn sie erst gesehen hatte, was es war, auf direktem Wege zu dem Pfad und von dort zur Straße gehen konnte.

Das Geräusch hatte sich jedoch etwas entfernt, und sie folgte ihm. Schließlich hörte es auf, und dann vernahm sie ein anderes Geräusch, das Geräusch, das ich auch gehört hatte, nur mehrfach. Das ängstigte sie so sehr, dass sie weglief, aber es war inzwischen dunkel, und sie hatte die Orientierung verloren. Schlimmer noch, auf einmal war das Geräusch viel näher, und dann sah sie auch die Gestalt, deren Beschreibung sich weitgehend mit der von Balneil deckte. Sie kroch herum und war nackt, aber Miss Jefford beschrieb ihren Kopf als riesig und wild.

Danach geriet sie in Panik und rannte im Wald und in der Dunkelheit umher, ohne zu wissen, wo sie war. Schon bald hatte sie sich heillos verlaufen und glaubte nicht mehr daran, noch auf Rettung hoffen zu dürfen, als sie auf mich traf.

Der Doctor entlockte ihr all das vorsichtig und rücksichtsvoll, ehe er abschließend die Hoffnung äußerte, dass sie sich nach etwas Ruhe von ihrer Tortur vollständig erholt haben werde. »Ich möchte Sie nur um eines bitten, Miss Jefford. Bitte begeben Sie sich nicht noch einmal alleine auf eine solche Expedition, egal, unter welchen Umständen, haben Sie mich verstanden?« Sie pflichtete ihm bei, hatte aber eine letzte Frage.

»Was ich gesehen habe«, sagte sie, »hat auch der Förster gesehen, bevor man das Blut meines Bruders gefunden hat. Und heißt es nicht in der örtlichen Sage, dass damit immer ein Tod angekündigt wird?«

»Es gibt hier viele Sagen«, erwiderte Bell. »Einige sind bestimmt wahr, andere erfunden, manche auch das Ergebnis von Zufällen und überspannter Vorstellungskraft. Ich möchte Sie jetzt bitten, sich auf die Gegenwart zu konzentrieren, denn diese hat uns zu beschäftigen.« Damit war die Befragung beendet.

Später an diesem Morgen besuchten wir Mrs. Marner, und die Tür ihres eleganten Heims wurde von Ellie, ihrem Mädchen, geöffnet, einer kleinen dunklen Frau mit elfengleichen, spitzen Zügen, die wegen uns etwas nervös wirkte und wegsah, als Bell sich mit ihr zu unterhalten versuchte.

Mrs. Marner stand in ihrem gemütlichen Salon neben einem großen Globus, auf den Bell anspielte, nachdem sie uns willkommen geheißen hatte.

»Oh ja«, sagte sie, »ich bin der Geografie zugeneigt. Als ich noch auf der Bühne stand, haben wir in anderen Ländern gespielt, insbesondere auf dem Kontinent, und mir gefällt es, an die Städte und Menschen zu denken, wenn ich ihn ansehe.«

Wir setzten uns vor das Kaminfeuer, und Ellie brachte den Tee, doch sie blickte uns noch immer nicht an und wurde von Mrs. Marner sanft für ihre Unhöflichkeit getadelt.

»Ellie, du darfst nicht wegsehen. Es sind Freunde von mir.« Darauf knickste sie und lächelte kurz, aber trotzdem konnte sie das Zimmer nicht schnell genug verlassen.

»Sie verhält sich in letzter Zeit merkwürdig«, erzählte Mrs. Marner mit ihrer weichen, zaghaften Stimme. »Ich weiß nicht, warum, aber ich glaube, diese Jefford-Sache hat sie durcheinandergebracht. Ah, da kommt Lady, das andere Mitglied unserer Familie. Eigentlich gehört sie Ellie.«

Eine große, gepflegte schwarze Katze mit kleinen rötlichen Streifen hatte sich ins Zimmer geschlichen und lief nun rasch zu Mrs. Marner, die ihren gewölbten Rücken zärtlich streichelte. Aber als ihre Hand etwas höher ging, zuckte Lady zusammen und lief fort. »Wie ihr Frauchen ist sie nicht ganz sie selbst«, fügte Mrs. Marner hinzu.

»Sagen Sie, Mrs. Marner«, fragte Bell nun, da das Thema schon angeschnitten worden war, »sind Sie jemals Oliver Jefford begegnet?«

»Ich gehe am Nachmittag nach dem Üben viel spazieren«, sagte sie und nippte an ihrem Tee. »Gelegentlich komme ich bis zur Heide und habe ihn bisweilen auf der Straße getroffen. Das ist alles.«

»Alleine?«, fragte Bell schnell.

»Beide Male alleine, glaube ich. Wir haben uns nur einen guten Tag gewünscht, ich bezweifle, dass er überhaupt meinen Namen gekannt hat.«

Das war enttäuschend. »Und Sie waren zu Hause am Abend des ersten Dezember?«, fragte Bell.

»Das stimmt«, sagte sie, »aber ...«

»Ja?« Bell wartete.

»Aber Ellie nicht, sie ist ausgegangen.«

»Wissen Sie, wohin?«, fragte Bell.

»Sie hat es mir am nächsten Tag nicht verraten, aber es würde mich nicht überraschen, wenn ... sie sich mit Colin Harding getroffen hat.«

»Dem Landarbeiter, der das Blut entdeckt hat?« Bell hatte seine Augen auf ihre geheftet.

»Ja, Sir Walters Angestellter. Ich glaube, sie treffen sich hin und wieder.«

»Sie meinen, er macht ihr den Hof?«

»Es gibt hier nicht viele Möglichkeiten zu freien, Dr. Bell, und ich möchte nicht in Ellies Angelegenheiten schnüffeln. Das ist ihre Sache, und sie hat mir immer gute Dienste geleistet. Ich weiß, dass sie einmal mit Harding in der Personalküche in Monks Haus Tee getrunken hat. Ich weiß auch, dass diese Sache sie mitgenommen hat. Sie ist sehr abergläubisch.«

»Glaubt sie an Hexerei?«, fragte Bell.

»Ach, sie hat viele seltsame Launen. Ich hatte gehofft, dass Colin Harding sie ihr austreibt. Er ist praktisch veranlagt, und manchmal unterhalte ich mich mit ihm, aber jetzt wirkt er etwas gedankenverloren. Ach ja, Ellie hat mir doch etwas erzählt.«

»Ja?«, sagte Bell.

»Ich weiß, dass sie in der Nacht Dr. Bulweather begegnet ist. Sie sagte, dass er seinen Schal umgelegt und den Hut tief ins Gesicht gezogen hatte, als wollte er nicht erkannt werden. Und er war ohne Hund. Aber sie hat ihn gesehen, ohne dass er sie bemerkt hat; sie ist sich sicher, dass er es war.«

»Hat sie erwähnt, wo das war?« Bell gab sich keine Mühe, sein Interesse zu verbergen.

»An der Kreuzung oberhalb der Stadt, aber sie hat nicht gesehen, in welche Richtung er gegangen ist, weil sie ihm nicht folgte, sondern nach Hause gelaufen ist.«

Bells nächste Frage schien mir völlig unlogisch. »Sagen Sie, Mrs. Marner«, erkundigte er sich, »hatten Sie jemals Gelegenheit, hier im Ort aufzutreten?«

»Hier im Ort? Du lieber Himmel, nein, Dr. Bell. Ich habe mich bei meiner Heirat völlig von der Bühne zurückgezogen, und hier gibt es meilenweit kein Theater mit gutem Ruf.«

»Wo ist denn das nächste Theater?«, fragte der Doctor und beobachtete sie genau.

»Es gibt ein schlichtes Varietétheater in Lowestoft, soweit ich weiß. Aber ich war keine Varietékünstlerin, Dr. Bell.«

»Natürlich nicht, ich wollte nur sichergehen.«

Danach kehrte die Konversation zu anderen Themen zurück, und schon bald beharrte Bell demonstrativ darauf, dass Mrs. Marner sicher wieder in ihr Musikzimmer zurückkehren möchte, und wir wurden hinausgeführt.

In der Eingangshalle erklärte Dr. Bell Ellie, dass wir bestimmte Dinge im Zusammenhang mit dem Geheimnis von Mr. Jeffords Verschwinden untersuchten und wissen wollten, ob sie am Abend seines Verschwindens etwas gesehen hatte, als sie ausgegangen war.

Das Mädchen sah ziemlich verängstigt aus und errötete, doch es schüttelte nur den Kopf.

»Und können Sie uns nicht erzählen, wo Sie waren, Ellie?«, fragte Bell so liebenswürdig wie möglich.

Ellie stammelte nur. »Das möchte ich lieber nicht sagen, Sir. Ich war nur spazieren.«

Bell bedrängte sie nicht weiter, und wir gingen. Draußen schien das Wetter dem bereits vertrauten Muster zu folgen. Der Nebel über dem Marschland hatte sich verzogen, und am Horizont zogen Wolken herauf.

»Wir müssen noch einmal mit Harding reden, und diesmal um einiges energischer«, sagte Bell grimmig. »Außerdem will ich Dr. Bulweather sprechen. Die Kreuzung könnte unseren Freund zum See und zu Jeffords Haus geführt haben, aber es sind natürlich auch andere Richtungen denkbar.«

Der Regen hatte wieder eingesetzt, und wir waren schon ein wenig feucht, als wir uns dem Gasthaus näherten. Aber der Doctor hatte nicht vor, sich dort aufzuhalten. Nachdem wir die erforderliche Kleidung geholt hatten, bestand er darauf, noch einmal zu Jeffords Haus und dem See zu gehen, um mit Harding zu sprechen und den Boden erneut zu untersuchen. »Was auch immer letzte Nacht dort gesehen wurde, muss Spuren hinterlassen haben«, sagte er, »und Charlotte Jefford ebenfalls.«

Wir eilten die Straße entlang und bogen in den Waldpfad ein. Noch immer fiel leichter Regen, und der Wind peitschte auf eine Art durch die Bäume, die mich unangenehm an den Abend zuvor erinnerte. Kurz bevor wir das Haus erreichten, wurde unsere Aufmerksamkeit auf einige Gestalten im Wald gelenkt. Sie waren ein Stück entfernt, aber gut gegen das Wetter gerüstet, und es herrschte unter ihnen offenbar Aufregung, denn man hörte Stimmen rufen, weshalb der Doctor beschloss, dass wir dem nachgehen sollten.

Als wir uns näherten, spürte ich, dass es sich hier um einen Notfall handelte. Es wurde gerufen, und man schickte jemanden eilig in Richtung des Dorfes. Als wir näher kamen, erkannten wir Langton.

»Gott sei Dank, dass Sie hier sind«, sagte er. »Ich brauche jede Hilfe, die ich kriegen kann.«

»Aber warum?«, fragte Bell und hielt dann inne, denn die Gruppe hatte sich geteilt, und wir sahen, was sich zwischen den Leuten befand. Colin Harding lag dort in grauem Licht und Nieselregen. Seine Leiche sah zum Himmel hinauf, mitten auf der Lichtung, die Arme weit ausgestreckt, die Augen offen, den Mund aufgerissen.

Er schien keine Verletzung zu haben, aber er sah aus wie ein Mann, der sich hingelegt hatte, um den Teufel einzuladen, in ihn hineinzufahren; eine Einladung, die in den letzten Augenblicken seines Lebens mit qualvoller Wirkung angenommen worden war.

Der unergründliche Tod

Der Doctor war sofort bei der Leiche.

»Er wurde erst vor einer Stunde entdeckt«, sagte Langton. »Ich habe gerade nach Dr. Bulweather geschickt. Dr. Hare ist noch bis morgen fort.«

Bell antwortete nicht; er war zu sehr damit beschäftigt, den Toten zu untersuchen, der, wie bereits erwähnt, keine sichtbaren Verletzungen aufwies. Er starrte lang und angestrengt auf das Gesicht, führte seinen Kopf ganz dicht heran, dann betrachtete er die Hände und sah sich die Lage genauer an.

Als er aufstand, wandte er sich mit drängender Stimme an Langton. »Ich denke, wir sollten ihn umgehend ins Dorf hinunterbringen. Er ist seit mehreren Stunden tot, und es ist unerlässlich, dass er sofort obduziert wird. Aber darf ich Sie zunächst bitten, unverzüglich all diese Leute von hier abzuziehen, denn wir müssen hier alles untersuchen, und ich fürchte, dass schon entscheidende Spuren verloren sein könnten.«

»Nun gut, Doctor«, sagte Langton, doch er sah etwas skeptisch aus. »Ich weiß von Bulweather, dass Sie in diesen Dingen sehr erfahren sind, aber es könnte durchaus sein, dass Harding einfach eine Art Anfall hatte.«

Der Doctor antwortete nicht, er untersuchte bereits den Boden in unmittelbarer Nähe des Toten, während Langton den anderen Männern erklärte, sie sollten wieder an ihre Arbeit gehen, aber in der Nähe bleiben, um den Leichnam nach unten zu tragen. Der Wachtmeister der Stadt, ein großer und zuverlässiger Mann, den er uns als John Wallace vorstellte, sollte unterdessen die für diese Aufgabe notwendige Bahre beschaffen.

Ich folgte Bell, der sich seinen Weg durch das Gelände bahnte und seinen Gehstock mit dem Silberknauf benutzte, um die Vegetation beiseitezuschieben. Aber sogar ich konnte sehen, dass seine Bemühungen beinahe aussichtslos waren. Der Boden war feucht gewesen, es hatte im Laufe der Stunde immer wieder, wenn auch nur leicht, geregnet, und alles, was jetzt übrig war, waren matschige Zonen, in denen sich die Stiefelabdrücke der anderen Männer abzeichneten. Bell lief verzweifelt um sie herum und begab sich dann an den Rand der Lichtung. Dieses Areal war etwas weniger zertrampelt, aber auch hier gab es Matschpfade.

Nach einiger Zeit erschien Dr. Bulweather, der sehr besorgt aussah. Und nachdem er den Leichnam betrachtet hatte, ging Bell mit ihm etwas abseits, und die beiden Männer beratschlagten sich angeregt, aber ohne dass ich etwas davon mitbekam. Ich konnte sehen, wie Bulweather zum Zeichen seines Einverständnisses nickte und Bell ausführlich Frage um Frage stellte. Gelegentlich schüttelte Bulweather den Kopf, aber meistens schien er zuzustimmen. Bell wirkte so erfreut über seine Zustimmung, dass ich mich unweigerlich fragte, worüber in aller Welt sie diskutierten. Schließlich beendeten sie ihren Dialog, und Bell ging dahin, wo Langton mit der Bahre stand.

»Inspector Langton«, sagte Bell, »eine Obduktion ist entscheidend für uns, ebenso wie die Geschwindigkeit, mit der sie durchgeführt wird. Ihr Arzt hier hat, wie ich höre, nur beschränkte Erfahrung, aber er wird für meine beträchtlichen Kenntnisse als Chirurg und Pathologe bürgen. Ich schlage deshalb vor, dass ich persönlich die Untersuchung mit seiner Hilfe durchführe. Andernfalls könnte es Verzögerungen geben, die unter den gegebenen Umständen töricht wären.«

Langton blickte erstaunt drein. »Aber wo wollen Sie sie durchführen, Dr. Bell? Im Gasthaus?«

Doch der Doctor war zu diesem Zeitpunkt nicht zu Scherzen aufgelegt. »Bulweather verfügt über ein Nebengebäude, in dem er bereits gelegentlich operiert hat«, antwortete er. »Es sollte ausreichen, und wir haben Glück, da er offenbar einen guten Satz chirurgischer Instrumente von seinem Onkel geerbt hat, der Chirurg gewesen ist, und zudem einige chemische Apparaturen. Er hat mir diese aufgezählt, und ich glaube, sie werden ausreichen. Vielleicht wird uns so manches Wünschenswerte fehlen, aber ich dürfte damit zurechtkommen.«

»Ich müsste Verbindung mit meinen Vorgesetzten aufnehmen, bevor ...«, setzte Langton an.

»Unbedingt«, unterbrach Bell ihn. »Und wenn sie vor morgen einen Pathologen hierher schicken können, stehe ich ihm gerne zur Seite. Aber ich schlage vor, dass man Inspector Miller von Scotland Yard telegrafiert, der, so nehme ich an, meine Eignung für die vorliegende Aufgabe bestätigen wird.«

Langton war damit zufrieden, und jetzt wurden Vorkehrungen getroffen, um die Leiche abzutransportieren. Sie beschlossen, sie auf dem direkten Wege in den Ort zu tragen, statt den Umweg über die Straße zu nehmen.

Als er das hörte, wies Bell auf eine besonders auffällige Matschspur, welche die Männer bereits produziert hatten. »Dürfte ich darum bitten, Inspector«, sagte er drängend, »dass die Leute, die den Leichnam tragen, über diesen Weg die Lichtung betreten und verlassen und nicht davon abweichen? Ich habe den Verdacht, dass alle Spuren bereits verwischt wurden, aber es ist immer noch möglich, dass etwas gefunden wird, und ich möchte keine weitere Verwüstung sehen.«

»Sind Sie sich denn so sicher, dass es kein natürlicher Tod ist?«, fragte Langton.

»Ich treffe keine Annahmen über irgendetwas«, erwiderte Bell, »aber ich glaube, es ist unerlässlich, den Ort jedes Todesfalls unberührt zu lassen, bis wir uns über die Umstände näher im Klaren sind. Ich fürchte, dass dies hier nicht befolgt wurde, was wir sicherlich alle bereuen werden.«

Ich weiß nicht, ob sich Langton dies zu Herzen nahm, aber jedenfalls setzte er die Anweisungen des Doctors peinlich genau um. Binnen weniger Minuten näherten sich die Leichenträger exakt entlang der Strecke, die Bell ihnen zugewiesen hatte. Es waren einige nötig, denn der Tote war groß und konnte nur mit Mühe hochgehoben werden. Es regnete jetzt stärker, was zur melancholischen Stimmung beitrug, als sie ihn endlich schulterten und sich hügelabwärts in Richtung Dorf in Marsch setzten.

Nach einer weiteren kurzen Unterredung mit Bell kam Bulweather zu mir herüber. »Tut mir leid, Dr. Doyle, dass ich Sie noch gar nicht begrüßt habe, aber Dr. Bell hat mir kaum Zeit zum Atmen gelassen, was ich ihm nicht vorwerfen kann, denn das ist eine schreckliche Angelegenheit. Wir haben Glück, Sie beide hier zu haben. Ich bedaure nur, dass Sie unsere kleine Gemeinde unter solchen schlimmen Umständen kennenlernen mussten. Ich verabschiede mich jetzt von Ihnen, aber ich weiß, dass Sie in Kürze in meinem Haus sein werden, denn vor uns allen liegt ein langer Arbeitstag. Zumindest kann ich dafür sorgen, dass Mrs. Harvey uns während unserer Mühen die nötige Stärkung verschafft.« Damit lief er den anderen hinterher.

Es regnete inzwischen in Strömen, und ich bin ziemlich

sicher, dass das auch die letzte Hoffnung des Doctors zunichtemachte, noch Spuren auf der Lichtung zu finden. Trotzdem beharrte er darauf, die matschigen Pfade und die Vegetation rundherum scheinbar stundenlang zu untersuchen. Die meiste Zeit verbrachte er damit, den Ort vorsichtig zu umrunden und dabei den Boden unter die Lupe zu nehmen. Ich hielt es für ratsam, Abstand zu halten, da ich nicht auch noch zur Beeinträchtigung beitragen wollte, doch nach einer nassen Stunde, während der er bestimmt nichts entdeckt hatte, war ich kurz davor, ins Dorf zurückzukehren, da ich hier ja doch niemandem von Nutzen war. Der Doctor richtete seine Aufmerksamkeit auf einen Stock, den er aufgehoben hatte; er balancierte ihn auf seiner Hand, als wäre es eine Perlenkette und nicht ein herumliegendes Stück Holz, auf dem keinerlei Spuren zu erkennen waren.

Ich musste unweigerlich denken, dass das, was Colin Harding umgebracht hatte, wenn er tatsächlich ermordet worden war, bestimmt kein Stock gewesen war. Kurz darauf warf der Doctor ihn fort und kam zu mir und zeigte an, dass er bereit war zu gehen.

Als wir die Ortschaft erreichten und zu Bulweathers Haus kamen, war der Tote bereits in ein gefliestes Nebengebäude gebracht worden, das früher eine Molkerei gewesen war. Er lag auf einem Steintisch, auf dem einstmals die Milch abgekühlt worden war und auf dem Bulweather in jüngerer Zeit kleinere Operationen durchgeführt hatte. Da der Himmel stark bedeckt war, waren Lampen geholt worden, die ihren flackernden Schein auf den Toten warfen.

Nachdem er sich umgesehen hatte, machte Bell sich daran, Bulweathers Instrumente zu untersuchen, die ich unter den gegebenen Umständen für erstaunlich komplett hielt; darunter waren eine Vielzahl an Messern, Sägen und sogar eine Rippenschere. Offenbar war sein Onkel, der gelegentlich Obduktionen durchgeführt hatte, stolz auf seine Ausrüstung gewesen.

Langton hatte jedoch ausdrücklich untersagt, mit der Arbeit zu beginnen, bis er die Ermächtigung dazu erhalten hatte, und es war nicht absehbar, wann das sein würde. Der Doctor ärgerte sich sichtlich über die Verzögerung und bestand darauf, eine einleitende Untersuchung vorzunehmen. Ich stand bei dieser formlosen Prozedur, bei der Bulweathers Anwesenheit nicht erforderlich war, neben ihm und konnte sehen, dass die einzigen Spuren an Hardings Körper ein paar leichte und ziemlich harmlose Hämatome an den Armen waren. Wir fanden ein weiteres Hämatom unter den Haaren auf dem Hinterkopf; es war frisch, und Bell widmete ihm seine ganze Aufmerksamkeit.

»War das ausreichend?«, fragte ich, denn ich wusste, was er in Betracht zog.

»Das glaube ich nicht«, sagte er endlich. »Ja, es könnte für eine Gehirnerschütterung ausreichend gewesen sein, die in seltenen und unglücklichen Fällen tödlich enden kann. Aber wenn ihn das umgebracht hat und es ein vorsätzlicher Schlag war, dann reden wir hier von Totschlag und nicht von Mord. Kein kaltblütiger Mörder wäre das Risiko eingegangen, den Ausgang so offenzulassen.«

Danach untersuchte er noch den restlichen Leichnam minutiös, aber es gab sonst nichts, was mir aufgefallen wäre. Die meiste Zeit verbrachte er beim Mund, wo er etwas schäumenden Auswurf hinter der Oberlippe fand.

Als wir fertig waren, gingen wir zu Bulweather, der bestätigte, dass es noch keine Antwort auf Langtons Telegramme gab und dass wir womöglich noch viele Stunden warten mussten. Der Doctor verbarg seinen Ärger nur schlecht und wies darauf hin, dass kaum mehr als drei oder vier Stunden Tageslicht verblieben. Bulweather versicherte ihm, dass bei Bedarf weitere Lampen beschafft werden konnten, und so zogen wir uns fürs Erste ins Gasthaus zurück.

Rückblickend wäre es viel sinnvoller gewesen, wenn Bell sich mit anderen Dingen beschäftigt hätte, während wir warteten. Aber er wollte das Risiko nicht eingehen, Zeit zu verlieren, und war ohnehin von der anstehenden Aufgabe abgelenkt. Nach einem späten und verdrießlichen Mittagessen stellte ich sicher, dass Charlotte Jefford mehr oder minder genesen war und in ihrem Zimmer las, aber niemand hatte es über sich gebracht, ihr von dem Todesfall zu erzählen. Ich fragte den Doctor, ob ich es selbst übernehmen sollte, worauf er ziemlich barsch entgegnete, dass sie es ebenso gut von mir hören konnte wie von einem Dienstmädchen oder einem andern Klatschweib.

Miss Jefford saß recht bequem in einem Sessel neben dem Feuer, das man in ihrem Zimmer hergerichtet hatte, und grüßte mich freundlich. Ihr blondes Haar war offen und kräuselte sich hübsch um ihr Gesicht, aber ihre Augen waren noch immer aufgewühlt.

Ich hatte beschlossen, so wenig Aufhebens um die Sache zu machen wie möglich, und erzählte ihr nur beiläufig, dass es schlechte Nachrichten bezüglich Sir Walter Monks Landarbeiters gab. Miss Jefford schien sich vorgenommen zu haben, sich nicht unnötig zu beunruhigen, und als sie verstanden hatte, dass er tot war, fragte sie nur, ob wir etwas von den Umständen wüssten. Ich antwortete, dass es durchaus ein Herzinfarkt oder etwas Ähnliches gewesen sein konnte und dass wir in Kürze mehr in Erfahrung bringen würden. Damit schien sie zufrieden, und ich verließ sie wieder, froh darüber, dass wir beide nicht auf die Ereignisse des Abends zuvor zu sprechen gekommen waren. Vielleicht hatte ich mich allerdings einer leichten Täuschung schuldig gemacht, denn aus meinen Worten könnte sie durchaus geschlossen haben, dass Harding in seinem Bett gestorben war. Ich hatte jedenfalls nicht vor, auf die Tatsache anzuspielen, dass man ihn nahe der Stelle gefunden hatte, an der sie die Erscheinung gesehen hatte, noch auf unser beider Wissen, dass der Geist angeblich ein Vorbote des Todes war. Und angesichts der Welle der Besorgnis, die Hardings Tod bereits im Gasthaus ausgelöst hatte, dankte ich Gott dafür, dass wir Charlotte Jeffords Erlebnis geheim gehalten hatten.

Wie Bell befürchtet hatte, war es bereits Abend, ehe Langton mit der Nachricht kam, dass die Autopsie durchgeführt werden dürfe. Bulweather hatte Wort gehalten und weitere Lampen ins Nebengebäude verlegt, aber auch wenn er sie so gut wie möglich angeordnet hatte, sorgten sie doch für ein eher gespenstisches Licht. Überall flackerten Schatten, und als sich der Doctor und Bulweather vor den Leichnam stellten, warfen sie riesige und grotesk-düstere Silhouetten auf die gefliesten Wände. Doch der Doctor machte nicht den Eindruck, als ließe er sich dadurch stören, und begann mit der Arbeit, als wäre er im Leichenhaus von Edinburgh. Er ließ mich alles aufzeichnen, was er tat.

Nach einer weiteren Untersuchung des äußeren Körpers, mit besonderem Schwerpunkt auf Mund, Nase und Ohren, nahm er das Seziermesser und machte einen tiefen Y-förmigen Einschnitt von den Armen bis unterhalb des Brustbeins und von dort hinunter bis zum Bauchraum. Als die Strukturen von Hals und Brusthöhle entblößt wurden, untersuchte Bell diese an Ort und Stelle, bevor er die Rippenschere nahm und durch den Brustkorb schnitt.

Ich habe viele Obduktionen gesehen, aber diese zählt

bestimmt zu den merkwürdigsten. Draußen schlug der Regen hart gegen das Dach des Gebäudes, und ich erinnere mich lebhaft an den habichtartigen Schatten, den der Kopf des Doctors auf die Fliesen warf, während sein Gesicht den Organen des Toten zu Leibe rückte. Aber für solche Romantik blieb nur wenig Zeit, denn ich war zu sehr damit beschäftigt, jede Prozedur in das Buch einzutragen, das man mir zu diesem Zweck gegeben hatte. Aus diesem Grund lieferte der Doctor einen unregelmäßigen Kommentar ab zu dem, was er tat und warum er es tat, von gelegentlichem Ächzen unterbrochen, wenn er seine Werkzeuge benutzte.

Auch spürte ich gelegentlich ein leicht erhöhtes Interesse bei ihm, als er zum Beispiel in der Luftröhre ein wenig Schaum fand. Nachdem die Thoraxhöhle geöffnet war, schwieg er einen Moment und bat mich dann, die Blässe und Dehnung der Lunge zu notieren.

Ein paar Augenblicke später bemerkte ich, wie Bulweather den Blick des Doctors auffing, und im Gesicht des Landarztes zeichneten sich Verblüffung und Schrecken ab. Dann machten sie weiter wie zuvor.

Die Arbeit nahm viele Stunden in Anspruch, denn Bell war in solchen Dingen immer gründlich, und es war schon kurz vor Tagesanbruch, ehe er das Verfahren beendete und die Organe, von denen bisweilen Gewebeproben entnommen worden waren, zurück in den Körper legte. Schließlich nähte er die Einschnitte wieder zusammen, und der Leichnam von Colin Harding war beinahe wieder heil.

Unterdessen hatte ich die Tischplatte und den Fußboden mit den Wassereimern gereinigt, die unser Gastgeber zur Verfügung gestellt hatte, und endlich begaben wir uns in den Salon. Die Haushälterin war nicht zu sehen, aber sie hatte uns Bier und verschiedenen Aufschnitt, Brot und Käse hinterlassen, die wir gierig aßen. Der Doctor war sichtlich ausgehungert nach seinen Anstrengungen, aber mir fiel auf, dass Bulweather unruhig war und offensichtlich dringend über Bells Schlussfolgerungen sprechen wollte, jedoch zögerte, das Thema selbst anzuschneiden. Draußen hatte sich das Wetter etwas beruhigt; es regnete nicht mehr, obwohl der Wind noch immer heulte.

Schließlich trank Bell ein Glas von Mrs. Harveys Bier, setzte sich hin und starrte ins Feuer.

»Es ist unmöglich«, murmelte Bulweather jetzt und starrte ihn an; er konnte nicht mehr länger unterdrücken, was ihn beschäftigte.

»Aber es gibt keinen Zweifel«, erwiderte Bell.

»Es sind von da Meilen bis zu einer Stelle, wo es passiert sein könnte.« Bulweather ließ sich erschöpft in seinen Sessel fallen. »Bedenken Sie sein Gewicht. Fünf Männer hatten Schwierigkeiten, ihn auf einer Polizeibahre hierherzutragen. Alle werden an die Worte der Hexe denken.«

»Ja, das entspricht meinen Berechnungen anhand der Karte«, sagte Bell. »Sie sind sicher, dass es keine Stelle gibt?«

»Vielleicht etwas feuchte Erde. Aber sonst nichts. Und er hat keine Erde geschluckt.«

Ich war so beschäftigt, Eindrücke und Informationen aufzuzeichnen, dass mein Medizinergehirn so gut wie ausgeschaltet gewesen war; erst jetzt begann ich die Schlussfolgerungen zu begreifen, als wir von Langton unterbrochen wurden, der sich ohne Umstände selbst eingelassen hatte, weil er gespannt auf die Ergebnisse der nächtlichen Arbeit war. Draußen konnte man Lichtstreifen auf einem düsteren Himmel sehen, während der Wind mit dem herannahenden Tag weiter abgeflaut war.

»Nun, Gentlemen«, fragte Langton, »was haben Sie zu berichten? War es ein Anfall?«

»Durchaus nicht«, sagte Bell, der reglos in seinem Sessel saß, die Augen aufs Feuer gerichtet. »Es war Wasser in seiner geschwollenen Lunge, Schaum in der Luftröhre, Auswurf im Mund. Die Symptome sind unverkennbar. Der Mann starb durch Ertrinken.«

Die Puppenkammer

Langton starrte Bell ungläubig an. »Sind Sie sicher?«, fragte er. »Irrtum ausgeschlossen? Vielleicht war es der Regen, er lag ja mehrere Stunden dort.«

»Kein Regen könnte die Auswirkungen haben, die wir beobachtet haben«, sagte Bell immer noch reglos. »Lassen Sie mich wiederholen: Der Mann starb durch Ertrinken, er war unter Wasser.«

Langton wandte sich unserem Gastgeber zu, der sich erhoben hatte und beim Tisch stand. »Es ist leider wahr«, bestätigte Bulweather.

»Gut, Sie sagen, er sei ertrunken.« Langton ging zum Fenster. »Auch wenn ich es nicht begreife, kann es so doch immerhin ein Unfall gewesen sein und kein Mord, wie zu befürchten stand.«

Da wandte Bell endlich doch seine Augen vom Feuer ab, sein Gesicht wirkte sehr ernst. »Ein Unfall?«, fragte er. »Normalerweise haben Unfälle Ursachen. Ich fürchte, dieser Ausdruck ist völlig sachfremd, wo wir gegenwärtig noch keine Schlüsse ziehen konnten, wie es überhaupt möglich war.«

Die Unterhaltung setzte sich damit fort, dass wir alle uns vorzustellen versuchten, wie so etwas passiert sein konnte. War er sich sicher, dass es kein Wasser in der Nähe gab? Doch Bulweather, der neben vielen anderen Dingen auch ein begeisterter Lokalhistoriker war, brachte eine hydrografische Karte bei, die das bestätigte. Selbst in der Luftlinie waren es anderthalb Meilen vom Fundort der Leiche, durch dichten Wald und über unwegsames Gelände bis zum Hexensee, der das nächstgelegene Gewässer war.

»Ist es möglich«, fragte Langton, »dass die Leiche gezogen wurde?«

»Es brauchte fünf Männer, ihn hierherzutragen«, sagte Bulweather. »Wie hätte man ihn ziehen sollen? Wenn man ihn über ein Pferd geworfen hätte, vielleicht.«

»Das habe ich in Erwägung gezogen«, sagte der Doctor, der vom Kamin aufgestanden war und die Karte höchst interessiert studierte. »Aber auch wenn die Lichtung selbst nicht mehr verwertbar war, so hätte ein Pferd doch auch weit darüber hinaus Spuren hinterlassen. Wir müssen noch einmal nachsehen, aber ich konnte nicht die geringsten finden.«

»Und durch den Wald geht kein Pferd mehr«, murmelte Langton. »Es ist zu gefährlich.«

Inzwischen war es hell geworden, und Langton ging, um Vorkehrungen für den Abtransport der Leiche zu treffen und seinem Vorgesetzten die verwirrenden Neuigkeiten zu telegrafieren. Bell gab zu, dass er schnellstmöglich wieder in den Wald wollte. Aber zunächst ließ er sich überzeugen, da Mrs. Harvey in der Küche beschäftigt war, ein Frühstück einzunehmen, und kurz darauf saßen wir im Esszimmer und verzehrten Toast und Eier und tranken einen sehr willkommenen Kaffee.

Der Doctor aß schweigend, und Bulweather und ich redeten nur wenig. Ich gratulierte ihm zu den Kochkünsten seiner Haushälterin, und er stimmte zu, dass er großes Glück gehabt hatte, sie kurz nach dem Tod seiner Frau zu finden.

Die Bemerkung schien Bell an etwas zu erinnern, denn ich sah, wie er aufblickte. Er dankte seinem Gastgeber für das großzügige Mahl, legte Messer und Gabel hin und schob seinen Teller zur Seite. Dann fuhr er beiläufig fort: »Dr. Bulweather, ich habe noch einmal über die Pipette nachgedacht, die Sie gebaut haben, für Halsinfektionen bei Kindern. Die, mit der Sie das Kind behandelt haben in der Nacht, von der wir gesprochen haben. Schon bemerkenswert, dass wir beide die gleiche Idee hatten, den Patienten zu helfen, nicht wahr?«

»Aber ja, die Pipette ist eine nützliche Erfindung. Der Gedanke gefällt mir, in Ihre Fußstapfen zu treten, Dr. Bell.« Aber ich konnte sehen, dass unser Gastgeber etwas überrascht war, dass der Doctor in einem so kritischen Augenblick auf eine so banale Angelegenheit zurückkam.

»Ich würde sie gerne noch einmal sehen, wenn Sie nichts dagegen haben. Mich interessiert, ob wir die gleiche Methode anwenden.«

»Aber natürlich, ich hole sie«, entgegnete er und stand hastig auf.

Der Doctor sah mich nicht an, doch ich fragte mich durchaus, warum er zum jetzigen Zeitpunkt alte Behandlungsmethoden wieder aufleben lassen wollte. Nach wenigen Augenblicken war Bulweather mit ihr zurück.

»Übrigens«, sagte Bell zu unserem Gastgeber, »wussten Sie, dass Sie in jener Nacht gesehen wurden, als Sie zu Ihrem Patienten gegangen sind?«

Bulweather brachte Bell die Pipette, die jetzt mehr glänzte als beim letzten Mal. »Das wusste ich nicht, Sir. Wer hat mich gesehen?«

»Das spielt keine Rolle«, sagte Bell. »Aber welche Straße haben Sie genommen?«

»Ich bin Richtung Westleton Heath gegangen«, antwortete er.

Bell nickte, nahm die Pipette und drehte sie in seiner Hand. »Ah ja«, sagte er lächelnd, »sie ist kürzlich gereinigt worden, oder?«

»Möglich«, lautete die Antwort.

»Denn mir ist aufgefallen, als ich sie beim letzten Mal genommen habe, dass, obwohl sie schon Staub abgewischt hatten, immer noch eine Schicht auf ihr lag. Es war ausgeschlossen, dass sie in den letzten Monaten benutzt worden war, jedenfalls ganz bestimmt nicht in den letzten Tagen.«

Bulweather starrte ihn an. »Ach ja, jetzt fällt es mir ein, ich hatte in meiner Tasche noch eine zweite, die ich in jener Nacht genommen habe. Aber sie war alt, und ich habe sie weggeworfen.«

»Wie äußerst passend«, erwiderte Bell. »Sie behaupten also immer noch, bei dem Kind gewesen zu sein?«

Ich habe Bulweather als großen Mann beschrieben. Ich bin mir sicher, dass er auch stark war, und jetzt baute er sich vor Bell auf und sah beinahe bedrohlich aus, den Mund verzerrt von unterdrückter Wut oder vielleicht sogar Schmerz. Aber dann hatte er sich wieder im Griff und kehrte zu seinem Platz zurück. Er legte die Hände auf den Tisch. »Gentlemen, Sie können so viel oder so wenig glauben, wie Sie mögen. Ich werde weiter nichts dazu sagen.«

Kurz danach gingen wir. Es war alles andere als ein angenehmer Abschied von einem Haus, in dem wir nur Stunden zuvor alle drei als Mannschaft gearbeitet hatten. Aber angesichts seiner Verschlossenheit und Lügen schien es mir eindeutig, dass er irgendwie in die Sache verstrickt war – wenn schon nicht in Hardings Tod, dann doch zumindest in die undurchsichtigen Ereignisse rund um Jeffords Verschwinden.

Und so, gestärkt von der Gastfreundschaft eines Mannes, dem wir nicht trauen konnten, erklommen wir die Straße, die in südlicher Richtung aus dem Dorf führte, und schlugen uns schließlich in den vor uns liegenden Wald.

Ich gebe zu, dass ich bei unserem Marsch durch die nassen Bäume nach einer schlaflosen Nacht nur wenig Energie und Tatkraft verspürte. Doch Bell drängte vor mir voran, mit der Lebenskraft eines Mannes, der seine Pläne dringend umsetzen möchte. Natürlich kannte ich diese Eigenschaft schon von früher, sie trat immer dann zum Vorschein, wenn er Gelegenheit bekam, die Arbeit zu tun, die er liebte, egal, wie verzweifelt die Umstände waren. Ermattung war beim Doctor wahrscheinlicher, wenn es nichts zu tun gab, als auf einem Einsatzgebiet.

Als wir die Stelle erreicht hatten, an der man Hardings Leichnam gefunden hatte, untersuchte er erst einmal flüchtig die Lichtung, konzentrierte sich dann aber auf die Wälder ringsherum. Tatsächlich begab er sich auf eine Strecke konzentrischer Kreise, die ihn immer weiter von der Stelle entfernte, ihm aber bestimmt einen guten Eindruck von dem Terrain verschaffte, über das sie erreicht wurde.

Es schien mir töricht, ihm ständig zu folgen, also blieb ich näher bei der Lichtung, aber weil ich wusste, dass diese schon gründlich kontrolliert worden war, konzentrierte ich meine Aufmerksamkeit auf die Waldung. Es hatte in der Nacht viel geregnet, und ich hatte schon halb gehofft, große Wasserpfützen zu sehen, die möglicherweise eine Lösung für das Rätsel von Hardings Tod darstellten. Aber es gab nichts dergleichen, der Regen war nur versickert, und das Feuchteste, was ich fand, war ein ziemlich durchnässter Graben, aber selbst hier hatte sich kein Wasser gesammelt.

Langton erschien nach einer Weile, und wir unterhielten uns zwanglos. Als ich erklärte, dass der Doctor den Wald durchsuchte, schüttelte er den Kopf. »Also wenn er nach Wasser Ausschau hält, verschwendet er seine Zeit, denn da wird er keins finden.«

Wie als Antwort auf seine Worte erschien der Doctor, und ich sah sofort, dass er wieder einen Zweig trug, obwohl ich noch immer nicht verstand, warum ihn diese Holzstöcke so interessierten. »Sagen Sie, Inspector Langton, wie weit ist es von hier bis zu Sir Walter Monks Bauernhof?«

»Direkt durch den Wald? Mehr als eine Meile«, antwortete Langton.

»Dann möchte ich, dass Sie seine Genehmigung einholen, ihn durchsuchen zu dürfen«, sagte Bell.

»Aber warum?«, fragte Langton. »Es wäre ebenso schwer, einen ertrunkenen Mann von dort zu holen wie vom Hexensee.«

Doch Bell bestand darauf, und binnen einer halben Stunde standen wir in Sir Walter Monks Eingangshalle und warteten darauf, dass Langton seine Unterredung mit Sir Walter beendete. Stimmen wurden laut, doch letzten Endes erschien Langton, leicht errötet.

»Sie dürfen weitermachen, Gentlemen, aber ich hoffe, Sie wissen, was Sie tun.«

Der Doctor drückte ihm seinen Dank aus, und beinahe umgehend hatten wir uns auf eine Erkundung des Hauses begeben, angefangen im oberen Stockwerk, wo einige erstaunte Dienstboten aus dem Weg huschten.

Es war, wie ich erwartet hatte, ein äußerst luxuriöser Bau. Die Schlafzimmer waren mit prächtig bestickten Wandbehängen und dicken Teppichen ausgestattet, obwohl ich nur wenige Einzelheiten erfassen konnte, weil die Besichtigung des Doctors alles andere als gründlich war. Eigentlich hastete er nur von einem Zimmer zum nächsten. Als wir zu einem kleinen Vorraum kamen, war ich erstaunt zu sehen, dass trotz seiner Lage mitten auf dem Lande das Haus mit den modernsten Sanitärinstallationen ausgerüstet war, die ich je gesehen hatte, mit aufgehängten Klosetts und zwei großartigen Badewannen mit Wasserzuleitung. Da ein Mann hier sicher hätte ertrinken können, nahm ich an, dass es das war, was Bell sehen wollte, und rief ihn zu mir, doch der Doctor zeigte nicht das geringste Interesse, wandte sich ab und ging weiter durch die Zimmer.

Wir sahen neun Schlafzimmer, darunter offenkundig Sir Walters, und unternahmen dann noch einen rasend schnellen Rundgang durch die Dienstbotenunterkünfte, bevor wir wieder nach unten gingen. Bell zeigte geringes Interesse an den Empfangszimmern, und schon bald waren wir zurück in der Eingangshalle, in der Langton wartete.

»Haben Sie gesehen, was Sie sehen wollten, Dr. Bell?«, fragte er.

»Jawohl«, sagte Bell, und kurz darauf wurden wir in den Salon eingelassen, in dem die vertrocknete Gestalt von Sir Walter in einen Morgenmantel gehüllt vor dem Feuer saß. Er sah äußerst verärgert aus.

»Nun, Dr. Bell«, sagte er, »vielleicht hätten Sie die Güte zu erklären, warum zum Teufel Sie durch mein Haus trampeln und mein Vieh und die Diener erschrecken.«

Mir fiel auf, wie die Tiere (von denen wir im Übrigen nichts gesehen hatten) für ihn größere Bedeutung hatten als seine Diener.

»Sir Walter«, sagte Bell, »Ihre Besucher sind abgereist, wie ich sehe.«

»Ich verstehe den Zusammenhang nicht.«

»Sie hatten Gäste, als wir das letzte Mal hier waren. Ich wollte genau feststellen, um wen es sich handelte.«

Jetzt sah Monk regelrecht wütend aus. »Was sollte es Sie angehen, wer in diesem Haus verkehrt?«

Doch der Doctor war von seinem Ton nicht im Geringsten

beeindruckt. Tatsächlich trat er kühn vor, bis er Sir Walter sehr nahe stand, der das überhaupt nicht mochte und in seinem Sessel zurückwich. Es war deutlich, dass sich niemand sonst so ihm gegenüber verhielt.

»Vielleicht ist Ihnen bekannt, vielleicht auch nicht«, sagte Bell in einer so ruhigen Stimme, als wäre er in einer Kirche, »dass gestern nicht weit von hier ein Mann gestorben ist. Es gibt mehrere Fragen bezüglich seines Todes, die dringend beantwortet werden müssen, und die Behörden haben mir die Aufgabe übertragen, eine Obduktion durchzuführen und Antworten zu liefern. Ich kann noch nicht sagen, wer der Schuldige ist, aber ich habe ein hochgradiges Interesse an jedem, der sich in dieser Gemeinde aufhält, nicht zuletzt an Besuchern und insbesondere an solchen Besuchern, die sich vor mir verstecken, wie Ihre es getan haben. Jede solche Person könnte etwas zu verbergen haben, und das gibt mir jedes Recht, solche Fragen zu stellen, weswegen ich noch mal frage: *Wer* hat bei Ihnen gewohnt?«

Dieser Ton, den ich gut kannte, denn Bell senkte häufig seine Stimme, wenn er erzürnt war, zeitigte Wirkung. Sir Walter war blass, als er sich an Inspector Langton wandte. »Ich werde mit dem Doctor reden, aber unter vier Augen«, sagte er. So zogen wir beide uns in die Eingangshalle zurück.

Bell kam ein paar Minuten später heraus. Seine Miene war undurchdringlich, und er dankte Inspector Langton nur für seine Hilfe. »Sir Walter war sehr entgegenkommend. Und jetzt glaube ich, ich sollte ins Dorf zurückkehren; der Fundort ist im Augenblick unergiebig.«

Natürlich war ich gespannt darauf, was zwischen dem Doctor und Sir Walter geschehen war, aber ich hatte keine Gelegenheit, es auf dem Rückweg in Erfahrung zu bringen. Bell und Langton liefen vor mir her, und ich hörte, wie Bell ihm eine Frage stellte und darauf eine Antwort bekam, die nach einer Wegbeschreibung klang. Dann schwieg er.

Sein Schweigen setzte sich im Gasthaus fort, wo wir eine schnelle Mahlzeit einnahmen. Irgendwann kam der Wirt vorbei, um uns mitzuteilen, dass Charlotte Jefford am Morgen offenbar vollständig genesen aus ihrem Zimmer gekommen war. Tatsächlich hatte sie eine Einladung zum Mittagessen von Mrs. Marner bekommen, mit der sie Bekanntschaft geschlossen hatte. Brooks war jedoch den Ereignissen angemessen bedrückt und fuhr fort: »Wir haben gehört, dass der arme Harding an einem Herzinfarkt gestorben ist; was für eine traurige Geschichte!«

Bell pflichtete ihm nur bei, wie unselig die Angelegenheit war, und Brooks verließ uns. Ich hatte angenommen, dass wir jetzt etwas Erholung finden würden, aber diese Gelegenheit bot sich nicht, denn der Doctor setzte mich darüber in Kenntnis, dass ein weiterer Besuch anstand. Er hatte an einem Ort etwa zwei Meilen landeinwärts zu tun, der Westleton Heath hieß.

Draußen, während wir aus dem Dorf trotteten, diesmal nicht hoch zum Wald oder dem See, sondern weiter die Straße entlang in westlicher Richtung, fragte ich ihn, was er dort zu tun hatte.

»Ach«, sagte der Doctor, »ich möchte eine Anstalt besuchen.«

Das Wetter hatte sich gebessert, es war sogar ein recht angenehmer Abend, und die Sonne senkte sich über dem Marschland, das an die Straße grenzte, während eine Schar Wasserläufer über unseren Köpfen kreiste. Trotz alledem bedrückte mich unser Vorhaben. Meine Erfahrung mit Anstalten ist eng mit meinem Vater verknüpft, der in eine gekommen war, als ich noch an der Universität war, und zum Zeitpunkt, über den ich schreibe, noch immer dort Insasse war.

Ich besuchte ihn viel zu selten. Es war schon schlimm genug, das Leiden zu ertragen, zu dem er verurteilt war, aber diese ungeheuerlichen Kerkerfestungen hatten auch etwas zutiefst Erniedrigendes an sich.

So war es verständlich, dass ich düsteren Gedanken nachhing, während wir einen weiteren großen Waldgürtel entlanggingen und schließlich, nach anderthalb Meilen, in einen abgelegenen Pfad bogen. Inzwischen war es dunkel, und Bell wies mit seinem Spazierstock voraus auf einen großen grauen Koloss von Gebäude mit schmalen Bleiglasfenstern.

Ich wusste sofort, dass das die Anstalt sein musste, denn sie war genauso, wie ich befürchtet hatte: ein düsteres gotisches Ungetüm in einer gottverlassenen Gegend, meilenweit entfernt von den Lichtern und Annehmlichkeiten einer Gemeinde. Wie verhasst mir diese Einrichtungen waren, wie sehr ich mir wünschte, sie würden vom Erdboden verschluckt, während die Insassen frei umherwandern dürften. Das Leiden meines Vaters trat zwar nur phasenweise auf, hatte sich aber auch nicht im Ansatz durch seine Unterbringung verbessert.

In diesem Haus würde ich bestimmt dunkle Gänge und Elend vorfinden, vielleicht auch Ketten und Gummizellen, mit Sicherheit tyrannische Wärter. Die Aussicht war so wenig verlockend, dass ich kurz davor war, Bell zu bitten, die Anstalt alleine zu betreten und mir zu berichten, wenn er etwas Brauchbares herausgefunden hatte. Ich für meinen Teil bezweifelte, dass es viel sein würde.

Doch meine Gedanken wurden vom Doctor unterbrochen. »Ich glaube, das wird Sie interessieren«, sagte er. Bestimmt dachte er an meinen Vater, und damals empfand ich die Bemerkung als unglaublich taktlos. »Interesse« am Besuch solcher Orte wurde bei mir längst nicht mehr geweckt. Aber jetzt konnte keine Rede mehr davon sein, eine Ausflucht vorzubringen. Aufgrund seiner Bemerkung war ich entschlossen mitzugehen.

Und so kamen wir zu der großen Tür, die sich öffnete, bevor wir Gelegenheit hatten, auf uns aufmerksam zu machen. Ich hatte einen grimmigen Wärter erwartet, der uns fragte, was wir dort wollten, doch stattdessen stand da ein lächelnder Mann im Anzug, der eine Brille aufhatte und ein Buch trug.

»Aha«, sagte er mit kultivierter Stimme, »ich habe die Herren schon vom Fenster aus gesehen. Dr. Bell? Dr. Doyle? Ich bin Roger Cornelius. Ich habe Ihr Telegramm erhalten und heiße Sie willkommen. Sie dürfen sich herzlich gerne überall umsehen.«

Er führte uns in eine mit Teppich ausgelegte Eingangshalle, die meinen Erwartungen diametral entgegenstand. Sie war schön möbliert und behaglich warm. Zwei Schwestern gingen höflich lächelnd an uns vorbei, nicht etwa männliche Wärter, wie ich sie an einem solchen Ort erwartet hätte.

Wir kamen an einer Reihe von Zimmern vorbei, die, wie ich dank der offenen Türen sehen konnte, recht gemütlich waren. Eines enthielt sogar eine Harfe und einen hübsch verzierten Tisch. Eine Frau mit einem Schultertuch saß daran und zeichnete.

»Ihre Personalräume sind sehr schön«, sagte ich. »Sind die Insassen oben?«

Cornelius lächelte. »Sie haben schon zwei von ihnen gesehen. Einige haben ihr eigenes Wohnzimmer.«

Ich war verblüfft. »Aber sie sind doch nicht abgeschlossen?«

»Ach, das ist auch so gut wie nie nötig«, sagte er und führte uns über eine Treppe in einen von Büchern umsäumten Raum. »Wissen Sie, ich bin ein Anhänger der Lehren des verstorbenen Dr. James Connolly. Und in jüngerer Zeit von Henry Maudsley. Wir glauben an ein moralisches Konzept ohne Zwangsmaßnahmen, nicht an Nötigung und Grausamkeit.«

»Das ist bemerkenswert«, sagte ich und war nun doch froh, dass ich diesen Ort besucht hatte; im Stillen entschuldigte ich mich bei Bell dafür, ihn falsch eingeschätzt zu haben. Natürlich hatte ich von dem Ansatz bereits gehört und auch schon mit aufgeklärten Ärzten gesprochen, die davon erzählt hatten, aber ich hätte mir niemals träumen lassen, dass es eine derartige Verwandlung herbeiführen konnte. »Es gibt bei Ihnen überhaupt keine verschlossenen Türen?«, fragte ich staunend.

»Wir könnten sie zusperren, aber wir brauchen das fast nie zu tun, wie gesagt«, erklärte Dr. Cornelius, der ein wenig pedantisch, aber nicht unfreundlich wirkte. »Wie Sie wissen, sind die Betreiber der meisten Anstalten davon überzeugt, dass Wahnsinn das Ergebnis einer entarteten Krankheit ist, die dem Opfer vererbt wurde und deshalb unheilbar ist. Zum Glück sind einige unter uns anderer Meinung. Wir haben nicht immer Erfolg, aber wir bleiben immer menschlich und glauben vor allem anderen an die Würde des Patienten. Dieses Buch hier ist inspirierend. Ich empfehle es Ihnen.« Er reichte mir ein Exemplar von *Körper und Geist* von Henry Maudsley.

Bell hatte sich umgesehen und betrachtete mit großem Interesse andere Bücher und Unterlagen, insbesondere Zeichnungen und architektonische Entwürfe, die offenbar vom Leiter der Anstalt selbst stammten. Cornelius schien erfreut.

»Ja, Dr. Bell, ich bin ebenfalls ein Verehrer von John Connollys *Bau und Leitung einer Irrenanstalt*, auch wenn wir hier nicht Benthams Idee des allwissenden Auges beziehungsweise

Panopticons folgen. Es würde eine beträchtliche Summe erfordern, das Haus auf diese Weise umzubauen, wie ich immer wieder denjenigen sage, die gewogen sind, uns zu helfen.«

»Genau das«, sagte Bell, »wollte ich Sie fragen: Wie finanzieren Sie sich?«

»Das ist tatsächlich die Frage, Dr. Bell. Unsere Patienten werden nicht festgehalten, nicht gezwungen hierzubleiben, doch wir müssen eine hohe Gebühr verlangen, um den Betrieb aufrechterhalten zu können. Das bedeutet aber nicht, dass alle, die wir hier behandeln, reich sind. Zum Glück gibt es auf dieser Erde noch Menschenfreunde, von denen manche beträchtliche Summen beigesteuert haben. Sogar aus so weiter Entfernung wie London.«

»Wo wir gerade von den Wohlhabenden sprechen, darf ich fragen«, sagte Bell und beobachtete ihn genau, »ob Sie jemals Oliver Jefford begegnet sind?«

»Niemals«, antwortete Dr. Cornelius. »Er hatte nichts mit uns zu tun, und ich weiß nicht, ob ich das bedauern soll. Wenn er hierhergekommen wäre, dann bestimmt im Geiste des Gentlemans aus dem achtzehnten Jahrhundert, der das Irrenhaus Bedlam besucht hat, um sich zu amüsieren.«

»Dr. Cornelius«, sagte Bell, nachdem er sich vergewissert hatte, dass Cornelius in letzter Zeit keine Fremden gesehen hatte, »wir möchten Sie nicht von Ihrer Arbeit abhalten. Sagen Sie, hätten Sie etwas dagegen, wenn wir uns noch ein wenig alleine umsehen?«

»Überhaupt nicht. Mr. Edmunds ist der Nachtwächter, und er weiß, dass Sie kommen, sodass Sie ihn alles fragen können. Sie finden ihn in seinem Büro am Ende des Hauptgangs.«

Meine Bewunderung für Westleton House, wie es genannt wurde, wuchs weiter, je mehr wir davon sahen, und jetzt verstand ich, weshalb Bell gemeint hatte, es könnte interessant sein. Damit will ich nicht den Eindruck vermitteln, es hätte an diesem Ort keine Qualen gegeben. Ein Patient mit einem Nervenleiden ist immer noch krank, und manche hier waren verwirrt oder unglücklich und bedurften besonderer Aufsicht, aber es gab Geborgenheit in einem Maße, das in völligem Gegensatz zu allem stand, was ich kannte, und das Personal wirkte freundlich und tüchtig.

Ich nahm an, dass Bell hergekommen war, um zu überprüfen, ob einer der Patienten Ähnlichkeit mit dem Verrückten aufwies, den Balneil und Miss Jefford im Wald gesehen hatten. Doch falls er darauf hoffte, war das Unternehmen zum Scheitern verurteilt. Denn als wir in Begleitung von Edmunds, einem älteren Mann mit weißem Backenbart, von Zimmer zu Zimmer gingen, hatte keiner der Insassen auch nur die geringste Ähnlichkeit mit der quälenden Albtraumkreatur. Tatsächlich schienen die Bewohner beinahe danach ausgewählt worden zu sein, keine wirklich verstörenden Symptome aufzuweisen. Vielleicht, so dachte ich, hatte Dr. Cornelius recht, wenn er glaubte, dass die Mehrheit der Verrückten keinen Zwang brauchte, aber ich musste mich unweigerlich fragen, wie man an einem solchen Ort wohl mit der verbliebenen Minderheit umging.

Bell ließ sich jedenfalls keine Enttäuschung anmerken, nicht einmal, als er fragte, ob in den letzten Wochen irgendwelche Insassen verschwunden seien, und darauf mit Nachdruck eine abschlägige Antwort bekam. Insgesamt äußerte er sich sehr bewundernd und leutselig, und erst als wir mit unserer Besichtigung fast fertig waren, spürte ich eine Veränderung in seinem Verhalten, während er sich an Edmunds wandte. »Mr. Edmunds«, sagte er, »erinnern Sie sich an den Abend, als Jefford verschwunden ist? Es war ein Freitag, der erste Dezember, der Abend, an dem Dr. Bulweather hier war.«

»Aber natürlich, Sir«, sagte der ältere Mann und nickte. »Ich erinnere mich. Dr. Bulweather kommt immer gerne ...«

Edmunds stoppte, als ihm bewusst wurde, was er gesagt hatte. Er sah besorgt aus und stammelte ein wenig. »Aber es ist nicht recht, dass ich ... Er will nicht, dass man es erfährt.«

»Haben Sie keine Sorge«, sagte Bell. »Ich bin in eine Ermittlung eingebunden, und alles, was nicht mit dem Verbrechen zusammenhängt, bleibt strikt vertraulich.«

Der alte Mann nickte. »Ich verstehe. Dann sollten Sie mitkommen und sie sehen. Sie ist eine der wenigen, die Sie noch nicht gesehen haben. Eigentlich zeigen wir sie Besuchern nur ungern.«

Damit führte er uns aus der Küche und einen weiteren Gang hinunter. Eine Schwester kam uns lächelnd entgegen, und dann ließ Edmunds uns in ein gemütliches kleines Zimmer hinein, in dem eine hübsche blonde Frau auf einem Stuhl neben einer Kinderkrippe saß, in der Dutzende von Puppen lagen. Alle hatten hübsche weiße Gesichter und Kleider. Ein Traum für jedes kleine Mädchen.

Tatsächlich schien die Frau selbst beinahe puppengleich. Sie war, schätzte ich, etwa dreißig Jahre alt, in ihren Armen hielt sie noch eine Puppe, und sie summte leise, während sie sie hin- und herschaukelte. Sie blickte zu uns und hielt kurz inne, schien uns aber kaum wahrzunehmen und fing dann wieder an zu summen. Wie ich unschwer erkannte, hatte sie den Verstand verloren, ihr Ausdruck war völlig leer.

»Hallo, Claire«, sagte Edmunds und wandte sich uns zu. »Das ist Claire.«

»Seine Frau?«, fragte ich, denn es gab eine starke Ähnlichkeit mit dem Bild in Bulweathers Haus.

Edmunds schüttelte den Kopf. »Nicht doch, seine Frau ist tot. Nein, das ist Claire Warren, die arme Schwester seiner

Frau. Er hat viel Geld dafür ausgegeben, damit man sich gut um sie kümmert, aber anscheinend hat Dr. Cornelius wenig Hoffnung, dass sie wieder gesund wird.«

»Erzählen Sie uns ihre Geschichte«, bat Bell sanft, und ich merkte, dass ihn rührte, was er sah.

Edmunds sprach mit leiser Stimme. »Offenbar lebte sie in Southwold, als sie von einem Mann aus London in andere Umstände gekommen ist, da ist sie in die Stadt geflohen. Sie hat den Kontakt zu ihrer Familie über längere Zeit verloren, als sie schlechte Zeiten durchgemacht hat. Dr. Bulweathers Frau hat sehr darunter gelitten, denn sie hatten sich nahegestanden, und es heißt, ihr letzter Wunsch sei es gewesen, dass er ihre Schwester findet und ihr hilft. Das hat eine Weile gedauert, doch als er sie endlich aufgespürt hatte, musste er feststellen, dass sie als gewöhnliche Prostituierte lebte und man ein weiteres Kind von ihr zur Adoption freigegeben hatte. Ein Mann hatte sie schlecht behandelt, und sie soll sogar unter ein Pferd geraten sein, sodass ihr Kopf von den Hufen überrannt wurde. Als sie hierherkam, war sie so, wie Sie sie jetzt sehen. Sie sagt nie ein böses Wort zu irgendjemandem, ist immer ruhig und, wie wir hoffen, glücklich. Aber nicht richtig bei uns, wie Sie sehen. Er hat alles getan, was er für sie tun kann.«

»Und warum«, sagte eine Stimme hinter uns, »mussten Sie das wissen?« Sowohl Bell als auch ich drehten uns um. Bulweather stand in der Tür, zornbleich im Gesicht.

Edmunds sah entsetzt aus. »Es tut mir leid, Sir. Sie ...«

»Nein. Es ist in Ordnung, Joseph«, sagte Bulweather. »Die Gentlemen haben mein Geheimnis alleine herausgefunden, das hatte nichts mit Ihnen zu tun. Sie dürfen jetzt gehen.«

Edmunds verabschiedete sich dankbar. Bulweather war wütend, sagte aber zunächst nichts, und ich sah, wie sich sein Ärger spürbar legte, als er die Frau anblickte, die so still in ihrem Stuhl saß und schaukelte. Man konnte die Zuneigung in seinen Augen sehen. Als er wieder sprach, war seine Stimme leise.

»Sie wissen, was Sie wissen wollten. Ich muss Sie nur bitten, es keiner Menschenseele hier zu erzählen, denn es ist sehr persönlich. Ich wollte den Wunsch meiner Frau erfüllen, und das habe ich getan, auch wenn ich nicht weiß, wie meine Frau reagiert hätte, wenn sie Claire so gesehen hätte. Aber ich habe die Sache geheim halten müssen, nicht nur meiner Frau zuliebe, sondern auch wegen meines Rufs als Arzt. Die Leute hier sind extrem engstirnig, vor allem, wenn es um Wahnsinn geht.«

Der Doctor nickte, und binnen kurzer Zeit zogen wir uns zurück. Dr. Cornelius wartete in seinem Arbeitszimmer und war neugierig auf unsere Eindrücke. Als er feststellte, dass wir von Claire Warren wussten und Dr. Bulweather getroffen hatten, sprach er bereitwillig über ihren Fall; er hatte tatsächlich gerade ihre Akte vor sich, und Bell zeigte sich sehr daran interessiert. »Ich aktualisiere sie, weil Bulweather darauf bestanden hat, dass ihr Verhalten aufgezeichnet wird«, sagte Cornelius. »Er hat jahrelang versucht, ihren Geisteszustand zu verbessern, es ist ein tragischer Fall. Natürlich sind wir seinem Wunsch nachgekommen, die Sache vertraulich zu behandeln, denn die Leute vom Lande könnten durchaus einen Arzt meiden, der mit Wahnsinn und einem Skandal in Verbindung gebracht wird. Aber er hatte seiner Frau ein Versprechen gegeben, und er hat es äußerst penibel gehalten. Sie hat schwer unter dem Niedergang ihrer Schwester gelitten. Und ich kann Ihnen gar nicht sagen, wie großzügig er unserer Einrichtung gegenüber war.«

Bulweather kam kurz darauf hinzu; er wirkte jetzt weniger verärgert als vielmehr resigniert. Er unterhielt sich kurz mit Cornelius über einige Maßnahmen für Claire Warrens Zimmer und bot dann an, uns auf dem Rückweg zu begleiten. »Denn mein Hund ist zu Hause, und wenn ich mit Ihnen zusammen bin, wird niemand vermuten, dass ich hier gewesen bin«, sagte er. »Es beschämt mich, Gentlemen, Ihnen zu zeigen, wie ich mich der hiesigen Voreingenommenheit beuge. Aber die blanke Wahrheit ist: Wenn herauskäme, dass ich mich um Verrückte kümmere, würden viele sich weigern, zu mir zu kommen.«

Und so machten wir uns auf den Weg.

Wie anders war der Spaziergang zurück nach Dunwich an jenem Abend als der Hinweg. Da hatte ich trübsinnigen Gedanken über das Leiden meines Vaters nachgehangen. Jetzt schämte ich mich meines fruchtlosen Selbstmitleids, mit dem ich niemandem weiterhalf. Ich hatte festgestellt, dass es Orte gab, an denen man sich um Geisteskranke wirklich kümmerte. Und außerdem war mein Respekt für Bulweather gewachsen, und der von Bell sicherlich auch.

Er versicherte dem Landarzt, dass wir sein Vertrauen achteten, und er war sichtlich zufrieden. »Danke«, erwiderte Bulweather, während er weit ausschritt, »und ich bin äußerst neugierig zu erfahren, wie Sie zu Ihrer Erkenntnis gelangt sind, Dr. Bell.«

»Nun«, sagte Bell, »das war nicht sehr schwierig. In Ihrem eigenen Wohnzimmer machte Ihr Partner Dr. Hare eine eher beleidigende Anspielung auf Westleton House, womit die Vorurteile erkennbar wurden, die gegen die Anstalt und gegen Wahnsinn im Allgemeinen herrschen. Das machte mir klar, dass Sie so etwas nicht allgemein bekannt machen würden. Aber Ihr Bücherregal enthielt einen großen Anteil aktueller Titel über Nervenleiden. Ich wusste außerdem mit Sicherheit, sowohl von Mrs. Marners Mädchen als auch von Ihnen selbst, dass Sie offenbar in Richtung Westleton unterwegs waren an dem Abend, an dem Sie Ihren erfundenen Patienten besucht haben. Mir schien es daher eine ernst zu nehmende Hypothese zu sein, dass Sie eine Verbindung mit der Anstalt zu verbergen suchten. Hinzu kommt, dass Sie recht haben und es dummes Gerede über Sie gibt, was mich darüber nachdenken ließ, um wie viel wichtiger Geheimhaltung war, wenn die Verbindung eher persönlicher als beruflicher Natur war. Natürlich habe ich deshalb nicht Cornelius befragt, der Ihr Geheimnis bewahrt hätte, doch der Nachtwächter schien mir eine günstige Gelegenheit zu bieten.«

»Also, ich bin froh, dass Sie Freund und nicht Feind sind, Dr. Bell. Und ich bin Ihnen äußerst dankbar, dass Sie nichts davon verraten. Es schert mich nicht, wenn die Leute denken, ich hätte eine Geliebte, solange ich damit die Familienehre meiner Frau schützen kann.«

Ich fragte ihn, ob es Hoffnung gebe.

»Es gibt immer Hoffnung«, sagte er. »Aber es ist furchtbar zu sehen, wie ein Mensch in seinem eigenen Verstand gefangen ist, wie er nicht mehr richtig funktioniert, zu einem lebenden Toten wird. Und ich will nicht verhehlen, dass sie mich auch an Mary erinnert.« Damit verfiel er in Schweigen.

Der Name war sehr verbreitet, doch traf er bei mir einen Nerv. Denn Mary war der Name meiner Mutter, und mir wurde schmerzhaft bewusst, wie sehr sie gelitten hatte, wie unsere gesamte Familie gelitten hatte unter der Geisteskrankheit meines Vaters. Die Assoziation löste eine Flut quälender Erinnerungen aus. Ich dachte an die frühen Jahre, als unsere Familie die Schreie aus dem Zimmer meines Vaters fürchtete. Daran, wie ich einmal während meiner Studienzeit die Tür dorthin geöffnet und ihn kriechend und schluchzend vor seinem Kamin gesehen hatte. Dachte an seine winzige Zelle in einer der Anstalten, mit einem nackten Tisch und Stuhl und sonst gar nichts. Nicht, dass ich ihn während des letzten Jahres besucht hätte. Vielleicht konnte mir Bulweather sogar einen Rat geben. Ich war mir ziemlich sicher, dass er Verständnis für mich hätte.

Bevor wir uns trennten, bat Bell den Landarzt, sich nach einem Haushalt in der Umgebung umzuhören, der womöglich einen Gast aus London beherbergte. »Ich bin davon überzeugt, dass einer der Verantwortlichen hier bei jemandem untergekommen ist«, erklärte Bell ihm. Dann wünschten wir ihm eine gute Nacht.

Zurück im Gasthof, wurden Bell und ich, während wir auf unser Abendessen warteten, vom besorgten Wirt angesprochen. Er fragte uns, ob es stimme, dass Harding einem Verbrechen zum Opfer gefallen sein könnte. Gerüchte machten die Runde, und viele sprachen schon ganz offen über die Sage und über Hexerei. »Die Leute hier sind schon jetzt sehr nervös, Sir«, sagte er ängstlich, aber höflich. »Das Gerücht liegt in der Luft, dass der Fluch der Hexe sich bewahrheiten würde. Manche behaupten sogar, sie hätte heute Nachfolgerinnen hier unter uns.«

»Ich verstehe«, sagte Bell, »aber Sie müssen solchen Unsinn sofort unterdrücken. Es steht uns derzeit noch nicht einmal frei zu sagen, dass ein Verbrechen vorliegt, also gibt es keinen Grund für solches Gerede.« Brooks schien einen gewissen Trost daraus zu ziehen, und jetzt erinnerte er sich daran, dass zwei Päckchen, auf die Bell gewartet hatte, endlich eingetroffen waren.

Er kehrte mit ihnen zurück, und Bell öffnete das erste. Es enthielt jüngere Ausgaben des Anzeigenblatts *Lowestoft Advertiser,* die der Doctor interessiert überflog. Ich nahm mir eine davon, konnte aber nichts entdecken, was unserer Aufmerksamkeit wert gewesen wäre.

Nachdem wir gegessen hatten, ließ ich ihn im Esszimmer zurück und ging in den Schankraum, denn ich wollte mir den Klatsch anhören, der im Umlauf war. Natürlich hatten Bell und ich schon an den Abenden zuvor versucht, aus dieser Quelle Informationen zu beschaffen, aber stets ohne Erfolg. Niemand wollte auch nur zugeben, Jefford hier trinken gesehen zu haben, und wir waren uns sicher, dass es Ausflüchte waren. Ich bestellte einen Krug Bier und setzte mich damit ans Fenster. In der Ecke beim Kamin saß eine Gruppe Männer, Fischer, vermutete ich, die die Köpfe zusammensteckten und so leise sprachen, dass ich sie nicht verstehen konnte. Aber näher bei mir waren zwei andere, die ich schon früher gesehen hatte. Der eine war ein Schmied namens Laing, auf seine Weise ein erstaunlich gut aussehender Mann, der andere ein Pferdeführer namens Hepton mit sandfarbenem Haar.

Die beiden waren bislang immer recht freundlich gewesen, wenn wir ihnen begegneten, obgleich sie sich als wenig ergiebig erwiesen, doch jetzt warfen sie mir finstere Blicke zu und senkten ihre Stimmen. Ich versuchte, sicherlich etwas ungeschickt, sie in ein Gespräch über das Wetter und die Bedingungen auf See zu verwickeln, doch sie blieben wortkarg. Und so schnitt ich – getrieben von ihrem Missmut – das Thema direkt an.

»Ich weiß, dass Sie hier einige Unglücksfälle hatten«, sagte ich, »aber die werden Sie doch wohl nicht auf eine Frau zurückführen, die seit fast zweihundert Jahren tot ist!«

Darauf drehten sich die beiden um und sahen mich direkt an. »Was das betrifft«, sagte Laing, »vielleicht tun wir's und vielleicht nicht. Aber Colin Harding war ein guter Mann, egal, wie er gestorben ist, und es gibt allerlei Geschichten. Und eins ist mal klar, bei allem Respekt für Sie, Sir, aber uns allen geht's schlechter, seit die Fremden hierherkommen, vor allem die Frauen. Diese Ellie aus London, die dem Colin den Kopf verdreht hat mit ihrem ganzen Gehabe. Dann Jefford und jetzt seine Schwester. Keiner von denen hat uns was Gutes eingebracht. Wir wollen solche Leute hier nicht. Und es gibt einige, die sagen, wenn noch was passiert, werden sie lieber handeln, als dass der ganze Ort vor die Hunde geht.«

Ehe ich antworten konnte, trat der Wirt ein und flüsterte mir zu, dass Charlotte Jefford mich zu sprechen wünsche. Unterdessen hatten sich die beiden Männer wieder ihrer geflüsterten Unterhaltung zugewandt.

Miss Jefford stand in der kleinen Stube des Gasthauses; sie sah gefasst, aber blass aus. Zum ersten Mal fiel mir auf, wie zierlich sie war, beinahe wie ein kleiner Junge.

Sie wandte sich um, lächelte und dankte mir für mein Kommen. »Ich brauche dringend Ihren Rat, Dr. Doyle«, fügte sie hinzu. »Denn ich weiß nicht recht, was ich tun soll. Ich habe noch immer nicht mehr über das in Erfahrung gebracht, was meinem Bruder zugestoßen ist. Ich war im Haus und habe dort wenig gefunden. Jetzt ist Mr. Harding tot, und Sie haben vielleicht gehört, dass Gerüchte umgehen, dass es kein natürlicher Tod war.«

Ich erklärte ihr, dass das noch niemand mit Sicherheit sagen konnte.

»Trotzdem hat man mir eine Botschaft zukommen lassen, dass man glaubt, dass ich Unheil anrichte, dass ich Magie betreibe und deshalb abreisen soll.«

Ich war verdutzt, und sie lächelte. »Ach, ich habe ein paar Kräutermittel dabei. Ich habe sie nach dem Schrecken genommen und auf dem Tisch stehen lassen. Bestimmt hat eines der Mädchen sie in meinem Zimmer gesehen und hält sie für irgendwelche Hexenmittel. Es ist in diesen Zeiten schwer vorstellbar, aber es ist die einzige Erklärung, die ich habe.«

»Haben Sie den Brief? Ich möchte ihn sehen.«

»Nein, ich habe ihn sofort verbrannt. Ich möchte nicht auf diese Weise eingeschüchtert werden, und ich fürchte, ich bin nicht die Einzige. Offenbar ist Mrs. Marners Mädchen auch ein Opfer geworden. Jetzt hat sie Angst davor auszugehen.«

»Ja«, sagte ich drängend, »und Ihr Brief könnte durchaus von einem der Männer stammen, mit denen ich gerade im Schankraum gesprochen habe, oder von jemandem, den sie kennen. Der Doctor wird sich dafür interessieren, und ich glaube, wir sollten mit ihm reden.«

Der Doctor, der noch immer seine Zeitungen las, stand sofort auf, als ich Miss Jefford in das ansonsten leere Esszimmer brachte, auch wenn ich nicht glaube, mich zu irren, dass er sich ein wenig über die Störung ärgerte.

Er hörte sich ihre Geschichte geduldig an, schien allerdings mehr an der Verfolgung von Mrs. Marners Mädchen interessiert zu sein und stellte eigentlich nur Fragen nach Ellie. Er fragte nach ihrer Stimmung und erfuhr, dass sie etwas missmutig war, weil Mrs. Marner ihr Anweisung gegeben hatte, bis auf Weiteres im Haus zu bleiben, damit sie nicht belästigt würde. Das schien Bell zu genügen, und er sagte Miss Jefford, dass wir Mrs. Marner am nächsten Tag besuchen würden.

»Aber jetzt, Dr. Bell«, sagte Miss Jefford ernsthaft, »müssen Sie mir einen Rat geben, was ich tun soll. Soll ich die Botschaft ernst nehmen?«

»Das kann ich nicht mit Bestimmtheit sagen«, erwiderte er nachdenklich. »Ich wünschte, Sie hätten sie aufgehoben, damit ich sie sehen kann, und bitte Sie, alle weiteren aufzubewahren. Aber unterm Strich bezweifle ich, dass es ernst ist.«

Das beruhigte sie natürlich. »Dann sollte ich sie unbeachtet lassen?«

»Im Gegenteil«, entgegnete er mit Nachdruck, beinahe kalt. »Ich rate Ihnen, umgehend abzureisen, am besten morgen ganz früh.«

Er hatte unbeirrt gesprochen, und es war, als hätte man ihr eine Ohrfeige verpasst. »Aber ich habe nichts Böses getan«, protestierte sie. »Ich will herausfinden, was mit meinem Bruder passiert ist. Warum sollte ich wie ein Feigling fliehen?«

»Ich habe nie behauptet, dass Sie etwas Böses getan haben, Miss Jefford«, sagte der Doctor friedlicher. »Aber Sie haben mich um Rat gefragt, und den habe ich Ihnen gegeben. Die Nachricht mag nicht ernst sein, aber die Sage ist eine andere Sache. Ich verfüge noch nicht über alle Fakten, also sichere ich mich lieber ab.«

»Aber damit geben Sie Aberglauben der primitivsten Sorte nach«, rief sie mit glühenden Wangen. »So schwach bin ich noch nicht. Aber vielen Dank für Ihre Meinung.« Damit stand sie auf und ging.

Bell kehrte zu seiner Zeitung zurück; ich schwieg zwar, war aber verärgert. Mir schien es inzwischen unübersehbar, dass

Charlotte Jefford eine Frau von beträchtlichem Mut war. Viele ihres Geschlechts, und auch viele meines eigenen, wären nach der Nacht im Wald abgereist. Doch sie war geblieben und verteidigte energisch, wenn auch unter Tränen, ihre Rechte gegenüber einem Fremden. In dieser Hinsicht weckte sie unweigerlich Erinnerungen an einen anderen unbeugsamen Geist weiblichen Geschlechts in Edinburgh.

Der Gedanke an Elsbeth brachte meine Gefühle nur noch mehr in Wallung. Mein Wunsch, Charlotte Jefford zu beschützen, war nicht persönlicher Natur. Doch ich fand, dass sie im Grunde eine gute Frau war, die unser Mitgefühl und unsere Unterstützung verdiente. Der Doctor war zwar nicht gerade unhöflich gewesen, dafür war er zu geschliffen, aber seine Worte waren doch äußerst gefühllos gewesen. Diese Frau, die höchstwahrscheinlich ihren Bruder verloren hatte, hatte großen Mut bewiesen, und er erteilte ihr eine kalte Abfuhr.

Nachdem ich eine Weile dort gesessen hatte, hielt ich es nicht länger aus. Der Doctor konzentrierte sich jetzt auf die Unterhaltungsrubrik des *Lowestoft Advertiser.* »Es steht bestimmt viel Interessantes in der Zeitung, Doctor, aber ich finde nicht, dass Ihnen das das Recht gibt, die Gefühle von jemandem zu kränken, der Sie um Hilfe ersucht hat.«

»Ich kann Ihnen nicht folgen«, sagte er ausdruckslos, ohne auch nur aufzusehen. Es war, wie ich gut wusste, sehr schwierig, den Doctor zu provozieren.

»Wir wissen beide, dass sie wahrscheinlich ihren Bruder verloren hat. Sie hat große Angst und eine schreckliche Tortur ausgestanden, und jetzt scheint sie von einem oder mehreren ungehobelten und abergläubischen Leuten bedroht zu werden. Aber Ihnen fällt nur ein zu verkünden, dass sie den Vorurteilen umgehend nachgeben soll.«

Er sprach sanft, wie er es häufig tat, wenn wir unterschiedlicher Meinung waren. »Das hat wirklich nichts damit zu tun, Doyle. Wenn sie abreist, beweist sie damit ihre Unschuld. Und gewährleistet ihre Sicherheit.«

Zu meinem Entsetzen kehrte er zu seiner Lektüre zurück. Natürlich hatte er meine Wut weiter angestachelt. Und ich sagte etwas, was ich nie zuvor gesagt hatte.

»Ihre Sicherheit! Es hat auch nicht gerade zur Sicherheit einer anderen verfolgten Frau beigetragen, als Sie ihr geraten haben, Edinburgh zu verlassen.«

Und mit Bitterkeit im Herzen kehrte ich ihm den Rücken zu und verließ das Zimmer.

In der Gesellschaft von Hexen

Es war eine herzlose Bemerkung, und auch wenn ich mich noch immer über den Doctor ärgerte, so bereute ich sie doch, kaum dass ich mein Zimmer erreicht hatte. Bell hatte nicht oft versagt, und es war nur Zufall, dass ich für seinen größten Fehler so teuer bezahlt hatte.

Ich fragte mich, ob ich bei allem Ärger so etwas gesagt hätte – und ob er überhaupt so kühl auf Miss Jefford reagiert hätte –, wenn wir beide nicht seit fast achtundvierzig Stunden ohne Schlaf gewesen wären.

Ich wollte gerade ins Bett gehen, als es an meine Tür klopfte. Ich öffnete sie, und Bell stand dort. Er lächelte nicht, aber er wirkte auch nicht verärgert. Er sah mich nur an, und ich trat zurück, um ihn einzulassen, und schloss die Tür.

Er ging zum Fenster und drehte sich dann um.

»Ich werde versuchen, es zu erklären, denn uns beiden mangelt es an Schlaf, und vielleicht war ich nicht ganz auf der Höhe.« Das war, wie ich wusste, in gewisser Weise eine Entschuldigung des Doctors, und ich nickte, wenn ich auch noch nicht ganz nachgeben wollte.

Er wandte sich ab und schloss seine Augen, als wollte er sich mir zuliebe wieder in den Fall versenken oder vielmehr in seine Vorstellung des Falles. »Betrachten Sie es«, sagte er, und zum ersten Mal seit vielen Stunden lag so etwas wie Leidenschaft in seiner Stimme, »in seiner Gesamtheit. Natürlich wollen wir eine Panik vermeiden, aber ich kann Ihnen versichern, dass ich keinen Zweifel daran hege, dass Harding brutal ermordet wurde. Die genaue Art und Weise, in der das geschah, ist derzeit noch rätselhaft, aber ich habe bereits einen Verdacht hinsichtlich des Verfahrens und des Motivs. Ich möchte Sie allerdings auch auf den spektakulären Charakter der Tat hinweisen und auf das Aufsehen, das sie erregen sollte. Nur er würde so etwas aushecken, um so viel Verwirrung und Furcht wie möglich zu verbreiten. Niemand sonst würde so denken, niemand sonst es so ausführen.«

Der Doctor hatte seine Augen wieder geöffnet und wandte sich nun erneut mir zu. »Aber ich glaube nicht eine Sekunde, dass er hier irgendwo alleine ist. Selbst unser Feind hätte so etwas nicht in einem Versteck im Wald aushecken können. Und das wäre auch nicht sein Stil. Aber das bedeutet, Doyle, dass einer hier, irgendeiner, ihn beherbergt. Und wir müssen notwendigerweise misstrauisch gegenüber denjenigen mit einer Verbindung nach London sein. Ich habe noch nicht feststellen können, ob und wie das auf Edward Norman oder Hare zutrifft, aber es trifft in jedem Fall auf Sir Walter zu (der behauptet, sein geheimnisvoller Gast sei eine Geliebte aus der Hauptstadt gewesen), auf Mrs. Marner, ihr Mädchen Ellie Barnes, auf Langton und, ja, leider auch auf Charlotte Jefford. Wenn Sie also abreisen würde, wäre es von doppeltem Vorteil: für sie und für uns.«

Es gab nichts weiter zu sagen, und wir einigten uns darauf, uns nicht einig zu sein. Natürlich konnte ich seinen kaltschnäuzigen Scharfsinn nachvollziehen, aber er schien mir übertrieben logisch und berücksichtigte kaum den Charakter und die Wahrscheinlichkeit.

Am nächsten Tag, nach einer erholsamen Nacht, nahmen Bell und ich unser Frühstück ein, ohne die Diskussion vom Abend zuvor zu erwähnen. Inspector Langton betrat das Esszimmer, gespannt darauf, ob wir irgendetwas Neues über das

Rätsel herausgefunden hätten. Er schien ein wenig enttäuscht, als Bell lediglich antwortete, dass er ein dringendes Telegramm nach Lowestoft geschickt habe und am Nachmittag dorthin fahren möchte; heute Vormittag wollte er sich von Langton Hardings Unterkunft zeigen lassen und das Haus mit dem Blutfleck erneut aufsuchen.

Draußen war es windig, aber sonnig, und obwohl zwischen uns und dem Meer das Marschland lag, konnte ich die Meeresbrandung über den Böen hören. Langton ging vor, aber als wir die Straße vom Gasthaus hinaufmarschierten, waren vor uns zwei Gestalten, die über das Marschland hinweg auf eine Schar Seevögel zeigten. Die beiden drehten sich um, und ich erkannte das rote, noch immer jugendliche Gesicht von Edward Norman, der lächelte, während uns sein Sohn Tommy nur feindselig anstarrte. »Welches Glück für mich, Sie zu erwischen, denn ich möchte, dass Sie heute mit uns zu Mittag essen«, rief uns Norman zu und rang auf die für ihn typische salbungsvolle Art die Hände. »Nella hat es verfügt, und Nella duldet keinen Widerspruch.«

Auch wenn es bestimmt freundlich gemeint war, kann ich nicht behaupten, dass ich die Aussicht reizvoll fand, doch sie passte zu unseren Plänen, sodass die Einladung angenommen wurde, ehe wir weitergingen. Offensichtlich war diese Familie von der Nachricht von Hardings Tod nicht übermäßig erschüttert worden.

Harding hatte, wie sich herausstellte, alleine in einer kleinen Hütte auf dem Anwesen von Monk gewohnt. Es waren trübselige Verhältnisse. Er verfügte über kaum mehr als ein Zimmer, denn die Mahlzeiten nahm er mit der Dienerschaft im Haupthaus ein. Ein kleines Bett stand am Fenster, darauf lagen etwas Kleidung, ein paar Briefe und andere Habseligkeiten.

Bell betrachtete die Sachen mit großer Sorgfalt, doch Langton zeigte seine Ungeduld, denn er hatte schon alles gesehen. »Da ist ein Brief von seiner Schwester, wir haben ihr persönlich geschrieben, und ein paar Zeitungsausschnitte über Forstwesen, Holzbearbeitung und Viehzucht. Sie werden da nichts Interessantes finden, Dr. Bell.«

Bell studierte die Briefe jedoch ausführlich und verweilte bei manchen Stellen. Anschließend führte er eine sehr gründliche Hausdurchsuchung durch. Als er unter das Bett langte, zog er etwas hervor. Ich ging erwartungsvoll zu ihm, aber wieder einmal hatte er lediglich ein paar zerbrochene Zweige gefunden, kaum mehr als etwas Brennholz. Bell betrachtete sie nachdenklich, legte sie aber schließlich beiseite.

Danach gingen wir zurück zu Jeffords Haus. Ich muss gestehen, dass ich einen Schauer verspürte, sobald ich den scheußlichen Obstgarten mit den schiefen, verkrüppelten Bäumen wiedersah. Die Temperatur schien zu fallen, wenn man sich diesem Ort auch nur näherte.

Und das Frösteln war ebenso spürbar, als Langton die Tür aufschloss und wir eintraten. Ich habe häufig ohne Dienstboten auskommen müssen, aber wenn es jemals ein Haus gab, das förmlich nach jemandem schrie, der sich um die Kamine und die Betten kümmerte und dem Ort eine Seele gab, dann The Glebe. Schon bald standen wir wieder in dem trostlosen leeren Zimmer mit dem Fleck. Bell ging zur entgegengesetzten Seite des Raumes, wo er sich mit dem Rücken zur Wand hinstellte und den Fleck anstarrte. So blieb er lange Zeit stehen. Einmal schloss er seine Augen und öffnete sie wieder, als wollte er einen frischen Eindruck dieses Ortes und dieses Flecks erhalten, der, obwohl ziemlich dunkel und theatralisch, mich langsam mehr beunruhigte, als es ein heller blutroter getan hätte.

Dann lief Bell im Zimmer umher, wobei er sich sehr für den Rauchabzug interessierte. »Da werden Sie nichts finden, Sir«, sagte Langton. »Dem Kamin habe ich natürlich besondere Aufmerksamkeit geschenkt. Er ist völlig leer und aus massivem Stein. Keine Öffnung, kein Zwischenraum, kein Versteck.«

»Ja, ich glaube, da kann ich Ihnen beipflichten, Inspector«, entgegnete Bell. »Er scheint keine Geheimnisse zu bergen.«

»Also bleiben nur Putz und Steinplatten«, sagte Langton.

Doch Bell, der seine Umrundung des Zimmers fortgesetzt hatte, war stehen geblieben und betrachtete etwas am Sockel, ganz nahe bei der Tür. Er beugte sich runter und hob es auf. Soweit ich erkennen konnte, handelte es sich um ein winziges menschliches Haar, sehr hell.

Nachdem er es gründlich betrachtet hatte, steckte der Doctor es sorgfältig ein. Dann verkündete er, dass er alle persönlichen Dinge im Haus durchgehen wolle. Wie ich schon gesagt habe, gab es davon nicht viele: ein paar Romane, einige ziemlich prächtige Kleidungsstücke; aber keine persönlichen Unterlagen oder Briefe, denn offenbar hatte Jefford das Haus für so etwas nicht verwendet, oder wenn doch, waren alle vernichtet worden.

Langton hatte bereits protestiert, dass dort nichts von Interesse sei und man sogar die Anzüge durchsucht habe, doch Bell bestand darauf, jedes Stück Kleidung einzeln durchzugehen. Sie waren alle leer, doch offenbar hatte man die Seitentasche einer Jacke übersehen, denn sie enthielt ein gefaltetes, halb zerrissenes Stück Papier. Natürlich hofften wir alle, dass es ein Brief war, aber zu unserer Ernüchterung stellte sich heraus, dass es überhaupt keine Schrift enthielt. Die eine Seite war leer, und auf der anderen befand sich die eher dürftige Zeichnung einer Pflanze oder Blume, etwas wie ein sechsblättriges Kleeblatt. Wir starrten es eine Weile an, ohne daraus klug zu werden.

Bell sann noch über die Illustration nach, als wir uns von Langton verabschiedeten, denn der Doctor hatte beschlossen, jetzt Mrs. Marners Mädchen befragen zu wollen.

»Nach allem, was ich über Jefford gehört habe, scheint er mir nicht gerade die Sorte Mann zu sein, die sich mit Naturzeichnungen abgibt«, sagte er zu mir, als wir zum Marner-Haus gingen. »Ein sehr merkwürdiger Fund.«

Das Gespräch mit Ellie Barnes entpuppte sich als überaus frustrierend. Mrs. Marner, wie immer sehr anmutig, bestätigte, dass sich das Mädchen sehr seltsam benehme, während sie uns in ein kleines Vorzimmer führte, in dem Ellie wartete. »Sie ist nicht annähernd so mitgenommen von Colin Hardings Tod, wie ich befürchtet hatte. Aber sie wirkt abwesend und starrt aus dem Fenster.« Damit reichte sie uns die aus einem Wort bestehende Nachricht, die Ellie am Vortag erhalten hatte. Bell betrachtete sie genau, bevor wir eintraten.

Der Umschlag war von einem Boten übergeben worden. Die Nachricht war, wie auch der Name des Mädchens auf dem

Umschlag, in großen, hässlichen Buchstaben gekrakelt worden.

HEXE

Als wir die Tür öffneten, saß Ellie auf einem kleinen Schemel, wo sie offenkundig ihre Flickarbeiten machte, und hielt ihren kleinen Elfenkopf gesenkt. »So, Ellie«, sagte Mrs. Marner, »Dr. Bell und Dr. Doyle sind bei uns zu Besuch, und du musst beantworten, was immer sie fragen.«

Ellie nickte, sah aber nicht auf, und Mrs. Marner zog sich zurück. Der Doctor begann seine Befragung sehr sanft und gütig. Er betonte, dass sie nicht in Schwierigkeiten stecke, dass er gehört habe, dass irgendwelche dummen Leute ihr etwas Böses unterstellt hätten, dass sie in Sicherheit sei und nicht aus dem Haus gehen müsse, weil er gehört habe, dass alle Lebensmittel geliefert werden könnten. Aber er wolle unbedingt alles über ihren Umgang mit Mr. Harding wissen.

Zunächst sagte sie fast gar nichts. Egal, wie er es formulierte und wie häufig er fragte, erfuhren wir nur sehr wenig: dass sie mit Colin Harding befreundet gewesen war, dass sie ihn gelegentlich getroffen hatte, dass sie ihn vielleicht auch am Abend des ersten Dezember getroffen hatte. Es war schwer, ihr etwas Konkretes zu entlocken. Sie war noch nicht einmal bereit zuzugeben, dass sie Angst hatte, obwohl das augenscheinlich der Fall war.

Während der Unterhaltung kam ihre Katze aus ihrem Korb und sprang auf ihr Knie, und sie streichelte ihren Kopf, doch die Katze zuckte leicht zusammen, da schien Ellie unsere Anwesenheit wieder bewusst zu werden, und sie scheuchte sie davon.

Angesichts all dessen hatte ich erwartet, dass Bell ihre Sorgen zerstreuen würde, indem er den dummen Aberglauben bloßstellte. Immerhin hatte er schon Langton geraten, streng gegen jedes wirre Gerede vorzugehen. Aber zu meiner Verblüffung schien er das alles im Gegenteil völlig ernst zu nehmen.

»Sie müssen mir erzählen«, bat er, »ob Mr. Harding Hexerei betrieben hat. Verfügte er über diese Fähigkeit?«

Sie schüttelte energisch den Kopf. Mich irritierte seine Stoßrichtung, aber er blieb dabei.

»Er hat eine Rune gefunden, nicht wahr?«

Da fing sie zu zittern an. »Nein, das habe ich nie gesagt.«

»Sie müssen es mir erzählen«, drängte der Doctor.

Sie sagte nichts. Er bohrte erneut nach. »Ich nehme diese Dinge sehr ernst. Wovor fürchtete er sich?«

»Dass man ihn ertränkt«, sagte sie endlich.

»Und zwar durch Zauberei?«, hakte er nach.

»Das kann ich nicht sagen.« Sie schüttelte wieder energisch den Kopf.

»Aber er hat etwas gefunden, nicht wahr, und das hat ihm Angst gemacht?« Sie nickte. »Einen Zauber?«, fragte Bell. »Haben Sie ihn gesehen? Wie sah er aus?«

»Buchstaben und Formen.«

»Wo ist er jetzt?«

Sie schüttelte den Kopf, offenkundig wusste sie es nicht. »Er hat befürchtet, dass es bedeutet, dass er ertränkt wird. War es so, Sir?« Sie sah kläglich zu ihm auf.

»Nur in seinem Kopf«, sagte Bell und brachte damit endlich wieder so etwas wie Vernunft in die Unterhaltung. »Aber war da noch mehr, Ellie?«

Sie zögerte, dann nickte sie. »Sind Sie sicher, dass Mr. Harding tot ist?«

Bells Blick verengte sich. »Ich bin mir vollkommen sicher. Warum?«

Sie lächelte, und es war ein entnervendes Lächeln. »Weil ich guten Grund zu der Annahme habe, Sir, dass er noch lebt.«

Bell versuchte, ungerührt zu bleiben. Tatsächlich zögerte er kurz und fragte dann, warum sie das glaube.

»Wenn man erst an die Macht glaubt, Sir«, sagte sie, »gibt es so viele Dinge. Denn wenn eine solche Macht ihn durch Zauberei ertrinken lassen kann, könnte sie ihn dann nicht …?« Bell forderte sie nickend auf weiterzureden. »Könnte sie ihn dann nicht auch«, wiederholte sie, »zurückbringen?«

»Wissen Sie einen Zauber, mit dem das geht, Ellie?«, fragte er.

»In Büchern wird darüber geschrieben«, erwiderte sie. »So viel weiß ich.«

»Ich fürchte, er kehrt nicht zurück, Ellie«, sagte Bell. »Jedenfalls nicht in dieser Welt.«

Das war faktisch das Ende des Gesprächs, denn mehr konnten wir nicht herausbringen. Bell erklärte Ellie, dass sie versuchen müsse, sich nicht zu ängstigen und sich diese Dinge aus dem Kopf zu schlagen, denn niemand werde, wenn die Auflösung einmal bekannt sei, glauben, dass sie an irgendetwas Schuld habe. Aber einen Punkt hob er besonders hervor. »Ich glaube, Sie sollten dieses Haus nicht verlassen. Im Augenblick nicht. Haben Sie mich verstanden?« Sie nickte.

Später bot uns Mrs. Marner Tee an, den wir zwar ablehnten, doch wir wechselten ein paar Worte mit ihr, und wieder überraschte es mich, dass Bell sie nach Hexerei fragte. Sie lächelte ernst auf ihre hübsche Weise. »Ach, in unserem Beruf ist man sehr abergläubisch, Dr. Bell. Ich schließe nichts dergleichen aus.« Zum Glück, so schien es, erwartete sie das Eintreffen ihrer Schwester, die aushelfen konnte, eine Frau, die schon häufig da war und im Dorf gemocht wurde. Das, so dachten wir, werde ein wenig den Druck von dem kleinen Haushalt nehmen. Doch bevor wir gingen, wiederholte der Doctor die Anweisung, die er Ellie schon gegeben hatte, nämlich, dass ihr Mädchen unter keinen Umständen das Haus verlassen sollte. Egal, aus welchem Grund.

Wir kehrten vor unserer Essensverabredung mit den Normans ins Gasthaus zurück, und Bell war ausgesprochen verärgert darüber, dass er noch keine Antwort auf sein Telegramm erhalten hatte. »Ich muss später ohnehin nach Lowestoft«, erklärte er mir, während wir zum Haus der Normans gingen.

Es war ein gedrungenes, efeuumranktes Gebäude, in dem uns ein groß gewachsenes Dienstmädchen die Tür öffnete. Beinahe sofort wurden wir von Edward Norman begrüßt, der mit ringenden Händen aus dem Esszimmer kam. »Ah, herzlich willkommen«, sagte er. »Nella, sie sind da. Arthur und Joseph.« Und schon schüttelten wir einer Frau mit kurzen grauen Haaren die Hände, die uns bat, gleich zum Essen durchzugehen.

Man hätte aus der zwanglosen Verwendung der Vornamen schließen können, dass der Lunch eine lockere Angelegenheit gewesen wäre. Doch ganz im Gegenteil. Das Haus war zwar nicht gerade prächtig, doch die Bedienung und die Atmosphäre waren außergewöhnlich förmlich und schleppend. Tommy, dessen Vorliebe für tote Vögel wir schon mitbekommen hatten, hatte zwei deutlich jüngere Schwestern, Jenny und Dora, und alle drei saßen so korrekt am Tisch, als wären sie Wachspuppen. Dennoch wurden sie von ihren Eltern leise, aber regelmäßig für frei erfundene Verfehlungen getadelt, als etwa einer von Jennys Ellbogen beinahe einen

Teller berührt hätte oder Tommy einen Bissen zu langsam kaute.

Das Ergebnis war eine der qualvollsten Mahlzeiten, die ich je eingenommen habe; sie war noch unerträglicher als so manche, die ich unter großem Unbehagen oder gar in Gefahr erlebt habe. Während unsere Gastgeber uns auf scheinbar herzliche Weise ansprachen, sich nach uns erkundigten oder sich zu ihrem eigenen Glück äußerten, machte der ganze Ort auf mich den Eindruck völligen Scheiterns. Norman persönlich strich in einer nicht enden wollenden Auflistung die Tugenden seiner Kinder heraus, was den Kindern selbst sichtlich peinlich war. Wir erfuhren von Tommys Beobachtungsgabe und Jennys Handarbeiten. Von Doras Talent, Pasteten zu backen. »Ein bisschen Sorgen bereitet mir allerdings Tommys Brust«, erklärte Norman. »Er ist so häufig an feuchten Orten, und er röchelt etwas, nicht wahr, Tommy? Und doch willst du nicht zu Dr. Bulweather gehen. Aber du wirst schon noch klein beigeben, wenn wir mit dem Stock drohen. Oder wir holen Inspector Langton, damit er dich in seine Zelle sperrt. Du willst doch nicht, dass er kommt, oder? Es ist heutzutage ja schon ein Wunder, wenn Kinder überhaupt etwas tun. Dora macht, was man ihr sagt, nicht wahr?« Dora strahlte.

Und so setzte sich die Mahlzeit auf endlose Weise fort. Nach einer Weile sehnte ich mich danach, dass eines der Kinder einen Teller nahm und gegen die Wand warf oder wütend aufschrie. Schließlich gelang es Bell, das Gespräch auf London zu bringen, denn ich war mir schließlich sicher, dass wir hier waren, um festzustellen, ob Norman dorthin Verbindungen von Interesse hatte. »Aber ja«, sagte unser Gastgeber, »ich besuche die große Hauptstadt regelmäßig, denn mein verstorbener Vater hatte dort Besitz. Ich habe mich dort häufig mit

Jefford getroffen, weswegen ich die Sache nicht so ernst nehme wie manche, denn ich bin seine Possen und Scherze gewöhnt.«

Natürlich bemerkte ich, wie das Interesse des Doctors wuchs. Und als das Essen endlich vorbei war und die Kinder zum Spielen gegangen waren (wobei ich mir nicht im Geringsten vorstellen konnte, welche Art von »Spiel« in diesem bedrückenden Haus gestattet war), setzte sich Bell mit Norman in den überheizten Salon und kam auf das Thema zurück.

Ich bin mir sicher, dass der Doctor berechnet hatte, dass zwei Aspekte zu berücksichtigen waren. Zum einen die Möglichkeit, dass Norman selbst involviert war, denn seine Verbindung nach London und zu Jefford bedeutete, dass er unserer Liste der Verdächtigen hinzugefügt werden musste. Ich persönlich hatte keine großen Schwierigkeiten, mir vorzustellen, dass der Vorstand dieses schrecklichen Haushalts irgendwie in die Sache verwickelt war. Aber es gab noch einen völlig anderen Aspekt. Angenommen, er war unschuldig, war es nicht denkbar, dass er uns Aufschluss über Jeffords Londoner Gefährten geben konnte? Vielleicht hatte er sogar Cream persönlich getroffen.

Anfangs schien sich die Befragung vielversprechend zu entwickeln. Norman sprach amüsiert von Jeffords ständigem Glücksspiel und seiner Neigung, die haarsträubendsten Wetten vorzuschlagen. Aber auf Einzelheiten zu diesen Umtrieben oder auf seine anderen Bekannten angesprochen, wurde er plötzlich aufreizend affig und arrogant. »Nicht doch«, feixte er, »dahin werden Sie mich nicht locken, das sind Vertraulichkeiten unter Gentlemen, Dr. Bell. Wenn Gentlemen spielen, haben sie ihre eigenen Regeln und ihre eigenen kleinen Geheimnisse. Ich kann so etwas unmöglich preisgeben, aber Sie sind ein Mann von Welt, und ich bin mir sicher, dass

Sie sich einige der interessanteren Unternehmungen von Gentlemen mit Muße vorstellen können.«

Dieser Umgangston war ebenso unerwartet wie ärgerlich, insbesondere im Licht der bedrückenden Atmosphäre in diesem Haus, der wir jetzt seit zwei Stunden ausgesetzt waren. Diesmal drängte Bell jedoch nicht weiter, sondern gab vor, sich für die Architektur der Gegend zu interessieren, damit er den Rest des Hauses erforschen konnte.

»Was für ein Haushalt«, sagte Bell mir mit unverhohlenem Abscheu, als wir auf dem Rückweg die Straße entlanggingen.

»Hätten Sic nicht von ihm verlangen können, dass er Ihre Fragen beantwortet?«, fragte ich, denn ich hätte mich gefreut, wenn die ungeheuerliche Selbstgefälligkeit des Mannes einen Dämpfer erhalten hätte. »Sogar Sir Walter hat es letztlich getan.«

»Ich war versucht, es zu probieren, Doyle, aber Norman ist ein Anwalt, der bestimmt viel Aufhebens von seinen Rechten gemacht hätte und von der Tatsache, dass wir keinen Beweis dafür haben, dass überhaupt ein Verbrechen vorliegt. Immerhin bin ich mir sicher, dass Cream, wenn er jemals in dem Haus war, jetzt nicht dort ist. Wir werden auf Mr. Norman zurückkommen.«

Während wir auf das Gasthaus zuliefen, wo wir schon die Kutsche sehen konnten, die Bell nach Lowestoft bringen würde, fiel mir auf, dass der Doctor trotz des Mittagessens in besserer Stimmung war als zuvor. »Ich glaube«, sagte er, »dass Mrs. Marners Mädchen zur Auflösung beitragen könnte, wenn sie uns nur alles verraten würde, und vielleicht unternehmen wir später einen weiteren Versuch. Auch der Haushalt der Normans weist viele interessante Details auf, insbesondere, wie der Vater seine Kinder behandelt. Ich hoffe, dass ich nicht zu spät nach

Einbruch der Dunkelheit zurückkomme, Doyle, und möchte Sie nur bitten, jedwede Nachricht, die eintrifft, entgegenzunehmen. Aber ich bin froh, Ihnen sagen zu können, dass wir Fortschritte machen.« Damit ging er los, um sich mit dem Fahrer zu besprechen.

Ich hatte beschlossen, an diesem Nachmittag einen Spaziergang zu unternehmen, weil ich mich nach Luft und Einsamkeit sehnte. Aus persönlichen Gründen mag ich keine Strände, doch ich zwang mich dazu, den Kieselstrand von Dunwich ein wenig zu erkunden, und es tat gut, den Wind im Gesicht zu spüren und das Salz in der Brise zu riechen. Weil es so ein windiger Tag war, waren die Wellen riesig, und weiße Wolken jagten über den blauen Himmel. Nach einer Weile kehrte ich dem Meer den Rücken zu und ging zurück über den kleinen Pfad, der zu den Klippen hinaufführt.

Schon bald war ich durch die Bäume bis zu der Stelle geklettert, wo die Kirchenruine direkt am Rand der Klippe stand. Da waren wieder die gesprungenen und bemoosten Grabsteine, von denen jene dicht am Abhang gefährlich schief standen, während die Bäume hinter mir im Wind ächzten. Doch ich achtete darauf, dem Abgrund nicht zu nahe zu kommen.

Nach einer Weile machte ich mich auf, wobei ich so lange wie möglich versuchte, der Küstenlinie zu folgen und nicht landeinwärts zu laufen. Das war häufig schwierig, doch es gab eine Art Pfad, und ich drängte weiter vor, mit der dröhnenden Brandung zu meiner Linken. Es war wohl töricht, diesen Ausflug bei einem solchen Wetter zu unternehmen, denn eine heftige Bö hätte mich über die Klippe tragen können, doch die Aussicht war außergewöhnlich. Unter mir zur Linken erstreckte sich die aufgewühlte See mit den brechenden Wellen, um mich herum das wehende Gras, über mir ein unruhiger blaugrauer Himmel.

Plötzlich kam von vorne ein lauter Ruf. Ich hatte die Gestalt noch nicht bemerkt, denn sie war noch weit weg, an einer Stelle, wo der Pfad wegen eines weiteren Landrutsches abknickte, aber sie hatte mich gesehen und winkte mir.

Ich ging rasch weiter und erkannte dann die stabile Kontur von Dr. Bulweather, dicht gefolgt von seinem Hund. Allerdings galt seine Aufmerksamkeit vorrangig etwas unten am Fuß der Klippe. Er war dem heftigen Wind völlig ausgesetzt, und sein schwarzer Mantel flatterte hinter ihm wie eine Fledermaus, und es erstaunte mich, dass der Hut noch auf dem großen Kopf saß.

Er wandte sich mir zu, als ich näher kam. »Ich bin sehr froh, Sie zu sehen«, rief er in die Brise hinein und lächelte. »Ich glaube, ich habe eines der Rätsel gelöst, wenn auch nur das kleinste.«

Er wies mit seinem Stock unter sich. Kurz darauf stand ich neben ihm, und ich gebe zu, dass es eine besorgniserregende Stelle war. Wenn nur ein wenig von der Klippe abbrechen würde, solange wir dort standen, hätten wir beide keine Chance. Und der Wind musste auch nur eine Stufe stärker werden, um uns hinwegzufegen. Ich hielt mit dem hinteren Fuß mein Gleichgewicht, während ich zu sehen versuchte, was er gefunden hatte.

Zunächst konnte ich nichts erkennen, abgesehen von den herabschießenden Seemöwen und den tosenden Wellen. Aber dann stabilisierte ich mich und beugte mich vor. Ich folgte der Richtung seines Stocks und sah, dass etwa neunzig Meter von uns entfernt auf der anderen Seite eine Felsnase war. Eine dunkle Form lag darauf. Zunächst war ich mir unsicher, was es war. Dann erkannte ich das Bein und einen großen Kopf und Ohren. Sofort rasten meine Gedanken zurück zu Jeffords Zimmer und dem großen Blutfleck. Jetzt, so schien es, waren die

Hoffnungen der Skeptiker auf eine harmlose Erklärung für all das Blut endgültig geplatzt.

Denn unter mir lag, völlig unversehrt, aber schon lange tot, ein riesiges Schwein.

Ich rief gerade, dass ich es gesehen hatte, als der Wind plötzlich aufbrauste und wir nach vorne torkelten. Bulweather schlug mir mit seiner Hand auf die Schulter, und für eine Sekunde hätte mich ihr Druck vielleicht völlig aus dem Gleichgewicht geraten lassen, doch er bekam mich zu fassen und riss mich ruckartig zurück und weg vom Abgrund, indem er sich selbst ebenfalls nach hinten warf.

»Ich bitte um Verzeihung«, sagte er, als wir zur besseren Sicherheit noch ein paar weitere Schritte zurückgingen, bis wir bei seinem wartenden Hund waren. »Ich wollte Sie nicht unsanft behandeln, aber ich kenne die Heimtücke dieser Klippe im Sturm so gut wie sonst keiner, und es war meine Schuld, Sie in Gefahr gebracht zu haben. Haben Sie es gesehen?«

»Ja, es ist das vermisste Schwein«, sagte ich mit noch immer rasendem Herzen, denn ich wusste, wie knapp wir der Katastrophe entronnen waren.

»Mit Sicherheit.« Er nickte. »Und beinahe hätten wir sein Schicksal geteilt. Nun, immerhin können wir Dr. Bell erzählen, dass wir eine Theorie über das Blut in Jeffords Haus ausschließen können.«

Gemeinsam gingen wir an der Klippe entlang zurück, obwohl wir unsere Lektion gelernt hatten und von der Kante Abstand hielten. Natürlich sprachen wir über den Fall, und Bulweather sagte, dass er Bells Aufforderung gehorcht hatte und nach Gästen oder Fremden in den von ihm besuchten Häusern Ausschau gehalten hatte. Zufälligerweise war er ins

Haus von Inspector Langton gerufen worden, dem sein Bein zu schaffen machte. »Eine Verletzung, die er sich bei einem Sturz in London zugezogen hat und die nie ganz verheilt ist. Es war noch jemand im Haus, und er hat gesehen, dass ich es gemerkt habe. Er hat mir gesagt, dass ein Freund aus London bei ihm wohnt, ein alter Kollege.«

Wir hatten Dunwich inzwischen beinahe erreicht, und bevor wir den Pfad hinab nahmen, warfen wir beide einen letzten Blick auf die majestätische Aussicht. Es wurde kälter, und Bulweather wies mit seinem Stock auf eine Stelle im Osten über der Nordsee, wo sich eine große weiße Wolkenfront aufgetürmt hatte. »Da braut sich etwas zusammen«, sagte er. »Nun, das liegt in der Natur dieses Ortes.«

Natürlich bestand er darauf, dass ich für eine Stärkung mit in sein Haus kam. Und bald saßen wir an seinem Kamin mit heißem Tee und Scones und unterhielten uns über Medizin und meine frühen Erfahrungen als Arzt. Ich sehe sein gespanntes Gesicht noch vor mir, wie er sich in seinem Sessel vorbeugte und sein gebuttertes Scone verschmauste. Er war von meinen anfänglichen Schwierigkeiten mit meiner Praxis in Southsea fasziniert, denn offenkundig liebte er es über alles, von solchen Dingen zu reden.

»War die Medizin denn immer schon Ihre Berufung?«, fragte er.

Ich zögerte und beschloss dann, ausnahmsweise einmal ehrlich auf diese Frage zu antworten, denn – trotz seiner eigenen Traurigkeit – war dieser Mann letztendlich auch ehrlich zu uns gewesen.

»Nein, es war tatsächlich noch nicht einmal meine eigene Idee«, sagte ich.

»Dann die Ihres Vaters?«, meinte er. »Das ist nichts Ungewöhnliches.«

»Nein«, sagte ich verbissen. »Es war nicht die Idee meines Vaters. Mein Vater leidet unter einer langwierigen Krankheit. Ein Freund der Familie hat es vorgeschlagen.«

Ich hatte das noch nie zuvor jemandem gestanden. Natürlich hatte ich Elsbeth anvertraut, unter welcher Krankheit mein Vater litt, und das in allen Einzelheiten, doch ich hatte es nicht für nötig befunden, ihr zu verraten, dass ich meine eigene medizinische Laufbahn einem Mann verdankte, der noch nicht einmal Teil meiner Familie war und dessen Einfluss auf meine Mutter mein Misstrauen erregt hatte.

Bulweather hingegen zeigte sich wenig überrascht. »Tja«, sagte er fröhlich, »wir alle kommen auf die unterschiedlichste Art zur Medizin; Hauptsache, wir kommen dort an. Und es ist gut, dass Sie angekommen sind. Aber es tut mir leid, vom Leiden Ihres Vaters zu hören. Es gibt nichts Schwierigeres auf der Welt, als den Krankheiten unserer Lieben gegenüberzustehen. Das haben wir gemeinsam.«

Ich fragte mich, ob ich ihm jetzt sagen sollte, dass wir noch mehr als das gemeinsam hatten, denn das Leiden meines Vaters war eine Nervenkrankheit, die ein normales Leben ebenso unmöglich machte wie jene, unter der die Schwester seiner Frau litt. Aber ich beschloss, mir das für eine andere Gelegenheit aufzuheben. Und wir kamen auf erfreulichere Themen zu sprechen.

Die Unterhaltung an diesem gemütlichen Feuer stellte sich als so fesselnd heraus, dass ich plötzlich erschrocken merkte, dass ich ins Gasthaus zurückmusste, denn ich hatte dem Doctor versprochen, zur Verfügung zu stehen. Bulweather drängte mich, Bell zum Dinner zu holen, zu dem er schon Angus Hare und Sir Walter erwartete, aber ich erklärte ihm, die Pläne des Doctors nicht zu kennen und deshalb absagen zu müssen.

Draußen wurde es bereits dunkel, und es war sehr kalt geworden. Als ich das Gasthaus erreichte, gab mir der Wirt einen Briefumschlag, der als dringend gekennzeichnet war. Er war für Bell, aber ich riss ihn sofort auf.

Bitte kommen Sie sofort. Ellie ist weg.
Leonora Marner

Zum Glück traf Bell ein, als ich gerade aufbrechen wollte. Er stieg aus der Droschke und lächelte, als er mich sah. Sofort drückte ich ihm die Nachricht in die Hand und erklärte, sie sei gerade eingetroffen. Er warf einen Blick darauf, und sein Lächeln war verschwunden.

Es war noch nicht dunkel, aber das gesamte Dorf schien verlassen zu sein, und ein paar erste Schneeflocken fielen. Auf dem Weg zu Leonora Marners Haus erzählte ich Bell von unserer Entdeckung des verschwundenen Schweins. Und auch von der Neuigkeit über Langtons Gast. Aber was ihn einen Tag zuvor interessiert haben mochte, erschien jetzt nebensächlich, denn seine gesamte Aufmerksamkeit galt der Nachricht in seiner Hand. Mrs. Marner kam beinahe sofort an die Tür, eingewickelt in einen eleganten Umhang; sie sah ausgesprochen besorgt aus.

»Ich hoffe nur, dass es ihr gut geht«, sagte sie, während sie uns in das große Zimmer führte, wo die Katze in der Ecke saß und uns anstarrte, als wir eintraten. »Immerhin ist ihre Katze zurück, das gibt mir Hoffnung.«

»Würden Sie uns bitte erzählen«, sagte Bell, »wann Sie gemerkt haben, dass Ellie nicht mehr da ist?« Sein Ton war sanft, aber ich konnte in seinen Augen große Sorge sehen.

»Natürlich«, antwortete sie. »Ich bin wie üblich gegen zwei

zu meinem Spaziergang aufgebrochen. Ich habe sie hier zurückgelassen. Um genau zu sein, war sie in diesem Zimmer, denn hier macht sie nach dem Mittagessen manchmal ihre Handarbeiten. Ich bin relativ weit gegangen, den Hügel hoch, und dann habe ich Miss Charlotte Jefford im Gasthaus aufgesucht. Sie ist eine liebe Person, und wir haben uns schnell angefreundet. Sie wird auch mit diesen Anschuldigungen belästigt.«

»Und wann sind Sie zurückgekehrt?«, fragte Bell.

»Das war nach vier. Das Haus war völlig leer, Ellies Nähzeug war wieder verstaut. Die Katze ist etwas später wiedergekommen.«

»Hat sie etwas mitgenommen?« Bells Augen huschten durchs Zimmer.

»Sie trägt ihren Mantel und ihre Stiefel, ihre persönlichen Gegenstände sind noch da.«

Ich sah, wie Angst über Bells Gesicht huschte. »Sagen Sie, Mrs. Marner«, bat er, »wie genau hat sich Ellie heute verhalten, nachdem wir hier waren?«

»Sie war noch immer etwas nervös, aber sie kam mir ein bisschen gelassener vor, nur ...« Sie verstummte.

»Ja?«, drängte der Doctor.

»Na ja, erst ist sie eine Zeit lang hin- und hergelaufen. Sie ist zum Fenster gegangen und hat hinausgestarrt, dann ist sie wieder zu ihrem Stuhl gegangen. Ich habe mich gefragt, ob sie fürchtete, dass einer, der ihr übel will, draußen steht, aber es war niemand da.«

Bell wandte sich zum Fenster, das einen Blick auf die Straße bot. »Hätten Sie etwas dagegen, wenn ich mich in Ihrem Haus umsehe, Mrs. Marner? Es könnte wichtig sein.«

Sie gab ihre Einwilligung, und Bell verlor keine Zeit. Er ging sofort zum Papierkorb und sah hinein. Er fand nichts darin und ging in die Eingangshalle. Dort beugte er sich über einen weiteren Abfallbehälter und schien dort etwas zu sehen, ein zerknülltes Papier.

Er nahm es heraus und glättete es. In seiner Hand war ein Briefumschlag, der von Hand beschriftet war. Nur ein Wort: Ellie.

Der Umschlag war leer, doch Bell schien sehr aufgeregt. »Mrs. Marner«, sagte er, »das könnte sehr wichtig sein. Sie haben erwähnt, dass Ellie mit Colin Harding ausgegangen ist. Haben Sie eine Ahnung, wohin?«

»Also, ich glaube, sie waren in den Dienstbotenräumen in Greyfriars House.«

»Und sonst? Ich muss Sie bitten nachzudenken.«

Sie überlegte. »Ja, ich erinnere mich, dass sie manchmal am Strand spazieren gegangen sind.«

Bell ging sofort zur Tür. »Sie bleiben hier, Mrs. Marner, falls sie wieder auftaucht.«

Auf der Straße war es jetzt bitterkalt, und winzige Schneeflocken fielen im letzten Tageslicht. Sie waren nicht dick, schienen aber unsere wachsende Vorahnung noch zu verstärken. Wir gingen so schnell wie möglich den kleinen Pfad entlang und bogen dann zum Strand ab. Es war keine Menschenseele zu sehen, während uns der Wind die Flocken ins Gesicht blies.

Bell suchte den schmalen Kieselgürtel ab und schwang seinen Stock mit dem Silberknauf. Auf den Steinchen war es schwer, etwas zu erkennen, doch er fand etwas, das er für Fußabdrücke hielt, und wir folgten ihnen.

Als die Kiesel dem Sand Platz machten, wurde es deutlich einfacher, denn hier waren die Abdrücke klar zu erkennen. Die Füße waren klein, aber es war auffällig, dass keine Spuren zurückführten.

Wir liefen in den Sand und sprangen über die schwarzen Buhnen, die ins Wasser führten, und ich entsinne mich noch des grimmigen Gesichts des Doctors im Licht, das vom Meer kam. Der Strand von Dunwich zieht sich meilenlang nach Norden hin, und sehr bald gibt es keine Zeichen von menschlicher Besiedlung mehr, keine Menschenseele, nur die See zur Rechten und das Marschland zur Linken, doch die Fußspuren waren noch immer vor uns. Es hatte schon etwas Furchtbares, wie sie immer tiefer in diese Trostlosigkeit hineinführten.

Schon bald rannten wir. Ich rief sogar Ellies Namen, erhielt jedoch keine Antwort, nicht einmal das Geräusch einer Möwe auf diesem endlosen Strand, auf den unablässig der Schnee fiel.

Und dann blieb Bell plötzlich stehen, denn er hatte gesehen, noch vor mir, dass die Fußspuren in Richtung Marsch abdrehten. Wir stürmten den Sand hinauf und erreichten bald eine Wüste aus Wasser, wo natürlich alle gut sichtbaren Spuren endeten. Gab es noch Hoffnung, fragte ich mich. Hatte sie irgendwie diese Fläche überquert und war in den Ort zurückgekehrt? Ich wollte das gerade fragen, als Bell rief und nach vorn deutete.

Eine graue Form ruhte auf einer Schilfbank, keine zwanzig Meter entfernt. Sie war seltsam aufgehäuft. Ein seichter Graben verlief zwischen uns und der Stelle, aber wir wateten mit Leichtigkeit hindurch.

Ellie Barnes befand sich auf dieser Bank, aber sie sollte weder uns noch sonst jemandem mehr verraten, was sie dorthin geführt hatte. Sie lag auf dem Rücken, die Arme angelegt, Schneeflocken landeten und schmolzen auf ihren offenen Augen. Ihr Mund war eine große, klaffende, blutige Wunde. Und ihre Zunge, sorgfältig herausgeschnitten, lag neben ihrer Hand.

Vierter Teil:
Die Rune und die Toten

Die Schrift im Wasser

Als Ellie Barnes von einer traurigen, fackelbeleuchteten Prozession aus dem Sand getragen wurde, versuchte ich verzweifelt, eine Flut von Erinnerungen zu unterdrücken. Denn auch Elsbeths Leiche war auf einem Strand gefunden worden.

Bell, der selbst aschfahl war, unterhielt sich grimmig mit Langton, bevor er zu mir zurückkehrte, um seine Spurensuche fortzusetzen. Es bestand kein Zweifel, dass die Sache jetzt ernst war, und der Inspector hielt es für wahrscheinlich, dass ein Mann von Scotland Yard irgendwann am nächsten Tag zu uns stieße. Was die Obduktion betraf, musste Bell angesichts des eindeutigen Fremdverschuldens die Leiche dem amtlichen Pathologen in Lowestoft überlassen, aber er hatte ohnehin schon festgestellt, dass es wenig mehr zu sehen gab als die barbarische Wunde, die eindeutig die Todesursache war.

»Aber was ist in sie gefahren, überhaupt hier herauszulaufen?«, fragte Langton. »Sie kannte doch niemanden außer Mrs. Marner und Colin Harding, der tot ist.«

»Das mag sein«, sagte Bell, während wir uns der Stelle näherten. »Und doch ist etwas in sie gefahren. Sie ist hierhergekommen, davon bin ich überzeugt, weil sie daran geglaubt hat. Wenn wir nur den Brief finden könnten, der sie herbeordert hat, aber sie trug ihn nicht bei sich. Wir können nur vermuten, dass ihr Mörder ihn entfernt hat.«

Sobald er wieder an der Stelle im Marschland war, widmete

der Doctor seine besondere Aufmerksamkeit dem Wasser, das die Schilfbank umgab, auf der Ellie von uns entdeckt worden war. Er hatte sich Watstiefel ausgeliehen und stand nun knietief im eisigen Wasser, während zwei Männer auf der Bank ihm mit Laternen den Weg beleuchteten.

Selbst an diesem kalten, elenden Ort war dies ein unvergesslicher Anblick. Die zwei schemenhaften Gestalten mit Stablaternen, die sich vorbeugten, um ihre Lichtstrahlen auf die adlerartige Gestalt hinabzusenden, die über dem Wasser kauerte wie ein menschlicher Fischreiher, während ringsum winzige Schneeflocken herabfielen.

Ich nehme an, dass Bell überlegte, ob der Brief in Ellies Hand gewesen und ins Wasser gefallen sein könnte, als sie niedergeschlagen wurde. Deshalb konzentrierte er sich auf eine Stelle nahe bei der rechten Hand der Toten und arbeitete sich von dort weiter im Kreis vor, wobei er dauernd die eigene Hand durch die Tiefe gleiten ließ, denn trotz der Laternen konnte er kaum auf den Grund sehen.

Es war so kalt, dass der Doctor seine Hand häufig herausziehen musste, aber trotz meines Einspruchs wollte er nicht, dass ich ihm half. »Wenn er da ist, könnten andere Füße darauf treten und ihn völlig zerstören. Es ist besser, Sie überlassen das mir«, antwortete er, so als ginge es um eine Karte, die er in seinem Arbeitszimmer vor dem Kamin ausgebreitet hatte, und nicht um das Wasser eines schlammigen Sumpfgebiets an der östlichsten Spitze Englands um Mitternacht.

Er war etwa halb um die Schilfbank herumgekommen, als sich sein Ausdruck änderte und er auch die andere Hand ins Wasser tauchte. Es gab eine lange Verzögerung, und ich konnte nur vermuten, wie kalt seine Finger gerade wurden, aber dann zog er ganz langsam ein durchnässtes, gefaltetes Stück Papier heraus. Es war offensichtlich beschriftet, und sobald er das gesehen hatte, legte er es in eine kleine trockene Tüte, die er für mögliches Beweismaterial mitgebracht hatte. Ich konnte sehen, dass seine Finger blau waren, und bestand darauf, dass er jetzt aufhörte und entweder die Männer weitersuchen ließ oder bis zum nächsten Morgen wartete. Nach einer Weile willigte er ein.

Da Mrs. Marner von ihrer Schwester getröstet wurde und Dr. Bulweather so freundlich war, bei ihnen nach dem Rechten zu sehen, kehrten Bell und ich ins Gasthaus zurück, um das Papier zu untersuchen. Er packte es in seinem Zimmer mit äußerster Vorsicht aus und merkte an, wie viel Glück wir hatten, dass es heil geblieben war.

Was Bell aus dem Sumpf gezogen hatte, war ein handgeschriebener Brief, von dem allerdings große Teile unlesbar geworden waren, weil die Tinte dort verwischt und verblasst war. Tatsächlich konnten nur rund vierzig Buchstaben überhaupt entziffert werden.

––l––
I––– –in ––r–––. D–r Z–u––– h–– ––w–––.
D– d––––t ––––e ––gs– –––en.
–om– –––nd –– u––––––m ––t–n
–––ff–––––t.
D– m––––– ––– Ru–– ––t––––g––.
––l––

Der Doctor strahlte vor Genugtuung. »Wir haben großes Glück«, sagte er, »weil die beste Zeile mit Buchstabenpaaren in der Mitte steht, bestimmt, weil dort das Wasser vom Knick im Papier etwas abgehalten wurde. Das hier bestätigt mir, was ich vermutet hatte.«

Doch nachdem er es ein paar Augenblicke angestarrt hatte, trübte sich sein Blick. »Also hatte sie sie«, sagte er, »und ich war so dumm, sie nicht stärker zu bedrängen. Ich hätte ihr Leben retten können.« Er führte das jedoch nicht weiter aus. Stattdessen fertigte er eine Kopie an, die er mir reichte, um zu sehen, was ich herausbekam. Ich habe sie heute neben mir liegen.

»Also, Doyle«, sagte er, nachdem ich eine Weile darüber gegrübelt hatte, »was können Sie daraus schlussfolgern?«

»Manche Wörter sind tatsächlich recht einfach«, stimmte ich zu. »Die ersten beiden lauten ›Ich bin‹, das vierte ›Der‹, das achte ›Du‹. Die letzte Zeile muss ebenfalls mit ›Du‹ anfangen. Ich schätze, ich könnte mit mehr Zeit noch weiter kommen, aber eins verstehe ich nicht: Warum beginnt und endet der Brief mit dem gleichen Wort? Denn das erste wird bestimmt die Anrede ›Ellie‹ sein, aber es sieht so aus, als ob er auch so schließen würde. Hat sie sich selbst geschrieben?«

Er kam vom Feuer, das er in seinem Zimmer hatte machen lassen, um seine Hände aufzutauen, und nahm den Brief gleich wieder in die Hand. »Tja«, meinte er, »das ist nicht sehr wahrscheinlich, aber um ehrlich zu sein, bin ich mit Annahmen an die Sache herangegangen, die Sie nicht kennen. Sehen Sie«, sagte er und beugte sich vor, um sich darin zu vertiefen, »es gibt im Grunde zwei Möglichkeiten, eine einfache Aufgabe wie diese anzugehen, die weit weniger komplex ist als ein Geheimcode. Die beliebteste ist, sich auf die häufigsten Wörter und Ausdrücke zu stützen, was genau Ihrer Herangehensweise entspricht. Zum Beispiel, dass die ersten beiden Wörter nach der Anrede ›Ich bin‹ lauten. Dazu ist allerdings schwerlich eine Schlussfolgerung nötig, denn es gibt nichts auf der Welt, was es sonst heißen könnte. Vorausgesetzt, der Verfasser ist schreibkundig, existieren keine anderen Buchstaben im Alphabet, die hier passend eingesetzt werden könnten.

Ich gehe indes davon aus«, fuhr er fort, »dass Schreibfähigkeit vorhanden ist, wenn man die wohlgeformten Buchstaben betrachtet. Deshalb sind Sie rasch dazu gekommen, offensichtliche Wörter auszumachen, aber Sie hätten das noch viel weiter treiben können. Schauen wir uns beispielsweise die zehn häufigsten Verben an. Sie lauten – in richtiger Reihenfolge – *sein, haben, tun, sagen, machen, gehen, nehmen, kommen, sehen* und *bekommen*.

Und, können wir davon hier welche wiederfinden? Tatsächlich beginnt die dritte Zeile eindeutig mit ›Komm‹. Und wenn man berücksichtigt, dass in zwei weiteren Zeilen ›Du‹ steht, können wir wohl mit Bestimmtheit sagen, dass dieser Brief vor allem Anweisungen enthält, abgesehen von der ersten Zeile, die Informationen über den Autor preisgibt.

Es wäre möglich«, legte er dar, »die eben ausgeführten Regeln anzuwenden und es so zu lösen, aber das würde ein paar Minuten dauern. Ich habe einen weitaus leichteren Weg gewählt, weil ich schon etwas über den Brief wusste, bevor ich ihn gefunden habe. Es ging aus allem, was Ellie Barnes uns erzählt hat, deutlich hervor, dass irgendjemand ihre Gefühle auf bestimmte Weise manipulierte. Colin Harding war eine naheliegende Möglichkeit mit seinem Gerede von Runen, aber nachdem er tot war, hatte ich immer noch dieses Gefühl. Deshalb, und nicht aus Angst vor den abergläubischen Leuten in der Stadt, habe ich darauf bestanden, dass sie im Haus bleibt. Aber dann hat uns Mrs. Marner heute erzählt, wie Ellie andauernd aus dem Fenster gestarrt hat. Sie hatte offenkundig gewartet, entweder auf jemanden oder, noch wahrscheinlicher, auf eine Nachricht. Sie haben gesehen, wie ich den Umschlag, in dem diese Nachricht zu ihr kam, gefunden habe, und jetzt haben wir die Nachricht selbst.

Deshalb habe ich sofort nach Wörtern Ausschau gehalten, die ich mit dem Mädchen in Verbindung bringe und mit dem, was sie offensichtlich beschäftigt hat, wodurch die Aufgabe nicht mehr schwieriger war als ein Kreuzworträtsel. Sofort schien es sehr wahrscheinlich, dass das Substantiv hinter dem ›Der‹, das Sie in der ersten Zeile identifiziert haben, ›Zauber‹ heißen muss. Und in der zweiten Zeile lautet das vierte Wort unverkennbar ›Angst‹, nicht nur, weil ich es stark mit ihr verbinde, sondern auch, weil es nur sehr wenige Wörter mit fünf Buchstaben gibt, die ›gs‹ an dritter und vierter Stelle haben, und die anderen, ›jagst‹ zum Beispiel, hier keinen Sinn ergeben.

Dann noch das ›Ru‹ in der letzten Zeile, das bestimmt ›Rune‹ ergeben muss, entsprechend dem ›Zauber‹ von vorher. Auch hier wird ein bestimmter Artikel davorstehen, und die Alternativen lauten ›Ruhe‹, ›Ruhm‹ oder ›Ruin‹, allesamt nicht sehr wahrscheinlich.

Sehen wir uns den Brief mit diesen Wörtern erneut an.«

––l––
Ich bin –––ü––. Der Zauber h–– ––w––––.
Du d––––t ––––e Angst –––en.
Komm ––– ––––nd –– u––––– m ––t–n
–––ff––––t.
Du m–––– die Rune ––t–––– g––.
––l––

»Sofort«, sagte Bell, »wird das meiste klar. ›Du darfst keine Angst haben.‹ So lautet offenbar die zweite Zeile, wenn wir einmal so weit sind. Aber wovor sollte sie Angst haben? Nun, das muss aus dem Folgenden hervorgehen. Sie wird irgendwohin beordert, das verrät uns das ›Komm‹, aber wir wissen natürlich ganz genau, wohin sie tatsächlich beordert wurde. Zum Strand. Und da ist er auch schon in den Zwischenräumen und dem ›nd‹ von ›Strand‹.

Der zweite Teil der Zeile mag schwieriger erscheinen, aber wir können jetzt davon ausgehen, dass er ihr nun die genaue Stelle sagt, zu der sie kommen soll, denn der Strand ist viele Meilen lang. Das fünfte Wort ist ein guter Ansatzpunkt, denn nur zwei Wörter dieser Länge beginnen mit kleinem ›u‹ und enden auf ›m‹, ›unfromm‹ und ›unserem‹. Nicht nur angesichts der Formlosigkeit des Briefs ist ›unserem‹ die sicherc Wahl. Damit haben wir jetzt: ›Komm zum Strand –– unserem –––ff––––t‹

Ein Kind könnte jetzt die Lücken füllen«, sagte Bell. »›Komm zum Strand zu unserem Treffpunkt‹.

Und jetzt zur letzten Zeile. Wieder eine Anweisung. ›Du m–––– die Rune ––t––––g––.‹

Sehen Sie?«, fragte Bell. »Wir haben nur ein klein wenig ergänzt, und schon wird der Rest zum Kinderspiel. Was lesen Sie?«

»›Du musst die Rune mitbringen‹«, sagte ich. »Also hatte sie das Ding, was auch immer es ist.«

Bell nickte bedrückt. »Ich fürchte, ja. Deshalb kehren wir jetzt zur ersten Zeile zurück, einer Zeile mit Informationen. Ich würde dem, was wir schon wissen, ein einfaches Wort hinzufügen. Die einzige Möglichkeit nach ›Zauber‹ ist ›hat‹.

›Ich bin –––ü––. Der Zauber hat ––w––––.‹ Es ist minimal schwieriger als die anderen, sollte uns aber nicht lange aufhalten. Der Verfasser sagt offensichtlich, dass der Zauber etwas getan hat. Was kann ein Zauber getan haben? Ich schlage ›gewirkt‹ vor.

Das dritte Wort muss sich darauf beziehen. Wie hat dieser Zauber gewirkt? Für sich genommen, gibt es einige Schwierigkeiten, das gebe ich zu. Es gibt gar nicht so viele Sechs-Buchstaben-Wörter mit ›ü‹ an vierter Stelle. Trotzdem könnte ich verstehen, wenn Sie ein Wörterbuch konsultieren wollten, aber dafür besteht keine Notwendigkeit, denn wir haben andere Indizien, die uns helfen.

Sie haben sich verwundert darüber gezeigt, dass der Brief mit dem gleichen Namen beginnt und endet, aber da haben Sie nicht die Möglichkeit eines reinen Zufalls bedacht. Es gibt noch andere Namen außer Ellie, die ein ›L‹ an dritter Stelle haben. Sie müssen nur bedenken, von wem wir sicher wissen, dass er Ellie schon früher am Strand getroffen hat, und wessen Anweisungen sie wahrscheinlich Folge leisten würde.«

»Colin?«, sagte ich. »Aber der ist tot.«

»Ja«, rief Bell, »doch entsinnen Sie sich nicht, dass sie von ihrer Überzeugung sprach, dass die Macht ihn wiederbringen würde? Sie hat an Magie geglaubt, Doyle, und Totenbeschwörung ist ein Zweig der Magie. Und jetzt sehen Sie sich die Zeile noch einmal an. Es muss ein Wort sein, das beschreibt, was ihm passiert ist.«

»Meine Güte, er schreibt ihr, er sei *zurück!*«

»Ganz genau.« Er legte den Brief hin.

Ich sprach ganz ruhig, die Aufregung der Entdeckung war dieser neuen Vorstellung gewichen. »Aber das ist furchtbar. Der Gedanke, dass das Mädchen von dem Glauben an den Strand gelockt wurde, dass ihr Liebhaber von den Toten zurück ist. Und dass dort jemand wartete. Sie muss doch Zweifel gehabt haben.«

»Das halte ich für mehr als wahrscheinlich«, sagte Bell finster. »Sie war nicht töricht, aber jemand muss sie über längere

Zeit dahingehend beeinflusst haben. Wir müssen noch die Handschrift mit der von Harding abgleichen.«

Es entstand eine längere Pause. »Jemand? Glauben Sie, dass er es war?«

»Es sieht ihm ähnlich«, erwiderte der Doctor.

Die Wurzeln der Angst

Am nächsten Morgen war leicht zu erkennen, dass Bell nicht viel besser geschlafen hatte als ich. Aber er frühstückte trotzdem, während mir nicht danach war.

»Er hat bekommen, was er wollte, was auch immer das war«, sagte ich. »Wenn dem so ist, wird er dann nicht schon über alle Berge sein?«

»Ja«, sagte Bell, »ich habe ebendiese Möglichkeit in Betracht gezogen, und wenn Sie recht haben, habe ich kläglich versagt. Langsam begreife ich diverse Aspekte dieses Falls, von denen manche eine reine Scharade sind. Aber ich hätte mir niemals träumen lassen, dass Harding die Rune Ellie Barnes gegeben hat. Sie muss bei ihr im Haus gewesen sein, was ihre Angst erklärt. Doch bevor wir mehr wissen, dürfen wir die Hoffnung nicht aufgeben. Und«, er überlegte einen Augenblick, »aufgrund der Eigenart dieser Angelegenheit neige ich zu der Annahme, dass es noch Anlass zu Hoffnung gibt.« Das beruhigte mich zwar nicht sehr, doch ich entgegnete nichts.

Langton war ebenfalls nicht in bester Stimmung, als er nach dem Frühstück zu uns stieß. Die Unterstützung für ihn von Scotland Yard verzögerte sich, und unterdessen breitete sich die Nachricht von Ellie Barnes' Tod rapide in ganz Dunwich und Umgebung aus.

»Natürlich haben wir keine Einzelheiten herausgegeben, aber die Gerüchteküche brodelt«, sagte er grimmig, als wir im kleinen Salon saßen. »Dass sie den Hexentod durch die Hand ihres Vertrauten gestorben ist oder vom Opfer ihrer Zauberei bestraft wurde. Jetzt herrscht hier echte Angst.«

»Und genau das war beabsichtigt«, sagte Bell. »Die Tat bezweckte diese Wirkung.«

»Dann glauben Sie nicht, dass es eine Tat aus Furcht vor Hexerei war?«, fragte Langton.

»Ganz bestimmt nicht«, sagte Bell. »Sie wurde nicht aus Furcht begangen, sondern um Angst zu schüren. Und wenn wir nicht sehr gut aufpassen, mit Erfolg. So, ich brauche dringend eine Probe von Hardings Handschrift. Sir Walter Monk hat sicher eine, denn Harding stand in seinen Diensten.«

Langton stimmte zu und gestattete Bell, den Brief so lange zu behalten. »Denn bis man mir jemanden schickt, bin ich für Ihre Hilfe dankbar.«

»Danke, Inspector«, sagte Bell. Er lehnte sich in seinem Sessel zurück und blickte Langton an. »Ich möchte jetzt nicht undankbar erscheinen, aber ich glaube, ich muss Sie nach Stoneleigh Street fragen.«

Ich habe noch nie eine Kinnlade so schnell und so weit herunterfallen sehen. Langton wurde blass und stierte Bell mit unterdrücktem Ärger an. »Und, wussten Sie es vorher schon, oder haben Sie sich erkundigt?«

»Ich dachte, dass ich Ihren Namen schon gehört hatte«, sagte Bell strahlend. »Und gestern habe ich mein Gedächtnis mithilfe einiger Zeitungsausschnitte und anderer Materialien, die Inspector Miller mir geschickt hat, aufgefrischt. Ich hielt es für angebracht, jetzt offen darüber zu sprechen.«

»Warum?«, fragte Langton heftig. »Denn wenn Sie sich erkundigt haben, werden Sie wissen, dass nie Anklage gegen mich erhoben wurde.«

»Gewiss«, sagte Bell, »aber man hielt es für klug, dass Sie den Yard und London verlassen.«

»Das habe ich auch getan, aber das spielt heute keine Rolle mehr«, versicherte Langton.

»Man hat Sie bezichtigt, eine Spielhölle zerschlagen zu haben, nachdem Sie von einigen ihrer Kunden, die dort hoch verschuldet waren, bestochen worden waren. Als der Laden geschlossen war, bestanden diese Schulden nicht mehr. Ist das richtig?«, fragte Bell.

Langton seufzte. »Ja, aber kein Wort davon war wahr. In dem Laden wurde jeder betrogen, der über die Schwelle kam, und mit diesem Gerücht wollten sie mir heimzahlen, dass ich sie entlarvt hatte«, sagte Langton.

»Soweit ich weiß, war das das Ergebnis, aber ich komme aus einem bestimmten Grund darauf: Einer, der davon profitierte, war Oliver Jefford.«

Langton sah ihn etwas kleinlaut an. »Sie sind ein findiger Mann, Doctor.«

»Was bedeutet, dass Sie ihn kannten, bevor er jemals hierherkam, uns das aber nicht erzählt haben.«

»Ich gebe zu, dass ich ihn kannte, ja. Ich gebe auch zu, dass ich die alte Sache nicht wieder ans Licht bringen wollte. Aber er war wirklich kein Freund, wir wussten voneinander, das ist alles.« Langton senkte die Augen unter Bells stechendem Blick.

»Und haben Sie ihn gesehen, als er hier war?«, fragte Bell.

»Ich bin ihm ein- oder zweimal begegnet, in Ausübung meiner Pflicht. Wir haben kurz miteinander gesprochen, aber ich war nie bei ihm zu Hause, habe mich nie länger mit ihm unterhalten.«

»Und Sie haben auch nicht seine Begleiter hier getroffen?« Der Doctor starrte ihn noch immer bohrend an.

»Natürlich nicht, das hätte ich berichten müssen. Nein.«

Langton ballte eine Faust. Ihm missfielen diese Fragen sichtlich.

»Aber Sie kannten seine Freunde und Bekannten in London?«, hakte der Doctor nach.

»Überhaupt nicht. Von dieser einen Sache abgesehen verkehrten wir in völlig anderen Kreisen. Und wenn Sie sich dafür interessieren, wer seine Bekannten in Stoneleigh waren, das ist alles dokumentiert.«

»Ja«, seufzte Bell. »Diese Dokumente habe ich mir angesehen. Sie sind, das will ich zugeben, widersprüchlich. Aber ich habe auch gehört, dass Sie einen Gast aus London bei sich zu Hause beherbergten.«

»Sie sind der Teufel persönlich«, sagte Langton mit wippendem Kopf. »Es ist mein gutes Recht, Gäste zu haben. Es war nur ein Cousin von mir, ein Angestellter, der etwas Ruhe benötigte. Er ist schon wieder abgereist.«

»Ja, ich weiß. Lassen wir es auf sich beruhen, aber eines Tages kommen wir vielleicht auf die Sache in London zurück, und ich wollte sie nur deshalb zur Sprache bringen, weil Sie es nicht selbst getan hatten, was mir etwas verdächtig vorkam.«

»Es war wahrscheinlich dumm von mir zu glauben, ich könnte sie vor Ihnen verheimlichen, Doctor. Ich hoffe, wir können jetzt wieder Verbündete sein, denn es besteht kein Zweifel, dass wir einen Mord aufzuklären haben.«

»Das hoffe ich auch«, sagte der Doctor und erhob sich. Die Unterhaltung war beendet.

Den restlichen Morgen kehrte Bell zu meiner nicht geringen Überraschung nicht wieder zum Tatort zurück, sondern beschäftigte sich mit Telegrammen und einem Gespräch, ausgerechnet mit Normans Sohn Tommy, also hielt ich Ausschau nach Charlotte Jefford. Es überraschte mich nicht zu hören, dass sie bei Mrs. Marner war, und da ich nicht stören wollte, beschloss ich, mich noch einmal vor Ort umzusehen.

Draußen war es noch immer bitterkalt, aber der Schnee war nicht liegen geblieben, und der Himmel war klar. Ich wollte gerade zum Strand abbiegen, als ich Angus Hare begegnete, Bulweathers Partner, der mich grüßte und dann näher kam, um mit mir zu reden.

»Dr. Doyle«, sagte er, »was für eine furchtbare Sache mit Mrs. Marners Mädchen! Ich bin schon den ganzen Tag damit beschäftigt, Leute zu trösten. Edward Norman ist ganz außer sich wegen alldem. Er behauptet, Bell hätte seinem Sohn Angst eingejagt. Wer kann nur dahinterstecken?«

Es überraschte mich nicht, von Edward Normans Verfassung zu hören, vor allem, wenn man bedachte, wie er die Ernsthaftigkeit der Ereignisse hartnäckig bestritten und von »kleinen« Rätseln gesprochen hatte. Er war genau die Sorte Mann, die sich weigert, unangenehme Wahrheiten zuzugeben, und dann in Panik gerät, wenn sie unausweichlich werden.

»Dr. Bell ist in solchen Dingen erfahren, wie Ihr Partner Ihnen sagen kann«, sagte ich so ruhig, wie ich vermochte. »Ich habe die Hoffnung, dass er eine Antwort findet.«

»Also, ich für meinen Teil habe die Hoffnung, dass er sie bald findet«, erwiderte er. »Denn mir scheint, dass diesem Ort keiner der vielen neuen Besucher der letzten Zeit förderlich war. Ich wünsche Ihnen einen guten Morgen.« Und mit dieser eher feindseligen Bemerkung machte er sich wieder auf den Weg.

Es war kein verheißungsvoller Auftakt meiner Ermittlungen, und tatsächlich ging der Tag weiter, wie er begonnen hatte. Ich lief den Strand auf und ab, fand aber niemanden und sah nichts. Ich trottete zurück zu Hardings kleiner Hütte, die jetzt ein anderer Arbeiter bewohnte, aber auch hier gab es nichts zu sehen. Ich fühlte mich langsam wie ein Narr und wäre am liebsten zu Bulweather gegangen, doch war die Wahrscheinlichkeit hoch, dass er nicht zu Hause war. Also marschierte ich zurück und erfuhr, dass Bell mich in seinem Zimmer zu sehen wünschte.

Ich traf ihn dort an, wie er etwas auf seinem Tisch anstarrte. »Wo waren Sie?«, fragte er. »Das hier wurde uns gebracht, und ich finde es äußerst interessant.«

Vor ihm auf dem Tisch lagen die Originalbotschaft und ein Brief, den Harding im Zusammenhang mit einer Anschaffung für den Hof geschrieben hatte. Bell hatte sein Vergrößerungsglas hervorgeholt und studierte beides eifrig.

»Schauen Sie«, sagte er und ließ mich einen Blick darauf werfen. »Es ist nicht genau die gleiche Schrift, wie sollte es auch? Aber sie ist gut nachgemacht. Jemand hat sich viel Mühe gegeben, eine ordentliche Reproduktion von Hardings Handschrift anzufertigen. Er ist gut bei ›e‹ und ›m‹, aber sehen Sie nur, wie ihn das ›g‹ verrät.«

Auch ohne die Hilfe der Vergrößerung konnte ich genau erkennen, was er meinte. Viele der Buchstaben waren gut nachgemacht worden, aber das »g« sah völlig anders aus, kleiner und ohne Schleife. Wie Bell mir zeigte, war auch das »h« fehlerhaft. Ich wusste, dass Cream in der Lage wäre, so etwas zu machen, denn die Erfahrung hatte uns gelehrt, dass er gut darin war, seine Handschrift zu verstellen und zu verändern, wenn er wollte.

Also mochte dies ein Fortschritt sein, aber es waren bereits zwei und wahrscheinlich sogar drei Menschen gestorben, und ich bekam langsam das Gefühl, dass man uns auslachte. Beobachtete er uns, wie wir auf der Suche nach ihm herumstolperten? Meine Stimmung besserte sich auch nicht, als der Doctor verkündete, erneut nach Lowestoft fahren zu müssen und mich diesmal dabeihaben zu wollen.

»Aber wo steckt er?«, rief ich. »Selbst wenn er noch hier sein sollte, scheint er ungestraft alles tun zu können, während wir uns ständig nur an der Peripherie herumtreiben.«

Bell steckte den Brief weg und schien mir meinen Ausbruch überhaupt nicht übel zu nehmen. »Ja, wir müssen den Pfad, der zu ihm führt, erst freiräumen. Er hat uns eine Reihe von Hindernissen in den Weg gelegt, manche klug, andere töricht, aber wir dürfen uns nicht ablenken lassen, wir müssen methodisch vorgehen. Ich glaube, dass er hierbleibt, denn ich bin mir sicher, dass die Rune mit irgendetwas hier zusammenhängt. Also setzen wir unsere Arbeit fort.«

»Ach«, wandte ich ein, »wäre sie nur lohnender. Sie verschicken Telegramme und reden mit einem Kind, das Vögel erwürgt. Ich laufe unterdessen über leere Strände. Und was, wenn es doch gar nichts mit ihm zu tun hat? Immerhin haben wir noch immer keinen direkten Beweis, von einer möglichen Sichtung und ein paar Zufällen abgesehen.«

»Mehr als das, Doyle. Mir scheint, unsere Rollen sind noch immer vertauscht. Spüren Sie ihn denn nicht hier?«

Ich antwortete nicht. Es stimmte, dass diese Taten seine Handschrift trugen, aber mir war es schwer erträglich, dass er uns bei alldem immer noch voraus zu sein schien. Und zu wissen, dass andere in diesem Ort ihn womöglich beherbergten.

»Und was das Kind betrifft, das Vögel erwürgt«, sagte Bell, »könnte es Sie interessieren zu hören, dass es die folgenreichste Begegnung war, die ich bislang hatte. Ich habe von ihm mehr erfahren, das in diesem Fall von wichtiger Bedeutung ist, als von jedem anderen hier.«

Die Rune

Obwohl es nicht mehr gefror, war die Reise nach Lowestoft doch lang und beschwerlich, und es löste ein gewisses Unbehagen bei mir aus, den Ort dieser Verbrechen zu verlassen, egal, wie sehr es dem Doctor bei seinen Ermittlungen weiterhelfen mochte.

Er war auch nicht sehr mitteilsam bezüglich dieser Ermittlungen oder warum er meine Gesellschaft wünschte. Es geschah schließlich nichts weiter, als dass er bei einer Reihe eher bescheidener Adressen im Ort vorsprach, während ich in der Kutsche auf ihn wartete, und offensichtlich jedes Mal frustriert wieder herauskam, außer bei der letzten, an der er länger verweilte und von der er zufrieden mit seinem wie auch immer gearteten Handel zurückkehrte.

Dann besuchten wir eine Bibliothek und (offenbar für den Doctor noch zufriedenstellender) ein großes Antiquariat, in dem er mehrere Bücher und Hefte kaufte, darunter, wie mir auffiel, einige medizinische Arbeiten, für die ich mir keine Verwendung vorstellen konnte. Und danach fuhren wir zu meiner nicht geringen Überraschung mit der Kutsche wieder zurück. Es war für mich eine völlig sinnlose Reise gewesen, und Bell hatte offenbar erraten, was ich dachte, und entschuldigte sich. »Ich hatte erwartet, dass das letzte Gespräch schwieriger werden würde, als es war«, fügte er hinzu, klärte mich aber nicht weiter auf.

Nach meiner Rückkehr von diesem fruchtlosen Unterfangen war es mir umso wichtiger, Miss Jefford zu finden und auch bei Mrs. Marner vorzusprechen, die ich seit der Tragödie nicht mehr gesehen hatte. Doch die Ereignisse eilten mir voraus. Als ich aus meinem Zimmer kam, wartete Bulweather am Ende der Treppe.

»Ah, Doyle«, sagte er, »wie gut, Sie zu treffen. Mrs. Marner ist draußen und möchte sich verabschieden. Sie reist zu ihrer Schwester. Ich habe sie getröstet, so gut ich konnte, aber jetzt bin ich zu Edward Norman gerufen worden, der, unter uns gesagt, einer der zimperlichsten Patienten von ganz Suffolk ist.«

Ich ging hinaus, wo mir auffiel, dass die Temperatur schon wieder fiel, auch wenn es keine Anzeichen gab, dass es wie letzte Nacht Schnee geben würde. Auf der Straße wartete Mrs. Marner auf eine Privatkutsche.

Sie sah müde und traurig aus, doch sie war gefasst, und nach der Begrüßung schüttelte sie mir anmutig die Hand. »Ich werde über Weihnachten fort sein, Dr. Doyle, und ich bete zum Himmel, dass Sie eine Lösung für diese Vorfälle finden, egal, welche. Es war alles so fürchterlich, und ich ertrage es einfach nicht, wenn ich an die arme Ellie denke.« Sie ergriff meinen Arm. »Es wird schnell gegangen sein, können Sie mir zumindest das versichern?«

Das konnte ich tun, denn ich war mir einigermaßen sicher, dass es so gewesen war, auch wenn ich es nicht näher erläuterte. Die meisten hatten nur erfahren, dass es eine Kopfwunde war, und ich hatte nicht vor, das zu vertiefen.

»Wäre sie nur nicht ausgegangen«, fuhr sie fort, »wäre ich nur zu Hause geblieben, um auf sie aufzupassen. Aber darüber darf ich jetzt nicht nachdenken. Und als wäre das alles nicht schon genug, jetzt noch so gut wie von zu Hause fortgejagt zu werden! Ich hätte gerne mehr Zeit gehabt, aber wenn die Leute so sind, was soll ich da machen? Es überrascht mich sehr, vor allem, nachdem all das passiert ist.«

»Meinen Sie denn, es herrscht nach der Tragödie von letzter Nacht noch immer Verbitterung hier?«, fragte ich. Aber jetzt fiel mir wieder ein, wie Bulweather gesagt hatte, dass Mrs. Marner abreiste, »wie Sie sich denken können«. Doch ich hatte es mir eigentlich nicht gedacht. Jedenfalls war am Abend zuvor davon noch nicht die Rede gewesen.

»Aber natürlich meine ich das. Haben Sie es denn nicht gehört, Dr. Doyle? Mein Haus wurde angegriffen, ›Hexe‹ auf die Wand geschmiert, und viele meiner Sachen sind zerstört worden. Und das nur Stunden nach Ellies Tod. Gott sei Dank, dass ihre arme Katze draußen war, sonst hätten sie ihr bestimmt etwas angetan, wegen all diesem Unsinn, dass sie ein Hausgeist ist. Aber sie war mehr draußen als drinnen, und Sir Walter hat das arme Ding zu sich genommen, Dr. Bulweather sei Dank. Sollen sie doch versuchen, Sir Walters Haus anzugreifen. Das sage ich Ihnen, ich bin froh, fort zu sein, und weiß noch nicht, wann ich zurückkehre.«

Sie war jetzt den Tränen nahe und in ihrer Aufregung eine ganz andere Frau als die zurückhaltende Witwe, die ich anfangs kennengelernt hatte. Doch bevor ich mich von ihr verabschiedete, erfuhr ich von ihr und ihrer Schwester, die gerade hinzugekommen war, noch mehr über diese Geschichte. Offenbar hatten sie das Haus am frühen Nachmittag für einen Spaziergang zu der kleinen Kirche am Ende der Straße verlassen, um zu besprechen, wo Ellie beerdigt werden sollte, denn Mrs. Marner meinte, dass Ellies Eltern dieser Ort gefallen würde.

Letztlich waren sie mehr als eine Stunde fort, und als sie zurückkehrten, war das gesamte Haus mutwillig beschädigt worden. Es war das schreckliche Nachspiel zu einem schrecklichen Ereignis, und es stand für beide außer Frage, dass sie dort nicht mehr bleiben wollten.

Mich selbst erzürnte die Grausamkeit des Ganzen. Gab es solche Angst und so viel aufgestaute Wut hier, dass jemand – oder vielleicht sogar mehrere – zu so etwas fähig sein konnte? Wenn, dann schämte ich mich zutiefst für mein Geschlecht, denn wie schon bei denen, die die sogenannte Hexe durch die Heide gejagt hatten, waren zweifellos Männer die maßgeblichen Anstifter. Oder sollte auch dies eine weitere Untat unseres Feindes sein, mit der er wieder einmal Zwietracht und Hass säen wollte? Nachdem ich von Mrs. Marner Abschied genommen hatte, beobachtete ich, wie ihre Kutsche davonrollte, und als ich diese stille, beeindruckende Frau jetzt das letzte Mal sah, saß sie kerzengerade, den Kopf nach vorn gerichtet, und würdigte die Gemeinde, aus der sie offenbar verstoßen worden war, keines Blickes mehr.

Als ich umkehrte, war Bell gerade aus dem Gasthaus gekommen, um – wie ich später erfuhr – Inspector Langton zu finden. Nachdem ich ihm meine Neuigkeiten erzählt hatte, war er noch erschütterter darüber als ich.

»Wie bitte?« Er drehte sich sofort in Richtung von Mrs. Marners Haus. »Und Sie sagen, dass ich sie verpasst habe. Wir müssen umgehend zu ihrem Haus.«

Während unseres Gangs sah er gleichermaßen besorgt und beschwingt aus. Es war inzwischen fast dunkel, aber der Mond schien. »Und Sie sagen, es war am frühen Nachmittag?«, fragte er.

»Ich vermute, dass sie das Haus gegen zwei verlassen haben.« Wir waren mittlerweile bei Mrs. Marners Heim angekommen, in dem Licht brannte, und Bell klopfte an die Tür.

Sie wurde von John Wallace, dem Dorfwachtmeister, geöffnet, der uns inzwischen kannte und nichts dagegen hatte, dass wir eintraten. Aber er warnte uns, dass ein paar Frauen aus dem Dorf sich angeboten hatten aufzuräumen und noch damit beschäftigt waren.

Das musste natürlich überaus ärgerlich für Bell sein, doch er war so klug zu schweigen, denn was hätte es gebracht, dem Wachtmeister oder den beiden freundlichen älteren Frauen Vorhaltungen zu machen, die sich aus reiner Nächstenliebe bemühten, den Salon wieder in Ordnung zu bringen.

Es war ohnehin nicht schwer, die Heftigkeit des Anschlags zu erkennen. Ein Sessel stand noch immer auf dem Kopf, die Teppiche waren umgeschlagen, die Vorhänge abgerissen, sogar etwas Geschirr schien zerbrochen worden zu sein. Und auf die Wand neben dem Kamin war offensichtlich mit einem Stück Kohle ein einzelnes Wort in hässlichen schwarzen Buchstaben geschmiert worden.

HEXE

Bell schaute sich alles an, dann folgte ich ihm nach oben, wo die Verwüstungen ähnlich, wenn auch weniger ausgeprägt waren.

Auch hier war ein Teppich umgeschlagen und anscheinend das Bett durchwühlt worden. Bell verbrachte hier eine lange Zeit, bevor er nach unten zurückkehrte, um die Frauen danach zu fragen, was genau in Unordnung gebracht worden war.

Er dankte ihnen freundlich, und wir gingen zurück in die Eingangshalle. »Es war dumm von mir, nach Lowestoft zu fahren«, sagte er. »Aber ich hätte mir nicht träumen lassen … Wie sollte ich auch?« Wir gingen hinaus, während ich darauf wartete, dass er fortfuhr. Es war jetzt viel kälter, aber der Doctor schien es nicht zu bemerken, als wir auf die Straße traten. »Ich fürchte, ich habe den Einfallsreichtum der armen Frau sträflich unterschätzt.«

»Wessen? Mrs. Marners?«, fragte ich, obwohl ich schon ahnte, was er meinte.

»Ellies. Welcher Vandale gäbe sich die Mühe, Teppiche zu zerreißen und unter Betten zu schauen? Nein, unser Feind oder sein Komplize haben nach der Rune gesucht. Wir müssen daraus schließen, dass Ellie sie nicht zum Strand mitgebracht hat. So viel ist unmissverständlich klar. Aber warum nicht, Doyle? Das ist außergewöhnlich. Sie hatte Angst, sie war abergläubisch, sie hat offensichtlich halb geglaubt, dass ihr Geliebter zurückgekommen war. Warum hat sie seiner Aufforderung nicht Folge geleistet? Es gibt niemand anderen, dem sie sie hätte geben können. Sie kannte sonst keinen.«

Wir waren jetzt auf der Hauptstraße des Ortes, und ein großer Mond hing tief über dem Marschland, das im eigenen Nebel schimmerte. »Ich gebe zu, das ist ein Rätsel«, entgegnete ich. »Aber jetzt nur noch ein theoretisches. Wenn sie die Rune in dem Haus aufbewahrt hat, hat er sie gefunden.«

»Vielleicht«, sagte der Doctor leichthin, während er über das Marschland blickte. »Aber zwei Dinge sprechen dagegen. Erstens der Zustand des Hauses selbst. Eine so ausgedehnte Suche spricht eher für Verdrossenheit und sogar Verärgerung als für Erfolg. Zweitens kehre ich zu meiner Ausgangsfrage zurück: Warum hat sie sie nicht zum Strand mitgebracht?«

»Weil sie zu ängstlich war, sie anzufassen?«, schlug ich vor.

»Aber Harding muss sie ihr gegeben haben. Da hat sie sie schon angefasst. Nein, die Frage bleibt bestehen. Die Anweisung im Brief war nachdrücklich. Sie hatte danach Ausschau gehalten und darauf gewartet. Und doch hat sie nicht gehorcht. Warum nicht?«

Schweigend legten wir den Rest des Weges zum Gasthaus zurück. Bell war nachdenklich, sagte, dass er überlegen müsse und mich vielleicht zum Abendessen wiedersehe. Ich ging in die kleine private Stube, die leer war, und schürte das Feuer, bis es loderte. Dann setzte ich mich hin und versuchte, Ordnung in die jüngsten Ereignisse zu bringen.

Es war zutiefst deprimierend, sich vor Augen zu führen, dass ich nutzlos in Lowestoft in einer Kutsche gesessen hatte, während unser Feind ungestört Mrs. Marners Haus durchstöbert hatte. Ich erkannte die Logik in Bells Annahme, dass Cream erfolglos geblieben war, und doch war es nur eine Annahme. Vielleicht hatte er doch gefunden, wonach er suchte. Aber wenn ich, wie ich gewollt hatte, hiergeblieben wäre, hätte ich meinen Vorsatz umgesetzt, Mrs. Marner nach den Ereignissen des Vortags zu besuchen. Wäre die Wahrscheinlichkeit nicht hoch gewesen, dass ich ihn erwischt hätte? Und selbst wenn er entkommen wäre, hätten zumindest alle Mutmaßungen ein Ende gehabt. Wir hätten unseren Schuldigen gefunden. Und die Behörden hier könnten eine Person jagen statt eine Reihe von Gespenstern.

Als ich gerade zu diesem Schluss gekommen war, öffnete sich die Tür, und Charlotte Jefford kam herein. Sie sah erheblich besser aus als bei unserer letzten Begegnung. Ihr Haar war zwar nach hinten gebunden, wirkte aber weniger förmlich und funkelte im Feuerschein. Auch ihre Augen waren leuchtender, und sie lächelte, als sie mich sah.

»Ach, Dr. Doyle, ich hatte so gehofft, Sie abzupassen«, sagte sie beim Eintreten.

»Es freut mich, zu sehen, dass Sie sich vollständig erholt zu haben scheinen«, antwortete ich und stand auf. Ich lud sie ein, sich zu setzen.

»Ich habe einige Stunden geschlafen und fühle mich jetzt

besser«, sagte sie, als sie mir gegenüber Platz nahm. »Ich habe Post von zu Hause bekommen, die mich an andere Orte und andere Dinge erinnert hat, sodass ich eine Zeit lang nicht an meine Sorgen hier gedacht habe.«

»Das ist bestimmt ein vorzügliches Heilmittel«, sagte ich mit mehr Gewissheit, als ich tatsächlich hatte. »Wenn man sich von den schlechten Dingen abwendet, gibt es immer ein paar gute.«

»Ja«, sagte sie. »Das habe ich auch Leonora gesagt. Ich bin froh, dass sie abgereist ist, obwohl ich ihre Gesellschaft mochte. Denn ich glaube, es wird ihr bei ihrer Schwester besser gehen, und dann kann sie zurückkommen. Aber, Dr. Doyle, ich möchte auch einmal von normalen Dingen sprechen. Erzählen Sie von sich, wie Sie leben, wo Ihre Praxis ist.«

Ich erzählte ihr von Southsea. Sie schien aufmerksam und interessiert. Sie war weder dort noch in Edinburgh je gewesen, denn sie lebte bei ihren Eltern in Berkshire. Aber wir kannten beide London und unerwarteterweise auch die Moore von Lancashire, denn als Kind hatte sie sich regelmäßig auf dem Landsitz ihrer Tante bei Longridge Fell aufgehalten, das nicht weit von meinem Internat entfernt war. Wir unterhielten uns angeregt über die Moore und stellten zu unserer Überraschung fest, dass wir eine bestimmte Stelle – einen engen, mit Ginsterbüschen gespickten Schafspfad bei einem Bach – einst beide als Zufluchtsort für uns entdeckt hatten.

Wir taten unser Möglichstes, um die Sorgen um uns herum zu vergessen, und das wohl mit Erfolg, denn nach einer Weile wandte sie sich mir zu und sagte leise: »Ich habe Ihnen von einem Brief von zu Hause erzählt. Ja, er hat mich erfreut, aber es waren nicht nur die Nachrichten von altbekannten Orten, die meine Stimmung aufgebessert haben. Denn Sie müssen wissen, ich habe noch weitere gute Neuigkeiten bekommen.

Es ist noch ein Geheimnis, aber nicht mehr für lange. Und ich würde Sie sehr gerne ins Vertrauen ziehen.«

Natürlich sagte ich ihr, dass mich das freuen würde. »Die Wahrheit ist«, fuhr sie fort, »dass jemand, dem ich sehr zugeneigt bin, um meine Hand angehalten hat.«

Das kam unerwartet. Aber ich freute mich für sie und war ihrem Verehrer zu Hause dankbar für die Wahl des Zeitpunktes. Das musste sie doch sicher von allem, was hier passierte, ablenken. Also gratulierte ich herzlich und aufrichtig.

Wenn ich ehrlich bin, war ich vielleicht auch ein klein wenig neidisch auf diesen Gentleman aus Berkshire, der eine Braut gefunden hatte und mit ihr sicher auch sein Glück. Nicht, dass ich mich an seiner Stelle gesehen hätte, aber seine Rolle brachte mir unweigerlich mein eigenes Glück in Edinburgh in Erinnerung und wie ich es verloren hatte.

Meine Worte erfreuten sie, und sie erzählte mir, dass sie hoffte, es schon bald öffentlich bekannt geben zu können. »Und ich hoffe so sehr, dass Oliver dabei sein wird«, sagte sie. »Ich bin jetzt zuversichtlicher als zuvor. Meine Mutter ist völlig überzeugt davon, dass er noch lebt. Sie träumt viel, und sie sagt, dass sie geträumt hat, dass er nach Hause kommt.«

Ich hielt es für klug, solche Hoffnungen weder zunichtezumachen noch zu nähren. Dann kamen wir auf ihre Pläne zu sprechen. Sie sagte, dass sie noch ein paar Tage bleiben wolle, aber wenn sie bis Freitag nichts gehört habe, bis zum vierzehnten also, wolle sie abreisen. Sie war, wie sich herausstellte, nicht von weiteren anonymen Briefen belästigt worden.

Natürlich lud ich sie ein, mit mir und Dr. Bell, sofern er auftauchte, zu Abend zu essen, denn das schien unter den Umständen der Anstand zu gebieten, und sie blickte mich dankbar an.

»Ich gebe zu, dass mir Gesellschaft jetzt sehr willkommen wäre«, antwortete sie, als wir aufstanden. »Aber ich bin mir nicht sicher, ob ich die Einladung annehmen sollte. Ihr Freund ist, das weiß ich, ein sehr kluger Mann mit einem besonderen Verstand, und ich hätte niemals so emotional mit ihm reden dürfen, als er mir nur zu sagen versucht hat, was er für das Beste hält. Ach, wo ich darüber nachdenke, fällt mir ein, dass ich schon etwas auf mein Zimmer bestellt habe. Ich stehe neuerdings sehr früh auf und gehe spazieren. Ich finde die kleine Kirche sehr friedvoll.«

»Aber Sie können Ihre Anweisungen noch ändern, wenn Sie mit uns essen wollen«, sagte ich. »Gehen wir doch nachsehen, ob er heruntergekommen ist. Vielleicht isst er auch gar nicht, denn häufig bleibt er lieber auf seinem Zimmer und denkt nach.«

Aber nicht dieses Mal. Als wir hinausgingen und in den großen Bereich bei der Treppe kamen, tauchte augenblicklich der Doctor auf; er wirkte, als wäre er mit den Gedanken woanders. »Ah, Doyle«, erklärte er, »ich muss mit Ihnen reden. Ich habe eine Idee, und es ist dringend.«

Dann drehte er sich um und bemerkte Miss Jeffords Gegenwart. »Miss Jefford«, sagte Bell, »verzeihen Sie mir, ich habe Sie nicht gesehen. Würden Sie uns entschuldigen, ich muss etwas sehr Wichtiges mit meinem Freund besprechen.«

Ich hob zu einem Einwand an, weil ich sie bereits zum Essen eingeladen hatte, aber Miss Jefford selbst wollte nichts davon wissen. »Ich würde Sie im Traum nicht stören wollen«, unterbrach sie mich liebenswürdig. »Wie ich Dr. Doyle bereits gesagt habe, habe ich mir etwas auf mein Zimmer bestellt. Ich hoffe, Sie haben eine höchst ergiebige Unterredung.«

Wir dankten ihr, aber trotzdem hielt ich es für ein weiteres Beispiel von Bells Taktlosigkeit. Hätte er trotz seiner Forderung nicht entgegenkommender sein können, egal, wie wichtig sie war? Unterdessen wandte sich Miss Jefford mir zu.

»Es hat mich sehr gefreut, mit Ihnen zu reden, Dr. Doyle. Ich hoffe, wir sehen uns morgen.« Damit ging sie fort.

Als ich wieder zum Doctor sah, wurde mir bewusst, wie abwesend er war. Seine Ungeduld zeigte sich sofort, denn er ging vom Esszimmer zurück in die Stube, die ich gerade erst verlassen hatte.

»Es tut mir leid, Doyle«, sagte er, »aber ich muss wiederholen, dass ich einen schrecklichen Fehler gemacht habe, weil ich heute nach Lowestoft gefahren bin. Nicht, dass die Fahrt erfolglos gewesen wäre, sie hat mir Antworten auf einige der verwirrenderen Fragen geliefert, aber Sie können zu Recht dagegenhalten, was uns das einbringt, wenn ich zugleich hier so viel verpasst habe.«

Er winkte mich in einen Sessel. »Jetzt müssen Sie mir einen großen Gefallen tun. Ich möchte alles hören, was zwischen Ihnen und Mrs. Marner und ihrer Schwester zur Sprache gekommen ist. Jedes Wort und von Anfang an, bitte. Sind sie hierherein gekommen?«

Ich erzählte ihm, wie Dr. Bulweather gekommen war, um mir mitzuteilen, dass sie draußen sind. Wie stark bewegt Mrs. Marner war, als sie mir sagte, dass sie Weihnachten auswärts verbringen werde und vielleicht überhaupt nicht mehr wiederkomme, wenn diese Dinge nicht aufgeklärt werden sollten. Ich glaube, dass ich praktisch alles, was sie mir gesagt hatte, wiederholte, obwohl ich vielleicht auch etwas vergessen habe. Bell hörte mit äußerstem Interesse zu, hakte gelegentlich nach, blieb aber meistens stumm. Als ich geendet hatte, saß er eine Weile nachdenklich da, während sein Gesicht vom Feuer beschienen wurde.

»Sie sagen also, dass die Katze draußen war, als das Haus

geplündert wurde?«, fragte er langsam, ohne mich anzusehen.

»Ja, Mrs. Marner war darüber sehr beruhigt«, fuhr ich fort, »ach ja, jetzt fällt mir ein, dass sie gesagt hat, dass sie sonst bestimmt verletzt worden wäre, angesichts des Geredes, dass sie der ›Hausgeist‹ einer Hexe sei.«

»Ein Hausgeist«, wiederholte er langsam. »Ja, ja, natürlich. Hat sie sonst noch etwas dazu gesagt?«

Ich gab mir Mühe, mich an etwas zu entsinnen, und sei es das kleinste Detail. »Dass die Katze in letzter Zeit offenbar mehr draußen als drinnen war, aber ...«

Jetzt drehte er sich plötzlich um, und seine Augen blickten mich durchdringend an. »Wie bitte?«

Dieses Bruchstück schien solcher Reaktion kaum wert. »Ich vermute, dass sie neuerdings umherstreunt.«

Jetzt war er auf den Beinen. »Wir müssen sofort los.«

Ich stand auf, ohne zu wissen, was er meinte. »Zu ihrem Haus?«

»Nein«, sagte Bell. »Zu Sir Walter Monk.«

Die Vorstellung eines Anderthalb-Meilen-Gangs im Dunkeln nach Greyfriars House begeisterte mich nicht gerade. Aber ich wusste aus Erfahrung, dass es dumm war, Bell zu unterschätzen, wenn er auf diese Art erregt war. Also holte ich meinen Mantel und folgte ihm beharrlich aus dem Gasthaus.

Ich unternahm keinen Versuch, ihm Fragen zu stellen, während wir durch die eiskalte Luft trotteten. Er beantwortete nie welche, wenn er in dieser intensiven Stimmung war, ebenso wenig wie ein Bluthund sich umsieht, wenn er die Fährte seines Opfers wittert.

Es war bitterkalt, und wir sahen keine Menschenseele auf der Straße, bis wir in die Einfahrt einbogen, von der aus man die Lichter von Greyfriars House sehen konnte. Bell verzichtete auf alle Förmlichkeiten und klopfte laut gegen die Tür, die kurz darauf von einem Hausdiener geöffnet wurde.

Er wurde umgehend darüber informiert, dass Sir Walter sich jeglichen Besuch verbeten habe. Bell antwortete lediglich, dass die Sache amtlich sei, nannte seinen Namen und drängte sich an dem Mann vorbei, woraufhin ein anderer Diener, der weiter hinten in der Eingangshalle gestanden hatte, loslief, um seinen Herrn zu benachrichtigen. Dieser Mann kam beinahe sofort wieder zurück, und abermals wurden wir über den mit Teppich ausgelegten Korridor und durch eine Tür in das große Hauptzimmer geführt.

Vier Männer hockten am üppig gefüllten Esstisch. Sir Walter hielt ein Glas Weinbrand in der Hand, und neben ihm saß Dr. Angus Hare, der uns eher kühl zunickte. Die beiden anderen Männer waren, wie wir bald festgestellt hatten, Landbesitzer aus einer Nachbargemeinde.

»Meine Güte«, sagte Sir Walter zu Bell, »Sie sind zurückgekehrt, um mich heimzusuchen. War das Ihr Gesicht, das wir vorhin am Fenster zu sehen glaubten? Was kann ich diesmal für Sie tun, Sir, wenn Sie nicht wieder alle meine Zimmer inspizieren wollen? Vielleicht soll ich diesmal sämtliche Schubladen für Sie herausziehen?«

Die anderen lachten darüber, aber eher so, wie Männer über den Witz eines Gastgebers lachen, der für ihren Weinbrand bezahlt, welcher, wie ich sehen konnte, in Fülle zur Verfügung stand.

»Nein«, erwiderte Bell freundlich lächelnd, »ich weiß nicht, ob ein Gesicht an Ihrem Fenster war. Ich wollte nur Ihre neue Katze begrüßen.«

»Meine Katze, Sir! Sie meinen den Stubentiger, den ich auf Bitten von Bulweather für diese Mrs. Marner aufgenommen habe?«

Als Bell zu verstehen gab, dass er tatsächlich diese Katze meinte, erhob sich Sir Walter. »Also, Ihr Verhalten wird mit jedem Besuch seltsamer. Tatsächlich sitzt sie, glaube ich, dort drüben beim Feuer, denn ich habe keinen Hund, und wir haben das Tier vorhin noch bewundert. Ihr scheint der frische Fisch geschmeckt zu haben, den mein Diener ihr gegeben hat, als sie hier ankam.«

Er ging zu einer Ecke beim Kamin, an einem Sessel vorbei, der uns die Sicht versperrt hatte, und da hockte, wie er versprochen hatte, Ellie Barnes' Katze, die den Tod des einen Frauchens und die Flucht des anderen zugegebenermaßen offenbar unbeschadet überstanden hatte. Sie hatte sich vor dem Feuer zusammengerollt und erhob sich, als wir näher kamen, wobei sie uns desinteressiert ansah.

»Und was haben Sie jetzt vor?«, fragte Monk, und ich konnte sehen, dass seine blasse Farbe vom Alkohol errötet war.

Ohne zu antworten, beugte Bell sich herab und langte mit der Hand hinunter, um der Katze den Nacken zu streicheln.

Sie zuckte zusammen, wie ich es schon einmal bei ihr gesehen hatte, obwohl ich es seither vollkommen vergessen hatte. Aber der Doctor offenkundig nicht, denn jetzt griff er nach dem Halsband, obwohl die Katze versuchte, sich aus seinem Griff zu befreien, und fühlte darunter.

»Es ist etwas eng, nicht wahr, Mieze?«, sagte er. »Deshalb zuckst du zurück, wenn man dich dort berührt, und ich weiß noch, wie dein armes Frauchen so besorgt war, als ich es bei dir gesehen habe. Aha, was haben wir denn hier?«

Offensichtlich hatte seine Hand unter dem Halsband etwas gefunden. Bell musste es noch herausarbeiten, denn es war wirkungsvoll eingeklemmt und versteckt gewesen. Aber endlich zog er ein gefaltetes Stück Papier hervor.

Die Katze lief weg, und der Doctor faltete das Papier langsam auseinander, bis er eine ganze Seite in seiner Hand hielt. Darauf war ein merkwürdiges Labyrinth aus Buchstaben, Ziffern und Symbolen.

»Gentlemen«, sagte Bell, »das war es, was ich gesucht habe.«

»Aber was ist es?«, fragte Hare, und es war auffällig, dass Sir Walter zurücktrat, als er das fragte.

»Ach, ich glaube, zu seinen Eigenschaften gehört es, gewaltsame Todesfälle zu verursachen«, sagte Bell und hielt es hoch. »Es ist die Hexenrune.«

Die Wirkung auf die Anwesenden war elektrisierend. Sir Walter ging zurück zum Tisch. Offensichtlich schien es ihm, wenn er direkt damit konfrontiert war, doch kein »Salontrick« mehr zu sein.

Ich starrte die Seite in Bells Hand an. Sie war jedenfalls merkwürdig. Viele der Symbole hatte ich noch nie gesehen, und darauf folgten die unverständlichen Wörter und Buchstaben:

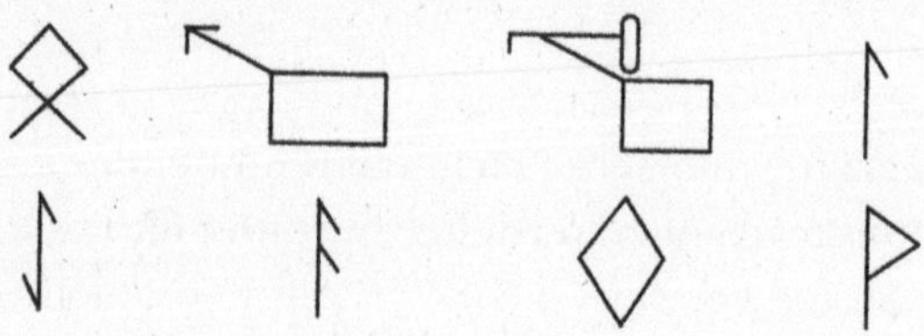

QH HPY IYAIYEYUGIC GSD NLP RPUVI HPV QOGS TQCYV PC WUCR XLK ZYXKE LQVX TSV TYR DNLBOID-DIB AIQFRTYR OTII CWE OEI AISPMCHMD OEI YYNS ZULQLNLJ QYCOI UCR ZCX VOIC DGXUIEKI YG LTXQUF SOPV POJWFGXN ZZC EDXICPR MYWEWMSBIC LPAIZPY SLOQ 1I MQWYWFW L11 FYH TIVE QMDXIE TLH MXFQID CR OTI QFXP VECGIC OMU XIC EEFZICP RYWLZWEI AIMLYJ

»Was es auch ist, und ich bin mir sicher, dass es nichts von Bedeutung ist«, sagte Sir Walter endlich, »bitte nehmen Sie es mit. Ich möchte es nicht in meinem Haus haben.«

»Das trifft sich gut«, sagte Bell, »denn ich habe nicht vor, es hierzulassen.«

Die anderen Gäste sahen der Vorführung verblüfft zu. Angus Hare war stirnrunzelnd aufgestanden, doch Bell hatte das Papier schon wieder gefaltet und steckte es in seine Tasche.

»Ist es ein Fluch?«, murmelte Sir Walter.

»Es hat sich jedenfalls nicht als Glücksbringer erwiesen«, sagte Bell, »aber Sie müssen sich nicht mehr deswegen beunruhigen. Ich wünsche Ihnen einen guten Abend, Gentlemen.«

Damit gingen wir zur Tür.

Auf dem Rückweg zum Gasthaus war Bell begeistert von dieser Entwicklung und geizte nicht mit Kommentaren. »Wie Sie wissen, konnte ich nicht verstehen, warum Ellie das hier nicht mit zum Strand gebracht hatte«, erinnerte er mich. »Das war rätselhaft, denn die Aufforderung in dem Brief war so nachdrücklich gewesen. Und in anderer Hinsicht war sie so nachgiebig, sogar leichtgläubig. Was konnte sie bewogen haben, es dort zu lassen? War es zerstört worden? Ja, das war möglich, aber dann schon vor Wochen, und Harding hätte es sicher selbst getan, anstatt es ihr zu überlassen. Es musste eine andere Erklärung geben. Und dann war es Ihnen zu verdanken, Doyle, weil Sie meine älteste Aufforderung beherzigt und auch die Belanglosigkeiten nicht ausgelassen haben. Sie haben erwähnt, dass die Katze neuerdings streunte, dass sie selten anwesend war, und mir fiel sofort wieder ein, wie wir in Mrs. Marners Haus nach Ellies Verschwinden eintrafen und sie sich freudig, sogar sehr freudig darüber zeigte, dass die

Katze kürzlich zurückgekommen war. Damals dachte ich, sie wäre nur ein paar Minuten weg gewesen, aber jetzt verstand ich, dass es vermutlich mehrere Stunden gewesen waren. Dann erinnerte ich mich auch gleich wieder daran, dass sie merkwürdig zusammengezuckt ist, wenn man sie an einer bestimmten Stelle streichelte, und wie Ellie uns ängstlich ansah, als wir das merkten. Nun wurde alles klar. *Ellie konnte die Rune nicht mitnehmen, weil sie sie nicht hatte.* Als sie die Nachricht erhielt, dass sie ihn treffen solle, konnte sie sie wegen der Besonderheit ihres Verstecks nicht mitbringen. Die Katze war nicht da. Sie hatte das Ding in ihrem Halsband versteckt.«

Es interessierte mich, seinen Gedankengang zu erfahren, doch ich wusste, dass ich sein Lob nicht verdient hatte. Tatsächlich, dachte ich, könnte man argumentieren, dass alles zügiger vorangegangen wäre, wenn ich überhaupt nicht dort gewesen wäre. Denn in dem Fall wäre Mrs. Marner niemals abgereist, ohne vorher mit Bell zu sprechen, und dann hätte er alles Notwendige sofort von ihr erfahren, ohne erst mich anzapfen zu müssen.

Zurück auf seinem Zimmer im Gasthaus, räumte Bell den kleinen Schreibtisch leer und legte das Papier sorgfältig vor sich, um mit der Arbeit zu beginnen.

Ich stellte ihm keine weiteren Fragen, bot allerdings an, ihm etwas zu essen zu bringen. Natürlich erwartete ich, dass er den Vorschlag von sich weisen würde, und war etwas überrascht, als er ihn von Herzen annahm und tatsächlich um zwei Teller mit Brot und Käse sowie um gemischten Aufschnitt und zwei Krüge Bier bat. Doch als ich mit dem Essen zurückkehrte, ignorierte er es völlig, während er über den Tisch gebeugt, mit dem Licht der Lampe grell auf seinem Gesicht, auf das Blatt mit der seltsamen Schrift starrte, das vor ihm lag.

Der Notizblock neben ihm war bereits mit einer Reihe von

Ziffern, Buchstaben und Wörtern übersät. Doch sein Bleistift war zu Boden gefallen, und er hatte seine Aufmerksamkeit wieder der Rune selbst zugewandt.

Er sah nicht auf, während ich dort stand. Aber natürlich hatte er mich hereinkommen gehört, und nach einer Weile begann er, ohne sich umzudrehen, zu reden.

»Ja«, sagte er, »die ersten Zeilen scheinen tatsächlich Runen oder runenartige Symbole zu sein. Sie haben allerlei Bezüge zur Hexerei, aber ich hege den Verdacht, dass die Wörter darunter eine Art Code sind. Es gibt vielsagende Anhaltspunkte, nicht zuletzt die Verwendung des ›O‹. Sie erinnern sich an die Methoden, mit denen ich an die Beale-Geheimschrift herangegangen bin, Doyle, aber ich fürchte, die lassen sich hier nicht anwenden. Denn ich glaube, das hier ist ein polyalphabetischer Code, und das sind nach meiner Erfahrung bei Weitem die schwierigsten.«

Natürlich bat ich ihn, das näher zu erläutern, und er sagte, dass er die Gelegenheit nutzen wolle, seine Vorgehensweise mir ebenso wie sich selbst zuliebe klarzustellen. »Sie werden sich erinnern«, fing er an, »wie ich Ihnen anhand der Geheimbotschaften im Zusammenhang mit dem Rätsel von Abbey Mill die grundlegenden dazu notwendigen Fähigkeiten dargelegt habe. Auf der einfachsten Ebene geht es darum, die Häufigkeit der Buchstaben im Text mit der Häufigkeit des Auftretens der Buchstaben im Englischen zu vergleichen.

Ich kann Ihnen«, fuhr er fort, das Papier noch immer in der Hand, »ein ungemein dramatisches Beispiel aus der englischen Geschichte liefern. Sie wissen wahrscheinlich, dass Maria Stuart 1587 wegen ihrer Verschwörung gegen Königin Elisabeth hingerichtet wurde. Viel weniger bekannt sind jedoch die Umstände. Offenbar war es Elisabeths Erstem

Minister Walsingham gelungen, den Geheimcode zu dechiffrieren, den Maria benutzt hat. Diese historische Entschlüsselung war ein einfaches Ausschlussverfahren. Der verwendete Code, der, soweit ich weiß, von einem jungen Mann namens Babington entwickelt worden war, war genial, aber durchschaubar. Jeder Buchstabe wurde mit einem anderen vertauscht. Doch durch Versuch und Irrtum war Walsingham darauf gekommen, dass das ›o‹ im codierten Alphabet für das ›a‹ stand, während das seltsam geformte ›o‹ mit Häkchen unserem ›e‹ entsprach. Wenn man erst diese wichtigen Vokale kennt, lassen sich per Ausschlussverfahren sehr rasch andere Buchstaben herausfinden, dann nehmen Wörter Formen an, und schließlich wird der gesamte Text lesbar.«

Jetzt legte er das Papier zurück auf den Schreibtisch vor sich, wobei die Kerze zischte und einen Schatten über sein zunehmend düstereres Gesicht flackern ließ. »Bei einem polyalphabetischen Geheimcode jedoch ist eine solche Herangehensweise leider völlig unmöglich.«

»Benötigt man für ihn einen Schlüssel?«, fragte ich, denn ich entsann mich aus früheren Gesprächen mit Bell daran, wie ein Text als Schlüssel auf unterschiedliche Weise genutzt werden kann, um eine Botschaft zu entziffern, manchmal indem man den gesamten Text nimmt und alle Wörter durchnummeriert, und wenn das fünfzigste Wort des Textes ›eben‹ lautet, so steht die Zahl fünfzig für ›E‹, aber wenn das einhundertfünfzigste Wort ›erst‹ lautet, dann steht die einhundertfünfzig ebenfalls für diesen Buchstaben.

»In gewisser Hinsicht«, sagte Bell, »aber ein polyalphabetischer Geheimcode benötigt nur ein Wort oder einen Ausdruck. Er greift auf ein System namens Vigenère-Quadrat zurück, das der Autor dieses Namens 1586 in einem Buch veröffentlicht hat. Wenn man das Quadrat einmal benutzt hat, vergisst man es nicht mehr, und ich habe es hier aufgezeichnet, für den Fall, dass es uns helfen kann.«

Er zog ein Blatt Papier heraus. Darauf stand eine Reihe von Alphabeten:

A	A	B	C	D	E	F	G	H	I	J	K	L	M	N	O	P	Q	R	S	T	U	V	W	X	Y	Z
B	B	C	D	E	F	G	H	I	J	K	L	M	N	O	P	Q	R	S	T	U	V	W	X	Y	Z	A
C	C	D	E	F	G	H	I	J	K	L	M	N	O	P	Q	R	S	T	U	V	W	X	Y	Z	A	B
D	D	E	F	G	H	I	J	K	L	M	N	O	P	Q	R	S	T	U	V	W	X	Y	Z	A	B	C
E	E	F	G	H	I	J	K	L	M	N	O	P	Q	R	S	T	U	V	W	X	Y	Z	A	B	C	D
F	F	G	H	I	J	K	L	M	N	O	P	Q	R	S	T	U	V	W	X	Y	Z	A	B	C	D	E
G	G	H	I	J	K	L	M	N	O	P	Q	R	S	T	U	V	W	X	Y	Z	A	B	C	D	E	F
H	H	I	J	K	L	M	N	O	P	Q	R	S	T	U	V	W	X	Y	Z	A	B	C	D	E	F	G
I	I	J	K	L	M	N	O	P	Q	R	S	T	U	V	W	X	Y	Z	A	B	C	D	E	F	G	H
J	J	K	L	M	N	O	P	Q	R	S	T	U	V	W	X	Y	Z	A	B	C	D	E	F	G	H	I
K	K	L	M	N	O	P	Q	R	S	T	U	V	W	X	Y	Z	A	B	C	D	E	F	G	H	I	J
L	L	M	N	O	P	Q	R	S	T	U	V	W	X	Y	Z	A	B	C	D	E	F	G	H	I	J	K
M	M	N	O	P	Q	R	S	T	U	V	W	X	Y	Z	A	B	C	D	E	F	G	H	I	J	K	L
N	N	O	P	Q	R	S	T	U	V	W	X	Y	Z	A	B	C	D	E	F	G	H	I	J	K	L	M
O	O	P	Q	R	S	T	U	V	W	X	Y	Z	A	B	C	D	E	F	G	H	I	J	K	L	M	N
P	P	Q	R	S	T	U	V	W	X	Y	Z	A	B	C	D	E	F	G	H	I	J	K	L	M	N	O
Q	Q	R	S	T	U	V	W	X	Y	Z	A	B	C	D	E	F	G	H	I	J	K	L	M	N	O	P
R	R	S	T	U	V	W	X	Y	Z	A	B	C	D	E	F	G	H	I	J	K	L	M	N	O	P	Q
S	S	T	U	V	W	X	Y	Z	A	B	C	D	E	F	G	H	I	J	K	L	M	N	O	P	Q	R
T	T	U	V	W	X	Y	Z	A	B	C	D	E	F	G	H	I	J	K	L	M	N	O	P	Q	R	S
U	U	V	W	X	Y	Z	A	B	C	D	E	F	G	H	I	J	K	L	M	N	O	P	Q	R	S	T
V	V	W	X	Y	Z	A	B	C	D	E	F	G	H	I	J	K	L	M	N	O	P	Q	R	S	T	U
W	W	X	Y	Z	A	B	C	D	E	F	G	H	I	J	K	L	M	N	O	P	Q	R	S	T	U	V
X	X	Y	Z	A	B	C	D	E	F	G	H	I	J	K	L	M	N	O	P	Q	R	S	T	U	V	W
Y	Y	Z	A	B	C	D	E	F	G	H	I	J	K	L	M	N	O	P	Q	R	S	T	U	V	W	X
Z	Z	A	B	C	D	E	F	G	H	I	J	K	L	M	N	O	P	Q	R	S	T	U	V	W	X	Y

»In vieler Hinsicht«, sagte Bell, während er das seltsame Mosaik betrachtete, »ist es ein einfaches System mit teuflisch kompliziertem Ergebnis. Wie Sie sehen, erhält jeder Buchstabe sein eigenes Alphabet, das dort anfängt, wo der jeweilige Buchstabe im englischen Alphabet beginnt, und an derselben Stelle wieder endet. Ich werde es Ihnen in der einfachsten Form vorführen.« Er sah auf, und sein Blick fiel auf das unangetastete Abendessen. »Angenommen, Sie wollten das Wort ›Butter‹ verschlüsseln. Und der Schlüssel, der zwischen den Parteien vereinbart wurde, ist ein anderes einfaches kulinarisches Wort, ›Brot‹.«

Er nahm seinen Bleistift. »Also gut. Zunächst schreiben Sie den Schlüssel über die Verschlüsselung und wiederholen ihn so oft, bis die zu verschlüsselnde Nachricht endet. Unsere Nachricht ist sehr kurz, also müssen wir den Schlüssel nur zweimal schreiben:

BROTBROT

Jetzt schreiben wir darunter das zu verschlüsselnde Wort:

BROTBROT

BUTTER

Jetzt nehmen wir das Quadrat zu Hilfe. Unser Musteralphabet ist das oberste, und wir wollen unser Wort ›Butter‹ mit dem Schlüssel ›Brot‹ in eine polyalphabetische Geheimbotschaft übersetzen. Es ist einfach: Der erste Buchstabe, ›B‹ von ›Butter‹, wird mit dem darüberstehenden Buchstaben des Schlüssels abgeglichen, hier ebenfalls ›B‹, und deswegen gehen wir in die Zeile mit dem B-Alphabet und finden dort den dem ›B‹ von ›Butter‹ zugeordneten Buchstaben, nämlich ›C‹. Der zweite Buchstabe ist im Schlüsselwort das ›R‹, also suchen wir im R-Alphabet nach dem Pendant zum ›U‹ aus Butter und finden ›L‹. Dieses Verfahren wiederholen wir und erhalten dann:

Schlüsselwort: B R O T B R
Unverschlüsselt: B U T T E R
Verschlüsselt: C L H M F I

Da haben wir unsere verschlüsselte ›Butter‹, Doyle: ›C L H M F I‹«, sagte Bell, während er das Wort sauber vervollständigte. »Und selbst wenn wir Hunderte von Sätzen so schreiben würden, bleiben sie ohne das Schlüsselwort ›Brot‹ praktisch undurchdringlich, denn Sie sehen schon im Wort ›Butter‹, dass die beiden ›T‹ durch unterschiedliche Buchstaben ersetzt wurden. Es ergibt daher nicht den geringsten Sinn, eine polyalphabetische Geheimbotschaft mit den üblichen Methoden, die ich Ihnen gezeigt habe, entziffern zu wollen. Ohne den Schlüssel ist das unmöglich.«

»Welche Hoffnung bleibt uns dann hierfür?«, fragte ich.

»Na ja«, sagte er, »wir müssen den Schlüssel finden. Ich habe durchaus Hoffnung. Und wie ich schon gesagt habe, gibt es andere, sehr merkwürdige Dinge hier am Anfang dieser Rune, die äußerst interessant sind. Ich werde weiter daran arbeiten.«

Ich ließ ihn zurück, um mir selbst ein Abendessen zu besorgen. Der Gasthof war an diesem Abend leer, und nachdem ich gegessen hatte, fragte ich mich, ob ich ausgehen sollte, aber ich hatte keine konkrete Vorstellung, womit ich unsere Ermittlung voranbringen könnte. Während ich tatenlos zum Mond hinausstarrte, musste ich darüber nachdenken, wie wenig ich bislang zu dem Fall beigetragen hatte. Bei früheren Ermittlungen hatte ich immer zumindest das Gefühl gehabt, indirekt an der Aufklärungsarbeit beteiligt gewesen zu sein. Hier schien ich lediglich zum Beobachter zu taugen, der gelegentlich gegenüber Bell wiederholte, was er gehört hatte. In einem Fall von dieser Wichtigkeit, der für mich persönlich so bedeutend war, war es nicht angenehm, sich vor Augen zu führen, dass unsere gegenwärtige Lage kaum anders sein würde, wenn ich in London geblieben wäre.

Mir ist bewusst, dass mir solche Gedanken keine große Ehre machen, denn was besagte das letztlich schon, solange wir Erfolg hatten? Aber vermutlich litt ich noch immer unter meinem Martyrium in Wiltshire, wo ich so vollständig gedemütigt worden war und dann kläglich mit meinem Rachefeldzug gescheitert war.

Eine fröhliche, dröhnende Stimme unterbrach meine Gedanken. »Sie haben Sir Walter ja ganz schön in Aufregung versetzt, und ich kann mir keine lohnendere Beschäftigung vorstellen. Der Mann hat seinen Hof immer geführt, als wäre er aus französischem Hochadel und nicht ein unwichtiger Engländer mit einem eher schillernden Stammbaum.«

Bulweather grinste mich an, und ich grüßte ihn. »Ja, Angus ist gerade vorbeigekommen und hat mir ein paar der Ereignisse beschrieben. Ich wünschte, ich hätte es mitangesehen. Also dachte ich mir, ich lade Sie auf einen Weinbrand ein und gratuliere Ihnen. Es war sehr scharfsinnig.«

Wir zogen uns ins Nebenzimmer zurück, das so leer war wie der Schankraum dahinter, und ich nahm sein freundliches Angebot an. Natürlich erzählte ich ihm, dass Bell just in diesem Moment versuchte, das Dokument zu entschlüsseln, und ich beschrieb es ihm, so gut ich konnte.

Bulweather war an meiner Beschreibung der Rune höchst interessiert. »Ich wäre sehr erfreut zu hören, dass Dr. Bell daraus klug wird«, sagte er, als ich geendet hatte. »Es wäre wahrlich wunderbar, wenn wir diese ganze scheußliche Angelegenheit hinter uns bringen könnten.«

In diesen Worten lag so viel von Herzen kommender Kummer, dass ich plötzlich Mitleid mit dem Mann vor mir hatte. Man konnte sehen, wie sehr Bulweather verabscheute, was in seiner Gemeinde geschah. Also sagte ich ihm die Wahrheit, dass nämlich, wenn überhaupt einer das Rätsel aufklären konnte, es Bell sein werde. Und dann fiel ihm ein, dass er weitere Neuigkeiten hatte. Offenbar hatte es einen Vorfall in der Anstalt Westleton House gegeben. Ein Fenster war zerbrochen und geringer Sachschaden entstanden, doch kein Patient fehlte oder war irgendwie auffällig geworden. Das betroffene Zimmer hatte leer gestanden. »Es ist ein Rätsel«, sagte Bulweather, »und ich nehme an, dass Bell es auf seine Liste setzt für die Zeit, wenn die gegenwärtige Angelegenheit erledigt ist.«

Danach unterhielten wir uns noch ein bisschen über die Anstalt, denn ich wollte unbedingt von Bulweather wissen, ob es weitere Einrichtungen dieser Art gab. Er bot mir an, von Dr. Cornelius Erkundigungen einziehen zu lassen. »Ich habe Ihnen schon erzählt, wie dankbar ich ihm bin«, fügte er hinzu. »Haben Sie an diesen Dingen ein persönliches Interesse?«

Ich zögerte, aber schließlich erzählte ich ihm vom Leiden meines Vaters. Er hörte mir teilnahmsvoll, aber auch sehr interessiert zu. Als ich geendet hatte, zögerte er kurz und sprach dann mit sanfterer Stimme.

»Doyle, Sie haben mich ins Vertrauen gezogen, in einer Sache, bei der ich sehr mitfühle. So etwas passiert, und es ist kein Zeichen des Schicksals oder der Schwäche. Es ist eine Krankheit. Und jetzt muss ich mich mit einem Geständnis revanchieren.« Er nahm einen Schluck von seinem Weinbrand und redete weiter. »Ich habe meine Geschichte nicht bis zum Schluss erzählt, aus Gründen, die Sie am besten verstehen werden. Was ich Ihnen und Bell immer schon offenbaren wollte, sobald sich eine Gelegenheit ergibt, ist, dass die Krankheit meiner Frau zwar in jeder Einzelheit der Wahrheit entsprach, aber meine Worte eben nicht die ganze Wahrheit enthielten. Ja, Mary ist an einer Sepsis gestorben. Aber diese war das Ergebnis einer schrecklichen Wunde, die sie sich selbst zugefügt hatte. Wissen Sie, sie litt ebenfalls an einer Gemütskrankheit.«

Ich war verblüfft, aber natürlich wurde auch mein gesamtes Mitgefühl geweckt. Ich wusste nur zu gut, wie meine Mutter unter solchen Umständen gelitten hatte. »Aber war das immer schon so? War sie in einer Anstalt?«, fragte ich.

»Aber nein«, erwiderte er leidenschaftlich. »Es kam ganz plötzlich, wie es manchmal der Fall ist. Und es war nie so schlimm, dass sie in eine Anstalt gemusst hätte. Es gab wunderbare Phasen, auch noch kurz vor dem Ende, in denen sie ganz klar war. Was ich von ihrer Angst und ihrer Sorge um ihre Schwester erzählt habe, war alles wahr. Sie hat mir das Versprechen abgenommen, alles in meiner Macht Stehende für sie zu tun. Und dann trat die Krankheit in schlimmerer Form auf.«

Als er mir die Einzelheiten enthüllte, erkannte ich, was dieser Mann durchgestanden haben musste. Wir redeten eine Weile, und er brachte seine feste Überzeugung zum Ausdruck, dass eine Geisteskrankheit das Gleiche war wie die Krankheit eines Organs. »Ich bin mir sicher«, sagte er, »dass in künftigen Zeiten die Krankheiten meiner Frau und Ihres Vaters nicht mehr als Schmach betrachtet werden. Diese Menschen machen sich nicht selbst krank. Es ist nicht ihre Schuld. Und es ist bestimmt kein Schicksal. Vielleicht ist es noch nicht einmal erblich. Sie werden einfach krank, ob es sich um eine Krankheit des Geistes oder des Knies handelt.«

Wir redeten auch darüber noch, bevor er ging. Angeregt von alldem, was er gesagt hatte, gab ich mir selbst ein stilles Versprechen. Ich wollte meinen Vater in den nächsten Wochen besuchen, spätestens Anfang des neuen Jahres. Dann kehrte ich in Bells Zimmer zurück, um nachzusehen, ob er Fortschritte machte.

Noch bevor ich die Tür erreicht hatte, öffnete Bell sie und war sehr froh, mich zu sehen. »Ah, Doyle, kommen Sie herein, ich dachte, ich hätte Sie gehört, und wollte Ihnen etwas zeigen.«

Ich trat ein und sah mit Freude, dass der Doctor das Essen bis zum letzten Bissen verzehrt und auch das Bier getrunken hatte. Es überraschte mich nicht, dass er nach einem so ereignisreichen Tag hungrig gewesen war.

Aber jetzt drehte er die Lampe so weit herunter, dass es im Zimmer sehr schattig wurde, und zog den Vorhang auf. Die Nacht war klar, und das Mondlicht schien durch das Fenster und warf einen Fleck auf den Teppich, was ihm offenbar sehr zupasskam.

»Nun gut«, sagte er. »Ich bin bereit.« Er wies auf einen Stuhl.

Wir setzten uns und warteten. Ich hatte keine Ahnung, worauf in aller Welt. Erwartete er, dass sich ein Geist manifestierte? Nichts passierte in dem dunklen Zimmer. Und warum auch? Ich wollte schon eine Bemerkung machen. Und dann bemerkte ich ein leises Geräusch wie von einer heimlichen Bewegung. Ich drehte mich um. Nichts. Es kam wieder.

Das Geräusch wurde lauter, und mir erschien es so, als könnte ich in den Schatten neben dem Bett gerade so eben eine Form auf dem Boden ausmachen. Allmählich wurde sie deutlicher. Und dann fing sie an, sich zu bewegen. Langsam lief sie ins Mondlicht hinein.

Ich zuckte bei diesem Anblick zusammen. Es war etwas Verzerrtes und Unansehnliches, mit nacktem Fleisch und einer Art Stiernacken. Was hatte Bell nur hierhergebracht? Noch während ich zusah, stieß es ein Geräusch aus, erst wie ein Stöhnen, das langsam zu einem Schrei anschwoll. Und dann war es ein misstönendes Heulen.

Der Krach war unverkennbar. Es war das, was Charlotte Jefford und ich im Wald gehört hatten. Doch in diesem geschlossenen Raum war er nicht nur Furcht erregend, sondern eine Höllenqual. Ich hielt mir die Ohren zu. Das Geräusch hielt immer noch an, ein gellendes Kreischen, das den gesamten Gasthof zu übertönen drohte.

Ich schrie Bell an, doch der Doctor war bereits aufgesprungen und hob jetzt einen Arm. Das Geräusch hörte auf, und im gleichen Augenblick war das Ding verschwunden.

Jetzt war alles still, aber er war zu spät gewesen, denn wir konnten Schritte hören, und kurz darauf klopfte es an die Tür.

Der Doctor ging rasch zu ihr und machte sie einen Spaltbreit auf. Ein erschrockener Mann stand dort. Hinter ihm öffneten sich weitere Türen.

»Verzeihen Sie mir«, sagte Bell dem Mann, »es gibt keinen Grund zur Sorge. Bitte sagen Sie es allen, die es gehört haben. Dem Hund eines Freundes musste ein Dorn herausgezogen werden, aber dem Tier geht es jetzt wieder gut. Ich entschuldige mich vielmals.«

Er schloss die Tür höflich, und ich dankte dem Himmel,

dass sich Miss Jefford in einem anderen Stockwerk auf der anderen Seite des Hauses befand.

»Und jetzt«, sagte Bell und wandte sich lächelnd mir zu, wobei er mich aufforderte aufzustehen, »möchte ich Ihnen den verstorbenen Mr. William Bowker vorstellen.«

Er ging herüber und drehte die Lampen im Zimmer wieder auf. Langsam erschien die Form wieder, aber jetzt war sie entspannt, und ihr gesamter Körper schien wie ausgewickelt. Im hellen Licht und ohne die Verkrümmung erkannte ich zu meiner Verblüffung einen Mann, den ich flüchtig gesehen hatte, als ich unten mit Bulweather in den Schankraum gegangen war. Im normalen Leben, ohne seine Verrenkungen, war er durchaus schon auffällig, mit einem kahlen, fleischigen Kopf, der deutlich zu groß für seinen gedrungenen Körper war, aber er hatte beinahe gar keine Ähnlichkeit mit dem Wesen, dem ich gerade begegnet war. Sogar die Nacktheit war eine Täuschung gewesen, denn er hatte lediglich sein hautfarbenes Hemd unter die Schultern gestreift.

»Aber«, fügte Bell hinzu, als der Mann aufstand und höflich lächelnd auf mich zukam, »wir sollten ihm jetzt wohl die Ehre seines richtigen Namens erweisen, der da lautet Daniel Morton.«

Der Mann nickte dankbar und wischte sich die Stirn mit einem Taschentuch ab. »Ich bin, um ehrlich zu sein, den Daniel nicht so gewöhnt, Sir«, sagte er in einem unverkennbaren Londoner Akzent. »Nur Danny Morton, so kennt man mich. Aber kann ich davon ausgehen, dass Sie das gemeint haben, was Sie gerade gesehen haben, Sir?«

»Ganz gewiss«, sagte Bell reuevoll. »Um ehrlich zu Ihnen zu sein, Mr. Morton, es war doch mehr, als ich erwartet hatte.«

»Ach, das war nur eine Andeutung, Sir.« Er sah zufrieden

aus. »Im Varieté war ich immer ›Der menschliche Wolf‹, aber ich hatte es schon länger nicht mehr gemacht, bis mich die beiden Herren im Weston's in High Holborn gesehen haben. Die wussten, dass unsere Truppe nach Lowestoft kommen würde, und da haben sie mich dann gefragt, ob ich bei der Wette mitmache.«

»Ich bin Ihnen sehr dankbar, Mr. Morton«, sagte Bell. »Aber mein Kollege kennt Ihre Geschichte noch nicht. Vielleicht möchten Sie sie ihm erklären.«

»Natürlich, Sir.« Er wandte sich in seiner einnehmenden Art an mich. »Es war zwar vertraulich, aber Ihr Freund da ist eh draufgekommen, also wird's wohl nicht schaden. Wie gesagt, ich arbeite im Varieté, und die beiden Herren sahen mich in Holborn. Ich glaube, die hatten schon gehört, was ich so mache. Also sind sie zu mir gekommen, und später haben sie mir was zu trinken ausgegeben und mir von dieser Wette erzählt.«

»Was für eine Wette?«, fragte ich.

»Na, so wie ich das verstanden habe, hatten die einen Freund, der gesagt hat, dass es ihm nichts ausmacht, im Wald zu sein, und dass er um fünfzig Pfund gewettet hat, in einer dunklen Nacht bis Mitternacht drin zu bleiben, und den wollten sie erschrecken. Also haben sie mich gebeten, das zu machen. Ich bin auch dafür bekannt, ein Bauchredner zu sein, Sir. Ich kann es so klingen lassen, als käme ein Geräusch von weit weg. Ich hatte eindeutig schon beim ersten Mal Erfolg, aber dieser Herr, haben sie gesagt, will es einfach nicht einsehen und will es noch mal versuchen, und das war mir nicht so recht. Aber sie waren großzügig, also habe ich mitgemacht, obwohl das Wetter eisig war. Es war nur ganz kurz, dieses zweite Mal. Das Einzige ist, Sir, ich glaube, ich habe eine Frau gesehen, und vielleicht habe ich die erschreckt, aber ich konnte meine Herren ja nicht im Stich lassen. Sie haben es verstanden und gesagt, sie würden das mit ihr regeln.«

Ich war fassungslos. »Dann waren Sie in diesen Nächten draußen im Wald?«

»Jawohl, Sir. Ich schätze, die meisten werden mich für einen Wolf gehalten haben«, sagte er schüchtern.

Seine Ahnungslosigkeit verschlug mir den Atem. Bell hatte eine Sammlung aller Zeitungen angelegt, die die Geschichte enthielten, und sie lagen in einem Stapel neben seinem Bett. Ich ging jetzt dorthin, nahm die reißerischste davon und schob sie vor Morton, wobei ich auf die Überschrift zeigte:

HEULENDER MANN GESICHTET

»Haben Sie denn das nicht gesehen?«, fragte ich.

Er warf einen ängstlichen Blick darauf und wandte sich an Bell. »Nein, Sir. Was ist das, Sir?«

Bell hatte zugesehen und ging jetzt zu ihm. »Nun, es ist nur eine Beschreibung davon, wie manche Leute Sie gehört haben, Mr. Morton«, sagte der Doctor freundlich. Und erst jetzt wurde mir bewusst, dass Morton natürlich nicht lesen konnte und überdies vermutlich sehr kurzsichtig war. »Ich glaube, Sie können jetzt wieder zu Ihren Leuten gehen«, fügte Bell hinzu. »Sie werden sicher schon erwartet, und ich weiß, dass Sie alle nach Ipswich weitermüssen.« Er nahm ein paar Münzen und gab sie ihm. »Sie waren mir eine große Hilfe, und es ist abgemacht, dass Sie, wenn Sie von diesen Herren noch einmal hören, mit Ihrem Direktor reden, der dann weiß, was zu tun ist.«

»Ja, Sir, abgemacht, Sir. Ich bin dankbar, Sir, und sehr verbunden auch für die Stärkung, die Sie für meine Leute organisiert haben.« Und mit einer Verbeugung vor mir nahm er seinen Mantel und verließ das Zimmer.

»Er kann weder lesen noch schreiben«, sagte Bell ruhig. »Er weiß nichts von der Sensation. Ich kann aufgrund seiner Beschreibung mit Bestimmtheit sagen, dass die Herren, die ihn engagiert haben, Jefford und Cream waren. Er hat sie beide in London kennengelernt, wo sie darüber erstmals gesprochen haben. Später hat er nur Jefford getroffen, um den 28. November herum in Lowestoft, wo er genaue Anweisungen für sein erstes Erscheinen erhalten hat. Mr. Mortons Sehkraft ist begrenzt, aber er hat ein sehr gutes Gedächtnis und einen vorzüglichen Orientierungssinn. Das zweite unerwartete Engagement wurde ihm durch einen Mittelsmann angetragen, den Inspizienten. Ich habe mit ihm gesprochen. Er dachte, die Mr. Morton angebotene Beschäftigung wäre eine Art Privatvorstellung. Was Mr. Mortons Beförderung betrifft, so geschah das per Kutsche aus Lowestoft, die wiederum von einem Dritten beauftragt worden war. Der Kutscher setzte ihn beim ersten Mal für eine festgelegte Zeit von etwa sechzig Minuten ab, beim zweiten Mal für deutlich weniger.«

»Dann kann er uns nicht zu ihnen führen?«, fragte ich.

»Nein, ich bin überzeugt«, erwiderte Bell, »dass er nicht mehr weiß, als er uns erzählt hat. Er hat Cream nur einmal vor einigen Wochen getroffen.«

»Aber er hat Miss Jefford zu Tode erschreckt«, sagte ich verbittert. »Warum? Wollte ihr Bruder das?«

»Das bezweifle ich sehr«, antwortete Bell.

»Aus welchem Grund denn dann?«

»Bestimmt, um die Sage wiederzubeleben und um abzulenken und Verwirrung zu stiften. Meine Zeit wurde damit schon vergeudet, wie wir heute zu unserem Leidwesen erfahren mussten. Aber Mr. Mortons zweite Beauftragung war, glaube ich, etwas ganz anderes. Dafür gab es einen anderen Grund, was mir Hoffnung macht, aber darüber möchte ich jetzt nicht weiter spekulieren.«

»Dann war das«, fragte ich, »der Grund für Ihre Fahrten nach Lowestoft?«

»Zum Teil. Aber um ehrlich zu sein, haben sie noch weitere Früchte getragen.«

Bell begann damit, das Zimmer wieder in Ordnung zu bringen, und schloss die Vorhänge. »Wissen Sie, Doyle«, erklärte er, »die Wirkung des heulenden Manns war so theatralisch, und doch glaubte ich nicht, dass einer der Zeugen log. Damit blieben nur zwei reelle Möglichkeiten. Erstens, dass es ein bemerkenswertes Kunststück oder eine Illusion war, wie die tödliche Kiste unseres Freundes Hanbury in Rotherhithe. Doch je länger ich die Beschreibungen studierte, desto unwahrscheinlicher erschien es mir. Alles an dieser Erscheinung wies auf eine Vollblutaufführung hin. Aber wenn sie so überzeugend war, musste sie dann nicht professioneller Natur sein? Natürlich schien das zunächst eine absurde Vorstellung zu sein, bis mir Mrs. Marners Bezug zum Theater einfiel. Ich konnte nichts finden, das sie belastete, aber unwissentlich brachte sie mich auf das Varieté in Lowestoft.

Je mehr ich in der Lokalpresse las, zu Ihrem Missmut, wie ich mich entsinne, umso interessanter wurde es. Eine Truppe aus London gastierte dort, und zu meinem Glück hat die Zeitung einen ausgezeichneten Kritiker mit einem Faible fürs Varieté. Im Laufe seiner Meldungen spielte er auf Mr. Mortons Fähigkeiten als Schlangenmensch und Bauchredner an und erinnerte sogar an seine Zeiten als ›menschlicher Wolf‹. Das erregte mein Interesse natürlich sehr, nicht zuletzt, weil ich feststellen konnte, dass Morton an den beiden Abenden, an denen man den heulenden Mann gesehen hatte, nicht auf der

Bühne gewesen war. Aber dann geriet ich in eine Sackgasse. Sie werden sich erinnern, wie frustriert ich an jenem Tag war, denn als ich gerade dachte, meinen Mann gefunden zu haben, bekam ich keine Antwort auf mein Telegramm. War er geflohen? Oder waren vielleicht meine Annahmen falsch? Erst als ich in das Dorf kam, wurde mir die Dummheit meines Fehlers bewusst. Wie sollte ich eine Antwort bekommen? Ich hatte es an Mr. Mortons Adresse geschickt, und er konnte es nicht lesen.

Schließlich habe ich ihn persönlich getroffen. Zunächst war er zurückhaltend, aber als ich auf seine ›Privatengagements‹ anspielte und zu erkennen gab, dass ich Bescheid wusste, fand er nichts dabei, mir von seinem merkwürdigen Auftrag zu erzählen. Heute Nachmittag, als Sie dabei waren, habe ich auch mit dem Inspizienten geredet. Vor ihm war ich etwas auf der Hut, aus Sorge, er könnte irgendwie in die Sache verstrickt sein, deshalb hatte ich Sie mitgenommen, doch er stellte sich letztlich als sehr hilfsbereit und vollkommen unschuldig heraus.«

Er hatte sich inzwischen an seinen Schreibtisch gesetzt, das Papier vor sich. »Ich fürchte allerdings, dass Mr. Morton nur das Sahnehäubchen der Angelegenheit war, und jetzt muss ich zu ihrem Herzen zurückkehren. Es wird eine lange Nacht werden.« Schon bald war er wieder in die Rune vertieft, und ich verließ ihn.

In dieser Nacht schlief ich tief und fest und träumte, dass ich in einem dunklen Brunnen war, in dem das Wasser unter mir anstieg. Irgendwie gelang es mir, mich in eine horizontale Position zu klemmen, um nicht hineinzufallen. Aber es war unmöglich, höher zu klettern, und unter mir stieg der Pegel unerbittlich. Ich konnte die kalte Nässe des Wassers schon an meinen Beinen und Ellbogen spüren, dann an meinem

Rücken. Draußen über mir schlug jemand gegen die Seite des Brunnens. Das Geräusch wurde immer lauter, und ich wachte auf.

Es dämmerte schon. Das Pochen ging weiter, denn es kam von meiner Zimmertür. Ich stand auf, zog meinen Morgenmantel über und öffnete. Langton stand mit finsterem Blick vor mir. »Es tut mir leid«, sagte er. »Sie müssen sofort kommen, Bell ist schon unten.«

Ich brauchte nur wenige Augenblicke, um mich anzuziehen und hinunterzugehen. Bell, Langton und Angus Hare standen mit Hut und Mantel im Flur des Gasthauses.

»Was ist passiert?«, fragte ich.

Bell kam dicht zu mir, und ich konnte die tiefe Besorgnis auf seinem Gesicht erkennen, während er leise zu mir sprach. »Kommen Sie mit, Doyle. Wir waren schon draußen, aber der Tatort ist sicher, also sind wir gekommen, um Sie zu wecken. Langton musste ohnehin einige Nachrichten verschicken.«

Sie gingen hinaus. Der Morgen graute, und der Frost war fort, aber ein Wind war aufgekommen, und über uns trieben weiße Wolken dahin.

»Aber warum haben Sie mich nicht geweckt, als Sie gegangen sind?«, fragte ich.

»Wie bitte?«, fragte Bell sichtlich geistesabwesend. »Ach, ich war sowieso wach – ich habe die ganze Nacht an der Rune gesessen und begab mich dann zu einem frühen Besuch in die Anstalt. Auf dem Rückweg habe ich Langton getroffen.«

Wir mussten nicht weit gehen. Ich konnte sofort sehen, dass der Polizist Wallace am Ende der Straße stand, nahe bei der kleinen Gemeindekirche. Sie war nicht sehr alt, denn sie war erst 1830 gebaut worden, aber recht pittoresk, mit einem kleinen, überwucherten Friedhof. Und einem Brunnen, der mich sofort an meinen Traum erinnerte.

Ein zweiter uniformierter Wachtmeister aus einem nahe gelegenen Dorf stand auf dem Friedhof. Neben ihm lag etwas auf dem Boden, und der Grabstein dahinter war rot, als wäre er angemalt worden.

Aber es war natürlich keine Farbe. Das wurde sofort klar, sobald ich näher kam.

Und dann sah ich ihn. Ich war unfähig, bei seinem Anblick einen klaren Gedanken zu fassen, aber das Wort Göttlichkeit schoss mir durch den Kopf, denn es lag etwas Heiliges in diesen Gesichtszügen, während der Wind blasphemisch die hellen Haare verwehte.

Denn vor mir, in einem seltsamen Winkel auf dem Gras, lag der Kopf von Charlotte Jefford.

Der Weg des Verstandes

Der Rumpf des Leichnams lag, wie ich bald sah, nicht weit entfernt, aber der Grabstein hatte mir die Sicht darauf versperrt. Unterhalb des blutigen Halses sah er unsinnig normal aus.

Ich trat vor, um all das zu begreifen, aber anscheinend hatten mich meine detektivischen Instinkte restlos verlassen. Denn ich merkte, dass ich keinerlei Wunsch hatte, an diesem Ort zu verweilen. Streng logisch betrachtet hätte ich mich vor mir selbst damit rechtfertigen können, dass ich dort wenig zu tun hatte und Bell nichts übersehen würde. Aber ich kann schwerlich behaupten, nach logischen Gesichtspunkten gehandelt zu haben. Der Anblick des verstümmelten Körpers neben dem Grab hatte Erinnerungen in mir geweckt, die sogar noch schmerzhafter waren als jene nach dem Mord am hiesigen Strand. Mich hatte Ellie Barnes' Tod bewegt, aber in ihrem Fall hatte ich keine echte persönliche Beziehung zu dem Opfer gehabt, und sie hatte mich auch nicht um Hilfe oder Schutz gebeten. Charlotte andererseits war zu mir gekommen und hatte sich an mich als Freund gewandt. Sie hatte mir ihre Geheimnisse anvertraut, einschließlich der Tatsache, dass sie verlobt war. Doch zum Lohn hatte sie das hier bekommen.

Es war, so spürte ich in meinem Herzen, ein völlig unnötiger Tod: einer, der durch die geringste Wachsamkeit unsererseits hätte verhindert werden können und müssen.

Natürlich machte sich Bell an seine üblichen Nachforschungen, untersuchte die Gräueltat in allen Einzelheiten und sämtliche Spuren rundherum. Aber er war, was unter solchen Umständen sehr ungewöhnlich für ihn war, auch hinreichend besorgt um mich, sodass er zu mir an die Mauer kam, die den Kirchhof von der dahinterliegenden Landschaft trennte.

»Es ist eine traurige Entwicklung, Doyle. Ich bin der Lösung näher gekommen, aber das konnte ich nicht vorhersehen. Was hat sie hier getan?«

»Sie hat mir erzählt, dass sie gerne früh aufsteht und spazieren geht. Das war eine ihrer Lieblingsstellen.«

»Ein Gelegenheitsverbrechen also. Die sind am schwersten abzusehen.«

Ich warf ihm einen Blick zu, denn in Wirklichkeit hielt ich das für eine verachtenswerte Ausrede. Er hätte nur mit Charlotte reden müssen, mehr über sie in Erfahrung bringen, sie hinsichtlich einer sicheren Strategie beraten, eine vernünftige Beziehung zu ihr aufbauen und ihr etwas Schutz anbieten müssen. Er hatte nichts davon getan, sondern sie nur kategorisch angewiesen, nach Hause zu fahren, und dabei ungeniert übersehen, dass sie nur hier war, weil sie verzweifelt auf Nachricht von ihrem Bruder wartete. Danach hatte er überhaupt nicht mehr mit ihr gesprochen. Ich kehrte ihm den Rücken zu und verließ den Friedhof.

In einer Hinsicht war mein Verhalten feige, obwohl ich sicher gut daran tat, dem Doctor meine Gedanken nicht sofort mitzuteilen. Ich hatte nicht vor, den Ernst von Charlotte Jeffords Tod mit einem erbitterten emotionalen Streit zwischen uns zu entweihen, noch dazu in Anwesenheit aller anderen. Aber rückblickend betrachtet war es feige, dass ich nicht dort geblieben bin und getan habe, was ich konnte, selbst wenn es fast nichts gewesen wäre. So aber dachten die Umstehenden vermutlich, dass ich vom Doctor einen Auftrag erhalten hatte und jetzt zügig davonschritt, um ihn auszuführen. Vom tatsächlichen Sachverhalt konnten sie nichts ahnen.

Ich fand mich auf der Straße wieder, lief sie zurück und bog dann in den kleinen Pfad ein, der zum Strand führte. Natürlich war zu dieser Stunde niemand unterwegs. Ich wollte nicht in die Richtung laufen, in der wir Ellie gefunden hatten, also ging ich eine Weile in die entgegengesetzte und trottete unterhalb der großen Klippen den Strand entlang. Schon bald wurde ich von der Flut zurückgedrängt, aber bevor man zu der verfallenen Kirche kam, wo der Abhang steil war, fiel mir eine Stelle auf, an der durch den Landrutsch ein allmähliches Ansteigen entstanden war, sodass es unter Umständen möglich war, vom Strand in den Wald zu klettern.

Später kehrte ich um, nahm den Pfad vom Strand zu den Klippen und schlug mich oben in den Wald.

Als ich zu dem Teil des Pfades kam, der am Abhang entlangführte, spürte ich, wie der Wind stärker wurde. Die Brandung donnerte unter mir, denn es war noch immer Flut, und ich konnte sehen, wie sich weit hinten am Horizont eine große schwarze Wolkenbank bildete.

Diese Wolken sahen unheilvoller aus als alle, die ich bislang hier gesehen hatte. Ein richtiges Unwetter braute sich zusammen, auch wenn es erst in einigen Stunden bei uns sein würde. Ich dachte an Charlottes Gesicht auf dem Friedhof, um das ihr Haar herumwehte, und fühlte mich fast so, als hätte ich sie selbst umgebracht. Warum nur hatte ich ihr nicht zu mehr Vorsicht geraten? Ich hatte die Gefahr gekannt und mich dennoch am Abend zuvor so mit ihr unterhalten, als wären wir Freunde auf einer Landpartie in Surrey. Aber wenn ich mir diesen Fehler schon nicht verzeihen konnte, so schien mir der Doctor doch noch schuldiger zu sein. Sie hatte um seine Hilfe gebeten, und er hatte ihr letztendlich eine Abfuhr erteilt.

Ich weiß nicht, wie lange ich auf dem Weg stehen blieb, aber schließlich ging ich landeinwärts und lief über die Straße zurück ins Dorf. Inzwischen war der Friedhof offenkundig gründlich durchsucht und die Leiche abtransportiert worden.

Ich betrat das Gasthaus, bereit, mit Bell zu sprechen, denn ich wusste, dass ich meine Gefühle früher oder später zur Sprache bringen musste. Im Flur sah ich Dr. Hare, der sich leise mit einem der Wachtmeister unterhielt. Er drehte sich um und nickte mir zu, als er mich erblickte. »Ja«, sagte er gerade zu dem Wachtmeister, »nachdem Sie den vorläufigen Bericht bekommen haben, warten wir auf Anweisungen.« Und dann wandte er sich mir mit einem dünnen Lächeln zu. »Und, Dr. Doyle, jetzt hätte ich gerne gewusst, auf welch wichtigen Botengang Bell Sie geschickt hat! Was für ein Bluthund er doch ist!«

Mich erstaunte seine Unbeschwertheit. War er nicht auf dem Kirchhof gewesen und hatte gesehen, was ich gesehen hatte? Das brutale und grundlose Auslöschen eines Menschenlebens? Aber dann erinnerte ich mich, dass Langton mir erzählt hatte, dass Hare schon im Norden mit der Polizei zusammengearbeitet hatte, bevor er hierherkam. Bestimmt war er in solchen Dingen abgebrüht. »Sind Sie bezüglich der Tatwaffe zu einem Ergebnis gekommen?«, fragte ich, ohne auf die Frage einzugehen.

»Ach, die Waffe haben wir«, sagte er, »oder vielmehr Langton hat sie. Sie lag hinter dem Grab. Ein verdammt scharfes kleines Messer.«

»Gab es noch weitere Anhaltspunkte?«, fragte ich.

»Nicht, dass ich wüsste.« Er verstummte, denn Bell war die Treppe heruntergekommen; er sah etwas grau und besorgt aus.

»Doyle«, sagte er, »die Obduktion wird erst heute Abend stattfinden. Ich möchte noch einmal zu Hardings Haus, ich fürchte, wir haben etwas übersehen.« Sein Ton war so nüchtern, dass man niemals hätte denken können, dass ich ihn wortlos an einem Tatort hatte stehen lassen, etwas, das ich in unserer gesamten gemeinsamen Zeit nie zuvor getan hatte.

Wir machten uns zusammen auf den Weg über die Straße, ganz alleine, denn Hare hatte anderes zu tun, und Langton war mit den Folgen von Miss Jeffords Tod beschäftigt. Die Gewitterwolken waren noch nicht über uns, aber sie türmten sich im Westen auf, und um uns herum schaukelten bereits lautstark die Bäume.

Ich vermute, der besorgte Ausdruck des Doctors hätte meinen Ärger etwas besänftigen sollen, doch, wie es mit diesen Dingen eben ist, dem war nicht so. Und dennoch konnte ich es aus irgendeinem Grund nicht über mich bringen, zu sagen, was ich fühlte. Also schwiegen wir weiter, und der um uns herum wehende Wind blieb der einzige äußerliche Ausdruck unserer inneren Turbulenzen.

Hardings Hütte wurde inzwischen von jemand anderem bewohnt, doch Sir Walter hatte eine Nachricht erhalten und ließ uns den Schlüssel von einem der Diener bringen, der wartete, bis wir fertig waren.

Bell betrat das Haus, das sich kaum verändert hatte, abgesehen davon, dass Hardings Kleidung und persönliche Habe entfernt worden waren und sich nun die Sachen eines anderen Landarbeiters darin befanden. Natürlich war Bell an diesen nicht im Geringsten interessiert. Doch davon abgesehen war der Raum karg. Die letzte Untersuchung dieses Zimmers durch den Doctor war sehr gründlich gewesen, und ich konnte nicht im Entferntesten erkennen, wie er mehr zu finden hoffte.

Doch diesmal war er sogar noch gründlicher, wenn auch völlig ergebnislos. Er verrückte alle Möbel und untersuchte alle Wände, legte sogar seine Hände an sie. Er ging zu der kleinen Kommode, zog nacheinander jede einzelne Schublade heraus und ließ seine Hand über die Rückseiten gleiten.

Dann nahm er einen Stuhl und fing an, die Oberflächen zu untersuchen, die vom Boden aus nicht erreichbar waren, auch wenn es nicht viele waren. Er suchte über den Fensterrahmen und auf den Fensterläden. Ein kleines Regal erregte seine Aufmerksamkeit, aber es war nichts darauf oder dahinter. Ich konnte mir nicht vorstellen, wo er noch suchen wollte.

Er blickte sich eine Weile um, dann schob er den Stuhl zur Tür. Er kletterte darauf und ließ seine Hand über den Sturz gleiten. Sein Ausdruck änderte sich.

Er hatte etwas zu fassen bekommen und brachte es nun zur genaueren Untersuchung nach unten. Aus seinem triumphierenden Blick hatte ich zunächst geschlossen, dass er eine Art Waffe gefunden haben musste. Aber das Einzige, was Bell in seiner Hand hielt, war ein Nussbaumstock mit zwei kleinen Zweigen am Ende.

Ich gebe zu, dass es ein merkwürdiger Fund an dieser Stelle war, aber was sollte uns das sagen? Der Doctor jedoch war begeistert. Er fuhr mit der Hand entlang und sah sich an, wie der Zweig von einem geschickten Menschen geschnitten worden war. Dann verließ er umgehend das Haus und übergab dem Diener wieder den Schlüssel.

»Gut«, sagte er. »Jetzt, Doyle, müssen wir zu Jeffords Haus gehen.«

Ich nickte, obwohl es mir zwecklos erschien, da das Haus verschlossen sein würde. Aber wir kehrten um und liefen erneut durch den Wald, bis wir zu dem Weg kamen. Der Wind hatte etwas nachgelassen, es war recht ruhig und nicht sehr kalt, doch die Wolken sammelten sich noch immer, und die Luft schien so schwer, dass es beinahe anstrengend war, hindurchzulaufen.

Schließlich hatten wir Jeffords Haus mit seinen öden und verkümmerten Obstbäumen vor uns. Es war natürlich niemand zu sehen. Was, fragte ich mich, hatte der Doctor vor? Das Haus war verschlossen, und wir konnten schlecht einbrechen.

Eine Weile lang stand er vor dem Haus und musterte es genau. Dann nahm er ein Stück Papier heraus und betrachtete einige Markierungen, die er darauf gemacht hatte. Schließlich begann er das Grundstück zu umrunden.

Als er an der nordwestlichen Ecke angekommen war, zog er einen Kompass aus der Tasche. Er stand mit dem Rücken zum Haus und drehte die Skala so, dass ein paar Grad neben der nordwestlichen Ecke des Hauses eine gerade Linie vorbeizog. Ich sah, wie er diese Linie entlangblickte und sich auf einen Orientierungspunkt konzentrierte, eine Waldkiefer, die ihm die benötigte Richtung anzeigte. Dann ging er los, geradewegs darauf zu, ich neben ihm. In einer Hand hielt er den Kompass, in der anderen den Nussbaumzweig.

Als wir die Kiefer erreicht hatten, nahm er den Kompass wieder und fand einen weiteren Baum, wenn auch einen näheren, und ging wieder los, wobei er die Linie genau einhielt.

»Das wird länger dauern«, sagte er, während wir gingen. »Es könnte eine Meile oder mehr werden, aber nur so können wir sichergehen.«

Ich weiß, dass ich bei anderer Gelegenheit angesichts solcher Rätselhaftigkeit vermutlich weiter respektvoll geschwiegen hätte. Aber die von den Wolken über uns schwere Luft trug zu meiner Ungeduld bei, und noch immer musste ich wie besessen an den Anblick auf dem Friedhof denken. Das überwältigende Gefühl des Versagens, das ich erstmals auf einem Strand bei Edinburgh empfunden hatte, war zurückgekehrt, um mich zu verhöhnen. Es ließ die komplizierte und schwer verständliche Aufgabe, mit der wir gerade beschäftigt waren, völlig nutzlos erscheinen, und ich hatte den Eindruck, als wäre Bell selbst der Besessenheit des Ortes mit okkulten Praktiken erlegen. Welchen Zweck hatte es, obskure Fragen zu klären (oder auch nicht), welche es auch immer sein mochten, wenn am selben Morgen eine Frau kaltblütig abgeschlachtet worden war?

Bestimmt hätte mein Gefühl Worte gefunden, doch der Doctor fand sie für mich.

»Sie haben recht«, sagte er. »Der Tod von Charlotte Jefford ist entsetzlich.«

Inzwischen hatten wir schon drei- oder viermal angehalten und liefen mitten durch den dichten Wald. Er hielt hartnäckig die Spur, obwohl es schwerer geworden war, Orientierungspunkte in einiger Entfernung zu finden, sodass er alle vierzig oder fünfzig Meter stehen bleiben und den Kompass wieder ausrichten musste.

Seine Ahnung wunderte mich nicht. Ich machte mir nicht einmal die Mühe, eine Bemerkung dazu zu machen. Wenn er glaubte, mich mit seiner »Methode« ablenken zu können, musste ich ihn enttäuschen.

»Ich glaube, er wäre vermeidbar gewesen«, sagte ich.

Der Doctor sah streng geradeaus. »Sie haben recht. Nähere Kenntnisse vorausgesetzt.« Während er noch sprach, blieb er wieder stehen, blickte auf den Kompass und verlängerte die Strecke zu einer Stechpalme.

»Nein, auch ohne nähere Kenntnisse, wenn man sich nur genug Sorgen gemacht hätte.«

»Sorgen sind nie genug, Doyle.« Er stapfte weiter. »Wenn ich meine Nachforschungen davon leiten ließe, würde ich niemals etwas erreichen. Ich muss dem folgen, dem ich immer folge, und das ist, wie hier, der Weg des Verstandes.«

Ich hätte beinahe laut gelacht, aber leider nicht aus Anerkennung. Eher, weil die Situation seinen Worten eine solche Lächerlichkeit verlieh. Durch die sich über unseren Köpfen auftürmenden Wolken wurde es immer dunkler, obwohl es noch mitten am Tag war. Und Bell trottete stur durch die zunehmenden Schatten, immer seinem angeblichen Weg des Verstandes folgend, wie ein kurzsichtiger Philosoph, der beim Studium der Bewegung von Pferd und Kutsche überfahren wird. Aber es war nur so lange lustig, bis einem wieder einfiel, dass irgendwo im Dorf eine junge Frau tot auf einem Tisch lag, mit abgetrenntem Kopf. Wenn der Logiker, der jetzt so erpicht darauf war, durch den Wald eine merkwürdige Linie zu ziehen, ihr wirklich seine Aufmerksamkeit geschenkt hätte, würde sie jetzt noch leben.

Also lachte ich nicht, sondern mein Tonfall wurde im Gegenteil rauer. »Aber wozu ist der Verstand gut, wenn Sie sich nicht im Mindesten um andere sorgen? Was ist dann noch zu gewinnen? Charlotte Jefford hat uns um Hilfe gebeten. Die anderen Opfer scheinen sich in einem Netz verfangen zu haben, das wir nicht verstehen, und hatten keine Zeit für uns. Und doch haben wir sie im Stich gelassen. Aber bei ihr ist es viel schlimmer. Sie hatte hier keine Bekannten, sie hat uns um Rat und Schutz gebeten, bevor sie starb. Sie haben ihrem Appell den Rücken zugekehrt, Sie haben ja fast gar nicht mit ihr gesprochen.«

Bell ging unverdrossen weiter. »Das stimmt, mit einer Einschränkung: Ich habe fast nicht mit ihr gesprochen, *aber ich habe ihr meinen bestmöglichen Rat gegeben.*«

»Ich bezweifle«, entgegnete ich, »dass man das als Rat ansehen kann. Sie war hier, weil sie um das Leben ihres Bruders fürchtete, und Sie haben sie kategorisch aufgefordert, den Ort umgehend zu verlassen, ohne ihr dafür einen Grund zu nennen. Selbst wenn es Ihre Absicht war, dass sie zurückfährt, hätten Sie ihr doch trotzdem länger zuhören, ihr die Gefahren aufzeigen und sie dann zur Abreise überreden können.«

»Es wäre vermutlich kontraproduktiv gewesen«, sagte er. »Ich wollte, dass sie abreist.« Er war wieder stehen geblieben und verlängerte erneut die Linie mit dem Kompass. »Ich wollte sie nicht beschwichtigen.«

Diese Antwort war noch brutaler, als sogar ich erwartet hatte. »Sie haben ihr absichtlich nicht geholfen«, sagte ich. »Das ist doch eine besonders kalte Grausamkeit. Insbesondere, da Ihr Opfer jetzt tot ist.«

Er suchte sich erneut einen Orientierungspunkt aus und warf mir einen kurzen Blick zu, bevor er weiterging. Er war nicht verärgert, aber seine Augen sahen mich durchdringend an. »Sie ist nicht mein Opfer, Junge, wie Sie ganz genau wissen. Wenn Sie sie ermuntert haben zu bleiben, ist sie vielleicht auch Ihr Opfer.« Sein Schritt wurde nicht langsamer. Aber mir wurde bewusst, dass meine Worte – was für ein Wunder! – etwas in ihm getroffen hatten, denn er fuhr mit einiger Gefühlsregung fort: »Sogar mehr als das. Wenn Sie es genau wissen wollen, war ich sogar eigentlich der Überzeugung ...« Aber da verstummte er, denn sein Blick war auf etwas gefallen, und ich sollte erst später erfahren, was er sagen wollte.

So aber drehte ich mich um, um zu sehen, worauf Bell starrte. Es schien mir eine ganz gewöhnliche Eibe zu sein, die direkt auf seinem Weg stand, aber er näherte sich ihr mit großer Erregung. »Jetzt sind wir nahe dran«, sagte er. »Und es ist an der Zeit, dass ich meinen eigenen Zauber ausprobiere.«

Zu meiner Verblüffung warf er nach diesen Worten einen letzten Blick auf den Kompass, steckte ihn ein und fasste den Nussbaumzweig an seinen kürzeren Enden an. Dann hielt er ihn mit ausgestreckten Armen vor sich und ging langsam vorwärts, den Zweig immer parallel zum Boden. »Ich habe das schon mal in Glendoick gesehen«, sagte Bell, der unseren Streit vollkommen vergessen hatte, »und einer der Wildhüter meinte, ich sei ein guter Schüler, obwohl ich damals erst sechzehn war. Hoffen wir, dass er recht hatte.«

Zunächst war ich verwirrt. Warum lief er mit diesem Zauberstab am ausgestreckten Arm herum? Hatte auch das mit der Hexe zu tun? Abgesehen davon konnte ich, im Gegensatz zu ihm, unsere Differenzen nicht so schnell vergessen – oder die Todesfälle, die dazu geführt hatten.

Aber während er stehen blieb und weiterging, immer noch mit den beiden kürzeren Enden des Zweigs in den Händen, regte sich eine Erinnerung. Ich hatte das Verfahren noch nie persönlich gesehen, hatte aber eine vage Vorstellung davon aus Büchern. Der Wünschelrutengänger, denn so lautete die Bezeichnung, an die ich mich erinnerte, geht langsam mit einem sorgfältig gearbeiteten Stock oder zwei Metallstäben umher, die zu zittern beginnen, wenn er über Wasser steht. Und im Gegensatz zu manch anderem ländlichen Aberglauben gab es, soweit ich mich erinnerte, Belege dafür, dass das Verfahren in der Praxis anwendbar war.

Bell drehte sich um, um die Strecke hinter sich zu betrachten, und ging dann langsam weiter. Er runzelte die Stirn, war unsicher, versuchte bestimmt verzweifelt, sich an den Vorgang genau zu erinnern. Er ging jetzt mit winzigen Schritten und erheblich langsamer als zuvor, aber immer noch auf gerader

Linie und den Stock ausgestreckt vor sich parallel zum Boden haltend. Mehr als einmal sah er besorgt zum Himmel. Und ich wusste, warum: Das Verfahren wäre wohl schwerlich bei einem Wolkenbruch einsetzbar. Setzte der Regen erst ein, würde Bell aufgeben müssen. Aber er ging weiter, die Hände locker um die Zweige gelegt, und blickte zu Boden.

Jetzt spürte ich seine Anspannung. Obwohl es nicht im Entferntesten warm war, ungeachtet der drückenden Luft, konnte ich kleine Schweißperlen auf seiner Stirn sehen. Es war klar, dass er dieser Suche große Bedeutung beimaß. Wenn sie ergebnislos blieb, hatte er keinen anderen Ansatz mehr, den er verfolgen konnte.

Die Zeit schien stehen geblieben zu sein, als cr diese kleinen Schritte tat, ohne das geringste Resultat zu erzielen. Fünfzehn, zwanzig Minuten vergingen. Bell wurde verzweifelt. Er sah sich um und blickte wieder auf die Eibe, die jetzt schon weit hinter uns lag. »Nichts«, sagte er unwillkürlich, »nichts.« Ich habe ihn selten so niedergeschlagen erlebt. Sein Mund erstarrte, und einen Moment lang glaubte ich, dass er das Ding entzweibrechen und hinwerfen werde.

Dann fiel ihm sein Kompass ein, und er zog ihn aus der Tasche. Er starrte einen Moment darauf, und sein Gesicht erhellte sich. »Aha, wir sind ein oder zwei Grad abgewichen, Doyle, das ist schnell passiert.« Und er ging zwei Schritte nach rechts. »So, jetzt ist es besser.« Er begab sich fünf oder sechs Schritte zurück, überprüfte die Strecke mit dem Kompass und ging weiter. Weitere drei oder vier Minuten vergingen. Er überprüfte den Kompass noch einmal, doch diesmal schien er zufrieden zu sein. Langsam bewegte er sich zwischen zwei Bäumen hindurch. Und dann blieb er stehen. Er hatte etwas gesehen. Aber es schien auch, als hätte er etwas gespürt. Seine Hand zitterte leicht. Er ging einen Schritt vor, dann noch einen und zitterte deutlicher. Er sah aufgeregt aus. Gleich vor ihm waren einige Büsche, aber auch Moos und lockeres Gestrüpp. Ein paar Tannenzweige lagen ebenfalls dort, obwohl schwer zu sagen war, ob sie hingefallen oder hingelegt worden waren.

Bell war jetzt über ihnen, und seine Hand zitterte stärker. Es war ein bemerkenswerter Anblick, denn sein Gesicht war von der Aussicht auf Entdeckung erleuchtet. »Doyle«, rief er dringlich, »könnten Sie diese Zweige und was eventuell darunterliegt wegräumen?«

Ich handelte schnell und begann damit, das Unterholz beiseitezuziehen. Zunächst war die Aufgabe einfach, obwohl ich überrascht war, eine solche Menge an losen Pflanzen hier vorzufinden. Als ich erst einmal durchgedrungen war, hatte ich wie schon bei den Tannenzweigen den Eindruck, dass viel davon mit Absicht hierhergelegt worden war, obwohl die Illusion raffiniert war, da das Moos tatsächlich hier wuchs. Der Doctor hatte seinen Stock weggelegt, um mir zu helfen, und kurz darauf hatten wir Erde freigelegt, die allerdings auffallend sumpfig und feucht war.

»Ich fürchte, ich hätte eine Schaufel mitbringen sollen«, sagte Bell. »Aber wir müssen es mit den Händen versuchen, Sie sehen ja, wie nass das Erdreich ist.«

Mein erster Gedanke war, dass Graben mit den Händen aussichtslos sei, denn selbst wenn es hier Wasser gäbe, musste es tief unten liegen. Doch zu meiner Verblüffung ließ sich die Erde ganz leicht entfernen. Ja, wie schon die Tannenzweige schien auch sie nur eine List und aus einem bestimmten Grund hier aufgehäuft worden zu sein. Schon bald war sie völlig durchnässt, und dann, als wir noch mehr davon fortwühlten, begann tatsächlich Wasser durch die Seiten unserer Grabungsstätte zu sickern.

Wir buddelten noch etwas weiter und hörten dann auf, um die Quelle zu betrachten, die wir entdeckt hatten. Ich weiß noch, wie Bell plötzlich ernst dreinsah, und bestimmt ging uns beiden beim Blick nach unten fast zur gleichen Zeit derselbe Gedanke durch den Kopf. Dass es dort nämlich jetzt Platz genug gab, um einen Mann mit Kopf und Schultern in Wasser zu tauchen.

Bell stand auf und blickte sich um, um unseren Standort zu bestimmen. Jetzt, da wir nach vorne sahen statt zu Boden, kam uns die Gegend bekannt vor. Ich glaube nicht, dass es uns sonderlich überraschte, am Rande der Lichtung herausgekommen zu sein, auf der Colin Harding gefunden worden war.

Kurz darauf maßen wir die kurze Entfernung von Hardings Fundort bis zur Quelle. »Sie werden sich erinnern«, sagte Bell, »wie sehr es mich beschäftigt hat, dass hier überall herumgetrampelt worden ist. Harding konnte leicht hierhergeschleift worden sein, wenn die Entfernung nur kurz war, aber ich wusste, dass es eine Spur geben musste. Nur war diese verwischt worden, lange bevor wir hier eintrafen.«

»Allerdings«, entgegnete ich, »aber es wäre durchaus denkbar, dass der Mörder das selbst getan haben könnte. Er könnte beliebige Spuren gelegt haben, um Verwirrung zu stiften, wohl wissend, dass die Entdeckung einige Leute hierherführen würde, und selbst der erfahrenste Detektiv hätte dann angenommen, dass diese allein dafür verantwortlich waren.«

Der Doctor lächelte. »Ja«, pflichtete er mir bei. »Das ist eine berechtigte Bemerkung, Doyle. Er wird durchaus darauf bedacht gewesen sein, nicht nur eine Spur zu hinterlassen. Das wäre leichtsinnig gewesen. Es ist tatsächlich anzunehmen, dass er sie zerwühlt hat und einige weitere Spuren gelegt hat, und die Entdecker der Leiche mussten die Zerstörung dann nur noch vollenden. Danke.«

Ich stellte fest, dass ich mich sogar jetzt darüber freute, dass er meine Schlussfolgerung unterstützte. Aber ich fing auch an, mich zu fragen, wie weit uns das jetzt gebracht hatte. »Nun, immerhin können wir mit dem Mythos von der Hexerei aufräumen, denn jetzt wissen wir, wie Harding umgebracht wurde«, sagte ich. »Aber ich fürchte, mehr haben wir nicht entdeckt.«

»Nicht doch«, erwiderte Bell, »wir haben noch einiges mehr entdeckt, das darf ich Ihnen versichern; Sie werden es noch sehen.« Damit kehrten wir um in Richtung Dorf.

Es gab, wie ich überlegte, als ich niedergeschlagen aus meinem Fenster im Gasthaus sah, nachdem ich meine nassen Sachen ausgezogen hatte, bei Mord genauso eine Rangfolge wie bei allem anderen. Ellie Barnes' Tod, der erste, der eindeutig auf Fremdverschulden zurückzuführen war, hatte in der Welt außerhalb des Dorfes kaum Wirkung gezeigt. Ganz anders hingegen Charlotte Jeffords Tod. Der Mann von Scotland Yard, der ursprünglich herkommen sollte, war zurückbeordert worden und sollte durch einen höherrangigen Beamten ersetzt werden. Im Endeffekt würde es wohl mindestens noch einen ganzen Tag, vielleicht sogar zwei dauern, bis jemand von dieser ehrwürdigen Institution hier eintraf. »Glauben die eigentlich«, hatte Bell gesagt, als er das hörte, »dass die Spuren geduldig auf ihre Ankunft warten? Es ist doch wirklich ein Wunder, oder nicht, dass überhaupt Verbrechen aufgeklärt werden.« Er fuhr dann fort, darauf hinzuweisen, dass das Langton Gelegenheit bot, selbst den Ruhm zu ernten, obwohl Langton, unabhängig davon, was er wirklich dachte, die Entwicklung ebenso höhnisch kommentierte wie Bell.

Die Presse würde wieder hereinschneien, obwohl die Abgeschiedenheit des Ortes dafür sorgte, dass sie uns noch eine gewisse Zeit erspart bleiben würde. Die Nachricht von dem Verbrechen erreichte erst jetzt die größeren Zeitungen. Selbst die flinksten Reporter aus der Hauptstadt konnten unmöglich vor dem nächsten Tag hier sein, obwohl die Lokalpresse sicher schneller sein würde. Dennoch, vielleicht wegen des drohenden Unwetters, war die Straße unter mir vollkommen verwaist. Die schwarzen Wolken waren jetzt über uns, und durch sie wurde ein merkwürdiges Licht auf das Marschland geworfen, doch noch weigerte sich der Sturm loszubrechen.

Ich glaube nicht, dass ich lange so am Fenster verweilte, obwohl die Ereignisse des Tages in mir tatsächlich immer wieder alte Erinnerungen wachriefen. Denn das Nächste, woran ich mich erinnere, war ein Dienstmädchen, das an meine Tür klopfte, um mir mitzuteilen, dass ich dringend in The Glebe erwartet wurde; der Doctor sei schon unterwegs.

Der Wind war wirklich schon sehr heftig, als ich in dem hässlichen Obstgarten vor dem Haus eingetroffen war. Er verbog die Bäume und pfiff um das Giebeldach vor mir. Aber es hatte noch nicht zu regnen begonnen, was ein Glück war, denn ich war mir sicher, dass es einen Wolkenbruch geben würde.

Die Tür stand offen, und der erste Raum, den ich betrat, war leer, doch ich konnte Stimmen aus dem größeren Zimmer hören, in dem sich das Blut befand. »Ich verstehe das nicht«, sagte eine Stimme, die ich als die von Sir Walter erkannte. »Ich betrachte das als Unziemlichkeit, Sir, und es ist nicht Ihre erste. Ein Mann in meiner Verfassung sollte gar nicht hier sein.«

Ich trat ein und war erstaunt von dem, was ich sah. Sechs Männer standen Bell gegenüber, der mit dem Rücken zur gegenüberliegenden Wand stand, mit zwei Kerzenlichtern hinter seinen Füßen. Es war draußen noch nicht dunkel, aber drinnen war es schon so trüb, dass Bells Lichter Schatten warfen.

Sir Walter Monk war ihm am nächsten; er blickte verärgert drein. Bulweather stand am Fenster und schaute interessiert zu. Langton befand sich ebenfalls beim Fenster; er sah leicht ungehalten aus.

Edward Norman hatte sich in die von Bell am weitesten entfernte Ecke zurückgezogen, mit einem Gesichtsausdruck, den ich nur als mürrische Furcht bezeichnen kann. Angus Hare stand zwanglos in der Mitte, herablassend und erwartungsvoll. Die größte Überraschung war der Mann, der mir am nächsten war. Es war Cornelius aus der Anstalt, der wie ein ordentlicher Wissenschaftler wirkte: äußerst interessiert, wenn auch skeptisch in der Beurteilung der Vorgänge.

»Er hat recht. Und Sie waren auch derjenige, der meinen Sohn eingeschüchtert hat«, sagte Edward Norman. »Sie haben dem Jungen Angst eingejagt.«

»Ich bin mir nicht sicher, ob das mein Werk war, Mr. Norman«, entgegnete Bell. Dann wandte er sich an Sir Walter. »Gestatten Sie mir, wenn Sie so freundlich wären zu erklären, warum ich Sie hierhergebracht habe, und danach können Sie so viele Einwände vorbringen, wie Sie wollen. Und Sie, Sir Walter, können dann gleich wieder in Ihre Kutsche steigen, die, soweit ich weiß, auf der Straße wartet.«

»Ich gebe Ihnen aus Höflichkeit ein paar Minuten«, sagte Sir Walter. Während er sprach, fiel mir auf, dass seine Augen ständig zu der blutigen Inschrift auf der Wand wanderten, wo die Wörter »Hexe« und »hier« so klar lesbar waren. Doch seltsamerweise schien er viel größeres Interesse an dem weniger eindeutigen Teil der Botschaft zu haben, dem seltsam unvollständigen O.

»Bitte fahren Sie fort«, sagte Hare, »ich bin neugierig.«

»Warum konnten Sie es uns nicht einfach im Dorf sagen?«, fragte Norman mit leicht erhobener Stimme. »Warum haben Sie uns hierhergebracht?«

»Zum einen, weil Sie mir sonst vielleicht nicht geglaubt hätten. Zum anderen habe ich Ihnen, so hoffe ich jedenfalls, etwas zu zeigen, und ich möchte die Reaktion darauf von jedem in diesem Zimmer sehen. Denn manche von Ihnen sind möglicherweise vertrauter mit alldem, als Sie vorgeben.« Daraufhin herrschte Schweigen, und er fuhr fort: »Wie zwei von Ihnen bereits wissen, habe ich heute Nachmittag herausgefunden, wie Colin Harding ertrunken ist. Eine Quelle, auf die es wohl historische Hinweise gab, entspringt nur wenige Meter von der Stelle, an der wir seine Leiche gefunden haben. Inspector Langton, vielleicht können Sie das bestätigen?«

»Es stimmt«, sagte Langton. »Und es erklärt mit Sicherheit den Tathergang. Dr. Bell hat mir die Stelle beschrieben, und ich habe sie selbst gesehen. Manche Leute hier haben Geschichten von der geheimen Quelle gehört, und in der Sage ist auch die Rede davon.«

»Aber seit Generationen hat niemand sie gesehen«, erwiderte Sir Walter. »Wir hatten gedacht, wenn es sie gegeben hat, sei sie ausgetrocknet.«

»Nun, dem ist nicht so«, sagte Langton. »Und wenn er überrumpelt worden ist oder in der Nähe einen Schlag auf den Hinterkopf bekommen hat, denn davon gab es Spuren am Schädel, war es womöglich ein einzelner Täter. Zu zweit wäre es natürlich noch leichter gewesen. Aber was ich nicht verstehe, Sir, wie haben Sie sie gefunden?«

»Das ist etwas«, erklärte Dr. Bell, »was Sie gleich erfahren werden, aber lassen Sie mich zunächst noch etwas über Colin Harding sagen. Ich hatte immer schon das Gefühl, dass sich etwas Bedeutsames aus Hardings Verbindung mit Oliver

Jefford schließen ließe. Sie, Sir Walter, haben erzählt, dass Sie den Eindruck hatten, Jefford habe Harding irgendwie verängstigt. Ich glaube, Sie könnten recht haben, denn anscheinend war Harding zutiefst abergläubisch. Ich habe zerbrochene Nussbaumstöcke in seinem Haus gefunden und zuletzt auch die funktionierende Rute, die er sorgfältig vor anderen versteckt gehalten hatte.

Das zeigte mir, dass er auch eines seiner Talente geheim gehalten hat, nämlich die Kunst des Wünschelrutengehens, bestimmt aus Sorge, dass man es als Hexerei ansah. Er wird es selbst für eine Art Zauberei gehalten haben, und wer mag darüber spotten, wenn die Wissenschaft das Phänomen doch selbst noch nicht erklären kann? Und was sonst wissen wir über Harding? Man hat sich bekanntlich erzählt, dass Jefford ihm eine Rune gegeben hatte, eine Rune, die offenkundig mit diesem Haus zu tun hatte und die ihm Angst gemacht hat. Harding hat sie dann seiner Freundin Ellie Barnes anvertraut, die sie für ihn versteckt hat.«

Bell schritt ein wenig auf und ab, während er über die Frage nachdachte. Es herrschte absolute Stille im Zimmer, abgesehen vom Rauschen des Windes draußen in den Bäumen. »Warum, so fragen Sie sich vielleicht«, hob Bell wieder zu sprechen an, »wollte Jefford diese sogenannte Rune weitergeben? Hatte er Angst, sie werde ihn umbringen, wie in der Sage? Oder war er besorgt, dass jemand anderes sie in die Hände bekam, und Harding hatte das bemerkt? Mir ist inzwischen klar, dass Letzteres der Fall war. Denn ich glaube, Entschuldigung, ich muss mich korrigieren, ich *weiß*, dass die Rune Macht hat.«

»Wir werden doch jetzt wohl keinen Vortrag über okkulte Magie über uns ergehen lassen müssen, noch dazu von jemandem, der als vernünftiger Wissenschaftler bekannt ist«, sagte Dr. Hare und kräuselte seine Lippen verächtlich.

»Ich werde gleich auf ihre Macht kommen«, fuhr Bell fort, ohne ihn auch nur anzusehen. »Aber warum hat Jefford für die Rune Harding ausgewählt? Es stimmt zwar, dass Harding ihm leichtgläubig erschien, doch es muss einen weiteren Grund gegeben haben, denn er vertraute ihm, wie gesagt, etwas Wertvolles an. Harding hatte Jefford irgendeinen besonderen Gefallen getan, so sagte man mir, und ich habe lange darüber nachgedacht. Was konnte das gewesen sein? Es war schwer, sich Verbundenheit zwischen diesen beiden so unterschiedlichen Männern vorzustellen. Es *musste* einfach mit Hardings geheimer Fähigkeit zu tun haben, die ich schon vor einiger Zeit anhand der Literatur in diesem Haus und der zerbrochenen Nussbaumrute als Wünschelrutengehen identifiziert hatte. Mir schien also, dass Harding für Jefford eine Wasserquelle gefunden hatte. Und dann geschah plötzlich Hardings rätselhafter Tod durch Ertrinken. Das war der Schlüssel.«

Bell hatte die Aufmerksamkeit der Anwesenden. Alle Blicke waren auf sein Gesicht gerichtet, das im schwachen Licht, das durch das Fenster fiel, grau wirkte. »Und an dieser Stelle«, offenbarte er, »erreichte ich mit etwas Glück und etwas Können ein Ziel. Ich kam in den Besitz von dem hier, der Rune.«

Er hatte sie bis dahin außer Sicht gelassen und hielt sie nun hoch, wobei er so mit ihr winkte, dass manche der Buchstaben und Symbole sichtbar waren. Natürlich machte das Eindruck auf die Anwesenden. Mehrere Leute rangen hörbar nach Luft. Edward Norman schlug sich eine Hand vor den Mund.

»So«, sagte Bell, »was ist das für ein Ding? Ein Zauberspruch, ein Fluch, eine Formel? Jedenfalls enthält sie alte runische Symbole. Und zunächst nahm ich an, dass sie unverständlich wären. Bis ich sie näher untersucht habe.

Sehen wir uns das erste an.«

Ich konnte gerade so eine diamantartige Form mit nach unten verlängerten Linien erkennen. Der Doctor zeigte darauf, während er sprach: »Ich hatte nur eine vage Vorstellung, was es bedeuten könnte, aber zufälligerweise hatte ich mir vor meiner Ankunft hier ein Buch über Hexerei gekauft, das sich als ausgesprochen hilfreich erwiesen hat, da es auch ein Kapitel über alte runische Symbole enthält. Wir müssen uns zunächst bewusst machen, dass runische Symbole unabhängig davon, welche abergläubischen Fähigkeiten man ihnen andichtete, eine Sprache sind. Und wie sich herausgestellt hat, ist diese erste Rune eine der frühesten, eine germanische Rune, die für Besitz steht. Sie wird als die Rune der Ahnen und des Heims betrachtet und deshalb allgemein für Besitztum verwendet. Angesichts der Verbindung zu diesem Haus schien mir das ein sehr passendes einleitendes Symbol in einem Dokument, das durch seine Erbschaft in Jeffords Besitz gekommen war und mit ebendieser Erbschaft durchaus zusammenhängen konnte.

Ich bin deshalb gespannt zur nächsten Rune übergegangen.« Er wies auf sie.

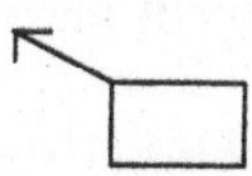

»Und die war eine Sackgasse, denn so eine hatte ich noch nie zuvor gesehen. Ich war mir sicher, dass es kein runisches Symbol aus einer der bekannten Quellen war; und es gab definitiv keine dieser Art in meinem Buch. Die nächste, eine Ausschmückung der vorherigen, schien gleichermaßen rätselhaft.

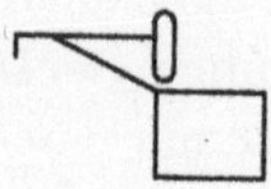

Doch obwohl sie mir nichts sagten, fiel mir doch unweigerlich das Schlüsselsymbol am Ende der Linie auf, genau da, wo in der zweiten Rune der Pfeil war. Das machte mich stutzig, denn ich suchte einen Schlüssel, und diese beiden Runen schienen zusammengenommen auf einen zu deuten.

Nun wandte ich mich der nächsten Rune zu.

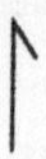

Und sogleich war ich wieder sehr aufgeregt, denn wenn ich mich nicht irrte, war das das runische Symbol für Wasser. Das sollte also eindeutig bedeuten, dass Wasser der Schlüssel war, und zwar vermutlich eine geheime Wasserquelle, wie ich bereits vermutete. Und nicht nur ein Schlüssel zu den tragischen Umständen von Hardings Tod, sondern womöglich auch ein ganz anderer Schlüssel, der Schlüssel zum Geheimcode dieser Rune.« Der Doctor sprach jetzt voller Leidenschaft. Es war leicht, sich seine Aufregung am Abend zuvor vorzustellen, als er sich an die Dechiffrierung gemacht hatte. »Ich nahm mir«, sagte er, »jetzt die nächste in der Reihe vor.

ᛇ

Diese steht ganz konkret für die Eibe. Aber auch für Transformation. Für mich bedeutete das, dass eine Eibe auf den Schlüssel weist, was natürlich mehr als nur möglich war. Aber mit der nächsten …

ᚨ

… hatte ich wieder Schwierigkeiten.« Das kluge Gesicht des Doctors wurde vom Licht der Lampen jetzt stark hervorgehoben, während er sprach.

»Ich habe sie nicht erkannt, aber als ich im Buch nachgeschlagen habe, stellte ich fest, dass es ein nicht gerade ungewöhnliches runisches Symbol ist, das für Gott, den Mund oder einen Segen steht. Die zweite Lesart interessierte mich am meisten, da ein Mund vielleicht auch auf eine Quelle verweisen konnte.

Die sechste habe ich sofort erkannt, denn es ist eine der häufigsten Runen.

ᛜ

Es ist Ing und steht für Fruchtbarkeit oder Gott. Aber Fruchtbarkeit schien hier die geeignete Lesart zu sein, da sie wiederum ganz allgemein die Idee einer Quelle unterstützt. Und so kam ich zur achten und letzten Rune der Reihe, nämlich …

ᚹ

Und das war mit Sicherheit das Ergebnis der Runenbotschaft, denn ich wusste ganz genau, dass sie für Glück steht. Wenn wir jetzt also zurückblicken, ist es nicht schwer, die Abfolge zu lesen.« Der Doctor wandte sich einen Augenblick dem Fenster zu. Er runzelte die Stirn, als hätte er etwas in den Obstbäumen entdeckt, konnte aber offenbar doch nichts erkennen und sah uns nach einer Weile wieder an. »Betrachten Sie alle davon der Reihe nach. Es beginnt mit einem von den Ahnen vermachten Besitz. Es folgen zwei unbekannte Runen, die dennoch auf etwas verweisen, das ein Schlüssel zu sein scheint. Der Schlüssel führt uns direkt zum Wasser, und dieses Wasser steht bei einer Eibe. Hinter der Eibe ist ein Mund, der durchaus auf die Quelle verweisen könnte, mit der zusätzlichen Assoziation eines Segens. Und zum Schluss kommt Glück.

All dies schien also ziemlich eindeutig, wenn ich nur die zweite und dritte Rune verstehen konnte. Ich habe sie eine beträchtliche Zeit lang untersucht und bin zu dem Schluss gekommen, dass sie doch gar nicht so schwierig zu deuten sind. Das Quadrat könnte für ein Haus stehen, es sieht sogar genauso aus, wie Kinder ein Haus zeichnen. Wenn, dann war es logisch, anzunehmen, dass dieses Haus hier gemeint war, in dem wir jetzt stehen, nicht nur, weil alle Assoziationen auf The

Glebe hindeuten, sondern auch, weil überliefert wurde, dass die Rune hier gefunden wurde.

Die diagonale Linie auf der zweiten und dritten Rune war in beiden Fällen, wie ich feststellte, akribisch gezeichnet worden und bildete einen Winkel von achtundvierzig Grad; sie weicht um drei Grad von der kartografisch gesehen nordwestlichen Ecke dieses Hauses ab. Jetzt gab es zwar keinen Hinweis darauf, wie weit diese Linie reichte, aber ich brauchte nicht lange, um zu begreifen, dass sie, wenn man sie weit genug verlängerte, in die Nähe der Lichtung führte, wo wir Harding gefunden haben. Und so geschah es, dass ich mithilfe eines Kompasses zu der Eibe und schließlich zur fraglichen Stelle selbst geführt wurde. Dort habe ich die Quelle entdeckt, aber ich glaube, ich habe vielleicht noch viel mehr gefunden.«

Der Doctor legte sein Papier weg. Es war inzwischen so dunkel im Zimmer, dass es ein Glück war, dass er die beiden Lampen mitgebracht hatte, obwohl eine davon anscheinend schlecht geschnitten worden war und flackerte, was die bizarren Lichteffekte noch verstärkte.

Der Sturm hatte nun seine volle Stärke erreicht, und Regen fing an, gegen die Fenster zu spritzen.

»Und jetzt«, sagte er, »ist es an der Zeit, diese Ansicht zu überprüfen.«

Niemand regte sich. Es gab kein Geräusch außer dem Wind und dem Regen. Der Doctor überging die flackernde Lampe und nahm die gute in seine rechte Hand. Jetzt wurden die Schatten wahrlich fantastisch; ein großer, krummer von Bell zeichnete sich auf der Wand ab, während er sich zu einer Seite des Zimmers begab.

Er ging zu der Nische neben dem leeren Kamin und blieb an der Kante stehen, obwohl es dort meiner Meinung nach absolut gar nichts zu sehen gab.

Der Doctor wartete eine Weile. »Ich glaube, ich werde Sie bitten, Abstand zu halten, Gentlemen«, sagte er. Dann ging er vor und stellte die Laterne in der Ecke auf den Boden.

Da das Licht der anderen Lampe inzwischen immer schwächer geworden war, war es jetzt viel schwieriger geworden, irgendwelche Einzelheiten zu sehen. Ich konnte erkennen, dass der Doctor kerzengerade stand und sich dann hinzuknien schien. Ich versuchte etwas zu hören, aber der Sturm war so laut, dass Geräusche keinen Aufschluss über seine Handlungen gaben. Mir wurde bewusst, wie still die anderen Männer hinter und neben mir waren. Für einen Außenstehenden musste es aussehen, als nähmen wir an einer sonderbaren spirituellen Zeremonie teil, einer schwarzen Messe vielleicht, mit Bell als unserem Hohepriester.

Jetzt war er in die Hocke gegangen und drehte sich in einer verzerrten Bewegung nach hinten, da hörte ich, wie Bulweather nach Luft schnappte. Denn, so unmöglich es auch schien, die Gestalt vor uns verschwand in der Dunkelheit. Schon bald konnte ich nichts mehr von ihr sehen, und plötzlich war auch die Lampe verschwunden; zurück blieb nur eine leere Stelle.

Wir traten natürlich alle vor, trotz seines Verbots, und Bulweather hatte die andere Laterne genommen. Sie war trübe, aber besser als gar nichts. Er hielt sie dahin, wo wir den Doctor zuletzt gesehen hatten, doch vergeblich. Es war nichts dort. Nur der Putz und die geschnitzte Schutzleiste und die Steinplatten. In der Ecke lag sein Spazierstock mit dem Silberknauf, wie er ihn zurückgelassen hatte. Natürlich klopften und pochten wir, drückten gegen die Schutzleiste und die Fußbodenleiste und andere Stellen, auf der Suche nach irgendeinem geheimen Zugang, aber ohne das geringste Ergebnis. Bell war vom Haus verschluckt worden.

Die Nacht des Sturms

Nach einigen Minuten fruchtloser Suche drehte ich mich um und starrte in die Gesichter um mich herum. Die Lampe war auf Schulterhöhe, und ich konnte die meisten von ihnen ausmachen, aber wenn einer der Anwesenden das Geheimnis des Zimmers kannte und irgendwie auf das Geschehene vorbereitet gewesen war, konnte er es gut verbergen.

Alle sahen entsetzt und verwirrt aus, aber auch vollkommen fasziniert. Nach einer Weile beschlossen manche, anderswo im Haus nachzusehen, falls Bell in einem Gang war, der nach oben oder nebenan führte. Andere unerschrockene Gemüter wollten nach draußen in den Sturm gehen und die Wand von außen untersuchen, was gewiss logisch schien, aber meines Erachtens nichts ergeben würde. Damit blieb nur noch Hare, der den Kamin neben dem Alkoven untersuchen wollte, in dem der Wind mit besonderer Heftigkeit heulte; ich gesellte mich zu ihm. Doch der Doctor war nicht mal in der Nähe des Kamins gewesen, als er verschwand, und das Mauerwerk schien völlig undurchdringlich zu sein.

Schließlich verließ Hare mich, um die anderen Zimmer zu untersuchen, und ich ging zu dem kleineren Fenster, um nach dem Sturm zu sehen. Plötzlich umgab mich ein übler Gestank, wie von verfaultem Fleisch.

Als ich mich umdrehte, sah ich Bell auf dem Boden hocken, nahe bei der Stelle, an der er verschwunden war; er sah blass und angeekelt aus. Ich lief sofort zu ihm, aber er sagte nichts und hob nur die Lampe, damit ich es sehen konnte.

Im Putz war ein exakt rechteckiger Ausschnitt, was für sich schon wundersam war, und dahinter ließ der Lichtstrahl Stufen erkennen. Sie waren mit trockenem Blut bedeckt, und zunächst konnte ich nicht mehr erkennen. Dann hob Bell die Laterne ein wenig, und ich erhaschte einen Blick auf das, was am Ende der Treppe war. Mich erwartete einer der grotesksten Anblicke, die ich je gesehen habe. Es war ein kleiner Raum, mit einer Art alter Bank und einem steinernen Tisch. Nach vorne auf den Tisch gesunken saß eine Gestalt, deren Haut schon den Blick auf das Fleisch freigab, stellenweise sogar auf den Knochen; die Verwesung hatte schnell eingesetzt, vermutlich, weil der Ort so schlecht belüftet war.

Aus dem gleichen Grund war die Gestalt nicht allein. Überall waren Insekten und Spinnennetze so dicht und zahlreich, dass es ihretwegen stellenweise unmöglich war, überhaupt etwas zu sehen. Die dunkle Wolke der Gewebe verbarg jede Oberfläche hier und war anscheinend jahrelang unberührt geblieben. Jefford musste dieses lebendige Gewimmel gestört haben, als er zum Sterben nach vorne gesackt war, denn es kroch überall an ihm herum. In seinem Haar, an seinem Hals, sogar in seinen Augen. Die meisten Baumeister der Netze waren bestimmt schon lange tot, aber ihre heutigen Nachfahren waren gut zu sehen und sehr groß. Ein riesiges Exemplar einer schwarzen Spinne arbeitete sich gerade an der Seite des Tischs neben Jeffords skelettierter Hand hoch.

Ich musste meinen Mund gegen den Gestank des Ortes bedecken, aber jetzt erkannte ich noch etwas. Eine Geldschatulle lag auf dem Tisch und war kürzlich geöffnet worden, vermutlich von Bell. Es befand sich unübersehbar eine große Menge Geld darin, aber es war keine alte Schatztruhe. Jefford musste beschlossen haben, dieses Zimmer als nützlichen und geheimen Banktresor zu verwenden.

Das ganze Schauspiel war so schrecklich, dass ich darüber beinahe die anderen vergessen hätte. Bell aber nicht. Er war bereits aufgestanden und rausgegangen, um nach Langton zu rufen. Bulweather erschien und sah kurz auf unsere Gesichter, bevor auch er einen Blick auf das erhaschte, was unter uns lag.

»Ich glaube, Sie sollten die anderen fernhalten, zumindest für den Augenblick«, sagte Bell ihm. »Es ist nichts, das sie aus der Nähe sehen müssen, und ich will um jeden Preis sicherstellen, dass der Ort unberührt bleibt.«

Bulweather nickte und ging, um Inspector Langton zu holen, der zu den Mutigen gehört hatte, die dem Sturm die Stirn geboten hatten, um von außen die Wand zu untersuchen, in der Bell verschwunden war. Sie konnten eigentlich nichts gesehen haben, denn das Zimmer lag direkt unter dem verdorbenen, vergessenen Obstgarten. Kein Wunder, dass sich die Bäume nicht gut entwickelt hatten.

»Er wurde gefoltert, Doyle«, sagte Bell, als wir alleine waren. »Eines seiner Ohren wurde verstümmelt und Schlimmeres. Cream, vielleicht mithilfe von anderen, hat so versucht, das Versteck des Geldes herauszufinden. Ich bin mir sicher, dass das sein einziger Grund war, sich mit Jefford anzufreunden. Aber Jefford hat sein Geheimnis bewahrt. Sogar unter Folter hat er es nicht verraten. Dann, als er alleine war, hat er es geschafft, dort hinunterzukriechen, wobei er auf dem Boden alle Spuren weggewischt hat, die sie dorthin geführt hätten. Jetzt können wir auch verstehen, warum der Verfasser jenes Briefes an Ellie die Rune so dringend haben wollte, denn er kannte das Schlüsselwort, mit dem er sie hätte entziffern können. Ich muss wirklich dem Himmel für ihre streunende Katze danken. Wenn Cream dieses Papier in die Finger bekommen hätte, hätte er das Geld nehmen und verschwinden können.

So jedoch haben wir ihm einen Strich durch die Rechnung gemacht, solange wir das hier sicher herausschaffen können.«

Jetzt erschien Inspector Langton, triefend nass von draußen, aber er machte große Augen, als er die Öffnung sah. Bell ließ ihn kurz hineinschauen, und es war nicht zu übersehen, wie sehr es ihn beeindruckte. »Ist er das?«, fragte er.

»Es ist Jefford«, sagte Bell. »Und er wurde ermordet. So, Inspector Langton, ich möchte, dass Sie Sir Walters Kutsche losschicken, um Ihre beiden Wachtmeister mit ihrem eigenen Wagen zu holen. Hier ist ein beträchtlicher Geldschatz, und er muss umgehend in Sicherheit gebracht werden. Ich glaube, Sie sollten Notfallvorkehrungen mit der Bank in Southwold treffen, dass sie ihn entgegennimmt. Jefford ist seinem Mörder entkommen, um zu sterben, wo Sie ihn jetzt sehen, und der Täter hatte nicht das geringste Interesse an Hexerei, abgesehen von der Möglichkeit, mit ihrer Hilfe die Leute abzuschrecken. Was er wollte, ist noch da.«

»Aber wer war es, und woher wusste er von dem Vermögen?« Langton starrte noch immer hin.

»Ich vermute, dass Jefford töricht genug war, um mit seinem Vermögen zu prahlen«, sagte Bell, »und zu dem anderen komme ich später. Mein erstes Ziel ist es, dies in einen Banktresor zu bekommen, denn ich kann mir nicht sicher sein, seinen Plan durchkreuzt zu haben, bis es dort ist.«

Langton nickte. »Ich schicke die Kutsche. Ich kann mich in wenigen Minuten um alles kümmern.« Er stand auf und verließ uns.

Bell ging zur Seite, und die Falltür fiel hinter ihm zu. Endlich wurde die Luft wieder etwas erträglicher. Aber bevor er sie geschlossen hatte, hatte ich mir den Mechanismus genau angesehen, und erst jetzt wurde mir bewusst, wie geschickt das Ganze verborgen worden war. Ober- und Unterseite der Tür wurden von der gravierten Schutzleiste in zwei oder drei Fuß Höhe vom Boden und von der Fußbodenleiste verdeckt. Die Tür selbst bestand aus einem Eichenrahmen, der – wie ich später erfuhr – mit Pferdehaaren und Zement verputzt und gedämpft worden war. Die vier starken Scharniere wurden von Metallstäben gesteuert, die mithilfe von Schrauben und Federn eine Öffnung schufen, die gerade groß genug war, damit ein Mann leicht hindurchkriechen konnte.

Der Doctor war meinem Blick gefolgt. »Ja, eine geniale Konstruktion, nicht wahr, Doyle? Und jetzt liegt es an uns, sie zu verteidigen.«

»Ich nehme an«, sagte ich, »dass der Schlüssel zu der Geheimbotschaft ein Wort war, das mit Ihrem Fund heute Nachmittag zusammenhängt?«

»Ja«, nickte Bell. »Es war ›Quelle‹. Damit konnte ich das Ganze lesen.«

Bevor er das Papier herausnahm, sah sich der Doctor um, um sicherzugehen, dass das Zimmer leer war. »Das ist einzigartig nach meiner Erfahrung, Doyle«, sagte er, während er es auseinanderfaltete. »Eine runische Anweisung, den Schlüssel für eine Geheimbotschaft zu finden, auf Basis eines wahren, wenn auch versteckten geografischen Merkmals. Wer auch immer sich das ausgedacht hat, war ein kluger Mensch. Aber lassen Sie es mich Ihnen vorlesen.«

Damit zeigte er mir seine Arbeit, drei Zeilen Schrift, verteilt auf mehrere Blätter.

»Wie ich Ihnen gezeigt habe«, sagte Bell, »musste ich, als ich den Schlüssel erst einmal hatte, nur immer wieder ›Quelle‹ nach oben schreiben und die Buchstaben darunter setzen und übersetzen, bis sich endlich ein Sinn ergab.

Q U E L L E Q U E L L E Q U E L L E
A N D E N E I G E N T U E M E R V O
Q H H P Y I Y A I Y E Y U G I C G S

Q U E L L E Q U E L L E Q U E L L E
N T H E G L E B E W E R A U C H I M
D N L P R P U V I H P V Q O G S T Q

Q U E L L E Q U E L L E Q U E L L E
M E R E R S E I N M A G J E T Z T H
C Y V P C W U C R X L K Z Y X K E L

Q U E L L E Q U E L L E Q U E L L E
A B T I H R D E N S C H L U E S S E
Q V X T S V T Y R D N L B O I D D I

Q U E L L E Q U E L L E Q U E L L E
L G E F U N D E N D I E S I S T D A
B A I Q F R T Y R O T I I C W E O E

Q U E L L E Q U E L L E Q U E L L E
S G E H E I M N I S D A S E U C H V
I A I S P M C H M D O E I Y Y N S Z

Q U E L L E Q U E L L E Q U E L L E
E R M A C H T W U R D E E I N O R T
U L Q L N L J Q Y C O I U C R Z C X

Q U E L L E Q U E L L E Q U E L L E
F U E R S C H A E T Z E I M H I M M
V O I C D G X U I E K I Y G L T X Q

Q U E L L E Q U E L L E Q U E L L E
E L O D E R Z U F L U C H T V O R A
U F S O P V P O J W F G X N Z Z C E

Q U E L L E Q U E L L E Q U E L L E
N D E R E N W E S T L I C H E R A L
D X I C P R M Y W E W M S B I C L P

Q U E L L E Q U E L L E Q U E L L E
K O V E N O V U M I X I A C U L U S
A I Z P Y S L O Q 1 I M Q W Y W F W

Q U E L L E Q U E L L E Q U E L L E
V I I U N D D O R T F I N D E T I H
L 1 1 F Y H T I V E Q M D X I E T L

Q U E L L E Q U E L L E Q U E L L E
R S T U F E N I N D I E A L T E K A
H M X F Q I D C R O T I Q F X P V E

Q U E L L E Q U E L L E Q U E L L E
M M E R D I E D E R T A P F E R E N
C G I C O M U X I C E E F Z I C P R

Q U E L L E Q U E L L E Q
I C H O L A S G E B A U T
Y W L Z W E I A I M L Y J

Ich starrte auf seine Ausarbeitung und schließlich auf die Wörter, die sich daraus ergaben:

An den Eigentümer von The Glebe, wer auch immer er sein mag:

Jetzt habt Ihr den Schlüssel gefunden.
Dies ist das Geheimnis, das Euch vermacht wurde.
Ein Ort für Schätze im Himmel oder Zuflucht vor anderen.
Westlicher Alkoven ovum IX iaculus VII.
Und dort findet ihr Stufen in die alte Kammer, die der tapfere Nicholas gebaut.

»Ich bin mir sicher«, sagte Bell in respektvollem Ton, während er zu der Eierstab-Zierleiste hinüberging, »dass sich das auf Nicholas Owen bezieht, den berühmten Katholiken, der im sechzehnten Jahrhundert Verstecke und Andachtsorte für andere gebaut hat. Er war zweifellos einer der bedeutendsten Engländer, unabhängig davon, woran Sie glauben. Er war eine Art Genie, ein Krüppel, der immer nachts und immer alleine gearbeitet hat, nachdem er die Messe gefeiert hatte. 1606 wurde er im Tower von London tagelang gefoltert und hat doch keinen einzigen Menschen und keines seiner Verstecke verraten.«

»Und er hat die Geheimbotschaft erstellt?«, fragte ich.

»Oh nein, die ist später entstanden. Nachfolgende Besitzer scheinen das eher als Banktresor denn als geistlichen Ort genutzt zu haben, wie die Botschaft andeutet. Bestimmt gefiel Jefford diese Romantik, aber er hat viel zu offen davon erzählt, selbst wenn er die Einzelheiten nicht verraten hat. So«, sagte er, »können Sie die Geheimbotschaft innerhalb der Geheimbotschaft lesen?«

»Das hier ist der westliche Alkoven«, sagte ich, »und ›ovum‹ bezieht sich auf das Eierstab-Muster auf der Leiste, nicht wahr? Das neunte Ei?«

»Ja«, sagte Bell, »die römischen Zahlen haben mir Kopfzerbrechen bereitet, bis ich verstanden habe, was sie bedeuten: das neunte Ei vom Kamin aus und gleichzeitig der siebte Stab. Das ist das Geniale daran. Ich glaube, es stammt von einem Schüler von Nicholas, dem gefürchteten Oliver Bayldon. Sie können hier auf jede Stelle drücken, ohne es zu finden. Man muss gleichzeitig an beiden Stellen drücken, um den Mechanismus auszulösen. Und selbst wenn man richtig drückt, öffnet sich die Tür nicht einfach, Sie müssen schon auf den Putz darunter drücken.«

Er beugte sich herab und legte eine Hand auf das glatte »O« des Eis und die andere auf die Pfeilspitze des siebten Stabs ein paar Fuß weiter.

Es gab nur ein schwaches Klicken, doch ich hatte den Eindruck, eine minimale Bewegung zu meinen Füßen bemerkt zu haben. Und richtig, als ich meine Hand fest auf den Putz legte, neigte sich dieser nach hinten und oben. Bell drückte ihn noch höher und ließ dann los, woraufhin er zurückschwenkte und sich schloss. Wieder konnte man nicht erkennen, dass dort etwas war. »Wir lassen sie für den Augenblick geschlossen«, sagte der Doctor. »Da niemand sonst das Geheimnis des Mechanismus kennt, ist es so sicherer.«

Langton trat nach ein paar Augenblicken wieder ein und teilte mit, dass die Kutsche abgefahren sei, und schließlich gesellten sich auch die anderen wieder zu uns, wobei Sir Walter etwas verärgert über den Verlust seines Transportmittels war. »Wenn nötig«, sagte er zu Langton, »verlange ich von Ihnen eine Sicherheit für meine Rechnung. Das ist kein gesunder Ort für mich. Ich fühle mich so schon halb tot.« Doch mir fiel auf, wie viel besser er aussah, seine angeblich empfindlichen Sinne anscheinend wiederhergestellt im Angesicht eines aufregenden Mordes. Inzwischen wussten alle Anwesenden, dass Jefford unter grausigen Umständen tot aufgefunden worden war, und Bell teilte ihnen mit, dass die Geheimtür geschlossen sei und erst bei Eintreffen der Wachtmeister und der Polizeidroschke wieder geöffnet werde.

Nun hieß es nur noch zu warten, aber es war eine seltsame Auszeit, durchbrochen von einem Donnerkrachen von draußen, wo das Unwetter jetzt ernst machte. Bell trug zu dieser Wirkung noch bei, indem er eilig im Zimmer auf und ab schritt, die Laterne in der Hand, wie eine Art neuzeitlicher Diogenes auf der Suche nach der Wahrheit. Während sein Licht über die anderen Gesichter flackerte, starrte Norman aus dem Fenster, als erwartete er jemanden, und ich fragte mich langsam, ob er draußen in den Schatten jemanden sah. Bell dachte womöglich das Gleiche, denn er ging zu dem Mann, der jetzt erheblich ruhiger wirkte. Er hatte sogar gelächelt, als der Doctor Jeffords Tod bestätigt hatte, obwohl ich nicht beurteilen konnte, ob aus Prahlerei oder Zynismus.

»Wenn ihn jemand wegen des Geldes ermordet hat«, sagte Norman langsam zu Bell, »werden der oder die Täter doch bestimmt in der Nähe sein. Sie könnten hier oder draußen sein.«

»Ja, das ist möglich«, sagte Bell ruhig. »Wir werden alle wachsam sein.«

»Wie kam es denn dazu«, fragte Hare, »dass seine Mörder das Geld nicht mitgenommen haben?«

»Wie interessant, dass Sie den Plural benutzen, Dr. Hare«, sagte Bell.

Hare sah irritiert aus. »Der Mörder von Harding muss sehr stark gewesen sein, um ihn von der Quelle bis zur Lichtung geschleift zu haben.«

»Ja«, sagte Bell, »ich habe Grund zur Annahme, dass er stark ist.«

»Sie sagen also, dass er alleine gehandelt hat?«, fragte Hare.

»Das habe ich nicht gesagt«, sagte Bell. »Ich habe nur gesagt, dass er stark ist und nicht zwingend Hilfe brauchte.«

»Und doch muss es Jefford gelungen sein, nach da unten zu entkommen«, meinte Bulweather. »Wie hat er das geschafft?«

»Ich frage mich«, sagte Bell, »ob Sie dazu eine Idee haben, Sir Walter. Ich vermute, dass es hier im Zimmer etwas gibt, das Sie sehr interessiert, denn Sie haben es lange angesehen, als wir hier angekommen sind.«

Monk, der seit seinem Ausbruch wegen der Kutsche recht still geblieben war, sah Bell an. »Nun gut. Ein Landbesitzer kennt seine Geografie. Der Buchstabe auf der Wand neben den Wörtern ist gar kein Buchstabe.«

»Ja«, sagte Bell, »einverstanden.« Und er nahm seine Laterne mit zu den blutigen Wörtern, die noch immer deutlich sichtbar auf der Mauer neben der Nische standen, und zeigte mit seinem Spazierstock darauf. »Ein Teil davon fehlt wohl, zum einen, damit wir nicht die gesamte Botschaft erfahren; zum anderen, um Angst zu schüren und den Aberglauben zu nähren.«

»Und was soll das O dann sein, wenn kein Buchstabe?«, fragte Hare.

»Es ist die Darstellung eines Wahrzeichens«, sagte Bell, »obwohl ich zugeben muss, dass ich das auch erst beim zweiten Mal erkannt habe.«

»Was für ein Wahrzeichen?«, fragte Bulweather. Und dann verstummte er und sah noch einmal hin. »Ah«, sagte er, »ich verstehe langsam.«

»Ich wäre dankbar, wenn mich jemand aufklären könnte«, sagte Cornelius, der stiller gewesen war als die Übrigen.

»Der See«, sagte Monk. »Ich kenne die Form. Da oben das ist der Ablauf.«

»Sie haben recht«, sagte Bell. »Es ist der Hexensee. Und an der südwestlichen Ecke dieser unregelmäßigen Stelle oben fanden die merkwürdigen Grabungen statt. Diese wurden, wie Sie wissen, von Mr. Normans Sohn beobachtet, der ein oder möglicherweise auch zwei Männer dort gesehen hat. Diese Schrift, Gentlemen, war nicht, wie behauptet wurde, Jeffords Mitteilung, dass die Hexe zurückgekehrt ist. Es war sein erfolgreicher Versuch, ihre Folter zu beenden, indem er so tat, als verriete er das Versteck des Geldes. Der vollständige Text lautete: ›Hexensee hier‹. Und ein Pfeil dürfte die Stelle angezeigt haben. Bestimmt hatten der oder die Täter ihm angedroht, wiederzukehren und ihn umzubringen, wenn er sie täuschte. Sie konnten sich sicher sein, dass er nicht mehr die Kraft hatte, das Haus zu verlassen. Aber sie hatten keine Ahnung, dass er aus ihrer Reichweite herauskriechen konnte.«

»Meine Güte!«, sagte Bulweather.

In der anschließenden Stille, während der nur der Regen gegen das Fenster schlug, stellten wir uns wohl alle vor, wie der Mann über den Boden gekrochen war, im Bewusstsein, dass seine Flucht auch seinen Tod bedeuten würde.

»Ja«, sagte Bell, als er sich endlich wieder den anderen zuwandte. »Die Folter muss fürchterlich gewesen sein, wenn ihm das dort unten als bessere Alternative erschien. Ich gebe zu, dass Jefford sich viel davon selbst zuzuschreiben hat. Er hat sich in gefährliche Gesellschaft begeben. Aber seine letzte Handlung war mutiger als alles, was er in seinem übrigen Leben getan hatte. Es war ein erbärmlicher Tod, aber immerhin war Jefford die Befriedigung vergönnt, sie überlistet zu haben. Sie würden sein Geld nicht stehlen, und er würde nicht weiter gefoltert und gedemütigt. Er hat seinen Besitz für seine Erben geschützt, auch wenn ich fürchte, dass die arme Charlotte Jefford nicht dazugehört.«

Plötzlich kam ein Geräusch aus dem Nebenzimmer. Wir erstarrten alle, als im Türrahmen eine Gestalt erschien. Es war Wallace. Hinter ihm stand der zweite Wachtmeister. Bell war froh, sie zu sehen, und auch Langton dankte ihnen und flüsterte ihnen noch etwas zu, als sie neben ihm Stellung bezogen.

»So«, sagte Bell, »Doyle, ich selbst, Langton und diese Herren werden sichern, was von dort unten entfernt werden muss. Ich möchte Sie, Dr. Bulweather, um den Gefallen bitten, alle anderen nach Hause zu bringen. Es war ein langer Abend, und Jeffords sterbliche Überreste haben bis morgen Zeit. Diese Kammer wird nie mehr ein Geheimnis sein, und das ist vielleicht auch am besten so.«

Bulweather erklärte sich umgehend einverstanden mit diesem Plan, doch Sir Walter Monk rührte sich nicht vom Fleck. Für jemanden, der sich so häufig darüber beschwert hatte, hierher gebeten worden zu sein, zeigte er eine bemerkenswerte Abneigung, wieder zu gehen. »Ich verstehe, was Sie meinen, Dr. Bell«, begehrte er auf, »aber es bleiben doch einige Fragen offen. Ich will Sie nicht damit behelligen, alle Ihre Entdeckungen zu enthüllen, etwa die Geheimbotschaft, aber anscheinend war hier ein äußerst bösartiger Verbrecher am Werk, mit oder ohne Hilfe. Wer und wo ist er?«

Bell wartete. Alle sahen ihn an. Sein Gesicht bekam einen müden Ausdruck, hatte aber nichts von seiner Entschlossenheit verloren. Die Wachtmeister hatten sich an der Wand aufgestellt, die Geheimtür in ihrem Rücken. Die anderen Männer befanden sich überwiegend an der gegenüberliegenden Wand. Und jetzt, noch immer mit dem Licht in der Hand, ging Bell langsam auf sie zu. »Ich könnte Ihnen einen Namen nennen, doch der würde Ihnen nichts sagen«, erklärte er, jetzt ganz dicht vor ihnen, und studierte ihre Gesichter, wobei ihn die Schatten der Lampe fast aussehen ließen wie einen teuflischen General, der seine Truppe mustert. »Außerdem, Sir Walter, wenn der Name oder seine Beschreibung einem von Ihnen etwas sagen würde, bin ich fest davon überzeugt, dass derjenige es mir nicht verraten würde. Sie haben vollkommen recht mit Ihrer Annahme, dass die Arbeit noch nicht getan ist.«

Monk zuckte mit den Achseln. »Na schön, aber es scheint mir ein dürftiger Abschluss zu sein.« Damit wandte er sich zur Tür.

Jetzt brach die gesamte Gruppe auf. Aber dann schien Bell noch etwas einzufallen. »Wenn ich darüber nachdenke«, rief er Bulweather nach, »sollten Sie jedem einen Weinbrand geben, bevor Sie gehen, und ich könnte vielleicht noch einen weiteren Mann hier brauchen. Dr. Cornelius, wären Sie so freundlich?«

Ich konnte nur annehmen, dass er jemanden von der Verlässlichkeit Bulweathers brauchte, um den Männern Geleit zu geben, sodass Dr. Bell sich für Cornelius als die nächstbeste Alternative entschieden hatte. Und doch war es eine seltsame

Wahl. Der Anstaltsleiter war ein gelehrter, zarter Typus und hatte mehr als einmal im Laufe der Nacht sehr ängstlich ausgesehen. Jetzt schien er etwas verdutzt und nicht allzu erfreut zu sein, während Bulweather die anderen hinausführte.

Bell schlug vor, dass ich sie aus dem Haus ließe, also folgte ich kurz danach und beobachtete, wie Bulweather im Nebenzimmer den Männern den Weinbrand einschenkte, den sie dankbar annahmen. »Sagen Sie Dr. Bell«, flüsterte Bulweather mir zu, während er selbst einen Schluck nahm, »dass ich nach der Stärkung sicherstellen werde, dass jeder Mann nach Hause geht und sonst nirgendwohin.«

Ich dankte ihm und sah zu, wie er die Gruppe hinausführte. Norman ging voran, vom Weinbrand errötet. »Anscheinend war der liebe arme Tommy Dr. Bell eine große Hilfe«, sagte er zu mir. »Er ist ein wunderbarer Junge, aber ich hoffe, dass die Sache damit erledigt ist.« Hinter ihm folgte Angus Hare, der mir lediglich ein kurzes höhnisches Lächeln schenkte. Und danach kam Sir Walter, der erheblich kräftiger aussah als zuvor, als wollte er meine Mutmaßung bestätigen, dass die Entdeckung eines Todes ihm Kraft für das Leben gespendet hatte. »Männer sind Tiere, nicht wahr?«, sagte er zu mir. »Das wusste ich schon lange. Ich hoffe, unsere Gemeinde kommt wieder zu Verstand, wenn Sie und Bell fort sind.« Und damit schloss sich die Tür, und sie waren weg.

Ich kehrte in das Zimmer mit der Geheimtür zurück, wo der Doctor die Polizei und Cornelius über seinen Plan unterrichtete. Er hatte diesmal vorgesehen, dass ich in die grausige Kammer klettern und alles, was dort von Wert zu finden war, herausholen sollte. Er hatte sich bereits gründlich genug umgesehen, um sicher zu sein, dass es neben der Schatulle dort kaum etwas gab. Dennoch bat er mich, mir einmal den Boden anzuschauen, bevor ich mit dem Geld zurückkam.

»Ich glaube nicht«, sagte Bell, »dass dieses Haus weitere Geheimnisse birgt, aber noch ist niemand in Haft, und ich will lieber alle Vorsicht walten lassen. Ich möchte jegliches Risiko einer Störung oder Unterbrechung vermeiden, solange Doyle unten in der Kammer ist.«

Deshalb würden Langton und Bell bei der offenen Geheimtür warten, die zwei Wachtmeister sollten die Haustür bewachen und Cornelius im Durchgang zum Nebenzimmer Stellung beziehen.

Die anderen gingen auf ihre Positionen, und wieder löste Bell den Mechanismus aus. Diesmal drückte er die Tür weit auf und hielt das Licht, während ich hineinkletterte. Der Gestank war so übel, dass ich ein Taschentuch nehmen und mir um Nase und Mund binden musste, auch wenn ich nichts als Dunkelheit unter mir sah, während ich mich durch die Lücke zwängte und meine Füße Halt auf dem Stein fanden.

Dann griff ich nach der Laterne und drehte mich um. Von oben waren mir weder die Größe des Raumes noch die Menge an Spinnweben bewusst gewesen. Der abstoßende, ausgemergelte Leichnam war in einem riesigen Meer davon zusammengesackt.

Während ich langsam die Stufen hinabstieg, versuchte ich, nicht über den grausigen Anblick oder das getrocknete Blut zu meinen Füßen nachzudenken, aber unwillkürlich fiel mir auf, wie skelettartig Jeffords Leichnam schon geworden war. Und ich konnte sehen, genau wie Bell gesagt hatte, dass ein Teil eines Ohres fehlte, wo es ihm abgeschnitten worden war. Während ich hinuntersah, schien es mir ein schrecklicher Gedanke, dass dieser Ort einst von einem guten Mann als Zufluchtsstätte für Gebete geschaffen worden war.

Endlich erreichte ich den Boden, doch es fiel mir schwer zu atmen, und ich spürte, wie mich etwas an den Beinen berührte, Spinnweben und Insekten. Dennoch musste ich den Boden kontrollieren, bevor ich die Schatulle nehmen und gehen konnte. Der Gestank war inzwischen so widerlich, dass ich fast würgen musste, doch ich biss auf das Taschentuch, um mich zu beherrschen, und zwang mich, mir alles anzusehen, was vor mir lag. Auf der Bank und dem Tisch waren, soweit ich erkennen konnte, nur die zusammengesackte Gestalt und die Geldschatulle. Die Steine unter mir waren dreckig und verseucht, aber ich konnte nichts von Wert entdecken.

Ich richtete mich auf und ging auf die Schatulle zu, wobei ich die Gestalt zu ignorieren versuchte. Doch als ich danach griff, merkte ich, wie mein Ellbogen die ausgestreckte Hand des Toten streifte, die fast nur noch aus Knochen bestand und der ein Finger fehlte.

Da hätte ich beinahe die Lampe fallen lassen. Unter den gegebenen Umständen konnte ich mich nicht dazu überwinden, sie auf den Tisch zu stellen, wo sie Jeffords Kopf schonungslos erleuchtet hätte, sondern ließ sie auf der untersten Stufe der Treppe zurück, sodass ihr Schein etwas gedämpft wurde.

Dann wandte ich meine Aufmerksamkeit der Schatulle zu. Sie stand, wie gesagt, bereits offen und enthielt eine große Menge Goldmünzen und Banknoten. Es war bestimmt ein kleines Vermögen, jedenfalls genug, um Cream auf Jahre hinaus ein Leben in Grausamkeit und Gier zu ermöglichen. Jefford war so tapfer gewesen, es ihm zu verweigern, und ich frohlockte innerlich beim Gedanken an die Wut meines Feindes, als er merkte, dass er betrogen worden war. Doch Bell hatte recht, dass unsere Aufgabe erst erfüllt war, wenn wir den Schatz zu einer Bank verfrachtet hatten.

Ich schloss die Schatulle und drehte den Schlüssel im Schloss. Sie war ziemlich schwer, aber ich glaubte, sie mit einer

Hand tragen zu können, um in der anderen das Licht zu halten.

Ich hob die Schatulle an und stellte fest, dass ich ihr Gewicht halten konnte. Also wandte ich mich der Treppe und der Laterne zu. Als ich von der Steintreppe hochsah, bemerkte ich zu meiner Überraschung, dass dort nicht mehr das Gesicht des Doctors zu mir herabblickte. Es war nur noch der Zwischenraum zu sehen, wo der Putz sich unter der Schutzleiste geöffnet hatte.

In diesem Augenblick gellte ein lauter Schrei von oben herab. Ich vernahm, wie Glas zerschmettert wurde. Beinahe gleichzeitig hörte ich Bell rufen.

Ich trat hastig vor und brüllte seinen Namen. Aber ich hatte nicht mehr an die Lampe gedacht. Mein Fuß stieß gegen sie, und sie fiel um, sodass sie sofort verlöschte. Das einzige schwache Licht, das mir noch blieb, kam aus dem Zimmer über mir, aber nicht lange. Denn im gleichen Moment schloss sich oben die Geheimtür, und ich war alleine in völliger Dunkelheit.

Fünfter Teil:
Das Wiedersehen im Sturm

Die Nachtwache

Für ein paar entsetzliche Sekunden, als ich so im Dunkeln dastand und nur den schrecklichen Gestank in der Nase spürte, hatte ich das Gefühl, wieder in der Hütte bei Cream zu sein.

Vielleicht half mir dieser Gedanke, denn er erinnerte mich daran, dass ich es irgendwie geschafft hatte, als ich betäubt und schwach gewesen war. Immerhin war ich jetzt im Besitz meiner Kräfte.

Es ergab wenig Sinn, zu versuchen, die Laterne wiederzubekommen. Sie war nicht nur ausgegangen, sondern befand sich nun auch irgendwo auf dem verseuchten Fußboden hinter mir. Zumindest war ich auf der ersten Stufe der Steintreppe, und wenn ich langsam hinaufging, musste ich zwangsläufig zur Geheimtür gelangen. Umzukehren wäre die schlechteste Option.

Langsam fühlte ich mit meinem Fuß nach der nächsten Stufe und dann der übernächsten, während ich die Schatulle in beiden Händen hielt. Wie viele Stufen waren es? Ich meinte, neun gezählt zu haben. Ich nahm die dritte und dann die vierte. Langsam gewöhnte ich mich an die Dunkelheit, und auch wenn ich nichts sehen konnte, bekam ich doch ein Gefühl für die Höhe der einzelnen Stufen.

Kurz danach war ich beinahe oben. Konnte ich es wagen, die Schatulle auf einer Stufe abzustellen? Was, wenn ich mich unwillkürlich bewegte und sie umstieß, so wie ich die Laterne umgestoßen hatte, und sie dann die Treppe hinunterfiel? Die

Vorstellung, ich müsste zurück in die Dunkelheit gehen und auf diesem Fußboden nach Geld und Münzen scharren, war einfach zu grauenvoll.

Mir war wohl bewusst, dass ich keine Ahnung hatte, wie Bell den Eingang von innen geöffnet hatte. Aber ich stellte mir vor, dass es relativ unkompliziert sein musste. Es gab ja keinen Grund, den Mechanismus im Inneren des Verstecks zu verbergen. Ich nahm die letzte Stufe und spürte, wie mein Kopf die geschlossene Tür streifte.

Während ich mit einem Arm die Schatulle festhielt, tastete ich mit der anderen Hand alles ab. Die Oberfläche war von dieser Seite glatt, und ich konnte keinen Griff und auch keine Öffnung finden. Oben spürte ich etwas Langes und Dünnes und zog daran, aber nichts passierte, und mir wurde klar, dass es eine der Stangen war, die mit Schrauben und Federn den Mechanismus möglich machte, aber von hier konnte man ihn nicht bedienen.

Der Arm, in dem ich die Schatulle trug, fing an, stark zu schmerzen. Ich wusste nicht, wie lange ich das Ding noch würde halten können, aber ich zögerte noch immer, es abzusetzen.

Ich versuchte, nach dem unteren Teil der Tür zu fühlen, wo sie sich unter der Verkleidung der Fußbodenleiste öffnete, aber auch hier war alles glatt wie auch die Stufe. Meine Hand ging wieder höher, und plötzlich fand ich tatsächlich etwas Kleines und Biegsames, eine Schlaufe aus Seil, die vermutlich zu dem Zweck, den ich brauchte, dorthin genagelt worden war. Offenbar hatte man dies einem Griff vorgezogen.

Doch ich musste vorsichtig sein, denn ich wollte nicht, dass mich die Tür aus dem Gleichgewicht brachte, wenn sie aufging. Also ging ich zwei Stufen zurück. Dann zog ich.

Zunächst passierte nichts. Dann, wie von Zauberhand, setzte

sich der Mechanismus in Gang, und sie öffnete sich einen Zoll. Ich zog noch einmal, und sie schwang ganz auf, nur knapp an mir vorbei, sodass ich ins Zimmer blicken konnte.

Es war natürlich dunkel, denn ich hatte die bessere Laterne gehabt. Und es gab nur eine Sache in meinem Blickfeld. Einen niedergestreckten Körper.

Ich war von diesem Anblick so bestürzt, dass ich beinahe die Schatulle fallen gelassen hätte.

Zum Glück konnte ich sie jedoch festhalten. Plötzlich kamen Beine in Sichtweite, eine Gestalt bückte sich. Zu meiner großen Erleichterung war es Bell, der allerdings besorgt aussah.

»Doyle? Haben Sie die Schatulle? Dann kommen Sie sofort raus. Wir müssen das Risiko eingehen.«

Ich brauchte keine weitere Aufforderung und hatte die Schatulle bald auf dem Boden neben der Fußbodenleiste abgestellt. Ich kletterte neben ihr heraus, als Langton aus dem Korridor kam.

»Ich kann draußen niemanden sehen«, erklärte er Bell. »Aber der Ast hat das Fenster ganz schön erwischt. Glauben Sie, es war ein Zufall, Bell?« Die hingestreckte Gestalt, so merkte ich jetzt, war Cornelius, der bei Bewusstsein, aber blass war.

»Ich bin etwas skeptisch«, sagte Bell, während er sich umdrehte, um mir zu helfen. »Ein Ast ist herabgefallen, Doyle, und hat das Fenster im Zimmer jenseits des Korridors eingeschlagen. Cornelius behauptet außerdem, eine Gestalt gesehen zu haben. Er ist ohnmächtig geworden; er ist zwar anderweitig unversehrt, aber ich habe ihm gesagt, er soll sich ein paar Minuten hinlegen. Unterdessen hatte ich als Vorsichtsmaßnahme die Geheimtür geschlossen.«

»Glauben Sie, er war es? Ist er da draußen?«, fragte ich und sah mich um.

»Vielleicht«, antwortete Bell. »Natürlich können es auch einfach nur der Sturm gewesen sein und die Schatten der Bäume.«

Die Vorstellung, dass Cream zwischen den Bäumen lauerte, um uns zu beobachten, war nicht angenehm. Bell ging zurück, um nach Cornelius zu sehen, und konnte ihm binnen weniger Minuten auf die Beine helfen. Cornelius redete bald wieder und entschuldigte sich für seine Angst. Aber er war sich sicher, eine Gestalt gesehen zu haben, ein Gesicht, das aus der Dunkelheit hereingesehen hatte.

Bell sprach darüber jetzt mit Langton, und man entwickelte einen Schlachtplan. Zwei Polizeidroschken waren beschafft worden. Wallace, Bell und ich sollten mit dem Geld in der ersten fahren. Langton, Cornelius und der andere Wachtmeister sollten die andere nehmen.

Es regnete noch immer sintflutartig, und die Aussicht, über den Waldpfad zu gehen, womöglich beschattet von unserem Feind, war abschreckend, aber ich war auch froh, The Glebe den Rücken kehren zu können. Und als wir die Tür schlossen, hoffte ich, ungeachtet unserer Entdeckung von Jeffords letzter Heldentat, das Haus nie wiedersehen zu müssen.

Wir müssen einen bizarren Anblick geboten haben, wie wir uns durch den Sturm und Regen zur Straße kämpften. Bell und ich gingen voran, dann Langton, Cornelius und die beiden Wachtmeister. Der Wind heulte überall um uns herum in unberechenbaren Böen und zwang uns, sich gegen ihn zu stemmen, wenn er von vorne blies, und uns seinem starken Drängen zu widersetzen, wenn er von hinten kam. Der Regen peitschte uns ins Gesicht und strömte zusätzlich aus den Bäumen auf uns herab.

Natürlich stellte ich mir andauernd vor, was passieren würde, wenn Cream und vielleicht noch andere mit ihm uns mordlustig aus dem Wald angriffen. Doch wir waren zu fünft, und all seine Instinkte mussten doch vor einer derartigen kriegerischen Auseinandersetzung zurückschrecken. Er hatte immer nach den eigenen Regeln gespielt, und es war viel wahrscheinlicher, dass er irgendeine außergewöhnliche Ablenkung organisierte, obwohl man nie wissen konnte, welche Form diese annehmen würde. Wenn wir jedenfalls in diesem Wald auf eine Leiche gestoßen wären, so überlegte ich mir, oder auf einen verletzten Arbeiter oder Hilferufe gehört hätten, hätte ich die anderen gedrängt, nicht um Haaresbreite von Richtung und Tempo abzulassen. Und ich vermute, Bell hätte es genauso gemacht. So lief der Doctor mir voraus, mit grimmiger Entschlossenheit die Schatulle in der Hand, einzig mit dem Ziel, Cream um seine Beute zu bringen. Zweimal erleuchteten große Blitze sein habichtartiges Profil, und ich fürchtete schon, dass Äste auf uns fallen würden, ob mit oder ohne menschliches Nachhelfen, doch er zuckte nicht einmal zusammen.

Endlich hatten wir die Droschken erreicht und stiegen ein. Wallace, der wortkarge Wachtmeister, saß uns aufrecht gegenüber, und zum ersten Mal stellte ich mir die Frage, ob wir ihm wohl zu sehr vertraut hatten. Aber dann, als unsere Droschke endlich aus dem Wald fuhr und in die Straße zum Dorf und von dort nach Southwold bog, sagte ich mir, dass das der wahre Fluch sei, den Cream über diesen Ort gebracht hatte, den Fluch der Verdächtigungen und des Misstrauens. Er hatte mich dazu gebracht, nahezu jeden für seinen potenziellen Komplizen zu halten, und jetzt verdächtigte ich sogar den Dorfwachtmeister. Solche bösen Hirngespinste ließen sich nur überwinden, wenn Cream nicht mehr hier war, sondern vorzugsweise in der Todeszelle, die hoffentlich auf ihn wartete.

Das Wetter hatte sich kaum gebessert, dennoch erreichten

wir Southwold ohne weitere Ereignisse oder Störungen. Die Fahrt verlief überwiegend schweigend; Bell behielt beide Hände fest auf Jeffords Schatulle, die auf seinem Schoß lag. Als wir in die Hauptstraße einbogen, wunderte ich mich, Licht und Menschen zu sehen. Ich hatte nicht daran gedacht, auf meine Uhr zu schauen, aber nach allem, was geschehen war, war ich der festen Überzeugung, es müsse früher Morgen sein. Doch in Wirklichkeit, da dies natürlich die Jahreszeit war, in der es früh dunkel wird, war es erst kurz nach acht Uhr.

Das hatte für Bell einen großen Vorteil. Der Polizei war es rechtzeitig gelungen, sich der Dienste der städtischen Bank zu versichern, die sich – angesichts der Summe, um die es ging, bestimmt sehr bereitwillig – bereit erklärt hatte, das Geld formal in Gewahrsam zu nehmen und in ihrem Tresor sicher aufzubewahren, bis Jeffords Nachlass geordnet war. Bell ließ die Schatulle erst los, als wir in den Eingeweiden der Bank waren, flankiert von mehreren Beamten, die das Geld feierlich zählten und auf sein Geheiß hin schriftlich ab sofort die Verantwortung für den Betrag übernahmen.

Die Stimmung des Doctors hatte sich etwas gebessert, als wir das Gebäude verließen, und es wurde vereinbart, dass uns Cornelius auf der Rückfahrt begleiten würde. »Ja«, sagte er, »denn ich möchte gerne so schnell wie möglich zurück, Dr. Bell, wenn Sie keine Verwendung mehr für mich haben. Ich hoffe nur, dass sich der unselige Vorfall von gestern nicht wiederholt.«

Bell, der gerade zur Droschke gehen wollte, blieb stehen. »Worauf beziehen Sie sich, Doctor?«

»Ach, haben Sie nicht davon gehört? Es ist jemand in ein leeres Zimmer in der Anstalt eingebrochen. Offenbar wurde nichts gestohlen.«

Ich habe selten gesehen, dass sich Bells Ausdruck so schnell änderte. »Wie bitte? Warum bin ich nicht darüber informiert worden?«

»Eigentlich hatte ich Bulweather gebeten, es Ihnen oder Doyle zu sagen«, erklärte Cornelius mit einiger Missbilligung.

Bell wandte sich sofort mir zu. »Es tut mir leid«, sagte ich. »Ich habe gestern spätabends davon erfahren und es über allem, was heute passiert ist, vergessen.«

Er nickte. »Jammerschade, Doyle, dass Sie es versäumt haben, mich über etwas von solcher Bedeutung zu informieren.« Ich war erstaunt, aber er sprach ganz ohne Ironie. »Das erklärt beinahe alles, was uns noch rätselhaft erschien.« Damit schritt er zu der wartenden Droschke.

Die Botschaft von der Klippe

Ich konnte nicht verstehen, was er meinte, und war voller gemischter Gefühle, als wir aus dem Dorf zurück aufs dunkle, stürmische Land fuhren. Es traf zu, dass wir die Pläne unseres Mannes durchkreuzt hatten und dass Inspector Langton infolge der überwältigenden Vorführung des Doctors einsah, dass Bell vermutlich mit seinen diversen Annahmen recht hatte, einschließlich der Identität des Täters, dessen Name ihm und Cornelius vertraulich mitgeteilt worden war. Aber was für einen Nutzen hatte das für uns, wenn er sich immer noch in den ungeheuerlichen Schatten dieses Ortes versteckte?

Meine Gedanken wurden unterbrochen, als der Doctor ein Stück Papier aus seiner Tasche holte und sich, nachdem er es kurz betrachtet hatte, an Cornelius wandte.

»Dr. Cornelius«, sagte er, »ich bin Ihnen dankbar, dass Sie uns an einem solch garstigen Abend begleiten. Und ich bin froh, dass letztlich doch kein weiterer Mann nötig war, um unsere Fracht zu beschützen. Aber ich hatte noch einen weiteren Grund, Sie darum zu bitten, der angesichts der Umstände, von denen ich gerade erfahren habe, umso wichtiger geworden ist. Können Sie mir sagen, was das hier ist?«

Ich konnte sehen, dass er in seiner Hand die Zeichnung einer Pflanze oder Blume hatte, die an ein sechsblättriges Kleeblatt erinnerte. Wir hatten sie bei Jeffords Sachen gefunden. Ihre Wirkung auf Dr. Cornelius war jedoch gänzlich unerwartet. Er wurde ziemlich blass und schüttelte den Kopf. »Nein, das weiß ich nicht.«

Bell starrte ihn kalt an. »Ich muss Sie dringend bitten, noch einmal hinzusehen. Es ist schließlich schon außergewöhnlich, etwas nicht zu erkennen, das Sie selbst gezeichnet haben.«

Cornelius ließ seinen Kopf sinken. »Es ist das Panopticon«, fuhr Bell fort, »das allwissende Auge von Jeremy Bentham, nicht wahr? Ein Muster für die Konstruktion einer Anstalt, wo sehr wenige Mitarbeiter über sehr viele Patienten wachen können. Ich habe es zunächst nicht erkannt, aber dann fiel es mir ein, und ich bin in Ihr Büro zurückgekehrt, um sicherzugehen. Sie hatten mehrere Exemplare davon angefertigt und haben Sie Leuten wie Oliver Jefford gegeben, von denen Sie meinten, dass sie reich genug seien, um Sie bei diesen Plänen zu unterstützen.«

Cornelius hob seinen Blick, aber er sah entsetzt aus. »Ich habe nichts Unrechtes getan«, sagte er.

»Das werden wir sehen«, entgegnete Bell. »Sie haben hierüber gelogen, und Sie haben über Jefford gelogen, den Sie durchaus kannten. Worüber haben Sie sonst noch gelogen? Hatten Sie gehofft, einen Teil des Geldes, das wir gerade hinterlegt haben, für Ihre kostbare Anstalt zu bekommen?«

Cornelius zitterte jetzt, und die Angst in seinen Augen saß tief. »Nein.« Seine Stimme war fast hysterisch hoch. »An solche Intrigen habe ich niemals auch nur gedacht. Allerdings haben sie mir auch gar nichts von ihren Plänen erzählt. Sie waren nur Gentlemen.«

»Wer?«, fragte Bell. »Sie müssen uns alles sagen.«

»Jefford hat mich mit einem anderen Mann besucht, Doctor. Aber er hieß nicht Cream, das schwöre ich. Es war Dr. Mere.«

Die folgende Personenbeschreibung passte gut. »Die beiden haben von ihrem Interesse an meiner Arbeit erzählt und dass sie mir vielleicht eine großzügige Schenkung anbieten wollen. Jefford hat nach meinen Plänen gefragt, und ich habe ihm die Skizze gegeben. Aber er schien nicht so interessiert zu sein wie Dr. Mere, der später noch einmal ohne Jefford wiedergekommen ist.«

»Und was wollte er da von Ihnen, dieser andere Mann?«, fragte Bell.

»Er bat um eine gelegentliche vertrauliche Übernachtungsmöglichkeit, wenn er zu Besuch kam, um Ornithologie zu betreiben. Den Gefallen habe ich ihm gerne getan. Wir hatten genug Platz, er hat mich großzügig bezahlt und um Verschwiegenheit ersucht. Er ist gekommen und gegangen, wie er wollte, es gab einen Ausgang im Keller, den er nutzen konnte. Ich habe ihn nicht häufig gesehen. Und andere auch nicht.«

»Ist er noch immer da?«, fragte ich eindringlich.

Cornelius schüttelte heftig den Kopf. »Nein. Vor ein paar Tagen habe ich die Abmachung beendet. Ich hatte ihn schon gebeten, das Haus zu verlassen, denn angesichts der Verbrechen war ich in Sorge, dass seine Gegenwart als unorthodox angesehen werden könnte.«

»Wann haben Sie ihn zuletzt gesehen?«, fragte Bell kühl.

»Vor ein paar Tagen«, antwortete Cornelius. »Er ist in mein Arbeitszimmer gekommen und hat geredet. Er hat sich auf eine Weise über einige unserer weiblichen Insassen geäußert, die ich zutiefst widerwärtig fand. Da war ich schon zu dem Schluss gekommen, dass er keine Schenkung im Sinn hatte, und bat darum, unsere Abmachung zu beenden. Er hat wenig dazu gesagt, also ...«

»... haben Sie vorgestern die Schlösser ausgetauscht«, unterbrach Bell ihn. »Er wird eingebrochen sein, um seine Sachen zu holen und vielleicht noch einmal dort zu übernachten. Womöglich war er sogar letzte Nacht da?«

»Nein, nein«, erwiderte Cornelius und schüttelte immer

noch seinen Kopf wie jemand, dem ein Albtraum in den Knochen sitzt. »Er war nicht da, wir hatten einen Riegel und eine Kette vorgelegt. Das Zimmer ist überprüft worden.«

»Hat ihn sonst noch jemand gesehen?«, fragte Bell.

»Nein. Es war ein Zimmer im Keller. Ein wenig benutzter Eingang, niemand brauchte ihn zu sehen.«

Natürlich drängten wir ihn, uns jedes einzelne Wort von Cream mitzuteilen, aber es war nichts dabei, was mir von großer Bedeutung schien. Cornelius behauptete, Jefford nie wiedergesehen zu haben, sodass er, falls er die Wahrheit sprach, nicht der dritte Mann gewesen sein konnte, der im Wald beobachtet worden war.

Ich musste ihm seine Geschichte abnehmen, obwohl es mich wütend machte, wie dieser schwächliche Mann, denn so kam er mir fortan vor, das von uns gesuchte Geschöpf beherbergt hatte, ohne offenbar auch nur einmal über die Konsequenzen seines Handelns nachgedacht zu haben. Und warum? Weil er gehofft hatte, dass seine Einrichtung von der Abmachung profitieren würde. Habgier, so stellte ich fest, war nicht zwingend eine Sache persönlicher Bereicherung. Es konnte ebenso gut Gier zugunsten eigener Ideen und eigenen Strebens sein. Das Geld, das Dr. Cornelius bekommen wollte, wäre wohl durchaus anderen zugutegekommen, aber sein Streben danach war dennoch ein böser Wunsch gewesen, hervorgegangen aus persönlicher Eitelkeit, und er hatte furchtbare Folgen gehabt.

»Sie hören mir jetzt gut zu«, sagte Bell mit bedrohlich sanfter Stimme. »Sie haben einen gemeinen Verbrecher in schwerwiegender Weise unterstützt. Wenn Sie ehrlicher zu uns gewesen wären, als ich Sie nach Fremden gefragt habe, hätten womöglich Leben gerettet werden können. So, wie es aussieht, haben Sie Blut an den Händen.«

Cornelius schluchzte beinahe. »Aber ich hatte doch keine Ahnung, ich hatte keine Beweise gegen ihn.«

»Das entschuldigt keine Lügen, wenn Ihnen bekannt ist, dass eine ernsthafte Untersuchung durchgeführt wird. Allerdings sehe ich keinen Grund, dass Langton seine Zeit mit Ihnen vergeudet. Das können Sie selbst mit Ihrem Gewissen ausmachen. Wir werden jetzt mitkommen und die Zimmer durchsuchen, und ich möchte den gesamten Keller überprüfen. Wenn Ihnen noch irgendetwas einfällt oder Sie irgendeinen Hinweis auf diesen Mann finden, werden Sie mich umgehend im Gasthaus benachrichtigen, haben wir uns verstanden?«

Cornelius nickte; sein Atem ging unregelmäßig. Ich betrachtete ihn nun ohne jedes Mitleid, meine einzigen Gefühle waren tatsächlich Ärger und Verachtung. Statt eines abscheulichen Komplizen von Cream hatten wir ausgerechnet einen schwächlichen, feigen und von persönlichem Ehrgeiz getriebenen Menschenfreund gefunden.

Und es sollte noch schlimmer kommen. Denn nachdem wir die Anstalt erreicht hatten, stellten wir bald fest, dass dieser Ort, obwohl der bislang greifbarste Beweis für die Anwesenheit unseres Feindes, nicht die geringste verwertbare Spur lieferte. Natürlich sahen wir uns das Zimmer an, das Cream benutzt hatte. Es war, wie Cornelius angedeutet hatte, jetzt verriegelt und praktisch leer. Es gab einen leicht zu benutzenden direkten Ausgang aufs Grundstück. Ich fühlte mich sogleich an Creams Unterkunft in Edinburgh erinnert, in die Bell und ich vor so vielen Jahren verzweifelt eingedrungen waren, kurz bevor er das Land verlassen hatte. Dort hatten wir nichts gefunden außer Spuren im Staub. Hier gab es die gleichen vagen Hinweise darauf, dass jemand hier gewesen war, aber mehr auch nicht. Ich konnte nichts entdecken, und der Doctor, der eine gründliche Suche durchgeführt hatte, war bestimmt genauso erfolglos geblieben.

Wir waren froh, uns von Cornelius trennen zu können, nachdem der Doctor ihn noch einmal ermahnt hatte, uns alle neuen Informationen sofort mitzuteilen, und in der Droschke zurück nach Dunwich wirkte Bell blass und enttäuscht.

»So ist es immer mit ihm, oder?«, sagte er erbittert zu mir, während wir über die Straßen durch das Waldgebiet zurückholperten. »Er spinnt verschiedene Fäden: die Anstalt, den heulenden Mann, die Rune, die Vorstellung von Hexerei, das unmögliche Ertrinken, den zurückgekehrten Toten und so weiter. Aber es ist nur ein Netz, Doyle, wie die der Spinnen in der Geheimkammer, und man kann sich leicht in seinen Fäden verlieren. Wie sage ich immer? Der letzte und gefährlichste Abschnitt eines griechischen Labyrinths ist eine einzelne gerade Strecke! Ich hielt mich beispielsweise für schlau, seinen heulenden Mann zu entlarven. Doch in Wirklichkeit hätte ich gänzlich darauf verzichten können, und es wäre mir sogar besser gedient gewesen. Die knappe Zeit wurde vergeudet, wie er es sicher auch beabsichtigt hatte. Es war ein Faden, der zu sich selbst zurückgeführt hat.«

»Dann ist er jetzt fort?« Ich wusste, dass wir beide uns diese Frage stellten.

Er runzelte die Stirn. »Wir sollten, nein, wir *müssen* uns in Erinnerung rufen, dass wir sein Ziel herausgefunden und zunichtegemacht haben. Ich glaube, dass er viele Male in diesem Haus war, um dessen Geheimnis zu lüften. Bestimmt war der heulende Mann ein zweites Mal engagiert worden, um sicherzustellen, dass ihm niemand zu nahe kam, während er es durchsuchte, aber trotzdem konnte er das Versteck nicht finden. Beinahe wäre er vor uns an die Katze gekommen, denken Sie nur an das Gesicht am Fenster, aber er wurde gestoppt. In diesem Punkt haben wir ihn immerhin geschlagen.«

»Aber er hat mehrere Morde begangen, an Unschuldigen. Und er ist noch immer frei«, protestierte ich.

Bell antwortete nicht. Ich weiß nicht einmal sicher, ob er mich gehört hatte. Er war zu seinen Gedanken zurückgekehrt, wandte sich zum Fenster und starrte hinaus auf die dunklen, schwankenden Bäume.

Im Gasthaus warteten keine Neuigkeiten auf uns, abgesehen von einem Telegramm von Scotland Yard, das Langton uns zur Kenntnisnahme hinterlassen hatte, in dem ihr Mann für den Mittag des folgenden Tages angekündigt wurde. Das erregte natürlich Bells Hohn. »Es wundert mich, dass sie sich so beeilen. Es würde doch reichen, wenn jemand Anfang nächsten Jahres kommt.«

Langton hatte außerdem die Meldung hinterlassen, dass Charlotte Jeffords Mutter so bestürzt über den Tod ihrer Tochter war, dass die anderen Schwestern zum Familiensitz nach Berkshire gereist waren, um ihr Trost zuzusprechen. Er hatte sie benachrichtigt, dass man Jeffords Leiche gefunden hatte, aber es war nicht davon auszugehen, dass in Bälde ein Familienmitglied eintreffen würde.

Als er das las, schlug Bell vor, dass ich einen Brief an Charlotte Jeffords Mutter schreiben sollte. »Ich könnte mir vorstellen, dass der Familie ein mitfühlender Bericht über die Entwicklungen hier guttäte, Doyle«, bemerkte er, als er Langtons Botschaft endlich beiseitegelegt hatte. »Jeffords Heldentat am Ende und die Bergung des Vermögens könnten ein Quäntchen Trost bringen, wo er schmerzlich vonnöten ist.«

Ich muss zugeben, dass ich etwas überrascht war, dass sich die Gedanken des Doctors mit der Lage der Hinterbliebenen, fernab in einer anderen Grafschaft, beschäftigten. Nicht, dass er ein gefühlloser oder unfreundlicher Mann gewesen wäre, und er hätte Mrs. Jefford sicher Trost gespendet, wenn sie anwesend gewesen wäre. Aber inmitten eines so nervenaufreibenden Falles wie diesem war er meist viel zu zielstrebig, um sich von solchen Dingen ablenken zu lassen. In dieser Hinsicht nahm ich es als schlechtes Zeichen. Konnte es bedeuten, dass er davon überzeugt war, dass Cream den Schauplatz verlassen hatte und die Sache zu Ende war? Das schien, als ich ihn ansah, nicht der Fall zu sein. Seine Sinne liefen auf Hochtouren, denn er sah sich im Gasthaus mit großem Interesse um, und ich konnte nichts von der Mattigkeit wiederfinden, die ihn gelegentlich nach einer Ermittlung überkam.

Wie dem auch sei, ich hatte bereits beschlossen, Mrs. Jefford zu schreiben, da ich der Einzige war, der sich länger mit ihrer Tochter unterhalten hatte, und es ließ sich nicht mehr aufschieben. Also setzte ich mich, nachdem mir ein Mädchen etwas Bier und Brot mit Schinken gebracht hatte, über eine Stunde in mein Zimmer und vertiefte mich in mein Schreiben. Während Wind und Regen gegen das Fenster schlugen, ließ ich meinen Gedanken freien Lauf. Zunächst stellte ich mich vor und erklärte kurz, wie wir der Polizei bei der Lösung des Rätsels geholfen hatten. Dann kam ich auf den unerschrockenen Charakter ihrer Tochter Charlotte zu sprechen, wie wichtig es ihr gewesen war, Nachricht über ihren Bruder zu bekommen, und dass sie deswegen geblieben war. Da ich annahm, dass ihre Familie etwas von der bevorstehenden Verlobung wusste, bat ich Mrs. Jefford, Charlottes Verehrer mein tiefstes Mitgefühl zu übermitteln, da er einen so schrecklichen Verlust zu erdulden hatte. Er sollte wissen, wie völlig beglückt und aufgeregt sie von der Neuigkeit ihrer Verlobung war, die sie mir liebenswürdigerweise anvertraut hatte, und mir war bewusst, dass ich nunmehr die einzige Person war, die ihr ungetrübtes Glück über diese Aussicht mitangesehen hatte. Ich nahm es sogar auf mich, Charlotte zu beschreiben, wie ich sie an jenem letzten Abend erlebt hatte, als sie so glücklich war, da ich mir dachte, dass jede Mutter es vorziehen würde, sich an dieses Bild von den letzten Stunden ihrer Tochter zu erinnern. Natürlich verbrachte ich auch viel Zeit damit zu beschreiben, wie heldenhaft sich Jefford am Ende verhalten hatte und wie sein Vermögen größtenteils gerettet worden war, und zwar in erster Linie dank seines eigenen mutigen Handelns.

Als ich geendet hatte, war es schon deutlich nach elf, und noch immer zeichnete sich kein Umschwung des Wetters ab. Ich ließ den Brief in meinem Zimmer liegen und ging hinunter, um einen Umschlag zu besorgen und sicherzugehen, dass es keine neuen Entwicklungen gegeben hatte. Der jederzeit hilfsbereite Wirt war noch immer auf, aber bevor ich etwas zur Sprache bringen konnte, reichte er mir eine zusammengefaltete Nachricht, die außen in reinlicher Schrift meinen Namen trug.

Ich erkannte die sorgfältige Schrift sofort; es war die des Doctors.

»Ist er auf seinem Zimmer?«, fragte ich, schon leicht beunruhigt.

»Aber nein«, sagte Brooks ernst, »er ist vor einiger Zeit ausgegangen. Ich glaube, er hat eine Nachricht von Inspector Langton bekommen. Offenbar hat man irgendetwas bei den Klippen gefunden, in der Nähe der Kirchenruine.«

»Wie bitte? Warum hat man mir nicht Bescheid gesagt?«, rief ich, und dann besann ich mich, denn es war schwerlich Brooks' Aufgabe, mich aufzustöbern, wenn der Doctor genau wusste, wo ich war. »Aber das ist natürlich nicht Ihre Schuld, Mr. Brooks«, fügte ich deshalb hinzu. »Ich bin Ihnen sehr dankbar. Wie lange ist es her, dass er gegangen ist?«

»Ach, einige Stunden, Sir. Merkwürdig ist nur, dass Wachtmeister Wallace vor einer halben Stunde hier war und meinte, der Inspector sei bei sich zu Hause. Na, Dr. Bell wird bestimmt gleich wieder da sein.«

Ich nickte stumm und ging; während ich nach oben eilte, um meinen Mantel zu holen, riss ich den Brief auf. Die schön fließende Handschrift des Doctors war unverkennbar.

Mein lieber Doyle!

Sie dürfen sich nicht ärgern, dass ich beschlossen habe, den letzten Schritt in diesem äußerst heimtückischen Fall alleine zu tun. Ich hatte erwartet, dass es eine Entwicklung in dieser Richtung geben würde, und tatsächlich war das der Grund dafür, dass ich Ihnen vorschlug, Mrs. Jefford zu schreiben. Ich bin überzeugt, dass es gerade bei dieser Gelegenheit zwecklos wäre, uns beide in Gefahr zu bringen, wenn einer von uns ausreicht.

Miss Jeffords Tod heute Morgen kam für mich, wie Sie gesehen haben, unerwartet. Ich hatte gehofft, dass Strenge meine beste Taktik wäre, um die junge Dame zur Abreise zu bewegen, und verstehe erst jetzt zur Gänze die Tragweite meiner Fehleinschätzung. Es gereicht Ihnen sehr zur Ehre, Doyle, dass Sie ein liebenswürdigeres Verhalten vorgezogen hätten, aber um Ihres eigenen Seelenfriedens willen muss ich Ihnen mitteilen, dass Sorge und Liebenswürdigkeit zwar für sich selbst genommen erstrebenswert sind, aber am Ergebnis nichts geändert hätten. Wenn ich scharfsinniger gewesen wäre, hätte ich Langton aufgefordert, sie zur Abreise zu zwingen, denn rückblickend kann ich guten Gewissens sagen, dass nichts anderes sie hätte retten können, abgesehen vielleicht von einer ständigen Bewachung, die sie niemals hingenommen hätte.

Ich möchte zu Protokoll geben, dass es mir eine freilich bescheidene Zufriedenheit bereitet, Creams Vorhaben, an ein großes Vermögen zu kommen, vereitelt zu haben, denn ich glaube, indem wir seine Möglichkeiten einschränken, können wir Menschenleben retten. Ich wage sogar zu hoffen, dass mein gegenwärtiges Unterfangen uns für immer von ihm befreien wird, wenn auch angesichts des Geländes womöglich um einen Preis, der meinen Lieben Kummer bereitet, Doyle, und so auch Ihnen.

Unter diesen Umständen möchte ich Sie nur bitten, zu bedenken, dass ich mir keine schönere Belohnung für meine Anwendung des Studiums dieses Handwerks denken kann, als Dr. Cream und seine niederträchtige Vorstellung von der Zukunft ein für alle Mal aus unserem Land und unserer Zeit zu tilgen.

Ihr sehr ergebener

Joseph Bell

Ich starrte mit tiefem Unbehagen auf diese kryptische Botschaft. Alles darin machte mir große Sorgen, nicht zuletzt der Hinweis auf das »Gelände«, der sich nur auf die wilden Klippen und die Stelle bei der Kirchenruine beziehen konnte. Aber hier war nicht die Rede von einer Nachricht von Langton, die nur eine fadenscheinige Täuschung zu sein schien. War es möglich, dass der Doctor sich wissentlich in eine Falle unseres Feindes hatte locken lassen, eine Falle, mit der er offenbar gerechnet hatte? Sein Ziel, so aussichtslos es schien, war wohl, Cream über die Klippe zu befördern.

Aber mit welcher Waffe? Mit seinem Spazierstock sicherlich, denn den konnte er wirkungsvoll führen, vielleicht auch mit seiner Schusswaffe? In meiner Eile hätte ich meinen Mantel beinahe zurückgelassen, aber jetzt war ich neben meinem Zimmer und musste ihn holen und sofort aufbrechen.

Als ich die Tür öffnete, lehnte sich die Gestalt auf dem Schreibtischstuhl am Fenster zurück, die Beine verschränkt, und betrachtete mich. Cream hielt etwas in der Hand. Und er weinte.

Die Ballade im Zimmer

Ich stand da und zwang mich dazu, so ruhig wie möglich zu bleiben und meine Lage abzuwägen.

Er wirkte etwas verändert, sein Haar war kürzer und ließ ihn jünger aussehen, aber den energischen Glanz, an den ich mich so gut erinnerte, hatte er behalten. Er war so gut aussehend, dass es für eine Bühnen- oder Varietélaufbahn gereicht hätte, und ich wurde widerwillig daran erinnert, als im Kerzenlicht seine Tränen fielen, während draußen der Wind heulte.

Das Weinen stand ihm natürlich; den Kopf hielt er hoch, die Augen weit geöffnet, aber traurig. Es war die erhabene Melancholie eines Byron und seines »Childe Harold«, die des Tragöden, nicht die des Leidgeprüften. Aber unter seinen zarten Zügen spürte ich Müdigkeit. Ich konnte seine Kleidung nicht sehen, da er einen langen dunklen Mantel trug, aber der war alles andere als trocken, also war er in diesem Wetter länger draußen gewesen.

»Du denkst vermutlich, Doyle«, sagte er sanft, und ich erkannte, dass er meinen Brief an Mrs. Jefford gelesen hatte, »dass ich weine, weil ich versagt habe oder aus Reue über meine Missetaten.«

»Im Gegenteil«, antwortete ich, »ich habe keinerlei Meinung zu dem, was du tust.« Jetzt fiel mir ein Geruch im Zimmer auf, ein chemischer Geruch. Und ich bemerkte, dass er seltsamerweise einige der Laken vom Bett gezogen hatte.

Natürlich hätte ich hinausrennen können, aber welchen

Sinn hätte das gehabt? Es war keine Hilfe bei der Hand, und er wäre entweder durch die Tür oder das Fenster verschwunden, lange bevor ich mit jemandem zurückgekommen wäre. Der Kerzenleuchter auf dem Tisch ein paar Fuß vor mir war schwer, mit fünf angesteckten Kerzen. Wenn ich ihn vor ihm erreichen konnte und wirkungsvoll führte, hätte ich eine Chance. Blitzartig kam mir der Gedanke, ihm mit dem Fuß des Leuchters den Schädel einzuschlagen.

»Na, na«, sagte er und drehte sich etwas zu mir, lächelnd, wieder mehr er selbst. Und ich war mir sicher, sehen zu können, wie er den Kerzenleuchter registrierte, sich schnell jedwede andere potenzielle Waffe ausrechnete, die ich haben mochte, und meine Verfassung begutachtete. Er seinerseits sah, wenn man ihn von vorne betrachtete, so kräftig und geschmeidig wie ein Panther aus, mit seinem etwas dünneren, aber stabilen Körperbau. Wie sehr mich seine animalische Attraktivität jetzt anwiderte. Ich bebte beim Gedanken an die Zeiten an der Universität, als ich in seiner Gesellschaft getrunken und gelacht hatte.

»Da musst du aber noch besser werden«, hob er erneut zu sprechen an. »Nein, mein Weinen hat mit alledem nichts zu tun, obwohl es mich gerührt hat, wie du mir dein Mitgefühl ausdrückst.« Er winkte mit dem Brief.

»Wie bitte?«, sagte ich.

»Du richtest dem Verehrer von Charlotte dein tiefes Mitgefühl aus angesichts seines schrecklichen Verlustes. Du möchtest, dass er von der schieren Freude und Begeisterung erfährt, die du bei ihr gesehen hast, als sie dir von ihrer Verlobung erzählt hat. Das ist lieb, Doyle. Ich fühle mich geschmeichelt. Ich habe sie verloren. Das haben wir jetzt auch gemeinsam.«

Ich starrte ihn an. »Aber ja«, fuhr er fort, »ich habe sie

durch Jefford kennengelernt. Sogar er wusste nichts von unserer Romanze, denn ich habe sie zur Geheimhaltung verpflichtet. Wir haben uns an allen möglichen Orten getroffen, und hier habe ich so getan, als würde ich heimlich nach ihrem Bruder suchen. Es war sehr süß. Aber dann wurde es eine Belastung. Also habe ich einen Reim erfunden:

›Erst wird gefreit,
dann wird entzweit.‹«

Natürlich hätte es mir gleich auffallen müssen; Charlotte Jefford war an jenem Abend leicht errötet und so heimlichtuerisch gewesen, mit der Lebhaftigkeit einer jungen Dame, die sich gerade mit einem Liebhaber getroffen hat. Kein Wunder, dass sie geblieben und manchmal unerklärlicherweise abwesend gewesen war. Sie dachte, sie hätte einen heimlichen Verbündeten und Beschützer. Wie sollte sie wissen, dass der charmante Freund ihres Bruders in Wirklichkeit ebenjener war, der ihn gefoltert und ermordet hatte?

Bell muss es nach ihrem Tod erraten haben, denn er bezog sich indirekt in seiner Nachricht darauf. Aber wo steckte Bell?

Cream warf den Brief beiseite. »Aber wie gesagt, deshalb weine ich nicht. Es ist ein weiterer Tod, der mir Kummer bereitet. Von jemandem, den ich sehr bewundert habe«, fügte er hinzu. Wieder füllten sich seine Augen mit Tränen. Und ich fürchtete, den Namen zu hören.

Mein Magen zog sich zu einem Knoten zusammen. »Wer?«, fragte ich und hasste es, ihm die Befriedigung meiner Frage zu verschaffen.

»Du musst dich doch erinnern«, sagte er zusammenhanglos. Und sprang mit einer großen Bewegung auf.

Ich wich leicht zurück, aber er war in die dem Kerzenleuchter entgegengesetzte Richtung gesprungen, in die Nische bei der Wand. Das erhöhte meine Chance, den Gegenstand zu packen, aber Cream war jetzt außerhalb meines direkten Zugriffs und begann mit schmelzender Stimme zu singen.

»Jesse James war ein Mann,
Der viele Mann getötet hat.
Er überfiel den Glendale-Zug.«

Das Lied hatte eine hübsche Melodie, aber ich hatte das Gefühl, er wollte mich in den Wahnsinn treiben. Seine Füße bewegten sich ein wenig, als machten sie winzige Tanzschritte. Wenn ich Cream mit dem Leuchter bewusstlos geschlagen hatte, so dachte ich mir, würde ich versuchen, ihn anzuzünden. Oder ich würde ihm den Halter mehrmals über den Schädel ziehen, bis es nicht mehr die geringste Chance gab, dass er je wieder aufstand.

»Ich habe dir so oft von Jesse James erzählt«, sagte er. »Ich bin viel gereist und habe erst kürzlich in der Zeitung von seinem Tod gelesen. Das ist ein Anlass für Trauer. Er ist der Einzige, der die Herrlichkeit des Tötens verstanden hat, die mit unserem Bürgerkrieg begonnen hat. Schnellfeuerwaffen waren davor in unserem Land unbekannt, Doyle. Dank dem Krieg besitzen jetzt Millionen eine. Jesse hat der Herrlichkeit wegen getötet. Und ich wünschte, er würde noch leben und noch viele andere rechtschaffen abschlachten.«

Ich wog immer noch die Entfernung ab und überlegte, ob ich einen Schritt nach vorn gehen konnte. Mich interessierte sein »Mann des Schicksals« nicht, ich wollte nur diesen Kerzenleuchter erreichen und so fest wie möglich auf seinen Kopf niedergehen lassen.

»Du hörst mir nicht zu, weil du glaubst, dass ich ein Rufer in der Wüste bin«, sagte er lächelnd. »Aber die Worte vom ›rechtschaffenen Abschlachten‹ sind nicht von mir. Sie stammen aus dem besten Nachruf auf ihn aus einer Zeitung meines Landes. Jesse James ist jetzt schon eine Legende. Und nicht nur für unsere Nation. Für die Zukunft.«

Natürlich hatte ich ihn schon früher so reden hören. In Edinburgh hatte er in Geschichten von Raub, Gemetzel und gewaltsamen Auseinandersetzungen in der Neuen Welt geschwelgt. Aber die Vorstellung, dass Mord für sich genommen als heldenhaft betrachtet würde (denn was war das Töten im Zuge eines Raubs anderes als Mord?) und in der von ihm beschriebenen Weise besungen worden sein sollte, mochte ich nicht glauben. Ich weigerte mich rundheraus zu akzeptieren, dass das die Zukunft war, und beschloss, seine Worte keiner Antwort zu würdigen.

»Aha«, sagte er, »ich langweile dich, dann sieh doch mal hinter dich, was da ist. Ich möchte dir etwas zu Weihnachten schenken.«

Ich wusste nicht, ob es sich um eine List handelte. Ich wollte jedenfalls unter keinen Umständen meinen Blick von ihm abwenden. Aber er lachte und deutete hin. »Nein, schon gut, ich verspreche, dass ich mich nicht auf dich stürze. Ein flüchtiger Blick reicht. Ich weiß, dass es dich interessieren wird. Schau, ich gehe sogar einen Schritt zurück.«

Das tat er, und ich drehte meinen Kopf minimal.

Ein langer Gegenstand lag auf dem Boden nahe der Wand.

Es war Bells Spazierstock mit Silberknauf.

Etwas stumpf von Regen und Pflanzen, aber unverkennbar, wie er ihn vorher noch bei sich gehabt hatte. Ich sah zurück und versuchte, mir nichts anmerken zu lassen.

Cream lachte sein altes Lachen. »Nun denn, Doyle, wenn

du schon nicht mit mir über Jesse wehklagen möchtest, können wir doch bestimmt gemeinsam um einen weiteren Toten trauern.« Ich reagierte natürlich. Ich konnte es nicht unterdrücken.

»Oh ja«, fuhr er fort. »Ich will dir von etwas anderem erzählen, was Jesse James geschrieben hat. ›Ein Mann, der so verdammt dumm ist, sich zu weigern, einen Geldschrank oder Tresor zu öffnen, verdient den Tod. Wenn er Widerstand leistet oder nicht aufschließen will, wird er getötet.‹ Das sind die veröffentlichten Worte eines großen Mannes, und ich halte sie in Ehren. Jefford hat mich zuerst gehindert, aber heute war es Bell. Er hat mich davon abgehalten, Jeffords Schatzkammer zu öffnen. Aber er hat dafür bezahlt. Er ist zu den Klippen gekommen, obwohl er bestimmt wusste, dass die Botschaft falsch war. Und natürlich ist er mit irgendeiner heldenhaften Vorstellung herbeigeeilt, dass er mich hinunterwerfen könnte, entweder alleine oder indem er seine Arme um mich schlösse. Aber so töricht war ich nicht, es ist nicht meine Art, mich auf ein umständliches Handgemenge einzulassen.

Deshalb hatte ich eine kleine Klinge dabei, und als er mich angesprungen hat, habe ich mich gebückt und in seinen Unterschenkel gestochen, sodass er das Gleichgewicht verloren hat.« Sein Gesicht leuchtete nun sichtbar vor erregtem Vergnügen über die Erinnerung, während er einen Schritt näher kam. »Ich bin standhaft geblieben, er ist getaumelt, und ich habe ihn mit dem Kopf heruntergestoßen. Bis zum Grund. Und er hat geschrien, Doyle. Er ist tot.«

Der Tod des Doctors

Das waren entsetzliche Worte. Ich wollte sie nicht glauben: Das war doch bestimmt wieder einer seiner Tricks? Doch in meinem Herzen wusste ich mit unerträglicher Gewissheit, nicht zuletzt aufgrund Creams unverhohlener Siegesfreude, dass es die Wahrheit war. Bell selbst hatte die Gefahr gekannt. Und ich hatte noch nie mitbekommen, dass Cream über den Tod gelogen hatte. Wenn er behauptete, getötet zu haben, hatte er auch getötet, wie ich zu meinem großen Leidwesen wusste.

Er hatte also gewonnen. Aber es war unerträglich, dass dieser Mann so schadenfroh vor mir stand, also wappnete ich mich.

Er musste das in meinen Augen gesehen haben, denn er sprang zuerst. Er hatte schon beim Reden einen Schritt nach vorne getan, und er war geschmeidig und hatte seine Bewegung gut eingeschätzt.

Wir erreichten den Tisch gleichzeitig, aber er hatte den schweren Kerzenleuchter vor mir gepackt und stieß ihn gegen mein Gesicht, sodass ich gezwungen war, zur Wand zurückzuweichen.

»Ich möchte dich bei lebendigem Leib verbrennen«, sagte er, »und zum Märtyrer all deiner hehren Anliegen machen. Noch ein Detektivmärtyrer.«

Die Flammen waren schmerzhaft auf meinem Gesicht, also konnte ich nur versuchen, meinen Kopf abzuwenden und zurückzuziehen. Creams Kopf war jetzt nicht mehr weit, schauerlich angestrahlt von den Kerzen, die meine Haare und Augenbrauen versengten. Ich sank tiefer an der Wand entlang, aber das erhöhte den Druck und damit die Qual nur. Bestimmt hätte er mich niederschlagen können, aber dann wären die Kerzen womöglich erloschen, und er wollte mich wirklich verbrennen.

Ich war jetzt geblendet, die Schmerzen waren entsetzlich, und ich wusste, dass ich Feuer fangen würde, aber meine Hand, die nutzlos gegen den Fußboden gestützt war, stieß gegen einen langen, glatten Gegenstand. Es war Bells Stock. Ich griff danach wie ein Ertrinkender nach einem Tau. Schwung zu holen war unmöglich, aber ich kannte den Stock gut, und meine Hand befand sich fast an seinem oberen Ende. Mit einer einzigen Bewegung und mit aller Kraft stieß ich den Stock nach vorne gegen meinen Angreifer. Natürlich schlug ich dabei in die Richtung, aus der mir Schmerzen zugefügt wurden, und so stieß ihm der Stock eine der Kerzen halb ins Gesicht, sodass er ein paar Zoll zurückschreckte, was meine eigenen Qualen etwas milderte.

Ich stieß noch einmal fester zu, traf seinen Kopf und trieb ihn nach hinten, womit die Flammen ganz aus meinem Gesicht verschwanden. Ich hatte gerade genug Zeit, mich aufzurappeln, bevor er wieder auf mich losging, aber jetzt hatte ich den Stock und ging die Wand entlang in die Ecke, bereit, damit auszuholen.

Zu meiner Verblüffung folgte er mir nicht, sondern ging zur Tür, die noch angelehnt war, und schloss sie. Dann bückte er sich und hielt die Kerzen an den Teppich.

Ich ging auf ihn zu, dankbar für die Gelegenheit, einen richtigen Angriff starten zu können, doch plötzlich erhob sich vor mir eine große Feuerwand. Ich musste zurückweichen, und jenseits der in die Höhe schießenden Flammen sah ich, wie er lachte. Er drehte sich um und nahm einen Gegenstand, aus dem er eine Flüssigkeit in die Flammen schüttete, und dann warf er die Bettdecken, die ich gesehen hatte, ebenfalls darauf. Jetzt erkannte ich den chemischen Geruch, es war das Petroleum aus der Lampe beim Fenster, und die Feuerwand wurde immer dichter. »Oh ja«, rief er, »ich musste rasch arbeiten, während du unten warst.« Ich duckte mich weg und sah Creams Vergnügen, er frohlockte, tanzte förmlich. »Ein Märtyrer braucht einen Scheiterhaufen, Doyle. Wie eine Hexe.«

Mir blieb nur noch kurze Zeit, bis mich die Flammen erfassten. Und in diesem Augenblick dachte ich an den Doctor. Er hatte vorgehabt, sein Leben zu geben, um Cream aus der Welt zu schaffen. Er hatte versagt. Sollte ich jetzt sterben, ohne es überhaupt versucht zu haben?

Ich stand zurückgedrängt in der Ecke des Zimmers, die das Feuer noch nicht erreicht hatte und in der sich nur ein Stuhl befand, über den ich nach meiner Rückkehr von The Glebe meinen Mantel geworfen hatte. Ich griff nach ihm, steckte meine Arme zur Hälfte in die Ärmel, nur zur Hälfte, damit Schultern und Kragen meinen Kopf und fast mein ganzes Gesicht bedeckten. Ich dankte Gott im Stillen dafür, dass der Mantel noch immer nass war, und stürzte nach vorn.

Die Schmerzen waren unerträglich. Meine Beine fühlten sich an, als würden sie von glühend heißen Drähten beharkt, aber ich wusste, dass nur Schnelligkeit mich retten konnte. Und dann ließ der Schmerz nach, als ich offenbar das Schlimmste überstanden hatte. Sofort ging Cream auf mich los, denn ich spürte von der Seite einen Schlag mit der Lampe.

Er hätte besser daran getan, dies zu unterlassen. Denn ich trat einen Schritt zurück, wobei mir der Mantel vom Kopf rutschte, sodass ich ihn nun sehen konnte. Jetzt hatte ich die Gelegenheit, den zweiten Teil meines Plans in Angriff zu nehmen, der erst vom Gedanken an Bells Schicksal angeregt worden war. Cream hielt die Petroleumlampe hoch und bereitete sich auf einen tödlichen Schlag vor, aber ich kam ihm zuvor, denn ich trat zur Seite, griff nach seinem Arm, als dieser niederging, und zog Cream in Richtung des Flammenrings.

Er war aus dem Gleichgewicht geraten, und es war ohnehin das Letzte, was er erwartet hätte. Jetzt schlang ich meinen anderen Arm um ihn und zerrte unter Aufbietung all meiner Kräfte an ihm. Ich verabscheute es, seinen Körper so eng an meinem zu spüren, mich ekelte vor seiner Berührung. Aber ich hatte nur einen Wunsch, und der war, die Mission zu vollenden, bei der der Doctor gescheitert war. Cream war vermutlich stärker als ich, aber er war unvorbereitet, und ich wurde angetrieben von Schmerz, Hass und Verzweiflung. Und so stürzten wir beide an den Rand der sich ausbreitenden Flammen.

Es war eine Höllenqual, und ich fühlte den brennenden Schmerz, weil mein Kopf nicht mehr geschützt war. Aber der von Cream auch nicht, und er fluchte. Und durch meinen eigenen Schmerz hindurch genoss ich diese Laute. Meine Arme waren noch immer um ihn geschlungen, das war jetzt mein einziger Gedanke, während mir langsam die Sinne schwanden. Dann röchelte er plötzlich, und ich konnte ihn nicht mehr halten, da meine Hand auf seinem Mantel brannte, und während ich zurückwich und meinen Kopf hochriss, sah ich, was passiert war: Sein Mantel ging, im Gegensatz zu meinem, in Flammen auf. Er hatte in seiner Leichtsinnigkeit Petroleum darauf verschüttet, und jetzt brannte er schneller als alles andere.

Sein Kopf befand sich bereits tiefer in der Feuersbrunst als meiner, und ich konnte sehen, wie die Haut unter seiner Nase beinahe flüssig zu werden schien, wie sein Gesicht fleckig wurde, so wie er eigentlich mich mit den Kerzen entstellen wollte. Unterdessen wurde mein Mantel zwar versengt, bot mir aber noch Schutz, und mein Gesicht und meine Haare taten zwar furchtbar weh, brannten aber noch nicht.

In diesem Augenblick empfand ich helle Freude. Ich hatte in der Vergangenheit keinen einzigen Schlag gegen ihn landen können, und jetzt sah ich ihn in allerhöchsten Qualen. Es war eine neue Erfahrung für mich: Er war sterblich, und sein Gesicht brannte lichterloh.

Ich konnte nicht mehr atmen, also wich ich instinktiv weiter zurück und stellte beinahe überrascht fest, dass ich den schlimmsten Flammen entkommen war. Mein Körper schmerzte noch immer höllisch, aber ich konnte atmen, und ich drängte weiter vor.

Ich vermochte die Tür zu sehen und kroch durch den Qualm weiter, was mich an mein Kriechen in der Hütte erinnerte; damals hatte er mich gedemütigt, heute hatte ich mich gerächt. Schließlich erreichte ich die Tür, und mir wurde klar, dass ich zwar Brandwunden hatte, aber keineswegs brannte. Und dann gelang es mir, auf die Füße zu kommen.

Als ich zurücksah, konnte ich nicht viel erkennen, aber ich machte eine Form aus, die sich im Rauch und in den Flammen wand. Ich nahm den Schlüssel, zog die Tür auf, schloss sie hinter mir und drehte den Schlüssel im Schloss. Es war ein Todesurteil, das wusste ich, und mich überlief ein Schauder, als ich es tat.

Noch war kein Alarm geschlagen worden, und ich wusste, dass keiner rechtzeitig kommen würde, um ihn zu retten. Und dann hörte ich den Schrei von innen, wenn auch nicht ganz aus der erwarteten Richtung. Ich genoss diesen Schrei. Ich fand, dass er allen Opfern geschuldet war, dem Doctor und insbesondere den Frauen, die er umgebracht hatte. Bei anderen Mördern hatte ich oft andere Gefühle empfunden: Verachtung, Gnade, Traurigkeit, sogar Mitgefühl. Aber niemals für ihn. Er war jenseits solcher Gefühle.

Während der Laut nachließ, lief ich rasch über den Gang zur Treppe. Der Schrei hatte Leute auf dem Treppenabsatz unten alarmiert, wie auch der Rauchgeruch, und ich hörte, wie jemand »Feuer!« rief.

Es gelang mir, unbemerkt aus dem Gasthaus zu kommen, und der Regen und der Wind waren mir willkommener als jeder kühlende Balsam. Ich dürfte einen sonderbaren Anblick abgegeben haben. Mein schwerer Mantel hatte große verbrannte Flecken, mein Haar war angesengt, mein Gesicht errötet und stellenweise wund, aber immerhin war der Mantel noch vollständig und bedeckte jetzt die Stellen unterhalb des Knies, wo Brandlöcher in meinem Hosenbein waren. Ich war für meinen Mantel sehr dankbar, er war mit Sicherheit der einzige Grund, warum meine Verbrennungen nicht so schlimm ausgefallen waren.

Aber mein Moment des Hochgefühls verging, als ich wieder an Bell dachte. Noch einmal ließ ich mir Creams Worte über den Kampf an der Klippe durch den Kopf gehen, auf der Suche nach einer Ungereimtheit. Aber ich wusste, dass es keine gab. Cream hätte es nicht solche Freude bereitet, mich über so etwas zu belügen, auch nicht um eines kurzen Vergnügens willen. Das war nicht seine Art. Bell hatte alles hingegeben, nicht durch einen Sieg befriedigt, nur gedemütigt, und mein Herz wurde wieder schwerer, als ich durch die Straße eilte.

Das Unwetter hatte kaum nachgelassen, denn ich hörte Donner, und der Regen goss mir beim Gehen ins Gesicht, wobei mir gelegentliche Blitze den Weg wiesen. Wieder bog ich in den Weg zum Meer ein und erklomm dann den Küstenpfad in den Wald hinein. Ich kannte die Stelle, an der ich suchen musste, obwohl es ein furchtbarer Ort für eine Nacht wie diese war.

Schließlich gelangte ich an die große Freifläche, wo die laute Brandung weit unten wütete und vor mir die zerbrochenen Bögen und Gräber lagen, die in einem verrückten Winkel schwankten. Es war ein Wunder, dass der Sturm sie nicht entwurzelt hatte, obwohl er natürlich noch längst nicht vorbei war. Und man musste ein Tor sein, sich unter solchen Umständen nahe an den Abhang zu stellen, ganz zu schweigen von einem Kampf, aber wenn der Doctor das Risiko eingegangen war, so musste ich es auch tun.

Ich wagte es bei dem Sturm nicht, bis zur Kante zu gehen, also kniete ich mich hin und kroch auf allen vieren durch das durchnässte Gras darauf zu. In einer Flaute rief ich laut den Namen des Doctors, und er schien die Klippen entlang widerzuhallen, ehe er vom Wind verschluckt wurde, aber natürlich bekam ich keine Antwort.

Schließlich war ich an der Kante angelangt und krallte mich an einem verwaisten Mauerstück neben mir fest, obwohl mir durchaus bewusst war, dass mir das nicht helfen würde, wenn der Boden unter mir nachgab, während ich über den Rand blickte.

Zunächst vermochte ich kaum etwas zu erkennen, doch hier gab es vom Meer her etwas mehr Licht. Ich konnte die Wellen ausmachen, obwohl Ebbe herrschte, außerdem Steine und Felsen. Aber sonst nichts.

Plötzlich zuckte ein heftiger Blitz auf, der alles grell erleuchtete: den Sand, die Steine, die Klippe. Und in diesem Augenblick sah ich ihn. Ich sah seinen zerbrochenen, leblosen Körper weit unter mir ausgestreckt liegen, vom Aufprall verdreht, blutüberströmt. Und ich weinte.

Ich konnte von hier aus nicht einmal versuchen, zu ihm zu gelangen. Es gab unter mir zwar einige Felsnasen, aber jede Art von Klettern wäre ein gefährliches Unterfangen gewesen. Ich rannte den Pfad zurück, denn ich wusste, dass ich eine Stelle gesehen hatte, wo der Abhang so beschaffen war, dass man zum Strand hinunterklettern konnte.

Ich erinnerte mich grob daran, wo sie war, und verließ den Pfad durch die Bäume, bis ich durch schieres Glück beinahe sofort auf sie stieß. Es war keine angenehme Kletterei bei diesem Wetter, aber auch nicht besonders gefährlich, solange man es vermied, sich auf dem rutschigen Abstieg einen Knöchel zu brechen. Schon bald hatte ich den Strand erreicht und rannte die relativ kurze Strecke zurück zu der Stelle unter der Kirchenruine, wo ich Bell gesehen hatte.

Ich kam um den Vorsprung der Klippe herum und glaubte schon bald, am richtigen Ort angekommen zu sein, doch ohne den Blitz konnte ich keine Spur von Bell entdecken. War er von einem herabgefallenen Stein verschüttet worden? Denn hier war der gefährlichste Teil der Klippe, und ich war überall von abgestürztem Mauerwerk umgeben.

Ich wandte mich nach links und erkannte sogleich meinen Irrtum. Denn da lag der Umriss seines Körpers, ich konnte das Blut auf seinem Gesicht sehen und die verbogene, ungelenke Haltung. Ich ging zu ihm, auch wenn ich seine leblose Gestalt lieber nicht sehen wollte, und bückte mich, um ihn näher zu betrachten.

Es war so, wie ich es schon gesehen hatte. Die Glieder waren vom Aufprall verdreht, und viel Blut bedeckte sein Gesicht. Ich wandte mich ab, einerseits, weil ich den Anblick nicht ertragen konnte, andererseits, um meinen Mantel auszuziehen und über seinen leblosen Körper zu werfen.

Die Stimme hinter mir war schwach, aber vernehmlich. »Verzeihen Sie mir, Doyle, dass ich Sie nicht fröhlicher begrüßt habe, aber ich wollte in meinem derzeitigen Zustand niemand anderem begegnen.«

Ich wirbelte vor Verblüffung herum. Der leblose Haufen streckte sich plötzlich, die Glieder strafften sich, der Kopf hob sich ein wenig. Er war verletzt, natürlich, aber keinesfalls tot oder auch nur bewusstlos.

»Doctor?«, rief ich.

»Ich fürchte, es ist nur eine teilweise Täuschung gewesen«, sagte er. »Sie werden verstehen, dass ich in diesem Zustand nicht jemand weniger Freundlichen treffen wollte. Sie haben sich Brandverletzungen zugezogen, wie ich sehe?«

Vor lauter Wissbegierde überging ich seine Frage. »Aber wie konnten Sie hier herunterstürzen und überleben? Das ist unmöglich.« Ich half ihm, sich aufzusetzen, und es erstaunte mich, wie lebensecht er die verrenkten Glieder nachgeahmt hatte, auch wenn seine anderen Verletzungen nur allzu echt waren, wie ich fürchtete.

»Natürlich, und so war es auch nicht. Aber ich bin böse gestürzt und habe mich verletzt, wie Sie sehen. Zum Glück hatte ich ein paar Vorkehrungen getroffen, bevor ich heute Abend hierhergekommen bin, Doyle. Angesichts von Creams Geschmack schien mir diese Stelle ein wahrscheinlicher Ort für ein Zusammentreffen, also hatte ich die Klippe zuvor gründlich untersucht; sie ist nicht so steil, wie sie aussieht. Wenn Sie genau hinsehen, finden Sie auf Dreiviertelhöhe ein

Felsband. Ich hatte mir ausgerechnet, dass ich ihn weiter hinausstoßen konnte, aber selbst darauf landen könnte. Bei Ersterem habe ich versagt, wie Sie wissen, aber Letzteres ist mir gelungen. Nicht, dass ich diese Erfahrung weiterempfehlen kann. Man muss wissen, wie man zu fallen hat, und ich habe meine Schulter verletzt, eine Rippenfraktur und einen Knochenbruch im Fuß, ganz abgesehen vom hohen Blutverlust.«

»Meinen Sie, Sie können gehen?«, fragte ich, denn ich wollte vor allen Dingen weg von diesem Ort.

»Natürlich«, sagte er, »aber ich wäre Ihnen für Ihre Schulter dankbar.«

Er rappelte sich auf und konnte dann mit meiner Hilfe den Strand entlanghumpeln. Ich wollte nicht, dass Bell sich mit weiteren Erklärungen verausgabte, und konnte den Rest überwiegend erraten. Cream hatte natürlich gewonnen, aber nicht so deutlich und dramatisch, wie er angenommen hatte. Der Doctor hatte sich auf die Umstände dieses Kampfes sorgfältig vorbereitet, und wenn Cream nicht das Messer gezückt hätte, hätte Bell zweifellos sogar Erfolg haben können. So aber war er gestürzt, doch weitgehend zu seinen eigenen Bedingungen. Sein Schrei war genau berechnet, um seinen Feind davon abzuhalten, nach ihm zu sehen.

Aber der Rest war das Schlimmste, wie er mir später erzählte. Er hatte außer Sicht gewartet, denn er war so schwach, dass Cream die Sache mit Leichtigkeit hätte zu Ende bringen können, wenn er es gewusst hätte. Endlich, als er sich sicher war, dass sein Feind fort war, war ihm nur geblieben, nach unten zu klettern, denn es war völlig ausgeschlossen, wieder nach oben zu gelangen. Es wäre selbst bei besten Bedingungen eine höllische Kletterei gewesen, aber angesichts seiner Schwäche und seiner Verletzungen war es, wie er sagte, das tollkühnste Unterfangen, das er jemals unternommen hatte. Der Sturm heulte um ihn herum, die See schlug unter ihm. Zweimal verlor er mit den Füßen den Halt und wäre beinahe abgestürzt. Einmal schoss ein Stück Mauerwerk nahe an ihm vorbei, aber irgendwie hatte der Rest gehalten. Am Ende war er so schwach, dass er doch noch runterfiel, aber da waren es nur noch wenige Fuß in den Sand.

Eine Weile hatte er keine Kraft, sich zu bewegen, und später hörte er eine Stimme rufen. Aus Angst, dass Cream zurückgekehrt war, um sich seines Erfolgs zu vergewissern, und überzeugt, dass er einen sichtbaren Beweis haben wollte, täuschte Bell die Todesstellung vor, wobei ihm einige der Fähigkeiten zugutekamen, die er dem Schlangenmenschen Morton abgeschaut hatte. Später hatte er versucht, sich von der Stelle zu entfernen, als er meine rennenden Schritte hörte. Da er keine Chance gehabt hätte, einen Zweikampf zu gewinnen, und sich nirgendwo verstecken konnte, nahm er wieder die gleiche Haltung ein, wenn auch an anderer, allerdings ähnlicher Stelle. Und da hatte ich ihn gefunden.

Viele dieser Einzelheiten erfuhr ich später, einschließlich der Tatsache, dass Bell beschlossen hatte, dass seine Pistole bei diesem Wetter zu riskant wäre. Jetzt war ich einfach überglücklich, ihn über den Strand zurückzuführen und ihm erzählen zu können, dass er nicht befürchten musste, dass Cream bei unserer Rückkehr auf uns wartete. Der Doctor war zu schwach, um selbst viel reden zu können, aber er hörte begierig zu und wollte alles erfahren, was geschehen war, nicht zuletzt den Ursprung meiner eigenen Verletzungen. Es gelang mir, ihm die wesentlichen Einzelheiten zu vermitteln, während wir weiterhumpelten, seltsamerweise ohne das Unwetter und sogar unsere Wunden wahrzunehmen, einfach nur froh, wieder vereint zu sein.

Ich wollte, dass der Doctor schnellstmöglich behandelt

wurde, und Bulweathers Haus schien die naheliegende Zuflucht zu sein. Ich weiß, wie schwer dieser Gang für meinen Gefährten war, und mehr als einmal drängte ich ihn, stehen zu bleiben und mir zu erlauben, vorzulaufen und Hilfe zu holen, doch er bestand darauf weiterzugehen. »Ich habe keine Lust, noch länger auf diesem Strand zu sitzen, Doyle. Mein Fuß schmerzt ohnehin so sehr, dass Ruhe jetzt auch nicht mehr hilft.«

Ich behelligte ihn nicht damit, auf die für ihn untypische Unlogik dieser Aussage hinzuweisen, denn ich war nur froh, dass sein Mut nicht gebrochen war. Endlich erreichten wir das Dorf und steuerten auf Bulweathers Tür zu. Als ich die Straße hinuntersah, bemerkte ich, dass im Ship noch immer großer Tumult herrschte, doch das Feuer war offenkundig gelöscht, und ich war erstaunt, dass nicht das ganze Haus abgebrannt war.

Bulweather war noch wach und freute sich, uns zu sehen, er schien sogar geradezu begeistert, als er mich erblickte; den Grund dafür erfuhr ich schnell. Sein Hund schien gleichfalls erfreut und hüpfte herum; solche Festlichkeiten schienen ihm zu gefallen. Wie sich herausstellte, war Bulweather bei einem Patienten gewesen und erst kürzlich zurückgekehrt, um noch im Gasthaus vorbeizusehen, wo er die Überreste des Feuers untersucht hatte und fürchtete, ich sei verbrannt. Offenbar war das Haus von seinem Schieferdach gerettet worden, das in mein Zimmer eingestürzt war und so den sintflutartigen Regen hereingelassen und zugleich die Flammen von den tieferen Geschossen ferngehalten hatte.

Während wir es uns bequem machten, bestand Bulweather darauf, zum Gasthaus zurückzugehen und Langton zu beruhigen, dass wir in Sicherheit waren und ihm am Morgen umfassend Bericht erstatten würden. Er besorgte auch einige von

Bells Kleidern, die dringend benötigt wurden, auch wenn er natürlich keine Chance hatte, an welche von mir zu gelangen.

Später unterhielt er sich fröhlich mit uns, nachdem er das Feuer geschürt hatte, das schon bald prasselte. Und nachdem er etwas Gebäck und dampfenden Punsch hereingebracht hatte – Dinge, die seine Haushälterin am Nachmittag für eine Weihnachtsfeier vorbereitet hatte –, machte er sich an eine gründliche Untersuchung von Bell, während welcher die beiden ihre Meinungen zu seinen diversen Verletzungen austauschten.

»Sie sind in erheblich besserer Verfassung, als Sie von Rechts wegen sein dürften«, sagte Bulweather am Ende, nachdem er Bells Kopfverletzungen sorgfältig verbunden hatte. »Solange die Rippe fest gebunden bleibt, sollte sie Ihnen keine Schmerzen bereiten, aber ich würde Ihnen dringend raten, Ihren rechten Fuß in den nächsten Wochen so wenig wie möglich zu belasten. Ich bin sehr neugierig darauf, von Ihren Abenteuern zu hören, wenn Sie mir davon erzählen wollen, während ich mich um Doyles Verbrennungen kümmere.«

Die Salbe, die er mir auftrug, wirkte wunderbar kühlend, und mit Bells Einverständnis übernahm ich es, ihn über die jüngsten Entwicklungen zu unterrichten.

Natürlich hörte er äußerst interessiert zu. »Tja«, verkündete er am Ende, »es scheint, Gentlemen, dass Ihr Fall so gut wie abgeschlossen ist, denn ich habe eine Information, die Sie interessieren dürfte. Niemand hätte dieser Feuersbrunst entkommen können, aber abgesehen davon hat Langton mir heute Abend erzählt, dass verbrannte menschliche Überreste in Doyles Zimmer gefunden worden sind. Da niemand vermisst wird, können wir uns sicher sein, dass Ihr Mann nicht überlebt hat.« Er drehte sich um, um sich die Hände am Feuer zu wärmen.

Bell und ich sahen uns an und erhoben schweigend unsere Gläser. Ich schloss meine Augen und sprach ein Gebet für Elsbeth. Bell sah mich an, als ich sie wieder öffnete.

Wir hatten bereits ausgemacht, dass wir bei Bulweather übernachten würden. Und kurz darauf führte er uns zu bequemen Zimmern und Betten. Ich lag in meinem wach, horchte dem unablässigen Regen zu und staunte über die Ereignisse des Tages, die zum Teil so schlimm gewesen waren und doch so positiv geendet hatten. Wir hatten die Toten endlich gerächt und unser niemals enden wollendes Problem erfolgreich gelöst. Doch ich war wütend über das Schicksal von Charlotte, die ebenfalls ein Opfer seines Betrugs geworden war. Wären die heutigen Ereignisse nur einen Tag früher geschehen, lebte sie jetzt noch. Doch immerhin war alles vorbei, und es würde keine weiteren Opfer wie sie mehr geben, keine weiteren Frauen, die er zu seinem Privatvergnügen tötete.

Ich schlief ein und wachte viel später wieder auf. Da waren Geräusche auf dem Gang vor meinem Zimmer; Schritte oder vielmehr ein Schlurfen. War es womöglich Bell? Die seltsamen Schritte kamen zu meiner Tür und gingen vorüber, dann kamen sie zurück. Sie blieben stehen.

Plötzlich wurde die Tür gewaltsam aufgerissen. Ich sah die Umrisse einer verzerrten Gestalt, den Kopf seltsam nach oben gehalten, als schnupperte sie. Dann sprang sie vor.

Und in diesem Augenblick erkannte ich, dass es Cream war, aber nicht der Cream meiner Erinnerung. Kein Spott, kein Hohn, keine stolze Erscheinung. Sein Körper war verkrüppelt und von schweren Brandwunden entstellt, die Haut schwarz, die Schultern vor Schmerzen gekrümmt, die Hände wie rote Klauen. Und er stand direkt über mir, bevor ich mich auch nur regen konnte, seine kralligen Finger bereit, mir die Augen auszureißen.

Ich fühlte den blendenden Schmerz, als sie hinabfuhren. Und dann, nach Luft ringend, wachte ich auf. Es war natürlich ein Traum gewesen, ein schrecklicher Traum, und ich brauchte in der Dunkelheit eine Weile, bis ich mir sicher war, in Bulweathers Gästezimmer zu sein, und mich davon überzeugen konnte, dass die freudigen Ereignisse des Vorabends echt waren. Sie waren tatsächlich geschehen, alles war wahr, bis auf diese Erscheinung, die meine finstersten Gedanken an die Feuersbrunst hervorgebracht hatten. Er war tot.

Aber jetzt hörte ich wieder, was den Albtraum ausgelöst hatte. Da *waren* Schritte draußen, zugegebenermaßen nicht die schlurfenden Schritte meines Traums, aber langsame, zielstrebige Schritte, genau genommen die Schritte von jemandem, der nicht gehört werden möchte. Sie gingen an meiner Tür vorbei und verschwanden. Ich lag wach, aber sie kehrten nicht zurück. Vielleicht hatten Bulweather oder der Doctor keinen Schlaf gefunden.

Schließlich, nachdem einige Zeit vergangen war, schlief ich wieder ein, und diesmal schlief ich friedlich. Als ich Stunden später wieder aufwachte, lag das Zimmer im Sonnenlicht. Das Unwetter hatte sich verzogen; ich wischte alle Gedanken an meinen Traum beiseite und erschauerte bei der Erinnerung an unseren Sieg.

Bulweathers Haushälterin Mrs. Harvey kochte ein Frühstück, dessen Geruch allein mich schon hungrig machte, während ich mir die geliehenen Kleider anzog, die mein Gastgeber mir als Ersatz für meine eigenen zerfetzten Lumpen herausgelegt hatte. Natürlich hatte er nur wenig, das mir passte, aber irgendwie hatte er passable Hosen und diverse andere Kleidungsstücke aufgetrieben, die ich anzog; dann ging ich durch den Gang und fand den Doctor und Bulweather bereits zu Tisch. Es freute mich sehr, Bell mit Appetit essen zu sehen, und die beiden Mediziner unterhielten sich angeregt über postdiphtherische Lähmungen. Ich setzte mich und nahm den großen Teller mit Pilzen, Eiern und Speck mit ebenbürtigem Eifer in Angriff. Beim Zuhören dachte ich, dass ich selten erlebt hatte, dass Bell so harmonisch mit einem anderen Arzt diskutierte wie jetzt mit Bulweather.

Nachdem wir fertig waren, gingen wir mit unserem Kaffee an den großen Kamin des Landarztes. »Ich war schockiert, als ich es erfuhr«, rief Bulweather, denn er und Bell waren nun auf Cornelius' Mitwisserschaft zu sprechen gekommen. »Ich kann nur annehmen, dass er aus Schwäche und nicht aus grundsätzlicher Unehrlichkeit gehandelt hat, denn er ist bestimmt kein Verbrecher.«

»Ich neige zur gleichen Ansicht«, sagte der Doctor und trank nachdenklich. Obwohl er noch sichtlich Schmerzen hatte, leuchteten seine Augen jetzt wieder, und seine Stimme wurde wieder fester. Er widmete auch Bulweathers Apportierhund große Aufmerksamkeit, tätschelte ihn ausgiebig und betrachtete ihn genau. »Und ich bin Ihnen sehr dankbar für Ihren guten Rat und Ihre große Gastfreundschaft während unseres Aufenthalts, Bulweather. Jetzt bleibt uns nur noch eine Frage, nämlich: War neben Cream noch jemand in die Suche nach Jeffords Geld involviert?«

»Und was glauben Sie?«, fragte Bulweather interessiert.

»Ich gebe zu, dass ich immer wieder auf diesen einen Abend zurückkomme«, sagte Bell. »Den Abend des ersten Dezember. Sie erinnern sich, man hat drei Männer gesehen: Jefford, Cream und einen weiteren. Cornelius bestreitet rundheraus, dass er es war.« Er stellte seine Tasse ab und lehnte sich mit übereinandergeschlagenen Beinen zurück. »Tja, vielleicht werden wir es niemals mit Gewissheit herausfinden. Sagen Sie, wie geht es der Schwester Ihrer Frau?«

Bulweathers Blick wurde heiter. »Ich habe Hoffnung, dass es einen Fortschritt gibt. Nur einen winzigen. Aber in einem so tragischen Fall wäre schon das ein Wunder.« Er sah Bell an und fuhr fort. »Ich weiß nicht, ob Doyle es Ihnen erzählt hat, aber ich schäme mich nicht dafür. Meine Frau ist an einer Sepsis gestorben. Aber sie hat auch an einer leichteren Ausprägung der Krankheit ihrer Schwester gelitten.«

»Wirklich?«, erwiderte Bell. »Danke für Ihre Offenheit. Nein, er hat es mir nicht erzählt.«

»Es sollte vor Ihnen kein Geheimnis sein«, sagte Bulweather liebenswürdig.

»Aber mich würde doch sehr interessieren«, meinte Bell, »wie sich die Nervenkrankheit Ihrer Frau genau dargestellt hat.«

»Natürlich«, sagte Bulweather, »obwohl ich nicht behaupten will, dass mir das Thema angenehm ist. Sie litt unter Wahnvorstellungen.«

»Und unter welchen genau?«, fragte Bell sanft.

Bulweather seufzte. »Ich fürchte, das ist selbst unter Freunden zu schmerzhaft ...« Seine Stimme verlor sich.

»Dann werde ich es Ihnen sagen«, entgegnete Bell. »Sie glaubte, dass Sie eine Beziehung zu ihrer eigenen Schwester unterhielten, nicht wahr? Und was noch sonderbarer ist, dank eines habsüchtigen Gastwirts in Southwold namens Burn habe ich mehrere Freunde Ihrer Schwägerin kennengelernt, die zwar völlig zurechnungsfähig scheinen, aber ebenfalls dieser Wahnvorstellung anhängen. Diese Leute meinen, dass Sie von Ihrer Schwägerin geradezu besessen waren, schon Jahre bevor sie krank wurde. Dass Sie ihr erster und beständigster Verführer waren, lange bevor sie sich in London selbst ruiniert hat; dass das Baby Ihrer Schwägerin in Wirklichkeit Ihr Baby war. Und dass all das letztendlich Ihre Frau zerstört hat.«

Ich stellte meine Tasse mit einem Klirren ab. Bulweather holte tief Luft. »Aber ich habe Ihnen doch schon vom Dorfklatsch erzählt«, sagte er mit immenser Geduld und Würde.

»Gewiss, das haben Sie«, bestätigte Bell. »Und ich habe das auch berücksichtigt, nicht zuletzt, weil ich Ihnen so viel Dank schulde. Aber dieser Klatsch ist schon sehr überzeugend. Einer der Leute hat Sie regelmäßig alleine bei ihrer Schwester ein und aus gehen gesehen. Aber wenn das alles wäre, Doctor, so kann ich Ihnen versichern, dass ich es niemals zur Sprache gebracht hätte.« Er verstummte; ich wartete. »Leider ist das nicht alles.«

Das letzte Opfer

»Dann möchten Sie vielleicht erklären, was noch übrig ist?«, fragte Bulweather ruhig.

»Zunächst eine Kleinigkeit«, antwortete Bell. »Sie sind stolz auf die Einzigartigkeit Ihres Hundes in dieser Gegend, und ich habe keinen Grund, Ihnen da zu widersprechen. Jefford hatte keinen Hund, und Cream mochte, soweit ich erkennen kann, Tiere nicht. Aber ich habe ein langes Hundehaar, das ich vor ein paar Tagen in The Glebe gefunden habe, genau Ihrem Hund zuordnen können, obwohl Sie behauptet haben, nie in dem Haus gewesen zu sein.

Zweitens: Als wir in The Glebe waren und ich Sie gebeten habe, den Männern einen Weinbrand zu geben, sind Sie zu einem relativ gut verborgenen Wandschrank gegangen und haben ihn, ohne weiter nachzudenken, dort herausgeholt. Wirklich seltsam, wenn Sie niemals dort gewesen waren. Drittens haben meine Nachforschungen überzeugend ergeben, dass die Anstalt Ihnen zwar ein ausgezeichnetes zweites Alibi für den Abend von Jeffords Tod geliefert hat, dass Sie dort aber in Wirklichkeit nur kurz geblieben sind. Viertens: Trotz aller Schläge von seinem schrecklichen Vater will der kleine Tommy Norman unter keinen Umständen in Ihre ärztliche Behandlung. Weswegen? Wegen etwas, das zu erzählen er zu verängstigt war. Gestern endlich hat er es mir anvertraut, und obwohl er zu viel Angst hat, es jemand anderem mitzuteilen, sieht es so aus, als wären Sie der Mann gewesen, den er am deutlichsten am Hexensee gesehen hat, in der Nacht, in der Jefford starb.«

Jetzt änderte sich Bulweathers Gesichtsausdruck. Er wurde blass und war tiefer in seinen Sessel eingesunken. Doch der Doctor war noch nicht fertig. »All dies wusste ich«, sagte er, »und hielt es für so gut wie beweiskräftig. Dann habe ich mir letzte Nacht die Freiheit erlaubt, in diesem Haus ein wenig herumzulaufen, da meine Wunden wehtaten. Es war nicht viel in Ihrem Schreibtisch, aber genug. Es ist offensichtlich, dass Sie regelmäßig nach London reisen, obwohl Sie es stets für sich behalten. Es gibt Schuldscheine, im Zusammenhang mit Kartenspiel, wie ich annehme. Auf mehreren davon wird Jefford erwähnt. Anscheinend haben Sie Schulden. Ich behaupte, dass Sie Jefford in London kennengelernt haben. Und dass Sie sich, weil Sie den Mann nicht mochten, aber von seinen verborgenen Reichtümern wussten, mit Cream, den Sie ebenfalls dort kennengelernt haben, verbündet haben, um sie mit ihm zu teilen. Ich bin mir sicher, dass Sie beide davon ausgingen, dass Jefford Sie zu ihnen führen würde. Dann hätte jeder die Hälfte bekommen.«

Die Tür öffnete sich, und Mrs. Harvey stand da, um uns Kaffee nachzuschenken. Bulweather bedeutete ihr, dass wir versorgt waren, und sie zog sich zurück. Sein Gesicht war jetzt aschfahl.

Bells Stimme wurde etwas sanfter. »Cream mag Sie durchaus angestiftet haben, das will ich glauben. Ich weiß, dass Sie wirklich in Ipswich waren, als Harding gestorben ist, und bei Doyle, als Ellie am Strand ermordet wurde. Mir ist deshalb der Gedanke gekommen, dass Ihnen die Sache nach der schrecklich blutigen Nacht in The Glebe zuwider wurde und Sie sich am Rest nicht mehr beteiligt haben. Cream hätte Sie bestimmt ziehen lassen, denn Sie waren ihm nicht mehr von Nutzen und konnten ihn schlecht beschuldigen, ohne sich selbst zu belasten. Aber Sie haben zweifellos daran mitgewirkt, Oliver Jefford umzubringen.«

Ich sah Bulweather an, konnte aber kein Vertrauen mehr in ihn aus seiner Miene schöpfen. Wie, fragte ich mich, konnte dieser Mann mit Cream gemeinsame Sache gemacht haben? Er war in jeder Hinsicht so anders.

Bulweather sah die Frage in meinem Blick. Er tätschelte seinen Hund und erhob sich, um seinen großen Körper vor dem Kamin zu strecken. Er sah jetzt anders aus, weniger sicher, und doch wollte er sich sichtlich rechtfertigen.

»Er hat sich Dr. Mere genannt, als ich ihn in London kennengelernt habe.« Er sprach langsam. »Ich habe gleich gemerkt, dass er ein eindrucksvoller Mann war. Ich gebe zu, dass ich ihn bewundert habe. Er war klug. Ich habe selten jemanden erlebt, der so klug war. Und wir haben Dinge in London erlebt, die jenseits ... weit jenseits meines mir bekannten Horizonts lagen.«

Jetzt wandte er sich an mich. »Was ich Ihnen gesagt habe, Doyle, über die Geisteskranken, war nicht gelogen. Ich glaube daran. Ich war schwer verliebt in Claire, die Schwester meiner Frau. Das stimmt, es war unschicklich, aber wahr. Solange meine Frau gelebt hat, habe ich es bei dieser Beziehung ersten Grades belassen. Claire ist nach London gegangen, nachdem unser Kind adoptiert worden war. Sie ist auf die schiefe Bahn geraten. Als meine Frau tot war, konnte ich mich auf die Suche nach Claire machen. Ich habe das Andenken meiner Frau und meine Liebe in Ehren gehalten. Und diene ich dieser Liebe nicht immer noch? Ich habe Claire hierher zurückgeholt, habe dafür bezahlt, dass es ihr gut geht, alles aus Liebe. Ist das nicht etwas, worauf ich stolz sein kann? Es gibt viel in meinem Leben, worauf ich nicht stolz bin, aber hinsichtlich Claire bereue ich nichts.«

»Erzählen Sie uns von dem Abend mit Jefford«, bat Bell.

Bulweathers Miene änderte sich. »Jefford war nur ein kleiner Geck«, sagte Bulweather. »Ich habe ihn überhaupt nicht geschätzt. Und wir hatten nicht das Gefühl, dass es sonderlich frevelhaft wäre, ihm das Geld abzunehmen. Aber er war stur, viel sturer, als wir erwartet hätten. Cream ist hergekommen und hat Jefford angespornt, Streiche zu spielen und Gerüchte von Geistern in die Welt zu setzen. Er hat nur darauf gewartet, das Geld in die Finger zu bekommen. An jenem Abend in The Glebe war es anfangs nur ein Trinkspiel. Wir wollten seine Schatzkammer sehen oder, wie er sie genannt hat, die ›Hexenkammer‹. Jefford weigerte sich. Dieses Scherzen über seine Kammer war schon seit Tagen so gegangen. Aber jetzt änderte es sich plötzlich. Cream hat die Geduld verloren und ein Messer gezückt, und Jefford lag auf dem Boden, und überall war Blut. Ja, ich hätte den Mann beraubt, das bestreite ich nicht. Aber nach so etwas stand mir nicht der Sinn. Ich habe mich abgewandt, aber Cream hat ihn immer weiter gefoltert. Er hat ihm ins Ohr geschnitten, in den Fuß, ins Gesicht. Jefford hat geschrien. Und ich habe nichts getan. Ich habe nur geschwiegen und gehofft, dass er stirbt. Endlich hat er uns verraten, was wir wissen wollten – zumindest dachten wir das.«

Bulweather sah nicht mehr zu uns, sondern ins Feuer. »Er schien so schwer verletzt, dass ich mir nicht hätte träumen lassen, dass er sich überhaupt noch bewegen könnte, abgesehen von seinen Händen, die die Botschaft gemalt haben. Wir haben geglaubt, es sei die richtige Stelle. Cream meinte, wir sollten losgehen und graben und zurückkommen und ihn weiter foltern, falls er gelogen hätte. Aber als wir zurückkehrten, war er verschwunden.«

Bulweather wandte sich wieder uns zu. »Cream war außer sich. Er hat geflucht und gegen die Wände geschlagen. Nach einer Weile habe ich ihm gesagt, dass ich nichts mehr damit zu tun haben wolle. Er hat weiter geflucht und mich einen verdammten Feigling und Trottel geschimpft. Aber im Grunde war es ihm egal. Wahrscheinlich war er im Gegenteil sogar froh, alles für sich haben zu können. Er wusste, dass es irgendwo eine Karte mit einer Geheimbotschaft gab, und wollte sie in die Finger bekommen und das Rätsel lösen. Er hatte Harding schon in Verdacht, denn er wusste, dass Jefford mit ihm geredet hatte. Danach habe ich ihn nie wiedergesehen.«

Ich schwieg. Schließlich hatte ich diesem Mann vertraut, ihn gemocht, ihn sogar lieb gewonnen. Es war unerträglich, dass er sich als Komplize von Cream entpuppt hatte.

Es herrschte langes Schweigen im Zimmer.

Bell brach es. »Und wie«, fragte er, »wie soll ich Ihrer Meinung nach vorgehen? Soll ich Langton holen? Ich bin bereit, das Gute, das Sie uns getan haben, ebenso zu berichten wie das Böse, aber wir können über diese Sache nicht einfach hinweggehen.«

Wieder herrschte Stille. Bulweather ging zu seinem großen Hund und tätschelte ihn so, dass dessen großer Schwanz wie wild wedelte.

»Ich glaube, ich muss zugeben, dass ich Gelüste habe, die nicht auf allgemeine Billigung stoßen«, sagte er endlich und sah dabei sehr alt und grau aus. »Aber ich könnte mein Leben nicht im Gefängnis verbringen, und es ist wahr, wenn ich sage, dass mir diese Gemeinde am Herzen liegt. Ich möchte Sie deshalb um einen Gefallen bitten. Wenn Sie bereit sind, das hier Besprochene gegenüber niemandem zu erwähnen, werde ich weder Sie noch sonst jemanden weiter belästigen. Sie werden meiner Haushälterin mitteilen, dass man mich zu einem dringenden Fall gerufen hat. Ich bin, wie Sie wissen, bekannt dafür, ein unerschrockener Klippenwanderer zu sein.«

Ich sah, wie Bell das abwägte. Dann nickte er. Bulweather tätschelte seinen Hund ein letztes Mal. »Du kommst zu meiner

Schwester«, flüsterte er. »Sie wird kommen«, und dann stand er auf und wandte sich an mich.

»Ich bin dankbar für unsere Gespräche, Doyle«, sagte er. »Lassen Sie mich nur bekräftigen, dass alles, was ich gesagt habe, ehrlich gemeint war. Ich glaube daran, ungeachtet meiner eigenen Schwächen.« Dann drehte er sich um und ging fort.

Nachdem er das Zimmer verlassen hatte, sprachen wir beide eine lange Zeit kein Wort. Schließlich kam Mrs. Harvey, um uns Kaffee anzubieten, den wir annahmen. Da sie etwas beunruhigt aussah, erklärte ihr der Doctor, dass ihr Herr zu einem Fall gerufen worden sei und wir bis zum späten Vormittag bleiben und dann aufbrechen würden. Da hellte sich ihr Gesicht auf. »Ach, er hat immer so viel zu tun«, sagte sie mit ihrem irischen Akzent und einem Lächeln. »Aber ich werde etwas warm halten, bis er wiederkommt.« Damit ließ sie uns alleine.

Wir blieben in dem Zimmer sitzen, in merkwürdiger Stille, wohl wissend, nicht gestört zu werden. Die letzten vierundzwanzig Stunden waren so folgenschwer für uns beide gewesen, dass wir nur in Ruhe vor dem Feuer unseren Gedanken nachhängen wollten.

Schließlich äußerte sich Bell über Bulweather. »Ich bin der Überzeugung«, sagte der Doctor, »dass er nicht immer ein schlechter Mann war. Aber nach allem, was ich herausgefunden habe, war er immer schon ein übermäßiger Lüstling. Für Cream muss er perfekt gewesen sein.«

Gegen elf schlug Bell vor, dass ich einen der Mäntel, die im Flur hingen, nehmen und am Küstenpfad spazieren gehen solle, während er zum Gasthaus zu humpeln gedachte, um mit Langton zu reden. Bulweather zuliebe wollten wir unseren Teil der Vereinbarung einhalten und nichts von dem erwähnen, was wir in diesem Zimmer erfahren hatten.

Draußen war es sonnig, aber immer noch bitterkalt. Trotz des prächtigen Wetters hatte ich nur wenig Lust auf einen neuerlichen Ausflug zu den Klippen. Aber letztlich war es auch gar nicht nötig. Am Strand kam ein Fischer mit seiner Familie angerannt, um mir zu sagen, dass man einen Mann am Fuße der Klippe gefunden hatte. Er war tief gestürzt und tot. Die Frau des Fischers hatte Bulweather erkannt und hinzugefügt, dass allseits bekannt war, dass er auf seinen Spaziergängen große Risiken einging.

Bell stand bei meiner Rückkehr draußen vor dem Ship, und ich berichtete ihm von den Neuigkeiten. In seinem Gesicht zeichnete sich echte Bewegung ab, als er darüber nachdachte. »Es war seine Entscheidung«, sagte er schließlich. »Gebe Gott, dass er das letzte Opfer war.«

Wir gingen zurück ins Ship, das dank des Schieferdachs und der Tatsache, dass mein Zimmer in einem hervorstehenden Flügel gewesen war, noch stand. Meine Sachen waren natürlich unwiederbringlich verloren, aber das war kein großer Verlust, denn es war nichts von großem finanziellen oder persönlichen Wert dabei gewesen, schließlich hatte ich alles erst in Edinburgh gekauft.

Der Doctor hatte bereits ausführlich mit Langton gesprochen, der bald wiederkehrte, um uns mitzuteilen, dass eine Droschke auf dem Weg war. Er hatte noch nichts von Bulweathers Tod gehört, klagte aber über das bevorstehende Eintreffen des Scotland-Yard-Manns, der sich seiner Ansicht nach bestimmt alle Entdeckungen zu eigen machen würde. Der Inspector schien mehr als erfreut, als Bell ihm versprach, einen detaillierten Bericht zu verfassen, in dem er die Durchführung der Untersuchung durch die örtliche Polizei enthusiastisch herausstreichen wolle.

Später, als die Droschke zum letzten Mal aus dem Wald herausfuhr und in die Straße nach Ipswich einbog, erzählte mir Bell die letzte Neuigkeit.

»Nach allem, was ich gehört habe, Doyle«, sagte er, »hat man in Ihrem Zimmer nicht viel gefunden. Der Schaden war natürlich beträchtlich, und man ist noch damit beschäftigt.«

Ich starrte ihn an. »Aber Bulweather«, sagte ich, »hat doch erwähnt, dass man menschliche Überreste entdeckt hat.«

»Ich weiß«, sagte der Doctor und richtete seinen Blick auf die Straße vor uns. »Und jetzt können wir ihn nicht mehr fragen, was er damit gemeint hat. Es hat gestern Abend allerlei Gerüchte gegeben. Vielleicht hat er sie missverstanden. Man hat Spuren von einem Mantel gefunden. Er war schwer verbrannt.«

»Sein Mantel«, sagte ich. Und dann dachte ich an den Schrei am Ende. Aber ich erinnerte mich auch, wie der Doctor geschrien hatte und damit Cream getäuscht hatte. Und der Schrei war nicht aus der Richtung gekommen, die ich erwartet hatte. »Ich weiß, dass der Mantel in Flammen stand. Aber ist es denkbar, dass er sich daraus befreien und durchs Fenster entkommen konnte?«

Bell wandte sich mir zu. »Ich glaube, Sie werden mir zustimmen, dass ich alles andere als irrational bin, und ich sage Ihnen: Es ergibt keinen Sinn, einem klaren Sieg eingebildete Zweifel beizumischen. Sie haben ihn brennen sehen. Selbst wenn er es irgendwie überlebt hat, was, wenn überhaupt, nur schwer vorstellbar ist, muss er auf schreckliche Weise verstümmelt sein, vielleicht halb tot. Ich bin, wie Sie wissen, Doyle, kein unbesonnener Mensch. Aber ich bin bereit zu wetten, dass wir nie mehr von ihm hören werden.«

Während ich auf die Felder sah, die in der Mittagssonne lagen, mit ihren großen Gräben, die sich in der Unendlichkeit des Himmels verloren, betete ich darum, dass er recht hatte.

Ich dachte daran, meine Praxis in Southsea wieder aufzunehmen, und an die Aussicht, wieder ein normaler Arzt zu sein. Ich tröstete mich mit dem Gedanken, dass immer dann, wenn Bell in der Vergangenheit zu wetten bereit gewesen war, er recht behalten hatte. Später wandten wir uns anderen Themen zu.

Und Bell schien tatsächlich recht zu behalten. Seine Wette hielt, als wir im kommenden Jahr mit einem seltsamen Fall zu tun bekamen, in dem es um eine Gouvernante und das nächtliche Ritual der »toten Zeit« ging und den ich später in abgemilderter Form in *Die Blutbuchen* eingearbeitet habe. Sie hielt im Laufe vieler anderer Entwicklungen in meinem Leben und während aller Ermittlungen und Veränderungen, mit denen die 1880er-Jahre durchsetzt waren. Erst im Frühjahr 1891, mit dem Eintreffen einer schicksalhaften Wachswalze aus Amerika, wurden unsere Hoffnungen auf einen endgültigen Abschluss zunichtegemacht.

Epilog

Hindhead, Freitag, 21. Oktober 1898,
5 Uhr 05 nachmittags

Es ist vollbracht. Ich war am Morgen in London und bin dann zurückgekehrt, um meine Erzählung zu beenden. Jetzt schließe ich die zweite Schachtel und lege sie wieder auf das niedrige Regal hinten in meinem Arbeitszimmer, neben die anderen, die Material zu den Fällen enthalten. Endlich gibt es einen ordnungsgemäßen Bericht über unser erstes Zusammentreffen mit ihm.

Die strenge Geheimhaltung, die ich Bell geschworen hatte, habe ich gebrochen. Aber aus gutem Grund. Vor etwas mehr als drei Wochen hatte ich das erste einer Reihe rätselhafter und anonymer Päckchen erhalten. Das erste enthielt einen kryptischen Hinweis. Das zweite einen Schal, den ich gleich erkannte. Vor vielen Jahren hatte er Elsbeth gehört, die an jenem Strand bei Edinburgh gestorben war.

Das dritte ist vor drei Tagen gekommen, aber ich verstehe seinen Inhalt nicht. Es scheinen abgeschnittene Finger- und Fußnägel zu sein. Der Poststempel war aus Crewe. Natürlich anonym, aber mir zeigen sie an, dass er irgendwie lebt und mir langsam näher kommt. Was passieren wird, wenn er eintrifft, lässt sich nicht vorhersagen und nicht einmal vorstellen.

Ich bin in einer der schwierigsten Phasen meines Lebens. Das Leiden meiner Frau Louise ist weiterhin sehr schwer. Ich muss jetzt auch wieder zu ihr gehen. Aber ich habe das Gefühl, dass ich diese Arbeit abschließen muss, bevor er es mir unmöglich macht. Was auch immer mit mir geschieht, so gibt es zumindest Aufzeichnungen über die Fälle, jene, die ihn betreffen, und die anderen.

Ich ziehe die nächste Schachtel heraus, die die Sache mit der »toten Zeit« enthält. So Gott will, komme ich am Morgen darauf zurück.

„Die deutschen Leser werden M.C. Beatons Krimis lieben." ANN GRANGER

M. C. Beaton
AGATHA RAISIN UND DER TOTE RICHTER
Kriminalroman
Aus dem Englischen
von Sabine Schilasky
256 Seiten
ISBN 978-3-404-16828-6

So hat Agatha Raisin sich ihren Neuanfang in den Cotswolds nicht vorgestellt: Die Dörfler wollen lieber unter sich bleiben! Doch die Ex-PR-Beraterin ist es gewohnt, ihren Kopf durchzusetzen. Um Eindruck zu schinden, reicht sie beim örtlichen Backwettbewerb eine Feinkost-Quiche als ihre eigene ein. Dumm nur, dass einer der Preisrichter stirbt und in Agathas Quiche Gift gefunden wird. Kann sie den Mordverdacht gegen sich ausräumen?

Bastei Lübbe

Werde Teil der Bastei Lübbe Welt
You Tube
www.lesejury.de
Lesen, rezensieren, Bücher gewinnen
Lerne Autoren, Verlagsmitarbeiter und andere Leser kennen